Bruce Wagner est né en 1954 dans le Wisconsin. Son premier roman publié en France est *Toujours L.A.* Il est également acteur, scénariste, producteur et réalisateur. Il vit actuellement à Los Angeles, et il est connu pour le regard acerbe qu'il porte sur l'industrie hollywoodienne. Cinéastes et écrivains saluent son talent en tant qu'auteur. Salman Rushdie dit de lui qu'il a le don d'« une prose survitaminée, avec une rage qui brise tous les tabous, un humour dévastateur. » David Cronenberg le considère comme « Un Joyce dont Hollywood est le Dublin ».

Bruce Wagner

TOUJOURS L.A.

ROMAN

Traduit de l'anglais (États-Unis)
par Fabrice Pointeau

Préface de James Ellroy

Sonatine éditions

Ouvrage publié avec le concours du Centre national du livre

TEXTE INTÉGRAL

TITRE ORIGINAL
Still Holding
© Bruce Wagner, 2003

ISBN 978-2-7578-1075-0
(ISBN 978-2-35584-004-3, 1re publication)

© Sonatine Éditions, 2008, pour la traduction française

Préface

Bruce Wagner écrit des romans magistraux dépeignant l'agitation culturelle à Hollywood. Une erreur de diagnostic tend souvent à les prendre pour des livres sur Hollywood. Cette idée de diagnostic n'est pas utilisée à la légère. Les histoires de Wagner sont des dissections, des désarticulations et des biopsies de la prose coincée sous des plaques de microscope. Le médecin est À L'INTÉRIEUR. Il voit une variété de patients baignant dans le malaise, contrariés et troublés par la démence des médias et les excès matériels qui l'accompagnent. Ils ont adopté le mysticisme à des degrés divers. Ils poursuivent le vénal et le sublime avec une ferveur égale. Le prix est toujours élevé. La résolution morale est souvent surprenante. Le pronostic : révélation rare et perplexité chronique. Les courbes du patient indiquent toujours la possibilité de l'amour et l'inévitabilité de la mort. Wagner le médecin/romancier s'adresse à ses malades d'un ton austère et aimant. Il accorde un pardon hanté. Il est pleinement conscient du coût de la faim spirituelle face à la célébrité et toutes ses tentations. Il fustige, réconforte et réprimande tendrement à doses équivalentes et nous offre des romans de tendresse et de grandeur.

Ces romans sont des virées en pick-up à travers le L.A. d'aujourd'hui. Wagner a travaillé en tant qu'ambulancier et chauffeur de limousine. Aujourd'hui il conduit une Mercedes allongée qui fait aussi office de camionnette médicale. Il a des masques à oxygène et un bon paquet de dope à l'arrière. Il déambule à la recherche de débiles psychologiquement diminués souffrant de maux indigènes à L.A. Et il les trouve toujours. Leur folie est invariablement celle-ci : ils veulent beaucoup plus que ce qu'ils ont et voudraient être quelqu'un d'autre. Ils ont décidé que L.A. était la ville qui leur offrait les meilleures chances de réinvention rapide et de salut permanent. Mais Wagner sait que l'espoir absurde peut parfois mener à la rédemption. C'est cette générosité exagérée qui entraîne ses romans au-delà de la simple satire pour en faire des tragédies à la fois ténues et spirituelles. De cette manière, ils deviennent des documents de référence sur la vie d'aujourd'hui à L.A. et ailleurs. De cette manière, l'écrivain/médecin/chauffeur déambule à la recherche de chacun de nous.

James ELLROY

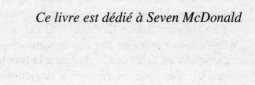

Ce livre est dédié à Seven McDonald

Priez pour ceux qui mangent,
Pour les choses qui sont mangées,
Et pour l'acte de manger lui-même.

Prière bouddhiste du repas

Les trois joyaux

Dans la peau de Drew Barrymore

Enfant, Becca ne ressemblait pas du tout à Drew Barrymore. Mais maintenant, à vingt-cinq ans, surtout avec quelques kilos en plus, elle s'était habituée aux commentaires des serveurs de bar et des employés de magasins, ainsi qu'aux regards à demi sidérés des passants.

Le plus drôle était que sa mère avait toujours été comparée à Sissy Spacek, même si Becca supposait que c'était principalement à cause de son nez mal refait. Cependant, Sissy et Drew n'avaient rien en commun, physiquement. C'était une chose subjective ; parfois les gens voyaient la ressemblance avec Sissy, parfois non. Mais personne ne semblait jamais avoir de problème pour voir celle de Becca avec Drew. Son petit ami Sadge, qui, les bons jours, ressemblait à un Jack Black minable, prenait son pied à en jouer – comme la fois où il avait réservé une table chez Crustacean au nom de Drew. Il avait fait en sorte d'arriver le premier et avait demandé à Becca de faire son apparition quarante minutes plus tard affublée d'énormes lunettes de soleil, la tête enveloppée dans un faux foulard Hermès. Ils étaient soûls, et le maître d'hôtel n'avait pas apprécié. (Il avait dû repérer leur petit jeu dès le début car il avait mené Sadge à la « publique ».) Quelques clients s'étaient retournés à l'arrivée de Becca, mais son plaisir avait été quelque peu gâché par la présence de Jordana Brewster, qui se trouvait juste de l'autre côté de la partition de verre en compagnie d'un homme svelte et chauve dont Becca supposa qu'il s'agissait de son manager. Chaque fois que Sadge riait bruyamment ou poussait Becca à en rajouter, l'actrice aspirante se sentait idiote, car elle était certaine que Drew et Jordana se connaissaient. Jordana ne regarda pas une seule fois dans sa direction, et l'épisode lui fit l'effet d'une douche froide. Soudain Becca se sentit minable, comme un personnage de *Star 80*, le film préféré de son amie Annie.

Cette même semaine, elle avait vu Drew dans une rediffusion d'une émission de Jay Leno. Son divorce avec Tom Green venait d'être annoncé, mais elle était là, à vanter de façon surréaliste le mariage. Elle racontait que son mari lui avait envoyé une douzaine de roses ainsi qu'un mot lui souhaitant bonne chance pour l'émission, et le public soupirait. Jay expliquait que statistiquement les acteurs restaient mariés plus longtemps que les autres. Drew s'exclamait que c'était merveilleux. C'était si horrible et déprimant que Becca avait éprouvé de l'écœurement, puis de la colère, à l'idée que quelqu'un avait pu avoir la négligence de reprogrammer cette émission en particulier. Elle supposa que ç'avait été fait délibérément, comme lorsque ces employés de boutiques vidéo malveillants inséraient des scènes porno dans des dessins animés. Jay Leno lui donnait l'impression d'être un homme bien et décent, et elle fit remarquer à Sadge – qui avait ri tout au long de la scène jusqu'à ce qu'elle le frappe – que si le management de Drew attirait l'attention de NBC sur ce genre de choses (comme elle l'espérait), l'animateur présenterait à coup sûr ses excuses en personne à Drew. Becca songea d'ailleurs à « sonner l'alarme » elle-même, mais ses propres inquiétudes relatives à sa carrière prirent le dessus.

« C'était génial, dit Sharon. Je crois que vous avez le potentiel pour être une sacrée *comédienne*[1]. »

Elle donna au mot une emphase à la française, et Becca fut perdue. Voulait-elle dire une actrice comique ? Elle était trop intimidée pour demander un éclaircissement. Peut-être estimait-elle que Becca devrait faire des numéros à la Laugh Factory[2] au lieu de perdre son temps à essayer de décrocher des rôles au cinéma et à la télé.

Elle décida qu'elle se fichait de ce que Sharon avait voulu dire. Elle se contenterait de persévérer, la persévérance étant la seule qualité que tous les grands acteurs avaient en commun. Elle venait d'obtenir sa carte de la SAG[3] et s'était enfin trouvé un agent commercial, même si elle n'avait toujours pas l'indispensable agent artistique. Elle se voyait néanmoins comme une gagneuse, car environ un mois seulement après une assemblée générale avec Sharon Belzmerz, une importante directrice de casting de la Warner, elle avait été invitée à faire un essai enregistré pour un pilote du studio. C'était le prof de théâtre de Becca, un ami de Sharon, qui avait établi le contact initial. Ce que tout le monde disait était vrai – l'important, c'était d'avoir des relations.

« C'était vraiment sympa ! dit Becca. Je vous remercie sincèrement de m'avoir auditionnée. » Elle jeta un coup d'œil vers la caméra posée sur un trépied face à elle. « Est-ce que je pourrais avoir une copie ? »

---

1. En français dans le texte. *(N.d.T.)*
2. Littéralement « Usine à rires », célèbre club de comédie. *(N.d.T.)*
3. Screen Actors Guild : association professionnelle des acteurs de cinéma et de télévision. *(N.d.T.)*

Sa naïveté fit sourire Sharon.

« Eh bien, le réalisateur doit d'abord visionner l'essai – après, d'ordinaire, on recycle.

– Oh ! Pas de souci, répondit Becca, dissimulant sa gêne.

– Vous êtes vraiment très douée. Ne vous en faites pas, de la pellicule, vous en aurez bientôt. Vous en aurez toute une bobine. »

Sur la promenade

Quand son père eut une attaque, Lisanne prit sa journée. Elle travaillait pour Reggie Marck dans les somptueux bureaux de Marck, Fitch, Saginow, Rippert, et Beiart situés dans Sunset Boulevard, près de Doheny Drive. Elle avait trente-sept ans et avait commencé à travailler pour lui treize ans plus tôt, lors de son passage chez Kolhorn, Kohan, Rattner, Hawkins, et Risk. Lorsqu'il apprit la mauvaise nouvelle, il l'encouragea à prendre l'avion pour retourner chez elle. Mais ce n'était pas si simple que ça. Lisanne avait une peur terrible de l'avion (un trouble bien antérieur au 11-Septembre). Après une série de coups de fil à sa tante, elle alla s'aérer la tête sur la promenade de Venice.

Le littoral balayé par le vent était absurdement immaculé. Depuis la rénovation de la piste cyclable et la reconstruction de quelques immeubles délabrés – sans parler de l'arrivée de Shutters et Casa del Mar –, la plage avait quelque peu perdu de sa splendeur extravagante. Il n'y avait vraiment plus de quoi être nostalgique. Les boutiques, les commerçants et les artistes de rue avaient été forcés de s'acheter une conduite, et ça faisait des années que la municipalité interdisait, à cause des gangs, les feux d'artifice sur la jetée le 4 juillet.

Lisanne serra les dents et se mit à flâner pensivement ; il fallait qu'elle cogite sérieusement. Il y avait le dilemme quant à l'état grave de son père, plus un voyage en avion imminent… Mais la scène qui l'entourait avait néanmoins quelque chose de divertissant. Comme c'était un jour de semaine, peu de gens étaient de sortie. Un bataillon de citoyens chics disséminés au milieu des sans-abri usait activement de son droit à se la couler douce près des eaux du bout du monde. Ils tournaient sur eux-mêmes, passaient devant elle au sprint en faisant leur « cardio », ou restaient simplement assis à observer la violence passive de la mer où un jour ils retourneraient, s'ils en avaient la chance. Ils penchaient la tête, faussement contemplatifs, pour regarder le lustre occasionnel formé par les mouettes.

Lisanne attendit qu'une joggeuse approchant la cinquantaine soit passée pour traverser la piste. Une tribu d'ivrognes était assise sur l'herbe. L'un d'eux cria : « Vas-y, poulette ! Tu peux l'faire ! Tu peux l'faire, ma p'tite poulette ! » La joggeuse fit mine de ne rien entendre, mais Lisanne sentit que son amour-propre en avait pris un coup. Plus tard, elle vit un autre ivrogne s'approcher de deux superbes jeunes gens d'une vingtaine d'années. Le pantalon du garçon pendouillait comme l'exigeait la mode et le clochard lança : « Hé, ton bénard te tombe du cul ! » Le garçon, souriant et tentant de la jouer cool, répondit : « Je sais », pour ne pas envenimer la situation. Sa petite amie la jouait également cool, mais l'ivrogne ne comptait pas en rester là. « Alors remonte-le ! Remonte-le ! » C'était comme ces pièces de la commedia dell'arte que Lisanne avait étudiées à l'école. Les clodos et les alcoolos étaient là pour nous ramener à la réalité, pour faire désenfler les chevilles et nous rappeler que tout n'était que vanité.

Lisanne s'éloigna furtivement pour éviter de se faire chahuter. Elle pesait vingt kilos de trop – la cible parfaite.

Elle tenta de s'imaginer montant à bord d'un avion. Lorsqu'elle était petite, voler ne la dérangeait pas tant que ça, même si elle ne se souvenait que de quelques trajets. Les 747 étaient si gros et elle si petite, que ça allait. Mais maintenant c'était différent. Reggie allait devoir la mettre en relation avec son médecin pour qu'il lui prescrive des somnifères gros calibre, et si elle calculait bien son coup, elle se réveillerait au moment où ils atterriraient à Newark. C'était le meilleur des scénarios. Hormis les visions évidentes de plongeons provoqués par des cisaillements de vent, de détournements sanglants, de boules de feu dans des champs de maïs jonchés de restes humains et de pilotes charismatiques l'accueillant à bord avec une haleine chargée de café et de gin, Lisanne considérait que certaines de ses inquiétudes secondaires étaient franchement à se tordre de rire. Et si les somnifères la plongeaient dans un sommeil si profond que ses ronflements devenaient honteusement stertoreux ou qu'elle se mettait à baver sur son voisin ? Si sa gorge se resserrait ou qu'elle faisait une réaction aux pilules et vomissait dans son sommeil ? Non. Elle avait beau essayer, Lisanne ne se voyait pas entrer dans un cylindre à la con et foncer à travers l'espace. Elle n'était pas prête à jouer à ce genre de roulette russe. Au paradis ou en enfer, les pires perdants devaient être ceux qui s'étaient écrasés en avion alors qu'ils allaient rejoindre un parent terrassé par une attaque.

Elle prendrait le train.

Le Chien a-t-il la nature du Bouddha ?

Dans sa caravane, Kit Lightfoot méditait.

Il avait trente-quatre ans et ne manquait pas de méditer au moins une heure par jour depuis presque une douzaine d'années. L'humilité qu'il prenait soin de s'imposer lui interdisait de partager cette statistique avec quiconque, même s'il en éprouvait fréquemment le désir. Chaque fois qu'il était tenté de pontifier, il souriait et persévérait, et attendait que ça passe. Des années de *zazen* lui avaient appris que toutes sortes de pensées, de sentiments et de sensations physiques surviendraient et réclameraient à grands cris son attention avant de s'évanouir.

Sa carrière d'acteur était à peine lancée lorsqu'un ami l'avait initié au bouddhisme. Il s'était mis à méditer et, peu de temps après, avait visité un monastère sur le mont Baldy. Il faisait un froid de canard, mais il régnait une beauté silencieuse et une quiétude saisissante qui l'avaient percé jusqu'au cœur. C'était la semaine, avait-il coutume de dire, où il avait goûté à l'immobilité. Des moines et des adeptes fervents allaient et venaient tels des élèves officiers solennels et pleins de dignité parmi la cadence ritualisée des tambours, des chants et du silence – sa sirène inconcevable, son dangereux nouvel ami, car le silence aussi avait une cadence. (« La difficile poésie du silence », avait dit un jour son professeur.) Il avait regardé un homme recevoir l'ordination et découvert plus

22

tard que celui-ci avait été par le passé un puissant agent d'Hollywood. Kit raffolait de ce genre de conversion. Il aimait se dire qu'il était entré par erreur dans ce paradis terrestre de l'esprit magistralement abstrait, un monde sans défaut, pointu comme un diamant, qui pourrait bien le libérer des chaînes du narcissisme, des chaînes du moi.

Il s'adonnait de plus en plus intensément à la pratique. Entre les pièces de théâtre et les tournages, il se rendait dans des pays lointains pour assister à des *sesshins* d'un mois, se réveillant à quatre heures du matin pour passer onze heures par jour assis sur un coussin lorsqu'il n'était pas plongé dans la méditation de la préparation de nourriture, des cérémonies du thé, de l'entretien de la propriété. Il était heureux d'être jeune et fort tandis qu'il apprenait l'art de l'immobilité. Les initiés plus âgés avaient du mal à supporter les exigences physiques du *zazen*.

Il devint notoire dans la communauté du show-business, et en dehors aussi, que Kit était un pratiquant sérieux. Il discutait rarement de ses pensées ou de ses croyances avec les interviewers à moins qu'il ne s'agisse d'un magazine comme le *Tricycle* ou le *Shambhala Sun*. Il ne voulait pas banaliser quelque chose de si personnel ou, pire, attraper la grosse tête en cours de route. Il y avait déjà assez de célébrités qui parlaient yoga et bouddhisme de toute manière. Il donnait généreusement pour la cause tibétaine et finançait anonymement des cliniques et des ashrams. Il en tirait plus de satisfaction que de n'importe quelle déclaration publique.

Au cours de ces douze années de pratique, Kit Lightfoot, l'homme célèbre, avait souvent été lauréat du *People's Choice*[1]. Il s'était finalement fait mettre la main

1. Trophée récompensant chaque année des acteurs et des chanteurs, les lauréats étant désignés non pas par un jury mais par un vote « populaire » sur Internet. *(N.d.T.)*

dessus par James Lipton (Hoffman et Nicholson étaient parmi les derniers à résister) et avait été photographié pour le numéro spécial Hollywood de *Vanity Fair* avec pour toute légende : « L'Homme ». Il avait même remporté l'oscar du Meilleur Second Rôle pour son interprétation remarquable, pleine d'un savant laisser-aller, dans une blague à petit budget qui avait connu un succès inattendu, filmée juste avant la mort de son professeur de bouddhisme, Gil Weiskopf Roshi. Après coup, ç'avait semblé tellement parfait. C'était Gil qui lui avait dit : « Laisse-toi aller. »

C'était la période de Thanksgiving, et il y avait une prostituée dans sa maison de Benedict Canyon. Il avait auparavant été amateur de prostituées, mais n'en avait pas fréquenté une seule depuis le début des années quatre-vingt-dix. Et il n'avait jamais trompé Viv.

Ils étaient défoncés à la coke dans le salon, et il riait tandis qu'elle maintenait la tête du chien entre ses jambes. L'animal cherchait sans cesse à se libérer, ce qui faisait également rire la fille. « Exactement comme son maître, disait-elle. Vraiment difficile. » Elle rit à nouveau et le relâcha, puis elle se leva pour aller faire pipi. À son retour, elle s'agenouilla à côté du Bouddha qui se trouvait près de la cheminée et alluma une cigarette. Il y avait des fleurs et de l'encens et de minuscules photos d'hommes qui avaient atteint l'Éveil. Elle l'interrogea sur l'autel, et Kit expliqua d'un air pensif que c'était un cadeau de Stevie Nicks. Puis il lui fit une brève initiation – le zen pour les débutants. Immobilité. Position assise. Le Pouvoir de Maintenant.

« Vous méditez tous les jours ? demanda-t-elle.
– Tous les jours. Depuis quinze ans. »

Une étoile est née

Becca faisait partie de Metropolis, une modeste troupe théâtrale qui louait une salle dans Delongpre Avenue. Le toit étant en réparation à la suite des dégâts provoqués par la pluie, les cours se déroulaient temporairement dans Hillhurst Avenue, chez Cyrus, l'un des fondateurs de la troupe. Becca trouvait que c'était un professeur magnifique, et aussi un bon metteur en scène. Et c'était assurément un fantastique promoteur. Outre des agents et des poids lourds des studios, il s'arrangeait toujours pour que des gens comme Meg Ryan et Tim Robbins assistent aux premières.

Elle travaillait depuis deux semaines avec Annie sur une scène d'une pièce de Strindberg. Elle n'avait jamais entendu parler de Strindberg jusqu'à sa rencontre avec Cyrus, mais elle devait bien avouer qu'elle préférait Tennessee Williams. Elle adorait les lettres, les poèmes et les nouvelles de Tennessee – tout ce qu'il écrivait était si triste et beau et néanmoins empreint d'une telle tendresse. Ses femmes étaient à la fois dures et insupportablement fragiles, exactement comme Becca. Elle avait vu tous les films adaptés de ses pièces et son préféré était *Propriété interdite*. Dans la vraie vie, Nathalie Wood était, elle aussi, triste et belle, et absolument tragique. Strindberg était brillant et décrivait sans concession la nature humaine, mais parfois il l'effrayait, la laissait froide. Elle préférait Ibsen et Tchekhov.

Après la répétition, elles se rendirent dans un café de Vermont Avenue.

« Est-ce que j'ai été nulle ?

– Non ! répondit Annie. Tu as été géniale ! Pourquoi ? Est-ce que tu t'es trouvée nulle ?

– Je me trouve toujours nulle.

– Tu as tellement tort. Tu es toujours fantastique. Cyrus adore ce que tu fais.

– Tu crois ?

– Totalement. Il adore totalement.

– Tu veux dire qu'il adore l'unique réplique par pièce qu'il me juge digne de déclamer.

– Tu vas y arriver, dit Annie. Et puis, est-ce que tu as l'impression que je monopolise les planches ? Hein, Mademoiselle-Je-Déclame ? »

Becca éclata de rire.

« Je suis tellement flippée – à propos de tout. Oh bon sang ! est-ce que je t'ai dit que Sadge allait peut-être aller en Tasmanie pour cette émission de télé-réalité ?

– Non ! Qu'est-ce que c'est ?

– Je ne le sais même pas.

– C'est où, la Tasmanie ? Est-ce que c'est, genre, près de la Transylvanie ?

– Peut-être de la Tchécoslovaquie.

– J'ai tellement envie d'aller à Prague. Tu devrais y aller, Becca ! Tu devrais l'accompagner et utiliser son hôtel comme base. Tu pourrais boire de l'absinthe. Comme Marilyn Manson. Ce serait tellement cool.

– Je ne crois pas, Annie.

– Mais est-ce que ça ne te ferait pas du bien ? Enfin quoi, tu n'as pas dit que tu avais besoin d'espace ?

– Si. Mais ça va être bizarre de me retrouver soudain seule.

– Tu ne peux pas te passer de petit ami ne serait-ce qu'une minute ?

– C'est la saison des pilotes, et je n'ai pas fait une seule audition.

– C'est pour ça que tu es flippée, dit Annie d'un air entendu.

– Je suppose.

– Mais tu as vu cette directrice de casting.

– Ça ne compte pas.

– Qu'est-ce qu'elle a dit ?

– Que je devrais être une "comédienne". »

Annie retroussa le nez comme Becca aimait tant.

« Qu'est-ce que ça veut dire ?

– Aucune idée.

– Tu devrais faire des sketches au club Improv, dit Annie. Tu pourrais être la prochaine Margaret Cho.

– Je pourrais être serveuse à la Cheesecake Factory et faire des sketches après le boulot à la Laugh Factory.

– Je crois que ce serait le pied », dit Annie en riant.

L'un des acteurs de la troupe Metropolis qui avait fait une apparition dans *Six Feet Under* attrapa la grippe et donna à Annie ses billets pour la première de la saison qui avait lieu au cinéma El Capitan. Becca fit une folie et s'offrit une robe Agnès B.

Elles s'attardèrent dans le hall, profitant des verres et du pop-corn gratuits avant d'entrer. Des vedettes comme Ed Begley Jr. et Brooke Shields étaient là. La bonhomie du showbiz électrisait l'air.

Lorsqu'elles entrèrent dans la salle de projection, les jeunes femmes furent conduites dans une zone délimitée par un cordon de sécurité et priées de s'asseoir parmi les sommités. Elles étaient à deux pas de Jeff Goldblum, Kathy Bates et Pee-Wee Herman. Le directeur de la chaîne se leva et annonça qu'ils étaient tous entrés dans l'histoire et que la distribution était la meilleure jamais réunie. Il expliqua que le créateur de la série était une sorte de génie spécial, obscur, qu'il avait écrit un drame qui traitait soi-disant de la mort mais parlait en fait profondément de la *vie*. Puis le créateur, l'omniprésent Alan, un homme au visage doux, à la fois ringard et élégant, monta sur scène sous un tonnerre d'applaudissements. Il se prosterna de façon comique en lançant « Remercions Dieu pour HBO ! » et une tempête de rires accompagna les applaudissements. Becca n'avait jamais assisté à une première de série télévisée et elle fut perplexe lorsqu'il se mit à pérorer comme s'il s'agissait des Oscars. Il remerciait telle ou telle personne, s'exclamant de temps à autre : « Remercions Dieu pour HBO ! », et tout le monde riait, sifflait, battait des mains. Le public semblait si heureux, en bonne santé et riche, et des hommes exubérants s'embrassaient sur les joues ou sur la bouche. Becca avait le sentiment d'appartenir à leur groupe, d'appartenir à la famille HBO – elle était après tout dans la zone réservée, et ces mêmes hommes lui souriaient chaque fois qu'elle croisait leur regard, comme s'il était entendu qu'elle était l'une des leurs. Ils étaient gentils et ouverts, absolument pas snobs alors qu'ils avaient tout à fait le droit de l'être.

L'« after » était organisé de l'autre côté de la rue, dans le bâtiment où avaient lieu les Oscars. C'était marrant de parcourir la courte distance car il y avait plein de photographes et de policiers, et des piétons qui se fatiguaient les yeux à essayer de voir les privilégiés effectuer leur pèlerinage sur le passage clouté. Ils passèrent devant le Chinese Theater, et, pendant de brefs micro-moments, Becca fit comme si elle était célèbre. Elle en eut la chair de poule.

Pendant qu'Annie était aux toilettes, une femme s'approcha de Becca et lui demanda si elle était actrice.

Elle préparait le casting d'une émission et lui donna sa carte de visite.

Lorsque Annie revint, Becca mena d'un pas chancelant son amie jusqu'à un coin de la pièce et défroissa la carte qu'elle serrait dans sa main moite pour l'examiner.

BOÎTE À SOSIES PRODUCTIONS
ELAINE JORDACHE, FONDATRICE/CRÉATRICE
HOLLYWOOD, CA

Les Grandes Plaines

Lisanne s'offrit un compartiment de première classe. Elle était si soulagée de ne pas avoir à prendre l'avion que la sensation de détente qu'elle éprouva au moment où le train quittait Union Station avait presque quelque chose de voluptueux. Elle resterait en contact avec les personnes qui s'occupaient de son père ainsi qu'avec le bureau grâce à son téléphone portable, répondant au pied levé à toutes les questions que pourrait lui poser l'intérimaire. Il lui faudrait deux jours pour atteindre Chicago. Elle changerait alors de train et arriverait à Albany dans les vingt-quatre heures suivantes.

Elle se retrancha dans son compartiment, munie d'un livre de poche plein de retranscriptions de boîtes noires récupérées après des accidents d'avion. Elle rit un peu de sa propre morbidité – c'était comme regarder *La Famille Addams* avant d'aller se coucher – ; pourtant, chaque fois qu'elle se plongeait dans le livre, le bien-fondé de sa décision de prendre le train était renforcé. Oh, mon Dieu ! pensait Lisanne. Mes peurs sont complètement justifiées.

L'une des retranscriptions était particulièrement poignante. Un avion d'Alaska Airlines qui reliait Puerto Vallarta à San Francisco avait plongé dans le Pacifique. Il était clair à l'écoute du dialogue que le capitaine savait qu'ils n'arriveraient pas à destination. Mais ce qui hantait Lisanne était l'annonce qu'il avait faite aux passagers. Il leur avait expliqué que Los Angeles se trouvait sur la droite et qu'il n'anticipait aucun problème une fois qu'il aurait mis « quelques sous-systèmes en route » – ceci après que l'avion eut péniblement récupéré d'un plongeon en piqué. L'atterrissage anticipé à l'aéroport de Los Angeles, avait-il poursuivi, était prévu dans moins d'une demi-heure. Lisanne supposait que, au moment de son annonce, les passagers condamnés, dont bon nombre avaient dû être blessés durant la chute libre, étaient sans doute en état de choc. Des mois durant, elle lut et relut ce compte rendu, se représentant le Vol 261 comme une sorte de vaisseau fantôme, les quatre-vingt-huit paires d'yeux de ces âmes perdues (l'expression préférée du livre, chaque drame aéronautique s'achevant en règle générale par « toutes les âmes à bord furent perdues ») à jamais fixées sur Los Angeles, condamnées à tourner autour d'une destination qu'elles n'atteindraient jamais. Au moment où le pilote attirait leur attention sur L.A. – « là-bas sur la droite » –, Lisanne s'imaginait les dernières pensées et les derniers souhaits de ces passagers tournés vers la ville tentaculaire avec une intensité incompréhensible, tel un laser, un désir désespéré qui avait peut-être au bout du compte survécu à leurs corps physiques. (Peut-être était-ce simplement son père qui parlait. C'était le genre de théorie exaltée et fantaisiste qu'il aurait avancée à la table du dîner, sinistrement transcendante, obscurément romantique ; le genre d'argument qui intimidait sa mère et la faisait se sentir insignifiante.) Notre intention, avait dit le pilote à la tour de contrôle, est d'atterrir à Los Angeles.

En train, les repas étaient d'ordinaire pris en commun, mais Lisanne qui n'avait pas l'énergie de faire la conversation ni de raconter des histoires personnelles, mangeait dans son compartiment. De temps à autre, pour rompre la monotonie, elle prenait un café dans la voiture panoramique. Les rails étaient en mauvais état et les wagons bringuebalaient. Son corps aussi ballottait, mais Lisanne n'éprouvait aucune gêne car il y avait tellement de personnes obèses dans le train – les habitants de L.A. n'était pas représentatifs des Américains, mais les passagers de ce train, si. Peinarde et invisible, à l'abri des turbulences, elle passa tranquillement en mode « observateur »… Une famille se frayait un chemin le long du couloir cahotant. La petite fille à l'air studieux dit aux autres : « Bon, si vous avancez en vous cramponnant, tout se passera bien. » Quel amour, et si distinctement américaine : un ange gardien en herbe. Lisanne eut l'impression de se voir elle-même enfant. Un jeune homme au crâne rasé passa, il portait un t-shirt sur lequel était inscrit : LA DOULEUR C'EST LA FAIBLESSE QUI QUITTE LE CORPS. Elle vit un type à tête d'ermite qui regardait fixement par la fenêtre, une lourde plaque posée sur ses cuisses. Elle crut d'abord que c'était un plateau avant de regarder de plus près – il avait minutieusement sculpté une plaque à la mémoire des policiers et des pompiers morts le 11-Septembre. « Comme c'est beau ! » dit-elle. Elle estimait sincèrement qu'il s'agissait là d'un extraordinaire exemple d'art populaire. L'ermite la remercia avec indifférence, sans jamais détourner les yeux du panorama mystérieux des plaines du Kansas. Si américain aussi, cet excentrique ! Américains, tous.

Une chose que Lisanne trouvait étrange : ils avaient parcouru des centaines de kilomètres à travers des villes, petites et moyennes, mais elle avait rarement vu âme qui vive. La locomotive passait à toute vitesse, bruyamment, ou lourdement, devant les maisons à toits de bardeaux, certaines abandonnées, d'autres à demi construites, nombre d'entre elles visiblement habitées, pourtant Lisanne ne voyait jamais personne dans les jardins ni les allées – pas de pillards ni d'enfants, pas de personnes oisives ou occupées à regarder les trains, personne au travail dans les jardins, ni même visible à travers les fenêtres, cuisinant, criant, lisant ou agité, écrivant ou résigné. Elle avait beau se creuser la tête, elle ne trouvait aucune explication. Elle pensait au vol d'Alaska Airlines – à des vaisseaux fantômes et des trains fantômes, des mères et des pères fantômes dans une plaine fantomatique. Comment s'appelait ce film qu'elle avait vu sur une chaîne payante et qu'elle avait tant aimé ? *Ghost World.* Ça voulait bien dire ce que ça voulait dire.

L'hôtesse, une jeune Noire lente, apporta le dîner. Lisanne arrangea méticuleusement la nourriture sur le plateau de métal qui coulissait sous la fenêtre froide de son compartiment privé. C'était agréable de manger seule face au soleil couchant, le spectacle du monde défilant devant sa vitre. Si elle avait pris l'avion, elle serait depuis longtemps arrivée.

Juste avant de s'endormir, Lisanne pensa à la famille dont elle avait lu l'histoire dans le *New York Times*. Tous ses membres avaient péri en France, dans un incendie à bord d'un train à grande vitesse. Seuls les passagers des premières classes étaient morts. La même chose s'était produite aux États-Unis quelques années plus tôt, mais elle préférait ne pas y penser. Les phobies étaient ainsi – soit vous en aviez une, soit vous n'en aviez pas. Lit baissé, bien enfoncée sous les couvertures roses râpées de rigueur, Lisanne se sentait en sécurité, certaine de survivre à n'importe quel petit incendie ou déraillement qui pourrait survenir.

Juste avant d'arriver à Chicago, Lisanne se doucha dans la salle de bains aussi exiguë qu'un placard. L'eau était chaude et agréable, et le fait de se laver dans cette espèce de cercueil vertical avait quelque chose d'absurdement comique qui la fit sourire. En regardant les gros replis blancs de sa chair, elle se sentit comme un animal à la foire du comté. Elle se mit à rire en s'imaginant coincée dans la cabine de douche et se représentant l'hôtesse dure à la détente obligée de l'extraire de là.

Elle avait quatre heures à tuer et voulut déjeuner dans le grand magasin Marshall Field's. Mais comme le salon grandiose était défraîchi et déprimant, elle déjeuna dans un petit hôtel qui faisait partie d'une chaîne, mal éclairé et prétentieux, meublé de chaises et de lampes gigantesques et ridiculement stylisées. Après son repas, elle se promena jusqu'à la tour Sears. Le vent soufflait et elle ne cessait de se répéter comme une imbécile : « La Ville venteuse, la Ville venteuse, la Ville venteuse. » Elle essaya d'appeler sa tante mais n'arriva pas à la joindre.

Elle fut heureuse de remonter à bord du train. Elle s'imagina voyageant tout le temps ainsi, de ville en ville, de gare en gare, d'est en ouest, travaillant incognito pour Amtrack en tant qu'inspectrice chargée du contrôle qualité, une vieille fille corpulente qui resterait dans son coin et serait connue pour prendre ses repas seule. Elle songea sérieusement à changer son billet de retour pour pouvoir prendre la route du sud jusqu'à Jacksonville, puis La Nouvelle-Orléans, au lieu de rentrer par Chicago.

Lorsqu'elle arriva à Albany, son père était mort.

Gala de bienfaisance

Il feuilletait le journal. Viv était encore en train de se préparer. Le chauffeur attendait dehors pour les emmener au gala de bienfaisance.

Kit parcourait toujours les articles du *Times* à la recherche d'idées de films. Peut-être en trouverait-il une qu'il pourrait développer et réaliser. Merde, son copain Clooney l'avait fait. Nic Cage et Sean, Denzel et Kevin – citez un film et il y avait des chances pour qu'un acteur ait été « à la barre ». Il y avait un article sur une femme accusée d'avoir donné des somnifères à sa fille et de lui avoir rasé la tête pour convaincre la communauté qu'elle avait une leucémie qui nécessitait de multiples collectes de fonds. Elle avait même envoyé la gamine chez un psychiatre pour la préparer à la mort. Un autre article racontait l'histoire de deux frères de Wichita qui étaient entrés par effraction dans une maison et avaient forcé un groupe d'amis âgés d'une vingtaine d'années à avoir des rapports sexuels les uns avec les autres avant de mettre en scène leur exécution sur un terrain de football enneigé. Au bas de la page se trouvait l'histoire d'un sauteur à la perche qui avait connu une mort insolite en s'écrasant par terre. La dernière chose qu'il avait dite avant de courir à sa mort était : « C'est mon jour, papa. »

« C'est quoi ce truc auquel on va ? » demanda Kit lorsque Viv entra dans la pièce à grands pas, effrontée et splendide.

Il flaira son odeur tel un animal.

« Un gala de bienfaisance au profit de Char Riordan, répondit-elle. C'est une directrice de casting – merveilleuse. Je l'adore.

– Télévision ? »

Elle acquiesça.

Viv Wembley était aussi célèbre que son petit ami, mais dans un registre différent. Elle était l'une des vedettes de *Ensemble*, une sitcom cotée qui était diffusée depuis longtemps.

« C'est elle qui m'a choisie pour ma première pièce et mon premier téléfilm. J'étais demoiselle d'honneur à son mariage à Martha's Vineyard.

– Alors c'est quoi, son problème ?

– Sclérodermie.

– À tes souhaits.

– Très drôle.

– Scléroquoi ?

– Sclérodermie.

– Qu'est-ce que c'est que ça ?

– Aucune idée ! C'est dans les tissus ou je ne sais quoi. Elle a plus ou moins l'air d'un monstre – comme si elle pourrissait.

– Charmant.

– Si jamais j'attrape un truc comme ça, promets-moi de me tuer.

– Après t'avoir baisée. Ou peut-être pendant. »

Elle lui donna une légère tape comme ils grimpaient dans la limousine. Lorsqu'ils s'arrêtèrent devant l'hôtel, les photographes en délire crièrent leurs noms. Alf Lanier, un de leurs amis, lui-même star de cinéma malgré son jeune âge, joua des coudes pour les rejoindre puis effectua son numéro de bouffon tandis que le trio posait dans le crépitement stroboscopique des flashes.

« Qu'est-ce que tu fabriques ici ? demanda Kit à voix basse pour plaisanter.

– C'est pas la soirée pour Michael J. Fox ? répondit Alf.

– Tu es vraiment trop con, intervint Viv avec un sourire espiègle.

– Espèce d'abruti, murmura Kit à l'oreille d'Alf pour se faire entendre par-dessus le raffut des *vautourazzi*. Tu ne savais pas que c'était le bal masqué anti-lymphomes ?

– Vous feriez mieux de la fermer ! » lança Viv, amusée par leur badinage.

Alf prit un air outré et riposta à l'intention de Kit :

« C'est la soirée mucoviscidose-autisme, espèce de connard insensible.

– Oh, merde, s'exclama la superstar d'un air contrit. Je me suis planté. Mais es-tu absolument sûr que ce n'est pas le téléthon anti-cyclothymie Lou Gerhig cancer du nichon variole du singe ? »

Ils continuèrent ainsi tandis que Viv les entraînait dans la salle.

Coups de poing

Les bureaux de Boîte à Sosies Productions se trouvaient dans Willoughby Avenue, non loin de l'endroit où la troupe Metropolis avait son théâtre. Becca s'y rendit un samedi. Avant de gravir l'escalier, elle remarqua la Lexus cabossée arborant une plaque minéralogique personnalisée :

Elaine Jordache, une quinquagénaire esquintée, aux cheveux noir de jais pelliculeux, avait des yeux de prédateur qui conservaient néanmoins quelque chose de chaleureux. Elle buvait dans un gobelet de chez Coffee Bean & Tea Leaf bordé de traces de rouge à lèvres. Des photos d'acteurs sur papier brillant recouvraient le moindre espace disponible des murs ; des photocopies et des contrats standard jonchaient le sol et le bureau dans un simulacre d'activité. Elle débarrassa une chaise et invita Becca à s'asseoir au milieu du bordel. Elaine expliqua qu'elle devrait répondre elle-même si le téléphone sonnait – son assistante était en congé maladie et elle attendait un important coup de fil du Danemark. Il se trouvait, expliqua-t-elle, que Boîte à Sosies faisait une tonne de business avec le Danemark.

« Qu'avez-vous pensé du spectacle ? » demanda-t-elle.

Becca fut confuse, puis elle comprit qu'Elaine parlait de la première de *Six Feet Under*.

« C'était sensationnel ! Ohmondieu, c'est vous qui vous êtes occupée du casting ?

– Une bonne amie à moi, répondit-elle en secouant la tête. Une protégée. Elle s'occupe des figurants. Elle fera bientôt les premiers rôles, vous verrez – elles viennent toutes de remporter un Emmy[1]. Les filles qui s'occupent du casting de la série. Il faut dire qu'elles font un boulot fantastique. Mais on s'abîme la santé à faire des séries. C'est l'usine. Des tonnes de nouvelles têtes, chaque semaine que Dieu fait. Elles vont vouloir passer à autre chose. » Elle tira une cigarette d'un étui en argent qui avait l'air ancien, puis farfouilla sous les contrats à la recherche d'allumettes. « Mais c'est marrant quand vous êtes jeune. Elles se démènent vraiment pour vous. Tout le monde veut en avoir pour son argent. J'ai bossé avec tous les grands – Altman, Ashby, Nic Roeg. Savez-vous au moins qui est Nic Roeg ? » Becca secoua la tête. « Ah, pourquoi le sauriez-vous ? Mon Dieu ! quand je travaillais avec Nic, j'étais un bébé – votre âge. Il était marié à Theresa Russell. Quel couple ils formaient : chaud, chaud, chaud ! J'ai une Theresa Russell fabuleuse, mais je ne peux pas l'utiliser. Je l'ai vue dans la rue – elle-même ne sait pas qu'elle ressemble à Theresa. Qui se souvient de Theresa Russell ? »

---

1. *Emmy Awards*, trophées récompensant les professionnels de la télévision. *(N.d.T.)*

Elaine trouva une pochette d'allumettes et alluma sa cigarette. Elle plongea la main dans un tiroir de classement en acier et tendit à Becca une photo grand format – une jolie fille aux cheveux blonds ondulés retombant sous un chapeau mou, telle une starlette d'antan.

« La voici », dit Elaine. Becca remarqua un peu d'acné sur le menton qui aurait dû être retouché. « C'est ma Theresa, pour ce que j'en tirerai. Je ne sais même pas où elle est. Téléphone déconnecté. Elle travaillait soit chez Target, soit chez Hooters, je ne sais plus lequel. Peut-être chez Costco. Je me mélange les pinceaux entre tous mes petits jeunes.

– Qu'est-ce que vous faites ici ? » demanda ingénument Becca.

Elaine rejeta littéralement la tête en arrière et éclata de rire.

« Ce que je "fais" ? Je fais dans le sosie ! Allô, Becca, ici la Terre ! Enfin quoi, c'est ce qui est écrit sur la carte, non ? Des sosies. J'engage des sosies. » Becca semblait toujours perplexe. « Pour les salons professionnels et les événements exceptionnels, d'accord ? Réceptions. Conventions. Sketches de comédie. Vous avez déjà fait de la comédie ?

– J'ai fait de l'impro. Je suis dans Metropolis – la troupe de théâtre. »

Elaine n'était pas impressionnée.

« La semaine dernière, Rusty – mon Russell Crowe – a participé à l'émission de Leno. Vous voyez les pastiches de films que Jay fait parfois ? Comme Johnny Carson avant lui. Bon sang, je travaillais avec Johnny comme pas possible. Il a un emphysème maintenant, le pauvre homme. Mais comme il est plus riche que Crésus je ne vais pas trop le plaindre. J'ai envoyé Rusty au Japon le mois dernier, ils sont fous de Russell Crowe au Japon – et de Drew aussi, ajouta-t-elle avec un clin d'œil. Ils ont fait une commémoration pour le

11-Septembre là-bas. J'ai envoyé mon Russell, mon Clooney, ma Bette. Elle a chanté *Boogie Woogie Bugle Boy*. Quelle voix ! Je recherche désespérément une Nicole – j'ai perdu la mienne pendant la saison des pilotes, mais qu'est-ce que je peux y faire ? Je tuerais pour en avoir une. J'ai par ailleurs deux Ewan, croyez-le ou non. Je pensais qu'ils seraient plus durs à trouver. Le public est friand de duos. Mais la Nicole doit vraiment savoir chanter. *Moulin-Rouge* est devenu une poule aux œufs d'or pour nous. Et, poursuivit-elle d'un ton grandiloquent, j'ai une Cammie Diaz et une Lucy Liu… mais pas de Drew. » Elle inspira profondément. « C'est là que vous entrez en scène. »

Cette nuit-là, Becca força Annie à aller dans une boîte de Playa del Rey qu'Elaine avait recommandée. Certains de ses protégés s'y produisaient.

Le spectacle était une cavalcade de sosies. La plupart d'entre eux étaient ringards, mais quelques-uns avaient un talent naturel d'imitateurs. Annie était défoncée et ne pouvait s'empêcher de rire, tandis que Becca se sentait émue sans pouvoir s'expliquer pourquoi. Un mauvais Kit Lightfoot fit son numéro, puis un Russell Crowe monta sur scène dans une tenue de gladiateur bon marché, et Becca le trouva affreux. C'était un sac de muscles inélégant, son accent était absurde, et il fallait plisser les yeux pour commencer à percevoir une ressemblance. Son opinion sur le jugement d'Elaine Jordache en prit un coup.

Vers la fin du spectacle, après quelques numéros bizarres – une Céline Dion blafarde, un John McEnroe vociférant qui se faisait interviewer par un Larry King aux cheveux longs –, un second Russell Crowe monta sur scène. Becca le trouva presque aussi charismatique que le vrai. Il se passait le dos de la main sur le front comme le personnage d'*Un homme d'exception* et parlait à la manière d'un schizophrène, un monologue intérieur plein d'invention que Becca trouva à la fois drôle et poétique, avec de petits apartés cinglants à l'intention de sa stupide incarnation précédente. Ce Russell Crowe-ci n'aimait pas partager la scène.

Plus tard, les deux jeunes femmes sortirent pour fumer. Annie commençait à être bien stone à cause du vin et de l'herbe, et elles décidèrent de rentrer. Comme elles regagnaient la voiture, Becca vit le second M. Crowe et lança : « Vous avez été sensationnel !

– Merci », marmonna-t-il, tête baissée, comme s'il était toujours dans son personnage.

Elle s'approcha un peu.

« Je suis une amie d'Elaine, balbutia-t-elle. Elaine Jordache. Elle m'a dit que vous étiez au Japon – que vous étiez allé au Japon. »

Il la scruta d'un air méfiant.

« Ah oui ? Ce n'était pas grâce à elle. C'est une connasse – pire – une connasse juive. Et elle essaie de me dépouiller. »

Il tendit l'oreille tel un animal puis fila à toute allure, sprintant dans la rue. Annie retint son souffle puis éclata de rire tandis que Becca, stupéfaite, restait bouche bée. Elles regagnèrent la voiture à la hâte et se chamail-lèrent un moment, Becca tentant d'arracher les clés des mains d'Annie qui insista pour conduire et démarra en faisant crisser les pneus, s'arrêtant au feu rouge juste à temps pour voir le Russell pourchasser son inférieur. Il plaqua son ombre au sol et le bourra de coups de poing. Le plus faible des deux Russell se mit à gémir et à se tortiller sous la pluie de coups telle une marionnette entre les mains d'un marionnettiste despotique.

« Ohmondieu ! », marmonna Annie, et elle enfonça l'accélérateur.

Insomnie à Albany

Il était mort depuis tout juste quarante-cinq minutes lorsque Lisanne arriva. Les infirmières attendaient hors de la chambre tandis que la tante et l'un des voisins de son père le veillaient. Tous les appareils médicaux avaient été débranchés.

Il avait un teint de suif. La tante étala du talc sur ses bras glabres recouverts de bleus mauves, cacha ses parties génitales sous une petite serviette, puis elle tendit le talc à Lisanne et lui fit signe de s'occuper des jambes. Elle ne savait pas trop pourquoi ils faisaient ça, mais ç'avait quelque chose de réconfortant. Ses tibias lui rappelèrent des rampes de bois bien lisses. Le parfum du talc mêlé aux odeurs de la mort était légèrement écœurant. La bouche de son père était déformée par un rictus, comme celle d'un conspirateur dans un tableau religieux médiéval.

Après la crémation, Lisanne rêva à plusieurs reprises qu'un croque-mort lui avait fait un canular et que ce qu'elle prenait pour les restes poussiéreux de son père était en fait ceux d'animaux ou d'hommes indigents. Finalement, pour rompre le cycle des cauchemars, elle se leva et descendit au rez-de-chaussée.

Sa tante était assise dans le fauteuil préféré de son père, à moitié endormie, l'urne froide remplie de cendres posée en équilibre sur une frêle table laquée à côté d'elle. Il avait fallu quatre heures – quatre heures complètes pour brûler un corps puis réduire les os en poussière. Lisanne souleva l'urne, la tourna entre ses mains, puis la reposa doucement. Elle traça un cercle autour, tapota du doigt le vernis de la table. Tout à fait le genre d'objets que les gens apportent à l'émission *Antique Roadshow*, se surprit-elle à penser.

Lisanne mit du lait à chauffer dans une casserole. Tandis que sa tante somnolait, elle se rendit à pas feutrés à la bibliothèque pour parcourir les rayonnages, espérant s'éloigner encore un peu plus de la noirceur du cauchemar. Son père avait été professeur, un homme érudit. Elle fit courir son index le long des tranches : *Pauvreté – Une Histoire* ; *Journal d'une vie érotique de* Wedekind ; *Dictionnaire Norton de la pensée moderne* ; *Les Cent Mille Chants de Milarepa* ; *Le Guide d'Internet pour les bibliophiles* ; un ensemble de cinq volumes vert pâle intitulé *Mexico – A Traves de los Siglos*. Elle ne l'avait jamais vraiment connu, et ce n'était pas grâce à ses livres obscurs et sans vie qu'elle apprendrait à le connaître. Ils s'effriteraient bien assez tôt, comme le corps de leur collectionneur, dont elle avait manqué la sortie à cause de son retard.

« Pourquoi n'as-tu pas pris l'avion ? »

La tante apparut à la porte tel un sombre oracle.

« Parce que ça me terrifie. »

Lisanne marqua une pause, se demandant si elle devait continuer. Pourquoi devrait-elle s'expliquer auprès de cette vieille chouette ?

« Et parce que j'aurais dû me gaver de médicaments, ce qui me met toujours mal à l'aise. »

La comédie minable de sa nièce fit grimacer la vieille femme, mais elle ne répondit rien. Elle quitta la pièce.

Lisanne gravit l'escalier et retrouva le lit dans lequel elle dormait lorsqu'elle était enfant – le lit dans lequel sa mère avait choisi de mourir, dix ans plus tôt. Elle avait aussi manqué ce décès-là.

Elle prit un demi Ativan et se glissa sous les couvertures, s'imaginant à bord d'un 747, en première classe, choisissant parmi les vins et les fromages présentés par le beau steward…, plaisantant avec un passager dragueur après une zone de turbulences…, l'atterrissage sans incidents…, le vol de correspondance et l'arrivée rapide à l'hôpital…, les yeux abyssaux de son père remontant une ultime fois à la surface lumineuse de la mer à l'apparition imprévue de sa fille, et le soulagement larmoyant de sa tante comme elle pénétrait dans la pièce…, une communion de mains pieusement entrelacées tandis qu'il laissait échapper un dernier souffle chantant, puis s'enfonçait à nouveau dans les profondeurs saumâtres.

Tandis que le médicament commençait à faire effet par vagues douces, Lisanne se prit à penser à son petit ami du lycée. Sa tante avait affirmé que Robbie était revenu vivre en ville six mois plus tôt. Ça faisait au moins dix ans qu'ils ne s'étaient pas parlé, et elle décida de le revoir avant de reprendre le train pour Chicago dimanche soir.

Numéro sur commande

« Qu'est-ce qu'on fout ici ? » demanda Kit.

Ils étaient dans une boîte du Strip fréquentée par de jeunes stars de la télévision.

« Mes racines, bébé, répondit Alf. C'est la télévision qui a fait de moi ce que je suis. Et j'adore revenir pour m'occuper des petits jeunes. » Il balaya la pièce du regard avec un sourire de vautour. « Tu es vraiment trop, Kitchener. Ta putain de présence suffit à les rendre *dinguoïdes*. Regarde-les ! Regarde ! Ils essaient de la jouer cool et de ne pas croiser ton regard – triste mais tellement mignon ! »

Kit regarda autour de lui avec un dégoût exagéré.

« Je rencontre assez de connards de la télé avec Viv.

– Tu crois que tu vas l'épouser ?

– Mec, j'en sais rien. C'est dur. Putain, c'est dur. Parfois je me dis que ce serait… plutôt génial ? Tu sais, je l'aime – vraiment.

– Je sais. Je sais. Nana super.

– Parfois je me dis : O.K. Faisons-le. Avec bébé et tout. Parce que c'est une bombe, je l'ai dans le sang, mec. Et à d'autres moments, je suis juste là à fixer le plafond. Et c'est genre… Hé ! Je peux pas laisser tomber les putes. »

Alf devint silencieux.

Ils éclatèrent de rire, descendirent leurs verres d'alcool.

« Toujours dans ton plan bouddhiste ?

– Toujours », répondit Kit machinalement. Il était habitué aux questions posées sans enthousiasme. « Je suis un bouddhiste qui ne pratique plus, ajouta-t-il avec un petit sourire satisfait.

– Un moine déchu.

– C'est ça, mon chou. Après la chute.

– J'ai lu cette interview d'Oliver Stone. Il disait qu'il était attiré par le bouddhisme parce que ça n'avait rien à voir avec la moralité contrairement à la plupart des religions.

– Conneries, répliqua Kit. Le bouddhisme n'est qu'une question de moralité. Réflexion juste, Action juste.

– Je crois que je vais vraiment essayer de m'y mettre, dit Alf.

– Hhm, hhm.

– Je suis sérieux – au moins à la méditation. Un de mes potes a cette machine, ce masque avec un casque qui produit des lumières et des sons dingues. Très années soixante, frangin. Censé te plonger dans un état alpha sans avoir à attendre dix heures par jour. Une sorte de démarrage au quart de tour. Il gobe des champis, puis il enfile son appareil. Parce que je sais pas si je pourrais faire ça – tout ce temps que tu passes assis. Je veux dire, j'ai de la discipline mais…

– Tu as de la discipline pour te faire sucer.

– Par ton père. Et il fait ça bien. Je suppose qu'il s'est beaucoup entraîné sur toi. J'écoutais ces cassettes de Joseph Campbell en allant à Vegas. Celles avec Bill Moyers[1]. Downey les adore. On était en route pour aller voir les Stones. Tu as déjà écouté ces machins de Campbell ? Il est hallucinant.

1. Joseph Campbell (1904-1987), anthropologue américain. Bill Moyers (né en 1934), journaliste américain. Auteurs de la série documentaire *The Power of Myth* (1988). *(N.d.T.)*

– Va dans un monastère. Je te mettrai en relation. »

Kit grimaça en entendant ses propres paroles. Il détestait son comportement récent, sa façon d'être, de parler, de penser. Sa seule consolation était de se dire qu'au moins il était conscient de vivre une régression karmique perversement pathétique. Des années durant il avait été minutieux, irréprochable, attentif – maintenant il était frivole et inepte, gaspilleur, idiot. Un baratineur flasque : chaque geste et chaque souffle étaient faux, vulgaires, mauvais. Il était un puits empoisonné. Être dans sa peau devenait intolérable. Il avait depuis longtemps trahi les préceptes et l'esprit de sa pratique. Quand il pensait à Gil Weiskopf Roshi, son gourou-racine, qui observait son style de vie depuis l'au-delà, Kit frissonnait de gêne avant de remarquer que même sa honte et son remords étaient bidon et hypocrites. Ce genre de digression masochiste formait la toile de fond de ses jours.

Alf vit un ami approcher depuis le bar.

« Attention, voilà mon pote Lucas. Bon petit acteur – a reçu un Golden Globe. »

Lucas arriva. Il salua son ami, puis se tourna vers Kit, ébloui.

« Je voulais juste vous dire que je suis un grand admirateur de votre travail.

– Merci.

– Et Viv est géniale, aussi. Je viens de tenir un rôle dans *Ensemble*. C'est quelqu'un de bien. Très cool. »

Alf se leva.

« Je reviens tout de suite. Je vois quelqu'un que je crois avoir envie de baiser.

– Garçon ou fille ? demanda Kit.

– Garçon efféminé », répondit Alf. Il se pencha vers Lucas et lui lança en aparté : « Essaie de ne pas baver sur mon frangin, O.K. ? »

Kit n'était pas ravi de se retrouver avec le jeune prodige sur les bras.

« Vous êtes branché bouddhisme, non ?

– Si. »

Oh bon Dieu c'est parti ! Il sentit soudain combien il
était soûl.

« Ma sœur est complètement là-dedans. Elle a passé
neuf mois dans un ashram dans les Bahamas. Comment
ça s'appelle, la méditation ?

– Il en existe différents types.

– Ça commence par un *v*…

– *Vipassana* ?

– Ouais ! C'est ça – *vipassana*. Ce truc, c'est du
sérieux. Elle est aussi à fond dans le yoga. Elle est très
proche de Mariel Hemingway qui, elle, est complètement accro. Elle a écrit ce mémoire – Mariel, pas ma
sœur – où chaque titre de chapitre provient d'une position de yoga. Vous avez lu ça ?

– Non. »

Il mit son amour-propre de côté. Quel intérêt aurait-il
à se payer la tête de ce gamin nerveux ?

« Alors, ça fait combien de temps que vous connaissez Alf ? demanda Kit.

– On a fait cette série, un remplacement d'été. On
était plus ou moins colocataires – on vivait juste en bas
de Hustler's. Dans Sunset. Avant ça, on était tous les
deux serveurs au Viper. On allait aux castings ensemble,
on couchait l'un avec la copine de l'autre. Vous voyez
le tableau. Alfie est allé un peu plus loin que moi
niveau carrière. Mais je ne me plains pas.

– Vous avez remporté un Globe ! Ce n'est pas rien.
Pour quel film ?

– *Chanson sauvage*.

– D'accord ! L'informaticien atteint du syndrome de
Tourette ? Mec, je l'ai vu. Viv vous a trouvé sensationnel.
Elle n'arrêtait pas de me tanner pour que je le regarde.

– Merci. Je n'arrive pas à croire que vous ayez regardé ça ! Merci. Oui, c'était difficile, parce qu'il y avait tellement de films sur ce syndrome. C'est dur de sortir du lot.

– Il vous est arrivé de croire que vous alliez vous planter ? Je veux dire, vous prenez un sacré risque quand vous jouez un handicapé. Je ne crois pas que j'aurais les tripes.

– J'ai fait pas mal de recherches. »

Alf regagna la table accompagné d'une rousse qui arborait un minuscule dragon tatoué sur le cou. Ils continuèrent de batifoler pendant que Kit et Lucas, penchés l'un vers l'autre, discutaient comme s'ils étaient les nouveaux meilleurs amis du monde.

« J'en suis venu à connaître beaucoup de malades. Mon comptable est lui-même atteint du syndrome de Tourette.

– Tu dois le faire, dit Alf, qui avait entendu Lucas. Faut que tu refasses ton numéro des Golden Globes !

– Tu veux dire maintenant ? » demanda Lucas avec un pétillement dans les yeux.

Alf savait que son pote ferait n'importe quoi devant L'Idole, pour amuser la galerie.

« Kit, faut que tu voies ça !

– Quoi ? » demanda Kit avec un demi-sourire.

Il vida un autre verre d'alcool.

« O.K., je vais vous montrer », dit Lucas. Il parlait directement à la superstar, comme si c'était Kit, et non Alf, qui le lui avait demandé. « Mais seulement si vous me trouvez un rôle dans votre prochain film.

– Marché conclu, répondit Kit pour voir.

– C'est parti », lança Alf en se frottant les mains.

Lucas se leva et se glissa instantanément dans la peau de son personnage du petit écran, aboyant, crachant et dégueulant des obscénités, le tout accompagné de spasmes d'une précision saisissante. Les clients de la boîte stupéfaits restèrent silencieux, puis ils se mirent à hurler, à rire, à lancer des cris de guerre.

Dépité, Kit se retrouva à rire plus fort que tous les autres – les badauds éblouis devaient presque se dire qu'il faisait partie du spectacle. Il s'était senti si malheureux et délabré, et maintenant tout le dégoût qu'il s'inspirait à lui-même ressortait avec une fureur irrépressible.

Salon de l'auto

Becca arriva au palais des congrès de L.A. de bonne heure. Elle se rendit au stand Subaru, mais il n'y avait personne.

Comme elle quittait la salle d'exposition pour aller chercher un café, Elaine arriva avec un troupeau de sosies à sa suite. Elle était heureuse de voir « Drew » – elle tenait à appeler ses poussins par leurs noms de célébrités – et la présenta rapidement à Cameron, Louie (Anderson), Cher et Whoopi. Comme elle poussait Cameron vers elle, elle déplora que Lucy (Liu) qui avait des problèmes de voiture ne puisse pas venir. Aujourd'hui, le Salon de l'auto allait devoir se satisfaire de seulement deux Drôles de Dames.

Quelques employés distants apparurent et ricanèrent doucement tandis qu'Elaine rassemblait ses canetons pour un séminaire improvisé. Subaru avait choisi comme slogan « Hourra pour Hollywood ! » et les sosies étaient censés encourager les visiteurs à s'asseoir dans les voitures, à donner des coups de pieds dans les pneus, et ainsi de suite. Avant même qu'Elaine eût terminé, Whoopi fonça tête baissée, bombardant un couple de Japonais de bons mots façon *Académie des neuf*. La Louie se sentit encouragée et souleva impulsivement une jeune fille prépubère pour la placer de force debout dans l'un des coffres de voiture ouverts. Le père se mit à prendre des photos de sa fille perplexe qui ricanait bêtement.

La Cameron était au début mal à l'aise, mais lorsqu'elle n'était pas occupée à divertir les clients, elle parlait avec excitation à Becca du grand projet *Drôles de Dames* d'Elaine Jordache. Elle était grande et n'avait pas de fesses. Becca se dit que la chose qui ressemblait le plus à Cameron chez elle était assurément son sourire, qui brillait de façon grotesque sans raison particulière. Elle portait un appareil transparent (elle disait qu'elle était « en chantier ») afin de donner à ses dents l'écart et la blancheur de celles de Cameron ; ses lèvres étaient recouvertes d'un rouge à lèvres brillant couleur raisin mal appliqué. Becca ne comprenait pas pourquoi elle n'avait pas accordé à sa bouche – son principal atout – un peu plus de temps de préparation.

Des gamins vinrent les harceler.

« Est-ce que vous êtes censée être Drew Barrymore ?

– Oui », répondit Becca en tendant le bras vers l'une des voitures. Elle se disait qu'elle ferait aussi bien de les utiliser pour s'entraîner. « Maintenant, sois un ange et va t'asseoir dans la nouvelle Impreza – tu vas être impressionné !

– Assieds-toi sur ma bouche ! » grommela l'un des gamins. Ils se tordirent de rire jusqu'à ce qu'un employé à l'air mauvais les fasse détaler. Lorsqu'ils furent en sécurité, l'un des garçons cria : « Hé, tout le monde ! Drew Barrymore ! Là-bas ! C'est Drew Barrymore et Cameron Diaz de *Drôles de Dames* ! » Et son copain d'ajouter : « Pipes gratos, pipes gratos ! Elles taillent des pipes gratos ! »

Ils disparurent dans la foule.

Becca se présentait en tant que Drew (comme l'avait demandé Elaine) et menait les visiteurs aux voitures. En règle générale, les gens étaient gentils et la flattaient sur sa ressemblance. Elle avait lu que beaucoup de grands pontes de Hollywood venaient au Salon de l'auto – vous ne saviez jamais à qui vous alliez faire de l'effet. Son charme du Sud et sa personnalité radieuse allégeaient le fardeau de tout le monde. Elle avait même gagné les employés à sa cause.

Après environ une heure, elle fit une pause. Elle vit Elaine debout près d'un utilitaire customisé en train de se disputer avec le beau gosse qui avait imité Russell Crowe à Playa del Rey. Becca se cacha derrière un stand et tendit l'oreille.

« Je t'avais demandé d'apporter l'armure ! siffla-t-elle.

– Je t'ai déjà dit que je ne la trouvais pas. Je ne voulais pas être en retard. »

Il était docile – rien à voir avec son comportement brutal de l'autre nuit.

« Eh bien, la prochaine fois que je te demande de l'apporter, apporte-la. Ou il n'y aura plus de prochaine fois. Ils ont expressément demandé l'armure, et maintenant je ne sais même pas s'ils vont payer pour ta présence, tu comprends ? Quand tu demandes Mickey, tu t'attends à avoir les foutues oreilles. » Elle tapa du pied avec agacement. « Tu ferais bien de faire plus attention ou il n'y aura ni Londres ni tournée européenne. Compris ?

– Tu y vas un peu fort, tu trouves pas ?

– Il n'y aura pas de tournée européenne, Rusty ! Je me fais bien comprendre ? »

Il fixait le sol avec cet air timide qui avait charmé Becca la première fois qu'ils s'étaient rencontrés.

« Compris. »

Elaine s'éloigna comme une furie.

Rusty – elle se demandait quel était son vrai nom mais aimait bien « Rusty » – approcha de l'espace Subaru, vaincu. Elle repensa à la scène où Joaquin Phoenix poignarde Maximus, le blessant mortellement avant leur affrontement au Colysée. Becca contourna discrètement le stand pour qu'ils puissent approcher en même temps. Lorsqu'il la vit, il sembla à la fois tendre les bras vers elle et battre en retraite. Elle le salua, et le hochement de tête qu'il lui adressa en retour la fit fondre. Becca vit son air soudain accablé tandis qu'il se tenait là dans son costume miteux d'*Homme d'exception*, regardant la Louie qui folâtrait avec des enfants. Il écouta les autres sosies se présenter en utilisant leur nom de célébrité et sembla s'armer de courage ; puis, dans un sursaut remarquable, il s'approcha d'un couple de jeunes Noirs et lança d'une voix vigoureuse : « Salut, les amis ! Je suis Russell Crowe. Venez prendre place dans la Subaru Baja ! Je vous assure que vous ne serez pas déçus par cette belle Mexicaine. Et je vais vous faire une *Révélation*, cette bête en a dans le ventre – parole de Crocodile Dundee ! Alors approchez, balancez une crevette sur le barboc et laissez-moi vous dire quelque chose de strictement *L.A. Confidential*. L'*Homme d'exception* que je suis compte bien donner à ce *Gladiator* (bras décrivant un arc de cercle en direction de la portière brillante du côté passager) l'oscar… de la Meilleure Voiture de l'année ! »

Le pompier enfumé

La rangée froide et minable de cottages à bardeaux rouges s'appelait « The Albany ». Une voix à l'intérieur d'elle – la voix snob de L.A., l'ironie pince-sans-rire de son patron, Reggie Marck – disait : « Hé ! difficile de faire plus imaginatif. »

Robbie ne voulait pas l'emmener chez lui, et elle savait que ça voulait dire qu'il avait quelqu'un. Mais peut-être pas. Lisanne ne poserait pas de questions. Peut-être qu'il avait un colocataire à qui il avait honte de la montrer, le genre de type qui le chambrerait parce qu'il se tapait une grosse vache. Elle comprenait. Elle n'avait jamais fait l'amour alors qu'elle pesait un tel poids. Il semblait excité, et en plus, elle s'en fichait. Elle voulait juste la communion. Elle avait presque oublié comment c'était.

C'était un athlète au lycée. Ç'avait été torride entre eux, mais quand Lisanne avait été acceptée à Berkeley, ils avaient rompu. Robbie était resté et s'était mis à conduire une ambulance, avec l'intention de s'inscrire un jour en école de médecine. Quand la société pour laquelle il travaillait avait fait faillite, il avait suivi une formation pour devenir pompier secouriste et avait commencé à travailler pour la municipalité. Il prétendait s'être blessé au dos en soulevant un brancard et avait fini accro aux analgésiques. Il était retourné vivre chez sa mère et, à son décès, avait hérité d'une petite somme d'argent. Lisanne ne voulait pas trop connaître les détails.

Robbie était toujours un bon coup. Elle cria et interpella Dieu. Elle en fut la première surprise. Il lui fit un cunnilingus, ce qui la mit mal à l'aise ; elle recouvrit instinctivement le gras d'une cuisse d'une main tout en remontant les plis de son ventre de l'autre. Tandis qu'il besognait entre ses jambes, elle songea à s'inscrire à un programme pour obèses à l'Université de Californie. Vous avaliez sept cents calories par jour pendant des mois et vous perdiez trois ou quatre livres par semaine, le seul inconvénient étant que, tandis que votre corps se mettait à dévorer ses réserves de graisse, vous aviez une sale haleine. Il y eut un moment de gêne lorsqu'il suggéra qu'elle avait l'air d'avoir des pertes. Elle alluma une lampe, mais il s'agissait juste d'un petit bout de papier toilette. Il se remit au labeur – rien ne semblait le dégoûter.

Robbie alluma un joint post-coïtal, ce qui le rendit tout joyeux. Elle fuma et s'étouffa. Il lui demanda si elle voulait venir voir sa maison (celle qu'il avait achetée et retapait lentement) et rayonna comme un gourou de seconde zone lorsqu'elle accepta. Les théories de Lisanne concernant son colocataire étaient peut-être fausses après tout.

Le trajet fut glacial et silencieux. La camionnette sentait la désuétude et les cigarettes, la vieille boue, les prospectus, les promesses de vinyle déchiré. Ça faisait longtemps que Lisanne n'avait pas été si défoncée. Elle se concentra sur la longue tige de métal tremblante du levier de vitesse, le cristal de la boule de billard numéro huit coincé entre les doigts recourbés de Robbie tel un cœur d'animal. Elle observait les motifs obscurs, masculins, impénétrables, de ses changements de vitesse avec une attention d'experte. Le moteur dégageait de la chaleur ; il n'y avait même pas de radio. Son ex semblait perdre de sa fougue en conduisant, mais Lisanne se dit que c'était peut-être parce qu'il n'y avait plus d'herbe. Il était clair que Robbie fumait beaucoup.

Une légère rafale de neige souffla comme ils s'engageaient dans l'allée. Ça lui rappelait le lycée, les cours séchés pour aller faire des cochonneries.

« Ça fait combien de temps que tu es revenu ? demanda-t-elle comme ils descendaient de la camionnette.

– Environ un an, répondit-il. Ma grand-mère vit avec moi.

– Je croyais que mémé était morte !

– Ça, c'était la mère de ma mère – tu te souviens d'Elsa ?

– Bien sûr, répondit-elle.

– Eh bien, Elsa est morte environ un an après maman.

– C'est terrible.

– Oui, mais bon, le moment était venu pour elle de partir.

– Donc, c'est la mère de ton père ?

– Hum, hum.

– Je crois que je ne l'ai jamais rencontrée. »

Lorsqu'ils entrèrent, la maison était remplie d'ombres. Un nuage de parfum incommoda Lisanne comme un chiffon imbibé de chloroforme. Une petite silhouette d'aigle les regardait depuis l'autre côté du comptoir de la cuisine.

« Maxine ?

– Oui ? »

Lisanne se sentit soudain gênée de ne pas avoir pris de douche. Robbie avait les yeux injectés de sang. Elle se sentait louche et coupable.

« Je te présente mon amie Lisanne, de L.A. – son père vient de mourir. Je t'ai parlé d'elle, ajouta-t-il. Nous étions au lycée ensemble.

– Bonjour », dit Lisanne, s'égayant comme une perdante.

Putain joviale.

Elle avait toujours l'impression de voir à travers un
kaléidoscope à cause de l'herbe.

« Salut », lança la femme.

Ses traits devinrent plus distincts à mesure que les
yeux de Lisanne s'accoutumaient à la lumière. Elle
semblait avoir dans les soixante-dix ans, avait un corps
svelte et une expression de prédateur. Elle était habillée
avec soin et Lisanne estima que sa garde-robe devait
être d'époque – Chanel ou YSL.

« J'étais justement en train de me servir de la glace,
dit Maxine. Vous en voulez ? »

Robbie se tourna avec sollicitude vers Lisanne, qui
fit non de la tête. Dans la pleine fluorescence de sa
défonce, son homme semblait frénétique et démuni,
sidéré de les avoir placés dans cette situation fâcheuse
et bizarre.

« En fait, reprit Maxine, c'est du soja. Ça s'appelle
"Rêve de soja" et c'est à la framboise. J'en suis abso-
lument dingo et je me fous que les autres le sachent.
Pas vrai, Robert ?

– Si, m'dame !

– Pas vrai que j'en suis absolument dingo ?

– Si, m'dame !

– Mickey, Donald et Dingo. Pique et pique et colé-
gram.

– Pourrais-je utiliser la salle de bains ? » demanda
Lisanne.

Elle sentait son sourire devenir fixe et démoniaque ;
Robbie lui indiqua le chemin.

Lisanne les écouta qui se disputaient à voix basse
tandis qu'elle se nettoyait le sexe.

Le foyer des artistes

« Il a été élu "Homme le plus sexy du monde" par le magazine *People* plus souvent que n'importe qui d'autre sur la planète – et il sait aussi taper à la machine. Mesdames et messieurs, veuillez accueillir… Kit Lightfoot ! »

La supernova monta sur scène de sa démarche caractéristique à la fois féline et modeste. L'orchestre jouait bruyamment le thème bien connu d'un vieux mégatube. Un important contingent de fans et de hurleurs s'était massé devant la scène.

Ils s'étreignirent. Lorsque les applaudissements furent retombés, Jay fit son numéro de blagueur nonchalant.

« Ces cris – au cas où les téléspectateurs se poseraient la question chez eux – sont en partie pour moi. Quelque chose dans l'après-rasage. »

Rires. Nouvelles ovations, sifflets, beuglements.

« D'accord, réprimanda Jay. Ça suffit maintenant ! »

Il se tourna vers son bel invité.

« Alors, comment ça va ? »

Des cris de triomphe retentirent aussitôt avant qu'il ait le temps de répondre. Kit regarda le public en haussant les sourcils et lâcha un petit rire. Quelques hurlements isolés.

« Très bien. Très bien, Jay. »

Premiers mots accueillis par un brouhaha électrique

(tout le monde s'amusait, et s'amuser était le seul but de l'émission) qui s'estompa graduellement sans toutefois cesser complètement.

« Je vous ai vu à un gala de bienfaisance la semaine dernière, dit Jay.

– Pour la lutte contre la sclérodermie, confirma Kit.

– Oui. Pour une adorable femme que Mavis, mon épouse, connaît d'ailleurs depuis des années – Char Riordan. Ils font des recherches extraordinaires.

– Oui.

– Ils avancent à grands pas. Est-ce que vous allez à de nombreux événements de ce genre ? Je suppose qu'on vous demande souvent d'associer votre nom à des causes.

– Ce milieu est si frivole, Jay, et nombre d'entre nous ont été absurdement bénis. Enfin quoi, regardons les choses en face, je gagne ma vie en me maquillant…

– Vous pourriez toujours travailler dans Santa Monica Boulevard…

– Avec les travestis, exactement ! Mais j'estime que les sommes que nous gagnons sont tellement absurdes que c'est un… devoir… de faire ce que nous pouvons. Sinon, on est juste des enfants gâtés. J'essaie d'apporter ma contribution. »

Les applaudissements reprirent, sobrement encouragés par Jay.

« Donc vous êtes allé la semaine dernière…

– J'avais un lien personnel. Viv et Char – la femme en l'honneur de qui était organisée la soirée – sont très, très proches.

– Il s'agit bien entendu de Viv Wembley, précisa Jay, marquant une pause pour laisser entendre les cris et les applaudissements du public. Au cas où les gens ne le sauraient pas, ajouta-t-il en faisant un clin d'œil. L'adorable et, par ailleurs, très drôle vedette de *Ensemble*. Et il y a d'autres choses dont je voudrais discuter – tout le monde sait que vous vous intéressez depuis long-temps au bouddhisme, et vous avez accepté de nous en parler un peu ce soir en prévision d'un événement à venir – c'est une chose que vous faites rarement, et je suis ravi que vous nous éclairiez, pour ainsi dire. Mais d'abord, je meurs d'envie de vous poser une question.

– Allez-y.

– Quelqu'un m'a dit que Viv et vous aviez des sur-noms l'un pour l'autre. »

Le public se mit à huer tandis que Kit se tortillait d'un air implorant.

« Qui vous a dit ça ?

– *Nous afons les moyens de fous faire parler !* Bon, allez, Kit, dites-nous comment elle vous appelle. »

Il hésita. Le public l'encouragea.

« Elle m'appelle Balourd. »

Le public lâcha un grognement de bonheur. Rires chaleureux. Sifflements.

« Allons ! lança Jay, réprimandant les spectateurs. Je trouve ça très mignon. » Il se tourna vers Kit. « Elle vous appelle Balourd.

– C'est exact, Jay.

– Et… Quel est le surnom de Viv ?

– Je ne crois pas que ce soit nécessaire. »

Le public protesta, puis se mit à supplier.

« C'est une émission familiale, ajouta Kit. »

Rires. Nouvelles supplications. Cris implorants isolés.

« Bon, vous étiez censé faire une brève apparition dans *Ensemble*…

– Jay ! Je croyais qu'on changeait de sujet !

– Oui, mais c'est important. J'ai entendu dire que Viv était furieuse parce que vous n'aviez pas encore fait cette apparition. »

Kit regarda l'animateur avec une sincère admiration.

« Oh, vous êtes bon. Vous êtes vraiment bon. »

Rires du public.

« Balourd a été un très mauvais garçon, dit Jay.

– Oui, elle n'est pas trop contente. Mais je suis débordé ! Je suis en plein tournage ! Je suis un peu dans le pétrin, Jay, tirez-moi de là !

– J'essaie d'être compatissant. Mais pour la plupart d'entre nous, être dans le pétrin avec Viv Wembley n'est probablement pas la pire chose au monde.

– Vous vous croyez assez viril pour supporter ça ? »

Le public éclata de rire. Jay fit de même, rougissant.

« Quand nous reviendrons, je veux vous parler du dalaï-lama – c'est un de vos amis, n'est-ce pas ? – et du travail important que vous accomplissez en construisant des cliniques là-bas.

– J'aide juste à les construire, corrigea Kit avec un sourire modeste.

– Où sont-elles ? en Inde ?

– Oui, répondit Kit d'un ton neutre. En Inde.

– Pour les réfugiés.

– Pour tous ceux qui en ont besoin. »

Jay regarda droit dans l'objectif de la caméra et dit :

« Kit Lightfoot. Ici. Maintenant. Maquillé. Alors ne touchez à rien. »

Qu'elle était *verde ma valle*

Rusty invita Becca à venir chez lui, mais ils se retrouvèrent finalement au Rose Café, à quelques rues de son appartement. Elle n'était pas encore tout à fait prête à se retrouver seule avec lui. Il y avait quelque chose de si tendre en lui, mais aussi quelque chose de dangereux, comme chez l'acteur qu'il imitait.

Lorsqu'elle lui demanda son vrai nom, il répondit « Rusty », sans la moindre trace d'ironie. Il expliqua qu'il était de Sarasota. Son père était un riche entrepreneur qui avait, entre autres, fait des affaires avec Burt Reynolds, un copain de fac. Pour se décrire lui-même, Rusty utilisa le terme « touche-à-tout ». Il avait travaillé comme garçon d'écurie sur un champ de courses, comme infirmier privé pour des gens fortunés (« comme ce type qui a tué ce milliardaire à Monaco », ajouta-t-il en riant), et comme voleur dont la spécialité consistait à livrer sur commande des ouvrages anciens à des bibliophiles reclus. Sa franchise était si désarmante que Becca ne savait lesquelles de ses histoires abracadabrantes croire.

Elle regretta immédiatement de lui avoir demandé s'il avait un agent. Elle aurait dû savoir qu'Elaine Jordache était, pour ainsi dire, ce qui le maintenait en vie dans le milieu. Lorsque Becca évoqua son travail avec Metropolis, Rusty dit qu'il faisait aussi du théâtre, quand il le pouvait, qu'il préférait ça au petit jeu des auditions pour le cinéma ou la télévision, qui le dégoûtait. Il lui demanda si elle était célibataire, et Becca se sentit idiote car elle lui parla de Sadge, lui expliqua où les choses en étaient entre eux – c'était sorti tout seul. Il posa les mains sur les siennes et elle rit nerveusement, puis les larmes lui montèrent aux yeux. Ils ressemblaient à une couverture de vieux livre de poche à l'eau de rose. Il lui demanda à nouveau si elle voulait venir chez lui. Becca secoua la tête. Il sourit, content de sa réticence.

« Alors allons à la Montagne magique. »
Elle laissa sa voiture dans le parking.

Ils étaient sur l'autoroute, se dirigeaient vers le nord. Elle voulait être détendue en sa présence et éviter les faux pas. Elle fut heureuse lorsqu'il monta le volume de la radio car ne pas avoir à faire la conversation la calmait. Il connaissait toutes les paroles de *Baby, I'm Yours*, et même s'il faisait à moitié l'imbécile, sa voix était sensuelle et magnifiquement modulée. Il ne cessait de regarder dans sa direction, lui faisant des clins d'œil diaboliques. Elle avait l'impression d'être ivre.

Rusty prit une rampe de sortie et, après quelques kilomètres, ils pénétrèrent dans le parc d'un vaste hôpital. Lorsqu'elle s'aperçut que la Montagne magique n'avait été qu'une blague ou un prétexte, Becca devint nerveuse. Ils se garèrent et se mirent à marcher. Pour apaiser ses craintes, il lui raconta une petite anecdote. Il affirma que, cinquante ans plus tôt, Valle Verde avait servi de décor à un film avec Marlon Brando sur les paraplégiques en rééducation. Il avait la tête pleine d'anecdotes de ce genre sur Hollywood.

Rusty se fraya avec assurance un chemin à travers un dédale de couloirs recouverts de linoléum lustré, adressant un hochement de tête à l'infirmière occasionnelle.

C'était un habitué des lieux. Personne ne les arrêta ni ne leur demanda qui ils venaient voir. Des hommes jeunes lourdement tatoués erraient dans des fauteuils roulants, seuls ou en groupes silencieux. La plupart avaient le crâne rasé. L'un d'eux avait la phrase REFERMEZ LA POCHETTE AVANT DE FROTTER L'ALLUMETTE tatouée sur le crâne. Rusty expliqua que c'était des membres de gangs que la chance avait lâchés.

Il la mena à la chambre d'un patient. Un homme musclé et torse nu se tenait près du lit en compagnie d'un aide-soignant. Il regarda Rusty avec une hostilité froide avant de se fendre d'un grand sourire, comme s'il ne l'avait pas immédiatement reconnu.

« Hé là ! lança l'homme.

– Hé là ! » répondit Rusty.

(De vieux fanas de *Larry Sanders*.)

Becca resta en retrait pendant que les deux hommes s'étreignaient.

« Bon Dieu, ça pue, dit Rusty. Tu viens de couler un bronze, ou quoi ?

– Le plus beau qu'on puisse imaginer.

– Voici mon amie Becca – Becca, je te présente Grady.

– Bonjour, Becca.

– Salut.

– Grady Dunsmore, pour vous servir. »

La main de l'homme était moite lorsqu'elle la serra.

« Besoin d'un petit entretien ? Appelez Grady.

– Hé là ! fit Rusty, désapprobateur. Du calme, garçon. Refrène tes ardeurs.

– Hé là ! »

Grady vacilla sur sa jambe valide tout en s'appuyant sur le mince Philippin qui l'aidait à s'habiller.

« Tu aurais pu me prévenir de ta visite, enfoiré. Toujours aussi sournois. À te faufiler en douce. L'homme furtif.

– Le fantôme de la nuit, mon chou.

– Tu vois, parce que maintenant je dois faire mes trucs. Mes trucs pour aller mieux.

– Ils vont s'acharner sur toi ?

– Tu peux le croire.

– Te faire souffrir le martyre.

– Je suis déjà préparé. » Il agita un flacon. « Je dois prendre mes cachetons avant qu'Ernesto me mette à l'épreuve.

– Tu en as pour combien de temps ?

– Je sais pas – quarante-cinq minutes ? Peut-être une heure. Tu peux attendre ?

– Absolument. Je vais essayer une prothèse ou deux.

– Fais-toi plaisir, *Mad Max*.

– Hé là !

– Suce-moi. » Puis, à Becca comme il s'en allait : « Pardonnez ma grossièreté. Et tenez-le à l'œil. Faites gaffe qu'il me pique rien. »

Galas de bienfaisance

Lisanne mit quelques jours à se débarrasser de la torpeur de son voyage à travers les États-Unis. Le désœuvrement était tel à bord d'un train que le cycle naturel s'en trouvait modifié – du moins celui de Lisanne l'avait-il été –, elle dormait pratiquement du coucher du soleil à l'aube.

Reggie faisait en sorte que sa charge de travail soit minimale. À la fin de la semaine, il lui demanda un service. Une soirée était donnée à la Casa del Mar en l'honneur du co-président de la Fox, Tiff Loewenstein, un client de longue date et un ami quelque peu excentrique. Reggie et sa femme n'étaient pas en mesure d'y assister. Il savait combien Tiff appréciait Lisanne (au fil des années, elle était devenue tellement plus qu'une simple secrétaire) et demanda à celle-ci d'aller lui tenir un peu la main. Il expliqua que Tiff était une épave. Il avait bu et vomi dans le salon, comme un chien. Sa femme l'avait foutu dehors.

Lorsque Lisanne arriva à la suite située au dernier étage de l'hôtel, Tiff ouvrit la porte, sanglotant et à moitié habillé.

« Hé, chérie, dit-il avec un sourire effrayant. Merci d'être venue ! Je peux vous offrir quelque chose ? »

Elle traîna des pieds derrière lui tandis qu'il se rendait à la salle de bains en pleurant.

Elle était déjà venue le secourir sur ordre de son patron, quand Tiff était déprimé et terré au Colony. (Il avait même une fois tenté de l'embrasser. Il était soûl et l'avait suppliée de le pardonner le lendemain.) Ils avaient une intimité facile. L'été, les Loewenstein invitaient Lisanne à passer ses week-ends à Malibu, et elle était devenue comme une tante pour leurs enfants.

Elle était un refuge commode et sûr, quelqu'un auprès de qui il pouvait s'épancher. Il appréciait son esprit – et ils avaient plus d'une phobie en commun. Lisanne n'avait jamais rencontré le personnage que tout Hollywood craignait ; elle ne connaissait que l'ours vulnérable, courtois, exubérant, et ne jurait que par lui.

« Roslynn m'a poussé dans les escaliers, est-ce que Reggie vous l'a dit ? »

Un pansement papillon ornait sa tempe.

« Ça va ?

– J'ai demandé à Armani de m'envoyer un smoking… Celui-ci vient de chez Dolce, vous le trouvez trop long ? Ils disent que c'est la mode, mais je crois qu'il irait mieux à un homme plus jeune. Roslynn n'a même pas voulu me laisser récupérer des affaires à la maison ! Je ne sais pas si je vais réussir à rentrer là-dedans. » Il levait la main vers un deuxième pansement lorsqu'il s'aperçut qu'elle l'observait. « Non, non, ça, c'est à cause du cancer. Est-ce que vous pouvez le croire ? Ils m'ont fait une petite égratignure. Vous savez, j'étais un de ces gamins qui n'aimaient même pas nager dans une piscine. Je n'ai jamais nagé dans l'océan. Jamais été fana du soleil – ça, c'est Roslynn. Dieu merci, ce n'est pas un mélanome. » Il soupira, essuya de nouvelles larmes. « Merci d'être venue, Lisanne ! Alors comme ça votre connard de patron ne pouvait pas venir, hein ? Eh bien, qu'il aille se faire foutre. Je déconne. Reggie est un type bien. » Il s'assit et but une gorgée.

« Tout va bien ? Tout va bien avec Reg et Janie et les gamins ?

– Tout le monde va très bien.

– Bon Dieu, quelle année. J'ai eu un cancer de la prostate, est-ce que Reg vous l'a dit ?

– Non. Il n'a rien dit.

– Ils m'ont fait des rayons, ce qui me convenait – jusqu'à deux semaines plus tard. C'est là que vous vous réveillez au milieu de la nuit en hurlant. De toutes vos forces. Je ne plaisante pas, Lisanne. Vous essayez d'appeler le médecin et vous tombez sur l'un de ces messages qui vous disent sur quelle touche appuyer mais vous ne pouvez même pas parce que vous êtes en train de hurler. Je lui ai dit que je voulais de la morphine liquide. Il a répondu : "Je ne peux pas faire ça". Il ne voulait pas m'en donner. J'ai dit : "Alors je vais me tuer parce que je ne peux pas vivre avec ce genre de douleur." Personne ne le peut. Et je me connais. Je lui ai dit que j'allais me tuer et le faire tomber avec moi, faire en sorte que tout le monde dans cette ville connaisse son nom avant que je ne parte. Alors il m'en a prescrit – deux gouttes sous la langue. Et je m'en suis à peine servi, il fallait juste que je sache qu'elle était là sur la table de nuit. Ça m'aidait à me sentir mieux. Parce que vous ne voulez pas vivre, Lisanne. Vous ne pouvez pas vivre – pas avec une telle douleur. Michael Milken a été une bénédiction. Et Dominick. Il m'a beaucoup soutenu. J'ai même parlé à Giuliani. » Il se remit à pleurer. « Vous devez prendre soin de vous, Lisanne ! Vous êtes une belle fille, mais vous devez prendre soin de vous. Perdre un peu de poids. Est-ce que vous le ferez s'il vous plaît ? Parce que vous vous exposez à des problèmes de cœur et au diabète. Au fait, vous êtes magnifique – vous êtes une femme superbe. Savez-vous que j'ai complètement changé ma façon de m'alimenter ? » Il leva son verre. « C'est récent – le vin – je ne buvais jamais

70

comme je bois maintenant. Et ça va s'arrêter demain. Les cigarettes aussi. » Il tira une bouffée profonde et souleva sa chemise comme pour l'exciter, laissant voir un patch de nicotine. « Vous savez ce que c'est l'essentiel ? Changer l'environnement de votre corps. Le cancer aime l'acide, les nourritures acides. Il adore l'acide. Et le sucre. C'est là qu'il aime pousser. Il faut avaler des alcaloïdes, acide contre alcaloïdes. Légumes crus – alcaloïdes. Brocolis. Je mange du chiendent tous les jours, Lisanne, comme une putain de chèvre. Lavage du colon trois fois par semaine pour me débarrasser des toxines. Ils ont fait des tests (je passe ma vie à faire des tests) et ont découvert que j'avais un taux élevé de mercure. Je me suis fait retirer tous mes bons vieux plombages. Vous avez déjà eu un lavage du colon ? Moi, je n'ai pas le choix. Vous pouvez en faire à Culver City, il y a un endroit merveilleux, je vous prendrai rendez-vous. Seema – c'est elle qu'il faut demander. Vous devez prendre soin de vous, Lisanne, tant que vous êtes jeune. Ma fille dans le Michigan – Kittie – vous n'avez jamais rencontré Kittie – de mon premier mariage – a eu une double mastectomie. Ils lui ont pris ses nichons, ses implants, tout le tintouin. Des implants merdiques faut dire. Elle a un médecin sud-africain, un vrai Christian Barnard. Il coupe tout. Elle a des tétons tatoués maintenant. Il lui a collé un tuyau là-dedans – elle va à son cabinet et il pompe de la solution saline à l'intérieur, juste sous le muscle. Elle les appelle ses "nichons magiques". Vous savez ce qu'a dit Kittie pendant qu'ils l'emmenaient au bloc ? "Les Nichons morts qui marchent[1] !" » Les garçons de salle noirs sont devenus blêmes. Après, comme elle ne guérissait toujours pas, ils l'ont mise dans une chambre hyperbare. Elle a

1. « *Dead Tits Walking* » : allusion au film de Tim Robbins *Dead Man Walking*, en français *La Dernière Marche*. (N.d.T.)

traversé de sacrées galères. Vous vous souvenez de Michael Jackson et le chimpanzé et la chambre hyperbare ? Comme on est ashkénazes, son médecin fait des recherches de marqueurs génétiques sur Kittie – si les tests sont positifs, il va lui ôter les ovaires juste par sécurité. Elle prenait des cachets contre la nausée pendant la chimio. Un jour je vais lui chercher sa prescription et le pharmacien me lance : "Mon vieux, elle a une super assurance." Ça coûtait cinquante dollars les trente cachets. Je demande : "Alors combien ça coûterait sans assurance ?" Il consulte son ordinateur. Mille trois cents dollars ! Pour trente cachets, Lisanne ! Ce pays est un cauchemar. Ils vous arnaquent parce que vous avez un cancer et que vous ne pouvez pas vous passer de médicaments. Qui veut avoir la nausée ? Alors ils vous volent. Qu'est-ce qu'on va faire quand la variole arrivera si on n'est pas foutus de soigner une putain de nausée ?

– Tiff, dit-elle en lui prenant son verre. Je pourrais appeler le service en chambre et vous commander du café ? »

Il renifla, lui tapota la main.

« Merci, ma chère. Merci. Je suis si content que vous soyez ici. Vous êtes un vrai ange. Comment on appelle un ange femme ? Une angette ? Une angelle ? Écoutez, chérie : le jour où vous voudrez laisser tomber cet arnaqueur et venir travailler pour moi, vous aurez un boulot. Je vous paierai deux fois ce qu'il vous donne. Mais vous devez prendre soin de vous, Lisanne. » Il alla se poster face au miroir. « Vous savez ce qu'a dit mon ami Feibleman ? Vous connaissez Peter Feibleman ? Je l'adore – écrivain brillant. Vous devriez goûter sa putain de paella. Un jour il nous fera à dîner à tous. Sylvia Plath était une grande fan. Pas de sa cuisine – de ses romans. Il vient aussi d'avoir le truc à la "prostrate". Il dit que la radiothérapie enlève la "ponctuation" du sexe. Et c'est vrai. Il n'y a plus ni virgules ni points-virgules. Il n'y a plus de catharsis. Vous êtes chimiquement castré. Ce moment où la vie était suspendue en équilibre – cette "petite mort" – fini. Vous jouissez, ou vous croyez le faire, et après vous vous demandez : c'était tout ? Feibleman dit : "Je n'ai plus cette attaque, ce paroxysme. J'ai tout de suite envie du cheeseburger." Vous ne trouvez pas ça beau ? Le cheeseburger ! Mais je vais vous dire quelque chose, Lisanne : j'ai toujours voulu le *foutrognu* cheeseburger. Je le voulais avant de baiser. Vous savez à quoi je suis accro ? Vous savez ce qui remplace le sexe pour moi maintenant ? Les hommages. Le cancer a pris la bouffe et le sexe et m'a laissé avec des hommages. Je suis pire que Quincy – bon Dieu ! Ils ne peuvent pas s'empêcher de donner et il ne peut pas s'empêcher de recevoir. Est-ce que vous saviez qu'il avait reçu un grammy pour le Meilleur Album parlé ? Pour avoir lu son autobiographie à voix haute ? N'est-ce pas génial ? Le Roi nègre est allègre, dit Tiff de façon absurde. Un homme vraiment adorable. Esprit magnifique. Nous sommes censés aller en Afrique en septembre avec Bono. Le mois prochain, on a Sting et les Poitier et les Medavoy au dîner de Kofi Annan. J'ai la remise des prix de l'Ark Trust dans deux semaines à l'Hilton. En mon honneur. Puis l'espèce de gala "Starlight Dream" au Kodak – pour moi et Quincy. Après quoi Roslynn et moi avons le machin cervical – comment ça s'appelle ? – au Peninsula. Est-ce que vous viendriez avec moi, Lisanne ? À moins qu'un miracle ne se produise avec Roslynn d'ici là, ce dont je doute. Kittie vient spécialement en avion, vous allez l'adorer. Une femme très, très drôle. Et tout ça en un week-end ! » Il s'étendit sur le lit et poussa un soupir. « Vous pataugez dans la merde toute la journée puis vous enfilez un smok et vous vous sentez moins schnoque. Hé, ça rime. Et vous savez quoi ? Les applaudissements, c'est pas si mal que ça. Je vais vous dire, je suis sérieusement accro. Est-ce que ça fait de moi un homme affreux, Lisanne ? demanda-t-il, la larme à l'œil. Dites-moi. Est-ce que ça me rend affreux ? »

Une réunion à la plage

Kit était dans la caravane avec Xanthe, son assistante. Ils tournaient un film avec Jennifer Lopez et Anthony Hopkins sur la plage qui faisait face au canyon de Temescal. Alf et Cameron Diaz, qui étaient anciens amants, étaient passés le voir sur le plateau.

« On s'est dit que tu aimerais une petite orgie pour bien débuter la journée, dit Alf.

– J'espère que tu aimes regarder, répliqua Kit, puis il rota.

– Toujours prête, dit Cameron. C'est pour ça que je suis ici. Pour me faire baiser comme une véritable bête.

– Attention à ce que tu dis devant l'Homme, Cam, prévint Alf. Il y a eu quelques vilaines rumeurs concernant M. Raffles. »

Kit jeta un regard noir à Alf.

« Ah oui ? Qui est M. Raffles ? demanda-t-elle.

– Son chien. M. Raffles semble avoir un certain je-ne-sais-quoi pour les ménages à trois. »

Cameron éclata de rire, et Kit changea de sujet en leur demandant s'ils voulaient aller la semaine suivante au ranch de Harrison à Jackson Hole avec Calista, Ben et Jennifer. Cameron ne pouvait pas car elle devait participer à un bal costumé contre le sida à Monaco.

On frappa à la porte et Xanthe alla ouvrir. Puis elle prit Kit à part et lui annonça que son père était là.

Burke Lightfoot était assis au bout d'une table. Il se leva à l'approche de son fils. Les vagues s'écrasaient faiblement à quelques centaines de mètres de là, conférant à la réunion une petite touche dramatique.

« Hé là, Kitchener ! » lança Burke avec un sourire mielleux.

(Comme le savaient tous les *kitophiles*, la vedette avait été, par un caprice saugrenu, nommée ainsi d'après le comte Kitchener de Khartoum.) Il tendit la main et Kit la serra à contrecœur, plissant les yeux face au soleil pour ne pas distinguer son père trop clairement.

« Salut.

– J'étais en route pour Santa Barbara, dit Burke d'un ton peu convaincant. J'ai vu tous les camions et j'ai demandé ce que c'était que tout ce tapage. Un flic m'a dit que c'était un film avec Kit Lightfoot. "Hé, attendez une minute, c'est mon fils !"

– Oui, c'est ça, dit Kit en reniflant et en tapotant une cigarette contre la semelle de sa botte. Je vais faire virer ce type. »

Burke éclata de rire pour détendre l'atmosphère. Kit se demandait pourquoi son père prenait encore la peine de mentir.

« Je t'ai vu à l'émission de Leno, dit Burke.

– Hmm, hhm.

– Je ne savais pas que tu participais à toutes ces collectes de fonds.

– Oui, bon, ce n'est pas vrai. »

Son père transpirait la bonne santé et la bonne humeur. C'était un bel homme dégingandé de la Nouvelle-Angleterre ; la mère de Kit était une beauté américaine avec une touche de sang indien cree. Un patrimoine héréditaire idéal.

« Quoi qu'il en soit, merci de me voir, dit Burke. Je sais que c'était imprévu.

– C'est ton truc, hein ? L'"imprévu".

– Ta mère était elle-même plutôt spontanée, dit-il d'un ton informel.

– Ne la mêle pas à ça.

– D'accord, répondit Burke, qui savait quand ne pas insister.

– Écoute, dit Kit, d'un ton cynique. Je ne sais pas ce que tu crois qu'il y a entre nous. Ou ce que tu crois qu'il y aura entre nous…

– Je n'attends rien, Kitchener, hormis voir mon fils. C'est ce que les pères ont tendance à vouloir faire.

– Oh, vraiment ? Eh bien, ce père-là – il pointa un doigt vers Burke – n'avait pas cette tendance. Il ne voulait rien avoir à faire avec moi jusqu'à ce que je commence à gagner du fric.

– Ce n'est pas vrai, objecta Burke, piqué au vif.

– Pourquoi ne me dis-tu pas ce que les maris ont tendance à vouloir faire ? Maintenant que je sais tout sur les pères.

– J'étais là pour ta mère…

– C'est ça ! s'exclama Kit en éclatant d'un rire de cheval quasi incontrôlable.

– … autant qu'elle voulait que je le sois. Et tu le sais. Mais elle t'avait toi. R. J. ne voulait pas me voir quand elle était malade. Elle t'avait et ça lui suffisait. »

Ils écoutèrent les vagues. Crépitement d'un talkie-walkie.

« Écoute, fils… Je ne vais pas te retenir plus long-temps. Mais tant que je suis ici, je voulais te dire que je suis tombé sur certaines des affaires de ta mère, de l'époque où nous étions à la fac. Des lettres d'amour – très belles. Je me disais que tu pouvais passer à la mai-son et y jeter un coup d'œil ce week-end. Si tu veux. »

Kit souffla un rond de fumée.

« Appelle Xanthe, dit-il. Elle te donnera un numéro de FedEx et une adresse.

– Je préférerais ne pas t'envoyer tous ces précieux documents par la poste, dit Burke, qui abattait astucieusement ses cartes. J'attendrai jusqu'à ce que tu passes dans les parages.

– Tu risques d'attendre longtemps, répliqua Kit en se relevant. Et ce n'est probablement pas une bonne idée de passer sans prévenir. En fait, ce n'est probablement pas une bonne idée de passer tout court.

– C'est toi le patron. » Son père ramassa un vieux cartable en cuir. « Une dernière chose – tu as le temps ? L'école Grant organise une levée de fonds. Tu te souviens de Grant ? Leur auditorium a subi un dégât des eaux assez sévère. C'est là que tu as joué *The Music Man*. Trouble à River City ! Avec un *T* majuscule et ça rime avec *P* comme Piscine ![1] » Il produisit une pile de portraits – Kit au début de sa carrière. Il tira un Waterman tape-à-l'œil de son manteau. « J'ai promis de les aider. Si tu pouvais me dédicacer quelques photos, ce sera le clou de la vente aux enchères. »

---

1. *« Trouble in River City ! With a capital* T *and that rhymes with* P *and that stands for Pool ! »* : Extrait de la chanson *Ya Got Trouble*, tirée de la comédie musicale *The Music Man* (1962). *(N.d.T.)*

Fête au bord de la piscine

L'émission de télé-réalité avait été déplacée de Tasmanie vers les îles Canaries. Sadge tenait la bride haute à Becca jusqu'à ce qu'il parte. Il ne la laissait même pas répondre au téléphone. Un type n'arrêtait pas d'appeler à toute heure du jour et de la nuit, demandant à lui parler. Ça foutait les jetons à Sadge. Chaque fois qu'il décrochait, la voix demandait : « Est-ce que c'est le gros Jack Black et les Attaques Cardiaques ? Est-ce que c'est Tenacious D ? » Becca avait donné son numéro de téléphone portable à Rusty, mais elle ne savait pas comment il s'était procuré son numéro de fixe. Elle ne pensait pas qu'Elaine le lui avait donné. Il refusait d'avouer que c'était lui qui passait les coups de fil.

Elle demanda pourquoi il se faisait appeler Rusty et il répondit que c'était son nom. Puis il ajouta que c'était une idée d'Elaine. De toute manière, il aimait utiliser la « désignation » de son double. Ç'avait quelque chose de pur, expliqua-t-il. Comme les serviteurs, dans ce film *Gosford Park*, qui adoptaient les noms de leurs maîtres.

Sadge était dans la salle de bains lorsque le téléphone portable de Becca vibra – le mot INCONNU s'afficha dans la petite fenêtre lumineuse. C'était Rusty. Il lui demanda si elle voulait aller à une soirée organisée par Grady Dunsmore et sa femme. Il était sorti de l'hôpital et fêtait ça dans sa nouvelle maison. Rusty passerait la prendre au Urth Caffé à neuf heures. Elle appela spontanément Annie et lui demanda si elle pouvait passer chez elle. Becca expliqua à Sadge qu'Annie avait des crampes monstrueuses à cause de ses règles et qu'elle allait lui apporter de la Vicodine et rester pour regarder *Six Feet Under*.

Rusty n'était pas ravi que Becca ait invité une amie. Lorsqu'il l'appela « la duègne », Annie devint agressive, ce qui sembla lui plaire. Becca demeurait silencieuse tandis qu'il conduisait ; subjuguée, ravie, elle se sentait déjà comme sa petite amie. Annie le harcelait à propos de ce type qu'il avait tabassé à Playa del Rey. Ça amusait Rusty de se faire chambrer. Mais Becca voyait bien qu'Annie ne le trouvait pas si mal que ça.

Ils remontèrent Laurel Canyon jusqu'à Mulholland. Annie l'interrogea sur la maison de son ami. Rusty expliqua qu'elle avait été mise sous séquestre pendant six mois et que Nicholson et Brando vivaient juste de l'autre côté de la rue. Annie l'interrogea sur la blessure de Grady. Rusty raconta qu'il s'était fait tirer dessus par la police quelques années plus tôt. Les filles ne voulurent pas en savoir plus.

Un voiturier prit leur véhicule. Des voiturettes de golf décorées conduisaient les invités à la maison, mais le trio préféra franchir le portail puis descendre la longue allée abrupte à pied. La propriété s'étalait tel un diadème fracturé en dessous d'eux. Il y avait une foule de gens, et Becca s'aperçut bientôt que la soirée avait pour thème les mers du Sud. Des torches polynésiennes entouraient la piscine. Des femmes en pagnes végétaux servaient des boissons et des canapés.

Ils virent Grady leur faire un grand sourire depuis l'autre côté de la baie vitrée du salon. La musique retentissait à l'intérieur et le verre qu'il tenait déborda lorsqu'il sortit en traînant la patte pour donner à son vieux pote une accolade virile.

« Tu as réussi, dit Rusty. C'est un putain de palais.

– Oui, on a réussi, putain on a réussi. Absolument. Mais tout ça ? » Il passa un bras autour des épaules de Rusty, puis son regard embrassa la piscine, les convives, le ciel nocturne, avant de se poser sur Becca et Annie. « Tout ce que tu vois ? Un hommage à Questra. Je voudrais qu'elle puisse être ici pour le voir.

– Elle est ici. Elle est *ici*, dit Rusty en frappant Grady à la poitrine, au niveau du cœur. Ici, là, et partout. »

Son ami pleurnichard se laissa émouvoir.

« Merci. Merci d'être ici et merci de dire ces putain de belles choses que toi seul peut dire. » Grady se tourna vers Becca. « Un type super. Il est dingue – et sacrément super. Mais vous le savez probablement déjà.

– Tu te souviens de Becca, dit Rusty.

– Hé là, fit Grady. Je suis pas prêt d'oublier Becca. Personne va oublier Becca. Bienvenue. Bienvenue dans ma vénérable demeure.

– Voici mon amie Annie, dit-elle.

– Salut, dit Annie.

– Hé, Annie Fannie ! » Soudain revigoré, Grady regarda à nouveau autour de lui. « Cet endroit est hallucinant, pas vrai ? On a fait mieux qu'Hefner[1].

– C'est incroyable », dit Annie, le plus sérieusement du monde.

La voie enrouée de Grady et sa verve boiteuse lui rappelaient Nick Nolte jeune.

« Douze mille mètres carrés ! C'est quatre mille de plus que Marlon. Mais la maison ressemble à rien – il

---

1. Allusion à la Playboy Mansion East, l'extravagante maison de Hugh Hefner, le fondateur de *Playboy*. (*N.d.T.*)

faut la détruire. Elle appartenait à Russ Meyer. Vous savez qui était Russ Meyer ? Le vieux Russ était sérieusement porté sur l'anatomie féminine, particulièrement sur les poitrines. Les *grosses* poitrines. Ce type était mon héros. Est-ce que vous avez vu la piscine ? Jetez-y un coup d'œil. Il y a une salle d'observation en dessous. Super années soixante ! Le vieux Russ aimait s'y asseoir et regarder les nénés flotter autour de lui. Je crois même pas qu'ils avaient des implants à l'époque – pas de silicone, en tous cas. Pas de Viagra non plus. Putain d'âge de pierre. »

Quelqu'un entraîna Grady. Il agita la main en direction de Rusty et des filles tandis qu'il se faisait avaler par la maison.

« Que fait Grady ? demanda Becca comme ils se dirigeaient vers la piscine.

– Prof de sport particulier. Il était la doublure cascades de Kevin Costner avant de se bousiller la jambe. Ils s'entraînent encore ensemble quand Kevin fait un film. Il est aussi sa doublure lumière.

– Je ne comprends pas comment il peut se payer cet endroit, dit Annie.

– Un dédommagement de la ville.

– La fusillade ? demanda Annie.

– Non, ça, c'est une tout autre histoire. Leur fille s'est noyée dans une piscine municipale. Un éclairage dans le carrelage qui a provoqué un court-circuit ou une connerie de ce genre – la gamine qu'il avait eue avec Cassandra. Questra. Électrocutée. Ça a pris cinq ans, mais ils ont touché huit millions. Vous rencontrerez Cass. Elle est quelque part dans les parages. Une femme hallucinante. *Hard core.* »

Ils passèrent devant le bar exotique où les boissons étaient distribuées depuis une énorme sculpture de glace. Du gin teint en bleu s'écoulait sur l'imposante pièce cristalline et retombait dans des verres à long pied. Juste avant l'escalier qui menait à la piscine se trouvait un sanctuaire de fortune. La photo encadrée d'une gamine au sourire étincelant était entourée de guirlandes et de bougies votives.

Ils descendirent dans l'abri anti-tempête qui donnait sur une petite cabine dotée d'un mur de verre permettant d'observer les nageurs. Leurs chaussures formèrent des flaques. La pièce était froide et humide et sentait le moisi. Une fille fumait un joint, hochant la tête comme pour donner son assentiment silencieux et halluciné à ce qu'elle voyait à travers la vitre qui rappelait un aquarium : une femme désincarnée, enceinte d'environ six mois, était assise sur les marches de la piscine et se faisait faire un cunnilingus par une espèce de vieux Hell's Angel gras. Elle était immergée jusqu'à la poitrine. Le motard barbu ne portait qu'une paire de Levi's. Toutes les vingt ou trente secondes, il refaisait surface pour respirer puis replongeait la tête sous l'eau.

« C'est Cass. La nana de Grady. » Puis, avec un sourire : « Je vous avais bien dit qu'elle était *hard core*. »

Impermanence

Lisanne songeait à prévenir Robbie qu'elle attendait un enfant. Elle aurait envoyé un e-mail s'il avait été du genre à lire ses e-mails. Mais bon, elle était heureuse qu'il ne le soit pas.

Ç'aurait été si simple de demander à un médecin de l'aspirer. Sa grossesse ne se voyait pas et elle était assez corpulente pour supposer qu'elle ne se verrait jamais, même si elle la poussait jusqu'à son terme. Mais pour le moment, Lisanne pouvait s'offrir le luxe pervers de se sortir tout ça de la tête. Cette semaine-là, elle alla beaucoup au yoga dans Montana Avenue. Il y avait une espèce de cours de rattrapage pour les gros, les débutants et les vieux.

À sa grande surprise, un matin, Kit Lightfoot et Renée Zellweger entrèrent discrètement juste alors que le cours commençait. (Elle n'était pas sûre qu'ils seraient arrivés ensemble.) La séance de quatre-vingt-dix minutes était difficile, mais nettement moins fréquentée que les niveaux avancés – un choix malin, se dit Lisanne, pour une célébrité. Renée ne la dérangeait pas, mais la présence de Kit rendait la concentration difficile. Elle en avait toujours pincé pour lui : et maintenant il était là, à trois mètres à peine, à faire transpirer son furieusement célèbre petit cul. La prof n'arrêtait pas de dire à tout le monde de « rester pré-

sent », et Lisanne se dit qu'elle avait dû lui refiler son
délire.

Après les *Namaste* du groupe, Lisanne resta étendue
dans la position du cadavre, tentant de faire coïncider
son départ de la pièce où flottait une odeur de sueur et
de sauge avec celui de Kit. Lorsqu'il sortit, elle attendit
un bref instant puis se leva pour aller ranger son tapis
dans l'antichambre. Elle récupéra ses affaires sur les
étagères et laça ses chaussures au ralenti. Son esprit
vagabondait. Tout d'un coup, Kit la frôla en passant. Il
la regarda dans les yeux en souriant et le cœur de
Lisanne palpita littéralement. Elle pensa à sa grossesse
et éprouva une brève angoisse surréaliste. Renée arriva
de la pièce principale. Les deux stars échangèrent doucement des bonjours enthousiastes. Puis ils partirent, et
Lisanne les suivit discrètement.

Sa voiture était idéalement garée à une longueur de
celle de Renée. Lisanne ouvrit le hayon pour pouvoir
s'affairer à l'arrière de sa voiture tout en écoutant.

« Tu vas voir les moines ? » demanda Kit.

Renée lui fit un grand sourire inquisiteur.

« Les moines Gyuto, poursuivit-il. Ils font un mandala de sable au musée Hammer.

– Oh ! J'ai entendu parler de ça, dit l'actrice d'un air
excité.

– C'est très cool. Tu devrais vraiment essayer d'y
aller.

– Ce sont les mêmes types qui font ce chant bizarre
avec la gorge ? »

Elle imita les bruits de gargarisme et Kit se mit à rire.

« Des moines tantriques, dit-il en acquiesçant. Ils ont
eu une école au Tibet pendant, je ne sais pas, cinq cents
ans. Puis ils ont été forcés de partir pour l'Inde en 1959
– comme tout le monde. Depuis, ils font un mandala
par semaine.

– Au Hammer ?

85

– Hhm, hhm.

– C'est tellement cool.

– En vérité c'est une sorte de méditation. Tu médites, non ?

– Oui. Mais pas autant que j'aimerais.

– On ne médite jamais autant qu'on le voudrait. Tu en sais donc un peu sur ce qu'ils vont faire, alors.

– Un tout petit peu. »

Lisanne eut le sentiment que Renée faisait son numéro de séductrice.

« Quand ils auront fini de dessiner le mandala, ils le détruiront.

– Détruire le mandala, dit-elle avec un rire respectueux. Ç'a vraiment l'air fantastique.

– Il ne s'agit pas de faire de l'art. L'art est un composant – car le mandala et la méditation elle-même sont tous les deux un art. C'est vraiment plus une façon de montrer son dévouement et sa compassion pour toutes les choses vivantes.

– Les êtres sensibles.

– Exact. Il s'agit d'impermanence.

– Et ils font ça aujourd'hui ? Ils font toujours ça aujourd'hui ? »

Il acquiesça et alluma une cigarette.

« Le rituel de désacralisation n'est pas ouvert au public, mais je pourrai à coup sûr m'arranger pour te faire entrer. Si tu veux y assister. Je suis une sorte de parrain du Centre San Jose.

– Kit, ce serait si merveilleux. J'adorerais ça. »

Lisanne comptait quitter le travail de bonne heure et accéder à la cérémonie du mandala en resquillant, mais tout conspira contre elle. Une série de minuscules crises la retinrent au bureau ; quand elle grimpa enfin dans sa voiture, la circulation était bloquée. Elle voulut couper par de petites rues résidentielles mais son répertoire de raccourcis lui fit cruellement défaut.

Lorsqu'elle arriva au musée, le garde lui signala que l'exposition était fermée. Elle resta là, abattue.

Quelques moments plus tard, un moine vêtu d'une robe orange apparut, qui se dirigeait vers le bâtiment. Il était petit et rayonnait d'une félicité stéréotypée, enfantine. Il saisit le bras de Lisanne alors qu'elle ne s'y attendait pas et l'entraîna doucement dans le vaste hall. Elle se sentit comme Richard Dreyfus à la fin de *Rencontres du troisième type*.

Tandis que ses yeux s'ajustaient à la lumière, elle chercha Renée du regard, mais l'actrice n'était pas là. Kit non plus. L'un des maîtres avait déjà commencé à balayer le sable coloré. La divinité Yamantaka, une émanation du Bodhisattva Manjusri, disparaissait. Les huit têtes et trente-quatre bras, deux cornes – « les deux vérités » – et seize jambes (seize genres de vide), la nudité qui symbolisait l'abandon de l'esprit, du soi, et de ses inquiétudes terrestres, tout cela était en train d'être balayé dans un récipient. Les moines offriraient le mélange de grains de sable à une étendue d'eau locale tenue secrète. L'eau, qui reflète à la fois le monde et l'infini.

Maintenant Lisanne n'avait plus aucun doute.

Elle garderait le bébé.

Réunions

Kit avait foncé au guidon de son Indian sur la Route 60, en direction de Riverside – un trajet à la fois familier et inconnu. La peau de faux stuc de la vieille maison était recouverte de couches de ciment pulvérisé, commandées au fil des années par Burke lors de divers accès maniaques. Les rénovations cosmétiques de saison étaient sa lubie.

La DeVille blanchie au soleil se trouvait dans l'allée, de même qu'une épave qui n'était même plus en état de rouler – pas de roues, elle reposait sur des parpaings. Des polissons lorgnaient le chopper.

Assis sur une chaise miteuse, les pieds posés sur un pneu qui faisait office de balançoire, Kit sirotait une bière tout en parcourant les lettres d'amour et les polaroïds fantomatiques de Rita Julienne. Burke revint de la maison les bras chargés de cadeaux : salade de chou, maïs et poulet frit de chez KFC.

« Si j'avais su que tu venais, j'aurais prévu quelque chose d'un peu plus somptueux, dit-il, ravi que son fils soit passé.

– C'est bon, répondit Kit avec bienveillance, adouci par les images et les mots de sa mère bien-aimée.

– Tu vois ? Tu es comme ton vieux après tout. Tu arrives à l'improviste. »

Kit ne releva pas.

« Je vois que le voisinage n'a pas changé. Toujours merdique et déprimant.

– C'est Riverside ! » s'exclama Burke.

Il parla d'un labo de production d'amphétamines qui avait été découvert à quelques rues de là. Une odeur chimique avait flotté dans l'air pendant des semaines – personne ne comprenait d'où elle provenait jusqu'à ce que la pelouse de quelqu'un prenne feu.

« Je vais te dire, c'était du David Lynch. » Il regarda un cliché par-dessus l'épaule de Kit. « Catalina. C'est pendant ce voyage que tu as été conçu. Est-ce qu'on t'a déjà emmené à Catalina ?

– Non.

– On y a passé un moment merveilleux. Des années plus tard on y est retourné, et c'était nettement moins merveilleux. » Il soupira. « C'est la vie.

– Écoute, dit Kit en rangeant les documents. Je crois que je vais y aller.

– Mais tu n'as rien avalé, dit Burke, qui devenait paternel. Mange un morceau avant d'y aller.

– Une autre fois », répondit Kit en allumant une cigarette.

Il décolla les pieds du pneu.

« Tu ne veux pas aller voir ton ancienne chambre ? Elle est exactement comme tu l'as laissée.

– Tu la gardes en l'état pour les visites de groupes, hein, Burke.

– Je pensais qu'on pourrait passer à l'école et jeter un coup d'œil au futur auditorium Kit Lightfoot.

– Ils ne vont pas faire ça, si ? Ils ne vont pas lui donner mon nom ?

– Je sais que c'est ce qu'ils veulent. On m'a dit qu'il suffirait de dix mille dollars. Ça te vaudrait quelques bons articles, dit Burke en souriant comme le cardinal Mahony. Je m'occupe toujours de toi. »

Kit eut soudain envie de le faire tourner en bourrique.

« Est-ce que tu as besoin de dix mille dollars, papa ? »

L'homme gloussa comme un mauvais acteur.

« Je n'en ai pas besoin. Je pourrais faire avec, mais je n'en ai pas besoin. Pas personnellement. L'*alma mater* en a besoin : Ulysses S. Grant.

– J'enverrai un chèque, O.K. ?

– Ce serait merveilleux.

– À l'ordre de qui faut-il le faire ? Au tien, papa ? Ou à celui de l'école ? Ce serait sans doute mieux si je le faisais à l'ordre de l'école. Pour moi. Je veux dire, question impôts.

– L'un ou l'autre, dit Burke, regardant au loin avec une indifférence feinte. Les deux feront l'affaire. À l'ordre de l'école, ce sera très bien. » Une pause, puis : « C'est juste que… je ne suis pas sûr à cent pour cent que l'école Grant soit le bon organisme. Je ne suis pas certain qu'ils aient déjà mis en place leur structure de financement. Ils pourraient donner un autre nom à ce projet. Aussi, si tu me fais ce chèque à *moi*, ce sera aussi très bien ; je le garde en dépôt puis je le reverse au bon organisme. Pas de problème. Fais-le à mon nom, fils – ou alors n'indique pas d'ordre – juste un montant – et je le transmettrai. Ça évitera à ton comptable de faire plusieurs chèques. »

Une jeune femme apparut à la barrière de devant et se précipita dans les bras de Kit. Ravi de cette arrivée fortuite, Burke lança : « Kit Lightfoot, c'est ta vie ! » Il rentra dans la maison pour laisser seuls les amoureux de l'époque du lycée. Kit était certain que son père l'avait alertée, car elle s'était pomponnée bien plus que nécessaire pour un dimanche après-midi.

« Quelle surprise !

– Comment vas-tu, Cela ? »

Il la trouvait toujours splendide, mais la drogue avait fait des dégâts. Elle avait pris un coup de vieux.

« Tu visites les bas-fonds aujourd'hui ?

– Juste un peu, dit-il. »

Quelques filles préadolescentes se pressèrent contre le portail de l'allée en ricanant.

« Tu es superbe, poursuivit Kit. Comment tu t'en sors ?

– Pas trop mal. Burke et moi avons une petite affaire qui fonctionne plutôt bien – on fait du troc sur le marché du dimanche au Rose Bowl, à Pasadena. On trouve toutes sortes de trucs qu'on revend sur eBay. Je sais que ça roule pour toi.

– Je ne me plains pas.

– Oh, au fait, merci pour les photos. C'était une aubaine. Les gens au troc sont dingues de tout ce qui est dédicacé par toi. Surtout quand Burke dit qu'il est ton père – ce que, à son honneur, il ne fait générale-ment pas. »

L'au-delà

Il faisait froid, mais c'était marrant d'être étendue sur une table de la morgue.

Grâce à Elaine Jordache et à son amie qui avait des relations, Becca avait été embauchée pour jouer un cadavre dans *Six Feet Under*. Elle avait un peu honte d'en parler à Annie, même si les gens du casting affirmaient que c'était le boulot de figuration le plus convoité en ville. De toute évidence, les producteurs étaient super tatillons quant aux acteurs qu'ils embauchaient. La mère de Becca était ravie. Elle s'abonna immédiatement à HBO.

Les acteurs étaient tous vraiment gentils. Ils étaient désolés pour les figurants car ceux-ci devaient passer une éternité sur le dos, parfois affublés de prothèses inconfortables.

« Vous ressemblez tellement à Drew Barrymore, observa un habitué.

– Je crois qu'elle est un peu plus lourde que moi ces temps-ci, répondit Becca, sans la moindre mesquinerie.

– Elle est très fan de la série. Son agent a même soi-disant évoqué sa participation avec Alan, mais je ne sais pas si ça se fera. »

Il y avait en fait deux Alan. Tout le monde parlait soit de l'un soit de l'autre sans jamais utiliser leur nom de famille. (Si vous étiez « de la famille », vous saviez duquel il était question.) Becca avait rencontré le Alan producteur exécutif jadis réalisateur, mais pas le Alan producteur exécutif-auteur-créateur.

« La série ne fonctionne pas vraiment comme ça, poursuivit l'habitué. Ils ne font généralement pas appel à des stars du cinéma. Pas comme *Les Sopranos*. Dieu merci. »

L'acteur s'éloigna et, quelques minutes plus tard, un autre acteur dont Becca supposait qu'il était gay la brancha plus ou moins. Il lui demanda si elle avait lu l'histoire de l'entrepreneur de pompes funèbres qui s'était fait choper en train de faire poser des cadavres pour qu'un ami puisse prendre des photos artistiques.

« C'était tellement Witkin[1] », dit-il. Becca ne savait pas ce que ça voulait dire. « Le fait est qu'on a eu un scénario un peu similaire – la vie imite l'art. Vous avez vu *L.A. Confidential* ?

– Hhm, hhm.

– Vous vous souvenez de tout ce truc avec Kim Basinger. Les call-girls qui ressemblaient à des célébrités.

– Hhm, hhm.

– N'était-elle pas censée être, genre, Veronica Lake ? Vous pourriez sérieusement faire ça – je veux dire, en tant que Drew Barrymore ! »

Becca sourit poliment depuis son tiroir de métal froid. Même si elle savait qu'il cherchait juste à être gentil, elle n'aimait pas sa façon de suggérer qu'elle pouvait capitaliser sur son physique en étant une espèce de putain. Mais elle ne pouvait pas bouger et n'était pas en position de s'offusquer. Tous les cadavres passaient leur temps à prier pour qu'Alan – n'importe quel Alan – leur accorde quelques répliques dans, disons, une scène de rêve impromptue, ou pour que, dans un

1. Joel-Peter Witkin, photographe américain fasciné par les individus au physique étrange et difforme. *(N.d.T.)*

épisode à venir, ils soient au moins autorisés à passer du côté des vivants pour un rôle parlant. Un rôle parlant, c'était le Walhalla.

Le premier assistant-réalisateur lança la répétition technique.

Elle resta calmement étendue au milieu du tumulte, méditant à sa vie. Sa relation avec Sadge touchait à sa fin ; un nouvel homme étrange et puissant était entré en scène. Ce nouvel homme étrange et puissant l'effrayait, mais Annie affirmait que ce n'était pas nécessairement une mauvaise chose. Ça pouvait même être une bonne chose.

Entre les prises, Becca s'amusait à calculer le temps qu'il lui fallait pour mouiller rien qu'en pensant à lui.

Le temps du lycée

« Les lycées ne perdent jamais cette odeur, n'est-ce pas ? demanda-t-il.

– Cette odeur d'adolescence ? »

Il lui lança un regard interrogateur.

« Est-ce qu'on a déjà baisé sur le campus ?

– Hé, monsieur, dit-elle. J'ai résisté un sacré bout de temps. N'allez pas me confondre avec une autre. »

Ils étaient assis à une table de pique-nique à l'extérieur de l'auditorium. Des distributeurs équipés de cadenas, labourés de graffitis, hibernaient contre le mur de parpaings taché.

« J'aurais aimé pouvoir revoir ta mère avant qu'elle ne meure, dit-elle. Elle me manque, vraiment. » Elle secoua la tête. « C'était une période difficile pour moi – "Cela Byrd : Les Années Désintox." Je ne parle que de moi, pas vrai ? dit-elle d'un ton sarcastique.

– Tu vas bien maintenant ?

– Je continue de faire pipi dans une bouteille. Hé, c'est bientôt mon anniversaire ! Alcooliques anonymes – six mois. Tu veux m'offrir un gâteau ?

– J'adorerais.

– Alors… tu vas épouser Viv Wembley ? » Elle sourit tandis que Kit faisait mine de rougir. « Eh bien, tu devrais. Elle est jolie ! Et j'adore son émission, elle est marrante. Elle vient de L.A., n'est-ce pas ?

– Orange County.

– Michelle Pfeiffer aussi vient d'Orange County. J'ai lu ça quelque part. »

Au loin, une jeune fille approchait à vélo. Cette vision rappela un souvenir à Cela.

« Tu te souviens quand on s'est défoncés à cette fête de Noël ?

– Oui, répondit Kit. »

Il tira un reste de joint de son portefeuille.

« Et on est allés dans cette pièce où tout le monde laissait son manteau et son sac à main et tout ? Et toi, genre, tu as piqué tout l'argent…

– Il n'y avait pas que moi ! Toi aussi tu avais la main baladeuse.

– Oui, n'est-ce pas ? dit-elle d'une voix de plus en plus sexy.

– Pour sûr.

– S'il te plaît ne m'appelle pas Shirley. Tu te souviens de ça dans *Y a-t-il un pilote dans l'avion* ? J'ai adoré ce film. » Elle lui posa une main sur la cuisse. « On avait quelque chose de particulier, hein. Premier amour… » Elle déboucla son ceinturon. Il alluma son joint. « Tu ne sais pas combien ça craignait, Kit. Te voir dans les films pendant que j'étais en désintox. Lire des articles sur toi dans *People*. Ou ailleurs. Aux premières. Toujours avec une autre. Et je suis là à me dire : cette fille, ça devrait être moi. Au début, je disais aux gens qu'on était sorti ensemble, mais j'ai arrêté. J'étais en prison un jour, à dire : "C'était mon petit ami ! Vous ne comprenez pas ! Il m'a emmené au bal du lycée !" J'étais au plus bas. Pour ce qui est de toucher le fond, ç'a été mon record personnel. »

Elle l'embrassa doucement une ou deux fois pour tester sa docilité, puis baissa la tête et prit son sexe dans sa bouche.

La jeune fille s'était rapprochée. Debout sur son vélo, elle les regardait.

Réunion au Rose Café

Becca emmena Sadge à l'aéroport. Il partait pour trois mois. Il était convenu qu'à son retour, il se trouverait son propre appartement. Il ne faisait aucun doute qu'il aurait alors suffisamment d'argent, de toute manière.

Sur un coup de tête, Becca conduisit jusqu'au Rose Café et se gara dans le parking. Elle décida d'aller jeter un coup d'œil à l'immeuble de Rusty. Pourquoi pas ? Il le lui avait décrit. Il était situé juste au bord de la promenade, à quelques portes du Figtree.

Soudain, Elaine Jordache sortit du café. Elle s'attarda un peu, puis Rusty sortit à son tour, un café à la main, parlant avec animation à un jeune homme maigrelet aux cheveux tirant sur le blond. Il arborait une chemise et une cravate incongrues ainsi qu'un grand sourire vorace, légèrement perplexe. Becca s'enfonça dans le siège de sa voiture pour observer.

Un garçon à peine sorti de l'adolescence fut le dernier à les rejoindre. Il tenait un classeur et restait derrière le jeune homme presque blond avec une obséquiosité subtile et efficace. Le trio marcha jusqu'à une vieille décapotable, le garçon toujours à la traîne. L'homme presque blond serra avec enthousiasme la main de Rusty puis celle d'Elaine. Le jeune assistant grimpa dans la décapotable et démarra. Becca ne distinguait pas vraiment les paroles qu'ils prononçaient, mais elle eut l'impression que Rusty complimentait l'homme presque blond sur sa voiture tandis que celui-ci prenait place côté passager. Après quelques au revoir supplémentaires, le jeune assistant et son patron s'éloignèrent.

Becca s'enfonça plus profondément dans son siège tandis que Rusty raccompagnait Elaine jusqu'à sa voiture. Ils restèrent un moment à discuter sérieusement. Puis l'atmosphère se détendit et le rythme cardiaque de Becca s'accéléra désagréablement lorsqu'elle se demanda s'il allait embrasser Elaine sur la bouche. Il lui fit une bise sur la joue. Becca, soulagée, lui jura une allégeance éternelle. Elaine partit. Rusty quitta le parking et marcha nonchalamment vers la plage.

Elle songea à aller prendre une assiette de fruits dans le café avant de s'embarquer pour sa mission, comme prévu. Elle pouvait traîner vers la jetée ou prendre un capuccino chez Shutters avant de passer chez Rusty sur le chemin du retour. Le prendre par surprise.

Mais elle se ravisa ; elle avait eu son compte d'émotions pour la journée.

Une brève histoire
du bouddhisme tantrique

Dans son lit, Lisanne McCadden rêva de Kit Lightfoot.

Ils étaient au bord de l'océan, tournaient un film. Le tournage était retardé parce qu'un animal s'était coincé dans un générateur, et l'équipe tentait de le libérer au moyen de longues cannes laquées. Kit était étendu sur le flanc sur un paisible promontoire qui surplombait l'eau. Il traçait des motifs dans le sable et quelque chose dans la manière qu'il avait de se concentrer rappela à Lisanne les moines qu'elle avait vus au musée Hammer. Un bébé qui parlait était là, comme celui des vieux épisodes d'*Ally McBeal*. À son réveil, Lisanne ne se souvenait pas de ce que le bébé avait dit.

Elle supposa que ça devait être un rêve prémonitoire car quelques minutes après son arrivée au travail, Reggie lui donna deux tickets pour aller voir les moines se produire le soir même à l'université d'UCLA. Elle se demanda qui pourrait l'accompagner, mais ça ne tombait bien pour personne. Elle décida d'y aller seule.

Ils étaient environ une douzaine sur scène, mais portaient cette fois-ci des costumes et des coiffes sophistiqués. Une petite photo de Son Altesse le quatorzième dalaï-lama était posée sur un autel à côté d'une maquette représentant un temple aux nombreuses strates. Des casques équipés de micros étaient la seule concession

des moines à la modernité. Les *yoy-oy-yoy-oy-yoy*
caractéristiques des chants gutturaux amplifiés accompagnaient des tambours et de drôles d'instruments
métalliques, créant une cacophonie obsédante. De temps
à autre, les hommes sacrés semblaient se faire des
signes de la main tels des joueurs de base-ball, mais
comme Lisanne n'avait pas loué de jumelles, elle n'en
était pas sûre. L'homme à côté d'elle ronflait, ce qui ne
semblait déranger personne. Une rangée devant, un
garçon mort d'ennui s'agitait. Lisanne se dit que c'était
chouette de la part de son père de l'avoir amené aux
cérémonies.

Elle prit lentement, fabuleusement conscience que
juste de l'autre côté de l'allée, à quatre rangées d'elle,
se trouvait nul autre que Kitchener Lightfoot, flanqué
de Viv Wembley et du comique Paul Reiser. Kit avait
les yeux fermés. Il semblait méditer.

Après quelques minutes sans pouvoir le quitter des
yeux, Lisanne se pencha sur son programme pour se
distraire. Il y était dit que la méditation tantrique était
considérée comme la façon « rapide » d'atteindre l'Éveil.
Les livres sur le tantra décrivaient non pas un bouddha
mais des milliers. Un adepte de la méditation tantrique
était censé se visualiser comme l'un de ces bouddhas,
et elle se demanda si c'était ce que Kit était en train de
faire à cet instant précis.

Ses lèvres bougeaient tandis qu'elle lisait en silence :

Vajrabhairava signifie « Le Terrifiant de Diamant ».
Son visage de taureau indique qu'il a vaincu Yama, le Seigneur de la Mort à tête de taureau. Du sommet de sa tête
émerge le petit visage paisible de Manjushri, qui incarne
toute la sagesse de tous les bouddhas ; Vajrabhairava est le
symbole de la sagesse transcendant la mort.

Peut-être Kit répétait-il mentalement ses répliques en vue du tournage du lendemain... ou peut-être se demandait-il : « Qui est cette fille de l'autre côté de l'allée, quatre rangées derrière moi, la charmante laitière rubenesque qui ne remarque même pas combien je suis totalement attiré par elle ? Qui est cette incroyable secrétaire de direction au visage doux, secrètement enceinte, qui n'a aucun moyen de savoir que je ne suis sexuellement excité que par les femmes similairement proportionnées et qui en plus ont la phobie de l'avion ? J'ai besoin d'elle dans ma vie ! »

Elle se laissa aller à ricaner au milieu des rituels sacrés. Mais elle avait beau essayer, elle n'arrivait pas à imaginer ce qui se passait dans la tête de Viv Wembley ni dans celle de Paul Reiser.

Une colonie de Drôles de Dames

Elaine laissa un message pour qu'elle la rappelle dès que possible. C'était urgent.

Cameron Diaz – la vraie Cameron – organisait une soirée pour l'anniversaire de Drew, et elle avait eu l'idée géniale d'inviter les Drôles de Dames, ainsi qu'une demi-douzaine d'autres sosies. Elaine s'était déjà arrangée pour mettre la main sur la Cameron et la Lucy Liu, sur Cher, David Letterman, Donald Rumsfeld, Jim Carrey et le pape. Quand Becca avait demandé si Rusty serait là, Elaine avait répondu que non. Becca avait été soulagée.

Elle n'avait jamais mis les pieds au Colony. Le gardien lui fit signe d'entrer et elle éprouva la sensation curieuse et inattendue d'être à sa place. Lorsqu'elle vit le vrai Kid Rock grimper dans un pick-up, elle perdit complètement ses moyens et se demanda si elle parviendrait à aller jusqu'au bout.

Une coordinatrice sévère attendait – la fête n'avait pas encore débuté – et Becca fut menée à une sorte de loge aménagée dans le garage. Une costumière et une maquilleuse lui tombèrent dessus avec des épingles, du fond de teint et des haleines de fumeuses. La Cameron était assise sur une chaise et se faisait recouvrir ses boutons, la Lucy se faisait raidir les cheveux, et un

Tobey Maguire trop vieux aux yeux exorbités était en train de se raser. La Cher, dont Becca trouvait qu'elle faisait une très bonne Cher, entra en fumant. Elle dit qu'elle ne croyait pas que c'était la maison de la vraie Cameron ; une maquilleuse était d'accord, mais personne ne semblait vraiment savoir à qui appartenait la maison. Sting habitait soi-disant plus loin dans la rue mais n'était jamais chez lui, et la coordinatrice expliqua qu'Elaine lui avait dit qu'il louait sa maison pendant l'été pour quatre-vingt-dix mille dollars par mois. Becca eut du mal à croire que quiconque puisse louer une maison à ce prix-là.

La vraie Cameron passa la tête par la porte et poussa un cri strident lorsqu'elle vit les Drôles de Dames d'Elaine.

« Oh mon Dieu ! C'est fantastique ! s'exclama-t-elle en battant des mains. Les filles, vous êtes incroyables.

– Fais voler tes cheveux, merde ! » lança la Lucy, et elle fit un tabac – la vraie Cameron se tordit de rire.

La vraie Selma Blair entra d'un pas nonchalant ce qui mit Becca dans tous ses états. Elle avait hâte de tout raconter à sa mère. Et la fête n'avait pas encore commencé !

Pour produire un effet maximum, les Drôles de Dames firent leur entrée tandis que la fête battait son plein. Ben Stiller était là avec sa femme et son bébé, de même que la vraie Demi Moore, le vrai Ashton et le vrai Tobey. Lorsque Cher se pointa, elle fit claquer sa langue en voyant son double – Becca supposait que la chanteuse avait vu son lot d'imitateurs et n'était pas aussi déconcertée que les plus jeunes stars par le fait d'avoir un sosie. La vraie Rose McGowan arriva avec Pink et Pamela Anderson, cette dernière sans Kid Rock. Rose alla parler à la Cher, dont elle avait de toute évidence déjà loué les services pour l'anniversaire de Marilyn Manson. Tom Hanks se mêla aux sosies et sembla adorer tout particulièrement le pape excessivement décrépit et voûté, qui s'avérait être un restaurateur de la Vallée plutôt aisé. Becca et la Cameron espéraient en dépit de tout que Sting passerait. Elles n'eurent pas cette chance.

Il y avait tellement de gens célèbres qu'elle se sentait engourdie. (Elle plana après avoir vu Jackie Chan et Owen Wilson. Tout devint flou.) Mais les célébrités n'étaient pas très engageantes ; hormis Tom et Rita, elles préféraient rester entre elles. Becca aimait causer avec des personnes qu'elle ne reconnaissait pas – c'était tellement plus intriguant. Elle supposait que chaque invité était par définition un « personnage », un poids lourd de l'ombre. C'était en fait eux qui pouvaient être utiles à long terme. L'un d'entre eux s'avéra être l'auteur de son film préféré de tous les temps, *Forrest Gump*. Il vivait à quelques maisons de là. Sa mère venait de mourir, et il en parlait si délicatement et ouvertement qu'il eut bientôt la larme à l'œil, et Becca aussi. Ils furent rejoints par un type cordial et sans prétention nommé George et sa petite amie phénoménalement enceinte, Maria ; il s'avéra être l'un des principaux auteurs des *Simpsons*. Ils discutèrent de tout un tas de choses intéressantes, puis le type de *Forrest Gump* la présenta (d'abord en tant que Drew Barrymore, puis en tant que Becca Mondrain) à Tom Hanks alors que celui-ci était sur le départ. Rita, qui était aussi sur le point de s'en aller, approcha bientôt à son tour. Tom s'amusait à jouer les faux ténébreux, et il se mit à discuter avec Becca comme si elle était la vraie Drew. Puis il feignit la surprise, comme s'il venait de s'apercevoir qu'il s'était fait berner, et plissa les yeux pour la regarder à nouveau. « Drew ferait bien de faire gaffe à elle », dit-il d'un ton menaçant tandis qu'il quittait furtivement la pièce. Puis il fit une chose adorable : il continua de la regarder par-dessus son épaule avec des yeux mi-clos et accusateurs avant de sourire chaleureusement et de soulever un chapeau imaginaire en guise d'au revoir. Rita avait l'air de vouloir rester un peu plus longtemps, mais son mari l'entraîna doucement en la prenant par le poignet. Becca ne manqua cependant pas de croiser le regard de Rita, consciente du fait que c'était elle qui avait découvert *Mariage à la grecque* alors que ce n'était encore qu'une pièce de théâtre, et que c'était elle qui avait convaincu Tom et tous les autres de tenter le coup et d'investir de l'argent pour en faire un film. Peut-être verrait-elle un jour Becca sur scène et lui offrirait-elle la même opportunité. Hollywood regorgeait d'histoires de ce genre.

Drew Barrymore approcha avec deux gays à sa suite. C'était pour Becca le moment de vérité.

« Vous êtes absolument effrayante. Est-ce que vous croyez que je pourrais vous appeler ? Quand je traverserai une passe merdique dans une relation par exemple ? Autant dire à peu près tout le temps ! » Elle se tourna vers les gays, qui rirent de concert. « Ou alors quand je n'aurai aucune envie de me farcir ma famille – ou mon avocat ou mon agent ou n'importe qui d'autre ? Est-ce que vous ne pourriez pas, disons, *vivre* à ma place ce dont je me passerais volontiers ?

– Drew, dit Becca, le souffle coupé. Je viendrais faire la vaisselle si vous me le demandiez. »

Elle savait qu'elle parlait comme une plouc, et les homos firent la grimace, mais Drew éclata de rire et posa une main sur le bras de Becca pour la mettre à l'aise. Becca failli fondre en larmes.

« Oh mon Dieu ! s'exclama Drew en jubilant ; une idée géniale lui était venue à l'esprit. Vous pourriez avoir un bébé à ma place ! »

Les deux gays rirent de plus belle et l'un d'eux ajouta, « Elle pourrait baiser pour toi.

– Merci, mais non, répliqua Drew. Je préférerais me charger de ça moi-même. Pour le moment. »

Nouveaux rires des deux gays. La belle fille noire de *Saturday Night Live* approcha en compagnie de la vraie Cameron, qui passa d'un air effronté un bras autour des épaules de Becca.

« Ça, dit-elle. Si ce n'est pas Dylan Sanders… »

Becca but du petit lait et lança : « Fais voler tes cheveux, merde ! »

Tout le monde éclata de rire et elle se sentit rachetée.

À la 20th Century-Fox

Lisanne appela Tiff Loewenstein. Elle avait compté le faire histoire de donner suite de façon amicale au gala de la Casa del Mar, mais elle avait aussi des intentions cachées. Tiff décrocha sur-le-champ. Son déjeuner avait été annulé et il lui demanda de le rejoindre au restaurant du studio.

Ça faisait un bout de temps qu'elle n'était pas venue. Lisanne adorait l'effervescence qui régnait dans les studios. Les couloirs des bâtiments de direction étaient frais, d'un blanc crémeux, silencieux, ce qui créait un magnifique effet de mausolée rétro. Tout était parfaitement conçu, avec une ambiance années quarante. Plus loin dans le dédale, et plus près des bureaux de pouvoir, les affiches de films à succès laissaient place à des clichés vaporeux de Hurrell représentant des stars d'autrefois : Davis, Cagney, Crawford, Hepburn.

L'une des trois secrétaires l'accueillit dans l'antichambre, puis la mena au somptueux domaine art déco de Tiff. Celui-ci se leva de son bureau et s'approcha à la hâte, l'embrassa sur les deux joues. Il l'informa immédiatement de deux événements imminents pour lesquels il avait cruellement besoin de compagnie durant le week-end. Vendredi, il devait recevoir le prix du Visionnaire de KCET (salle des fêtes du Biltmore) ; le lendemain soir, il serait l'invité d'honneur d'une soirée

107

de charité au profit de la fondation des enfants brûlés (Hilton de Beverly).

« Quelles sont, si je puis me permettre, vos disponibilités ? » s'enquit-il d'un ton quelque peu ironique.

Ça ne semblait pas être le bon moment pour demander comment se passaient les choses sur le front domestique. Comme il n'avait personne pour l'accompagner à ses « hommages », elle supposa le pire.

« Vous êtes en veine. De fait, j'ai été déchargée de mes obligations en tant qu'infirmière de Karl Lagerfeld. Je suis entièrement à votre disposition. »

Il éclata de rire, lui prit le bras, et l'entraîna hors du bureau.

« Comment avance le film avec Kit Lightfoot ? » demanda-t-elle après avoir commandé.

Tiff agitait de temps à autre la main en direction de personnes qui lui présentaient de loin leurs hommages – on ne l'approchait que rarement pour le saluer directement. En règle générale, il était entendu que le nabab ne devait pas être dérangé.

« Phénoménal. Je crois que ça va faire un tabac.

– Il est vraiment bon.

– Le meilleur. Très terre à terre – une star à l'ancienne. Et je lui accorde le meilleur compliment que je puisse faire à quelqu'un. Vous savez ce que c'est ? »

Elle secoua la tête.

« Ce n'est pas un connard.

– Vous le connaissez ? Je veux dire, très bien ?

– Quoi, vous en pincez pour lui ? demanda-t-il, toutes antennes dressées.

– Je voulais dire, est-ce qu'il vous arrive de le fréquenter…

– Parce qu'il vit en couple, vous savez, prévint-il.

– C'est ce que j'ai entendu dire, répondit-elle en roulant les yeux.

– Je serais très jaloux si je vous voyais à son bras à un gala de bienfaisance.

– Je ne serais jamais infidèle, répliqua-t-elle en lui tapotant la main. À moins, bien entendu, que je ne sois l'invitée d'honneur… dans ce cas, je le traînerais peut-être avec moi. Naturellement, il faudrait qu'il soit consentant.

– Certes. En amour comme entre invités d'honneur consentants, tout est permis.

– Est-ce qu'ils tournent encore ?

– Encore deux semaines. »

Elle prit son courage à deux mains et déclara, l'air de rien, « J'aimerais aller voir le plateau ». Autant annoncer directement la couleur.

Deux hommes les interrompirent pour leur dire bonjour, puis leur repas arriva. Elle allait devoir trouver un moyen de remettre ça sur le tapis.

Depuis qu'ils étaient assis, Lisanne avait remarqué que des têtes se tournaient invariablement vers l'un des boxes à l'arrière.

« Est-ce que c'est Russell Crowe ? » demanda-t-elle en plissant les yeux.

Tiff jeta un coup d'œil et se mit à rire.

« Vous voyez le gamin blond ? *Adam Spiegel* – Spike Jonze. Il a fait *Adaptation* et *Dans la peau de John Malkovich*.

– Je sais qui il est. J'adore ses films.

– Il est assis avec Charlie Kauffman.

– C'est *lui*, Charlie Kauffman ? Mon Dieu, il ressemble à J. D. Souther.

– Qui est J. D. Souther ?

– Il écrivait des chansons pour les Eagles.

– Eh bien, c'est lui – Garbo en personne. Deux Juifs de Vérone. Spike est un gamin riche. Le catalogue Spiegel. *Der Spiegel* affirme que c'est un mythe, mais il ne raconte que des conneries. Vous savez à qui il est marié, n'est-ce pas ?

– J'adore sa femme. Est-ce qu'ils ont un projet avec Russell Crowe ?

– J'aimerais bien. Ils ont un projet dingue que Charlie est en train d'écrire, sur les sosies. Voilà qui est ce type à la table – un sosie de Russell Crowe.

– De quoi s'agit-il ?

– Des charognards qui viennent à Hollywood et trouvent du boulot en imitant des stars de cinéma.

– Ç'a l'air intéressant.

– Peut-être trop intéressant. Quand quelqu'un veut dépenser quarante millions avec l'argent du studio, j'ai besoin que ce soit plus qu'"intéressant". Maintenant, si on pouvait avoir le vrai Russell Crowe dans leur film au prix d'un sosie, ça ce serait intéressant. Qui sait ? Ça pourrait arriver. Vous ne m'avez toujours pas répondu – quelle soirée aurait votre préférence, Mlle McCadden ? Celle du vendredi ou celle du samedi ?

– C'est une question difficile.

– Je vais vous dire. Venez au deux et je vous propose un marché.

– Allez-y.

– Vous pourrez apporter quelque chose de ma part à votre ami.

– Mon ami ?

– M. Lightfoot. Vous voyez, j'ai un cadeau pour lui. Venez aux deux soirées de bienfaisance et vous serez la messagère. Je vous consacrerai. Car je suis d'une humeur consacrante. »

Les formes multiples
de l'expérience religieuse

Kit était assis sur un coussin dans son zendo privé, faisant face au monticule de Benedict Canyon qui s'élevait telle une ziggourat. Un architecte paysagiste avait apporté des tonnes de terre en camion pour parvenir à cet effet.

Il regardait fixement une tache de soleil abstraite qui se déplaçait sur le sol de tek à environ trente centimètres de ses genoux.

Son prochain film, un Anthony Minghella, avait capoté. Il était censé faire un Ridley Scott, mais pas avant dix mois.

Il songeait à aller en Inde pour le Tantra du Kalachakra, le rite annuel de la Roue du Temps au cours duquel des milliers d'initiés vivent une renaissance en masse, sortant de l'enfance pour se visualiser comme des bouddhas. Voir les moines de Gyuto lui avait donné l'idée de partir en pèlerinage. Le dalaï-lama, le professeur de son professeur, était censé présider un rassemblement d'environ un quart de million d'adeptes. Kit avait déjà assisté à une telle cérémonie avec Sa Sainteté à Madison, dans le Wisconsin, mais à une échelle nettement moindre.

Là-bas, dans cet endroit improbable, l'acteur avait prononcé des paroles de promesse, devant l'infini : « Ô Bouddhas et Bodhisattvas, s'il vous plaît tenez compte de moi. Moi, Kit Lightfoot, à compter d'aujourd'hui et jusqu'à ce que je parvienne à l'essence des Éveils, générerai l'esprit excellent et inégalé de l'intention afin de devenir éveillé exactement comme les Protecteurs des trois temps ont résolument aspiré à l'Éveil. » Un mandala de sable représentant un palais avait été créé, au travers duquel les pèlerins avaient été mentalement guidés. Après un certain nombre de jours, les rituels et les bénédictions s'étaient achevés lorsque le dalaï-lama lui-même avait dispersé le sable coloré avec un balai, en préparation de la consécration des eaux.

Il avait l'impression que ça faisait une éternité qu'il n'était pas allé en Inde. Il y avait voyagé avec son professeur, Gil Weiskopf Roshi. Ils avaient visité Lumbini, le lieu de naissance du prince Siddhartha Gautama ; Bodh Gaya, où Siddhartha s'était réalisé sous l'arbre Bodhi ; le parc à daims de Sarnath, où il avait donné des sermons sur les Quatre Vérités nobles ; le grand parc de Sravasti, qui abritait les retraites de méditation de Bouddha et où il avait converti un criminel notoire ; et une forêt de sals à Kushinagar, l'endroit ultime, rebutant, où il avait quitté le monde. Le voyage l'avait saturé et il avait besoin des bruits de l'Inde, de ses odeurs, de son cœur. Il avait aussi besoin de son professeur, qui était mort un an après sa mère, jour pour jour – il avait à nouveau besoin du *dharma*. Quelques mois plus tôt, il avait fait de vagues plans pour aller avec Meg Ryan pendant la période de Noël, voir Ramesh, un disciple du grand sage Nisargadatta Maharaj. Mais maintenant il se disait qu'il ferait mieux de faire le voyage seul et de limiter son périple à Bodh Gaya, où le Kalachakra se tiendrait cette année.

Il rajusta sa position sur le coussin et se concentra sur sa respiration, réprimant un sourire lorsque l'image malicieuse et désacralisée de son vieil ami Alf se mit à dodeliner devant lui. Alf voulait aller à une fête organisée pour les Golden Globes chez les Medavoy, mais Kit s'était défilé parce qu'il n'avait pas de film qui sortait et qu'il était envieux de ceux qui en avaient ; il était jaloux des acteurs – certains inconnus, d'autres depuis longtemps oubliés et maintenant redécouverts – dont le destin les avait fait se retrouver dans l'un de ces obscurs films indépendants surestimés qui infectaient les cœurs et les esprits à chaque saison de remise de prix tel un virus de synthèse. Il se sentait dépassé, usé, avait honte de son travail. Au milieu de ses méditations

il revint à sa respiration, expira profondément. Il se concentra sur une autre tache de soleil trapézoïdale. Bourdonnement d'insecte. Son attention passa du visage de son gourou-racine, Gil, à une page des lettres d'amour de Rita Julienne Lightfoot, à l'odeur de sa chambre d'hôpital, au goût de la bouche de Viv, à la petite fille qui regardait tandis qu'il jouissait dans la bouche de Cela à l'orée du campus du lycée Ulysses S. Grant.

*Alf apparut à nouveau, le bouffon, l'illusionniste irrépressible. Le multiforme. Il prenait son pied à titiller son célèbre ami et il savait quels boutons pousser. La veille, il n'avait pas manqué de lui dire que Spike Jonze avait un projet important – Spike Jonze était sur le point de faire un film vraiment dingue, « plus génial qu'*Adaptation *», sur les sosies de célébrités. Alf avait dit qu'il n'en savait guère plus, mais ce qu'il savait, c'était que Spike était soi-disant à la recherche d'un « type à la Kit Lightfoot ». En entendant ça, Kit avait ri à gorge déployée, prenant les choses à la légère. (Il avait secrètement décidé d'appeler amicalement le réalisateur chez lui pour savoir de quoi il retournait. S'il y avait quoi que ce soit le concernant, il était plus que probable qu'il aurait été mis au courant. Spike aurait appelé, ou l'un de ses collaborateurs serait entré en contact.) Kit voulait un travail stimulant ; il était* *hanté par l'idée qu'il n'avait pas encore tenté sa chance. Il mourrait d'envie – c'est ce qu'il se disait – de faire quelque chose de magnifique, de travailler avec un virtuose du cinéma d'art et d'essai, n'importe quel virtuose, jeune ou vieux, de passer à l'étape supérieure. Il comprenait parfaitement le besoin qu'avait eu Tom de faire le truc de Kubrick. Il le respectait. L'admirait. Puis le maître était mort, comme pour rendre hommage au goût et au timing fantastiques de Tom, à la chance fantastique de Tom. Kit ne cessait de se dire qu'il voulait faire un film qui le défierait au plus profond de lui-même, tout comme sa pratique l'avait jadis défié, au début. Mais même s'il trouvait le bon projet, il y avait des obstacles à surmonter – il savait qu'il devait être suffisamment vide pour dépasser ses limites réelles ou imaginées. Peut-être n'avait-il pas ça en lui ; peut-être ne l'avait-il jamais eu, ne l'aurait-il jamais. Peut-être n'était-il qu'un beau gosse qui roulait des mécaniques, sans tripes et pas si malin que ça, le Roi de* People's Choice. *Et rien de plus.*

Il frissonna, redressa le dos.

Le zendo avait été construit par des maîtres charpentiers à partir de cèdres japonais vieux de cinq cents ans sans utiliser ni clous ni colle. Chaque matin, les *toryos* faisaient des offrandes de saké et de riz à leurs outils avant de se mettre au travail. *Architectural Digest* avait voulu mettre le zendo en couverture, mais Kit, avec sa noblesse habituelle, avait refusé. Il repensa à la pute et au *teisho* improvisé devant l'autel de Bouddha : la pornographie de la vanité. Comment le sentier l'avait-il mené à ça ? Il se sentait en danger de mort.

Tel un sorcier, il prononça une invocation kalachakra pour s'apaiser – « J'atteindrai l'Éveil complet par les quatre portes de la libération totale… le vide, l'absence de péchés, l'absence de désirs et la non-activité ! » Ces paroles, il les avait prononcées dans le Wisconsin, devant son mentor et ami, le dalaï-lama. Ces paroles, il les avait prononcées devant le prince Siddhartha, devant l'intemporel Shakyamuni, devant le Rien. Il murmura *Om Shunyata-jnana-vajra-svabhavatmako ham* et s'inclina profondément devant le vide, le bourdonnement de ses paroles se mêlant au ronronnement d'un lointain souffleur de feuilles.

Diligence

Rusty passa chercher Becca vers sept heures. Bien que les affaires de Sadge fussent toujours dans l'appartement, elle se sentait célibataire. C'était excitant. Il entra et renifla autour de lui tel un chien de dessin animé. Il marcha jusqu'à la chambre en reniflant, et elle dut le faire sortir de force en riant.

Ils roulèrent jusqu'à Beverly Hills et se garèrent près de la grande église où Bo Derek se mariait dans *Elle*, le film préféré de la mère de Becca. Elle eut soudain la folle idée que Rusty allait l'emmener chez Crustacean. Elle commença à se faire du souci à cause du maître d'hôtel maussade, mais se dit qu'il ne la reconnaîtrait probablement pas – ce soir, cheveux et maquillage étaient en mode anti-Drew.

Rusty prit la direction de la banque Wells Fargo, affirmant qu'il avait besoin d'espèces. Il passa devant les distributeurs et pénétra dans le hall du bâtiment. Il était déjà sept heures passées.

« La banque reste ouverte tard, dit-il avec un sourire. Juste pour moi. »

L'espace d'un instant, Becca crut qu'il allait commettre un vol à main armée, mais elle vit alors un groupe de personnes faire la fête de l'autre côté des hautes fenêtres. Un garde se trouvait à l'entrée. « Nous sommes avec Grady et Cassandra Dunsmore », annonça

Rusty, et l'homme les laissa entrer sans plus de formalités.

Une étrange ambiance de fête les attendait à l'intérieur. Des membres de gangs et leurs familles, certains en fauteuil roulant (Becca repensa à Valle Verde), descendaient des bouteilles de Corona au goulot fin et sirotaient du champagne dans des gobelets en plastique à côté d'hommes blancs joviaux portant costume et cravate desserrée. Une table était recouverte de plats de chez Costco, certains toujours pas ouverts ; les gens semblaient avoir plus soif que faim. Un ghetto-blaster diffusait de la musique Motown. Les épouses enjouées portaient des robes satinées et autant de tatouages que leurs maris. Des marmots couraient en rond comme des fous autour de leurs grands-parents. Certains vieux à cheveux blancs avaient aussi des tatouages.

« Hé là ! cria Grady en voyant Rusty approcher.

– Hé là ! »

Ils s'étreignirent.

« Aujourd'hui c'est jour de bal !

– Tu veux dire, c'est le jour de Grady », dit Cassandra qui approchait en se dandinant, portant une assiette pleine de canapés et de petits beignets recouverts de sucre.

Son ventre avait gonflé depuis la fois où Becca l'avait vue sous l'eau.

« Bien dit, fit Grady.

– Vous vous trompez tous les deux, dit Rusty. C'est ni jour de bal, ni le jour de Grady – c'est le jour de la balle dans la patte de Grady.

– Le jour de la balle ! exulta Grady. C'est ça ! En plein dans le mille ! La balle dans ma foutue patte ! »

Ils rirent un moment, puis Rusty dit :

« Vous vous souvenez de Becca.

– Putain, je suis pas sénile. » Grady se tourna vers sa femme. « C'est la dame de Rusty. »

Cassandra acquiesça à la façon de Barbara Stanwyck

dans *La Grande Vallée*, une approbation distante, matriarcale. Elles s'étaient en effet rencontrées à la fête, mais Cassandra ne s'en souvenait pas.

« Chérie, dit-elle en saisissant le coude de Becca, feignant la familiarité, pourriez-vous éclaircir une chose avec votre petit ami de ma part ? » Elle marqua une pause pour accentuer l'effet dramatique avant de dire, « Il aura que dalle ! Pas un rond, O.K. ? Il aura même pas la balle qu'on a retirée de la patte de Grady ! Pas un kopeck ! »

Cassandra s'étouffa de rire, crachant de minuscules jets de Pepsi Light en même temps qu'elle recrachait la fumée de sa cigarette.

« Hé, Cass, réprimanda Grady. Te comporte pas comme ça. Quand *on* fait la fête, tout le monde fait la fête ! »

Un banquier prit la parole et les avocats firent signe à leurs clients de se rassembler – le moment était venu d'être sérieux. Les familles des hommes restèrent respectueusement en retrait.

« Qu'est-ce qui se passe ? murmura Becca.

– Indemnisation, répondit Rusty sur le même ton. Je te l'ai dit, Grady s'est fait tirer dessus par Rampart. La police de L.A. a placé de la dope sur lui. Il a pris dix-neuf mois. Il est sorti il y a trois ans, quand Perez a parlé. Il a fallu tout ce temps pour parvenir à un accord.

– Un accord ?

– Un virgule huit.

– Un virgule…

– Million.

– Mais qui sont les autres ? demanda-t-elle sans trop comprendre.

– Tous des plaignants. Grady affirme que certains sont des détenus – des types qui sont restés en prison plus longtemps qu'ils n'étaient censés y rester. Ça ne pardonne pas. Action de groupe, à grande échelle. » Becca ne suivait pas. « Le comté a dû allonger plus de vingt-sept millions. Tu vois la nana debout près de lui ? Près de Grady ? Elle s'est fait embarquer au cours d'une affaire de violences conjugales. Ils l'ont gardée un jour de plus et l'ont soumise à une fouille corporelle. Tu parles d'une salope. Les matons devaient être fauchés ! Eh bien, elle est riche maintenant. Pour autant de fric, je passerais vingt-quatre heures debout sur la tête – ou assis sur une bite. C'est ça qu'ils appellent un détenu. La plupart des gens ici ont les mêmes avocats. » Il désigna de la tête une femme charismatique qui portait un tailleur-pantalon et des bas noirs. « Ludmilla Vesper-Weintraub. Elle a mille clients, sans déconner. Et chacun d'entre eux va toucher un putain de pactole.

– Mais l'argent qu'ils ont eu pour leur fille…

– Ça n'a rien à voir. Est-ce que tu peux le croire ? Ils ont gagné deux fois au loto ! Tu crois au putain de karma de ces gens ? La Roue de la Fortune, bordel. Le jackpot. »

Grady approcha d'un pas bondissant.

« Le moment est arrivé ! C'est l'heure !

– Qu'est-ce qui se passe ? demanda Rusty.

– Ils vont procéder à la distribution, mon pote. Puis on file à Gardena ! On va grimper dans cette limo et faire une virée jusqu'au Hustler Casino ! Je vais me faire quelques parties de vingt-et-un. »

Cassandra embrassa son mari, régurgitant délibérément un flot de Pepsi dans la bouche de Grady qui ne s'y attendait pas. Il le lui recracha dans la bouche et ils éclatèrent tous les deux d'un rire guttural.

« Vous voyez cette tronche de taulard ? » dit Grady à ses amis. Il désigna discrètement un type au crâne rasé, petit, tout en muscles, qui se tenait dans un coin avec sa femme et son gamin. « Il a touché deux millions pour avoir passé moins de temps au trou que moi. Ce connard a déjà passé la moitié de sa vie au pénitencier. Quand je lui ai demandé ce que c'était son truc, vous savez ce qu'il m'a répondu ? "Violer des Nègres." »

Divinités

Lisanne appela enfin pour annoncer qu'elle était enceinte. Robbie n'eut pas grand-chose à répondre. À la fin de leur brève conversation, il lui recommanda de prendre soin d'elle, comme si elle avait annoncé qu'elle avait un rhume ou la grippe.

Le bureau de Tiff informa Sotheby's que Lisanne passerait chercher l'article. Lorsqu'elle arriva sur place, elle reçut un accueil chaleureux mais dut tout de même montrer patte blanche.

Elle songea à apporter quelque chose de personnel à Kit – une fleur, peut-être, pour embellir le cadeau – mais écarta cette idée, la trouvant peu professionnelle. Pas de mièvreries pour se rendre intéressante. Quelque chose comme ça pourrait revenir aux oreilles de Tiff. Non, elle serait juste forcée d'être aussi charmante et discrète que possible, malgré sa frousse d'écolière. De plus, c'était Tiff qui méritait les fleurs. C'était véritablement incroyablement généreux de sa part d'avoir manigancé la rencontre.

Lorsqu'elle arriva sur le lieu de tournage sur la plage, un policier lui désigna un emplacement de parking près de la célèbre moto Indian. C'est alors que son cœur se mit à battre la chamade. Un assistant-réalisateur au visage de bébé apparut et la mena à la caravane de Kit.

En chemin, des idées tordues lui traversèrent l'esprit et elle se mit à rire nerveusement. Elle s'imagina la star, un farceur légendaire, arrivant nu à la porte avec une grosse érection veineuse. Ils cognaient à la porte de la caravane et il n'y avait pas de réponse. Comme ils s'apprêtaient à repartir, Lisanne disait : « Attendez ! Il y a quelque chose qui cloche. Je le sens. » Avant que l'assistant-réalisateur n'ait pu la retenir, elle faisait irruption dans la caravane pour découvrir Kit étendu au sol, à plat ventre. Elle tentait de le ranimer tandis que son escorte allait chercher de l'aide. La star, dans un semi-coma diabétique, se mettait à explorer avec stupeur la bouche de Lisanne de sa langue nerveuse, dégoulinante, tandis que celle-ci insufflait de la vie chaude dans ses bronches reconnaissantes…

Une brune svelte munie d'un casque ouvrit la porte. Elle sourit d'une façon telle que Lisanne, qui se sentait déjà parano, fut certaine que M. Loewenstein les avait informés du petit béguin de la « messagère ». La superbe assistante polyvalente la fit entrer.

« Qu'est-ce qui se passe avec Aronofsky ? » La voix reconnaissable entre mille provenait du fond de la caravane. « Est-ce qu'on est censés se rencontrer ?

– Darren revient de Boston. On essaie de convenir d'un endroit et d'une heure.

– Il peut venir à la maison – n'importe où. Et, Xan ? Je veux appeler Spike. Chez lui. »

Sans prévenir, Kit apparut, en jean et pieds nus. Il ne vit d'abord pas Lisanne. Il portait un t-shirt de coton moulant et s'étira juste devant elle. Un tatouage représentant un symbole spirituel flotta au-dessus de sa hanche.

« Je veux savoir si mon pote Alfalfa raconte des conneries, dit-il en faisant un clin d'œil à Lisanne. Non, ce n'est pas exactement ça. Je sais pertinemment qu'il raconte des conneries. Je veux juste savoir jusqu'où il va. » Il porta toute son attention sur la visiteuse et lança : « Salut.

– Salut. »

Elle attendit de voir s'il la reconnaissait après leur rencontre furtive au yoga (elle espérait que non) mais il ne cilla pas. Lisanne se présenta, annonçant qu'elle était une émissaire du « bureau » de Tiff Loewenstein. Elle parlait de façon comique, comme si elle s'adressait à un cardinal. Elle voulait paraître juste un brin sophistiqué, et il sembla apprécier, tout en comprenant d'où elle venait. Elle répéta que M. Loewenstein voulait absolument que le paquet lui soit livré en mains propres et qu'elle remplissait sa mission d'« envoyée spéciale ».

Il saisit la boîte et l'ouvrit tout en parodiant le chef du studio pestant à propos de son « addiction aux hommages ». Hormis ses envies occasionnelles de se prosterner à ses pieds, l'intermédiaire amourachée était relativement à l'aise.

« Ouah ! », lâcha-t-il, tirant la statue d'un magnifique sac en velours.

Xanthe approcha et resta bouche bée.

C'était un Bouddha doré, monté sur un bois sombre, sans conteste la plus belle chose que Lisanne avait jamais vue. Kit lut une petite carte blanc crème qui faisait remonter son origine au XIIIe siècle. Il agita délicatement les doigts au-dessus de la tête de la statue.

« La couronne symbolise qu'on a atteint l'éveil, dit-il avec une autorité informelle. D'habitude, elle comporte cinq pointes. »

La statue transcendante était assise dans la position du lotus. Avec une élégance habile, l'une de ses mains passait par-dessus une jambe pour toucher le sol.

« Il touche la terre, expliqua Kit. Toucher l'esprit de la terre signifie qu'il a conquis Mara, le monde de l'illusion.

– Il est tellement beau », dit Lisanne.

C'était tout ce qui lui était venu à l'esprit, mais elle était contente d'avoir au moins dit quelque chose.

« En quoi est-il ? » demanda Xanthe.

Kit passa la main sur le ventre du bouddha.

« En cuivre. » Il se pencha, examina minutieusement la statue en plissant les yeux. « Vous voyez la pierre précieuse dans la couronne ? Ouah. Qu'est-ce que c'est, un lapis ? Et les minuscules symboles sur l'écharpe ? Vous voyez les minuscules symboles ? »

Il leur fit signe d'approcher. Lisanne perçut son odeur. Elle sentit sa jambe toucher la sienne.

Xanthe attira l'attention de Kit sur une enveloppe qui avait été placée dans la boîte. Il l'ouvrit, lut le mot de Tiff à voix haute. « Mais j'aurais dû t'offrir ça. » Kit ôta le trombone et regarda la photographie qui avait été déchirée dans le catalogue de la société de vente aux enchères. Le nabab avait souligné le texte qui l'accompagnait.

AJNA-VINIVARTA GANAPATI
ALLIAGE DE CUIVRE
TIBET XVE SIÈCLE ENVIRON

La forme exotique de Ganapati est soutenue par une déesse singe pratiquant une fellation, assise sur un vase à amrita débordant de joyaux et de menstrues. Il est représenté avec trois têtes : le Ganesh à tête d'éléphant (primaire) avec une tête de rat sur sa droite et une tête de singe sur sa gauche. Le rôle de la divinité est d'apaiser la souffrance des êtres insatiables.

10 000 $ – 15 000 $

Kit éclata de rire, puis devint presque sombre.

« Appelez Loewenstein, voulez-vous, Xan ? » Il secoua la tête. « C'est un cadeau sérieux. C'est un cadeau *très* sérieux. »

Xanthe passa immédiatement le coup de fil. Elle lui tendit le téléphone portable.

« M. Loewenstein ! M. Loewenstein ! Une fellation, de la part d'un singe ! Oui ! Oui ! Le cadeau qui ne cesse de donner ! »

Puis il exprima son émerveillement et se mit à le remercier sobrement, disparaissant dans la chambre comme il parlait.

Il ne restait plus à Lisanne qu'à s'en aller.

Hustler's

Hustler's n'était qu'à quarante minutes. Becca fut stupéfaite d'apprendre qu'il y avait des casinos ailleurs qu'à Las Vegas, Reno et Atlantic City. Rusty expliqua qu'on jouait partout – même à Palm Springs. Cassandra ajouta que les Indiens possédaient plus de casinos que Donald Trump. On pouvait même jouer en ligne.

C'était leur troisième nuit consécutive. (Et leur dernière, à en croire Cassandra. « Parce que le fric flambait royalement. ») Rusty confia à Becca que, selon lui, le couple avait bien dû claquer au moins deux cent mille billets. On les traita comme des rois. Ils avaient droit à leur propre table de black-jack privée s'ils le voulaient et, où qu'ils aillent, des agents de sécurité les suivaient poliment. Ils attendaient même devant la porte pendant que les filles étaient aux toilettes. Cassandra avait parfois besoin d'aide pour marcher, et les gardes étaient aussi là pour ça. Elle affirma que maintenant qu'elle en était à son huitième mois, elle avait cessé de boire mais continuait de prendre des antalgiques. Elle ajouta que ce n'était pas un problème car elle connaissait un médecin qui prescrivait certaines pilules qui ne faisaient pas de mal au fœtus. Grady était torché et ne cessait de vouloir embaucher les agents de sécurité affables (il ne cessait de leur glisser des billets de cent) pour en faire ses gardes du corps personnels.

Cassandra mit le holà à tout ça sur un ton amical. « Je ne veux pas que des flics sachent où j'habite », murmura-t-elle tout bas à Becca.

Chaque soir, Larry Flynt était censé faire tranquillement le tour du propriétaire dans son fauteuil roulant plaqué or, mais quand ils demandaient s'il était là, un responsable répondait qu'il n'était pas en ville. Cependant, le frère de Larry, lui, était là. *Eh bien, whoop-dee-doo.* Ils n'avaient pas vraiment envie de rencontrer *frère Flynt*[1]. Le directeur du casino invita néanmoins les Dunsmore et leurs amis à passer à Bel-Air pour boire un cocktail avec Larry dès qu'il serait rentré de Dieu sait où. L'invitation foireuse ne fit qu'accroître leur agacement.

« Merde, dit Grady. Larry n'a qu'à venir me voir. Il n'a qu'à traîner son cul incontinent jusqu'à Mulholland ! »

Cassandra fit exprès de rire plus fort qu'elle ne l'aurait normalement fait.

« J'ai une plus grande maison que lui, de toute façon », poursuivit Grady. Il réfléchit un moment, puis se ravisa. « Bon, peut-être pas. »

Les Dunsmore eurent une véritable prise de bec à ce sujet. Personne n'en avait rien à faire.

Becca revenait des toilettes lorsqu'elle vit Rusty en compagnie d'une femme distinguée aux cheveux bleus. Elle avait dans les soixante-dix ans et lui serrait le bras de ses mains déformées par l'arthrose.

« Allons jeune homme, je sais très bien qui vous êtes et je respecte votre intimité, votre droit à l'intimité en tant qu'être humain. Mais vous, jeune homme, vous appartenez au monde. Et vous êtes dans un lieu public – pas le plus merveilleux des lieux publics, soit dit en passant –, ça ne vous dérangera donc pas si je prends

1. En français dans le texte. *(N.d.T.)*

un peu de votre temps. Je sais que vous êtes Russell Crowe. Et je n'arrive plus à me souvenir si vous êtes australien ou néo-zélandais, mais j'ai atteint un âge qui me permet de dire ce que je pense. Je suis une ancienne, et même si nous n'honorons pas dans ce pays les anciens comme nous le devrions ni comme on le fait ailleurs, je sais que vous n'objecterez pas – et je me fiche que vous le fassiez ! – si je vous dis, jeune homme, que vous êtes simplement merveilleux. Un acteur merveilleux. Et un formidable lettré. Vous faites autorité. Je n'ai jamais entendu plus beaux discours de remerciements de toute ma vie ! Si merveilleusement composés et élaborés, avec tant de théâtralité ! J'aimerais tant, jeune homme, que vous écriviez un livre – pas un de ces fichus livres de révélations, mais un vrai livre, un livre de poésie, la poésie qui est en vous. Un mémoire ou un merveilleux roman. Dylan Thomas est là, en vous. Je sais aussi quand me taire, j'ai vécu assez longtemps pour l'apprendre, et je vais vous laisser tranquille, jeune homme. » Elle lui serra fermement le bras. « Ne laissez personne être votre maître ! recommandat-elle, le mettant en garde telle une gitane brutale. C'est vous l'artiste. C'est vous qui avez le pouvoir. »

Elle lui fit un clin d'œil puis s'éloigna en clopinant, s'appuyant sur une canne tripode.

Becca glissa son bras sous celui de Rusty. Ils marchèrent tranquillement jusqu'au bar à sushis.

« *California roll*, Mlle Barrymore ? dit-il.

– Non merci. » Elle était heureuse de voir qu'il était de si bonne humeur – et qu'il n'avait pas été offensé par le guet-apens que lui avait tendu la vieille excentrique. « Tu as joué ?

– Un peu.

– Est-ce que Grady te donne de l'argent ? »

Mauvaise question. Elle vit son visage se voiler un instant.

« Je t'assure que quand il le fera, ce ne sera pas pour jouer. Pas ce genre de jeu. »

Elle lui chatouilla doucement les doigts, comme pour lui faire oublier la bassesse de sa question.

« Je crois qu'ils sont sur le point de partir, dit Rusty. Tu veux aller au Four Seasons ? Ou tu préfères rentrer à la maison ?

– Qu'est-ce qu'ils vont faire au Four Seasons ?

– Je crois qu'ils vont louer une chambre. On peut y passer un moment, puis mettre les bouts. »

Livraison expresse

Viv avait travaillé tard. Ils continuaient judicieusement de garder des domiciles séparés, mais elle dormait la plupart du temps chez Kit. Elle ne lui disait pas toujours quand elle arrivait et, cette fois-ci, la maison était plongée dans l'obscurité. Il était peut-être sorti. Viv était sur le point de se faire couler un bain lorsqu'elle vit son ombre dans le salon.

« Oh mon Dieu, tu m'as fait peur ! Balourd, tu vas bien ? »

Elle alluma une lampe. Il gisait à terre, près du divan, soûl. Il avait l'air d'avoir pleuré.

« Balourd ? » Elle s'agenouilla près de lui, telle une bonne sœur auprès d'un sans-abri. « Chéri, qu'est-ce qui se passe ? demanda-t-elle, doucement.

– Ça, répondit-il en tendant un scénario. Voilà ce qui se passe. »

Viv l'ouvrit – il ne comportait pas de page de titre.

« *Besoins particuliers*. C'est le titre. Mais Darren affirme que ça risque de changer.

– Darren ?

– Aronofsky.

– C'est lui qui l'a écrit ?

– Je ne sais pas, Petite Fleur. Je crois.

– Et ça te plaît ? demanda-t-elle avec un large sourire.

129

– Dieu l'a écrit, répondit-il. Ben Laden l'a écrit. Jeffrey Katzenberg l'a écrit. Petite Fleur l'a écrit. Ma mère morte l'a écrit…

– Kitchener – est-ce que tu crois que tu vas le faire ?

Elle savait combien il avait été malheureux, combien il voulait travailler sur quelque chose d'époustouflant. Elle ne l'avait encore jamais vu comme ça. Anéanti et fou de bonheur.

« Si je le fais pas, ça me tuera. » Il tendit la main vers son verre d'alcool, but d'un trait son contenu avec une délicatesse mélodramatique. « Un script arrive de nulle part – et c'est comme, ouah !, l'"esprit du débutant". Tu n'y changes rien, il est tout simplement comme ça. Tu le vois – tout comme tu voyais les trucs avant. Avant qu'il se passe je sais pas quoi et que tu deviennes un produit. Une société. À nouveau neuf. L'esprit du débutant. »

Viv le prit dans ses bras et lui fit cent petits baisers dans le cou tandis qu'il se tortillait et souriait, se versait et vidait un autre verre d'alcool.

« Balourd, est-ce que tu te rends compte de la chance qu'on a ? La putain de *chance* qu'on a ? Tu peux juste rester là – pendant Dieu sait combien de temps – à murmurer dans le vent : *"Je veux quelque chose de fou et d'extraordinaire, quelque chose qui me passionnera enfin."* Et quand tu es prêt – quand tu es prêt à recevoir – Dieu te le rend, il te rend toute cette énergie, il te l'expédie par putain de FedEx parce que tu es si pur et que tu as bossé si dur, Kit – pas juste sur toi, mais tu as aidé tant de gens – Dieu te le renvoie direct comme un éclair !

– Hé, Petite Fleur, tu sais quoi ? Je crois que je veux t'épouser. »

À Sarbonne Road

Lisanne se rendit à son cours de niveau 1 préféré au Cercle du yoga. Seules cinq autres personnes y assistaient – un type plus gros qu'elle ; une espèce de mondaine d'une soixantaine d'années avec une attelle au poignet et une tonne de chirurgie esthétique ; une sorte de Néfertiti enturbannée aux joues creuses et aux muscles étrangement étirés encore plus vieille ; un type grincheux et rigide d'une cinquantaine d'années qui avait l'air d'avoir été forcé de venir par son agent de probation ; et Marisa Tomei.

Plus tard, elle entendit l'actrice parler à la hippie de l'accueil d'un cours de méditation qui devait avoir lieu le soir même. Lisanne demanda avec hardiesse s'il était possible d'y assister. Marisa fut absolument adorable et lui nota elle-même l'adresse.

Le cours se tenait dans une maison privée située sur les collines de Bel-Air.

La Maison du yoga se trouvait en bordure d'une vaste propriété appartenant au producteur Peter Guber[1] et à sa femme, Tara. Après le départ de Marisa, la hippie raconta que Tara s'appelait Lynda, avant d'adopter

---

1. Célèbre producteur, ancien président de Columbia Pictures. On lui doit entre autres *Midnight Express*, *Rain Man*, *La Couleur pourpre* ou encore *Batman*. (*N.d.T.*)

un nom spirituel. Elle expliqua que Tara était l'un des bouddhas qui avait pris une forme féminine, spécifiquement pour aider les femmes. Tara était née des larmes versées pour la souffrance des êtres sensibles. Lisanne estima que, quitte à changer de prénom, c'était plutôt un bon choix.

La nuit était venteuse et spectaculaire. Le zendo se trouvait dans Sarbonne Road, au sommet d'une colline. Lisanne fut surprise par le calme, le genre d'immobilité sépulcrale que seuls les très riches peuvent se payer au cœur d'une ville énorme. Elle se gara dans la pente et descendit l'allée à pied.

Quelques personnes (pas de Marisa à l'horizon) faisaient le pied de grue ou étaient assises sur des coussins en préparation de ce qu'un prospectus sur le bureau appelait *satsang*. Lisanne ôta ses chaussures et signa le livre d'or. Elle fit un chèque à l'ordre de « dana », comme on le lui suggéra : 15 dollars. Elle alla chercher une couverture mexicaine dans un coin du studio et, tandis qu'elle regagnait la zone où les participants étaient assis, elle scruta les photos noir et blanc qui ornaient le mur. Certaines représentaient une femme qui faisait du yoga enceinte ; sur d'autres, la même femme – plus âgée cette fois – et un homme adoptaient des postures yogiques symétriques. Lisanne supposa qu'il s'agissait de Tara Guber.

Un bel homme d'une quarantaine d'années entra – celui qui figurait sur les photos avec Tara – et plaisanta paisiblement avec quelques-unes des personnes assises avant de grimper sur l'estrade. Il s'assit dans la position du lotus, face à l'assistance. Il était souple et modeste, il souriait au groupe.

« Nous allons commencer en silence, dit-il. Les Upanishad affirment que la seule chose qui ait une réelle valeur est le silence. C'est là que se trouvent les réponses. Ce soir, nous commencerons en silence – et finirons en silence. »

Il expliqua qu'il n'allait pas les guider et qu'il leur suffisait de fermer les yeux. Il conseilla à chacun de lentement trouver sa respiration (une instruction qui laissa Lisanne perplexe). « Ouvrez les yeux », dit-il après environ dix minutes. Ils étaient maintenant libres de poser des questions.

Lisanne ne saisissait pas vraiment le déroulement de la séance – à cause de ce que Marisa Tomei avait dit, elle avait pensé assister à un cours de méditation. Mais comme son dos la faisait déjà souffrir, elle accueillit avec joie le répit. L'homme à côté d'elle faisait de petits étirements de jambes décousus, à la façon des danseurs, même si ce soir-là, ce genre de mouvements n'était clairement pas au programme. Une autre femme ôta sa montre et la posa de manière à pouvoir constamment lire l'heure. Lisanne comprenait. Elle avait toujours été, à sa grande tristesse, du genre à consulter constamment sa montre.

Quelqu'un posa une question sur les « chakras ». Comment l'énergie monte-t-elle jusqu'à la tête pour sortir par le vertex ? Le professeur donna une réponse réfléchie, quoique apparemment évasive, dans laquelle il invoqua une prière tantrique nommée « Le pouvoir du regret ». Il affirma que durant certaines méditations, on visualisait le Bouddha faisant couler la lumière et le nectar comme un ruisseau purificateur à travers le vertex pour qu'il nous remplisse en totalité de bien-être. Une autre femme demanda s'il était convenable de méditer entre une heure et quatre heures du matin. Le professeur expliqua que son propre professeur lui avait dit qu'un yogi devait dormir la journée et veiller la nuit. Par ces mots il voulait dire : « veiller tout en dormant. Comme avec le Christ : "Je suis dans le monde, pas du monde." » En règle générale, il les mit en garde contre les pratiques nocturnes baroques. Il affirma que s'ils étaient encore éveillés à une telle heure, cela signifiait probablement qu'ils étaient « en surchauffe ». Il y avait, ajouta-t-il, une pratique tantrique qui consistait à méditer au milieu de la nuit, enfoncé dans l'eau jusqu'au ventre, pendant la pleine lune. Méditer sur la lune dans l'eau. Le professeur avait beau paraître érudit, Lisanne ne pouvait s'empêcher d'être critique et cynique. Il semblait juste trop beau pour être pris au sérieux. Trop « Californie », trop « surfeur de Malibu ». Trop ceci ou cela.

Après la séance de questions-réponses, il montra à la classe comment respirer : petites respirations rapides avec le ventre rentré, puis respiration de l'abeille – inspiration par une narine, expiration par l'autre. (Lisanne songea soudain qu'il était probablement temps de faire examiner le fœtus par un médecin.) Cette partie était difficile, mais elle adora lorsque, à la fin, il demanda à tout le monde d'inspirer « dans votre cœur », puis d'expirer dans l'infini.

Il les fit asseoir dans la position du lotus pour la méditation finale. Lisanne ne cessait d'ajuster ses jambes, entrouvrant légèrement les yeux de temps à autre pour observer le serein *guru erectus* aryen aux cheveux blond roux. Il ne faisait aucun mouvement perceptible ; elle ne distinguait même pas ses respirations. Son estomac grondait et gargouillait tandis qu'elle écoutait le frémissement électronique des haies battues par le vent du désert juste de l'autre côté de la fenêtre. Le son hypnotique des feuilles et sa propre respiration la ramenèrent à cette visite magique qu'elle avait rendue à la caravane de Kit Lightfoot, et elle se rappela comment il avait patiemment expliqué, tel un Adonis attentionné et érudit, les attributs abscons du bouddha doré. Enfin, son esprit se posa sur la suie qui était tout qui restait de son père.

Quelques minutes avant la fin de l'heure, le professeur psalmodia un mantra qui commençait et finissait par *AUM*, et ils se joignirent tous à lui. Lisanne apprécia ce moment, même si l'homme assis à côté d'elle – l'étireur irritant qui, au lieu d'essayer de s'asseoir en lotus, avait été la seule personne à faire usage de l'une de ces chaises destinées à soutenir le dos qui étaient empilées le long du mur (Lisanne avait envisagé d'en utiliser une quand elle était entrée dans la pièce, mais n'avait pas exactement compris comment elles fonctionnaient) – se mit à faire sciemment des harmonies, l'exaspérant au plus haut point.

Écarts de conduite

Le bar du Four Seasons était pris d'assaut. Cassandra, enceinte jusqu'au cou, était assise sur un tabouret avec un verre de Petron posé devant elle et recevait des regards de travers. Becca ne savait pas trop quand elle s'était remise à boire.

Mme Dunsmore râlait parce qu'il n'y avait pas de célébrités. « On n'attire pas les mouches avec du vinaigre. » Becca n'avait jamais compris cette expression.

Grady agita les bras depuis le salon – leur suite était prête. Rusty aida Cassandra à se lever et Becca leur emboîta le pas. Une femme à l'allure familière lui toucha le bras.

« Becca ? C'est moi, Sharon – Belzmerz. Vous avez fait un essai avec moi.

– Oh, bonjour ! répondit-elle avec une exubérance exagérée. Comment allez-vous ?

– Le réalisateur a vraiment beaucoup aimé votre vidéo », dit Sharon.

Becca était tellement sidérée d'être « reconnue » par une professionnelle qu'elle ne savait pas de quoi parlait la femme.

« Il a fini par la regarder… il est un peu lent.

– Oh ! C'est… formidable ! bégaya Becca, qui se sentait idiote.

– Vous êtes toujours joignable aux mêmes numéros ? »

Sharon était éméchée. Le bar était bruyant et elle s'approcha si près que Becca se sentit mal à l'aise.

« Oui ! Et vous avez mon portable… »

Elle s'apprêtait à prendre un stylo dans son sac, mais la directrice de casting lui immobilisa la main.

« Je suis sûre que nous l'avons. De toute manière, je peux toujours vous joindre par l'intermédiaire de Cyrus. »

Elle demanda à Becca si elle suivait toujours des cours avec lui. Puis elle changea d'avis, et elles échangèrent leur numéro de téléphone et leur adresse e-mail. Becca fut sidérée lorsque Sharon lui donna le numéro de son domicile.

« C'est vraiment formidable, dit Becca, faisant à nouveau allusion au réalisateur. Je croyais qu'ils avaient définitivement décidé de prendre quelqu'un d'autre. »

Ce fut au tour de Sharon d'être perplexe. Puis une lumière s'alluma dans son cerveau.

« Oh ! C'est ce qui s'est produit ! Ce réalisateur-là a en effet pris quelqu'un d'autre. Je suis sincèrement désolée. » Elle tapota son verre. « Trop de vin. Mais un autre réalisateur a vu votre vidéo, et il est extrêmement intéressé. Spike Jonze. »

Elle lâcha le nom avec un bagou de mère maquerelle.

« Spike Jonze ?

– Il vous trouve vraiment bien. Mais pour le moment je dois retrouver mes amis. Je vous appelle lundi !

– Ça m'a fait plaisir de vous rencontrer ! »

Comme elle se faufilait à travers le bar bondé, Becca se sentait tout excitée. Elle se disait que tout était réglé d'avance et qu'une main invisible (qui avait pris la forme de Sharon Belzmerz) venait de la déplacer sur le vaste échiquier magnétique de son destin dans le show-business.

Pour la première fois depuis son arrivée à Los Angeles, elle avait l'impression d'être célèbre.

La suite était immense. Grady alluma un joint et Cassandra lança : « Hé, ils ne t'ont pas dit que c'était une aile non-fumeur ? » On leur monta des pizzas, du caviar, de la glace et de l'alcool et, l'un après l'autre, ils disparurent dans la chambre pour se faire une ligne de coke avant de rejoindre à nouveau les autres. Lorsque Rusty l'informa que le cognac coûtait huit cents dollars, Becca répondit : « Désolée, mais ça ne me parle pas. » Cassandra affirma qu'elle ne buvait désormais plus que de la tequila car c'était l'alcool le plus pur et qu'il aurait des vertus homéopathiques pour le bébé

À une heure du matin, elle se mit à pleurer à cause de sa fille noyée.

« Je suis désolée, ma chérie ! » se mit-elle à crier à travers ses larmes pugnaces. Chaque fois que Grady venait à ses côtés, elle le repoussait telle une diva. « Bébé Questra, je suis tellement désolée de ne pas t'avoir protégée ! Pardonne-moi ! Pardonne ta maman ! »

Becca se sentait à la fois rebutée par la vision de la femme soûle et par sa mièvrerie excessive, et écœurée par sa propre réaction – qui était-elle pour juger ? Elle, qui ne savait absolument rien du supplice de l'accouchement, de la souffrance et l'extase, la responsabilité, et qui n'en saurait peut-être jamais rien… Qu'est-ce qui lui donnait le droit de prendre les choses de haut ? Comment osait-elle en vouloir à quelqu'un qui avait traversé ce que Cassandra avait traversé ? Becca frissonna lorsqu'elle comprit : c'était à cause de leur argent qu'elle leur en voulait. Dégoûtant ! Comme s'ils n'avaient pas mérité chacun de leurs dollars ! La police avait abattu Grady de sang-froid, puis caché de la dope – et comme si ça ne suffisait pas, ils avaient vu leur bébé mourir à cause de la négligence d'une équipe de

138

maintenance de la ville. « Becca Mondrain, tu devrais avoir honte. »

Rusty la mena à la chambre. Ils reprirent de la coke et il l'embrassa un moment sur le lit. Lorsqu'il tenta ouvertement de passer aux choses sérieuses, elle se sentit mal à l'aise (il n'avait pas fermé la porte), mais ça ne l'arrêta pas. Elle entendait Cassandra s'adresser à son fils pas encore né tout en errant dans le salon tel un animal blessé.

« Je te protégerai, pleurnichait-elle. Que Dieu m'en soit témoin, je le ferai. Je ne les laisserai jamais t'éloigner de moi.

– Allez, ma petite Cassie, dit Grady, incapable de l'apaiser. Personne va prendre notre bébé.

– Si, si, si !

– Pourquoi ils feraient ça, Cass ? »

Il parlait avec la logique calme d'un négociateur lors d'une prise d'otages.

« Les enculés…

– Pourquoi ils voudraient essayer de prendre notre bébé ? Hein, Cass ? Pourquoi…

– Et si jamais ils le font, reprit-elle, inconsolable, quelqu'un va payer, tu me comprends, Grady ? Quelqu'un va payer, bordel ! Parce que personne ne prend mes bébés ! Personne ne prend les bébés de Cassandra Dunsmore, je le leur ai déjà montré. Je les ai fait payer. » Le menton baissé, elle s'adressa au fœtus. « Et ils ne vont pas te toucher, O.K. ? Maman Ourse ne va pas laisser ces salauds te toucher ! »

Becca était étourdie et soûle. Rusty lui faisait un cunnilingus lorsque le couple entra, Grady tenant la main de sa femme comme si c'était une enfant qu'il venait de récupérer aux objets trouvés. Becca tenta de se lever, mais Rusty pesait trop lourd sur elle. Grady marcha jusqu'au lit tandis que Cassandra, à demi vêtue, continuait de soliloquer en pleurnichant, hermétique à

139

tout sauf à son angoisse et à son chagrin sans visage. Son ventre ressortait telle une cosse dégoûtante. Grady ôta ses vêtements. Il montra sa bite à Becca – les mots TEMPS DURS étaient inscrits dessus – puis il la laissa pendouiller entre ses jambes. Il colla sa bouche au sein couvert de taches de rousseur de Becca.

« Ils t'ont tuée ! hurla Cassandra. Mais tu n'es pas morte, Questra – tu n'es pas morte ! Je sais que tu es pas morte. Tu es ici avec moi. Une si belle âme… Comment pourrais-tu être morte ? C'est impossible. Non. Et maintenant on est riches et toi aussi. Et quand ton petit frangin sera né ? On va aller à Disney World et à Hawaï et à ce putain de Ground Zero ! On va faire tout ce que les familles font, O.K. ? Ensemble. Et si quelque chose arrive au petit frangin à Disney World, s'il est amoché sur le Space Mountain, on prendra les choses en main ! On attaquera Eisner, le Roi juif ! Tu peux me croire. Parce que les jurés sont nos amis, ma petite Questra, les jurés savent comment prendre soin des Dunsmore. Oh, mon bébé ! Mon adorable bébé, bébé, bébé ! Tu auras tout ce que ta maman n'a jamais eu, parfaitement. Parce que ta maman t'aime tellement. O.K. ? Elle t'aime tellement. Elle t'aime tellement. Elle t'aime tellement. Elle t'aime tellement. Elle t'aime… »

Prise d'assaut du temple

Kit rencontra Darren Aronofsky dans la cour du Château. Ils évitèrent de parler du projet pendant un moment. Matthew McConaughey passa avec son chien et les salua.

Le réalisateur expliqua qu'il avait écrit *Besoins particuliers* en tout juste deux semaines. Son ami Paul Schrader (qui adorait le script) estimait que c'était un bon présage – il affirmait que les scénarios qui jaillissaient de vous s'avéraient toujours les plus durables. L'idée avait germé alors qu'il regardait un vieux film avec Cliff Robertson intitulé *Charly* ; de fait, *Besoins particuliers* était *Charly* à l'envers. Que se passerait-il, se demandait-il, si un acteur célèbre s'apprêtait à tourner un film – disons, l'étude psychologique d'un homme attardé – et que, juste avant le début du tournage, il avait un accident de voiture et se retrouvait « neurologiquement diminué » ? Tandis que l'histoire s'écrivait toute seule, Darren expliqua que sa réflexion, qui semblait d'abord une espèce de réponse satirique réflexe à un genre qui était devenu une recette à succès et une vitrine pour acteurs orgueilleux, s'était révélée plus profonde et émouvante qu'il ne l'aurait imaginé.

Quelles que fussent ses origines, Kit estimait le script incroyablement complexe et sujet à controverse. Le rôle lui permettrait d'être sur plusieurs cordes raides à la fois. C'était risqué (il y avait toujours le danger de tomber ; il repensa à sa conversation avec « M. Tourette ») mais il savait qu'il n'avait pas le choix. Il affronterait sa honte et sa peur. Chaque matin lorsqu'il se réveillait, Kit avait le sentiment d'être un raté, un fat, un escroc cosmique – la plus grande de ses mystifications étant qu'il osait se prétendre bouddhiste. Il était malade, et plus éloigné des Vérités essentielles qu'il ne l'avait jamais été. Maintenant, dans son désespoir, il possédait au moins cette chose terrible, brillante, contre laquelle son professeur l'avait mis en garde :

L'espoir.

Il savait que la bataille n'avait pas lieu à Bodh Gaya – elle avait lieu à Hollywood, l'endroit où il exerçait ses talents, l'endroit qu'il avait séduit et qui l'avait séduit, qui avait fait de lui un Dieu avant de le mettre à genoux. C'était son épreuve. Il repensa à Gil Weiskopf Roshi lui parlant d'un maître qui avait refusé de laisser entrer les soldats dans son temple. Avec une joyeuse indifférence, le moine avait mis le feu à la pièce. « Pour méditer, ne cherche pas le ruisseau de montagne – à l'esprit paisible, le feu est rafraîchissant. » La conflagration aurait lieu ici, pas là-bas. Et elle était déjà arrivée.

Darren demanda à Kit ce qu'il avait de prévu pour le reste de la journée. Celui-ci répondit qu'il était libre, et le réalisateur suggéra une sortie éducative.

Un mince homo noir d'âge indéterminé vint à leur rencontre dans la salle d'attente. Il portait une blouse blanche, une résille, et des lunettes d'aviateur aux verres verts fumés.

« M. Aronofsky ! » Il serra la main du réalisateur, puis regarda Kit et le dévora des yeux, comme s'il avait voulu le croquer. « Et vous, vous devez être M. Lightfoot. J'attendais votre arrivée – même si votre assistante n'a pas dit quand vous viendriez. Ne vous y trompez pas, vous pouvez passer quand vous voulez ! Je sais que vous autres aimez aller droit au but, mais je suis obligé de faire les présentations. Ça ne prendra qu'une minute. Mon nom est Tyrone Lamott, et je suis chargé des relations de Valle Verde avec la télévision et le cinéma. Les relations avec les médias, exact. Et M. Lightfoot, Tyrone est un très, très grand fan et il s'est dit qu'il valait mieux vous annoncer tout de suite la couleur comme ça il ne vous saliverait pas dessus pendant votre visite. Non non non, ça ne serait vraiment pas convenable. Maintenant, juste pour que vous autres ne croyiez pas que nous sommes des petits joueurs, je dois vous informer qu'ils sont tous venus nous voir, tous autant qu'ils sont – M. DiCaprio pour *Gilbert Grape* et M. Hoffman pour *Rain Man*, M. Ford pour *À propos d'Henry* – nous en avons vu un paquet. Car nous sommes les meilleurs. Mais, M. Lightfoot… Tyrone vous dira une bonne fois pour toutes que vous êtes celui d'entre tous qui le transportez le plus ! »

Tandis qu'ils effectuaient leur visite, les employés les regardaient bouche bée. Tyrone les chassait sévèrement, comiquement. « Allez-vous-en ! Occupez-vous de vos affaires ! » Après avoir parcouru une distance qui devait représenter trois pâtés de maisons, ils approchèrent de l'un des pavillons.

« Roy est dans bain », annonça une infirmière cambodgienne en jetant un regard curieux aux visiteurs. « Aura fini dans quelques minutes. » Elle les gratifia d'un sourire tout en dents tandis que ses collègues s'approchaient en gloussant. « Ça est Kit Lightfoot ?

– Oui, Connie. Ça est Kit Lightfoot. » Tyrone se tourna vers les hommes. « Je vous présente Connie Chung. Je donne des noms à toutes mes filles. Ça les rafraîchit. Maintenant, va voir où en est Roy, ma fille ! lança-t-il avec une promptitude exagérée. Ces hommes sont très, très occupés. Va dire à Roy qu'il va rencontrer une star du cinéma !

– Tyrone, demanda humblement Darren. Qu'est-il arrivé à Roy ?

– Glioblastome multiforme. Maintenant je ne sais pas si c'est ce que vous autres recherchez…

– Est-ce que c'est une tumeur ? demanda Kit.

– Hhm, hhm, fit Tyrone. Mais il fait de vrais progrès. »

L'infirmière Connie apparut à nouveau et leur annonça qu'ils pouvaient entrer.

Un homme pâle, aux abois, se tenait près du lit, pauvrement enveloppé dans un peignoir miteux. Il avait environ quarante ans et était assisté par un aide-soignant qui n'avait pas l'air réjoui de participer à tout ce tralala.

« Roy, vous avez des visiteurs ! Voici Darren.

– Bonjour, Roy.

– C'est un réalisateur très célèbre. Et lui, c'est Kit Lightfoot.

– Comment allez-vous ? » demanda doucement l'acteur.

Roy les regarda sans la moindre expression.

« Vous le reconnaissez ? demanda Tyrone. Hein, Roy ? Je parie que oui. Je parie que vous l'avez vu dans des films au cinéma. »

Cette manière d'aborder l'homme mit Kit légèrement mal à l'aise, mais il laissa faire.

L'homme se mit à parler, d'une voix confuse. À mesure que Tyrone l'amadouait, les mots se firent plus distincts :

« Je… baise. Je baise. Je – je baise. »

Connie Chung porta la main à sa bouche, embarrassée.

« Roy Rogers baise beaucoup, dit Tyrone en roulant des yeux. Du moins, c'est ce qu'il prétend. À en croire Roy, il se tape plus de filles que Julio Iglesias.

144

– Je baise ! Je baise ! Je baise ! Baiser ! Baiser ! aboya Roy, souriant avec jubilation comme il reprenait du poil de la bête.

– Il s'excite – à cause de votre présence, monsieur L. »

De nouvelles infirmières se massèrent dans l'embrasure de la porte. De nouvelles mains recouvrirent des bouches ricanantes. L'infirmière Connie et l'aide-soignant réinstallèrent le patient sur son lit.

« Roy Rogers avait sa propre entreprise. N'est-ce pas que vous aviez votre propre entreprise, Roy ?

– Baiser ! »

Il éclata d'un rire désordonné et perturbant, plein de crachats. Il se releva. Tyrone lui posa une main réconfortante sur l'épaule et dit avec indulgence :

« Nan, ce n'était pas une entreprise de "baise". Je crois qu'il était gérant d'un McDonald's. »

Kit remarqua une cicatrice en forme de fer à cheval sur sa tempe.

« Et ces arches dorées vous ont aussi rapporté un paquet d'argent, n'est-ce pas, Roy ? Roy a de grands enfants, ajouta Tyrone en se tournant vers l'infirmière Connie. Je suppose que ça n'a pas toujours été tout rose.

– Eux pas venir », dit-elle.

Tyrone saisit une photo encadrée posée sur la table de chevet et la tendit à Kit et Darren – Roy et sa famille, en des jours meilleurs.

Kit s'approcha de l'homme et le prit entre ses mains pour le calmer, puis il lui murmura doucement quelque chose tout en l'aidant à s'asseoir. L'aide-soignant abandonna son air maussade et lui donna un coup de main, soutenant Roy de l'autre côté. Les péroraisons obscènes du patient s'estompèrent. La compassion de Kit avait quelque chose de si touchant et intrépide que Darren sut avec certitude qu'il avait trouvé son homme.

Sorties éducatives

Lisanne se mit en route pour Riverside. C'était dimanche. Outre son plan principal, elle voulait essayer ce fameux brunch de la Mission Inn à propos duquel son patron ne tarissait pas d'éloges. Le restaurant s'avéra un brin conservateur à son goût. Elle avait pour règle de ne jamais manger en des endroits où des femmes d'un certain âge se rassemblaient affublées de chapeaux colorés.

Du coup, elle alla chez Denny's. Lisanne crut sentir le bébé donner des coups de pieds, mais peut-être était-ce encore trop tôt. Ou peut-être qu'il a donné un coup de pied lorsque l'un de ces pancakes bien gras que je m'étais promis de ne pas commander lui a atterri sur la tête.

Elle n'eut aucun mal à trouver la maison. Il y avait mille sites Internet sur Kit Lightfoot qui recensaient l'adresse de l'attraction locale, nombre d'entre eux proposant des interviews de Lightfoot Senior. Celui-ci parlait librement, presque sur un ton provocant, des jeunes années de son fils, se décrivant nonchalamment comme un bon père, dur mais attentionné, un père de famille bien trop humain qui avait fait de son mieux malgré les dures épreuves, les factures médicales insurmontables, sa femme adorée qui se mourait d'un cancer (il s'emmêlait les pinceaux dans la chronologie et

146

l'histoire), un patriarche affligé et bienveillant qui ne comprenait pas la brouille avec son fils. « Il reviendra », disait M. Lightfoot. « Il sait que je suis ici pour lui chaque fois qu'il a besoin de moi. » Dans un article plus récent, Burke Lightfoot se vantait que Kit était bien venu, et il n'y avait pas très longtemps de cela par-dessus le marché, pour visiter la vieille propriété. (« Je vis toujours dans la maison où est né mon fils. Je n'ai rien à cacher. ») D'ailleurs, il avait été constaté que, suite aux incitations récentes de son père, la star avait fait une généreuse donation pour la reconstruction de l'auditorium de son école – vous voyez ? Les réparations allaient bon train, à tous les niveaux.

Lisanne emprunta tranquillement la route qui menait à Galway Court. La résidence Lightfoot se trouvait dans un cul-de-sac, passer devant en voiture était donc difficile. Elle se gara quelques rues plus loin et se cacha derrière les petites annonces, comme si elle cherchait des locations. Au bout de quelques minutes, elle regarda autour d'elle, absorbant les images et les sons du voisinage. Peut-être qu'elle irait faire un petit tour. Puis elle se dit que ce n'était pas une si bonne idée que ça (la rue avait probablement son lot de fouinards) et elle décida de partir. Son humeur dégringola. Elle se sentit commune, désœuvrée, dévoilée, une grosse fan solitaire de plus dans une vaste foule dédaignée. En quelques brefs instants, elle avait perdu sa connexion spéciale.

Le simple fait d'être venue l'embarrassait.

Cet après-midi-là, elle accompagna Tiff et sa femme à un déjeuner organisé dans une maison de San Marino. Les Loewenstein étaient les invités d'honneur en tant que plus généreux « Amis américains du Festival de Salzbourg ». Tiff l'avait invitée avant de se rabibocher avec sa femme, mais ils avaient tout de même insisté pour qu'elle vienne. Roslynn avait toujours été gentille avec elle et elle lui était reconnaissante de tenir platoniquement compagnie à M. Loewenstein durant ses diverses crises d'angoisse post-cinquantaine. En guise de récompense, elle avait aussi invité « une prise » pour tenir compagnie à Lisanne.

Phil Muskingham était l'héritier anémique âgé de trente-neuf ans d'un clan des télécoms de San Francisco. Il avait un tic facial mineur et une vilaine coupe de cheveux. Il n'était pas spirituel, mais n'était pas non plus barbant, et il semblait sincèrement l'apprécier, malgré son embonpoint, ce qui le rendait assurément plus attirant. (Lisanne n'avait cessé de prendre du poids et elle supposait que Roslynn avait dû aborder à l'avance le sujet avec la « prise » pour être sûr qu'il n'avait rien contre.) Il flirtait avec elle, et elle n'était pas habituée à ça. Il pouvait être l'un de ces types que les grosses excitaient – bon sang, ça n'était pas un problème non plus. Qu'ils viennent !

La remise de prix allait bientôt commencer. Comme on servait le café, Phil demanda à Lisanne si elle voulait faire un tour dans le parc. Ils sortirent.

« Je sais où je vous ai déjà vue », dit-il. Elle n'en avait pas la moindre idée. « Étiez-vous à une réunion il y a quelques mois, à Bel-Air ? Une espèce de séance de yoga ?

– Oh mon Dieu, oui ! s'exclama-t-elle, incrédule. Mais vous, que faisiez-vous là-bas ?

– Les Guber sont de vieux amis de la famille. Lynda – Tara – me harcèle pour que je me mette à méditer.

– La Maison du yoga.

– J'appelle ça la « Maison de Yoda ».

– Je me souviens de vous. Vous étiez juste à côté de moi. Vous n'arrêtiez pas de gigoter !

– Problèmes de dos. Je ne peux pas rester assis comme ça.

– C'est tellement drôle. Vous faisiez des harmonies !

– Je devenais spirituel », dit-il avec un sourire bouffon.

Elle le trouva mignon.

« Je n'arrive pas à croire que c'était vous ! » dit-elle.

Peut-être était-ce un signe du paradis des entremetteurs.

« Hé, vous avez entendu l'histoire du pandit qui va chez Pink's ? On lui demande combien de hot-dogs il veut, et avec quels assaisonnements, et il répond : « Je ne veux faire qu'*un* avec *tout*. »

– Je la connaissais déjà, dit Lisanne en gémissant doucement.

– Alors… vous voulez aller quelque part un de ces jours ?

– Comment ça ?

– Je ne sais pas. On pourrait sortir. On pourrait aller chez Pink's et ne faire qu'un avec tout.

– Bien sûr, dit-elle, insouciante. Pourquoi pas ? »

Un homme lui proposait de sortir avec lui. *On pourrait aller au cinéma. Ou à la salle d'accouchement ensemble.*

« Bon, dit-il, d'un ton comique. Je suppose que ça vaut mieux qu'un simple "Pourquoi ?" »

Ils rirent. Une version réduite du Philharmonique de Vienne commença de s'accorder et ils rebroussèrent chemin, histoire de ne pas manquer les louanges sur le point d'être chantées en l'honneur du nabab des studios et de sa femme.

Espoirs anéantis

Becca ne raconta pas à Annie l'orgie du Four Seasons. Elle évita Rusty la semaine suivante. De toute manière, elle avait une candidose vaginale.

Lorsqu'elle y repensait, son estomac se retournait. Elle savait que tout le monde était vraiment défoncé, ce qui rendait la réalité un peu moins difficile à avaler. Elle ne pensait pas que Grady l'avait pénétrée mais n'y aurait pas mis sa main à couper. L'idée qu'elle avait peut-être attrapé quelque chose de grave la rendait parano. Becca se revoyait faire des cochonneries avec Cass, sentir ses odeurs et lui lécher la chatte, tendre le bras pour caresser son ventre tendu et protubérant pendant que Cassandra suçait les hommes. Elle était tellement obsédée par cette soirée et se sentait si coupable qu'elle attrapa la grippe. Lorsqu'elle toucha le fond, Becca composa le numéro de sa mère en Virginie pour se confesser. Mais sa fièvre chuta alors, pour ainsi dire, et elle décida d'adopter une autre tactique ; elle ferait comme si rien n'était arrivé. Lorsqu'ils seraient à nouveau ensemble, si quelqu'un faisait la moindre allusion sordide ou même insinuait qu'ils pouvaient remettre ça, elle leur dirait qu'ils pouvaient tous aller se faire foutre.

Lorsque la directrice de casting appela pour annoncer que Spike Jonze voulait la rencontrer, Becca faillit s'évanouir. Sharon suggéra qu'elles se retrouvent chez Coffee Bean dans Sunset, pour « causer stratégie ».

Elle expliqua que Spike faisait un film sur « la nature de la célébrité et ce que cette ville fait aux gens ». Le scénario était du génie Charlie Kaufman, et ils signaient déjà du beau monde (Russell Crowe, Raquel Welch, Cameron Diaz, Benicio Del Toro, John Cussack), mais les *vraies* stars – ceux sur qui reposaient le film –, c'étaient les sosies. On disait que Spike ne voulait pas avoir recours à des effets spéciaux comme il l'avait fait avec Nic Cage et son « frère » dans *Adaptation* ; qu'il était important que les acteurs ressemblent aux stars au lieu d'en être des doubles parfaits. Ils cherchaient partout des sosies qui savaient jouer, et naturellement Becca remplissait les conditions car, selon Sharon, c'était une actrice exceptionnellement talentueuse qui faisait juste quelques extras en tant qu'imitatrice de Drew Barrymore. Becca demanda si Elaine Jordache était impliquée dans la production. Sharon n'avait jamais entendu ce nom.

Dans le parking, elles se tinrent les mains et Sharon affirma qu'elle avait un très bon pressentiment pour sa rencontre avec Spike. Elle ne cessait de pincer douce-ment le point de compression entre le pouce et l'index de Becca. Ça faisait un peu mal mais c'était aussi agréable. Becca ferma les yeux et lui demanda où elle avait appris à faire ça, et Sharon expliqua qu'elle avait reçu une formation de shiatsu et de thérapie des tissus profonds ; c'était comme ça qu'elle gagnait sa vie durant ses annécs de fac. Elle dit à Becca qu'elle la masserait si elle voulait. Puis elle lui frictionna briè-vement mais fermement le cou, affirmant qu'elle avait « quelques cailloux là-dedans ». Elle l'embrassa pour lui dire au revoir, sur les lèvres, mais bouche fermée.

Son cœur battant à tout rompre, Becca appela immédiatement Rusty. Elle avait hâte de partager la nouvelle avec lui. Et puis, c'était une façon agréable de refermer le livre sur leurs sordides frasques sexuelles.

« Qu'est-ce que tu dis ?

– Je dis, reprit-elle avec enthousiasme, que je suis censée aller le voir demain matin… quelque part dans Gower Street. Rusty, je suis totalement terrifiée !

– Censée aller *où*, demanda-t-il d'un ton irrité, faisant exprès de ne pas comprendre.

– Cette adresse dans… non, Ivar Avenue. Pour voir Spike Jonze ! Oh mon Dieu, il faut que je loue *Adaptation*… enfin, je l'ai déjà vu mais ça fait un bail. Et je n'ai jamais vu *Human Nature* – mais c'est un autre réalisateur, pas Spike (elle l'appelait déjà par son petit nom). Cela dit, c'est de Charles Kaufman – je veux dire, c'est lui qui l'a écrit – alors je ferais probablement bien de le voir… Et Annie m'a dit qu'il y avait d'autres films – celui que George Clooney a réalisé, avec Drew… Je devrais… Ohmondieu, Rusty, j'ai consulté le site Internet IMDb et Spike vient du Maryland, comme Annie ! Tu savais qu'il était acteur ? Il a joué dans ce film *The Game*, et aussi dans *Les Rois du désert* ? Mais je ne crois pas que je vais les louer. Pas tant qu'il ne m'aura pas confié de rôle !

– Tu veux bien la fermer s'il te plaît ?

– Quoi ? »

Elle eut le souffle coupé.

« Donc tu as appelé Elaine ? dit-il d'un ton accusateur. Ou est-ce que c'est elle qui t'a appelée… Est-ce qu'Elaine t'a appelée, Becca ?

– Non ! Rusty, qu'est-ce qui te prend ? Elaine n'a rien à voir avec ça. Sharon n'a même jamais entendu parler d'elle. Sharon a dit…

– Sharon ?

– Sharon Belzmerz…

– Sharon *qui* ? demanda-t-il d'un ton sarcastique.

– Sharon *Belzmerz*. Elle est directrice de casting à la Warner Bros. Je t'ai déjà parlé d'elle – je l'ai rencontrée grâce à Cyrus. Elle m'a fait faire un essai.

– Oh ! Sharon Bellemerde t'a fait faire un essai. Oh ! Oh ! Bien.

– Je l'ai rencontrée par hasard le soir où nous étions au Four Seasons. » Elle se mit alors à pleurer, des fragments de souvenirs de leurs cabrioles dans la suite lui revenant à l'esprit. *Ne pense pas à ça.* « Sharon a dit que quelqu'un avait vu mon essai, quelqu'un – mais pourquoi – pourquoi es-tu si…

– J'ai eu un rendez-vous avec Spike Jonze, O.K. ? O.K., Becca ? J'ai déjà eu un putain de rendez-vous avec lui. Tu entends ce que je te dis ? Je sais tout du projet "sosies". Et ils ne cherchent pas de Drew, O.K. ? J'ai lu le scénario, alors que même le putain de studio ne l'a pas lu, O.K. ? Il m'a donné le scénario. Et ils ne cherchent pas de Drew.

– O.K. D'accord. » Sa voix se fit fluette, comme si elle capitulait. « Il a juste dit qu'il voulait me rencontrer. » Elle détestait son ton geignard. La façon dont elle reculait. Elle le détestait, lui. Elle respirait difficilement. « Il a vu mon essai.

– Eh bien, dit-il d'un ton plein d'acidité, peut-être que *Sofia*, qui est probablement ta nouvelle meilleure amie, peut-être que *Sofia* organise une surprise-partie pour ce bon vieux Spike. Tu te souviens de celle que tu as faite pour Cameron ? Au Colony ? Tu es chez toi au Colony ! Eh bien, peut-être qu'ils ont besoin d'une Drew pour servir les hors d'œuvre et tailler des pipes.

– Pourquoi es-tu si méchant ?

– Je n'aime pas que les gens agissent en douce derrière mon dos.

– Mais je n'ai pas…

– J'en parlerai à Elaine.

153

– Je t'ai déjà dit qu'elle n'avait rien à voir avec ça.

– Tu n'as aucune raison d'aller voir M. Jonze demain, O.K. ? À moins que tu ne veuilles être humiliée. Mais c'est peut-être ce que tu veux. J'ai oublié à qui je parlais. Peut-être que c'est ton truc. »

One-man-show

Kit était seul sur scène.

Il avait sous-loué l'espace de Delongpre Avenue à la troupe Metropolis pour une semaine de cours particuliers intensifs avec Jorgia Wilding. Lorsqu'il avait atterri à Hollywood, il avait suivi les cours de la légendaire prof de théâtre. Elle avait maintenant dans les soixante-dix ans mais n'avait rien perdu de sa perspicacité – ni de son mordant.

Il était affalé à la Monty Clift, bafouillant son texte tout en battant l'air dans un morceau de bravoure façon méthode Stanislavski.

« Non ! hurla-t-elle, l'interrompant depuis son fauteuil au milieu de la salle. Non non non non *non* ! » Elle se leva et s'approcha de lui en traînant des pieds. Avec sa tête qui émergeait d'un immense poncho mauve à grosses mailles, elle ressemblait à un personnage de dessin animé hargneux pris au piège dans un filet de pêcheur. « Vous allez gagner un oscar pour ça, c'est sûr… l'oscar du Meilleur Hot-Dog. Parce que c'est ça que vous êtes. Une vraie saucisse. »

Elle grimpa sur scène. Kit baissa la tête et attendit, tel un prisonnier prêt à recevoir des coups.

« Qu'est-ce que vous faites ? *Qu'est-ce que vous faites ?* Un traumatisme cérébral ? Ou un retard mental ? Je vous le demande : Est-ce qu'il s'agit de traumatisme ou de retard mental ?

– C'est, heu, les deux, répondit-il piteusement.

– Les deux », répéta-t-elle, sidérée. Comme si c'était la phrase la plus conne jamais prononcée par un acteur ou par quiconque. Personne n'aurait pu dire quoi que ce soit de plus con.

« C'est-à-dire que je ne suis pas sûr, dit Kit. Je tâtonne.

– Ah, ça, on peut le dire. Nous voilà enfin d'accord ! Et au fait, le "traumatisme cérébral" est au "retard mental" ce que le cockney est au bostonien. Ce sont deux langages complètement différents, O.K. ? Avec leurs propres rythmes et syntaxes aphasiques. » Elle inspira profondément d'un air déçu. « Kitchener, nous nous connaissons depuis de nombreuses années.

– Oui, madame.

– À moins que vous ne creusiez plus profond, les gens vont se payer votre tête. Ils vont penser que vous êtes dans un film des Frères Farrelly. Vous n'êtes pas Sling Blade ; vous ne voulez pas être Sling Blade. Mais il ne s'agit pas d'un quelconque téléfilm, est-ce que je me trompe ? Ça va être un téléfilm ?

– Non, madame.

– C'est Aronofsky ! Il est très exigeant. Je le sais – j'ai travaillé avec lui sur *Requiem*. Très intelligent et très exigeant. Et il ne vous laissera pas vous en tirer comme ça, mon chou. Alors devinez quoi : vous avez du pain sur la planche. Vous allez devoir désapprendre certaines mauvaises habitudes. De mauvaises habitudes de star du cinéma.

– Si vous le dites, madame », répondit Kit.

Il se mit à rire, rompant la tension.

« Oui, eh bien, je le dis, répondit Jorgia, s'adoucissant. Vous voulez être dans l'émission de James Lipton, pas vrai ? dit-elle facétieusement. Est-ce que vous avez déjà fait *Actors Studio* ?

– À vrai dire, oui, madame.

– Vous l'avez fait ? » Elle semblait sincèrement surprise.

« Oui, madame.

– J'ai loupée cette émission.

– C'est probablement une bonne chose.

– Bon, vous voulez être à nouveau invité, n'est-ce pas ?

– Non madame, pas vraiment. »

Ils rirent maintenant tous les deux. C'était la fin de leur journée et il était épuisé. Elle était indomptable.

« Bon, très bien, cessons de perdre notre temps. Je veux que vous vous asseyiez sur ce coussin et que vous vous concentriez ! »

Il prit la pose du Bouddha, colonne vertébrale droite, yeux mi-clos. Jorgia, elle-même vieille adepte du yoga, s'assit face à lui. Elle se mit à parler, comme si elle était en transe :

« Toutes ces années à méditer. Toutes ces années à purifier votre esprit. La discipline. L'énergie. Faites-y appel. Faites appel au vide. *Dérèglement*[1]. Dérangez vos sens. Respirez. Tirez, depuis votre racine. Tout s'écoule à travers vous. Videz votre esprit. Étonnez-moi. Étonnez-vous. Soyez immobile, en votre cœur. Démêlez. Défaites. Effacez Kit Lightfoot. Kit Lightfoot est trop payé pour ce qu'il fait. Kit Lightfoot ne sait pas ce qu'il fait. Kit Lightfoot est idiot. Kit Lightfoot ne sait pas ce dont il est capable, il ne connaît pas les sommets et les abîmes qu'il peut atteindre. Kit Lightfoot est un attardé, un débile mental ! Kit Lightfoot est l'ennemi. Effacez Kit Lightfoot. Respirez. Allez au cœur du yoga. Yoga signifie "union". Effacez-le-moi. Respirez. Oubliez le moi. Respirez… »

1. En français dans le texte. *(N.d.T.)*

Entités

Reggie Marck avait rendez-vous à trois heures avec un couple marié qui lui avait été envoyé par Rodrigo Muñoz, un célèbre avocat spécialisé dans les violations des droits civiques par la police. Il rencontrait le couple pour rendre service à Rodrigo, qui avait fait appel à lui après avoir été représenté de façon trop évidente dans un épisode de *New York District* quelques saisons plus tôt. Il s'était senti diffamé. Reggie lui avait obtenu un dédommagement modeste mais raisonnable, et ils étaient devenus amis.

Rodrigo lui avait raconté quelques histoires hautes en couleur sur ces « monstres de Dunsmore », et Reggie s'était dit que ça amuserait peut-être Lisanne de les rencontrer. Dernièrement, elle avait été déprimée. Elle semblait prendre un peu plus de poids chaque semaine. Sa femme pensait qu'il se faisait trop de bile, mais pour Reggie, Lisanne faisait partie de la famille. Il lui demanda d'assister au rendez-vous et de prendre des notes.

« Rodrigo a dit que vous étiez l'homme de la situation, dit Cassandra.

– J'espère pouvoir vous aider, répondit Reggie. Comment va le boss ?

– *El jefe ?* dit Grady. Toujours à causer des problèmes. À chercher des noises.

– Mais il ne perd pas le nord, ça, y a pas à tortiller, dit Cassandra.

– Ça c'est bien Rod, dit Reggie. C'est un malin.

– Je l'appelle "le Basané de l'année".

– Ça vaut mieux que l'étron basané ! » s'exclama Grady.

Ils badinèrent ainsi jusqu'à ce que M. Dunsmore aborde enfin le sujet.

« Vous voyez… le truc, c'est, dit-il, que nous voulons faire des films.

– Mais on y connaît pas grand-chose, ajouta Cassandra. C'est pas notre monde. Enfin, on apprend, vous méprenez pas. On apprend vite. Et on connaît un sacré paquet de gens…

– Un sacré paquet.

– … dans le business, mais le fond du problème, c'est que s'ils ont du succès, ils se bousculent pas vraiment à notre porte. Parce qu'on est pas des poulets de l'année. Et ça, je peux le comprendre. Merde, je ferais pareil. Le showbiz, c'est une saloperie, pas une organisation caritative. Il leur a fallu un bout de temps pour arriver là où ils sont et y a un connard qu'arrive et qui veut connaître le secret de leur succès. *Hé, comment vous avez fait ! Moi aussi, je veux être riche !* Vous voyez ce que je veux dire ?

– Absolument, répondit Reggie en acquiesçant.

– Le gâteau est pas assez gros pour tout le monde, dit Grady.

– C'est ce qu'ils croient, répliqua Cassandra. C'est ça l'imposture, vous voyez, parce que c'est à cent pour cent de la connerie pure et simple. Du gâteau, y en a pour tout le monde – y en a même plusieurs ! Ces enfoirés sont juste gourmands.

– Gourmands, répéta Grady, tel un pèlerin lors d'un rassemblement sous la tente. Pour sûr.

– Et je dis même pas que c'est les Juifs. Parce que, bon sang ! on aurait des putains de leçons à apprendre d'eux. »

Lisanne, tête baissée, gribouillait furieusement en tentant de ne pas rire.

« Rodrigo a dit qu'on devait former une société de production.

– Ça semblerait la démarche logique, confirma Reggie.

– Chouette ! s'exclama Cassandra en battant des mains. Vous pouvez faire ça pour nous ?

– Pas de problème.

– Est-ce que ça coûte cher ?

– Quelques milliers de dollars.

– On veut aussi se lancer dans l'édition musicale – on veut nos propres catalogues. Rodrigo dit que c'est là qu'il y a vraiment du fric à se faire.

– Si la bande originale d'un de nos films décolle, dit Grady, qui se voyait déjà toucher le pactole, on veut être prêts.

– On connaît beaucoup de gens du milieu, dit Cassandra. Des acteurs et des réalisateurs – des agents et des managers aussi. Hé ! C'est eux qui viennent à nous. Jimmy Caan nous appelle Playboy Mansion East.

– On habite dans Mulholland, juste en face de Jack.

– On a commencé à louer la maison pour des tournages – les Strokes y tournent une vidéo demain, et Drew Barrymore sera peut-être là parce qu'elle sort avec un des membres du groupe – mais on fait pas ça pour l'argent. Il s'agit juste de se créer un réseau.

– On est juste en face de Jack Nicholson.

– Tu le lui as déjà dit, imbécile !

– Et Brando. On arrête pas de lui demander de passer, et un jour il le fera. Il répond pas au téléphone. Il est célèbre pour ça. Il paraît qu'il faut laisser un message sur son répondeur à l'intention de son rat ou quelque chose de ce genre. C'est la seule façon de le faire décrocher.

– On a essayé. Mais il rappelle pas.

– Oh ! il le fera. Je sais qu'il le fera, dit Grady en clignant de l'œil en direction de Reggie tel un péquenaud devenu fou. Parce qu'il est complètement dingue. Et il sait qu'on est assez cinglés pour avoir envie de faire notre connaissance. On est comme lui !

– M. Marck, dit Cassandra, si vous pouvez nous aider avec le côté légal, alors on aura une base plus solide. Parce qu'on lit déjà des scénarios. On va faire tout un site Internet comme Kevin Spacey pour que des inconnus puissent soumettre des scénarios.

– Exact.

– On va prendre Sundance d'assaut. On veut créer notre propre concours de scénarios. Mais pour le moment on pourrait rien mettre en route, même si on le voulait. Rodrigo a dit qu'il nous fallait une "entité".

– Comme un poltergeist ! s'exclama Grady.

– Écrase, idiot ! lança-t-elle en lui donnant un coup de pied.

– Ce que vous devez faire, dit Reggie, c'est trouver un nom pour la société. Lisanne enverra les papiers à Sacramento et ils effectueront une recherche, pour l'autorisation. Si le nom n'est pas utilisé, la voie est libre.

– Est-ce qu'on peut vous mettre sous contrat pour que vous vous occupiez des affaires de la société ?

– Vous savez, malheureusement, même si j'aimerais accepter, je ne serais pas en mesure de le faire… Ce n'est pas vraiment mon domaine. Mais je me ferai un plaisir de vous recommander à quelqu'un qui a déjà mis en place ce genre d'architecture au jour le jour.

– Cool, fit Cassandra. On aime l'architecture !

– C'est pas cool, ça ? lança Grady, faisant son Travolta.

– On a déjà trouvé un nom, annonça la femme, fièrement. Pour l'entité. »

Elle posa une main sur son gigantesque ventre et sourit. Grady tendit le bras et tapota les doigts enflés de sa
femme.

« QuestraWorld, dit-il, rayonnant.

– Les Productions cinématographiques et télévisuelles
QuestraWorld, ajouta Cassandra. S.A.R.L. »

La vie d'une actrice au travail

Elle était étendue sur une serviette, sur un brancard de *Six Feet Under*.

Ils avaient fait appel à elle pour un nouvel épisode. Cette fois-ci, la femme du casting avait affirmé qu'on verrait peut-être son visage. Becca se demanda si l'un des acteurs avait flashé sur elle et arrangé le coup. Ça semblait un peu tiré par les cheveux.

Elle n'en revenait pas que Rusty ait été si dur quand elle avait essayé de lui annoncer la bonne nouvelle. Elle avait été stupéfaite de voir combien il manquait de confiance en lui. Mais elle se sentait aussi démunie et sotte, car en réalité elle ne savait rien de lui. La première fois qu'elle l'avait vu, il tabassait un pathétique sosie ! Elle se demandait si elle ferait bien d'avoir peur. Avec un frisson, elle se représenta soudain Grady tentant d'insérer de force sa bite en elle. Et Rusty à l'envers qui, tout en la regardant dans les yeux, posait les mains sur ses jambes et les écartait pour ouvrir le passage à son ami. Dieu merci, Grady était trop bourré pour faire quoi que ce soit. Rusty haletait, et elle voyait bien que ça l'excitait de la traiter comme une pute. (Elle n'en avait toujours pas parlé à Annie.) C'était ça, le genre de personne à qui elle avait à faire. L'homme dont elle était tombée amoureuse.

Son dos lui faisait un mal de chien. Quand ils eurent fini de filmer, elle décida de s'offrir un massage. Elle était en train d'appeler Burke Williams sur son téléphone portable lorsque Annie appela. Elle dit que Becca ferait bien de venir au théâtre de Delongpre tout de suite – Kit Lightfoot était à l'intérieur, il répétait avec Jorgia Wilding.

Assises dans la voiture d'Annie, elles fumaient et attendaient.

« Pour quoi est-ce qu'ils répètent ?

– Je ne sais pas. Un film, je crois. Cyrus n'en a rien dit. Je ne pense pas qu'il sache.

– Est-ce que tu couches avec lui ?

– Avec Kit Lightfoot ?

– Hé, hé !

– Oh ! Tu veux dire avec Cyrus.

– Non, je voulais dire avec Jorgia.

– Hé ! Si ça faisait de moi une meilleure actrice… » Elles rirent, puis Annie reconsidéra la question. « Cyrus et moi ? On couche plus ou moins ensemble.

– J'adore ça. Plus ou moins.

– Plus ou moins en quelque sorte. Et toi, tu couches avec ton ami ? »

Becca acquiesça à contrecœur.

« Eh bien, tu n'as pas l'air très enthousiaste, observa Annie.

– Oh, ce n'est pas l'enthousiasme qui manque.

– Vraiment ? fit Annie, intriguée.

– Sois prudente, dit Becca, revenant à la relation d'Annie. Je veux dire, c'est lui le metteur en scène.

– Je sais. C'est comme ce vieux proverbe : "Ne chie pas là où tu joues".

– C'est beaucoup plus difficile de trouver une bonne compagnie théâtrale que quelqu'un avec qui coucher. »

Il y eut un mouvement à la porte d'entrée du théâtre. Un type en tenue d'ouvrier sortit. Fausse alerte.

« Je vais mettre les bouts, dit Becca. Tu restes ?

– Je crois que je vais y aller. Et n'en parle à personne.

– De quoi ?

– De Kit Lightfoot ! C'est censé être un secret absolu.

– Tu devrais venir te faire masser avec moi.

– Où ?

– Burke Williams.

– Je vais au sauna dans le quartier coréen, c'est moins cher. »

Tandis que Becca se faisait masser, elle se mit à penser paresseusement au Colony. Elle fantasma que le film sur les sosies était un succès. Charlie Kaufman lui avait spécialement écrit un rôle, et Rusty était d'accord car maintenant lui aussi était célèbre. Lui et Becca étaient connus des magazines pour avoir une de ces relations constamment inconstantes, un jour avec, un jour sans, comme Ben et Gwyneth, pré-J.Lo. Mais ils resteraient toujours excellents amis. Elle était à Malibu, à une fête chez Spike et Sofia. George Clooney et Nicole Kidman étaient là, de même que Pink et Drew et Kirsten et Tobey. Le cousin de Sofia, Nic Cage, lui faisait griller son steak haché tout en racontant à Charlie K une anecdote amusante survenue sur le tournage d'*Adaptation*. Elle marchait sur une plage avec la sage et sensationnelle Shirley MacLaine (une de ses actrices préférées, et à sa mère aussi) et Francis Coppola, et Becca disait au réalisateur qu'elle aimait *Rusty James* et qu'elle s'était toujours vue comme la fille flottant au-dessus de la salle de classe. Puis Becca était à l'émission de Leno, et elle racontait la déjà célèbre histoire de la soirée où elle avait été embauchée par Cameron Diaz en tant que sosie de Drew Barrymore pour la fête d'anniversaire de cette dernière et c'était vraiment amusant et ironique bien sûr maintenant qu'elle et Cameron et Drew étaient superproches, suite à quoi Becca avait été retenue pour *La Conjuration des imbéciles*. Les critiques affirmaient qu'à chacune de ses scènes elle crevait l'écran.

La masseuse creusa trop profondément, interrompant la plaisante extase de Becca. Elle était du genre à ne jamais écouter quand vous lui disiez que vous vouliez un massage léger ; vous pouviez lui répéter cent fois et elle continuait de creuser. Becca passa le reste du massage tendue sous les attaques.

Le présage

Comme il se rendait au bureau de la production, Kit fit un saut rapide chez Coffee Bean, dans Sunset. Ils étaient maintenant habitués à le voir. Même si la plupart des clients et des employés étaient des acteurs, ils restaient tranquilles. Ils faisaient attention à ne pas trop s'exciter.

« Client suivant, s'il vous plaît ! »

Le serveur était légèrement attardé. Il parlait fort, bafouillant perceptiblement – sorti tout de droit de *Sam, Je suis Sam*.

« Un grand *latte*, s'il vous plaît, demanda Kit. Sans mousse. »

Le serveur appela la préposée à la machine à café dont le nez était orné d'un anneau.

« Un *latte* sans mousse *grand* pour client, s'il te plaît ! s'exclama-t-il, en se tournant à nouveau vers Kit. On voit la vie en *grand* ! » Il pointa un doigt ganté. « Votre boisson sera là, monsieur, dans seu'ment une minute ! »

La préposée au café profita de l'étrangeté du moment pour échanger un regard de côté chaleureux avec la superstar. Kit aperçut le piercing dans sa langue.

Il roula jusqu'à la Vallée et alla voir Darren. Ils commençaient à tourner dans dix semaines, mais l'espèce d'anarchie à peine réprimée qui caractérise généralement le stade de la préproduction ne s'était pas encore installée. Aujourd'hui, tout semblait sous contrôle.

Une assistante personnelle entra pour annoncer que Marisa était arrivée.

Kit avait déjà rencontré l'actrice en dehors du travail, avec Viv. Ils papotèrent un peu avant de lire la scène. Puis Darren fit quelques suggestions et ils recommencèrent, avec une approche différente. L'interaction entre les deux acteurs plut au réalisateur.

À la fin de l'après-midi, comme il regagnait sa voiture, Kit vit un homme se précipiter vers lui avec un déhanchement bancal. C'était le serveur attardé de Coffee Bean.

« Salut ! »

Il fut déconcerté. Le jeune homme livrait-il des cappuccinos sur le plateau ?

« Salut, lança Kit, hésitant.

– Désolé de vous déranger mais… je voulais juste vous dire que je trouve que le projet avec Aronofsky est une *tuerie*. »

La démarche bancale et le bafouillage avaient miraculeusement disparu.

« Mais qui êtes vous ? demanda Kit.

– Larry Levine ! répondit l'autre avec un sourire radieux. Je suis acteur. Je dois jouer l'un de vos potes du centre de rééducation. Kit Lightfoot et Darren Aronofsky… Le pied total ! C'était un vrai présage de vous voir ce matin ! Je ne suis ici que depuis une semaine, mais j'ai mis des mois à décrocher ce boulot. Ils ne savent même pas que je fais mes "recherches". C'est un monde totalement différent quand les gens vous croient "handicapé"…

– Hé, allez vous faire foutre ! »

Larry Levine resta là, perplexe, le regard flou.

168

« Ne m'entraînez pas dans votre processus à la con. Vous voulez tester ces absurdités sur les gens, très bien…

– Mais Darren a dit…

– Je n'en ai rien à branler. Pourquoi est-ce que je voudrais entendre ces conneries ?

– Je suis désolé, mec, dit l'acteur consterné. Je suis vraiment dés…

– Restez juste à l'écart de moi, O.K. ?

– Je vous respecte totalement. Je… »

Kit grimpa dans son 4 × 4 Mercedes et démarra sur les chapeaux de roue.

Cette nuit-là, Kit et Alf étaient au Standard ; ils s'étaient soûlés à coups de Scorpions et rigolaient à se pisser dessus.

« Tu t'es pas fait spammer, tu t'es fait *Sam*er ! Putain, il t'a *Sam*é ! cria Alf, arrosant son ami de postillons. Il t'a fait le coup de *Sam, Je suis Sam* !

– Un grand *latte* sans mousse pour client ! fit Kit, imitant le jeune type à la perfection.

– C'est un putain de génie ! Je vais te dire un truc, mon vieux. Tu as intérêt à t'assurer qu'ils n'embauchent pas ce type – il va te faire le coup d'Ève Harrington[1] !

– On voit la vie en *grand* !

– Café *latte* ? lança Alf à la façon de Sean Penn. Excellent choix, excellent choix ! »

M. Tourette approcha en titubant et vint rejoindre les tumultueux attardés.

« Merde, enfoiré ! lança Lucas, caricaturant à nouveau les signes cliniques de ce que Alf appelait le syndrome

1. Personnage éponyme du film *Ève* de Joseph Mankiewicz (*All About Eve*, 1950) interprété par Anne Baxter. Ève Harrington est une jeune actrice ambitieuse qui, petit à petit, prend la place de son idole vieillissante, Margo Channing, interprétée par Bette Davis. *(N.d.T.)*

Golden Globe. Merdepissebaisechatte. Tampaxbite dans la gorge de mémé ! Baise le culpoilunazinègre de maman ! »

Kit se tordait de rire.

« J'adore ma p'tite fille ! geignit Alf en simulant le paroxysme de l'émotion. Quoi vous pas croire que moi pouvoir l'aimer ? Vous pas pouvoir prendre ma p'tite fille ! Elle est la plus seule chose que j'aie !

– Merdepissenègre ! West Nile variole condebébé tachédemerde JonBenet Elizabeth Smart sucebite-latino ! Ha ! Ha ! Ha ! Sida ! SRAS ! Anémie falci-forme ! Ha ! Ha !

– Arrêtez ! cria Kit en se tenant les côtes. Faut que vous arrêtiez !

– Excellent choix ! Excellent choix !

– Stop ! Stop ! Stop ! »

Esprit du débutant

Elle se rendit à la librairie Bodhi Tree dans Melrose. Un enfant se formait en elle, qui était déjà gros comme un ongle. Elle était perdue.

Il y avait trop de choses à apprendre. Elle contempla un moment les statues de saints et de bodhisattvas dans la vitrine. Bien entendu, aucune n'était comparable à celle de Kit. Il y avait des cristaux, des colliers de perles et toutes sortes de fétiches dotés d'une multitude de bras. Elle déambula devant des coussins de méditation, longea des allées consacrées aux textes védiques et à la théosophie et atteignit la seule section qui avait vraiment du sens : la fiction. Elle parcourut des yeux les volumes, ses doigts s'arrêtant sur *Siddharta*. Elle se rappelait vaguement l'avoir lu au lycée. La jolie couverture noir et blanc n'avait pas changé.

Le rayonnage suivant était consacré à la poésie, et elle vit l'épais livre de la bibliothèque de son père – *Les Cent Mille Chants de Milarepa*.

Comme elle errait dans la section des religions orientales, elle étudia brièvement une introduction au bouddhisme : les Trois Joyaux (le Bouddha, le *Dharma*, la *Sangha*) et les Quatre Vérités nobles – (1) la souffrance *(dukkha)*, (2) l'origine de la souffrance *(trishna)*, (3) la cessation de la souffrance *(nirvana)* et (4) le Sentier octuple *(marga)*. Elle parcourut les pages du manuel mais n'arrivait pas à se concentrer. Elle opta à la place pour un livre intitulé *Touriste spirituel*. C'était ce dont elle avait envie.

Elle attrapa les Upanishad, reconnaissant le titre parce qu'il avait été mentionné par le gourou blond de Bel-Air. Elle prit un peu d'encens, une affiche représentant la Roue du Devenir et quelques magazines sur le yoga avant de retourner à l'étagère pour consulter *Le Bouddhisme pour les nuls*. (Le simple fait de choisir quel Sentier octuple emprunter en premier semblait épuisant.) Elle allait acheter une statue – une Tara ou une Kali – mais comme elles étaient plutôt chères, elle opta pour des cartes plastifiées à la place. L'une d'elles représentait le « Bouddha Shakyamuni ».

Tad Yatha Muni Muni Maha Muni
Shakyamuni Ye Soha

Assis sur un trône orné de lions, le Bouddha Shakyamuni a la main droite qui touche la terre. Par ce *mudra*, il appelait la Terre à témoigner des vies qu'il avait consacrées à atteindre l'Éveil au bénéfice de tous les êtres et de son triomphe sur Mara, le Seigneur de l'Illusion.

Lisanne se tenait à la caisse tandis qu'on débitait sa carte bancaire. Curieusement, elle avait honte – honte de sa vie – et lorsqu'elle regarda par-dessus son épaule dans un soudain accès de paranoïa, Phil Muskingham se matérialisa.

« Tiens, bonjour !
– Que faites-vous ici ? »

Elle semblait dévastée, comme si elle s'était fait prendre à voler à l'étalage.

« Mon thérapeute m'a conseillé d'acheter un lingam. »

Il leva la pierre ovoïde dans sa main ouverte pour la lui montrer.

172

« Qu'est-ce que c'est ?

– C'est censé équilibrer l'énergie – ou quelque chose comme ça. Quoi, êtes-vous une nulle ? »

Lisanne fut décontenancée jusqu'à ce qu'elle le voie hocher la tête en direction du livre orange fluo que la caissière était en train de mettre dans un sac.

– Ouais, c'est moi, répondit-elle. Une totale débile spirituelle.

– J'allais vous appeler, dit-il. Êtes-vous libre ? Je veux dire, est-ce que vous avez un peu de temps ?

– Bien sûr.

– Je veux dire maintenant. Parce que vous savez ce que j'allais faire ? Je songeais à aller au Centre d'épanouissement personnel. Vous y êtes déjà allée ?

– Non. Mais vous êtes tellement drôle !

– Pourquoi ? demanda-t-il avec un sourire qui la charma.

– J'ai du mal à vous voir comme un type mystique.

– Ne vous fiez pas aux apparences », répliqua-t-il en hochant à nouveau la tête en direction du « Guide pour les nuls » caché dans le sac.

Elle éclata finalement de rire.

Pour une raison ou pour une autre, Lisanne n'était jamais allée au temple – ou à l'église, ou au Dieu sait quoi – pour l'Épanouissement personnel de Sunset Boulevard. Elle était passée mille fois devant la tour au dôme blanc et avait à l'occasion lu un article sur cette organisation dans le *L.A. Times*, ou entendu dire par un ami que les jardins étaient magnifiques. Phil expliqua que le temple avait été fondé par l'homme qui avait écrit *Autobiographie d'un yogi*.

Il régnait dans le parc bien entretenu attenant au temple une ambiance paisible un peu cliché, et la façon dont toutes les principales religions y étaient représentées avait quelque chose de politiquement correct.

Un sentier encerclait le lac (une pancarte à l'entrée avertissait de ne pas nourrir les poissons, qui faisaient simplement « semblant d'avoir faim »). Des personnes assises sur des bancs lisaient ou méditaient. Des autels discrets consacrés à Gandhi ou à Bouddha ornaient les chemins, de même que des plaques sur lesquelles étaient indifféremment gravées des citations de la Bible et du Bhagavad Gita. Phil ne put s'empêcher de remarquer que le terrain vaudrait un paquet d'argent si la Confrérie décidait de s'en séparer.

Ils s'assirent sur une petite plateforme d'observation près de l'eau. Il rompit le silence contemplatif de rigueur en présentant ses condoléances à Lisanne pour le décès de son père – de toute évidence, les Loewenstein l'avaient mis au courant. Il parla de son propre deuil. Ses parents, qui approchaient de la cinquantaine à sa conception, étaient récemment morts à moins d'un an d'intervalle. Phil expliqua qu'il avait jusqu'alors délibérément fui l'apparat et les responsabilités liés à la fortune familiale. Mais une clause sournoise du testament de son père (il n'en dit pas plus) l'avait forcé à quitter son cocon pour aider sa sœur à diriger la fondation caritative qui portait leur nom.

« Mattie vous plairait beaucoup, ajouta-t-il. D'ailleurs, elle vous plaira beaucoup samedi. Car samedi, nous déjeunons tous les trois. »

Catharsis

Rusty emmena Becca au restaurant Les Deux.

En entrant, ils allèrent jeter un coup d'œil à la galerie du restaurant, à l'autre extrémité de la cour. Il y avait une exposition de photographies aux couleurs vives, grandes comme des affiches, des autoportraits d'une femme d'une quarantaine d'années qui exhibait franchement ses organes génitaux. La femme derrière le guichet expliqua que le sujet de « la suite » était la femme de Randy Quaid, un réalisateur de cinéma. Becca ne voyait pas à quoi tout cela rimait. Était-ce du porno ? Elle essaya de se souvenir à quoi ressemblait Randy Quaid, mais se représentait à chaque fois Dennis Quaid à la place.

« Je suis désolé, dit Rusty, quelques minutes après que le serveur eut prit leur commande. Je n'avais pas l'intention de m'énerver après toi l'autre jour.

– Ça m'a vraiment fait mal.

– Je sais. Désolé d'être aussi con.

– Je n'étais même pas au courant de quoi que ce soit, Rusty », dit-elle, se laissant rapidement submerger par ses émotions. Elle avait l'impression d'être une gamine. « Je n'avais même pas parlé à Elaine.

– Je sais. » Il posa délicatement la main sur celle de Becca. « Je sais. Écoute… il va y a avoir une lecture du texte.

– Quel texte ?

– Le scénario. Le projet de Spike Jonze, samedi. Je crois que tu devrais venir.

– Mais j'ai déjà appelé Sharon pour lui dire que je ne pouvais pas. Que je ne pouvais même pas rencontrer... »

Elle poussa un gémissement et s'agita sur sa chaise.

« C'est très bien comme ça – c'est même mieux. Ça ne passe pas par les "canaux officiels".

– Je crois juste que ça va sembler bizarre.

– Non, pas de souci. C'est mieux si tu es réticente.

– Comment pourrais-je arriver juste comme ça, Rusty ? demanda-t-elle avec une pointe de colère.

– Parce que tu seras avec moi.

– Donc tu vas participer à la lecture. » Elle regarda dans le vide, indifférente et résignée à se laisser prendre dans la toile qu'il avait tissée. « Je crois t'avoir vu avec lui, au Rose Café.

– Tu arrives en copie conforme de Drew. Tout le monde va dire : "C'est la fille qui devait faire Drew ! Celle qu'on était censé rencontrer !"

– Pourquoi est-ce que je ne peux pas tout simplement appeler Sharon ?

– Vas-y. Appelle-la », dit-il. Elle se demanda s'il était à nouveau hostile. « Mais à ce point, je crois que ce serait une erreur.

– Elle m'en veut vraiment.

– Alors ne l'appelle pas, dit-il en riant gentiment.

– Elle s'est vraiment énervée après moi quand je lui ai dit que je ne voulais pas le faire, poursuivit-elle, les larmes lui montant à nouveau aux yeux. Après que tu m'as crié dessus, j'ai appelé pour dire que je ne voulais pas jouer un "sosie"... Je lui ai expliqué de long en large que je faisais juste ce genre de boulot pour payer les factures et que si je devais réussir, ce serait en tant que *moi-même*. Et Sharon a dit que j'étais vraiment idiote et que c'était elle qui avait découvert le type qui a gagné le Golden Globe pour son interprétation de James Dean, de même que la fille qui a joué Judy Garland dans ce téléfilm, et que ces acteurs s'en tiraient vraiment, vraiment bien. Elle a dit que si on avait du talent – et j'en avais, elle a dit que j'en avais ! – alors ce talent finissait par éclater et que si on voulait vraiment réussir, il fallait juste accepter toutes les opportunités qui se présentaient. Elle a dit que c'était une opportunité vraiment incroyable d'avoir un rendez-vous avec un réalisateur célèbre et que j'avais tout à y gagner car même s'ils pensaient que je ne correspondais pas au rôle, ils m'auraient toujours à l'esprit pour des projets à venir. Elle a dit que les acteurs tueraient pour un rendez-vous avec Spike Jonze – et je me sentais vraiment mal, Rusty ! » Elle se mit à pleurer à chaudes larmes. « Je suis passée pour une telle abrutie ! Parce que j'ai été loyale avec toi et que je n'ai pas compris ! J'ai été loyale et je n'ai pas compris pourquoi tu ne voulais pas que de belles choses m'arrivent ! Je n'arrivais tout simplement pas à comprendre ! »

Un rassemblement chez les Guber

Kit et Viv se rendirent à un rassemblement chez les Guber pour voir un homme saint qui était de passage. S.S. Penor Rinpoche était le chef d'un monastère de Mysore dont la lignée était associée à celle du professeur de Kit, Gil Weiskopf Roshi.

L'assistance était constituée d'un curieux mélange de gens. Matthew Perry, Ray Manzarek et Paula Poundstone écoutaient, captivés, de même qu'un contingent de poètes et d'adeptes de la méditation, et environ une douzaine de moines en robe safran. Mais la personne dont la présence intéressait le plus Kit était Ram Dass.

Ils s'étaient rencontrés plusieurs années auparavant lors d'un gala de charité à San Francisco, bien avant que Ram Dass ne se retrouve handicapé à la suite d'une attaque. L'ancien professeur à Harvard et acolyte de Timothy Leary avait toujours été charismatique. Désormais, bien que paralysé d'un côté, il dégageait une « grâce féroce ». Ses yeux dansants brûlaient toujours d'un feu céleste ; ses célèbres cheveux blancs ensorcelaient sa tête telles des volutes de nuages incandescents. Après le discours, Kit, Viv et Matthew allèrent le saluer.

Ram Dass parlait lentement mais sans les bredouillements laborieux auxquels Kit s'était attendu. Il se rappelait avoir vu Kit à Tassajara au début des années quatre-vingt-dix et connaissait très bien Gil Weiskopf Roshi. Il parla affectueusement de son propre gourou et dit que quand Maharaj-ji était en vie, il aurait aimé être avec lui plus souvent. Mais maintenant que son gourou était mort, « Je suis tout le temps avec lui ! » Kit l'interrogea sur son attaque et Ram Dass démontra que son sens de l'humour était parfaitement intact. Il évoqua un livre qu'il avait écrit intitulé *Comment puis-je vous aider ?* Le moment était venu, dit-il, d'écrire la suite : *Qui va m'aider ?*

« Je me sentais comme une sorte de mercenaire, dit Kit tandis qu'ils descendaient la colline en voiture. Quand j'ai vu Ram Dass, tout ce truc d'acteur s'est mis en branle. J'avais hâte d'aller lui dire bonjour pour écouter comment il parlait. Je voulais essayer ça sur Jorgia.

– Tu es vraiment horrible, dit Viv en souriant. Mais c'est pour ça que tu es si bon.

– J'imaginais qu'il ressemblerait beaucoup plus à Kirk Douglas. » Il haussa les épaules sardoniquement. « J'ai été extrêmement déçu.

– Tu sais à qui Ram Dass m'a fait penser ? À Larry Hagman. Mais j'ai adoré l'homme qui a parlé. Quel était son nom ?

– Penor Rinpoche. Lui, c'est du sérieux.

– Tu l'as déjà rencontré ?

– À Mysore.

– J'ai vu des photos de cet endroit. Quelle misère !

– Ha, ha !

– Hé, hé ! Bon, et c'est qui encore, ce Penor…

– Un maître Nyingma. Un *tulku*.

– Qu'est-ce que c'est que ça ?

– Une réincarnation de l'un des lamas de sa tradition.

– Est-ce que tu vas les aider ?

– Ils s'en sortent très bien sans moi, merci beaucoup. Je vais leur donner de l'argent pour une clinique, en l'honneur de Gil. C'est lui qui m'a emmené là-bas pour la première fois. »

Ils se turent. Il regardait le monde obscur et luxueux qui défilait de l'autre côté de sa vitre.

« J'ai lu, reprit Kit, quelque chose sur cette pratique tantrique qui consiste à utiliser sa bite comme une paille.

– Comment ça !

– Tu la baisses et tu pompes des trucs.

– Pas possible !

– Tu fais l'aspirateur. Tu commences par t'entraîner avec de l'eau, puis du lait – puis une espèce d'huile. À la fin, quand tu es un maître certifié, tu es censé être capable de le faire avec du mercure. L'aspirer.

– C'est vraiment étrange.

– Il s'agit de faire remonter son sperme et les sécrétions de la femme jusqu'au *soma chakra*.

– Oh ! Je suis tout à fait pour ! Les enfants, n'essayez pas ça à la maison. Penor Rinpo-bidule ne fait pas ça, si ?

– Il ne m'a pas montré personnellement.

– Tara Guber devrait organiser un atelier.

– Peter adorerait ça ! Hé, tu as faim ?

– Un peu. Tu veux aller au Polo Lounge ?

– Ou on pourrait simplement aller au Bel-Air.

– Nan… Trop fatiguée. Rentrons à la maison.

– On se fait vieille, hein ? »

Ils franchirent le portail, s'engagèrent dans Sunset.

« Tu es excité à propos de ton film ? demanda-t-elle.

– Oui. Je le suis. Super-excité.

– C'est vraiment génial, Kit. Ça ne te fait pas peur ?

– Pourquoi ça me ferait peur ?

– Les gens vont croire que tu te moques des attardés.

– Les gens pensent ce qu'ils veulent.

– Est-ce que tu veux un oscar ?

– Est-ce que je veux un oscar ?

– C'est moi qui te l'ai demandé la première, dit-elle d'un ton espiègle.

– Tu sais ce que je veux ? Tu sais ce que je veux vraiment ? Je veux être excité par ce que je fais pendant mon séjour sur cette putain de planète mourante. Voilà ce que je veux. Et tu sais quoi ? Ce petit film me refile la pêche pour jouer. Ce petit film me refile la pêche pour faire mon putain de boulot. En fin de compte, je veux juste être capable de vivre avec moi-même, Viv. Ce qui, récemment, n'a pas été si facile que ça. »

Elle laissa passer un temps avant de demander à nouveau, sereinement :

« Mais est-ce que tu veux un oscar ? » Elle se passa la langue sur les lèvres. « Réponds juste à ma question.

– Me fais pas chier », dit-il en lui jetant un regard noir.

Ils éclatèrent de rire.

Le Getty

Kit gémit puis hurla.

Viv se redressa d'un bond.

« Chéri, ça va ?

– Oui. Ça va.

– Qu'est-ce qui t'est arrivé ?

– Ouah ! Putain, étrange. »

Il s'ébroua tel un chien sur une plage après une vague.

Viv lui passa une bouteille d'eau.

« Je l'étreignais ou une connerie de ce genre.

– Qui ?

– Le fils Getty.

– Quel fils Getty ?

– Celui avec l'oreille coupée. Mais ç'avait quelque chose de sacrément sinistre…

– Quoi ?

– J'ai rencontré John Paul… Bon sang, ça fait un sacré bout de temps ! Je crois que je n'avais même pas encore commencé à pratiquer. Je traînais avec Gianna Portola. Elle était complètement barge avant de devenir abstinente », dit-il en riant. Viv fut heureuse de voir que la panique l'avait quitté. « Elle m'a emmené le voir. Ils avaient été amants. Bizarrement je crois me souvenir qu'elle continuait de se le taper après que ce fut arrivé.

« – Après son enlèvement ?

– Après son attaque.

– C'était lié à la drogue, non ? Une sorte de coma ? »

Il frissonna à nouveau et but à la bouteille d'Aquafina.

« J'étais curieux, alors elle m'a emmené le voir chez lui à Laurel Canyon. Il se trimballait dans cette super camionnette, façon *L'Homme de fer*. Merde, il habite peut-être toujours là-haut. C'était une maison géniale avec un ascenseur qui menait à la chambre principale. On l'a pris et Gianna m'a présenté. Assez sinistre, mais assez cool. Lui et Gianna se sont mis à parler. C'était l'hallu ! Il parlait comme ça, Viv, parole d'honneur, *argabuggagoogagoolalalalmamamaoogagoooguhgooguhgoo*. Je pigeais que dalle ! Mais Gianna n'arrêtait pas de baragouiner. Et patati, et patata. Et John Paul semblait vraiment s'amuser. Il était excité que je sois là – comme si le fait de voir quelqu'un de nouveau était marrant pour lui. Je crois que c'cst pour ça qu'elle m'avait emmené.

– Alors de quoi as-tu rêvé ? »

Son visage s'assombrit.

« C'était triste. Triste, triste, triste. Et lui – dans le rêve – il me donnait une sorte d'étreinte bizarre. Bizarre. Genre prolongée. Je ne sais pas. Je ne me souviens plus maintenant. »

Elle lui massa doucement la tête.

« Pauvre Balourd ! »

L.A. Confidential

La lumière tintinnabulante du matin le réveilla. Il entendit des voix et se leva, s'enveloppant dans la couette. Il alluma une cigarette et enjamba M. Raffles.

La voix de Viv se fit plus forte à mesure qu'il approchait de la salle de bains des invités.

Elle était assise sur les toilettes. Son assistante se tenait à quelques pas, armée d'un calepin et d'un stylo. Le bain coulait. L'air chargé de vapeur était fétide.

« Je suis tellement constipée à cause de la codéine, dit-elle en voyant Kit, avant de s'adresser à Gingher. J'ai besoin que vous alliez me chercher le laxatif de chez Wild Oats. Je crois qu'il s'appelle "Moment paisible". »

Elle lâcha un pet sonore et se mit à rire.

« Ils devraient l'appeler "Moment bruyant", dit Kit. Bon Dieu, Viv, pourquoi ne laisses-tu pas Gingher respirer un peu ?

– Parce que je ne peux pas, Balourd, j'ai un planning. Je dois acheter des cadeaux pour l'équipe. » À Gingher : « Ou du Metamucil, mais il faut qu'il soit sans sucre. » À Kit : « Que penses-tu de ces étuis pour téléphone portable de chez Prada ?

– Ce que j'en pense ? Je pense que tu devrais te concentrer sur tes selles.

– Il faut absolument qu'on achète une de ces toilettes

japonaises, Kit. Elles te douchent et elles t'essuient. Tu n'as plus jamais besoin d'utiliser de papier.

– Tu ne pourrais plus te torcher en public. Ça ne te manquerait pas ?

– J'achète une Mini Cooper à tout le monde.

– L'équipe ?

– Les acteurs, idiot. Étuis de téléphone portable pour l'équipe. Et je pars pour New York dans environ quarante-cinq minutes. Tu étais au courant, n'est-ce pas ?

– Non. Pourquoi ?

– Je te l'ai déjà dit, Balourd. Je fais l'émission de Letterman.

– Tu me l'as dit il y a quinze jours. Tu reviens quand ?

– Dimanche. Viens me faire un bisou. »

Il se faufila devant Gingher et s'agenouilla devant l'autel de la cuvette, les mains sur les cuisses duvetées de Viv, le bout de ses doigts atteignant les ॐ symétriques au pli de son entrejambes. L'assistante détourna timidement les yeux tandis que l'actrice fermait les siens pour recevoir le baiser courtois. Comme leurs lèvres se touchaient, elle lâcha un « oups ! » et le bruit de quelque chose tombant dans l'eau retentit. Kit se releva, secouant la tête d'un air faussement dégoûté. Viv s'esclaffa, lâchant un pet involontaire.

« Désolé, Gingher », dit Kit. La jeune femme efficace et rondelette avait comiquement reculé en arborant un sourire forcé. « Bon Dieu, lança Kit à Viv. Qui es-tu devenue ? Anna Nicole Smith ? Qui sommes-nous devenus ?

– Liza Minelli et David Gest.

– Exact, dit Kit. Je suis Liza, tu es David.

– Ne t'en fais pas, chéri, dit Viv, reprenant contenance tandis qu'elle s'essuyait. Gingher a signé une clause de confidentialité. C'est du béton. »

Viv péta à nouveau. Cette fois-ci, tout le monde rit.

« Je me tire d'ici », lança Kit. Il se tourna vers Gingher et dit : « Vous voyez pourquoi j'ai mis tellement long-temps à lui demander sa main ?

– Tu aurais peut-être dû me *déféquer* dans la main », rétorqua Viv.

Il avait quelque chose à répondre à ça, mais elle riait si fort qu'elle ne l'entendit pas. Il serra autour de lui sa couette qui balayait le sol et sortit en traînant des pieds et en secouant la tête.

« Balourd ! cria Viv. Achète-moi quelque chose de joli pendant que je serai à New York ! Il pourrait y avoir une attaque terroriste ! C'est peut-être la dernière fois que tu me vois ! »

Roue de la Félicité suprême

Lisanne entamait son quatrième mois de grossesse. Tous les magazines pour mamans affirmaient qu'elle allait se sentir mieux d'un jour à l'autre. Moins fatiguée, sexy même. Elle ne s'était jamais sentie aussi mal.

Une caissière de chez Erewhon flaira qu'elle était enceinte et lui parla de yoga avec Gurmukh au Golden Bridge. Lisanne comprit mal l'heure et arriva à la fin du cours. Elle se tint à l'extérieur de la pièce qui sentait le renfermé et le nénuphar tandis que de riches femmes au ventre distendu dansaient au son du tambour et du sitar. Quand elles se mirent à chanter, Lisanne prit la fuite.

Mattie Muskingham, la sœur aînée de Phil, était menue et dénuée de toute névrose. Elle plut immédiatement à Lisanne car c'était l'une de ces filles à qui on ne la faisait pas et qui appelaient un chat un chat. Lisanne n'en revenait toujours pas de sa chance – elle eut l'impression que ce genre de déjeuner était organisé chaque fois que Phil rencontrait quelqu'un qui était potentiellement matière à relation. Mais elle se sentait si grosse. Son estime de soi était au plus bas, et par-dessus le marché, elle avait un sérieux mensonge sur les bras.

Rita Wilson était assise à une table en terrasse avec une amie, et Mattie alla lui dire bonjour. Les Hanks siégeaient au conseil d'administration de la fondation familiale Muskingham.

Lorsque la note arriva, Mattie demanda à Phil s'il avait oublié « la réunion » et celui-ci roula les yeux. Il fit mine d'adopter une attitude menaçante et affirma qu'il n'irait que s'ils emmenaient Lisanne. Mattie (dont Lisanne avait l'impression qu'elle jouait également un jeu) dit à son frère qu'il savait qu'il était « strictement contraire aux règles d'amener des étrangers ». Elle parlait d'un ton un peu condescendant. « On dira juste qu'elle est de la famille », riposta Phil. Quand Lisanne demanda s'ils parlaient des Alcooliques anonymes, les deux éclatèrent de rire. « J'aimerais bien », répondit Phil, d'un air énigmatique.

Comme ils quittaient le restaurant Ivy at the Shore, le frère et la sœur étaient aussi grisés que des enfants initiant un nouvel ami à leur jeu préféré. Ils lui demandèrent de ne plus poser de questions quant à l'endroit où ils allaient ; ce serait leur petite surprise. Phil fit promettre à Lisanne que, si on lui demandait, ce qui était improbable, elle informerait « le groupe » qu'elle était leur demi-sœur. Non, le reprit Mattie, pas demi-sœur, cousine germaine.

Ils traversèrent rapidement le hall de Shutters, empruntèrent l'escalier vers un étage inférieur. Lisanne fut guidée vers une série de salles de conférences situées au niveau de l'océan. Des types quelconques étaient rassemblés devant l'une des plus petites salles. Les Muskingham en saluèrent certains par leur prénom, présentant avec désinvolture leur « parente pauvre » avant d'entrer.

Un traiteur mettait la touche finale à un buffet. Le Dr. Janowicz, un homme affable d'environ cinquante ans arborant des lunettes à monture de corne, vint compléter le groupe. Avec son costume de tweed froissé, il était une parodie de professeur sympathique et huma-

188

niste, avec en plus une touche de psychothérapeute de bande dessinée. Rapidement, tout le monde se servit des fruits, des *bagels* et du café et prit place autour de la table ronde qui se trouvait au milieu de la pièce.

Les bavardages décousus furent interrompus par les paroles inattendues, quelque peu détonantes, du chef du groupe. « Je veux mourir dans mon sommeil, en paix, comme mon père, dit sombrement le Dr. Janowicz, provoquant le silence de l'assistance. Avec le timing d'un pro, il ajouta : « Pas comme les autres personnes qui étaient dans la voiture ! »

Lorsque la chute arriva, ils se tordirent tous de rire. Une fois le décorum restauré, Dr. J., comme ils l'appelaient, annonça qu'il voulait juste « balancer un thème » et voir comment ils réagissaient. Il croisa les doigts et baissa la tête un moment, comme s'il cherchait à faire remonter un mot du plus profond de lui. Il leva les yeux, arborant un grand sourire, et dit : « Envie. »

Grognement de groupe.

« Oh, mon Dieu ! fit une femme au visage mince qui portait des bracelets d'ivoire. Faut-il vraiment que nous parlions de ça ? »

Le tour de table commença, indiscipliné et hilarant, chacun racontant des anecdotes dans lesquelles la convoitise d'amis ou d'inconnus était décrite en nuances subtiles ou à grands traits. De l'avarice on passa à la rage ; de la rage à l'impuissance ; puis les membres du groupe évoquèrent leurs propres jalousies – jalousie à l'égard des personnes qui menaient une vie plus simple et de la sérénité qu'une telle vie était supposée impliquer. Les troubles du comportement alimentaire, l'insomnie et la dépression furent joyeusement évoqués (ainsi que les traitements qui les accompagnaient) de même que les problèmes de confiance en soi fluctuante, les maladies psychosomatiques, l'anxiété injustifiée et l'impression générale d'appauvrissement dans un monde d'abondance. Vers la fin, Dr. J. demanda à chacun quelle chose agréable il prévoyait de faire pour soi-même au cours de la semaine à venir. Lorsque ce fut son tour, Lisanne se surprit à dire qu'elle comptait acheter un mandala qu'elle avait vu dans la vitrine d'une librairie mais qu'elle avait jugé trop cher. Le groupe trouva que c'était une idée magnifique. La déconcertante séance s'acheva lorsque tous se levèrent et se tinrent la main pour prier en silence.

« Club de rencontre, expliqua Phil comme ils ramenaient Lisanne chez elle.

— J'en ai trouvé certains très gentils, dit-elle.

— Des casse-pieds, dit Phil, des geignards. Combien de réunions nous reste-t-il, Matt ?

— Peut-être quatre, il me semble, répondit sa sœur. C'est de loin la chose la plus perverse que papa ait jamais conçue.

— Et ce n'est pas peu dire.

— Je ne comprends pas, dit Lisanne.

— Nous sommes *obligés* d'aller aux réunions, expliqua Phil.

— Sinon nous sommes déshérités, compléta Mattie.

— Une clause du testament de notre excentrique de père rend notre présence obligatoire.

— Mais de quoi s'agit-il exactement ? Je veux dire, qui sont…

— Un groupe de soutien pour gens riches, répondit Phil. Personne dans cette pièce ne possède moins de cinquante millions.

— Les réunions ont vu le jour durant le boom de l'Internet et ils ont continué. Pour ce qu'ils appellent « le syndrome de la richesse soudaine ». Le plus drôle, c'est que je ne pense pas que quiconque dans cette industrie possède encore autant d'argent.

– Oh, conneries, dit Phil. Parles-en aux petits enfants de Larry Ellison. Ceux qui ont été riches le sont toujours.

– Plus pour longtemps, présagea Mattie. Tu ne lis pas le *Guardian* ? L'Amérique n'en a plus pour longtemps. La grande expérience est presque achevée ! Comme à Rome, notre population sera anéantie et nos villes redeviendront des zones agricoles. Avec un peu de chance, Bechtel sera chargé de la reconstruction – nous avons toujours des actions.

– Cette blague qu'il a racontée sur la mort de son père, dit Phil, était peut-être la plus drôle que j'aie entendue de ma vie. »

Lisanne s'apprêtait à aller au Coffee Bean & Tea Leaf situé dans Larchmont. Elle venait juste de ramasser son *New York Times* dominical enveloppé dans un film bleu et se dirigeait vers sa voiture lorsqu'un homme s'approcha d'elle avec un paquet.

« Êtes-vous Lisanne McCadden ? demanda-t-il.

– Oui.

– J'ai une livraison. »

Elle signa le reçu et retourna chez elle en se demandant : « Quel genre de livreur travaille le dimanche ? » Elle ouvrit la somptueuse boîte en bois, écartant précautionneusement l'étoffe mouchetée d'or qui enveloppait le cœur dense et sombre. Elle eut le souffle coupé. L'objet qui reposait à l'intérieur était une exquise fleur de lotus dont les pétales métalliques étaient sensuellement ouverts pour exposer ce qu'une carte jointe identifiait comme la divinité tantrique en son centre : Paramasukha-Chakrasamvara – également connu comme le Bouddha de la Roue de la Félicité suprême.

« … pour vous éviter le trajet jusqu'à Bodhi Tree, disait le mot écrit à la main. De toute façon, mon mandala peut battre votre mandala. Ha ha ha ! Bien à vous. Phil. »

Toit du Monde

Il expliqua qu'ils venaient pour la lecture organisée par Spike Jonze, mais le voiturier du Château demanda à Rusty d'aller se garer dans un parking au bout de la rue.

Becca, en copie conforme de Drew, fit se tourner les têtes lorsqu'ils entrèrent dans la suite. Elle n'était pas officiellement invitée et craignait sans cesse que quelqu'un ne la foute dehors, mais la foule (et la foule de sosies) était importante et l'humeur, détendue et festive. Elle se fondit dans la masse.

Rusty alla directement voir Spike et présenta Becca comme « ma petite amie Drew ». Le réalisateur hésitant sourit et dit qu'il était content qu'ils aient pu venir. Un vrai gentleman. Toute la « controverse Sharon » concernant le fait qu'elle avait annulé ou pas ne fut même pas évoquée, et elle fut soudain reconnaissante à Rusty d'avoir judicieusement insisté pour qu'elle l'accompagne. Elle avait aussi aimé le « ma petite amie », même si elle avait été quelque peu déçue quand Spike avait affirmé que la vraie Drew n'avait pas pu venir. Becca commença à se faire un film et à se demander si ça signifiait que, peut-être, ce serait elle qui lirait les répliques de Drew, mais elle se rappela soudain qu'elle n'avait pas la moindre idée de quoi il retournait – Rusty ne lui avait rien dit sur le scénario de Charlie Kaufman et elle n'avait donc aucun moyen de savoir quel genre de répliques la vraie Drew avait, ou même si elle en n'avait pas du tout. (Peut-être que le sosie de Drew en avait, ou peut-être que c'était un rôle muet.) Elle décida que le mieux à faire était de se taire et de ne rien espérer. « Ne t'en fais pas, sois heureuse – heureuse d'être ici pour commencer, et super heureuse d'avoir discuté avec Spike Jonze, le prodigieux cinéaste. »

Ils prirent des Coca light et marchèrent jusqu'à la terrasse.

La vue sur la ville était époustouflante. Quelques sosies formaient un petit groupe : la Cameron qu'elle connaissait déjà, un Kit Lightfoot, un Benicio, un Billy Bob et un type nommé Joe Sperandeo qui était apparu dans le magazine *Los Angeles* à cause de sa ressemblance avec Brad Pitt. Une fille qui faisait une fixation sur le vrai Brad était entrée par effraction chez lui pour faire un somme et avait fini par faire aussi une fixation sur Joe. Becca entendit le rire de la vraie Cameron, qui était arrivée sur la terrasse avec Sofia dans son sillage. Elle posa les yeux sur Becca et se mit à glapir de plaisir, la prenant dans ses bras comme si c'était une amie qu'elle n'avait pas vue depuis longtemps. Becca en pissa presque dans sa culotte.

« N'est-elle pas incroyable ? demanda Cameron à Sofia. Elle était à l'anniversaire de Drew – tu étais au Japon. Drew hallucinait complètement. Je veux dire, c'était vraiment perturbant pour elle, mais dans le bon sens. »

Becca fit voler ses cheveux à la manière du personnage de *Drôles de Dames* et Cameron gloussa. Alors, Sofia, qui semblait encore plus gentille que son mari pour autant qu'une telle chose fût possible, dit à Becca qu'elle avait une allure incroyable, et Becca fut à la fois embarrassée et ravie. Elle parvint à rassembler assez de sang-froid pour lui dire combien elle aimait

The Virgin Suicides avant que Rusty ne vienne la récupérer, se présentant avec désinvolture pendant que les autres sosies rôdaient avec excitation autour d'eux. Cameron gloussa en remarquant la ressemblance entre Rusty et l'acteur soupe au lait (une rumeur affirmait que le vrai Russel, qui avait déjà été retenu pour le film, était attendu pour la lecture) et poussa un cri de joie en voyant son propre double qui écoutait à la lisière de leur petite clique improvisée. Les dents du sosie de Cameron ressemblaient à de gigantesques dragées de chewing-gum tachées de rouge à lèvres.

Comme Becca et Rusty retournaient au salon, John Cusak arriva. Il était bien plus grand qu'elle ne se l'imaginait. Benicio Del Toro le suivit de peu, et il avait les paupières si tombantes qu'elle crut mourir ; il était le seul homme dans la pièce à pouvoir rivaliser avec Rusty. Quelqu'un désigna Charlie Kaufman, qui se trouvait là en compagnie d'une fille nommée Kelly Lynch, pas l'actrice mais l'assistante personnelle de Leonard Cohen. D'autres acteurs arrivèrent, de même que Zoe, l'amie de Sofia, et d'autres habitants de Silverlake – Donovan Leitch et sa sœur Ione Skye, Moon Zappa, Amy Fleetwood, et une fille de Robert Wagner et Nathalie Wood (Becca ne saisit pas son nom). Ils prirent des scénarios dans une boîte et s'assirent.

Annie parlait constamment à Becca des lectures autour d'une table qui étaient si en vogue dans le métier, et maintenant elle participait enfin à l'une d'elles. (Elle n'était pas à proprement parler à la table ; elle était assise sur une chaise pliante juste derrière Rusty, ce qui lui convenait parfaitement.) Elle était si fière d'être avec ses pairs, avec son homme distingué. Son physique lui avait permis de franchir la porte, et elle n'allait pas en avoir honte. Mais elle était déterminée à n'être jugée que selon ses mérites en tant qu'actrice. Les autres – la Cameron et le Kit bon marché, le sordide Billy Bob et le Benicio de supermarché – n'étaient que des groupies minables. Ils avaient l'air pitoyables et ne semblaient pas à leur place, comme les perdants qui restent debout au jeu des chaises musicales. Elle espérait que les gens qui comptaient iraient au-delà de sa ressemblance avec Drew et verraient la Becca Mondrain à l'intérieur. Et s'il y avait une personne au monde avec suffisamment de génie et de sang-froid pour regarder et vraiment voir, pour tirer le meilleur de ce qui se cachait en dessous, alors cette personne était assurément Spike Jonze.

Coup de grâce

Kit posa joyeusement avec une famille de touristes allemands devant la bijouterie Fred, dans Rodeo Drive. Une petite foule commença à se former. D'autres touristes armés d'appareils photo traversèrent la rue en courant.

Il ne lui fallut pas longtemps pour choisir la bague de fiançailles – un diamant en forme de poire sur un anneau de seize carats. Il flirta avec la vendeuse d'âge mûr tout au long de la transaction. Un garde demanda au voiturier d'amener la voiture dans l'allée. Kit sortit à la dérobée pour éviter la foule.

Ce soir-là, Kit et Alf soupèrent tard au Bar Marmont.
« Où est Viv ?

– Letterman – je te l'ai déjà dit.

– Oh, excuuuuse-moi !

– Tu deviens sénile ?

– Non. Je deviens attardé, répondit Alf.

– Retardé.

– *Attardo*. Tardacieux.

– Alors qu'est-ce qui se passe entre toi et Cameron ?

– Pourquoi ?

– Il y a toujours un truc entre vous ?

– Heu… ça marche pas vraiment.

– Qu'est-ce qui se passe ?

196

– Je crois qu'elle jouait avec moi.

– Oh. Je vois ! Elle t'a brisé le cœur.

– Non…

– Oh mec, si !

– Non, dit Alf, réprimant un sourire.

– Oh merde ! Oh non ! Elle t'a largué ?

– Me casse pas les couilles.

– Elle t'a jeté comme un putain de tampon ! Elle t'a dépucelé le cœur et l'a foulé aux pieds !

– Tu es déchaîné.

– *Ces bottes sont faites pour marcher ! Et c'est tout ce qu'elles font !* »

Un ringard en veste de sport s'approcha d'eux.

« Vous êtes Kit Lightfoot. » Il regarda Alf et dit : « Vous aussi je vous connais.

– Vous avez gagné le gros lot, dit Alf, froidement.

– Vous êtes vraiment des acteurs super. Est-ce que je peux amener ma petite amie ? Elle disait que c'était vous, mais je la croyais pas. C'est une grande fan. Peut-être que vous pourriez lui faire une dédicace sur la main – ou sur le nichon ! – ou quelque chose.

– Vous savez quoi ? dit Kit. On n'est pas de service ce soir. »

Le ringard ne comprit pas.

« On ne travaille pas. On boit juste un verre, ajouta Alf avec un grand sourire professionnel.

– C'est cool », dit le ringard. Il était embarrassé mais ne se démontait pas. « Et si vous ne signiez rien ? Si vous passiez juste lui dire bonjour en partant ? Ça lui ferait vraiment plaisir.

– Je ne crois pas, répondit Alf. Tu le crois ça ?

– Désolé, dit Kit.

– Pas de visite des studios Universal ce soir, reprit Alf. On a quitté le tram.

– Une autre fois, dit Kit.

– O.K. Pigé. À la prochaine. »

197

Lorsqu'il fut parti, Alf dit : « Est-ce qu'ils laissent entrer n'importe qui dans ce putain d'endroit maintenant ? »

Un agent de sécurité vint s'excuser. Quand Kit était dans le club, ils aimaient avoir les choses à l'œil.

« On a quitté le tram, dit Kit en riant. Qu'est-ce que ça veut dire ? »

Le voiturier conduisit le 4 × 4 Mercedes jusqu'à l'entrée. Alf grimpa à l'intérieur tandis que Kit filait chercher des cigarettes à la boutique d'alcools. Il était en train de payer au comptoir et ne vit pas le ringard, qui s'approcha rapidement et lui fracassa une bouteille sur la tête. La petite amie hurla. Kit s'effondra. Ils partirent en courant. L'employé se lança à leur poursuite. Le rictus écumeux de l'acteur ressemblait à un sourire sardonique.

« Et va te faire foutre, superstar ! » hurla le ringard depuis la rue.

Éclosion tardive

Il s'agita dans son ventre alors qu'elle essayait de dormir. (Elle était finalement allée voir le gynéco et avait appris que c'était un garçon.) Le mouvement s'arrêta. Elle s'assoupit.

La veille, Robbie avait appelé pour s'enquérir mollement du bébé. Elle ne se sentait pas du tout sur la même longueur d'ondes que son amant du lycée. Il ne semblait même pas imaginable qu'il fût le père, mais il n'y avait pas d'autre possibilité.

Minuit. Elle se réveilla et se rendit à pas feutrés au salon. Les pétales du mandala étaient fermés. (Elle aimait les fermer la nuit et les rouvrir le matin, mais maintenant qu'elle était éveillée, Lisanne voulait communier. Elle voulait que la divinité partage sa respiration de l'abeille – elle était devenue célébrante officielle et gardienne du mandala sacré à la floraison nocturne.) Penchée en avant pour délicatement dilater les pétales cuivrés du bouddha, Lisanne eut une vilaine idée : Je pourrais coucher avec Phil puis lui faire croire que le bébé est le sien.

Elle s'étendit sur le divan et remonta la couverture. Une froide lumière lunaire se répandait sur le mandala. Elle se rappela le beau gourou parlant de méditation sur la lune dans l'eau et se demanda pourquoi elle n'était pas retournée aux discussions hebdomadaires sur le *dharma*. Elle voulait – avait besoin de – en savoir plus sur le nectar qui gouttait depuis le vertex de la tête, saturant l'individu de béatitude. Elle voulait – avait besoin de – être *dans le* monde, pas *du* monde.

Et, plus que tout, elle voulait apprendre la prière appelée « Le pouvoir du regret ».

Absent sans permission

« Vous pouvez aller le voir maintenant », dit l'infirmière.

Alf se trouvait dans une salle d'attente spéciale, à
l'écart des hordes de civils. Deux flics finissaient de
remplir des papiers dans le couloir. Le plus grand des
deux approcha muni d'un carnet et d'un stylo ; Alf sut
instinctivement ce qu'il cherchait.

« Ça vous ennuie si je vous demande votre John
Hancock[1] ? Ma femme ne me pardonnerait jamais.

– Je vais aussi vous donner mon Herbie Hancock,
répondit-il en saisissant le stylo.

– Elle s'appelle Roxanne. »

Il signa : *À Roxanne (allume la lumière rouge !)*[2],
affectueusement, Alf Lanier.

Ils le menèrent à une alcôve du service des urgences
isolée par des rideaux. Kit était assis. Une cuvette hari-
cot non utilisée et mouchetée de sang était posée sur

1. Président du congrès de juillet 1776 à octobre 1777 dont la
signature flamboyante sur la Déclaration d'indépendance américaine est restée célèbre. *(N.d.T.)*
2. Allusion à la chanson *Roxanne* du groupe The Police :
(« *Roxanne, you don't have to put on the red light* » (« Roxanne,
inutile d'allumer la lumière rouge »), « *the red light* » étant le
nom donné aux quartiers de prostitution. *(N.d.T.)*

ses cuisses. Il avait les cheveux collés au niveau de sa blessure. Son visage pâle semblait exsangue. Il avait l'œil droit enflé, mais fit à Alf un sourire rassurant.

« Comment vas-tu, mon pote ? demanda Alf, sur le ton sinistre et sérieux de l'ami intime.

– Ça va, répondit Kit.

– Bon sang, tu m'as foutu une de ces trouilles. » Alf était à la fois soulagé et excité. « Le type de la boutique d'alcools est sorti en courant et en criant ton nom – j'étais là à me demander : *Quoi ?*, J'y suis allé et je t'ai vu étendu… On aurait dit Bobby Kennedy à l'Ambassador ! Et moi de me demander : "Où est Sirhan Sirhan[1] ?"

– Quelle heure est-il ?

– Presque trois heures.

– Cette connerie va être publiée dans les journaux, dit Kit. Je ferais mieux de passer un coup de bigo à Viv ou elle va se mettre à flipper. Est-ce que je peux emprunter ton portable ?

– Cet enculé – c'était le connard qui voulait qu'on signe les nichons de sa petite amie.

– Ils l'ont attrapé ?

– J'en sais rien. Les flics m'ont fait signer des putain d'autographes, j'étais trop occupé pour demander. Mais ils vont l'attraper. Le type de la boutique prétend qu'il a son immatriculation et tout. C'est mon héros, mon pote. »

Alf lui tendit son téléphone. Kit fit apparaître une jambe nue de sous la couverture.

« Il est six heures à New York. Laisse tomber, je vais appeler de la maison. Allons-y.

– Oh oh oh ! Quoi ?

---

1. Sirhan Bishara Sirhan, l'homme qui a assassiné Robert Kennedy le 5 juin 1968 à l'hôtel Ambassador de Los Angeles. *(N.d.T.)*

– Je me casse. Je n'aime pas les hôpitaux.

– Est-ce qu'ils ont dit que c'était bon ?

– Franchement, Scarlett, j'en ai rien à foutre.

– Oh ! Mon pote, faut sérieusement que tu te calmes. Enfin quoi, tu commences à tourner dans, quoi, une semaine, pas vrai ? Tu devrais rester en observation.

– Observe ça.

– Juste pour la nuit, mon pote…

– Tu sais quoi ? Ici, c'est l'endroit où ma mère est morte, O.K. ? Alors tu sais quoi ? Fais ça avec moi, Alfalfa. Ça va aller. Ça roule, mon pote. Reste à la maison. Dors chez moi. Tu pourras m'observer tant que tu voudras.

– Tu leur as dit que tu te barrais ?

– Je leur ai dit que j'avais une putain de barre dans le crâne.

– Hé mec ! je suis sérieux. Ce type n'y est pas allé de main morte. Est-ce qu'ils t'ont donné quelque chose contre la douleur ?

– Ils ne le font pas pour les blessures à la tête.

– C'est à moi qu'ils devraient donner quelque chose.

– Viv a tout un tas de trucs. Beaucoup de Vicodine à cause de sa dent dévitalisée. » Une pause, puis : « Alors, tu vas rester à la maison ? Parce que si tu ne peux pas, ce n'est pas un problème. Je m'en sortirai très bien tout seul.

– Bien sûr que je reste. Je crois simplement pas que ce soit la meilleure idée que tu aies eue. Mais comme tu veux.

– Merci, mon pote. Mais ne me saute pas dessus pendant mon sommeil. »

Une lettre à la maison

Becca écrivit une longue lettre à sa mère.

Elle lui raconta comment elle avait rencontré Spike Jonze grâce à Sharon, une directrice de casting merveilleuse qui lui avait transmis la vidéo de son audition, et qu'il avait été naturellement impressionné. Elle joignit une copie de sa bio et de sa filmographie tirées d'Internet au cas où Dixie ne saurait pas qui il était (surlignant la partie qui disait qu'il était marié à Sofia Coppola). Elle avait prévu de rester modeste et de ne pas en révéler beaucoup plus, mais c'était plus fort qu'elle, et elle écrivit que Spike préparait un film et que le scénariste Charlie Kaufman, le collaborateur habituel de M. Jonze (qui, bien entendu, avait écrit *Dans la peau de John Malkovich* avec John Cusack et Cameron Diaz, et *Adaptation* avec Nicolas Cage et la vénérable Meryl Streep) allait très probablement, si tout se passait bien, créer un petit rôle sur mesure pour « tu sais qui ». Elle prit soin de ne rien dire du fait que le nouveau projet traitait des sosies, ou qu'il abordait le « thème » des sosies, car Dixie était déjà au courant des soirées privées ou des salons pour lesquelles sa fille était occasionnellement embauchée pour imiter Drew, et Becca ne voulait pas la mettre sur la mauvaise voie ni la troubler. Elle ne voulait pas qu'elle s'imagine à tort qu'on la considérait pour un rôle autrement qu'en tant qu'actrice à part entière.

Au début, elle ne révéla rien non plus du nouvel homme de sa vie. Elle évoqua bien le fait que Sadge était parti à l'autre bout du monde réaliser une émission de télé-réalité et que ce n'était probablement pas plus mal comme ça, « car soit dit entre nous », ils ne s'entendaient plus trop bien. Mais c'était plus fort qu'elle et, après s'être enquise de la santé de son père et de son frère, elle laissa entendre qu'elle était « plus ou moins intéressée par quelqu'un » qui s'avérait lui aussi être simultanément pressenti pour un rôle dans le prochain « Sans Titre de Spike Jonze ». Elle ajouta que « cette personne » était incroyablement belle et que les gens lui trouvaient une ressemblance avec Russell Crowe, dont elle savait qu'il était l'un des acteurs préférés de sa mère.

Elle écrivait ces choses au lieu de les dire au téléphone car elle pouvait ainsi mettre plus facilement de l'ordre dans ses idées. Chaque fois que Becca appelait la maison, elle avait l'impression de passer pour une frimeuse. Dixie finissait toujours par lui demander quand elle rentrait à Waynesboro – comme si son fiasco hollywoodien était, pour reprendre les mots de sa mère, « une fête accomplie ». Quoi qu'il en soit, Becca se disait par superstition que plus elle aurait de contacts avec sa famille, moins elle aurait de chances de réussir comme elle l'entendait. Mieux valait, conjecturait-elle, garder une saine distance (pas simplement géographique) entre soi et ses racines – car, afin de grandir, il fallait ménager un grand espace pour laisser briller le mystère auquel on avait droit. De plus, écrire lui permettait d'avoir une sorte de vue d'ensemble sur sa vie ; ça lui éclaircissait les idées et la stabilisait. (Elle avait tenu un journal étant enfant, c'était donc une seconde nature.) Lorsqu'elle appuyait son stylo sur la feuille, elle éprouvait même une drôle de justification en tant qu'actrice, bien que ses petites fanfaronnades et ses petits efforts n'eussent à vrai dire pas encore porté leurs fruits. À la fin de la lettre, elle songea à évoquer les Dunsmore, car après tout ils étaient bel et bien des protagonistes d'Hollywood à qui elle risquait d'avoir affaire, mais elle se ravisa car elle se sentait toujours quelque peu souillée après la soirée de défonce au Four Seasons. Elle était mortifiée à l'idée que sa mère pût un jour apprendre qu'une telle chose s'était produite.

Elle aurait tout le temps d'appeler Dixie plus tard – et qui sait ? Peut-être qu'alors elle aurait épousé un grand ponte ou remporté le Golden Globe de la révélation de l'année ou gagné un million de dollars dans une émission de télé-réalité (avec laquelle Sadge n'aurait, de préférence, rien à voir). Peut-être, Dieu fasse qu'il n'en soit rien, obtiendrait-elle une compensation bizarre comme les Dunsmore. On avait déjà vu des choses plus étranges se produire… Peut-être que Rusty et elle allaient devenir célèbres et qu'elle pourrait aller à l'émission de Leno comme l'avait fait Britanny Murphy pour raconter d'une voix douce et humble, si c'était possible, mais Britanny l'avait bien fait, comment, avant leur rupture, Ashton et elle avaient loué leur premier jet privé afin de pouvoir être à Cedar Rapids, d'où est originaire Ashton, à temps pour Noël, avant de filer vers le New Jersey pour passer le reste des vacances avec la famille de Britanny. (Elle ne savait pas si l'aventure d'Ashton avec Demi était une bonne chose. Mais elle savait que ça ne durerait pas.) Pourtant, Becca prenait bien soin de se dire que si elle ne faisait pas le film de Spike, si ça n'était pas écrit dans les étoiles, ce ne serait pas la fin du monde. Elle pourrait toujours retourner voir Sharon. Après la débâcle, elle avait envoyé des fleurs à la directrice de casting et elles s'étaient rabibochées (avec la promesse d'un « rendez-vous shiatsu »). Sharon lui obtiendrait des auditions et des rendez-vous, qu'elle décroche le boulot avec Spike ou non. Et si elle ne le décrochait pas, Becca calculait que, dans le pire des cas – et ce n'était franchement pas si terrible que ça –, elle pourrait être connue comme « la Drew » qui avait failli travailler avec Spike Jonze. Parfois ce genre de notoriété inversée était juste ce qu'il fallait pour catapulter une star vers le paradis. Elaine Jordache lui avait raconté que Kevin Costner avait longtemps été connu en ville comme le type dont les scènes d'un film intitulé *Les Copains d'abord* avaient été supprimées. Pendant quelques années, plus on le coupait, plus sa cote grimpait. Les histoires de ce genre étaient légion.

Marée du matin

Kit était bien calé sur son lit tandis qu'Alf, qui avait déjà avalé un Klonopin et quelques cachets de Vicodine extra-forte, mangeait des pâtes froides en regardant un DVD de *Jackass* sur l'écran plasma. Il conservait un œil sur son ami et le secouait doucement chaque fois qu'il piquait du nez.

« Ils ont dit que tu ne devais pas dormir.

— C'était juste pendant les premières heures.

— Comment va ta tête ?

— Mieux. Beaucoup mieux. Alors détends-toi. »

Huit heures du matin et Alf se réveille avec une gueule de bois de Vicodine.

Il est étendu sur le canapé du salon. Dehors, pré-anarchie de pépiements d'oiseaux. Pendant une demi-seconde, il regarde autour de lui en se demandant où il est.

Faim. Haleine de cheval. Vessie aux trois quarts pleine.

Aurait dû fermer les rideaux – lumière intolérable.

M. Raffles est sur la terrasse, vautré avec indifférence sur les dalles, son large ventre mou se levant puis retombant sous le projecteur froid du soleil.

Il entend un bruit effrayant : un cri confus, prolongé. *Quoi quoi quoi* – est-ce même un cri ? Bondit sur ses pieds. Entre dans la salle de bain, médusé par ce qu'il voit :

Kit vomissant – une bouche d'incendie cassée, déglin-
guée – sur les murs et les miroirs. Les deux yeux mons-
trueusement enflés. S'arrête. A un haut-le-cœur. Pris
de convulsions alors qu'il est encore debout. Se voûte.
Se redresse. Vomit à nouveau comme si des esprits
s'étaient emparés de lui. Alf le saisit à bras-le-corps
– que faire d'autre ? – ring d'abattoir, équipe de lutteurs
infernale. Essaie de lui faire baisser la tête – le tient –
que faire d'autre ? – futilement, absurdement, follement –
pour arrêter le temps au milieu d'une tempête de vomis-
sements tandis que M. Raffles entre au petit trot, glisse,
les pattes dans l'ordure, pousse un grognement mi-
gémissement mi-bâillement. Kit beugle au ciel, incitant
Alf à hurler lui aussi – un vrai numéro de *Dumb & Dum-
ber* –, le serre entre ses bras, farouchement, éperdu, Kit
aveugle, agrippant désespérément l'ourlet du débardeur
d'Alf telle une pietà épileptique, le grand danois agité et
aboyant bas. Maintenant Kit parvient incroyablement à
regarder – regarder vraimen*t* – droit dans les yeux d'Alf,
dans la pièce emplie de panique : regards croisés, silence
primordial, puanteur fétide proche, cris noyés dans des
salles de machines inondées, pattes et rotules glissant,
esquivant et feintant, chien sur le point d'avoir lui-même
des haut-le-cœur, puanteur humide, dégoulinante, bacté-
rienne de la grotte oubliée, Kit finalement inerte, le cri
continu de Alf désormais solo tandis qu'il se précipite
avec son fardeau fraternel, avançant en crabe vers le
téléphone, n'importe quel téléphone, poids mort du lauréat du *People's Choice* déchu bien enfoncé au creux de
la cage thoracique comme le serait le corps de guerrier
échoué d'un frère marin, silhouettes dans une détrempe
majestueuse, navire perdu s'éloignant des côtes, car-
bonisé et lumineux – soudaine descente squelettique,
déchant, plain-chant vers le fond de l'océan, agréable
ensevelissement bleu-vert éternité silencieuse.

Les trois poisons

Le lendemain matin

« Je n'en reviens pas qu'ils l'aient laissé sortir », fulmina l'avocat.

Avocat, agente, managers et publiciste avaient convergé vers l'hôpital Cedars-Sinaï (Alf s'y trouvait aussi – il n'en avait pas bougé après y être retourné tôt le matin) tandis que le client et ami était opéré en urgence pour soulager la pression dans son crâne.

Après les événements surréalistes, toute l'équipe se sentait impuissante, anxieuse, atterrée.

Abandonnée.

« Il a signé une décharge ? demanda l'agente.

– Oui », répondit Alf avec un air ahuri de petit garçon. Sa belle tête mal peignée était baissée. Ses ongles à moitié crasseux grattaient comme par réflexe sa mâchoire grisonnante. « Il ne voulait pas en démordre. Il était hors de question pour lui d'être hospitalisé. Il avait l'air d'aller bien – pendant qu'il était ici. Et il allait bien chez lui. Je veux dire, hier soir.

– Non, il n'allait pas bien ! cria l'avocat.

– Peu importe », dit Alf, accablé et déprimé. Il n'allait pas se laisser enguirlander. L'agente fusilla l'avocat du regard, par solidarité avec le jeune acteur. « Tout ce que je dis, c'est qu'il était totalement lucide. Il avait peur que Viv soit mise au courant avant qu'il ait pu l'appeler. » Il souffla et renifla, congestionné par le

213

mucus et les larmes qui montaient. « J'ai essayé de lui dire que rentrer chez lui était une idée à la con – qu'il ferait mieux de passer la nuit en observation. » Il se racla la gorge. « Il a répondu que sa mère était morte ici…

– C'est vrai, intervint l'agente, heureuse de pouvoir s'approprier une autre pseudo-information tragique qui, elle au moins, pouvait être vérifiée. C'est absolument vrai. » Elle entama une série de brefs hochements de tête rythmés et nerveux censés attester la longévité et le caractère unique de la relation spéciale qu'elle entretenait avec la superstar commotionnée, une intimité exclusive et privilégiée qui impliquait naturellement qu'elle avait connu R.J. et assisté aux premières loges à son abominable, interminable cancer de l'utérus. « C'est tout à fait exact. C'était horrible pour lui. Horrible pour lui. Horrible.

– … C'est pour ça qu'il a voulu rentrer. Hé, fit Alf, résigné. Je suis incapable de m'opposer à Kit. J'ai jamais pu. Il est comme un grand frère.

– Je n'ai rien à foutre de ce qu'il a signé », gronda l'avocat, s'adressant principalement à lui-même. Alf aurait dû appeler quelqu'un sur le coup, mais c'était une andouille – un acteur. Pas la cible. La cible du courroux de l'avocat se fit plus précise : frémissement du procès, tohu-bohu des conférences de presse, dépositions à classer. « Ils ont été complètement négligents, complètement irresponsables. On a affaire à un personnage de première importance ! Est-ce qu'ils auraient laissé Spielberg sortir sans avis médical ? Mettre tranquillement les bouts avec son pote ? Qu'est-ce qui leur est passé par la tête ?

– C'est vraiment dingue, dit l'un des managers traumatisés en regardant fixement dans le vide. C'est juste… anormal. Tout ceci est anormal.

– Je vais vous dire une chose, reprit l'avocat, indigné. Quand j'en aurai fini, ce putain d'hôpital et le terrain sur lequel il est construit appartiendront à Kit Lightfoot.

– Est-ce que quelqu'un a finalement appelé Viv ? » demanda l'autre manager.

Alf acquiesça en faisant claquer un chewing-gum qui avait depuis longtemps perdu toute saveur.

« Il y a quelques heures, quand on est revenus ici. Elle est sur le chemin du retour.

– Ça n'a pas dû être un coup de fil facile à passer, dit l'agente en touchant le bras d'Alf comme l'aurait fait une mère.

– J'espère que vous ne l'avez pas prévenue juste avant son émission avec Letterman, intervint le publiciste.

– Il a dit "il y a quelques heures", fit remarquer l'un des managers avec irritation.

– Après, confirma Alf, machinalement.

– Juste une malheureuse tentative de faire de l'humour noir, s'excusa le publiciste d'un air contrit.

– Elle revient avec Sherry à bord du jet de la Paramount, dit Alf.

– Qu'est-ce qu'on va faire pour contrôler la foule ? demanda l'avocat au publiciste. C'est *Le Jour du fléau* dehors. »

À cet instant précis, Darren Aronofsky arriva, escorté par un garde de l'hôpital.

« Qu'est-ce qui se passe ? demanda-t-il.

– Il est toujours au bloc, répondit l'agente.

– Bon sang. » Il se tourna vers Alf. « Est-ce que c'était une bagarre ?

– Non. Ce type l'a juste… frappé par derrière. Il nous avait harcelés plus tôt dans le bar. Il faisait la gueule parce que Kit refusait de signer le sein gauche de sa copine ou un truc du genre.

– Bon sang ! Bon sang ! » Darren secoua la tête en inspirant entre ses dents. « Et toi, tu vas bien ?

– Compte tenu des circonstances, acquiesça Alf. Oui. Ça va.

– Où est Viv ? demanda Darren en se tournant vers les autres.

– Elle revient de New York, répondit le publiciste.

– Est-ce qu'ils ont dit quelque chose ? demanda Darren. Je veux dire, les médecins ? »

L'agente se mit à pleurer. L'un des managers passa un bras autour d'elle.

« Oh mon Dieu, dit-elle. Et s'il est vraiment, vraiment blessé et qu'il ne peut pas s'en remettre ? C'est tellement horrible ! Le monde est tellement horrible !

– Il a beaucoup de gens qui l'aiment, Kiki, dit l'autre manager d'un air triste. Beaucoup de gens qui se font du souci.

– On va l'aider à s'en sortir, ajouta platement le co-manager.

– C'est une vraie tête de lard, dit Alf en penchant la tête, souriant, comme on dit, à travers ses larmes.

– Ça, c'est sûr, appuya Darren. C'est un battant.

– En plus, ça le tuerait de ne pas faire ton film, surenchérit Alf d'un ton ironique.

– Oh, il fera le film », dit Darren avec cette inébranlable grandiloquence démodée que seul un réalisateur peut maîtriser.

L'agente trouva sa remarque profondément réconfortante.

« Je ne l'ai jamais vu plus enthousiaste pour un projet, dit-elle. Je veux dire, c'est incroyable.

– Et il sera incroyable dedans, dit Darren. On va repousser la date de début du tournage, c'est tout.

– C'est merveilleux, observa l'un des managers, pour lui de savoir – même s'il ne le sait pas aujourd'hui – que le projet l'attend. »

Un silence pesant s'installa après cet étalage de bons sentiments absurdes et bien intentionnés ; l'agente se remit à pleurer.

« C'est juste tellement… étrange. Darren ! Votre film… enfin, c'est de ça qu'il s'agit… dans une certaine mesure. Non ? *Besoins particuliers* ? Je veux dire, est-ce que l'un de vous a même songé à combien c'était étrange. Que le scénario reflète…

– C'est là-dessus que la presse va se ruer, observa le publiciste. Je vous préviens : c'est directement là-dessus qu'elle va se ruer. Vous savez, "la vie qui imite l'art".

– La seule chose qui compte pour l'instant, dit Darren avec sang-froid, c'est que Kit se remette sur pieds, au plus tôt.

– Je sais. Je sais. Je sais », approuva l'agente, reprenant ses esprits. Se ressaisissant. S'armant de courage. S'essuyant les yeux.

« Il va s'en sortir, dit Alf pour remonter le moral des troupes.

– Oh, absolument, corrobora un manager.

– Ça va être une bataille, dit l'avocat au sujet du procès épique qui se dessinait. Mais laissez-moi vous dire une chose. Ça va saigner dans la partie adverse.

– Bon Dieu ! lança un manager avec une émotion soudaine. Une telle chose s'est-elle déjà produite ? Est-ce qu'une star du cinéma s'est déjà fait attaquer ?

– Sharon Tate, répondit le publiciste.

– Je suis vraiment désolé, mais Sharon Tate n'était pas une star ! »

Veillée

Lisanne était chez Coffee Bean lorsqu'elle apprit la nouvelle. Les toilettes étant occupées, elle fonça sur le parking et vomit. Puis elle grimpa dans sa voiture et se rendit à l'hôpital.

Des barricades maintenaient une foule d'admirateurs et de badauds à distance. De grandes antennes blanches poussaient des camionnettes des médias. Des policiers désagréables bloquaient l'accès aux voitures. Elle laissa son véhicule au voiturier de Jerry's Deli et traversa la rue.

Elle parcourut du regard les étages supérieurs du bâtiment en se demandant s'il était sorti du bloc. Ses yeux se posèrent à nouveau sur Beverly Boulevard, recherchant vaguement la Bentley de Tiff Loewenstein. Trop tôt, pensa-t-elle. Tiff ne viendrait lui rendre visite que plus tard dans la semaine, s'il venait.

Elle avait l'impression qu'elle allait s'évanouir. Elle appela le bureau pour dire qu'elle avait la grippe. Elle parlait à l'une des filles lorsqu'elle entendit la voix de Reggie au bout du fil. Il lui demanda si elle avait entendu la nouvelle, et Lisanne fit mine d'être trop malade pour parler.

Puis, sur un coup de tête, elle se rendit chez les Loewenstein.

Avec une grande gentillesse, la gouvernante fit entrer la femme ravagée. Elle savait pourquoi Lisanne pleurait.

Tiff parlait d'une voix forte au téléphone dans une pièce éloignée. Roslynn apparut en peignoir dans l'escalier. Elle semblait si fragile et ordinaire que Lisanne crut avoir commis une sérieuse erreur en venant et fondit en larmes.

« Roslynn, je suis tellement désolée, dit-elle, le visage déformé par une grimace. Je suis allée à l'hôpital – je pensais peut-être vous y trouver… »

Elles s'étreignirent et Roslynn demanda à la gouvernante de bien vouloir leur apporter du thé. Elle guida Lisanne jusqu'au salon et l'aida à s'asseoir sur le divan.

« Ma chérie, vous avez une mine affreuse !

– C'est tellement horrible…

– Je sais. » Elle passa les bras autour de Lisanne, se balançant lentement tandis que celle-ci pleurait. « Nous avons regardé CNN toute la matinée. Nous connaissons un grand ponte à Cedars, Mo Biring. Mo affirme qu'il est toujours au bloc – ça pourrait durer des heures. Nos espions sont sur le coup. Nous connaissons tout un tas de gens à Cedars. »

Le thé fut servi. Tiff entra, complètement habillé, et regarda bizarrement Lisanne – une fois encore, elle eut la sensation d'avoir dépassé les bornes. Lorsqu'il lui toucha tendrement la tête, Lisanne se remit à sangloter, s'en remettant à la merci du cruel cosmos.

« Il est sorti », annonça Tiff. Lisanne se demanda de quoi il parlait. « Du bloc.

– C'est Mo qui te l'a dit ? demanda Roslynn.

– Je viens de lui parler.

– Est-ce qu'il va bien ?

– Ils n'en savent rien – n'en sauront rien – pas avant un moment. Ils pensent que le cerveau a pu être endommagé. » Il hésita à le dire, mais jugea que c'était préférable. « Lésions cérébrales. »

Lisanne se figea et cessa de pleurer comme si elle venait de prendre une douche froide.

« Mon Dieu ! s'exclama Roslynn en portant vivement la main à sa bouche. Mon Dieu !

– Ils n'arrivent toujours pas à retrouver le salopard qui lui a cogné dessus », dit Tiff. Cette fois-ci, il caressa la tête de sa femme. Il fit un geste de tête en direction de Lisanne et dit : « Vous avez vos nerfs, hein ? » Il se tourna vers Roslynn et répéta, « Elle a ses nerfs.

– Il a été si merveilleux quand je lui apporté votre cadeau, dit Lisanne, comme si elle lançait un cri du cœur. Si intelligent et si doux.

– Je lui ai demandé de lui porter le bouddha de chez Sotheby's, expliqua Tiff. Sur le plateau.

– Il est si jeune et talentueux et c'est… simplement… tellement… injuste et terrible ! » Les Loewenstein baissèrent la tête en signe de triste approbation. « Si gentil, si naturel. » Elle avait peine à respirer. Roslynn lui toucha le bras. « J'ai juste eu l'impression… je veux dire, c'était tellement évident… que c'était une personne véritablement chaleureuse et généreuse.

– Il l'était en effet, confirma Tiff distraitement, comme s'il prononçait son éloge funèbre.

– Que quelqu'un ait pu lui faire ça… »

Contrarié par ce qu'il venait de dire, Tiff se reprit rapidement : « Il l'*est* en effet. » Puis le directeur se mit à réfléchir à voix haute : « Le tournage est fini, mais c'est un film à quatre-vingt-dix millions de dollars et il doit sortir cet été. Il va nous falloir quelqu'un pour doubler sa voix – c'est beaucoup plus fréquent que les gens ne l'imaginent. » Il se gratta l'oreille et regarda le Cézanne sans le voir tandis qu'il concoctait d'obscurs stratagèmes de post-production. « Vous devriez prendre votre journée aujourd'hui, toutes les deux, suggéra-t-il, tentant d'alléger l'atmosphère. Allez voir un film au Grove. Allez à la maison de la plage. Hé, il paraît que vous avez revu Phil Muskingham.

– Il est gentil.

– Il en pince vraiment pour vous, dit Roslynn.

– Vous pourriez épouser pire que cet homme-là. Un jour, c'est moi qui travaillerai pour vous !

– Comptez-vous aller voir Kit ? demanda Lisanne.

– Non, répondit-il catégoriquement. Pas la peine de le veiller. Ça va être le cirque là-bas. J'attendrai qu'il ait repris connaissance.

– Est-ce que vous pensez qu'on devrait lui apporter le bouddha ?

– Quoi ? fit Tiff, déconcerté.

– Peut-être que ce serait quelque chose qu'il… Son assistante pourrait aller le récupérer chez lui. Il est bouddhiste et peut-être…

– Laissez-moi vous posez une question, Lisanne. Où était le bouddha quand il s'est fait assommer ? Le bouddha ne l'a pas aidé alors, et je suis absolument certain qu'il ne va pas l'aider maintenant. » Roslynn le regarda froidement. « Tu peux rouler des yeux, Roz, mais c'est pour ça que je suis agnostique. » « D'ailleurs, ajouta-t-il, il a coûté trop cher pour qu'on le laisse traîner dans une chambre d'hôpital. Il disparaîtrait en moins d'une heure.

– Et la remise du prix du Courage ? lança Roslynn comme son mari se retournait pour s'en aller.

– Dimanche, répondit Tiff. Pourquoi ?

– Nous y allons toujours ?

– Je ne te suis pas, répondit-il, prêt à en découdre. Bien sûr que nous y allons toujours. Pourquoi n'irions-nous pas ? » Elle regrettait d'avoir posé la question. « Tu veux dire, à cause du pépin qui est arrivé à Kit Lightfoot ? À qui vont-ils donner le prix si je ne suis pas là, Roslynn ?

221

– Je ne sais pas, Tiff, répondit-elle en se renfrognant.

– À l'un des serveurs ? À Suzanne Pleshette ? Ou que dirais-tu de *"Frasier"* ? C'est à moi qu'on décerne le prix du Courage, n'est-ce pas ? Il y a une tripotée de gens qui se sont cassés le cul à organiser ça – des mois et des mois de dur labeur. Ils vont récolter trois millions de dollars. C'est leur objectif. Et tu sais auprès de qui ? Auprès des gens qui font des affaires avec moi et qui vont payer leur putain de table et claquer du fric pendant les putain d'enchères silencieuses. Alors je ne te comprends pas, Roslynn. Tu crois qu'ils vont laisser filer trois millions de dollars à cause de ce qui est arrivé à Kit Lightfoot ? C'est terrible, les enfants, mais c'est pas les Tours jumelles.

– Ça suffit, Tiff », dit-elle.

Lisanne s'approcha instinctivement de la femme plus âgée et lui saisit la main. Roslynn était heureuse d'avoir un témoin qui puisse constater combien son mari était odieux.

« C'est Burt Bacharach qui présente. Est-ce que je te l'ai dit ?

– Non.

– Je suppose que tu ne le savais pas. Je croyais te l'avoir dit. Je croyais te l'avoir dit quatre fois. Burt jouera peut-être quelque chose avec Elvis Costello, et je crois qu'il a demandé à Paul McCartney de venir, en invité surprise. Si Paul est en ville, ce qui est je crois le cas. Et il s'avère que j'ai donné de l'argent à sa pouffiasse unijambiste pour les mines antipersonnelles. Donc voilà : les stars sont toutes prêtes. Alors, chère Roslynn, que dis-tu ? Que tu ne veux pas y aller ?

– Rien, répondit Roslynn, *con brio*. Je ne dis rien.

– Bien sûr que nous y allons », conclut Tiff. Il se retourna vers Lisanne alors qu'il s'apprêtait à quitter la pièce. « Et vous et Phil devriez nous accompagner. »

Propriété de rêve

La section « immobilier » du *L.A. Times* présentait les maisons achetées, vendues et louées par les célébrités, et parfois Becca découpait les articles et les envoyait à sa mère. Annie prétendait que nombre d'agents immobiliers étaient d'anciennes actrices, et Becca ne comprenait pas pourquoi. Elle les admirait – il fallait avoir des tripes pour se regarder dans le miroir à vingt-huit ou vingt-neuf ans et se dire : « C'est fini, je ne serai jamais célèbre. » Mais il fallait aussi être vraiment intelligente pour prendre le taureau par les cornes et se lancer dans un domaine qui, un jour, à force de créativité et d'application, permettait d'obtenir les signes extérieurs de la célébrité qui autrement auraient été inaccessibles : disons, une grande propriété à flanc de colline. Parce que c'était ce que pouvait se payer un agent immobilier pourvu qu'il se donne à fond. Les agents immobiliers connaissaient toutes les subtilités complexes de la vente et de l'achat, et Annie affirmait qu'ils occupaient une position idéale pour entrer dans ce club fermé des personnes dont la passion était d'acheter des maisons, les retaper, puis les revendre en faisant un bénéfice confortable (Courteney Cox et Diane Keaton étaient expertes en la matière.) Becca se disait que le meilleur côté du métier, c'était qu'on allait au travail bien habillée, parfois même sur son trente et un, et qu'on se baladait toute la journée dans une de ces adorables petites Mercedes au derrière suggestif. (Mais lorsqu'elle voyait parfois des agents immobiliers d'une cinquantaine d'années grasses du visage et du bide trimballer des panneaux à vendre le dimanche sous un ciel bleu, elle prenait peur et se demandait : « Ohmondieu, est-ce que ça pourrait m'arriver ? ») Agent immobilier était le genre de chose que sa mère pourrait faire ; elle avait ce côté pragmatique. De fait, Becca se disait que la prochaine fois que Dixie ferait pression pour qu'elle rentre à la maison, ça pourrait être une bonne idée de lui dire qu'elle songeait à devenir agent immobilier et qu'elle avait besoin de rester pour son examen. Ça lui permettrait d'avoir la paix pendant un moment.

Son cœur se mit à battre plus vite lorsqu'elle replia le journal et lu le gros titre en une :

PROPRIÉTÉ DE RÊVE
SON TERRITOIRE EXTRA

PAR RUTH RYON, RÉDACTRICE AU *TIMES*

L'actrice Drew Barrymore vient d'acquérir pour 4,5 millions de dollars une maison sur un terrain de presque 6 000 mètres carrés à Hollywood Hills.

Barrymore vivait en location depuis que son ancienne maison dans le quartier de Beverly Hills avait été endommagée par un incendie en février 2001. Elle avait par la suite vendu cette propriété.

Décrit comme un « ranch de deux étages milieu de siècle avec une longue allée privée », le domaine qu'elle a acheté inclut une maison principale de quatre chambres dotée d'un salon de deux étages, une dépendance pour les invités, et une annexe pour les gardes employés à plein-temps. La propriété, dont la surface habitable est estimée à 830 mètres carrés, comprend également une salle de sport, cinq cheminées et une salle de billard avec un bar. Le terrain protégé par un portail recèle un gigantesque parking, des vues s'étirant depuis le centre-ville de L.A. jusqu'à l'océan, une piscine et un parc doté de sentiers et de jardins.

Barrymore, 28 ans, qui partageait l'affiche de *Un duplex pour trois* avec Ben Stiller, tiendra aussi l'un des rôles principaux de *Sosies*, le film qui doit être écrit et réalisé par Spike Jonze et dont la sortie est prévue pour 2004.

Elle était, avec Cameron Diaz et Lucy Liu, l'une des vedettes de l'adaptation cinématographique de la série télé des années soixante-dix, *Drôles de Dames*, qu'elle a aussi produite. Barrymore est également apparue à l'âge de sept ans dans *E.T. l'extra-terrestre*, ressorti en 2002.

Brett Lawyer et Ed Fritz de Nourmand & Associés, à Beverly Hills, ont représenté Barrymore lors de l'acquisition, selon des sources extérieures à la transaction.

Elle n'avait plus songé à l'incendie depuis un bout de temps, mais elle se rappelait maintenant les images des journaux télévisées sur lesquelles on voyait le couple amusé grimper dans une BMW au beau milieu de la nuit pour fuir les flammes dans la bonne humeur – leur attitude avait quelque chose d'hystérique, et Becca avait su que leur mariage battait déjà de l'aile. Le simple fait de penser à cet idiot fadasse de Tom Green la foutait en rogne. C'est un connard de première ! Drew lui a tout donné : sa maison, son cœur, ses relations inestimables... Elle est restée près de lui pendant son pitoyable cancer des couilles (Annie se demandait si c'était un canular, mais même Becca se disait qu'elle poussait car elle savait que le comédien avait véritablement souffert) sans jamais flancher ! Tom Green aurait pu apprendre tellement de Drew la productrice, Drew la femme d'affaires, Drew l'icône rompue au showbiz.

Mais en fin de compte, tout ce que Tom Green voulait, c'était tourner des films supermerdiques, faire la fête avec des top models à l'allure de putains dont personne ne voulait plus, et animer un talk-show truffé de ratés de cinquième ordre. En fin de compte, tout ce que Tom Green voulait, c'était s'apitoyer sur son sort en disant qu'il fallait faire attention à ne jamais épouser quelqu'un qui avait une équipe de publicistes. Oh ! Comme c'était exaspérant ! Tom Green aurait dû s'estimer tellement heureux ! Et comme si Drew était fautive d'être une telle légende ! Comme si Drew était fautive d'avoir Steven Spielberg comme parrain, d'être apparue dans *E.T.* quand elle était gamine, de venir d'une famille qui avait appartenu à l'aristocratie du théâtre et du cinéma pendant cent ans ! Mais le pire dans tout ça, c'était qu'ils étaient mariés – ils avaient échangé des vœux sacrés – et maintenant que c'était fini, Tom Green n'avait même pas la décence ou le bon sens de fermer sa bouche de mollasson cancéreux. Les gens étaient ainsi. Les gens étaient ingrats, volages, ennuyeux, cupides, vindicatifs et dépourvus de moralité. Tout le monde ne pensait qu'à protéger son cul, et Tom Green protégeait le sien, tout en récrivant l'histoire. Mais pas Drew – Drew laissait tout voir au grand jour. Elle avait ses faiblesses, mais personne ne pouvait dire qu'elle n'était pas une personne droite ; elle était Drew jusqu'au bout, et le jour où Green choperait cette ultime tumeur (celle qui gagnerait le cerveau), Becca était certaine que Mlle Barrymore serait là pour lui à mille pour cent. Elle n'était pas du genre à garder des rancœurs au seuil de la mort.

Becca sirota son *latte* et savoura la description : « ranch de deux étages milieu de siècle avec une longue allée privée. » On aurait dit un début de roman ! Quatre chambres, ça semblait confortable – juste ce qu'il fallait. Une dépendance était toujours pratique pour les amis ou la famille (c'était le genre d'arrangement dont elle rêvait pour Dixie), et si l'envie la prenait, les nuits où elle avait le domaine rien que pour elle, Drew pouvait s'offrir le luxe de dormir n'importe où dans la propriété, telle une bohémienne en goguette, rien que pour le plaisir – la possibilité de sortir de la routine si elle avait le cafard ou envie de s'amuser. « Une annexe pour les gardes employés à plein-temps… », probablement une nécessité, à cause des détraqués – pourtant, Becca ne parvenait pas à s'imaginer ce que ça lui ferait de vivre ainsi. Vous pouviez vous réveiller à trois heures du matin complètement flippée à cause d'un cauchemar et vous n'aviez même pas besoin d'appeler le 911 – il vous suffisait de crier pour alerter votre police privée à domicile ! Ça allait tuer Annie quand elle lui dirait ça. Becca relut « salle de sport, cinq cheminées », et soudain la maison ne sembla plus si douillette, même si elle était tout à fait certaine qu'elle l'était bel et bien car Drew l'avait probablement décorée dans le style hippie Topanga-Beverly Glen-Laurel Canyon, bois sombre et pierres partout, divans Shabby Chic usés adaptés aux chiens, tapis indiens hors de prix même s'il n'en paraissait rien. « Un parc doté de sentiers et de jardins… », des sentiers menant Dieu sait où. Je donnerais n'importe quoi, pensa Becca, pour planter ma tente au bout de l'un de ces sentiers, ne serait-ce qu'en tant que prof de Pilates ou masseuse à domicile.

Mais la partie suivante était celle qui la remuait le plus :

Barrymore, 28 ans, qui partageait l'affiche de *Un duplex pour trois* avec Ben Stiller, tiendra aussi l'un des rôles principaux de *Sosies*, le film qui doit être écrit et réalisé par Spike Jonze et dont la sortie est prévue pour 2004.

Le film de Becca ! Juste ce matin-là, Sharon avait téléphoné pour l'informer que Spike Jonze avait été charmé lors de la lecture et qu'il voulait tourner un essai. Elle avait recommandé à Becca de ne rien dire à Rusty pour le moment, et Becca avait lu entre les lignes que Sharon ne voulait plus se brûler les doigts. Mais il lui était aussi venu à l'esprit qu'il était possible – Rusty semblant si proche de Spike, prenant des cafés avec lui au Rose Café et ainsi de suite – qu'il soit déjà au courant, auquel cas il la punirait si Becca ne lui en parlait pas. Pas la peine de devenir parano ; elle décida de penser à des choses gaies. Elle avait toujours ce rêve de les voir retenus tous les deux et devenant des stars ensemble. Le scénario de son ascension vers la gloire lui traversa à nouveau l'esprit, mais cette fois, à la fin, elle avait la fierté de devenir la nouvelle propriétaire du « ranch de deux étages milieu de siècle » quand l'envie de déménager prenait soudain Mlle Barrymore. Il y avait une chose dont Becca était certaine, elle n'aurait pas besoin d'une sécurité privée. Même si ce serait marrant de mettre un mannequin là-dedans – un mannequin et un gros bouquet poussiéreux de fleurs artificielles dans la maison des gardes feraient peut-être sensation.

Ses rêveries furent interrompues par un jeune homme qui lui demanda s'il pouvait partager sa table. Elle cligna des yeux.

« Je suis désolée, dit-elle. Mais j'ai vraiment l'impression de vous connaître. »

Ils émirent quelques hypothèses quant au lieu où ils avaient pu se rencontrer auparavant.

« Est-ce qu'il vous arrive d'aller chez Coffee Bean, dans Sunset ?

– Bien sûr.

– J'y ai travaillé. » Elle le regarda en plissant les yeux. « J'étais un peu différent. Mes cheveux étaient plus courts. Et je… (il sourit d'un air penaud)… j'étais "diminué", dit-il en bafouillant pour lui rafraîchir la mémoire.

– Ohmondieu, oui ! Mais… je ne comprends pas.

– Recherches – pour un rôle. Le film avec Kit Lightfoot. J'allais jouer un débile. Si je puis me permettre d'être si politiquement incorrect. »

Il tendit la main, et Becca la serra, même si elle ne savait pas trop comment réagir. Il avait quelque chose de si raffiné mais aussi de si extravagant qu'elle ne pouvait s'empêcher de sourire.

« Je m'appelle Larry Levine. Et si vous n'êtes pas Drew Barrymore, vous allez devoir me fournir de sérieuses explications. »

Postopératoire

Viv Wembley descend d'une Suburban, tout au fond du garage de l'hôpital. Elle porte de grandes lunettes de soleil Fendi et des bottes Dries éraflées – elle arrive tout droit de l'aéroport à Van Nuys, s'est à peine refait une beauté dans l'avion pendant l'atterrissage. Sherry a proposé de l'accompagner, mais Viv a décliné avec grâce et gratitude. Elle sent sa propre haleine tout en marchant, fétide et stagnante. L'haleine du chagrin.

On la mène à travers « les boyaux », comme ils disent, jusqu'à une pièce blanche où des médecins la préparent à ce qu'elle va voir.

Une amie qui est aussi sa prof de yoga est venue. La logistique de ce rendez-vous étant une galère niveau sécurité, il y a un peu de retard – Viv ne veut pas aller voir Kit sans elle –, finalement elles se retrouvent et s'étreignent.

Elles pénètrent seules dans une pièce et la prof demande à Viv de prendre de profondes inspirations yogiques.

Elles montent en ascenseur.

Devant la chambre gardée : Prana, prana, prana.

Viv entre, tel un parachutiste débutant sautant pour la première fois dans le vide.

L'infirmière privée opine du chef, sourit, puis sort. La prof de yoga reste dans la chambre, juste devant la

230

porte qui est désormais refermée. Respectueuse. Émue.
Là pour son amie. Là pour Kit aussi.

*Viv se tient près de lui, lui tenant la main. Sa gêne
s'estompe face à l'humanité de la situation. La dimi-
nution de l'amour, l'horreur, la souffrance. La simple
invraisemblance bizarre…*

Crâne rasé, visage deux fois sa taille normale.

« Chéri ? » dit-elle, étouffant un sanglot.

*Elle jette un regard en direction de son amie, qui
détourne vivement les yeux de Kit pour les poser sur
Viv, mais Viv s'est déjà retournée vers son fiancé et la
prof de yoga n'a pas réussi à croiser son regard.*

« Balourd ? »

Il ne voit pas : ses yeux gonflés sont fermés.

Deux incisions dans le crâne.

Tubes dans le nez, la gorge, la bite.

*« Bébé, je suis ici. C'est Viv. C'est Petite Fleur. Elle
est ici. »*

*Elle réprime ses larmes, certaine que si elle craque,
il le saura. L'entendra. Son amie prof de yoga a dit :
« Souviens-toi, il est conscient. » Elle ne veut pas dégager la moindre énergie foireuse. Pas d'énergie de peur.
Son amie prof de yoga a expliqué combien il était
important d'être calme, immobile, concentrée, rassurante.*

*Des correspondants, devant l'hôpital, parlent à des
caméras. Chaînes locales mais aussi étrangères – Angle-
terre, Allemagne, Italie, Espagne, Japon. Un fan bou-
leversé est interviewé.*

*Une journaliste de second plan de Fox News parle à
une caméra devant le Bar Marmont. Ambitieuse, voix
cadencée, rendue sexy par la tragédie de la célébrité.
Un accroc dans ses bas que les téléspectateurs ne ver-
ront jamais. La caméra la suit tandis qu'elle marche*

vers le magasin d'alcools, reproduisant le trajet funeste de Kit Lightfoot. Interviewe l'employé qui a identifié la plaque minéralogique.

Éditions spéciales de magazines d'actualités électroniques sur le Harcèlement des Célébrités, le Culte des Célébrités, le Meurtre des Célébrités.

Aussi, sous-éditions spéciales de mini-magazines électroniques sur la Sécurité des Boîtes de Nuit, les Gardes du Corps des Célébrités, la Prévention de la Violence.

Aussi, sur les Blessures à la Tête, la Rééducation après un Coup.

Aussi, sur les assurances et les contrats au cinéma et ce qui arrive quand une vedette meurt au milieu d'un tournage – Natalie Wood, Brainstorm, *Oliver Reed,* Gladiator *– même si le film que tournait Kit Lightfoot est déjà fini et qu'il n'est pas mort.*

Elle pleure et pleure et pleure. Elle ne quitte pas sa chambre pendant trois jours. Un groupe de yoginis va et vient. Des amis et des collègues et de braves gens qu'elle ne connaît pas tant que ça (de la sangha *de Kit) passent faire la cuisine et se rendre utile. Ses agents viennent. Ses publicistes viennent. Son manager et même son comptable. Enfin – enfin – elle rit. Puis c'est un déluge de larmes et tout le monde pleure avec elle. Il y a aussi un peu d'hilarité, ce genre d'hilarité particulier aux situations extrêmes, et elle boit ses margaritas préférées et les mélange avec de la Vicodine et du Co-Proxamol qu'elle a acheté à Londres. Elle prend des bains avec des amies et met de la mousse partout. Tout le monde a droit à des massages. C'est Massage central. Sheryl Crow, Darren Aronofsky, Joely Fisher, Renée Zellweger, Helen Fielding, Paula Abdul et, naturellement, Alf Lanier passent la voir – en alternance –*

et naturellement toutes les autres stars de Ensemble. Puis une parade de demi-dieux du milieu jusqu'à ce qu'elle dise : « Assez ! » (Elle a dit en plaisantant que sinon Dr. Phil serait le prochain à arriver.) Elle demande à Gingher de fermer les portes, sauf aux proches. À son équipe. Elle danse seule dans sa chambre en écoutant les Stones et Freddy Mercury, Nirvana et les White Stripes. Elle attire ses amis un à un, puis claque la porte, et ils dansent avec elle, un par un, par facétie, une facétie déchirante. Tout le monde sue et pleure et chante des chansons de Dusty Springfield. Elle dessoûle. Tout le monde fait du yoga ensemble. Parfois elle se met à pleurer au milieu d'une pose. Parfois, quand ça se produit, elle rit, et alors tout le monde se met à rire puis tout le monde se met à pleurer aussi. Quand le professeur annonce par inadvertance « posture du cadavre », Viv pète les plombs. Tout le monde mange des pizzas et de la glace Häagen-Dazs et des sushis à emporter de chez Trader Vic's, et ils ne regardent rien que la chaîne AMC – Bette Davis et Maureen O'Hara et Montgomery Clift et Jeff Chandler et Jennifer Jones. Puis ils fument de l'herbe et regardent un concert de Britney et un concert des Bangles et un concert de Cher en DVD puis un porno sur une chaîne payante. Quelle rigolade ! Retraites périodiques en solo à la chambre plongée dans le noir, où elle essaie en vain de se masturber. Elle ose regarder CNN, attendant des bulletins superflus et tabous rendant compte de l'état implacablement stationnaire de son fiancé. Se gave perversement de quasi-oraisons funèbres et de résumés de la carrière de Kit. Alf va chez Kit et trouve la bague qu'il a achetée chez Fred Joaillier. Il l'apporte. Horreur.

Alf, les yeux gonflés et inconsolable, au chevet de Kit. Une infirmière vide un sac à cathéter.

Il lâche un petit sourire, puis baisse la tête. Marmonne d'un ton agressif : « Fait chier ce bordel ! », et décampe.

Obscurité. Il est accueilli par une foule de paparazzi qui crient son nom. De l'autre côté de la rue, derrière des barricades, cinquante fans irréductibles – emmitouflés dans la froideur de la nuit – sont réunis avec des pancartes, des bougies, des fleurs. Ils demandent : « Alf ! Alf ! Comment va-t-il ? Comment va Kit ? Est-ce qu'il parle ? Lui avez-vous parlé ? »

Alf sourit du bout des lèvres. Lève le pouce dans leur direction. Certains applaudissent.

L'apostrophe marmonnée par un farceur, sur le ton de la plaisanterie, pas vraiment pour être entendue, fuse : « Hé, Alfie, est-ce que Cameron t'a largué ? »

Paparazzi avec une vieille rancœur.

Les autres crient au photographe insensible de la fermer, signifiant officiellement leur dégoût.

Alf plonge dans la limousine qui l'attend.

Une équipe spéciale efface toutes les traces de résidus biologiques de la salle de bains de Kit. (Un producteur de la série Les Experts l'a recommandée à l'agente de Kit, Kiki, qui a insisté pour s'occuper de ce genre de détails.) Elle a expliqué à Alf que, soi-disant, la société avait fait l'objet d'un reportage sur la chaîne Découvertes. La police de Los Angeles fait appel à ses services pour nettoyer les scènes de crime – ils rendent aux pièces leur propreté originelle. Kiki a dit qu'ils utilisaient des produits chimiques qui mangent les « molécules d'odeur ».

Il sort du coma, extirpe la sonde alimentaire enfoncée dans sa gorge. A un haut-le-cœur. Un œil refuse de s'ouvrir – le muscle contrôlant la paupière est endommagé. *Un cache-œil de pirate coquet a été fourni, mais il ne cesse de l'arracher.*

Viv et Alf se réjouissent de sa fougue.

Lightfoot Senior se délecte de l'héroïsme obstiné, génétique, de son fiston. Une tête de mule.

L'équipe de management de Kit considère qu'il y a de bonnes raisons d'être enthousiaste, mais Kiki ne voit toujours pas le bout du tunnel. Elle pense qu'ils se raccrochent à un semblant d'espoir.

Les médecins sont prudemment optimistes. Lors d'une conférence de presse, ils annoncent avec circonspection que l'acteur n'est plus dans le coma. Son état s'améliore mais reste grave. Ils ne donnent ni détails, ni pronostic.

Kit émet des sons – du charabia. Chante dans son sommeil. Se réveille en sursaut, comme s'il tombait. Prend du poids. Aime cracher. Tant qu'il s'appuie sur quelque chose, il peut se lever seul et essaie de siffler ou d'imiter des aboiements. Son visage ressemble toujours à un Francis Bacon. Il pleure. Il rit. Il a une couche.

Il se tient au bord de son lit, hébété. Combatif.

Il bat l'air en direction du personnel soignant et finit par faire mouche, assénant un coup de poing à une infirmière d'âge mûr qui chancelle, tombe et s'écorche. Burke le serre contre sa poitrine pour le calmer – Kit traîne des pieds et cherche à se dégager. Enfin, il se soumet à l'autorité de son père.

Burke est le seul qui parvienne à l'apaiser.

Viv est assise sur une chaise, face à lui (Kit est aussi sur une chaise, mais maintenu par une ceinture).

Elle saisit sa main et se la passe sur la joue. A une vision soudaine d'Anne Bancroft et Patty Duke dans Miracle en Alabama. *Parfois il la regarde et semble sourire. Elle appelle une infirmière lorsqu'elle perçoit une odeur d'excréments.*

Viv et Alf dans un box obscur chez Chianti.

Ils communient dans un silence relatif et compensent en mangeant : vin rouge, pain et bouillabaisse.

De temps à autre, Alf dit quelque chose pour lui remonter le moral – il raconte un ragot incroyable sur un acteur qu'ils connaissent ou parle de ce clochard qu'il a vu sur le terre-plein central avec une pancarte qui disait : J'AI OUBLIÉ MON AMERICAN EXPRESS À LA MAISON. Elle dit qu'elle en a vu un dans San Vicente avec une pancarte qui disait : RECOMMENCEZ.

Elle saisit sa main et se la passe sur la joue pour lui montrer comment elle a fait avec Kit.

Rien de sexuel dans ce geste.

Juste du chagrin et de la fatigue.

Comme toujours, elle se met à pleurer. Il est incapable de la consoler.

Kit lève la tête tandis que l'infirmière retire le bassin hygiénique.

Une aide-soignante entre et tend un petit appareil photo à l'infirmière, qui lui demande de refermer la porte.

Elles lui enfilent péniblement un t-shirt avant de poser avec la superstar.

À tour de rôle.

Les poses sont convenables, pas obscènes.

Retrouvailles entre mère et fille

Lisanne était dans tous ses états, craignant d'apprendre d'un instant à l'autre que Kit était mort. Elle ne pouvait pas se fier aux médias pour avoir les dernières nouvelles, et tout ce qui filtrait par Tiff Loewenstein était invariablement inquiétant. C'était comme un mauvais rêve. Elle n'arrivait plus à dormir et regardait en boucle le DVD du *Seigneur des Anneaux*. Elle avait peur de prendre des cachets à cause du bébé.

Au désespoir, elle retourna au Bodhi Tree et acheta le *Manuel du bardo*, qui peignait la vision bouddhiste de l'agonie et de la mort. C'était assez effrayant et accablant. Le *bardo* était décrit comme une sorte de zone floue ou d'état intermédiaire. (Lorsqu'elle chercha le mot sur Internet, elle tomba sur des pages consacrées à Robert Bardo, le détraqué qui avait assassiné l'actrice de télévision Rebecca Schaeffer. Ce qui lui fila encore plus la chair de poule.) Il y avait en fait cinq ou six bardos, mais le plus facile à comprendre était celui appelé le « bardo naturel de cette vie ». Apparemment, la vie humaine n'était qu'un état « intermédiaire » entre les états qui venaient avant et après. Le manuel affirmait que ce qui suivait la vie était « le bardo douloureux du moment précédant la mort ». (Youpi.) Il expliquait comment, à l'heure de la mort, l'essence blanche du père descendait depuis la tête telle une lune déclinant dans le ciel, tandis qu'au même moment l'essence rouge de la mère montait depuis un point situé sous le nombril tel un soleil levant. Les essences fusionnaient au milieu du cœur.

Ce qui intéressait vraiment Lisanne dans le livre était l'affirmation selon laquelle, après la mort, ceux qui avaient beaucoup médité au cours de leur vie – les gens comme Kit – avaient toujours la possibilité d'être « réalisés » ou libérés. Le manuel affirmait que lorsque la conscience quittait le corps, on devenait confus et désorienté. Les « vents karmiques » soufflaient et nous faisaient nous demander où était notre corps. À l'arrivée des vents, il était particulièrement important de garder la tête froide et de bien comprendre que les choses que l'on voyait ou entendait (disons, la lumière aveuglante de 100 000 soleils ou la détonation de 100 000 coups de tonnerre), aussi furieuses, paisibles ou séduisantes soient-elles, étaient les démons qui nous possédaient. Il était essentiel de comprendre qu'elles n'étaient rien d'autre qu'une manifestation du moi. Elles représentaient la part de soi qui s'accrochait toujours à une chose appelée *samsara*. Si l'on pouvait juste comprendre que ces visions, ces sons, sensations et expériences, hideux ou magnifiques, n'étaient que les projections du moi, alors on pouvait échapper au cycle de la renaissance, ou Roue du Devenir. On était alors totalement réalisé. C'était l'état qu'on appelait illumination ou *nirvana*.

Si on restait coincé sur la roue, le bardo suivant durait quarante-neuf jours et offrait apparemment un peu plus de temps pour atteindre la bouddhéité. Mais même si on paniquait et échouait à « reconnaître l'essence de son propre esprit », on avait toujours l'espoir de se diriger vers une renaissance humaine, ce que les bouddhistes considéraient comme un rare privilège. C'était pourquoi il était important de ne pas gaspiller le temps limité qui nous était accordé dans le soi-disant naturel bardo de la vie. La méditation et la dévotion au sentier conduisaient à la libération. Les animaux ne pouvaient pas méditer – ils étaient piégés dans le bardo animal et pouvaient seulement être libérés par ceux qui avaient échappé à la Roue du Devenir.

Tout cela était fascinant et constituait une distraction bienvenue de la veillée funèbre que Lisanne s'imposait. Elle lisait des pages du manuel à haute voix quand elle n'arrivait pas à dormir. Elle était stupéfiée par une chose appelée *phowa*, une technique antique grâce à laquelle une personne propulsait littéralement sa conscience dans l'espace au moment de la mort, comme une flèche. L'esprit se mêlait au *prana* (souffle de vie), remontait pas le canal central et sortait par le sommet du crâne pour être éjecté dans l'infini. Lisanne trouvait cela intriguant car apparemment un praticien expérimenté de *phowa* pouvait libérer la conscience de quelqu'un d'autre lors de la mort de cette personne – ce qui signifiait que si l'on n'était pas l'adepte de la méditation le plus assidu au monde (elle avait acheté quelques cassettes didactiques mais n'arrivait pas vraiment à s'y mettre) alors, avec un peu de chance, un gourou qualifié ou un haut lama ou Dieu sait qui pouvait nous donner cet ultime coup de pouce.

Il y avait une chose appelée « la luminosité de la terre » et une autre appelée la « luminosité du chemin ». Elles fusionnaient au moment de la mort – le bouddhisme était plein de fusions et de morts – « comme un enfant sautant sur les genoux de sa mère ». Elle trouva ça beau à pleurer et éprouva encore plus de respect pour Kit et ses années de dévouement « à la cause ». Qu'il était admirable que, au beau milieu de la futilité de Hollywood, il ait été attiré par un tel monde ! Mais elle se demanda… Le bouddhisme du manuel était-il celui qu'il pratiquait ? Nombre de ses enseignements semblaient morbides et ridiculement ésotériques. C'était bien joli d'avoir un livre qui vous expliquait tout en termes concis et clairs. Mais en méditant, perçait-on, du moins au fil du temps, le secret de toutes les règles ? Nos connexions étaient-elles modifiées ? À force de discipline incroyable, les textes didactiques étaient-ils en quelque sorte téléchargés comme par magie ? Lisanne se demandait si c'était comme vivre au sein d'un peuple étranger pour se réveiller un jour en parlant sa langue, ou du moins pour s'apercevoir qu'on rêvait dans sa langue. Combien d'années cela prenait-il – deux, cinq, vingt, cinquante ? Et si l'on finissait par comprendre, par une espèce d'osmose, était-on autorisé à partager cette connaissance avec les autres pour autant qu'on en soit capable ? Lisanne était hantée par l'idée que Kit était presque libéré mais n'avait pas, disons, totalement maîtrisé la manière d'éjecter sa conscience, et la possibilité qu'il pût se retrouver piégé dans quelque bardo malheureux la terrifiait. Tenait-il Viv informée de ses progrès, ou de son absence de progrès, avant d'être blessé ? Si Lisanne avait pu apprendre de l'actrice ce qu'il en était, peut-être aurait-elle été rassurée. Mais peut-être que le bouddhisme était comme la scientologie et que vous n'aviez le droit de ne rien dire à personne. Ou est-ce que ça ne s'appliquait qu'aux profanes ? (Ce que, techniquement, Viv était peut-être étant donné qu'elle n'était pas, pour autant que Lisanne sache, une bouddhiste pratiquante.) Non pas qu'elle connût quoi que ce soit à la scientologie, mais on n'entendait jamais Tom Cruise ou Jenna Elfman ou Lisa Marie Presley partager leurs expériences personnelles. Lisanne se dit que si elle voulait se renseigner sur la capacité de Kit à se libérer, elle allait probablement devoir contacter d'autres bouddhistes qui le connaissaient bien. Mais pourquoi lui dévoileraient-ils quoi que ce soit ?

Le manuel affirmait que vers la fin des quarante-neuf jours, si vous étiez destiné à connaître une renaissance humaine, vous vous mettiez en quête de couples en train d'avoir des relations sexuels. En règle générale, des essaims d'âmes perdues erraient constamment autour de l'entrée de l'utérus des femmes qui faisaient l'amour, « telles des mouches autour d'un morceau de viande ». Ce livre était une honte ! Peut-être le bouddhisme n'était-il qu'une imposture minutieusement perverse.

Il y avait tant de questions. Le fait que les médecins avaient percé le crâne pour soulager la pression, foré et brisé l'os du chakra coronal, l'endroit d'où la conscience devait être propulsée – les trous chirurgicaux facilitaient-ils l'« éjection » ou, au contraire, les traumatismes scellaient-ils son sort en le condamnant au malheur ? Quoi qu'il en soit, les textes classiques déclaraient qu'une personne devait être morte pour que *phowa* se produise. Et si Kit ne mourrait pas mais demeurait prisonnier de son corps, conscient mais incapable de bouger ou de parler ? Il pouvait rester ainsi pendant des années. Que se passerait-il alors ?

Il y avait manifestement trois façons de mourir (il semblait toujours y avoir trois façons de faire ceci et trois façons de faire cela) – comme un enfant, comme un mendiant, ou comme un lion. Mourir comme un enfant signifiait n'avoir aucune notion de ce qu'était mourir ou ne pas mourir. Mourir comme un mendiant signifiait ne pas se soucier des circonstances de sa mort. Mourir comme un lion signifiait mourir dans la solitude. C'était bien joli, mais qu'est-ce que ça voulait dire ? Elle supposait que Kit préférerait mourir comme un lion, mais avec tous ces médecins et ces infirmières qui lui faisaient des piqûres, le surveillaient, l'entravaient, quelle chance avait-il d'y arriver ?

Elle s'étendit sur le ventre sur le divan et ferma les yeux. Le cadeau de Phil, l'Incroyable Bouddha Technicolor de la Félicité suprême, était à portée de main. Un cendrier débordait. Lisanne roula sur le flanc, se laissant aller. Elle enfonça le nez dans le coussin, sentit l'empreinte rance de son corps lourd. Imitant consciemment l'autre bouddha – le cadeau de chez Sotheby's –, elle posa une main sur son ventre gravide tandis que l'autre allait toucher la moquette. Dans son esprit, les avertissements du manuel concernant la lutte d'après la mort se mêlèrent de façon absurde aux voix des sorciers du *Seigneur des Anneaux*.

Comme la confusion dans les rêves du sommeil
de la nuit dernière,
plus tard il sera difficile de s'entraîner dans le bardo.

S'il ne pouvait mourir comme un lion, songea-t-elle, mieux valait qu'il quitte le monde comme un enfant plutôt que comme un mendiant.

Femmes qui déjeunent

Becca, Annie, Larry et Gingher déjeunèrent ensemble chez Swingers, à Santa Monica.

Becca et Larry s'était rencontrés à quelques reprises pour boire un café depuis la fois où ils avaient partagé une table chez Peet's. Chaque fois qu'ils étaient ensemble, elle avait l'impression d'être l'ingénue d'un roman sur les débuts d'un groupe d'acteurs et d'artistes crève-la-faim, certains destinés à la gloire, d'autres à une obscurité tragique. Lorsqu'elle avait enfin organisé un rendez-vous pour le présenter à Annie, Larry était venu accompagné de son amie rondouillarde.

« Dis-leur comment elle chie devant toi », dit Larry.

Gingher se mit à rire, tout son corps se secouant légèrement.

« Oh non ! fit Annie. J'aime vraiment son émission – je vous en prie, ne me dites pas qu'elle est de ces gens qui prennent leur pied à faire ça.

– Disons simplement, répondit Gingher avec affectation, que la dame a plutôt tendance à manquer de pudeur dans ses toilettes.

– Qu'est-ce que tu veux dire ? demanda Becca, les yeux écarquillés. »

Larry était amoureux.

« Ma fille, tu es le Sud incarné – *très naïve et gentille*[1]. Ou devrais-je dire gentile. Tu es la Virginie incarnée.

– Que quand elle va aux toilettes, elle…

– On a une réunion chaque matin, expliqua Gingher, au cours de laquelle, genre elle me donne ma liste de choses à faire pour la journée.

– Tu veux dire dans les *toilettes* ? dit Becca.

– Tout juste, confirma Larry. Et c'est à ce moment-là qu'elle est susceptible d'en lâcher une grosse.

– Oh mon Dieu ! s'exclama Annie en riant. C'est vraiment dégueulasse.

– Le miroir se couvre de buée comme dans la jungle. *La fièvre de la jungle*. Non : la fièvre des excréments !

– Larry, tu es cinglé ! lança Becca.

– Est-ce que je te ferais chier, mon chou ? demanda Larry. Est-ce qu'une Viv chie dans les bois ? Qui chie sur qui ? Horton chie un qui ? Dis-moi, ma petite.

– Je crois que c'est une sorte de délire de pouvoir, reprit Gingher. Mais les filles, vous ne devez en parler à personne. Elle me collerait un putain de procès.

– Tu ne pourrais plus jamais chier dans cette ville, dit Larry, jubilant. Tu serais sur liste noire – tu serais dans la merde !

– Je m'en fous. Je me tire. Elle est vraiment trop conne.

– Tu ne quitteras jamais ce boulot.

– C'est ce qu'on va voir.

– Comment en es-tu venue à travailler pour elle ? demanda Annie.

– Je travaillais à la régie pour son émission. À vrai dire, c'est mon ami qui travaillait à la régie et je lui filais un coup de main. Et Viv était vraiment, vraiment très gentille avec moi – c'était avant qu'ils ne se fassent un million de dollars par épisode. Viv avait une rela-

1. En français dans le texte. *(N.d.T.)*

244

tion horrible avec sa mère, alors elle avait ce côté maternel et aimait bien prendre des chiots malades sous son aile. J'étais le chiot de la semaine. Mais elle a vraiment fait tout un tas de choses sympas pour moi.

– Espèce de putain ingrate !

– Elle a payé pour qu'on me retire mes tatouages à UCLA. Ils ne ressemblaient vraiment plus à rien. Elle a ce côté vraiment adorable et tolérant. Elle m'a juste demandé de faire des trucs pour elle. Des courses et d'autres conneries. Elle aimait ma présence, je suppose. Comme quand elle se préparait pour les essais importants ou pour les premières. Genre elle me demandait mon avis sur ses vêtements ou son maquillage. Même si la plupart du temps elle avait des coiffeurs et des maquilleurs qui venaient s'occuper d'elle. Je ne disais jamais grand-chose hormis qu'elle était bien, mais je suppose que ça lui calmait les nerfs.

– Elle est vraiment belle, dit Annie.

– Et quand cette autre personne qui travaillait pour elle a démissionné ? Ma petite chérie, j'ai eu sa place sur-le-champ. Cette fille était complètement déjantée. Chartrain.

– *Chartrain* ? demanda Larry.

– Chartrain, Sale Train, peu importe. Viv m'a aidé à avoir une voiture, et elle était cool. Mais après, genre j'ai découvert tout son côté caché.

– Comment encaisse-t-elle le coup après ce qui s'est passé ? demanda Becca, dans un murmure. N'étaient-ils pas fiancés ?

– De fait, c'est vraiment triste, répondit Gingher. Parce que Kit est super cool. Super gentil et terre à terre. On s'est toujours bien entendus. J'ai failli, genre aller le voir plusieurs fois à l'hôpital. Mais j'ai entendu dire que ça rigolait pas niveau sécurité.

– Est-ce qu'elle lui rend visite ? demanda Annie.

– Au début, oui, répondit Gingher en opinant, mais maintenant c'est, genre beaucoup moins. *Beaucoup* moins. Elle m'a jamais demandé de l'accompagner. Mais il va vraiment mieux d'après ce que j'ai compris. Je veux dire, ils ne savent pas ce qui va se passer – dans son esprit – mais apparemment il va beaucoup mieux.

– C'est terrible de bâcher un esprit[1] », entonna Larry.

Les filles l'ignorèrent.

« Je ne sais pas pourquoi ils sortent ensemble, reprit Gingher. Bon, je comprends pourquoi elle sort avec lui. Elle fait un complexe d'infériorité à cause de la télé. Kit lui donnait une crédibilité.

– C'est terrible de mâcher un esprit, a dit Hannibal Lecter.

– Il ne dirait jamais ça ! Tu veux bien la fermer ? Bon sang, ce que tu es pénible ! » Elle se tourna de nouveau vers Becca et Annie. « Je suppose que c'est purement un plan sexe. Du moins avant. Je sais qu'ils sont plus ou moins barrés.

– Notre-Dame du Pot de Chambre perpétuel l'est assurément.

– Mais il est comme… – intellectuellement et juste en tant que personne – Kit est comme… son exact opposé.

– Vraiment ? s'étonna Larry. Quand je l'ai rencontré, il s'est comporté comme un véritable connard.

– Tu l'as bien cherché ! dit Gingher.

– Tu l'as rencontré grâce à Gingher ? demanda Annie.

– Je t'ai déjà expliqué, lui rappela Becca. Ils se sont rencontrés quand Larry travaillait chez Coffee Bean.

1. Jeu de mots à partir du slogan publicitaire du United Negro College Fund, une association promouvant l'accession des jeunes étudiants noirs à l'université (« *A mind is a terrible thing to waste* » : « C'est terrible de gâcher un esprit »). *(N.d.T.)*

– J'allais faire ce film », dit-il pour mettre Annie au parfum. Il adorait raconter cette histoire. « Le truc d'Aronofsky – *Besoins particuliers*. Mais je me suis fait baiser par M. Légume.

– Ce n'est pas gentil, observa Becca.

– Désolé, Virginie.

– T'en sais rien si c'est à cause de Kit que t'as pas eu le rôle, intervint Gingher. Il est pas vindicatif comme ça. Peut-être qu'Aronofsky t'a trouvé mauvais.

– Rien à foutre non plus de M. Requiem pour une Pipe Avant-Garde, ma petite chérie, parce que mon essai était du feu de Dieu. C'était la deuxième fois qu'ils me rappelaient quand M. Lightfoot et moi avons eu notre petite altercation, et je me suis fait lourder le lendemain.

– Je t'aimerai toujours pour avoir bossé chez Coffee Bean en tant qu'attardé mental ! dit Gingher.

– Il s'est excité après moi, et je l'ai juste regardé et j'ai dit : "Désolé. Enfin quoi, vous gagnez seulement vingt-cinq millions par film, ou je sais pas combien, et moi je fais ce que je peux pour payer ma putain de facture téléphonique."

– Tu n'as pas dit ça, dit Gingher, excitée.

– Je l'ai pensé très fort. »

Gingher s'esclaffa.

« Et vous deux, comment vous vous êtes connus ? demanda Annie.

– On s'est rencontrés au Grove, expliqua Larry.

– On était seuls, compléta Gingher. On venait de rompre avec nos petits amis.

– On pleurait.

– C'était franchement pathétique ! On était assis chacun d'un côté de l'allée pendant *E.T.*

– La ressortie.

– *E.T.* est le film parfait, dit Annie.

– Et Gertie ! exulta Gingher. Gertie n'est-elle pas adorable ? lança-t-elle à l'intention de Becca, dont elle estimait qu'elle était l'ambassadrice du pays de Drew.

– C'était il y a quoi, quatre ans ? demanda Larry. Je n'avais jamais vu *E.T.*

– Vous pouvez croire ça ? demanda Annie aux autres, indignée.

– J'avais vu *Rencontres du troisième type*, reprit-il, mais pas *E.T.*

– Vous savez, au Grove – j'adore le Grove ! – ils ont ces accoudoirs qui se relèvent ?

– Des sièges pour tourtereaux, dit Annie.

– Donc Larry et moi on se voit en train de pleurer. Alors, genre on commence à se murmurer des choses, mais très fort. Puis Larry change de siège…

– Je t'ai prise pour Julia Sweeney.

– … et on a pleurniché pendant tout le film !

– Les gens nous demandaient de la fermer.

– Larry a dit à quelqu'un qu'il était vraiment désolé de pleurer, mais qu'il venait d'apprendre qu'il avait la tuberculose *et* le sida. Après le film, on est allés au Farmers Market et on s'est racontés nos histoires.

– Nos ruptures mutuelles.

– Avec qui sortais-tu ? demanda Becca.

– Une ordure de Portoricain boutonneux, répondit Larry. Il devait avoir, quoi, douze ans.

– Une recherche pour un autre rôle fabuleux, dit Gingher en lui faisant un clin d'œil. Et, à propos de *E.T.*, ohmondieu, vous êtes vraiment la copie conforme de Drew !

– Merci, dit Becca, comme si elle répétait pour le jour où elle serait enfin reconnue pour ce qu'elle était vraiment.

– Larry m'a dit que vous alliez peut-être faire ce film de Spike Jonze.

« – J'espère, répondit Becca. Parce que les jobs de sosie ne suffisent pas à payer le loyer. Du moins pas ce mois-ci. »

Larry racontait qu'il avait lu quelque part que les sosies étaient toujours envoyés au Japon pour des soirées privées lorsque Gingher ouvrit la bouche d'un air ébahi tandis qu'une femme enceinte passait près de leur table. Elle lui jeta un coup d'œil et lâcha : « Ohmondieu, je peux pas croire que j'avais, genre, oublié… Viv a fait une fausse couche ! »

Puis elle se plaqua la main sur la bouche d'un air exagérément embarrassé, comme si elle craignait que la femme l'ait entendue.

« Non ! s'exclama Annie.

– Quand ? demanda Larry, l'œil luisant.

– Faut vraiment que vous me juriez d'en parler à personne.

– Je ne savais même pas qu'elle était enceinte, dit Becca.

– Personne le savait, confirma Gingher. Je veux dire, même Kit le savait probablement pas.

– Vous n'auriez pas trouvé ça bizarre, dit Larry, s'ils avaient eu un gosse et qu'il s'était avéré attardé ?

– C'est trop triste, dit Becca. Elle a dû perdre le bébé à cause de ce qui est arrivé. Le stress.

– Ohmondieu, c'est vraiment trop triste, répéta Annie comme un écho.

– Mais faut vraiment que vous juriez que vous en parlerez pas tant que, genre ce sera pas paru dans la presse. J'ai signé une clause de confidentialité et je pourrais réellement avoir des ennuis. Vous le jurez sur votre tête ? »

Transmigration des âmes

Lisanne perdit les eaux dans la salle de bal du Century Plaza, durant l'hommage rendu à Tiff à la remise du prix du Courage.

Quand elle se leva de sa chaise, elle ressentit un tiraillement et expliqua à Phil qu'elle avait un « problème de vessie ». Lorsqu'ils atteignirent la piste de danse, tout était trempé. Elle s'affala sur une chaise à une table occupée par des personnes âgées qui continuèrent de manger leur veau du bout des dents. Elle tremblait et pleurait. Lorsque les Loewenstein se précipitèrent vers elle, Lisanne expliqua qu'elle était enceinte et devait perdre les eaux. Tiff prit plus ou moins les choses en main. Il y avait cinq gynécos dans la salle, et chacun d'entre eux cherchait à lui faire admettre qu'elle avait peut-être simplement fait pipi dans sa culotte. Juste au moment où Lisanne pensait que la crise était passée, elle fut à nouveau inondée. Ils la flanquèrent dans un fauteuil roulant et l'étendirent dans la limousine extra-longue. L'un des gynécos partit en avant pour les attendre à l'hôpital Saint-John.

L'infirmière lui expliqua qu'elle avait des contractions toutes les cinq minutes, mais elle ne les sentait pas. Ils lui donnèrent quelque chose pour les faire cesser, mais elle continuait de perdre les eaux. Phil était si abasourdi que Tiff, qui avait déjà reçu sa figurine de cristal et était également épuisé, annonça qu'il escorte-rait l'héritier jusqu'à chez lui. Roslynn resta à l'hôpital. Elle était douce et discrète, un vrai réconfort. Elle partit vers minuit sans jamais aborder la question du père.

Lisanne était allongée et réfléchissait. Elle songea à appeler Robbie – mais pour quoi faire ? Son patron allait recevoir un choc en apprenant la nouvelle, même si d'une certaine manière, elle était soulagée. Plus tôt dans la journée, elle avait dormi du sommeil le plus profond, le plus reposant de sa vie, et s'était réveillée en paix. Elle se faisait toujours du souci pour Kit, mais l'angoisse épouvantable qu'elle avait éprouvée quant à sa santé et son bien-être s'était évaporée. Elle savait qu'il s'en sortirait. Elle avait perdu les eaux et un arc-en-ciel brillait désormais.

À trois heures et demie du matin, l'infirmière expliqua que les tests montraient que les poumons du bébé étaient parvenus « à maturité ». Le médecin voulait procéder à l'accouchement sur-le-champ. La césarienne prit une éternité, et en sortant, le bébé hurla avec une force brute – plein de santé, à trente semaines.

Ils l'alimentèrent par le nez car il n'avait pas encore développé le réflexe de la succion. Lisanne utilisait un tire-lait, mais elle avait du mal à en produire beaucoup. Elle parvenait néanmoins à produire de petites quanti-tés de ce que les infirmières appelaient de l'«or liquide », qu'elles ajoutaient à la sonde gastrique. Le Century Plaza lui fit parvenir un panier de fruits et de biscuits. Personne n'avait encore perdu les eaux dans la salle de bal jusqu'alors.

Elle regardait Larry King sans le son.
« Vous savez elle ici ? demanda une infirmière mexi-caine qui était venue chercher son plateau.
– Qui ?

– Viv Wembley. La fille de l'émission qui sort Kit Lightfoot. L'émission *Ensemble*.

– Que voulez-vous dire ?

– Elle fait fausse couche.

– Elle…

– Elle fait fausse couche. Extra-utérine – très dangereux. Elle juste ici ! Même étage.

– À l'hôpital ? »

La femme l'embrouillait.

« En ce moment ! Mais moi rien dit à vous – secret. Terrible ce qui est arrivé à son fiancé. Beau ! Maintenant, pas mariage à la grecque. Pas bébé. Est terrible. Terrible. »

Ce soir-là, Lisanne la vit.

Comme elle était allée faire un tour, elle vit Cameron Diaz et une femme avec un turban sur la tête sortir de l'une des chambres. Malgré toutes leurs délicates protestations, Viv apparut d'un pas mal assuré pour les accompagner jusqu'à l'ascenseur. C'est alors que l'actrice affaiblie regarda Lisanne et lui fit un sourire. (Elle repensa à la fois où Kit avait croisé son regard après le yoga.) Elle se dit que Viv était vraiment jolie sans maquillage, qu'elle semblait vulnérable. Puis elle rebroussa chemin vers sa propre chambre pour qu'elles n'empruntent pas la même trajectoire.

À l'instant où leurs regards s'étaient croisés, elle avait su.

Elle avait éprouvé la même paix qu'après son extraordinaire sieste. Elles s'étaient regardées dans les yeux et Lisanne avait su, elle avait été certaine.

Le bardo du devenir

Mais comment va-t-il ?

Il pète, grogne, glousse, hurle.

Les mots restent coincés dans sa gorge, mort-nés. Pensées naissantes – idéations autochtones – avortées.

Il est amoureux de son corps, sa douleur, son plaisir, sa puanteur jouissive. Fait des fixations sur des paysages arbitraires de sa peau – cheveu, follicule, pigment. Squame et ongle.

Tel un acteur de théâtre s'échauffant, il passe des heures à embuer un miroir à main, à se regarder gesticuler, à plisser, froncer le visage, à tressaillir, sursauter, soupirer, éructer, bâiller, roucouler, chuchoter. Des kinés lui étirent les muscles et appliquent de la pommade ; il se soumet comme un chien, le ventre à l'air, avec un plaisir imprévu. Les soins et les massages lui procurent une joie sérieuse, comme si son instinct d'acteur lui disait que son enveloppe charnelle passait avant le reste et devait être sauvée à tout prix.

Parfois il a des maux de tête lancinants et des migraines. Il appuie, implorant les points d'incision scarifiés, sentant la chaleur sous les sutures, cheminées d'un fourneau toujours actif qui auraient, par une catastrophique erreur, été bouchées.

Bienfaiteurs et supporteurs sont certains qu'il est plus « présent » qu'il n'en a l'air, que la matière grise se réoriente et se retricote activement « pendant que nous parlons ». Mais il a du mal à se tenir debout, et une fois debout, du mal à rester immobile. Du mal à avancer aussi : sa démarche est saccadée et laborieuse.

Parfois il se réveille en beuglant. Des infirmières hors de prix, embauchées à titre privé, costaudes, robustes, font de leur mieux pour le soulager sans piqûres. Parfois il émerge d'un sommeil paradoxal en gloussant, en se tapant sur les genoux, le tout accompagné de sordides éclats dysphoniques. Parfois il pleure, des sanglots doux et plaintifs comme ceux d'un enfant – ou saccadés, violents, affreux.

Toujours déchirants.

Il semble reconnaître Alf mais pas sa future femme – ou du moins il ne le montre pas. Bienfaiteurs et supporteurs (menés par Kiki) veulent croire que son indifférence est un masque, une façon héroïque de rendre sa liberté à l'actrice, de lui permettre avec noblesse de rompre les fiançailles. Pas de faute, pas de dispute, nolo contendere, gentleman jusqu'au bout, même dans son état de débilitation. Son père est d'accord, jusqu'à un certain point. Il affirme que Kit sait pertinemment qui elle est mais qu'il n'a juste « pas envie de s'occuper de ça ».

Viv craint que la reconnaissance, aussi progressive soit-elle, ne provoque une grande souffrance. Elle cesse de lui rendre visite. Elle veut que son homme consacre toute son énergie à sa guérison. Elle se torture, haïssant avec honte son mantra secret et involontaire : « Je ne peux pas faire ça. Je ne peux pas faire ça. Je ne peux pas faire ça. »

Alf disparaît. Il joue dans un film qui, par chance, est tourné en décor naturel à l'étranger. Il allait cesser de venir, de toute façon. Dans un accès de fatigue qu'il a regretté ensuite, il a dit à Burke que c'était simplement trop déprimant. M. Lightfoot a répondu, tel un avocat s'adressant à un juré qu'il serait sur le point de congédier : « Merci pour votre franchise. » Allez recharger vos batteries, a ajouté chaleureusement Burke. Arrêtez de vous sentir coupable. Vous reprendrez contact plus tard. » (Espèce de connard d'Hollywood !)

Kiki continue de venir. Une nana qui en a, a déclaré Burke. Il dit aux bouddhistes que c'est une sacrée agente.

Il restreint avec sagesse l'accès aux gens qui veulent voir son fils. Mais les bouddhistes sont autorisés à aller et venir à leur guise – tous les amis de Kit et les adeptes de la sangha. Burke les appelle les sanghanistes et il sait qu'ils n'attendent rien de Kit. Ils n'ont pas de curiosité morbide. Leur religion exige qu'ils agissent de la façon la plus éthique, digne, compatissante, « attentionnée » qui soit. Ils sont patients et pas avares de leur temps. Burke les respecte et est rassuré par leur spiritualité discrète et chaleureusement révérencieuse.

Il sent que son fils est lui aussi réconforté.

Les vieux amis sont ravis que le père ait conservé cet aspect essentiel de la vie de son fils. Ils sont heureux de ne pas être bannis et contents qu'il n'ait pas renié les croyances de son fils car ils savent qu'elles sont les fondations sur lesquelles se construira sa guérison. Ils ont entendu des histoires sur la tyrannie de cet homme – certaines de la bouche même de Kit – mais en cette période terrible Burke Lightfoot a, pour Dieu sait quelle raison, ouvert la porte, et de cela, ils lui sont profondément reconnaissants. Ils l'honorent donc. Ils voient le Bouddha dans son geste et honorent le cœur de Burke Lightfoot.

Les adeptes de la sangha passent à toute heure, méditant même au chevet de Kit tandis qu'il dort. Ils le servent lorsqu'il est éveillé. Ils apportent des aliments cuisinés et lisent des textes sacrés et des soutras à voix haute. Ils le massent avec des émollients et l'encouragent à s'étirer. Ils font du yoga pour bébés.

Ils l'enseignent même aux infirmières – posture d'enfant, chien tête en bas, guerrier tordu, torsion vertébrale, relâchement du cou. Ils sont courtois et obligeants avec le personnel, fiables, bientôt indispensables. Nombre d'entre eux ont travaillé dans des hospices, et les infirmières les laissent accomplir les basses tâches. Bassin hygiénique et toilette. Enlever les draps et faire le lit.

Burke regarde les méditants aller et venir en manipulant leur chapelet, en lisant des textes à voix haute, en psalmodiant de longues prières, parfois en anglais, parfois en japonais ou en tibétain ou en Dieu sait quoi. Ils portent des vêtements civils et ont les cheveux ras, mais de temps à autre, des moines souriants, des hommes ou des femmes chauves en robe safran, viennent méditer. Ils ne parlent pas.

Tara Guber a même fait venir Penor Rinpoche, le lama de Mysore.

Le moment est venu pour lui de s'en aller.

À l'hôpital on est heureux de le voir partir – il est juste trop célèbre, et difficile à accueillir. La presse tabloïde semblait avoir enveloppé le complexe dans un voile d'agitation. Tant de choses à gérer : la présence perpétuelle des médias, la police et la sécurité supplémentaire, les barrières et les perturbations empêchant de se garer, les paparazzi prédateurs envahissant l'intimité des autres patients et de leurs familles. Les donateurs et les bienfaiteurs internes commençaient à perdre patience.

À quatre heures du matin, il sort de l'ascenseur et on le mène au garage dans son fauteuil roulant, flanqué de médecins, d'infirmières et d'une demi-douzaine de gardes privés. (On a le sentiment que les médecins sont là pour pouvoir au bout du compte se vanter et dire que oui, ils étaient présents lors de cette sortie étrange et historique.) Burke a engagé Gavin de Becker, l'homme qui a supervisé les détails des derniers jours de George

Harrison, afin qu'il facilite le transfert de son fils. Une camionnette blindée aux vitres teintées attend, plus deux berlines Buick noires avec trois hommes à l'intérieur de chacune.

Soudain Kit s'agite.

Son père, qui est déjà à l'intérieur de la camionnette, en sort pour le calmer. Ça ne prend que quelques minutes. Le père donne le feu vert et lance : « On peut y aller. » Quels que soient les sentiments qu'on puisse avoir à l'égard de Burke Lightfoot et de ses motifs douteux, il est clair qu'il a travaillé dur pour établir une relation de confiance efficace et simple avec son fils versatile et traumatisé. Les choses auraient été beaucoup plus compliquées sans lui.

À l'insu des médias, le convoi effectue le trajet de quarante minutes jusqu'à Valencia.

On l'attend au centre. Une aile entière a été vidée.

M. De Becker a fourni des gardes vingt-quatre heures sur vingt-quatre. Les employés du centre de rééducation ont été triés sur le volet et Tyrone Lamott, entre autres, dûment briefé. Les personnes qui dépendent directement de lui ont été sérieusement informées – mises en garde – par M. Lamott lui-même que le moindre manquement à la confidentialité serait rigoureusement réprimandé.

(Les informateurs de la presse tabloïd seront traqués. Les personnes prenant et vendant des photographies seront traquées.)

Tyrone est consterné lorsqu'il voit Kit soulevé de la camionnette et installé dans le fauteuil roulant. Il affecte un sourire farfelu.

« Hé bien, bonjour, M. Lightfoot. Comme on se retrouve ! »

Kit ne répond rien. Un rire prometteur – puis la soudaine vacuité stygienne de ses traits.

« *Bonjour, Tyrone* », dit Burke en produisant un sourire électrique et une poignée de main ferme malgré la fraîcheur de cette fin de nuit. Ils se sont déjà rencontrés. La recherche du centre de rééducation idéal a été menée avec la discrétion et la précision d'une préparation olympique ; une fois l'endroit sélectionné, il a dû régler personnellement de nombreux détails.

« *Hé, monsieur B ! hé bien, vous y êtes arrivé !*

– *Nous y sommes arrivés. En effet. Il y est arrivé. C'est lui, le héros.*

– *Pour sûr. Et nous sommes bien heureux de vous avoir parmi nous, Kit. Beaucoup de gens vont s'occuper de vous, vingt-quatre heures sur vingt-quatre, et faire en sorte que vous alliez mieux. Votre papa s'est pris une chambre à côté de la vôtre comme ça vous aurez pas le temps de vous sentir seul ! On va se faire une fête. On va se faire une fête pour votre rétablissement.* »

Burke hoche la tête et l'un des hommes pousse le fauteuil roulant vers le bâtiment. Les lumières à l'intérieur étincellent.

« *Tiens, tiens*, dit Tyrone à Kit en gloussant. *Je pensais que vous amèneriez au moins M. Aronofsky avec vous.* »

C'est un pédé noir qui tape sur le système de Burke – une tapette casse-couilles à qui il fiche cependant la paix, conscient que Tyrone est au bout du compte un personnage important et que leur spectaculaire arrivée l'a mis sur les nerfs.

« *C'est pas grave*, continue leur hôte sardonique tout en hâtant le pas pour conserver les devants. *M. Aronofsky est pas là et on va juste devoir s'en accommoder. On va devoir s'accommoder de tout. Et on va faire ça dans la bonne humeur.* »

Ils atteignent la porte d'entrée et Tyrone fait un clin d'œil à Burke tandis qu'ils entrent tous.

Une actrice se prépare

Becca décrocha un petit rôle dans ce que *Variety Daily* appela le *Spike Jonze/Charlie Kaufman Sans Titre alias Sosies*. Rusty obtint lui un vrai rôle, ce à quoi elle s'attendait plus ou moins, et c'était bien comme ça, parce que Becca ne voulait même pas imaginer combien il l'aurait fait chier si elle avait eu un rôle de la même importance que le sien. Rusty semblait maintenant dans l'ensemble plus agréable.

Deux semaines de répétitions avec Jorgia Wilding avaient été programmées pour les sosies. (Rusty avait droit à des répétitions privées.) La vieille femme était dédaigneuse et formidablement bourrue, mais c'était un privilège incroyable de travailler avec la prof légendaire de tant de grands noms – Al Pacino et Jessica Lange, Dustin Hoffman et Sally Field, Shelley Winters et Robert Duvall. Annie affirmait qu'elle avait même travaillé avec Sofia sur *Le Parrain III*.

Pour des raisons de confidentialité, les scénarios n'étaient pas diffusés ; tout le monde recevait des leurres à la place. (Les pages étaient imprimées à l'encre invisible pour qu'elles ne puissent pas être photocopiées.) Des scénarios appâts avaient été mis en circulation car les producteurs savaient que tôt ou tard quelqu'un posterait les scènes sur Internet. Les sosies devaient signer des attestations dans lesquelles ils s'engageaient à ne pas parler du film à leurs amis, à leur famille, et surtout à la presse. S'ils le faisaient, c'était la porte et une amende.

D'après ce qu'elle avait pu glaner, *Sosies* était l'un de ces films sur le tournage d'un film. Becca jouait le rôle de la doublure lumière de Drew – ce qu'elle serait d'ailleurs durant le tournage. C'était Spike qui avait eu l'idée, et Becca la trouvait excellente car, outre le fait qu'elle l'aiderait à entrer dans son personnage, elle serait aussi payée plus. Son rôle était plutôt mystérieux – Charles ne lui avait pas écrit tant de répliques que ça – mais il y avait une séquence onirique au cours de laquelle elle et Drew étaient censées s'embrasser. Larry Levine affirmait que ça ressemblait à « une version postmoderne de *Sexe Intentions* », mais Becca n'en revenait tout simplement pas. Son premier rôle au cinéma et elle roulait une pelle à Drew Barrymore !

Elle connaissait déjà certains de ses acolytes du film, mais s'entendit particulièrement bien avec la Barbra Streisand, qui faisait une brève apparition. Lorsque Becca lui demanda si elle avait déjà rencontré la vraie Barbra, celle-ci expliqua qu'elle n'avait rencontré que sa mère, Diana Kind, lors d'un numéro de *Photoplay*, une émission de télé défunte, consacré aux mères de célébrités. Diana l'avait invitée chez elle à déjeuner.

« Alors je me retrouve dans la maison de la mère de Barbra Streisand. Tu ne peux pas t'imaginer comment c'était car toute ma vie les gens m'ont dit que je lui ressemblais tellement. Et je regarde les souvenirs, les photos encadrées et tout, et c'est comme si c'était ma vie qui m'entourait parce que chaque image a une histoire – pour moi – tu sais : tout le monde disait que je ressemblais à celle-ci quand j'avais douze ans... et à celle-ci quand j'en avais dix-huit... et à celle-ci quand j'en avais vingt. Et c'est très, très étrange. Et je ne pourrai jamais oublier ce que m'a dit Diana. On buvait le thé en discutant de ci et de ça et au bout d'un moment elle m'explique que sa fille est vraiment débordée et me dit : "Il va falloir que je vous trimballe avec moi." Tu le crois, ça ? Je l'ai souvent vue après ça – on est allées acheter le cadeau de mariage du frère de Barbra chez Robinsons-May. On se téléphonait. Elle m'a appris à cuisiner le poulet, comment il faut le nettoyer et faire attention aux germes, comment il faut le laisser tremper puis se laver les mains. Et j'ai peu à peu oublié qu'elle était la mère de Barbra – elle était juste une personne. Tu sais, j'avais l'impression qu'elle aimait l'idée que les gens me prennent pour sa fille. Jusqu'à un certain point, je suppose. J'étais le chaînon manquant. C'était vraiment assez étrange. De temps en temps, les gens disaient des choses… comme cette fois où je l'attendais dans la voiture et des filles sont passées et ont lancé : "C'est Barbra Streisand !" Et Diana les a entendues, et je sais que d'un côté ça lui a fait plaisir mais d'un autre non. Peut-être qu'elle se disait : "Mais ce n'est pas ma fille. Où est ma fille ? C'est une imitatrice !" Puis un jour elle m'a appelé pour me dire qu'elle avait reçu un prix du Fonds national juif. Elle m'a demandé de l'accompagner, et j'ai emmené mon fiancé. Je me disais que Barbra serait peut-être là, mais elle était en Europe à l'époque. C'était un déjeuner. Il n'y avait pas foule. On m'a regardée fixement dans l'ascenseur. Je n'ai pas vraiment été présentée ; elle n'a jamais dit qui j'étais. Mon fiancé et moi étions assis à la table de la famille, mais les gens m'observaient, il me semble, et ils se demandaient : "Qui est-ce ?" La sœur de Barbra était là et on s'est fait prendre en photo – moi, la sœur de Barbra et la mère de Barbra ! J'ai appelé pour la remercier et elle m'a dit : "Les gens ne savaient pas si vous étiez Barbra ou une parente…" J'ai le sentiment que c'est à ce moment-là que c'est devenu gênant pour elle – mais pas pour moi. Et quand j'ai entendu dire qu'elle était morte, j'ai fondu en larmes. Parce que j'avais toujours eu l'intention de prendre de ses nouvelles sans jamais le faire. »

La conversation avec la Barbra donna à Becca une envie terrible d'appeler sa propre mère. Elle éprouvait un besoin soudain, impérieux, que Dixie vienne à L.A. – quelque chose de primitif – et elle eut le sentiment que si elle n'entrait pas en contact tout de suite, sa mère mourrait à coup sûr.

En fait, elle avait songé à téléphoner tout au long de la semaine car elle était à court pour le loyer. Elle n'avait pas encore été payée, même si les règles de la SAG stipulaient que tout le monde devait être indemnisé pour le temps passé en répétitions. Elle ne se plaignait pas. Mais elle se retrouvait avec un boulot avec Spike Jonze, et non seulement elle était fauchée, mais elle ne pouvait toujours pas se faire représenter. (Son agent commercial qui avait soi-disant tout Hollywood dans sa poche n'avait fait que dalle.) Elle informa Elaine qu'elle était toujours disponible, mais, ironie du sort, les vrais jobs de sosie se faisaient rares. Elle se dit qu'elle ferait peut-être bien d'appeler Sharon, mais elle n'avait pas non plus envie de se soumettre à son jeu de séduction.

Sa mère n'était pas à la maison. Elle raccrocha et écouta ses messages.

« Becca ? C'est Gingher Wyatt. L'amie de Larry Levine ? Tu te souviens de moi ? c'est Larry qui m'a donné ton numéro. Écoute, je retourne sur la côte Est – ce qui signifie que je quitte mon merveilleux boulot ! Ce qui signifie que je dois trouver quelqu'un pour me remplacer, et j'ai pensé que tu serais peut-être intéressée. Viv Wembley ne paie pas des masses parce que c'est une salope radine – ha ! – et bien entendu, tu devras aller à un entretien, ce qui peut toujours être marrant en fonction de l'humeur de l'adorable et talen-

tueuse Mlle Wembley – mais j'ai le sentiment qu'elle
t'aimerait beaucoup. Quoi qu'il en soit, je t'ai déjà fait
de la pub et elle a trouvé que cette histoire de sosie était
tordante. (J'espère que tu ne m'en veux pas d'avoir dit
que c'est ce que tu fais parfois.) Elle n'arrêtait pas de
se marrer, ce qui signifie qu'elle était probablement
complètement défoncée. Hé, est-ce que tu es déjà allée
à une fête d'anniversaire au Colony ? Parce que Viv a
parlé d'un sosie de Drew qui y était il y a quelque
temps ou je ne sais pas quand. Je crois que ça l'a vraiment fait mouiller. Je plaisante ! Quoi qu'il en soit, je
ne veux pas encombrer tout ton répondeur avec ce
message, alors si tu es intéressée par un emploi qui
rapporte, appelle-moi sur mon portable, 892-3311.
Indicatif trois-dix. Ce qu'il y a de bien, c'est que si tu
lui plais, elle t'embauchera direct parce qu'elle est
bizarre pour ça. Mais c'est vraiment bien – je veux
dire, question confiance, elle est bien. Oh mon Dieu,
c'est vraiment ce qu'elle a de mieux ! Appelle-moi !
Ciao ! »

Sortie d'hôpital

Elle nomma le garçon Siddhama Kitchener McCadden. Il passa un mois dans l'unité de soins néonatals intensifs. Lorsqu'il fut capable de se nourrir au sein, Lisanne lui donna la tétée toutes les deux heures et demie. Ceci pendant dix semaines.

Reggie disait qu'elle pouvait revenir quand elle se sentirait d'attaque et que ce serait marrant d'avoir un nouveau-né au bureau (il en avait lui-même un). Cet homme était un saint. Elle reçut la visite de Wendy, la femme de Reggie. Mme Marck siégeait au conseil d'administration d'un foyer pour mères célibataires, et soudain, après tant d'années, elle venait vers elle. Ils lui envoyèrent des fleurs et des colis de sucreries et lui firent livrer par coursier toutes sortes d'articles utiles. Wendy envoya même son réflexologue pour qu'il masse les pieds de Lisanne.

Les Loewenstein devinrent les parrains officieux. Roslynn lui trouva une femme de ménage ainsi qu'une nourrice pour que Lisanne ne soit pas confinée chez elle. Ils lui offrirent une poussette incroyable et un bon-cadeau d'une valeur de 2 500 dollars valable dans la boutique *Fred Segal Baby*. Elle reçut du studio une tonne d'émissions de télé-réalité et de DVD, et Tiff lui écrivit des mots lui recommandant de guérir rapidement pour qu'elle puisse à nouveau exploiter ses talents naturels d'« accompagnatrice » aux remises de prix. « Tant d'hommages, notait-il, d'une écriture étonnamment élégante, si peu de temps. »

Elle prit finalement l'initiative d'inviter « Philip » à son appartement (c'est ainsi qu'elle se mit à l'appeler après la naissance du bébé, comme pour formaliser leur relation et se racheter). Lisanne avait terriblement honte d'avoir dissimulé sa condition ; avec le recul, elle avait l'impression d'être fourbe, même si ce n'était pas le bon mot. La grossesse lui avait semblé si irréelle, comment aurait-elle pu la rendre suffisamment réelle pour la partager avec Philip ? Elle se demandait vainement si elle aurait été forcée de lui dire la vérité si sa grossesse avait commencé à se voir. Peut-être qu'elle aurait prétexté un fibrome, ou alors elle se serait contentée de prendre la fuite. Tout ce qu'elle savait, c'était qu'en la lui dissimulant, elle lui avait causé une peine considérable. Si elle avait simplement été honnête (Lisanne prononça le mot *simplement* dans sa tête et ne put s'empêcher de rire), ça n'aurait probablement pas fait toute une histoire. Elle était tombée enceinte suite à une aventure avec un ancien petit ami – juste après le décès de son père, rien de moins, ce qui, question excuse, était assez proche de la perfection – et elle était certaine que Philip aurait été compréhensif. Et s'il ne l'avait pas été, tant pis ! Lisanne était franchement surprise qu'il veuille encore d'elle. (C'était le cas, d'après Roslynn.) Elle l'appréciait sincèrement, même si l'attirance physique n'était pas au rendez-vous, et le fait que Lisanne le soupçonnait d'être excité par son obésité déclenchait en elle un désir égoïste. Elle aimait vraiment son côté abîmé, ce côté qui le forçait à rester un célibataire fantasque, ce côté sombre qu'il cachait – pas tant parce qu'il avait peur de se révéler mais parce qu'il n'avait pas les mots pour l'exprimer. Elle aimait aussi son côté gentil, curieux et gentleman.

« J'aurais dû vous le dire il y a longtemps, déclara-t-elle.

– Ça n'a vraiment pas d'importance. »

Il n'arrivait pas à la regarder dans les yeux. À la place, il regardait Sidd qui prenait sa tétée. Les yeux de Phil faisaient des allers-retours furtifs entre le mamelon et la Roue de la Félicité suprême ; entre le mamelon et le truc en plastique qui pendait au-dessus du berceau ; entre le mamelon et la proximité du front pâle et implacable de Lisanne.

« Mais si. C'est important. Et je suis désolée.

– Vous n'avez pas besoin de vous justifier.

– Si. Je suppose que j'étais, juste, vraiment perdue. » Pause. « J'ai été à côté de la plaque à propos de beaucoup de choses récemment. Quand je suis tombée enceinte, tout s'est accéléré. C'est probablement un cliché d'accuser les hormones, mais je crois que c'est peut-être vrai. Ou partiellement. Peut-être totalement ! Je suis en quelque sorte "sortie de mes gonds". Je suis contente de ne pas être une de ces femmes qui noient leurs enfants dans la baignoire ! J'aurais pu l'être, mais… enfin bon, je ne le suis pas, et je suis juste, je suis juste vraiment désolée, Philip…, de ne pas vous avoir parlé. Je veux dire, de ça. Et je crois qu'un autre problème est que je vous apprécie vraiment beaucoup. J'apprécie votre compagnie. Peut-être plus qu'apprécier. Ce qui est inhabituel pour moi. J'espère que ça ne vous met pas mal à l'aise car je sais que ce que j'ai fait est dingue. N'en avoir parlé à personne, surtout à vous. (Mais il n'y avait pas que vous.) Et je n'essaie pas de me justifier. Je crois que j'étais en partie sous le choc. Incrédule. Ce n'était pas le moment. Vous savez ? Et c'est étrange parce que je crois que je savais que je ne le porterais pas jusqu'à son terme. Et en effet, au bout du compte, c'est ce qui s'est produit. Et peut-être qu'une partie de moi se disait que si je vous en parlais, vous prendriez la fuite. Je sais que ça ressemble à du baratin étant donné que c'est moi qui prenais la fuite. Et c'est probablement ce que j'aurais fait si j'avais été vous. Mais vous ne l'avez pas fait – pas encore. Et je n'en reviens pas ! Ça me fait peur, mais dans le bon sens. Je crois. Je veux dire, je suis juste plutôt impressionnée. Par ça. Est-ce que vous comprenez ce que je veux dire ?

– Est-ce que vous fréquentez toujours le père ?

– Non, répondit-elle d'un ton catégorique. Je ne l'ai jamais fréquenté. C'est ça qui est tellement ridicule. Il ne sait même pas. Je ne lui ai pas dit…

– Vous ne lui avez pas dit ?

– J'ai appelé il y a quelques mois pour dire que j'étais enceinte. Quand j'ai su que j'allais le garder. » Ses yeux s'emplirent de larmes. « Philip… Je vais avoir trente-huit ans. Je crois que c'est assurément l'une des raisons qui m'a fait décider de le garder, le fait que je savais qu'il n'y aurait pas de père. Parce que Robbie Sarsgaard ne sera jamais un père. Puis vous êtes arrivé… »

Elle se demanda si elle avait trop parlé. Lisanne n'aurait su dire pourquoi elle avait dit tout ça (elle se rendit compte qu'elle avait parlé comme un personnage de mélodrame) mais elle était certaine d'avoir été dans l'ensemble sincère.

« Eh bien, écoutez », commença Philip. Elle poussa un profond soupir, prête à l'entendre annoncer la rupture. « J'ai réfléchi – et je sais que ça va sembler… je ne sais pas quoi. Tenez… Bon, voici juste ce qui m'est passé dans la tête. J'ai une maison à Rustic Canyon. J'ai cette maison. Il y a quelques pièces, vides pour la plupart, sauf la petite partie que j'occupe. Mais vous – si vous le vouliez –, vous pourriez y loger. Vous auriez une nourrice à plein temps et tout ce dont vous et le bébé aurez besoin. Vous ne seriez pas seule, Lisanne. Et je me sentirais plus à l'aise. »

Elle éclata en sanglots. Il se précipita en avant, l'embrassa dans le cou. C'était désagréable et elle sentit sa peau devenir moite et chaude. Puis soudain, comme dans un rêve, il baissa la tête vers sa poitrine tandis que le bébé tétait à côté de lui, et Philip, le visage rouge comme une pivoine, se mit à sucer et haleter à l'unisson. Il mâcha vigoureusement le téton déjà sensible et lorsque Lisanne se mit à crier il se détourna vivement, la bouche ouverte pleine de lait, lui jetant un regard de fou, jouissant, les lèvres figées en un sourire de fanatique cauchemardesque, honteux et comblé. Son corps entier se ratatina comme s'il battait en retraite, comme s'il se dissolvait pour ne plus être qu'une projection de corpuscules sur le point de moucheter finement les murs avant de traverser, tels des microbes, les planches et le stuc pour ressortir de l'autre côté et s'évaporer dans le soleil de midi.

Un entretien réussi

« Votre voiture est-elle assurée ?

– Hhm, hhm.

– Vous allez devoir envoyer une photocopie de votre justificatif d'assurance à mon business manager. Parce que si vous emboutissez quelqu'un, je suis responsable. Les gens adorent poursuivre les célébrités en justice. »

Elle était assise dans le salon de la maison de Beachwood Canyon de sa nouvelle employeuse. La vedette d'*Ensemble* avait emménagé quelques années auparavant, et Becca songea qu'il ne fallait pas qu'elle oublie d'aller sur Internet pour voir si la transaction avait été recensée dans « Propriété de rêve ». Elle était curieuse de savoir combien Viv avait payé et quelles célébrités, si tant est qu'il y en ait eu, avaient vécu ici auparavant. Elle aimait se renseigner sur le pedigree et la provenance. La maison de ciment au toit élevé était située sur un terrain de deux hectares ; Becca avait l'impression d'être dans Griffith Park. Elle était imposante, quoique un peu moderne à son goût – pas vraiment en harmonie avec l'environnement alentour. Architecturalement, le lieu avait assurément un côté très Kit, et elle aurait parié qu'il en avait influencé l'achat.

Elle se demanda si l'actrice avait eu l'intention d'y vivre avec lui après leur mariage. Maintenant que les choses étaient en suspens, elle ne bougerait probablement pas. Mais on ne savait jamais – parfois les célébrités changeaient de propriété juste parce qu'elles pouvaient se le permettre. Ce qu'il y avait de bien quand vous aviez autant d'argent, c'était que vous pouviez tout laisser tomber du jour au lendemain et vous prendre une chambre dans n'importe quel hôtel cinq étoiles qui vous chantait. Vous pouviez louer au Colony ou acheter un ranch à Ojai ou dans l'Idaho ou à Wyotana ou ailleurs. Les célébrités déménageaient tout le temps, parfois pour plus grand, parfois pour plus petit, mais en général elles prenaient plus grand. Pourtant, Becca se targuait de savoir suffisamment lire entre les lignes des notices de « Propriété de rêve » pour deviner quand les célébrités se défaisaient de leur propriété parce qu'elles avaient besoin d'argent. Certains signes étaient infaillibles quand une maison était vendue parce que untel (rocker ringuard/comédien âgé/ancien animateur de jeu) « s'était rendu compte qu'il ne passait pas tant de temps que ça à Los Angeles » ou parce que untel (star du cinéma des années quarante/mannequin quinquagénaire avec nouvelle ligne de cosmétiques/icône de Broadway) échangeait sa maison pour une copropriété à Century City parce que « ses enfants allaient maintenant à l'université ». Tout ce qui partait pour moins d'un million était un autre signe révélateur de problèmes, même si parfois le charmant « premier achat d'une maison » (d'ordinaire à Studio City ou Silverlake) était inséré par le publiciste malin d'un jeune acteur plein d'avenir jouant dans des séries de deuxième ordre. Becca avait remarqué que, si une maison était vendue à peu près à son prix d'achat, c'était un autre signe qu'une vedette était dans la panade. On était bien loin du cercle très fermé des perpétuels dinosaures « maisonivores » comme Stallone ou Willis ou Schwarzenegger, qui continuaient d'acheter des parcelles multiples (et même des villes entières) en toute impunité, et faisaient détruire des manoirs pour s'entourer du luxe de terrains non exploités. « Propriété de rêve » affirmait que Schwarzenegger et sa femme avaient cherché un endroit où loger pendant que leur maison était en chantier mais qu'ils n'avaient pas trouvé de « bail convenable », ils avaient donc fini par acheter une propriété pour 12 millions à la place, propriété qu'ils comptaient revendre une fois les travaux terminés. La mère de Becca n'en revenait pas.

« Mon business manager aura une clause de confidentialité à vous faire signer. Et ils vérifieront probablement votre casier. Vous avez déjà fait de la prison ? demanda Viv en riant.

– Pas que je sache !

– Ils auront besoin d'un échantillon d'urine, pour rechercher des traces de drogue. » Elle vit que Becca la prenait au sérieux et rit à nouveau. « Je plaisante ! On va rigoler ! Vous ne serez pas si mal que ça, contrairement à toutes les horreurs que j'en suis sûre, Gingher vous a racontées.

– Elle a dit que c'était vraiment super, mentit Becca d'un ton peu convaincant. Que vous étiez super ! » Viv se contenta de lui faire un petit sourire affecté. « Je veux vraiment vous remercier, poursuivit-elle avec sincérité. J'ai tellement de respect pour vous. Je regarde votre émission depuis le tout début. Je vous ai toujours prise pour modèle.

– Vous n'allez pas me faire votre Eve Harrington, si ?

– Non ! répondit Becca sans savoir ce que voulait dire l'actrice.

– De toute manière, dit Viv, malicieuse, vous n'êtes pas Eve Harrington, vous êtes Drew Junior. Qu'est-ce qui est pire ? »

Becca se sentait trop nerveuse pour répondre directement.

« Je voulais juste dire que je ne vous décevrai pas. Je suis tellement motivée ! »

– Excellent », dit Viv, d'un ton acerbe. Elle alluma une cigarette. « Mais je vous préviens : si vous avez un empêchement – une audition ou je ne sais quoi – et que vous ne pouvez pas faire ce que je vous demande de faire à un moment particulier, ça ne marchera vraiment pas, O.K. ? Si j'ai besoin que vous alliez m'acheter des Tampax chez Rexall ou que vous alliez chercher une vidéo ou un scénario – c'est ce que font les messagers la plupart du temps – et que vous ayez une quatrième audition pour le nouveau film fabuleux de Steven Spielberg au même moment, heu, devinez lequel des deux vous allez devoir choisir si vous voulez garder votre boulot.

– Je comprends totalement !

– Donc, est-ce que vous et Gingher êtes bonnes copines ?

– Pas vraiment. Nous nous sommes rencontrées par l'intermédiaire d'un ami.

– Vous l'aimez bien ?

– Elle est gentille.

– Je crois qu'elle m'a volée.

– De l'argent ?

– Oh oui ! Beaucoup. Mais ça ne vous regarde pas. Je ne sais même pas qui ça regarde car je n'ai toujours pas décidé ce que j'allais faire à ce sujet. Mais j'apprécierais que vous gardiez cette information pour vous. Ce que nous disons ici ne sort pas d'ici. »

Viv se leva comme sa prof de Pilates arrivait de l'arrière de la maison, prête à commencer la séance.

« Vous avez l'adresse de mon business manager ?

– Oui.

– Alors à lundi, Becca, dit Viv en lui serrant la main.

– Merci beaucoup.

– Appelez moi V. Ne m'appelez pas Viv. »

Retour à la maison

Sadge était de retour. Il écrivait un e-mail à quelqu'un en Europe tandis que Becca feuilletait un magazine. Ils fumaient de l'herbe.

Drew arrivait soixante et unième du classement des gens les plus puissants du magazine *Première*, mais Sadge semblait n'en avoir rien à foutre. Elle était coincée entre Michael Bay et Sandra Bullock. Le minuscule paragraphe affirmait que Drew avait « repeint le salon de son nouvel antre de célibataire d'une couleur fauve nommée "Naturellement Calme" » et que sa petite société de production s'appelait Flower Films. Le paragraphe sur Sandra informait le lecteur que sa société à elle s'appelait Fortis Films. Becca dit qu'un jour elle aussi aurait sa société. Sadge n'arrêtait pas de tirer sur le joint et d'envoyer des e-mails. Becca pensa : « ... probablement quelqu'un avec qui il a couché. Une pétasse de baroudeuse serbe. » Les Films des Montagnes Bleues, lança-t-elle à voix haute. C'est un joli nom. Mais peut-être qu'il lui fallait un *F*, comme Drew et Sandra. « À Fond » lui vint à l'esprit. Les Films À Fond, c'était mignon ! Ou Vrai/Faux. Ça, c'était vraiment bien. Elle demanda à Sadge ce qu'il en pensait, mais il refusait de parler.

Sadge avait la diarrhée, quelque chose qu'il avait attrapé aux îles Canaries et dont il ne parvenait pas à se débarrasser. « Un petit bonus de la pétasse qu'il a baisée. » En plus, il avait une espèce de ver dans le pied. Le réalisateur avait dit que pour le tuer il fallait le faire geler. Ce n'était même pas la peine d'essayer de l'extraire. Ça filait les chocottes à Sadge de garder ça dans le pied, et Becca supposa que c'était pour ça qu'il avait semblé confus quand elle lui avait annoncé qu'elle avait décroché le boulot avec Viv Wembley. Peut-être était-il simplement jaloux.

Elle mastiquait lentement un sandwich au fromage fondu trop cuit. Il était trop tôt pour évoquer le déménagement de Sadge ; elle ne voulait pas s'acharner sur lui alors qu'il était à terre. Elle lut à voix haute un autre article découpé dans le *L.A. Times* pour ses « archives Drew » ; l'ancien acteur John Barrymore III avait été passé à tabac dans sa maison « chic de Mountain View » par une bande d'adolescents azimutés qui en voulaient à sa réserve d'herbe. Elle se demanda qui était John III pour Drew – un demi-frère ? Puis elle raconta à Sadge qu'elle avait rencontré chez Coffee Bean cette adorable jeune actrice qui avait grandi dans la maison où vivaient Drew et Tom Green avant qu'elle ne parte en fumée. La fille disait que son père était l'agent de Marlon Brando et qu'à l'époque la propriété abritait quatre ou cinq maisons. L'une d'elles était construite sous terre, avec des fenêtres qui donnaient à flanc de colline – très *Alice au pays des merveilles*. Sans lever le nez de ses e-mails, Sadge lança : « Tu veux bien la fermer s'il te plaît ? » Becca l'ignora allégrement. La fille disait qu'ils avaient une salle de projection et que la mère, qui était peintre, avait aménagé un atelier à l'intérieur d'un célèbre stand à hamburgers de La Brea que le père avait acheté et transporté tel quel en camion jusqu'à la propriété. La fille disait qu'elle avait pleuré quand la maison avait brûlé mais alors Ben Affleck avait apparemment acheté la parcelle et la fille et son père étaient passés en voiture et avaient vu que toutes sortes de travaux étaient déjà en cours. Sadge lui balança littéralement son sandwich à la figure, et Becca fondit en larmes. Elle lui dit qu'il pouvait aller se faire foutre et qu'il n'était même pas supposé être ici, et Sadge cessa de pianoter sur le clavier, puis il se mit à bouder en contenant sa rage, tel un homme qui cherche à signaler à une femme qu'il n'est plus un petit garçon mais un serpent lové qui pourrait en toute justice la violer et la tuer s'il n'était pas quelqu'un de bon, un homme bon, qui s'imposait consciencieusement une sobriété, une discipline et un flegme extraordinaires. Et un jour elle verrait avec quelle sagesse il s'était retenu, et elle reconnaîtrait qu'elle s'était comportée en mégère, mais il serait alors trop tard.

Elle balança quelques affaires dans un nécessaire de voyage et pleura durant tout le trajet jusqu'à sa voiture. Elle voulait aller chez Annie, mais comme Annie ne décrochait aucun de ses téléphones, Becca prit Fairfax jusqu'à Washington, puis elle bifurqua et prit la direction de la plage.

Le monde de Mu

Lisanne emménagea à Rustic Canyon. La maison était vide hormis les quelques pièces que Philip habitait, exactement telle qu'il l'avait décrite. Elle avait une aile rien que pour elle. Mattie emmena Lisanne acheter des meubles vers Beverly et Melrose et dépensa une petite fortune. Elle aimait l'idée qu'elle avait enfin une excuse pour décorer la maison de son excentrique de frère. Elle n'aurait pas été plus gentille si Siddhama avait été son neveu de sang.

Philip déposa trente mille dollars sur un compte pour que Lisanne puisse subvenir à ses dépenses courantes et acheter tout ce dont Sidd pourrait avoir besoin. Ils avaient des relations sexuelles deux fois par semaine. Il aimait lui ôter sa culotte et la lécher tandis qu'elle donnait la tétée. Elle demeurait passive, se contentait d'écarter les jambes. Quoi qu'il fasse, il jouissait au bout de quelques minutes. Il lui avait expliqué que ç'avait toujours été comme ça, qu'il ne pouvait pas se retenir, et Lisanne avait répondu que ça ne la gênait pas, ce qui était vrai. En fait, elle était même reconnaissante. Philip ne passait à l'action que lorsque le bébé prenait sa tétée. Et tant qu'il faisait ses affaires sans y mêler Siddhama, elle n'y voyait rien à redire. L'indifférence tranquille de Lisanne le rassurait. Comme elle ne le jugeait jamais, il se sentait moins honteux.

Lisanne reçut un e-mail de L.A. Dharma, un site Internet bouddhiste avec lequel elle correspondait, annonçant qu'un grand professeur, Joshu Sasaki Roshi, donnerait une série de conférences dans un monastère zen du quartier de West Adams. Elle ne savait même pas que ce genre d'endroits existait, du moins localement. Son nom avait quelque chose de familier, et elle trouva sur Internet la confirmation que Kit avait passé du temps au centre du mont Baldy où vivait le *roshi*. Il avait presque cent ans.

Le zendo était long et en bois. À son arrivée, des moines, hommes et femmes, étaient déjà assis dans une posture méditative sur des coussins qui longeaient les murs. La pièce était divisée en deux par un banc sur lequel étaient également assises d'autres personnes. Tout le monde avait adopté la position du lotus, colonne vertébrale raide comme un piquet, mais, sachant qu'elle ne tiendrait pas longtemps (elle n'avait pas vraiment perdu beaucoup de poids depuis l'accouchement), Lisanne coinça une jambe sous son corps et laissa retomber l'autre. Le *roshi* apparut et se dirigea lentement vers le grand trône en chêne installé sur une plateforme surélevée. Il était minuscule et large, et Lisanne songea que l'homme ressemblait à Yoda tandis qu'il passait en traînant les pieds, vêtu de robes compliquées minutieusement arrangées. Un interprète était assis par terre, prêt à intervenir.

« Il était une fois un professeur et son élève », commença-t-il. Le professeur et l'élève étaient en profonde méditation lorsque soudain, un chien apparut entre eux. L'élève demanda : « Le chien a-t-il la nature du Bouddha ? » À quoi le professeur répondit : « *Mu* ». Le *roshi* expliqua que le professeur comme l'élève représentaient l'Unité. Il dit que, dans un acte externe de bienfaisance cosmique, l'Unité se divise pour laisser place aux êtres sensibles – oiseau, chien, soi. Le devoir des êtres sensibles est ensuite de retourner à cette Unité, de rejoindre la grande Source d'où ils sont venus. Le *roshi* affirma que les bouddhistes appellent parfois une telle Unité « la Réalité singulière » ou « l'Amour véritable ». L'acte de division lui-même était un acte d'Amour véritable.

Elle se démenait pour comprendre, mais ne cessait de perdre le fil. Lentement, tandis qu'elle prenait conscience de son environnement, Lisanne s'aperçut qu'elle était assise à côté de Leonard Cohen. Comme c'était étrange. Son dos la faisait souffrir et elle remua pour éviter les spasmes. Personne d'autre ne bougeait – tous étaient des vétérans yogiques de l'abnégation de soi, de la perspicacité et du combat zen. Que faisait-elle ici ? Elle était une lâche, une poseuse, une grotesque. Une dilettante. Indigne. Elle pensa à Kit, dans le « bardo douloureux et non naturel des enfers neurologiques ». Elle pouvait bouger la jambe si sa position devenait désagréable, mais lui, que vivait-il ? Que pouvait-il bouger ? Comment pouvait-elle même oser l'imaginer ? L'un des livres qu'elle avait achetés chez Bodhi Tree disait que, par le biais du yoga des rêves (elle ne savait pas ce que c'était), une personne devait être capable de se rendre compte que la vie rêvée et la vie éveillée étaient la même chose – de simples projections. La nuit précédente, Lisanne s'était réveillée en sursaut car elle avait rêvé qu'elle montait à cru un cheval gigantesque, galopant à une vitesse primitive telle qu'elle avait pris peur. Elle était née l'année du cheval ; peut-être le rêve signifiait-il que cette année serait celle où sa vie s'enfuirait avec elle. Selon son analyse personnelle, le cheval ne semblait pas tant représenter sa vie personnelle que la force furieuse, frénétique de la vie elle-même. (La plupart du temps, Lisanne avait le sentiment d'être au milieu d'un rêve qu'elle ne pouvait contrôler, auquel elle ne pouvait échapper même par la mort.) Quel genre de rêves Kit faisait-il ? Étaient-ils terre à terre ou surréalistes ? Cette distinction existait-elle même ? Lorsqu'il se réveillait, lorsqu'il quittait le monde des rêves pour retrouver en flottant son corps déconnecté, chaque fois qu'il habitait à nouveau consciemment son monde fraîchement détruit, ce paysage circonscrit, humiliant, tavelé de cratères loin des lampes à arc et des plateaux de cinéma, du Bouddha doré et de la fiancée à la taille de sylphide et des plaisirs simples de la nourriture et de la boisson, où exactement était-il ? Comment percevait-il ? Portait-il un linceul de cotte de mailles fait à partir du vortex de mots et de visages inconnus, où la pensée et la syntaxe se bloquaient et se débloquaient continuellement telle une boîte de vitesse usée, voilant la possibilité de jamais faire connaître ses besoins les plus élémentaires ou nuancés ? Abject et désorienté, sans amarres… Et si, alors qu'il était dans un tel état, il pouvait ne serait-ce qu'apercevoir avec un peu de lucidité le cataclysme qui lui était survenu, alors une telle révélation pouvait suffire à le rendre fou. Un autre texte bouddhiste effrayant parlait de la « crise *kundalini* » parfois provoquée par la drogue ou par un traumatisme, au cours de laquelle les états subjectifs et objectifs, éveillés et symboliques, fusionnaient et se séparaient en une boucle infinie jusqu'à ce que la « réalité consensuelle » meure aussi sûrement qu'était morte la proprioception de ceux qui souffraient du vertige. (Un coup sur la tête pouvait susciter de telles crises, pensa-t-elle.) Une personne sujette à cette réaction en chaîne énergétique était supposée se désintégrer littéralement, mais pas d'une façon positive. Oh ! qui a besoin de réalité consensuelle de toute manière ? Lisanne se réconfortait en se disant : « Ce n'est pas parce que moi, je ne pourrais pas vivre avec une telle chose que Kit ne le peut pas. » Mais et si, par-dessus le marché, sa pratique lit-térale n'avait pas été « bonne » ? S'il avait commis de vulgaires faux-pas (sur le sentier) qui n'avaient pas été corrigés en route, en particulier parce que son gourou-racine, Gil Weiskopf Roshi, était mort depuis long-temps – faisant de Kit l'équivalent, disons, d'un pilote dans un petit avion naviguant aux instruments dans une tempête par une nuit sans lune. Il n'y avait personne pour le guider sauf son père négligeant et une poignée de piètres infirmières.

Lisanne se calma en changeant de position, replaçant d'abord une jambe, puis l'autre. Elle prit de longues inspirations discrètement profondes pour se ressaisir. Elle sentit l'odeur de sa transpiration et fut heureuse de ne pas avoir ses règles. Leonard Cohen regardait droit devant lui, yeux baissés, imperméable à ce qui l'entou-rait.

Un gong résonna et le vieil homme affirma qu'il était hors du temps. « Qu'est-ce que le temps ? demanda-t-il d'un air désinvolte. Le temps est une activité du Bouddha. Ce n'est pas la définition qu'on vous apprend à l'école ! » Il conclut en disant qu'il était dommage que l'élève ait interprété la réponse de son maître à la ques-tion « *Le chien a-t-il la nature du Bouddha ?* » comme un « *Non* » alors qu'en fait il avait dit « *Mu* ». *Mu* signifiait quelque chose d'entièrement différent. *Mu* signifiait rien, non-existence, non-être. « Mais le fait qu'il ait mal compris ne signifie pas que l'élève était indigne. »

Les chants commencèrent immédiatement, accom-pagnés de tambours, tandis que le traducteur aidait le *roshi* à descendre du trône. Lorsqu'il eut disparu, M. Cohen fut le premier à se lever. Lisanne remarqua que, en partant, le poète conservait un bras collé contre le flanc tandis que l'autre était tendu en avant, parallèle au sol, fendant rituellement l'air sacré comme un brise-glace à la proue d'un chalutier.

L'air du matin lui picotait les joues. Elle sourit au monde et se prosterna mentalement devant le *roshi*, le gravier et les arbres – devant l'Unité elle-même. Tout était clair désormais. Tout comme le vieux moine avait avec bienveillance créé un espace pour sa lucidité libératrice, Lisanne sut que la destruction du mandala de sable avait créé un espace pour son enfant, car elle se souvenait que ç'avait été l'instant exact auquel elle avait décidé de le garder. L'éjection de la conscience du fœtus condamné de Viv Wembley dans la grande Source (une sorte de *phowa* innocent, sans instruction) avait créé l'espace pour la naissance précipitée de Siddhama Kitchener McCadden. Tous faisaient partie de la Roue – tout comme Lisanne elle-même, qui avait été instantanément, fatalement reliée à Kit Lightfoot par le don cautérisant du bouddha de chez Sotheby's. Tiff Loewenstein avait de toute évidence joué les sages-femmes spirituelles. Pour cela, il était et serait toujours un homme très important dans sa vie.

Une fois de plus, Lisanne éprouva une grande paix, la même que celle qui l'avait submergée le jour de la naissance de Siddhama – la réalité singulière de l'Amour véritable.

Comme elle revenait de West Adams, elle s'arrêta chez Bristol Farms à Beverly Hills. Elle rit sous cape en voyant les femmes au foyer descendre de leurs Range Rover ou de leurs Lexus 4 × 4 ; elle était quasiment l'une d'elles. Sa vie avait pris un drôle de tournant.

« Hé ! » lança une femme imposante aux cheveux crépus. Elle se planta devant Lisanne telle une vieille hippie nauséabonde. « Je me souviens de vous. » Lisanne la dévisagea en clignant des yeux. « Au cabinet de l'avocat. Vous étiez à la réunion. » Elle tendit la main. « Cassandra – Cassie Dunsmore.

– Oh ! Bonjour ! Comment allez-vous ?

– Merveilleusement bien ! » Elle berçait son nouveau-né au creux de son bras. « C'est mon Jake. Il est pas adorable ?

– Oh, il est très beau ! dit Lisanne.

– C'est quoi votre nom encore, ma chérie ?

– Lisanne – McCadden.

– Vous devriez passer à la maison, Lisanne ! Vous et votre patron – Reggie. Oh, hé ! On a constitué la société. Les Productions QuestraWorld. Bon sang, Grady et moi on arrive pas à y croire ! D'ailleurs, c'est Les Productions cinématographiques et télévisuelles Questra-World. Ça, c'est la version longue. On allait l'appeler QuestraWorks mais – hé, vous savez ce qu'on veut faire ? Je veux dire, on veut faire des films et tout mais, bon sang !, j'ai une vraie putain d'envie de faire de la télé. On va faire *The Osbournes*[1] – mais en hard core. Je veux dire sacrément *hard* core. Parce que l'autre connerie, c'est du rebattu. Vous méprenez pas, *The Osbournes* a ouvert la voie. Mais on veut sérieusement montrer du cul. La dernière frontière ! L'Amérique attendait que ça, pas vrai ? Et c'est grâce aux Dunsmore que ça va devenir une réalité, parce qu'apparemment tout le monde a fait en sorte que ça reste irréel. Je vais vous dire, les gens veulent voir les autres s'envoyer en l'air. Chérie, nous sommes la prochaine vague ! Et vous savez quelle est notre arme secrète ? La Tragédie de Bébé Questra. Pas pour l'exploiter, mais en tant que véritable source d'inspiration. Où est la tragédie dans le cancer de l'intestin de Sharon Osbourne ? Un coup de chimio et maintenant elle est plus belle qu'elle l'a

---

1. Émission de télé américaine suivant au quotidien le hard-rocker Ozzy Osbourne et sa famille. *(N.d.T.)*

jamais été de toute sa vie, pas vrai ? Et maintenant elle va être là à animer un talk-show – où est la tragédie ? Enfin quoi, quelle est la leçon ? Chopez le cancer et devenez glamour ? Vous voulez perdre du poids, demandez-moi comment ? Chopez le cancer et devenez riche ? Ou plus riche ? O.K., c'est du pipeau. Laissez-moi vous dire quelque chose. Le cancer, c'est que dalle à côté de voir votre bébé mourir. O.K. ? Pas vrai ? Eric Clapton a voulu se tuer quand son petit garçon a volé par la fenêtre. Les gens chez eux veulent voir cette merde – pas des bébés qui meurent ! –, ils veulent voir des putains de survivants qui continuent de souffrir, ils veulent voir qu'on peut survivre, parce que les gens chez eux savent qu'une merde terrible comme ça pourrait leur arriver à eux. Et ils ont besoin de pouvoir éprouver de la compassion. Grady et moi on va le faire pour HBO. Ce sera plus classe. On a pas encore obtenu le rendez-vous, mais ils seraient idiots de passer à côté. Ce sera la première production de QuestraWorld, exact. On est vierges ! On ! est ! Une fa-mil-le ! J'ai toutes mes sœurs et moi – La semaine prochaine, je parle aux gens de Six Feet *Under*, pour établir un partenariat. »

Une journée divertissante

Becca et Rusty passaient l'après-midi à Mulholland. Elle aimait jouer à la maman avec Jake.

Quand Grady avait appris qu'elle avait emménagé avec Rusty, il leur avait acheté un chien robot hors de prix. Le droïde n'arrêtait pas de lever la patte arrière pour faire pipi, et Rusty n'arrivait pas à comprendre pourquoi. « Ce putain de manuel fait deux cents pages. »

Grady sirotait sa bière tout en regardant ce mécréant de chien robot tel un parent fier. « Tous les jeunes couples ont besoin d'un animal. »

Ils fumèrent de l'herbe pendant que Cassandra leur rebattait les oreilles avec le fait que QuestraWorld lancerait la production du salmigondis classé X « À la Vie, À la Dunsmore » (titre provisoire) dès que l'équipe de *Six Feet Under* aurait signé. Leur nouvel avocat était censé les mettre en contact, mais Cassandra estimait que Becca avait déjà une « relation » avec la série et devrait être en mesure de leur obtenir une « entrée ». Cassandra ajouta que la prochaine fois que leur chère petite serait « invitée » à faire une apparition – « s'il y a une prochaine fois », observa Becca –, elle viendrait regarder. Comme ça elle pourrait se présenter à Leurs Altesses, les deux Alan. « Parce que dans cette ville, c'est le seul moyen d'arriver à quelque chose. » Par des mesures extrêmes (pour autant que s'incruster sur le plateau pendant que Becca faisait le cadavre puisse être considéré comme extrême). Elle cita Spielberg comme un exemple de personne qui avait « fait ce qu'il avait à faire ». Il a commencé en entrant par effraction dans le studio – c'est comme ça qu'il a été embauché comme réalisateur. Il a fait semblant d'y travailler et il a même mis la main sur un bureau, exactement comme dans ce film qu'il a fait, *Arrête-moi si tu peux*. Rusty l'interrompit en suggérant que s'ils voulaient vraiment que l'*émission de télé-ir-réalité* (le slogan accrocheur que Grady avait trouvé pour la promo) soit un succès, ils devraient peut-être songer à adopter quelques gamins. Surtout quelques gamins plus vieux. Parce que c'était ça, le secret d'une émission de ce genre : les ados. Il affirma que c'était la principale chose que les Osbourne avaient comprise. Il fallait des ados, pour des questions de tranche d'âge, de dramaturgie et d'identification. Ozzie et Sharon avaient impitoyablement banni leur fille aînée de la série, l'argument relations publiques étant qu'elle était « timide ». Rusty affirma que c'était un pur bobard. Il ne s'agissait que de « tranche d'âge » ; se débarrasser de leur aînée était une bonne décision question business, propre et simple. Cassandra adorait la stratégie de l'adoption et eut l'idée géniale d'incorporer toute la procédure à l'émission. Absolument. « C'est fantastique. Pourquoi tu peux pas avoir ce genre d'idées à un million de dollars, Grady ? Je vais devoir faire de Rusty notre putain de producteur exécutif. » Grady éructa et lança : « Exact. Vas-y, ma fille. J'ai pas besoin d'un million de dollars parce que j'ai déjà un million. J'ai plus qu'un million. Alors fais ce que tu as à faire. » Rusty expliqua qu'il y avait des sites Web sur lesquels les parents éventuels pouvaient faire leur shopping et adopter des gamins qui étaient pupilles de la nation. Cassandra devint super excitée. Elle dit que les caméras les suivraient jusqu'à l'orphelinat et qu'ils choisiraient directement leurs gamins sur place. Le public pourrait même téléphoner et indiquer ses préférences, pour rendre le tout interactif. « Nan, fit Grady. Ces conneries interactives, ça marche jamais. C'est un truc des années quatre-vingt-dix. » « Oui, M. Gates », répliqua Cassandra. Rusty expliqua qu'il avait lu dans le journal que certains de ces sites organisaient des journées « pique-nique » où les gens pouvaient venir inspecter les gamins comme à une vente d'esclaves. Becca trouva que Rusty en savait beaucoup trop sur la question, comme si ça le touchait de près, pour ainsi dire. Mais c'était le genre de chose qu'elle n'oserait jamais lui demander.

Plus tard, Rusty parla d'un scénario sur lequel il travaillait. « Vous devriez me payer pour », dit-il. Il était défoncé. Il murmurait de temps en temps : « Vous devriez me payer pour », encore et encore, exhortation sournoise, farfelue.

« On te paiera pour, dit Grady d'un ton rassurant.

– D'abord, on doit le voir », corrigea Cassandra avec un petit sourire satisfait.

Tout le monde était défoncé.

« Vous le verrez, dit Rusty.

– Promesses, promesses, railla Cassandra.

– Il sera bien, dit Grady, prenant la défense de son ami. Je sais qu'il sera bien.

– Il sera parfait pour QuestraWorld, poursuivit Rusty.

– J'espère bien, dit Cassandra. J'espère vraiment qu'on le fera.

– Combien tu veux dépenser, Rusty ? demanda Grady. Pour le budget. *El budjo.*

– Dix, répondit Rusty. Mais on pourrait le faire pour sept ou huit.

– Nom de Dieu, fit Grady. Fais-le pour trois et tu peux tourner ton bidule *immediamente*. Ipso facto. On mettra Baiso le superchien robot à la réalisation.

– C'est moi qui réalise, lui rappela Rusty. Et on ne peut pas le faire pour trois.

– Trois c'est pas rien, intervint Cassandra. Plein de films ont été tournés à trois.

– Dans quel monde vous vivez ? demanda Rusty, impudemment.

– Merde, combien a coûté *Reservoir Dogs* ?

– Pas trois, répondit Rusty. Pas en *dinero* de 2004. Pas possible.

– Tu as peut-être raison, dit Cassandra. Peut-être que c'était deux.

– Ça va être bien, dit Grady. Bon Dieu, Cassie, si c'est lui la star et lui l'auteur, tu sais que ça va être bien. On le suit depuis le début – il a le premier rôle dans un Spike Jonze ! Il va avoir encore plus de cordes à son arc que Billy Bob. Merde, on a de la veine, Cass. Des connards filent vingt millions à Van Diesel ou je sais pas comment il s'appelle – je me souviens même plus du nom de ce crâne d'œuf et ils lui filent vingt millions. Cet abruti a à peu près autant de charisme que mon gland. D'ailleurs, il ressemble à mon gland !

– Et comment avance ce projet avec Spike ? demanda Cassandra.

– Bien. Vraiment bien.

– Vous commencez à tourner bientôt ? »

Ils tiraient à tour de rôle avec une application paresseuse sur la pipe.

« Dans environ six semaines, répondit Rusty avec une décontraction de star du cinéma.

– Tu joues dedans aussi, hein ? demanda Cassandra.

– Je fais juste une brève apparition, répondit Becca.

– Conneries, fit Rusty, qui se sentait d'humeur généreuse.

– C'est Rusty la star, dit Becca, fièrement.

– Elle a un chouette petit rôle, reprit Rusty, noblesse oblige. Elle fourre sa langue dans la bouche de Drew Barrymore.

– Le duel des Drew, dit Grady.

– Je parie que tu as hâte d'être aux répétitions, dit Cassandra, lascivement. Je me curerais les amygdales si j'étais à ta place.

– En fait, pas du tout ! répondit Becca.

– Tu ferais bien de pas te planter dans tes répliques, dit Grady à Rusty.

– Plante-toi ça où je pense, répliqua Rusty comme il tirait une taffe.

– Tu risques de perdre ta langue », dit Grady à Becca. Il rit et saisit la pipe des mains de son ami. « Et mon pote Rusty sait aussi écrire ! » lança-t-il étourdiment sans s'adresser à personne en particulier. Il aspira et faillit s'étouffer. Un sourire mou, crispé, implosa au-dessus de son menton tandis que de la fumée s'écoulait de ses narines, comme s'il était en feu. « *Au* secours !, s'exclama-t-il en soufflant bruyamment à travers ses lèvres blanchies, Je suis en train d'avoir une putain de crise cardiaque !

– Tu as déjà vu ce qu'écrit Rusty, ma chérie ? demanda Cassandra, ignorant les âneries pulmonaires de son mari.

– J'ai vu comment il écrit son nom, dit Grady avec un grand sourire de joker comme il se remettait difficilement. C'est très joli.

– Ouais, fit Rusty, Et ton nom à toi sera joli aussi, quand il sera sur ce chèque de QuestraWorld. »

Ils continuèrent ainsi pendant un moment. Puis Grady se mit à raconter qu'un de ses potes à Valle Verde lui avait dit que Kit Lightfoot était là-bas, et qu'il était totalement déjanté. Le pote affirmait que la superstar avait une aile pour lui tout seul et qu'à chaque fois qu'ils le laissaient se balader dans le parc, cet abruti se tirait sur la nouille et ils devaient le ramener dare-dare à l'intérieur avant que des paparazzi en hélicoptère ne prennent une photo. Cassandra proposa qu'ils s'entassent tous dans le 4 × 4 Mercedes pour y aller. Comme personne n'était assez clair pour conduire, Avery, un étudiant à mi-temps qui vivait chez les Dunsmore et faisait office d'homme à tout faire, fut enrôlé en tant que chauffeur.

Grady connaissait le garde au portail, qui leur fit signe d'entrer. Ils avaient presque atteint leur but lorsque les hommes de De Becker leur firent rebrousser chemin. Comme ils repartaient, Grady se renseigna sur Kit auprès du garde.

« Je l'ai pas vu », répondit l'homme avec un clin d'œil.

Grady rêvait d'un beignet Krispy Kreme. Cassandra lui pinça ses poignées d'amour et dit : « Pourquoi tu manges pas ça ? Y en a au moins une douzaine là-dedans. » Grady demanda à Avery de leur trouver un restaurant Krispy Kreme, *pronto*. Avery appela les renseignements et localisa une franchise près du parc d'attractions de Knott's Berry Farm. Ils s'y rendirent et se gavèrent. Puis Cassandra eut l'envie soudaine d'aller chercher de l'or au parc d'attractions, chose qu'elle n'avait pas faite depuis qu'elle était enfant. Ils y passèrent quelques heures et Becca s'amusa comme une folle. Comme ils repartaient, le couple se disputa car Grady voulait faire un « arrêt au stand » à Hustler's. « Juste pour placer une petite mise. » Il refusait de dire de combien, et ça foutait Cassandra en rogne. Rusty et Becca étaient appuyés l'un contre l'autre sur la banquette arrière, les yeux fermés, défoncés. Cassandra enragea lorsque Grady pénétra dans le casino.

Il en ressortit cinq minutes plus tard avec un grand sourire maboul.

« Un seul pari, dit-il. Tu vois ? Je tiens parole.

– Connard. Combien tu as perdu ?

– Cinq mille.

– Connard. Tu te sens mieux ?

– Un peu mon neveu. Et un peu ma nièce aussi ! » Puis : « Je suis un type discipliné. Je dis ce que je pense et je pense ce que je dis. Mais putain, c'est bizarre, bon sang. Je peux pas te dire combien de fois je suis allé dans un casino pour faire un seul pari. Je veux dire pour miser que dalle ! Pour dix, vingt, cent dollars. Je peux pas te dire combien de fois j'ai fait ça dans ma putain de vie. Et tu sais quoi ? Bon sang, je sais pas quelles sont les chances pour que ça arrive, mais j'ai jamais gagné, pas une putain de fois. »

Rusty sortit de sa stupeur pour rire, sans toutefois ouvrir les yeux. Cassandra rit à son tour, puis Grady. Becca était démolie et sourit simplement parce que les autres étaient joyeux et décontractés.

« Et la moitié du temps, c'est le croupier qui a le black-jack !

– Et ça te dit quoi, mec ? » dit Rusty.

Becca remua, s'accrochant à lui.

« Je vais te dire ce que ça me dit, vieux, répondit Grady. *C'est toujours la maison qui gagne.* »

Synchronisme

Quelque chose à la télé fait rire frénétiquement son fils. Burke fait en sorte qu'il ne puisse voir que des DVD comme Shrek *ou* La Mélodie du bonheur *ou* Les Chariots de feu. *Pas de violence ni de sexe. Et interdit de zapper : il ne veut pas que Kit tombe par hasard sur l'un de ses propres films ni sur un bulletin d'informations concernant son état. Il ne veut pas non plus qu'il voie Viv Wembley s'ébattre dans sa série idiote.*

Ces temps-ci, Kit est pris d'éclats de rire hystériques au milieu de la nuit. (Les sanghanistes *aiment à dire qu'il entre enfin en relation avec la blague cosmique de la situation.) Parfois il se chante des berceuses comme un enfant, mais c'est le seul moment où il aligne quelques mots de façon compréhensible, même s'ils ne sont pas très clairs. Il possède un trop-plein d'énergie ahurissant – les* sanghanistes *appellent ça le* ch'i *– et Burke fait en sorte que cette énergie soit convenablement canalisée, c'est-à-dire que son fils soit occupé par quelque forme de thérapie à chaque instant de la journée.*

Son père veut qu'il sorte de là.

Son père veut qu'il rentre à la maison de Riverside, là où est sa place.

Il s'exprime par plosives monosyllabiques. Il dit beaucoup « baise », ce qui rappelle étrangement le patient à qui Kit et Darren Aronofsky ont rendu visite il y a quelques mois. Un jour, un Tyrone inspiré a amené Roy Rogers à l'aile privée pour une réunion au sommet. Les voir tous les deux ensemble – la superstar trépanée et le gérant de McDonald's blastomé – regarder les Jumeaux à l'esprit démoli se renifler comme des chiens de rue hésitants était assurément un film d'horreur – ou plutôt une étrange transmission de la torche olympique, car tandis que Roy finissait péniblement de bégayer « Je baise baise baise », Kit entonnait à son tour le même refrain à gorge déployée. Comme cet été où Tyrone était allé à New York et où John Stamos remplaçait Matthew Broderick dans la comédie musicale How to Succeed… mais il avait beau essayer, Ty ne parvenait pas à synchroniser le duo des attardés. Connie Chung appréciait la réunion improvisée, même si Ty ne pensait pas qu'elle saisissait pleinement l'interaction. Elle n'était pas assez tordue ; c'était une question de culture. Mais il trouvait que la manière qu'avait l'infirmière Connie de forcer les deux légumes à se tenir face-à-face tels deux petits soldats sexy était impayable. Tyrone secouait la tête en souriant. C'était vraiment tordu.

Il se soulève avec application de quelques centimètres sur les barres parallèles. Il arbore un grand sourire de fou, rusé et enragé, qui laisse brièvement entrevoir le Kit Lightfoot érotiquement espiègle d'autrefois. (Une affreuse coupe de cheveux gâche l'effet. Craignant que des fuites « anecdotiques » ne parviennent à la presse, son père a rejeté la proposition du coiffeur de Kit de venir lui donner un coup de ciseau.) Son corps luit, la couche de graisse post-traumatique ne rendant pas justice à sa belle ossature ; presque un portrait de Bruce Weber, avec une mauvaise haleine.

La bouche fermée, quand il ne parle pas, seule sa démarche bancale, saccadée, le trahit. Après tout, il était en pleine forme au moment de l'agression ; il ne s'est pas écoulé tant de mois. Il n'a jamais cessé de bouger – Burke l'y a obligé – même dans le coma. Les thérapeutes et les sanghanistes lui ont plus agité les bras qu'à Christopher Reeve. Tyrone a dit : « On est les meilleurs. On file la putain de honte à M. Reeve. »

« Bonjour, pirate ! » lança Tyrone.

Kit portait un cache-œil car sa paupière gauche tombait. Il ne cherchait plus à l'arracher. Burke s'était arrangé pour qu'on l'opère ; les toubibs affirmaient que c'était une réparation toute simple.

« On a trouvé des trésors engloutis aujourd'hui, capitaine Cook ? »

Viv laissa un message sur le pager de Becca pour lui dire qu'elle avait besoin qu'elle passe renouveler son ordonnance d'Ambien chez Horton & Converse.

Lorsqu'elle arriva à la maison, Becca saisit le code « ROCK* » au portail. Comme elle remontait l'allée, les Foo Fighters passaient à fond. La porte de devant était grande ouverte.

Elle posa le sac de la pharmacie sur la table et appela : « Viv ? » Elle se corrigea : « V ? » Elle crut entendre une réponse, étouffée par la musique qui provenait de l'étage. « V ? »

À peine audible : « Montez ! »

Elle se rendit à la chambre principale. Viv était sur le dos, en train de baiser.

« Est-ce que vous avez l'Ambien ? » Becca s'était déjà timidement retournée. Elle répondit qu'elle l'avait apporté, et Viv demanda : « Où ?

– En bas.

– Et le Norco ? »

Becca demanda ce qu'était le Norco et Viv expliqua d'un ton irrité qu'ils auraient dû lui en redonner avec l'Ambien. Becca dit qu'elle n'avait pas regardé dans le sac. Viv lui demanda de l'apporter. Cette fois-ci, lorsque Becca remonta, Viv était sur le ventre et l'homme qui la baisait faisait face à la porte au lieu de la tête de lit.

C'était Alf Lanier.

Becca adorait Alf Lanier.

(Il ressemblait exactement à Alf Lanier.)

Viv lui demanda de poser les pilules sur la commode et de s'en aller. En posant l'Ambien, elle ne put s'empêcher de jeter un coup d'œil pour les voir enlacés, transpirants, et lorsque Alf croisa son regard, elle n'aurait su dire s'il souriait ou grimaçait. Elle se dit que les deux acteurs se moquaient peut-être d'elle, faisaient ça « pour rire » comme disait Dixie chaque fois que son père se comportait en salaud.

Kit était défoncé – c'était une idée de Burke. L'herbe aidait à soulager la douleur et les spasmes musculaires. Le personnel soignant fermait les yeux. Il était pour moitié constitué de fumeurs de pétards, de toute manière.

Il y avait tant de peur qu'il ne pouvait exprimer, ce qui le terrifiait encore plus. Tant de honte et de gêne. Que lui était-il arrivé, vraiment ? Un coup à la tête. Quel était cet hôpital et quel était celui d'avant ? Parfois il devenait complètement barge, balançait sa nourriture et se masturbait devant le personnel et les visiteurs. Il avait tout le temps faim. Il mangeait et mangeait et commençait à s'empâter. Parfois il était si troublé qu'il n'arrivait pas à s'habiller. Il avait des maux de tête fulgurants et vomissait, et ils lui faisaient des piqûres qui le mettaient dans le brouillard pendant tout le lendemain. Les Crânes rasés lui rendaient visite, certains portant des robes, mais différentes des blouses d'hôpital légères qu'il ne portait même plus. (Burke aimait que son garçon porte des vêtements civils du monde réel.) Ils le faisaient rire. Les choses étaient drôles, surtout quand il fumait un joint. Les choses à la télé, et les choses que les personnes qui s'occupaient de lui disaient ou faisaient. C'était drôle quand ils lisaient des livres ou récitaient des prières. Ils lui avaient appris des mantras, ça aussi c'était drôle, et il répétait des mots qu'il ne comprenait pas, des suites de mots, l'un après l'autre, jusqu'à la fin, puis il recommençait depuis le début. Les sons étaient étranges, et il paniquait parfois à l'idée qu'il était censé savoir ce qu'ils signifiaient. Il grimaçait et essayait nerveusement de demander s'il était censé connaître leur signification, et il se demandait s'il y parviendrait un jour ou si c'était désormais au-delà de ses forces, mais dans son agitation souveraine et souterraine, dans son trouble, il ne parvenait pas à former les mots de sa question, et la patience bienveillante et la sollicitude de la sangha ne faisaient qu'accroître sa peur et sa panique.

Il ne regardait plus dans les miroirs.
Il ne souhaitait pas voir son propre visage ni les fissures d'un blanc tirant sur le violet de son lotus à mille pétales brisé.

Il trouvait un répit occasionnel dans la pratique curative du bouddhisme. L'édifice s'était écroulé et pourtant les fondations étaient là, enracinées et inattaquables. Grâce aux incitations incessantes de ses loyaux visiteurs, il faisait lentement renaître l'état méditatif, nuit parsemée d'étoiles sur écran-esprit – ses dix années de discipline s'étaient emmagasinées dans son corps et lui rendaient bien service. Les sanghanistes le guidaient oralement : les jours où il n'arrivait pas à lacer ses chaussures, il continuait de se concentrer maladroitement sur les notions que lui martelaient les Crânes rasés, apparemment suffisamment lucide pour rire de son épreuve hallucinante. Les mots commençaient à se réarranger comme des particules magnétiques. Une rafale de permutations, tel un vaste hangar rempli de fantômes dansant le quadrille, crépusculaires et insolents, dysphotiques, soporifiques et hantés, orphelins et enfants échangés découvrant la vie merveilleuse, tressaillante, tandis que l'orchestre attaquait sa symphonie synaptique.

Parfois être à la dérive était sa seule amarre.

Un jour Ram Dass vint le voir. Ce fut une grande bénédiction. Kit le reconnut mais ne se souvenait pas de leur rencontre chez les Guber. (La mémoire cachait le tapis boueux des souvenirs pour les six mois précédant immédiatement son agression.) Ram Dass approcha en flottant dans son fauteuil roulant et le regarda au plus profond des yeux. Il posa les mains sur les épaules de Kit et sourit, un clown électrique.

Ram Dass dit : « Surfez le silence. »

Il conseilla à Kit de penser à son gourou, Gil Weiskopf Roshi (que Ram Dass affirma à nouveau avoir connu). « Le gourou vous libérera. » Il partagea quelques observations exubérantes sur sa propre guérison qui semblèrent démesurément pertinentes à Kit. Il le fit même rire à propos du cirque d'Hollywood – Burke avait interdit à tout le monde d'évoquer le showbiz, mais Ram Dass passa outre. « Dieu, dit Ram Dass, gagnera toujours plus que vous par film ! » Il se mit à chanter – Om Ram Ramaya Namaha – et Kit fit de son mieux pour suivre (il chantait par jeu avec la sangha depuis un mois), se laissant emporter par ses énergies empathogènes. Les autres se joignirent à eux tandis que Ram Dass tenait la main de Kit et pleurait avec extase. Ils pleuraient désormais tous, y compris Kit,

même si les larmes emplissaient ses yeux confus
comme elles auraient empli ceux d'un enfant sensible
qui n'aurait pas tant été ému par les autres que par les
vibrations joyeuses et stridentes d'un grand orgue
bruyant durant la messe.

Elle lui demanda de la lui mettre dans le derrière, comme le faisait Kit. Alf n'avait jamais fait ça. S'agissait-il de sodomie ? Il croyait que « sodomiser » était le terme légal pour « enculer » mais n'en était pas sûr car à chaque fois qu'il lisait quelque chose sur un délit sexuel dans le journal ils parlaient de sodomie – les gens ne pouvaient pas s'enculer tant que ça ? (Si ?) Peut-être que les violeurs et les satyres en savaient plus que lui. Il avait déjà essayé mais n'avait jamais été capable de consommer. Après des efforts surhumains, il s'arrangeait pour faire seulement entrer le gland, mais la fille disait que ça faisait mal et lui demandait de sortir. Ça ne le préoccupait pas plus que ça, mais il avait le sentiment que c'était son devoir en tant qu'homme de faire au moins figurer ça sur son CV. D'autres fois, quand la fille était apparemment d'accord, il débandait. Alf supposait que ça ne l'excitait pas assez. Ce n'était pas son truc. Ou Dieu sait quoi. Il se disait qu'il était peut-être simplement fainéant. Par nature, il avait une tendance conservatrice – certaines choses lui avaient toujours filé la chair de poule, comme lorsqu'une fille lui taillait une pipe avec trop d'ardeur ou essayait de lui sucer les tétons. De plus, enculer était une question de contrôle, et Alf se targuait de ne pas avoir ce genre de soucis avec les dames. Des problèmes de taulards, se dit-il. Mais maintenant le bout de sa bite se frayait un chemin dans le cul de l'ex-fiancée de son meilleur ami à moitié attardé. Viv s'y prenait comme une pro – ne cessant de l'encourager, se servant de ses doigts pour le lubrifier avec ses sécrétions tout en l'implorant de lui faire mal, de la faire saigner – puis soudain il fut à l'intérieur. La pression était différente que dans une chatte, pour sûr. 20 000 lieues sous les mers. Ç'avait quelque chose de métallique, de mécanique, de sous-marinesque. *Das Boot.* Das croupion. Elle l'attira lentement contre elle, l'avalant, et l'engloutit tout entier. C'était comme regarder un couleuvre-jarretière avalant un putain de spermophile. Il lui demanda si ça allait et Viv fit « huh huh » et son trou du cul devint humide, c'est dire si elle était excitée. Je ne savais même pas qu'une fille pouvait mouiller de cette manière. Un jour, il était avec une strip-teaseuse, et un geyser chaud avait jailli de sa chatte quand elle avait joui, mais ç'avait été une première. Il se dit qu'il était peut-être tombé par hasard sur le Secret des pédés. *Les Obscurs Profanateurs de tombes… Les Aventuriers du sphincter doré* – ou peut-être que c'était la merde qui rendait le trou glissant. Ça, ça craindrait. Il jeta un coup d'œil dans la semi-lumière, et sa bite semblait propre à chaque fois qu'elle ressortait. Pas de sale odeur. Elle s'était probablement préparée. Comme quand sa mère allait faire une coloscopie et devait jeûner pendant les douze heures précédant l'intervention. Aucun doute qu'elle savait ce qu'elle faisait… Il se mit à la ramoner, insouciant, et elle devint folle. Plus il ramonait dur, plus elle grognait et se tortillait et disait des cochonneries. Peut-être qu'elle prenait son pied à souffrir – j'ai rien contre. Je veux dire, je veux pas infliger de douleur délibérément, mais si je me sens bien et qu'il s'avère que ce que je fais l'excite malgré la douleur, alors d'accord. D'accord. Même s'il ne goûtait guère l'idée de retourner signer des autographes aux flics à Cedars pendant que Viv se faisait recoudre le trou à merde par les mêmes personnes qui avaient soigné les blessures de Kit. Puis elle lui demanda de l'« enculer comme ton meilleur ami aime me baiser » et ça lui fit perdre ses moyens, mais juste l'espace d'une seconde. En amour comme au bordel, tous les coups sont permis. (C'est ce que Kit disait.) « Encule-moi à l'hôpital pour qu'il puisse regarder. »

Il dut se concentrer de toutes ses forces pour ne pas jouir.

Plus tôt, il avait donné des cachets à Kit, et mainte-nant Tyrone était assis avec son patient tandis que celui-ci piquait du nez. Ram Dass et sa coterie étaient depuis longtemps partis.

Ty sniffa un peu de crystal et massa les épaules de la star en lui huilant la peau. Douce et parfaite. Il fit pénétrer de l'huile dans le VIV POUR TOUJOURS, frictionna avec amour ses divers tatouages : cœur, Indien du nord-ouest de la côte Pacifique, motifs sanskrits. Il tendit le bras et massa le ventre plat et musclé recou-vert de poils doux ; l'ancien infirmier se mit à transpi-rer et à avoir du mal à respirer. Il remonta une main jusqu'à la poitrine plate, faisant tendrement courir un doigt autour d'un téton. Il le lécha, jetant des coups d'œil nerveux autour de lui, même s'il savait qu'il n'y avait personne et que personne n'entrerait. Kit avait la bouche ouverte, inconscient dans son sommeil. Ty massa un moment les cordes des muscles tendus du cou de l'acteur, puis il le retourna délicatement sur le dos, murmurant doucement, comme s'il essayait les mots à voix haute pour voir si le vide répondrait : « Je t'aime, Kit. » Il prit son pied à s'entendre prononcer cette phrase en présence de l'objet de sa dévotion, prit son pied face à l'hyperréalité ahurissante de la situation. Ouah. Ouah ! Il déplaça la main vers le buisson radieux de poils pubiens fraîchement savonnés. Il dit, plus fort cette fois, « Kit Lightfoot est mon amant. » Son cœur faillit lui jaillir de la poitrine lorsqu'il toucha sa queue. Ouah ! Il s'évanouit presque en se levant, courut

*inutilement vérifier à nouveau la porte, déjà ver-
rouillée. La tête légère et le pied léger… « Lightfoot est
mon homme. Lightfoot est mon homme » – il le débarrassa de son pantalon, s'accrocha à la bite avec sa
bouche, de la sienne s'écoulait déjà un liquide clair
comme du fluide spinocérébelleux. Il leva la tête, suçant
toujours, vers l'idole de ses prostrations et de sa bonne
fortune, pour voir, peut-être rêver, une réaction de Kit.
N'importe laquelle ferait l'affaire. Peut-être crever. La
superstar remua simplement, la bouche ouverte, et ce
fut plus qu'assez. Il s'imagina que l'acteur était en un
lieu lointain – quelque part en été…, sucé et sucé, doux,
doux, suçant, pétrissant, le cœur battant, accès vertigi-
neux de paranoïa chaque fois qu'il entendait des non-
bruits, souhaitant maintenant perdre son travail et en
baver pour ce soulagement charnel, ce paradis divin.
C'est ce que je mérite. Ouah ! Un doigt lubrifié dans le
cul pour faire bander Kit lui arracha un pet. Il fit entrer
deux doigts de plus. Il savait toujours s'y prendre.
Dedans et dehors jusqu'à ce que ça glisse tout seul, saisissant et soupesant tranquillement les couilles entre les
réentrées. Franchement marrant. Il baissa son pantalon. Les doigts dans Kit puis les mêmes doigts dans son
propre anus. La superstar grognait, les yeux toujours
fermés. Son cœur cognait contre la cage d'acier du
torse de Ty, forge du service de nuit, bite comme un
fin serpent noir moucheté de rose à la main. Trop
excité ! – oh, non ! Non non non – Kit était à moitié dur
grâce aux manipulations expertes de Ty. Il le branlait
férocement, c'était presque fini, plus de chance la prochaine fois, il voulait faire jouir Kit, la bouche dessus
tandis qu'il utilisait ses doigts tel un forceur de coffre,
tic-tac de la queue turgide, attendant le déclic et l'ouverture, Ouah ! à voix haute, non non non merde non !
comme il poussait plus loin et suçait Kit tout en se bran-
lant* et Alf ne peut plus se retenir et il est reconnaissant

lorsque Viv le sent et lui dit d'y aller – peut-être, pense-
t-il, souffre-t-elle, ou je fais ça mal, je sais pas m'y
prendre comme Kit, je sais pas faire ce truc, je suis un
putain de raté – mais il est reconnaissant qu'elle l'encou-
rage car la chose qu'il déteste le plus c'est quand une
fille dit : « ne jouis pas », ce qui signifie qu'elle est totalement frigide et veut que les choses s'éternisent ; il a
couché avec tellement d'entre elles, mais Viv peut
jouir, ça elle le peut, elle fait partie des veinardes, n'a
aucun problème dans le *departmento* vaginal, ça il le
savait déjà à cause des insinuations de Kit et Alf
demande « Maintenant ? Maintenant ? » – il ne veut pas
qu'elle croie qu'il doive ou aie besoin de ou envie de
même si les trois sont vrais – et elle dit « Oui », alors il
jouit instantanément dans ce canal étroit et glissant et
c'est plus agréable de jouir dans une chatte mais le truc
cool, le truc dingue, c'est qu'il jouit dans ses boyaux,
dans un endroit dont l'impureté chimique tue les bébés,
avilit et dégrade son sperme, et curieusement ça l'excite
qu'elle consente par le présent acte à une dégradation
infernale, à une telle apostasie, adultère et inaltérée,
c'est ça qui le fait jouir si profondément tandis qu'elle
s'arque sous lui tel un animal qu'on tue *jusqu'à ce que,
oui, Kit s'arque aussi, inspiration soudaine mêlée à
quinte de toux, la main à quatre doigts de Ty en lui
alors que l'autre tire sur la bite de Kit tandis qu'il le
suce et la star jouit soudain alors que Ty lui palpe le
point G, le Chargé des relations avec le cinéma et la
télévision s'inclinant rapidement pour sucer le sperme,
éjaculant lui aussi sans avoir besoin d'être touché ni
palpé, jouissant comme une femme, de façon immaculée, léchant la queue de Kit tandis que le foutre coule
sur la main à dos noir et paume blanche de Ty, qui est
remontée vers le gland pour ne pas perdre une précieuse goutte* Viv jouit comme elle ne l'a plus fait avec
Kit depuis longtemps, Alf ne sait pas qu'ils passaient

plus de temps à en parler qu'à faire l'amour, se contentant principalement de s'enfoncer des doigts à la place, et maintenant elle crie et pleure aussi car elle pense à Kit et la trahison l'excite, une putain désespérée qui vendrait père et mère, elle ne chercherait même pas à arrêter les pirates de l'air du World Trade Center si elle le pouvait, elle aurait dû mettre sa bague de fiançailles aujourd'hui, frisson supplémentaire, et même si elle sait que plus tard elle s'en voudra, tous ces sentiments inutiles de culpabilité, pour le moment tout ce qu'elle veut c'est être mauvaise, mauvaise, axe du mal *supercalifragalistique* – pourvu que l'orgasme ne s'arrête pas ! – et elle jouit encore un peu car elle sait que sa nouvelle assistante écoute les hurlements de loup, dans le hall d'entrée ou dans l'étincelante cuisine à 300 000 dollars, sirotant un Coca light avec une paille tout en entendant tout, la maison entière résonnant de hurlements, le jukebox CD diffusant au hasard les barbants Bright Eyes-Blur-Sheryl Crow, et elle ressent le doux embrasement narcotique du Norco et de la Klonopine, tout tellement parfait, elle, jouissant encore *avant de replonger la bite blanche dans sa bouche et ça continue, faisant le nettoyage avec sa langue, il faut quelques minutes comme celles-ci pour régler les comptes et refermer le livre, Tyrone tel un coureur se calme lentement, il a maintenant franchi la ligne d'arrivée, errant sans but après avoir salué la foule en attendant d'avoir retrouvé son souffle et ses jambes, repensant à de vieux kinescopes de Jesse Owens sur la chaîne Histoire…*

Quelle surprise !

Je le *mérite. (Viv.)* Oui, oui. *Putain d'homo oui. (Ty.) Tout le monde a joui ensemble.*

Bébé a toujours la main

C'était cool *(Alf)*

Les trois mystères

La nouvelle année
Quatre affirmations

Sidd Kitchener McCadden avait maintenant huit mois et était un habitué de Peet's Coffee dans Montana Avenue. Il y avait beaucoup d'habitués chez Peet's, et Lisanne se demandait souvent ce que ces personnes faisaient pour gagner leur vie hormis boire du thé et des *latte*. Elles se posaient probablement la même question à son sujet.

Tôt le matin, elle laissait le bébé aux soins d'une nourrice et allait courir le long de la corniche. Les habitués avaient tendance à se rassembler dehors, même s'il gelait, et elle les voyait lorsqu'elle conduisait vers Ocean Avenue. Ceux qui préféraient rester à l'intérieur avaient des places attitrées sur lesquelles ils veillaient scrupuleusement. Quand elle arrivait sur le coup de dix heures, après être passée récupérer son fils, la clique était toujours remarquablement intacte. Ils poussaient des « oh ! » et des « ah ! » en voyant le « petit Sidd » (ils supposaient qu'il s'appelait Sidney), mais Lisanne n'engageait pas la conversation. Elle éprouvait à leur égard un léger mépris et se demandait lequel était l'acteur, le mannequin, le styliste, lequel était entretenu et ainsi de suite. Parfois ils apparaissaient vêtus d'absurdes tenues de cyclistes en Spandex ; parfois ils se fêtaient leurs anniversaires et essayaient de refiler des tranches de gâteau aux innocents qui avaient la malchance d'être assis à proximité. Ils ne semblaient pas riches et aucun d'entre eux n'était célèbre, même s'il arrivait que des riches et célèbres viennent, comme Meg Ryan et son fils ou Kate Capshaw en jodhpurs ou Madeleine Stowe et son adorable mari, qui avait l'air d'un petit dentiste râblé. Tous ceux qui fréquentaient le cours de yoga du coin venaient chez Peet's, et Lisanne ne perdait pas l'espoir de voir Marisa ou Renée pour pouvoir discuter de la chose terrible qui était arrivée à Kit. Ça ne lui paraissait pas déplacé, mais elles ne venaient jamais.

Après la fausse couche de Viv et la révélation du fait que Siddhama était le fils de Kit Lightfoot (révélation qu'elle dissimulait à Philip et à tous les autres), Lisanne s'était mise à étudier *vipassana* sérieusement et se joignait régulièrement à un groupe de Westside. Ils méditaient dans un centre zen coincé derrière un bureau de poste à Santa Monica et aussi chez les membres. Parfois il y avait des *yazas* qui duraient toute la nuit, mais ils se retrouvaient principalement l'après-midi en semaine. Elle aimait *vipassana* car c'était la forme de méditation la plus ancienne, une technique dont on disait que le Bouddha lui-même l'avait pratiquée. Philip la soutenait, même s'il ne manifestait plus grand intérêt pour ce qui touchait au bouddhisme. (Elle n'était d'ailleurs pas certaine que ça l'aie jamais intéressé.) Il lui fit néanmoins construire une cabane aérée dans le parc pour qu'elle puisse faire son *ashtanga* et se laissa même entraîner à un atelier de « bonté-aimante » juste à côté, à Temescal.

La retraite du samedi était dirigée par des professeurs venus de Spirit Rock, un endroit plus au nord. Lisanne et Philip se joignirent à environ vingt autres personnes pour des méditations assises ou en marchant. Personne

n'était autorisé à parler sauf pour répéter quatre affirmations :

... Que je/tu sois en sécurité et protégé du mal.
... Que je/tu sois heureux et que je/tu vive(s) dans la
joie.
... Que je/tu sois en bonne santé et fort ou, si ce n'est
pas possible, que je/tu accepte(s) mes/tes limites avec
grâce.
... Dans ma/ta vie extérieure, que je/tu vive(s) avec
l'aise du bien-être.

Ils répétaient les affirmations en se visualisant d'abord
eux-mêmes ; puis un « bienfaiteur » (quelqu'un qui avait
fait preuve de gentillesse ou de générosité) ; puis un
ami ; puis une « personne neutre » ; une « personne
difficile » ; et enfin, des êtres qu'ils ne connaissaient
pas personnellement.
    L'idée était d'apprendre à transmettre le *metta* (un
terme pali souvent traduit par « bonté-aimante ») à toutes
les créatures, humaines et animales, visibles et invisibles,
nouvellement nées et nouvellement mourantes. Le professeur affirmait que c'était une « pratique du cœur ».
Il disait que souhaiter le bonheur des autres provoquait
la joie et que ne souhaiter que son propre bonheur engen-
drait le chagrin.
    À chaque permutation, Lisanne visualisait Kit. Kit
Lightfoot était elle-même, son bienfaiteur, son ami, sa
personne neutre, sa personne difficile, et quelqu'un
qu'elle ne connaissait pas vraiment. Avant la dernière
méditation en marchant, ils durent envoyer le *metta* à
tous les êtres rencontrés en chemin – les randonneurs,
les oiseaux et même les arbres. (« Même si dans le
bouddhisme classique, expliqua le professeur, quelque
peu à contrecœur, les arbres ne possèdent pas de vraie
conscience. ») Le groupe se sépara et Lisanne flâna

avant de gravir le sentier à flanc de colline. Comme elle franchissait la crête, elle vit cinq méditants qui se tenaient dans une petite dépression et regardaient fixement leurs pieds. Elle s'approcha et ralentit instinctivement, se demandant s'il y avait une bête morte par terre. C'est alors qu'elle le vit : un serpent qui prenait le soleil sur le sentier. Son bruiteur était translucide et d'un jaune sale, comme une vilaine tétine. Les fanas du *metta* le bombardaient d'amour, et il se mit alors à bouger. Tous les yeux suivirent le reptile tandis qu'il ondulait à travers l'herbe, visible pendant environ soixante-quinze mètres avant de s'évanouir. Elle aurait aimé que Philip soit là, mais il était parti dans une autre direction. Pour Lisanne, ce fut le clou de l'atelier, mais elle ne lui parla jamais de la rencontre. Ç'aurait été faire preuve de suffisance, ce qui allait à l'encontre des enseignements.

Grâce à la sangha des vieilles et des nouvelles relations, elle fit la connaissance d'un groupe d'adeptes qui avaient connu Kit avant sa mésaventure. Et c'est ainsi qu'un jour, par hasard, malgré l'importance considérable de l'événement, elle fut invitée à rendre service dans une maison modeste au bout d'un cul-de-sac de banlieue.

Les abords de Riverside

La vieille maison avait fait peau neuve.

Pimpante et restuquée, astiquée, remeublée, un mur l'entourant désormais, rien de trop haut ni ostentatoire, mais joliment réalisé. Suffisamment épais pour en imposer.

Quelques nouveaux ajouts ornaient l'allée et le trottoir – le 4 × 4 Mercedes noir de jais de Kit, pour commencer. (Un garçon du quartier le lavait à la main chaque semaine.) Ensuite, son fabuleux vieux pick-up des années quarante. Sur la pelouse, l'historique Indian, la Triumph en goutte d'eau et la Harley au guidon à franges hibernaient luxueusement sous une bâche maintenue par un cadenas. Une Range Rover argentée avec de petites ouïes de requin était aussi là, qui bloquait l'allée – pour l'usage de Burke uniquement. La majestueuse, bien-aimée, increvable Deville – l'épave qui avait perdu ses roues environ un mois avant que Kit ne vienne jeter un coup d'œil aux lettres d'amour de Rita Julienne – avait disparu. Partie à la casse. Tula, le garde du corps fidjien, passait l'essentiel de son temps à dormir devant la maison dans une Crown Victoria bordeaux, une voiture de détective acquise aux enchères.

Un véritable salon de l'auto, mais ça ne dérange pas les voisins.

L'acteur, placé sous la vigilance imposante de son

père, aurait pu être planqué n'importe où : Arizona, Jackson Hole, Californie du Nord. Canada, Cabo, Dominique. Bon Dieu ! absolument n'importe quel endroit pouvait être transformé en centre de rééducation dernier cri pour un seul homme. Il aurait même pu être décidé, avec la pleine coopération des administrateurs, de fortifier l'enceinte (déjà sûre) de Benedict Canyon, de faire coucher les infirmières, les médecins, les thérapeutes et les cuisiniers dans les chambres d'amis et la maison pour les invités, et de remiser les *sanghanistes* dans le zendo. Mais M. Lightfoot savait qu'une telle manœuvre aurait fait de lui, du moins aux yeux du public, un esclave docile ; plus facile aussi pour ceux qui en avaient le pouvoir de le faire dégager une fois que son garçon irait mieux. Non, tout était une question de perception – ça l'avait toujours été, ça le serait toujours. Il n'aimait pas trop la vue depuis le fond du bus. Il ne l'avait jamais aimée. Il allait lui falloir un minimum de contrôle dès le début pour avoir une chance contre ces Goliath d'avocats.

Il avait fait pression pour Riverside et il avait gagné. Gagné gros.

Toutes ces années durant, la vieille chambre avait été conservée en l'état, avec son aquarium de bureau et son gant de receveur de base-ball à la poche noircie sorti tout droit d'une couverture du *Saturday Evening Post*. Les étagères du salon étaient impudemment recouvertes de coupures de magazines (Cela dénichait les jolis cadres au troc de Rose Bowl) : Kit recevant le trophée du People's Choice, le Golden Globe, le MTV-ceci, le Show West-cela – Kit avec Nicole et Bob Dylan, Meryl, le prince Charles, quelques gamins estropiés, le dalaï-lama, Rosie, Oprah, Giuliani et le Pompier Chantant, Clinton, Sinatra, Mick, Hockney, Mandela et Sting, Kofi et Gwyneth, George W. et Condoleezza.

Les photos de Viv avaient été balancées.

(Il n'y avait pas de piscine dans le jardin, mais Burke en installa une au-dessus du sol équipée d'une machine à vagues thérapeutique pour que l'enfant prodige se défoule. Il acheta aussi un monstrueux barbecue d'acier en kit. Coût, quatre mille dollars. Kit aimait les burgers de Cela encore plus que ceux de chez In-N-Out.)

Tous les tapis blancs que Rita Julienne Lightfoot avait arpentés tel un fantôme pendant des années avant le divorce, ces années de merde, toxiques, à geindre, avant qu'elle ne récolte sa moisson de tumeurs de la chatte... Tous les tapis blancs, autrefois nettoyés de façon compulsive par cette putain de harpie, désormais arrachés et remplacés par une moquette épaisse.

Personne ne pouvait nier qu'il y avait une profonde pureté folklorique, une simplicité démoniaque – l'essence du mythe populaire moderne – dans le fait que Burke s'arrange pour que Riverside devienne le centre de rééducation de l'enfant prodige. Faire les choses simplement. (Il expliqua à Cela que c'était l'histoire « des hirondelles qui retournaient à Capistrano ».[1]) La formule toute simple fit aussi un tabac auprès de la presse et fut reprise par tous les médias imaginables de la planète connectée, commotionnée. Lightfoot Senior devint son propre conseiller en communication, mettant un terme aux rumeurs qui affirmaient qu'il était une ordure, un mercenaire, un père parasite : Burke le nonchalant devenu protecteur extraordinaire. On pouvait compter sur les avocats pour faire traîner les problèmes de curatelle afin de continuer à percevoir leurs honoraires de voleurs.

1. On dit que les hirondelles reviennent chaque année, le 19 juin, à la mission de San Juan de Capistrano, en Californie. *(N.d.T.)*

Les mois passaient sans que rien ne soit résolu. Les fonds circulaient à peine, les cordons de la bourse étaient bien serrés ; la bataille était loin d'être achevée et les ennemis abondaient. Les administrateurs versaient une pension de misère pour une escorte de sécurité privée – Tula, une armée à lui tout seul – et une allocation à Kit dans laquelle, techniquement, son père pouvait piocher. (La pension ne couvrait pas les repas ni les heures supplémentaires de Tula, et Burke aimait dire qu'il allait finir fauché avec tous les déjeuners et les dîners pris chez KFC.) Les avocats essayaient de l'humilier, de le briser – de lui imposer un arrangement pour qu'il se tire. À Vegas, ou ailleurs. Hors de leur vue. Guerre d'usure classique. Lui faire jeter l'éponge pour qu'ils puissent exiger leurs frais ignobles, aller au bout de leur misérable logique de sociopathes. Le dépouiller de ce qui lui appartenait, par le sang. Eh bien, qu'ils aillent se faire mettre ! Vous pouvez tous aller tous vous faire mettre. Comme ils disent dans le Sud.

Riverside adorait ça.

Comme la maison ancestrale se trouvait dans une « rue non passante » au bord d'un caniveau ressemblant à une douve, l'accès était relativement facile à contrôler. Sous l'influence enthousiaste des résidents, le conseil municipal approuva vite l'installation d'un point de contrôle muni d'une barrière. À moins d'avoir un permis, seuls les riverains étaient autorisés à pénétrer dans la zone de cinq pâtés de maisons en question. Par ordonnance spéciale du maire, les joujoux des *traqueurazzi* – hélicoptères, petits avions et montgolfières – se virent naturellement bannis de l'espace aérien au-dessus de la zone. Le quartier se rassemblait autour de son héros déchu au milieu du déchaînement médiatique, car il fallait vraiment l'aide de toute la communauté : Riverside se réjouissait de sa nouvelle image, le trou à rats infesté de crimes et d'amphétamines s'était transformé en municipalité nourricière. Burke Lightfoot se délectait aussi du soutien de sa ville natale jadis vaguement hostile et se félicitait de son tout nouveau puritanisme anti-médias. Il renouvela ses liens affectifs avec ce meilleur des mondes, comté de personnages influents, d'utilitaristes pressés, de surdoués qu'il n'avait après tout jamais abandonné, royaume de moralité civique et de pragmatisme, ce protectorat adroit, prévoyant, soudainement *dans le coup*, dont le soutien vivace, tapageur, saugrenu, avait été inattendu et ne lui valait plus que louanges et jubilation.

Constamment, une flottille de fourgons et de camionnettes des médias et la petite industrie des camping-cars de restauration étincelants qui poussaient comme des champignons pour les nourrir (avec les permis de rigueur, renflouant d'autant les coffres de la ville) étaient postées à la lisière du quartier. Les reporters menaient au hasard les enquêtes mais se faisaient rembarrer par les gens du coin lorsqu'ils les interrogeaient sur le prétendu état de – et/ou les rencontres de voisinage formelles ou informelles avec – la superstar tragique qui (soi-disant) se traînait, clopinait, titubait, et récupérait parmi eux. C'était du jamais vu, mais aucune photo trouble ni aucune anecdote insipide n'avait été divulguée ni vendue à la presse tabloïd. Rien à se mettre sous la dent. Le front uni était incroyablement, totalement, salutairement Capraesque et constituait presque autant une histoire à lui tout seul que son sujet. Ç'avait aussi un côté « branche des davidiens ».

Les pelouses étaient mieux tondues. Ce petit demi-hectare pieux prenait des airs d'utopie luxuriante, un paradis terrestre singulièrement « Amérique moyenne » sur lequel régnait le Seigneur Lightfoot, Monsieur Loyal tiré à quatre épingles et sympathique Magicien de Kit. En y regardant bien (la lumière diffusée par les lampadaires n'était ni large ni vive), on pouvait les voir déambuler le soir – enfant sauvage blessé et gardien martyrisé. Sous le soleil de Riverside (et la nuit aussi), des troupes de moines en robe safran allaient et venaient, polies, aimables, effacées, se mêlant discrètement au cocon de la communauté. Burke les utilisait pour faire des courses et nettoyer la maison. Ils se chargeaient de la rééducation de Kit car le père ne faisait pas confiance aux thérapeutes envoyés par l'hôpital ; après leurs visites, des objets semblaient toujours avoir disparu.

Seuls quelques-uns des vieux copains téléphonaient ou demandaient à passer. Kiki ne vint qu'une fois (il est vrai qu'elle appelait souvent, mais M. Lightfoot décourageait les visites), de même que Robin Williams et Edward Norton – mais pas sa soi-disant âme sœur d'ex-fiancée ni Alf, alter ego putatif et meilleur ami autoproclamé, dont la rumeur disait qu'il se nourrissait désormais de la chatte de Viv, ni aucun des parasites de studio, des managers ou des as du barreau qui avaient froidement délesté de tant de centaines de millions son fils superbe et travailleur. Soit, très bien. Mieux valait que ce soit des moines désintéressés qui s'occupent de lui.

Larry King et Barbara Walters appelaient, pour lui faire de la lèche. Barbara crevait d'envie d'obtenir une interview. « Je suis très, très patiente », dit-elle sournoisement. Juive coriace. Un paquet de cran. Ils flirtèrent à la longue, Burke la soumettant à l'épreuve de son « charmathon » bien rodé. Chaque fois que Barbara raccrochait – après avoir dit qu'elle rappellerait la semaine suivante, ce qu'elle faisait, précise comme une horloge – il pensait : Femme captivante. Une vraie pro, et aussi un sacré canon en son temps.

Becca à Venice

À cause d'engagements conflictuels dans l'emploi du temps de Russel Crowe, *Sosies* fut tourné durant les vacances et au début de la nouvelle année. Becca acheva sa partie juste avant Thanksgiving. Elle ne restait jamais pour faire office de doublure lumière car Drew avait demandé à être remplacée par sa doublure habituelle. (Drew avait ce côté loyal.) Elle se tenait au courant des ragots croustillants de plateaux grâce à un second assistant-réalisateur qu'elle avait furtivement embrassé un jour que Rusty avait été vache avec elle. Ce qui, dernièrement, n'était pas rare.

La grosse rumeur était que Russell (sa femme, qui était enceinte, n'était restée à L.A. que pendant une partie du tournage) avait eu une sorte de flirt houleux avec la vraie Drew et que le sosie de Billy Bob faisait chavirer les cœurs de tous les sosies féminins (et de l'un des mâles), même s'il était tombé désespérément amoureux de la véritable et très jeune Scarlett Johansson. Ce qui était marrant car, comme le fit remarquer le second assistant, la vraie Scarlett et le vrai Billy Bob avaient déjà eu une liaison (à l'écran) dans ce film où Billy Bob interprétait un barbier. Le second assistant affirmait que la vraie Scarlett, qui avait, peut-être ou peut-être pas, eu une liaison avec le vrai Benicio, « se tapait » à coup sûr le vrai John Cusack. Le second assistant expliqua qu'il pensait que le vrai JC avait peut-être une liaison avec la vraie Meryl (qui faisait une petite apparition très cool) ou le sosie de Meryl, ou les deux. Becca doutait que la très mariée Mme Streep ait une liaison avec qui que ce soit, et soudain tous les renseignements que lui avait murmurés le second assistant furent remis en question.

Elle était contente que Rusty ait parlé de son double avec un respect et une affection si sincères. Ils avaient déjà tourné quelques scènes, et apparemment Rusty s'en sortait bien. Il raconta à Becca que le « Gladiator » (même s'il ne l'avait jamais appelé ainsi en face) était un gentleman en tous points. Ils avaient même bu un verre ensemble.

Vivre à Venice était sympa. Becca adorait faire de petites balades excitantes dans Abbot Kinney Boulevard ou boire des verres à Primitivo. Elle aimait entrer dans des boutiques de meubles rétro et constituer mentalement des listes de choses à acheter pour sa future maison à flanc de colline. (Elle songeait à Los Feliz. C'était là que vivaient Spike et Sofia, et le chef de la police aussi.) L'appartement de Rusty était étroit et moisi et, même si elle aimait entendre le son de l'océan, elle avait honte de jalouser l'antre « nouveau riche » à la décoration absurde des Dunsmore.

Le désir de maison la tiraillait comme elle imaginait que le désir d'enfant la tiraillerait un jour – elle voulait le nid avant les œufs – et coïncidait, comme d'habitude, avec l'envie que sa mère vienne la voir de Waynesboro. Elle n'aimait pas l'idée que Dixie puisse dormir dans quelque motel du type Surfside ou Ocean View mais n'avait pas non plus les moyens de la loger chez Shutters ou au Viceroy. (Sa mère insisterait pour payer sa part de toute manière.) Mais ce n'était pas non plus comme si elle se disait qu'elle devait viser haut.

Hormis le fait qu'elle était accro à « Propriété de rêve », elle parcourait toujours les petites annonces du *Times* ; il y avait beaucoup de maisons géniales pour un demi-million ou juste un peu plus. Quelque chose disait à Becca que Rusty et elle avaient mis le cap vers cette fourchette de prix, mais sa nature pratique et économe prévalait – elle avait décidé que si ça n'était pas pour bientôt, elle attendrait son heure. Elle se voyait vivre en communauté, au besoin. Elle avait lu dans un magazine que, depuis son divorce, Drew avait logé avec une ribambelle de colocataires (comme dans cette vieille sitcom sur TV Land que Becca et Annie aimaient regarder quand elles se défonçaient) et ses chiens, Templeton (moitié labrador, moitié chow-chow), Vivian et Flossie (le labrador qui lui avait sauvé la vie la nuit de l'incendie) dans une maison orange vif – *orange !* – comportant trois chambres. Mais il s'agissait probablement d'un journaliste qui prenait ses désirs pour des réalités, car rien de tout cela ne semblait coller avec ce que Becca avait lu sur le parc de 800 mètres carrés à l'abri derrière son portail avec quartiers pour domestiques, même s'il semblait tout à fait possible que l'habitation orange se trouve sur une autre portion du parc et que les publicistes n'aient pas dit toute la vérité sur la Casa Barrymore. (Parfois ils travaillaient ainsi, de connivence avec les journalistes, ajoutant ou soustrayant des détails afin de rendre le mode de vie des célébrités le plus acceptable possible pour le lectorat, en fonction de la qualité de chaque publication spécifique.) Becca adorait l'idée de la famille instantanée. Elle demanderait à Annie et Larry d'emménager avec elle, sur-le-champ.

En attendant chez le gynécologue, elle trouva une lecture très intéressante dans *Bazaar*. L'article qui faisait la une affirmait que si Drew se réjouissait sans réserves de son rôle de marraine de la fille de Courtney

Love, Frances Bean, elle n'était pas encore prête à avoir elle-même des enfants. Et quand elle le serait, elle n'adopterait jamais – le sous-entendu étant que la mode de l'adoption provenait d'actrices vaines qui avaient des idées malsaines sur leur schéma corporel. Becca n'avait jamais envisagé la question sous cet angle (elle croyait pour sa part que les jeunes stars adoptaient parce qu'elles étaient stériles), mais il y avait du vrai là-dedans. Drew lui avait vraiment ouvert les yeux.

À la fin de l'article, Drew affirmait que le mariage n'était pas un but pour elle à ce moment de sa vie. Elle voulait juste s'amuser et être en vie. « Je suis si amoureuse de l'amour », disait-elle.

Becca comprenait.

Elles ne s'étaient pas vues depuis la scène du baiser, qui avait été filmée le dernier jour du tournage pour Becca. Ç'avait été marrant de se rouler des pelles, et c'était devenu assez intense, et un lien s'était créé mais sans rien de bizarre. Becca s'était tellement collé de ces petites pastilles de Listerine sous la langue qu'elle avait cru se faire une brûlure.

Elle aurait eu tellement de questions à poser ce jour-là, mais au bout du compte, c'était Drew qui avait fait l'essentiel de la conversation. Elle savait naturellement que Becca était la bonne à tout faire de Viv (Becca était convaincue que c'était par amour-propre que Viv lui avait accordé un congé pour tourner son rôle dans *Sosies*, car il s'était trouvé que Drew avait fait une brève apparition dans *Ensemble*, non pas par amitié envers Viv mais parce qu'elle était l'ex de l'une des autres stars avec qui Viv partageait l'affiche, et durant l'enregistrement, Drew avait fait les louanges de Becca auprès de Viv, devant Becca, affirmant que c'était une fille super et que c'était vraiment marrant et génial que Viv ait embauché sa « sœur de cœur », et Becca savait qu'en l'empêchant de travailler sur le film de Spike Jonze, Viv se serait exposée au mépris de Drew et de ses amis du cinéma, ce qu'elle ne souhaitait évidemment pas) et Drew voulait savoir si ce qu'elle avait entendu dire était vrai : à savoir, que Viv couchait avec Alf. Becca répondit que oui – elle savait que Drew et Alf avaient eu une liaison – mais que c'était un grand secret. Drew se contenta de rire et de dire qu'Alf était réellement une pute et que ç'avait dû être vraiment dur pour Viv avec tout ce qui était arrivé à Kit mais que la manière dont elle l'avait largué pour son meilleur ami avait tout de même quelque chose de moche et de lâche. Surtout dans de telles circonstances. Mais ce n'était certainement pas à elle de juger, conclut Drew. Puis elle raconta que Kit était adorable et qu'elle traînait avec lui à l'époque où elle vivait à Carbon Canyon et que c'était lui qui lui avait fait découvrir la méditation. Elle raconta la fois où ils étaient tous – Drew et Kit et Tom et Kathy Freston (Tom était le directeur de MTV, précisa-t-elle) – allés à Westwood pour voir un maître *vipassana* nommé Goenka qui faisait le tour des États-Unis dans un mobil-home. Elle ajouta que c'était horrible qu'un connard lui ait fait ça et ait foutu sa vie en l'air et qu'elle se sentait coupable de ne jamais avoir essayé d'aller le voir quand il était à Cedars. Pendant un moment, elle sembla sur le point de pleurer, mais le chien d'un membre de l'équipe se précipita pour la lécher et faillit la renverser. Elle éclata de rire et caressa sa fourrure tout en lui parlant comme à un bébé à travers ses larmes interrompues. Drew était ainsi – un grand cœur ouvert. Une brave fille.

Plus tard, pendant qu'ils baisaient, Rusty la fit parler du baiser avec Drew comme si c'était une chose importante qui avait émoustillée Becca. Elle détestait qu'il lui demande de dire des choses pendant qu'ils faisaient l'amour. Il voulait qu'elle dise que leurs tétons étaient devenus durs, qu'elles s'étaient mises à mouiller et à s'exciter secrètement tandis que la caméra tournait, ce qui était totalement éloigné de la réalité. Mais tant que Rusty prenait son pied, qu'est-ce que ça pouvait lui faire ? Plus elle parlait, plus elle entrait dans son jeu, et elle détestait le fait qu'il puisse si facilement la maniper. Mais le voir excité l'excitait à son tour – le sexe était puissant. Elle dirait tout ce qu'il voudrait entendre, ferait tout ce qu'il demanderait, sauf peut-être une nouvelle partie à quatre, mais lorsqu'il la mettait dans cet état elle savait qu'elle ne pourrait jamais dire « jamais ». Lorsqu'il jouit, elle jouit aussi, et c'était tout ce qui comptait.

Dans la rue où il habite

La réunion eut lieu par une après-midi froide et grise de janvier. La plupart des maisons du quartier sécurisé de Riverside devaient encore se débarrasser de leurs sapins de Noël.

Elle eut l'impression d'être déjà venue dans ce cul-de-sac – pas simplement cette fois, un mois plus tôt, en tant que touriste réticente, mais dans une autre vie. Lisanne creusa profondément et fit apparaître le beau crâne anguleux de la mère de Kit, ses cheveux prématurément blanchis par l'abjecte indignité de cellules dévoyées prospérant en secret sous le verre d'une serre maritale fracturée. Tant de violence. D'après les sites Internet et les bios non officielles parues en livres de poche, Burke avait fini par quitter Rita Julienne – dont le nom même dénotait une délicatesse et une vulnérabilité rustiques ! – la laissant seule avec son fils jusqu'à ce que la femme malade ne puisse plus supporter de vivre dans cette misérable ville et se réfugie dans un studio à 435 dollars par mois dans la cité infestée de gangs de Panorama City. (Burke erra à Vegas avant de récupérer le domaine familial le soir même du jour où ils avaient fui. Il était revenu si vite qu'il disait en plaisantant à ses potes : « les toilettes étaient encore chaudes ».) Ces derniers mois avaient été difficiles pour R.J. Elle était sur le point de se faire saccager l'utérus et d'être jetée aux chiens de la chimio.

Lisanne ferma les yeux et s'immergea. Elle demanda à Tara de l'aider au moyen de divinations curatrices, se martyrisa en songeant à des cris et des murmures, aux pensions alimentaires impayées et aux lymphomes veineux, aux tumeurs de divorce grosses comme des pamplemousses poussant dans le terreau domestique de la douleur cervicale. Assise dans la voiture deux maisons plus loin, extralucide regardant le passé, elle entendait tous les vieux sons et sentait les vieilles odeurs – faisant apparaître comme par magie le voile zoologique de la puanteur animale de Burke Lightfoot, brassage teinté de pied d'athlète, d'eczéma marginé et de raie pas lavée, d'eau de Cologne de bon à rien et de déodorant de parvenu à trente dollars, d'haleine chargée de bain de bouche et de charisme de maquereau. Elle invoqua même les sensations sombres et mystiques d'arbres à feuilles humides et de leur vermine, de rues et de châssis de fenêtres moites, de journaux détrempés éparpillés, d'allées tachées d'essence et d'odeurs de voisinage insulaire, relevées par l'épice vive et la fumée bleue des choses sublimement automnales. L'air lui-même parlait en langues enthousiastes de délabrement suburbain.

Miracle : elle était maintenant à l'intérieur de cette maison triste, se déplaçant tel un guide de musée entre ses murs chargés d'histoire, rouage officiel dans la *sangha* bien-aimée. Son humble réunion avec l'acteur était, comme elle le souhaitait, passée inaperçue. Lisanne et une fille du groupe de méditation de Santa Monica avaient été engagées pour accompagner un moine doux au teint cireux ; elles étaient censées rendre service et exaucer toutes les requêtes du père et du fils. (Quiconque venait à Riverside subissait l'examen minutieux du père et n'était pas invité à revenir sans son approbation. La plupart des visiteurs qui avaient le droit de revenir étaient du sexe féminin.) Les femmes faisaient le ménage pendant que les hommes, disons un moine ordonné ou un méditant expérimenté, étaient assis avec Kit en toute quiétude dans la cour ou le salon ou lui faisaient paisiblement la conversation. Lisanne essayait d'être près de lui. À l'heure du déjeuner, elle réarrangeait les aliments dans le garde-manger ou nettoyait une seconde fois le compartiment légumes du réfrigérateur, si besoin était.

Elle aimait particulièrement récurer les toilettes de sa chambre. Un adepte avait affirmé que nettoyer les toilettes était une pratique bouddhiste ancienne et vénérée – une façon particulièrement honorable d'être méritant. Au début, elle n'y croyait pas. Puis l'un des moines lui avait expliqué que nettoyer les toilettes était un moyen infaillible de faire taire son ego. Il y avait même des agences de voyage spécialisées (ils faisaient de la pub dans les magazines bouddhistes) qui proposaient simultanément les deux activités génératrices de mérite : nettoyage de toilettes et visite de sites sacrés. Lisanne comprenait. Elle savait que ses humbles efforts étaient un poème, une méditation à genoux équivalente aux prostrations mille fois plus nombreuses endurées par les pèlerins lorsqu'ils marchaient autour des montagnes sacrées du Tibet. Elle ne portait jamais de gants. Elle enfonçait la main pour nettoyer la cuvette avec une petite éponge marine comme s'il s'était agi de l'albâtre le plus rare. Parfois elle se faisait une coupure infime avant de nettoyer pour que son sang absorbe l'effluence microbienne qui restait. Parfois elle regrettait qu'il ne laisse pas plus de lui-même.

De temps à autre, une femme nommée Cela venait. Lisanne aimait son sourire rosé. Elle et Kit étaient apparemment allés à l'école ensemble. Lisanne réorganisait un placard lorsque Cela et le père de Kit entrèrent soudain dans la pièce et s'embrassèrent avant de remarquer sa présence. Ils gloussèrent et ressortirent aussitôt. Un *sanghaniste* affirma que Cela et Kit avaient eu une liaison, « à l'époque ». Lisanne pensa que les ouï-dire sont le pire genre de poison, et que les blessures karmiques que s'infligent involontairement les colporteurs de ragots sont plus délétères que celles subies par les personnes qui sont l'objet de ces ragots, quels que soient leurs méfaits. Parfois Lisanne devinait le regard curieux, vaguement prédateur, de M. Lightfoot sur elle, mais elle lui faisait toujours détourner les yeux grâce à un sourire bienfaisant, neutre – sa Joconde *vipassana*. Elle marchait sur des œufs, car elle voulait lui plaire, pour être sûre qu'il la laisserait revenir.

En quelques visites, elle n'avait croisé le regard de Kit qu'une seule fois. Il lui avait fait un grand sourire, sans pour autant sembler reconnaître la messagère honorée de Tiff Loewenstein, la livreuse du bouddha de Sotheby's. Tant mieux, pensa-t-elle. Mieux valait faire table rase. Elle eut alors une idée merveilleuse – elle allait lui restituer l'idole. Parfait, la boucle serait bouclée ! Elle se rappela que Tiff avait protesté lorsqu'elle avait suggéré d'apporter l'objet sacré à l'hôpital, mais maintenant les choses étaient différentes. Maintenant, ce serait son privilège et son devoir. Elle était absolument convaincue, dévotieusement convaincue, qu'il était essentiel que Kit ait le bouddha de cuivre incrusté de joyaux et ses vibrations à portée de main. La statue était probablement dans la maison de Benedict Canyon. Elle résolut d'attendre le bon moment pour demander à M. Lightfoot de l'aider à le retrouver.

Une visite particulière

Burke était en train de lire la presse tabloïd assis sur les chiottes lorsque la sonnette retentit. Il leva les yeux, distrait.

« Oh merde ! marmonna-t-il en se souvenant. Une minute ! »

Il se retint et se rua sur l'armoire à linge.

Kit était assis dans la piscine, machine à vagues éteinte, fumant l'une de ces cigarettes à base de plantes que Tula lui roulait. (Burke autorisait Tula à y ajouter de l'herbe quand Kit avait des spasmes.) Il portait un réflecteur argenté autour du cou, un modèle d'époque que Cela avait déniché au marché de Roadium.

Burke se précipita dans le jardin en portant une pile de serviettes et un peignoir en éponge, tel un groom pris de panique.

« Viens ! Il y a des gens que je veux que tu rencontres !

– Je bronze ! » aboya Kit, gentiment.

Il avait la voix traînante des personnes souffrant de lésions neurologiques, caractéristique et pourtant facile à comprendre. Son entêtement à utiliser des mots venus de nulle part était tendrement attachant et rendait Kit d'autant plus regardable – le grand sourire qui était sa marque de fabrique transparaissait, couronné par des yeux cinémascopiques étincelants.

« Dommage, dit Burke. Viens ! » Il aida son fils hilare à sortir de la piscine, nu comme un ver. La coupe de cheveux maison l'enlaidissait de jour en jour, et Burke perçut une bouffée de son haleine. « Bon sang ! Essaie d'utiliser une brosse à dents de temps en temps, tu veux bien, s'il te plaît ? »

Kit se fendit « du Sourire ».

« Ces gens sont venus de loin pour te voir, dit Burke tout en l'essuyant. Ils ont fait tout le putain de chemin depuis Hiroshima.

– On va les baiser, dit Kit, d'un ton badin.

– Oui, c'est ça, je sais. Mais c'est déjà fait. On a largué la bombe atomique.

– Baiser baiser baiser !

– Je sais, je sais. Ton activité préférée. »

Ils se dirigèrent vers la maison au rythme de « baiser-baiser-baiser » mélodiques, contrepartie jubilatoire pour obtenir la coopération de Kit. Sa démarche heurtée s'était grandement améliorée depuis l'époque de Valle Verde.

« Et rien de tout ça devant les Takahashi, O.K. ? Ils ne se sont pas tapés vingt mille bornes sur Air Jap pour t'entendre raconter des cochonneries. »

L'industriel et sa famille étaient rassemblés dans la salle du petit-déjeuner. Ils entamèrent leurs courbettes incessantes et leurs susurrements polis au moment où Kit et son père entrèrent. Les filles adolescentes gloussèrent, roulant des yeux telles des pouliches prises de folie. Le pater familias, figé, plissa les yeux de joie, prêt à déclencher une minuscule caméra DV.

« Je ne peux pas vous laisser utiliser ça, M. Takahashi, dit Burke, cordial mais ferme. Désolé. *Vriment disoli*. Ça ne fait pas partie de l'accord. »

L'homme accéda à la requête sans protester et replaça la caméra dans son étui.

« Jolies filles ! cria Kit. Made in Japan ! »

326

Les humbles sœurs perplexes semblaient sur le point d'entrer en combustion spontanée. La fréquence de leurs coups d'œil hardis, toujours furtifs, en direction de la superstar s'accéléra pour atteindre une vitesse stroboscopique inhumaine.

« Je suis bronzé ! » cria aimablement Kit. Les sœurs reculèrent puis avancèrent simultanément, la main sur la bouche. « Vous êtes trop pâles ! Trop pâles ! "Made in Japan" est trop pâle !

– Venez les filles », dit Burke. Il les poussa littéralement en avant tout en chantant, « Ne soyez pas timides, rencontrez un garçon, tirez une chaise ! » Elles résistèrent tout d'abord, mais lorsqu'elles entrèrent en collision avec Kit, la glace sembla enfin rompue. « Mon fils est un homme occupé », dit Burke en aparté au patriarche.

Kit les embrassa sur les joues, qui rougirent instantanément comme si elles étaient contusionnées. L'une des filles pleurait maintenant tandis que l'autre semblait au bord de la crise de nerfs. L'industriel se tapait sur les genoux de joie, visiblement lui-même à la limite de l'hystérie.

« Alors, vous en pensez quoi, M. Takahashi ? » demanda Burke, pour la forme. Il commençait à se demander sérieusement si ses hôtes comprenaient un traître mot de ce qu'il racontait. « M. Takahashi possède des aciéries.

– Je baise ! lança Kit et Burke roula les yeux.

– Oh, c'est parti. Bon, ne commence pas… »

(Le seul mot qu'ils risquaient de comprendre.)

« Je baise ! Je baise ! Je baise ! Je baise ! Je baise !

– Allons, mon garçon », réprimanda-t-il.

Mais tout le monde semblait s'en moquer.

Burke éclata de rire avec les Ornementaux, ainsi qu'il les appela sans détour lorsqu'il eut la confirmation que, à sa grande satisfaction, ils ne pigeaient rien.

L'Ornemental en chef laissa vingt-cinq mille dollars en espèces soigneusement enveloppés dans du papier de riz. La visite avait été clandestinement organisée grâce à un majordome du Bellagio ; l'industriel était un gros poisson. Se sentant comme un personnage de *Ocean's Eleven*, Burke appela pour dire que le marché était conclu. Le majordome dit qu'il avait déjà touché sa part, « alors faites-vous plaisir ».

Ils regardèrent une rediffusion des *Osbournes* pendant que Burke sniffait discrètement de la coke. (Il ne voulait pas nécessairement que son fils voie ça.) Quelque chose à la télé fit rire Kit, et Burke demanda : « Qu'est-ce qu'il y a de si marrant ? Ozzy cause exactement comme toi. Je pige rien de ce qu'il raconte.

– Arrête de mentir, rétorqua Cela », sur la défensive.

Burke se pencha pour l'embrasser sur la nuque mais elle s'écarta – elle n'aimait pas qu'il fasse des trucs comme ça devant Kit. Burke se leva et marcha vers la chambre, se retournant pour lui lancer un regard aguicheur comique. Elle sourit et secoua la tête, puis attendit quelques minutes avant de faire la bise à Kit pour lui souhaiter bonne nuit. Il avait des boutons sur les joues. La prochaine fois que Burke ne serait pas dans les parages, elle en percerait quelques-uns et lui couperait les cheveux. Cela prit soin d'aller à la salle de bains avant de rejoindre Burke histoire d'être discrète, mais Kit était absorbé par les pitreries de la sitcom et ne prêtait aucune attention aux allées et venues.

« Laisse la porte ouverte, lança Burke depuis le lit, avec des yeux brillants et lubriques. Pour que le fiston puisse jeter un coup d'œil si il veut. »

Elle la ferma.

Il l'attira à elle.

« Tout ce fric Ornemental m'a filé la trique. »

Vogue

Becca fut folle de joie lorsque le second assistant-réalisateur appela pour la fête de fin de tournage de *Sosies*. Rusty était déjà au courant. Il annonça que Grady et Cassandra venaient avec eux.

Elle n'avait aucune raison de parler de la fête à Viv. Dès qu'il s'agissait de son employeuse capricieuse, Annie rappelait constamment à Becca de « réfréner son enthousiasme ». Tout ce qui touchait au fait qu'elle était sosie professionnelle, c'est-à-dire, une perdante, ne posait pas de problème – Viv semblait s'en délecter. Tout le reste, particulièrement ce qui la rapprochait de la fraternité du showbiz, était risqué. Chaque fois qu'elle passait une audition – et elles étaient rares et espacées – ou même quand on l'appelait pour faire le cadavre dans *Six Feet Under*, elle était obligée de mentir pour échapper aux représailles de Viv. Becca s'était secrètement signée la première fois qu'elle avait annoncé que sa mère avait un cancer du sein et avait parfois besoin d'être conduite à ses rendez-vous chez le médecin. Chaque fois qu'un « rendez-vous » survenait, Viv était si gentille et pleine de compassion, allant même jusqu'à demander si elle pouvait l'aider de quelque manière que ce soit. Becca aurait voulu ramper dans un trou et mourir lorsqu'elle apprit que la mère de Viv était décédée de cette même maladie. Elle aurait voulu pouvoir retirer ce qu'elle avait dit. Elle savait que si la vérité était un jour découverte, elle serait renvoyée et vilipendée en public. Blackboulée. Cependant, Becca estimait ne pas avoir le choix – elle était venue à Hollywood pour être actrice, pas assistante personnelle d'une actrice. Et Viv avait annoncé la couleur dès le début. Becca pouvait toujours démissionner. Mais même si elle était mal payée, travailler pour Viv Wembley était inestimable en terme d'expérience et de relations. Nombre de ses activités quotidiennes étaient ennuyeuses, même si d'autres aspects du boulot, comme fréquenter des gens qu'elle admirait et qu'elle n'avait jusqu'alors vus que dans des magazines ou au cinéma ou à la télévision, compensaient largement les côtés négatifs. (Ça valait assurément mieux que les jobs proposés par Elaine Jordache.) Viv était dure, mais Gingher avait exagéré ses mauvais côtés. Gingher avait elle-même un problème d'attitude. Personne, pas même Larry Levine, n'avait eu de ses nouvelles depuis qu'elle était soi-disant partie pour New York. Peut-être que Viv l'avait fait jeter en prison. Becca craignait toujours un peu qu'elle revienne de Dieu sait où et cherche à récupérer son boulot.

Viv demanda à Becca de lui apporter une cigarette et de lui préparer un pot de thé vert. Elle venait de commencer le Jour Un de l'interview qui ferait la couverture de *Vogue*.

Elle n'avait pas accordé de véritable interview depuis l'agression. Son publiciste avait expliqué que *Vogue* « n'aborderait que légèrement le sujet de Kit » et se concentrerait principalement sur d'autres choses, des « choses qui allaient de l'avant », comme la sempiternelle rumeur qui affirmait que *Ensemble* en était à sa dernière saison. La journaliste avait aussi informé le publiciste qu'elle avait hâte d'en savoir plus sur le rôle qu'elle venait d'accepter et qui lui vaudrait de partager l'affiche du nouveau Nicole Holofcencer avec le bourreau des cœurs Alf Lanier.

« J'aimerais – et je sais que c'est difficile – évoquer brièvement les événements terribles, et qui intéressent le public, concernant votre fiancé. »

Viv eut la sensation d'être frappée par surprise, même si elle savait que ça allait venir. La journaliste avait simplement voulu aborder la question dès le début pour s'en débarrasser en pensant que ce serait mieux pour tout le monde.

« Vous savez, ce n'est pas un sujet dont je suis prête à parler », répondit-elle par réflexe, affichant un sourire impénétrable.

Becca écoutait en catimini. (Je me demande si elle est prête à parler de Alf Lanier en train de l'enculer sous mes yeux.)

« Je respecte ça complètement et j'apprécie », dit l'intervieweuse, s'apercevant qu'elle avait commis un faux-pas en attaquant le sujet de front. Mais elle ne pouvait plus revenir en arrière.

« Et je sais que vous faites votre métier, ajouta Viv pour ne pas envenimer la situation, faisant preuve de classe.

– Êtes-vous toujours fiancée ? »

Elle sourit à nouveau et prit une respiration yogique.

« Tout ce que je peux dire c'est… que nous nous remettons tous les deux de ce qui s'est passé, et je ne veux pas que vous alliez vous imaginer quoi que ce soit…

– Je comprends très bien totalement », dit la journaliste, sur un ton presque amical – elles se renvoyaient désormais gentiment la balle.

« … et que nous avons convenu pour le moment de prendre les choses très lentement. Et que c'est dur d'avancer comme avant, non seulement dans un monde où des gens peuvent faire des… choses horribles comme ce qui a été fait à Kit – mais dans un monde qui est incroyablement… » Elle laissa sa phrase en suspens. Une larme apparut, élégamment repoussée par un doigt recourbé orné d'un saphir de chez Bulgari. « Mais il est très fort. Il est bouddhiste et était, je crois, en fait, beaucoup mieux préparé à une telle chose – pour autant qu'on puisse l'être – que l'individu moyen. Il est incroyable pour ça. Il a donc vraiment cette foi incroyable, ce sentier incroyable, quelque chose qui me manque parfois assurément. J'ai tellement foi en lui. Je suis absolument certaine qu'il s'en sortira. »

Ce soir-là, Becca, Annie et Larry Levine allèrent à une fête où se produisait un groupe composé de nains qui ne jouaient que des reprises de Kiss. C'était drôle pendant environ une minute.

Plus tard, ils déambulèrent dans le Château. Annie reconnut Paul Schrader assis sur l'un des divans épiques du hall caverneux aux allures de salon. Larry était excité, mais Becca ne savait pas qui était Paul Schrader. Ils étaient alors un peu soûls et allèrent se présenter. Larry n'arrêtait pas de parler de *Raging Bull* et Annie dit combien elle aimait *Auto Focus*. M. Schrader était cordial et dit à Becca qu'elle ressemblait à Drew Barrymore. Annie ne put bien entendu pas s'empêcher de balancer que Becca était sosie professionnel, et M. Schrader sembla très intéressé. Il évoqua avec enthousiasme le film de Spike Jonze, dans lequel Becca confia qu'elle avait un petit rôle. Puis Larry balança à son tour que le petit ami de Becca jouait aussi dedans et qu'il était un « profanateur » de Russell Crowe. En entendant ça, M. Schrader, lui-même un peu éméché, prit vraiment son pied. Becca fronça légèrement les sourcils d'un air désapprobateur en direction de Larry tout en expliquant à M. Schrader qu'elle ne travaillait plus en tant que sosie mais était l'assistante personnelle de Viv Wembley. M. Schrader dit qu'il connaissait Viv et qu'il était censé faire un film avec elle et Kit Light-foot, une sorte de suite de *American Gigolo*. Larry expliqua qu'il avait aussi été auditionné pour le film d'Aronofsky dont Kit était censé être la vedette avant de se faire cogner dessus. M. Schrader savait lui aussi tout du film d'Aronofsky et il affirma que, d'après ses informations, le projet avait été complètement abandonné. (Ils n'allaient pas refaire le casting.) Annie dit qu'un article sur Larry était paru dans le *L.A. Times* quelques mois plus tôt parce qu'il avait obtenu un boulot chez Coffee Bean & Tea Leaf tout en faisant semblant d'être attardé tandis qu'il préparait son rôle dans ce même film. M. Schrader, qui semblait vraiment tout savoir sur ce qui se passait dans le monde et surtout à Hollywood, éclata de rire et dit qu'il se rappelait avoir lu quelque chose à ce sujet sur Internet. Il n'arrêtait pas de glousser en pensant au numéro d'attardé de Larry. Puis l'ami de M. Schrader revint des toilettes, et Becca le reconnut instantanément car elle l'avait vu sur le plateau de *Six Feet Under* – l'*autre* Alan, Alan Poul. (Alan Ball était le créateur et Alan Poul était, selon M. Ball, « le moteur ».) Désinhibée par l'alcool, Becca évoqua son rôle pas tout à fait satisfaisant et semi-récurrent de cadavre, et M. Schrader, de plus en plus éméché, essaya d'encourager Alan à confier à Becca un petit monologue dans le prochain épisode.

« Tu gâches ses talents, dit-il. Demande aux auteurs de donner quelques répliques au macchabée – pas besoin d'être un génie. Alan Ball n'est-il pas amateur de toutes ces conneries surréalistes prétentieuses ?

– Non, répondit M. Poul, hardiment, ce serait plutôt ton genre.

– Vous pourriez avoir une scène de rêve avec des cadavres nus parlants, suggéra M. Schrader, intenable.

– Seulement si on peut insérer Bob Crane », rétorqua M. Poul.

Bouddhisme pour les nuls

Que lui était-il arrivé ?

Un temps indicible, terrassé par la douleur et la peur. Noyade : cyclonique ; puis des digues défoncées dans sa tête. Les infirmières expliquèrent que pendant un temps il ne cessait de demander s'il avait été heurté par un gros bus bleu.

Pendant une période, il crut qu'on lui avait tiré dessus. Que quelqu'un l'avait enlevé et balancé dans un coffre de voiture.

Puis il crut qu'il avait une mauvaise grippe qui avait migré vers sa tête.

ÉPOQUE DE CEDARS : hormis l'équipe médicale, les Gens calmes venaient s'asseoir sur des chaises près du lit. Ils semblaient juste venir pour fermer les yeux. Rien ne les perturbait jamais. D'autres rendaient visite, empreintes familières – Agente, Ami, Fiancée –, maintenant il pouvait retrouver leur généalogie, mais à l'Époque de Cedars, il ne pouvait pas. Impossible de remonter leur ascendance. Les seuls visages qu'il connaissait étaient ceux de ses parents. Pendant une semaine, R.J. avait flotté devant ses yeux, changeant les draps et les couvertures souillés. Elle le réconfortait la nuit lorsqu'il hurlait. Si belle. R.J. lui avait dit qu'elle avait appris à vivre avec le cancer, que c'était un compagnon austère mais attentionné qui ne la quitterait jamais contrairement à son père. Elle avait dit de ne pas être en colère après Burke car il faisait tout ce qu'il pouvait. C'était vrai : il avait été si tendre. Parfois quand il entrait d'un pas nonchalant avec cet après-rasage de papa et un mot salace pour les infirmières (elles adoraient ça), Kit était si heureux de le voir qu'il fondait en larmes – Burke lui tapotait les joues avec un mouchoir personnalisé qui avait la puanteur âcre de la paternité retrouvée. Il abandonnait le mouchoir derrière lui, et Kit le serrait toute la nuit, enfonçant le nez dans sa douceur tel un sniffeur de colle lorsqu'il se réveillait terrifié. Son père était devenu férocement protecteur ; le service de sécurité de l'hôpital faisait du bon boulot, mais ça ne suffisait pas. Il avait embauché un doux géant, un garde du corps de Fidji à qui Burke avait sauvé la vie à South Vegas, pour qu'il monte la garde à la porte et s'assure que personne n'entre sans permission, parce qu'il y avait des gens rusés, dérangés, qui avaient perdu la boule et faisaient une obsession depuis l'incident, qui lui souhaitaient du bien mais étaient déterminés à apposer les mains sur Kit pour le guérir. Les infirmières avaient expliqué à Kit qu'il était une star célèbre et il les avait crues sur parole même s'il ne voyait pas de quoi elles parlaient. Un grand écran plasma avait été installé dans la suite du Cedars, et Tula et Kit et les Gens calmes (qui deviendraient plus tard les Crânes rasés) regardaient des DVD. Burke avait renvoyé une infirmière lorsqu'il avait découvert qu'elle avait apporté un tas de films de Kit. Il en avait regardé un mais ne s'était pas reconnu. Pourquoi son père était-il si en colère ?

Il ne se souvenait de rien de ce qui s'était passé au cours des mois précédant l'agression. (Il est vrai qu'il ne faisait jamais beaucoup d'efforts.) Il devait faire appel à toutes ses forces pour être présent et lutter contre la panique de l'ensevelissement, la peur dé se retrouver neurologiquement coincé dans une nouvelle réalité complètement dingue. Ce n'est qu'après son transfert à Valle Verde que Kit avait essayé de se rappeler à quoi sa vie avait jadis ressemblé. Au centre de rééducation, il avait beaucoup plus d'espace et de temps. Ram Dass venait, visage d'ange, se dénigrant lui-même (Ram était l'acronyme de Radote À Merveille, disait-il). Il incitait Kit à se souvenir de son professeur de bouddhisme, Gil Weiskopf Roshi – et Kit s'était aperçu qu'il n'avait jamais cessé de penser à son gourou, visualisant son visage devant lui chaque fois que, pour citer Ram Dass, il « surfait le silence ».

Ram Dass le guidait à nouveau jovialement, gentiment, littéralement vers vipassana, le faisait se concentrer sur sa respiration sous son nez, sur son corps et ses sensations, sur la dissipation de la douleur et de l'effroi. La douleur et l'effroi surviendraient et s'évanouiraient, disait-il, la peur viendrait puis partirait, même si rien ne venait jamais ni ne partait jamais, il n'y avait que la plénitude lumineuse de l'instant présent. Vipassana, disait-il, était le don qui dissolvait toutes les frontières fabriquées. Ram Dass lui avait apporté une machine de sons et lumières pour que Kit puisse regarder l'univers s'allumer tout en dansant sous les lunettes. Il devint une particule dans le spectre de l'arc-en-ciel, un microbe humble, divin. Il se souvenait maintenant de sa première retraite, le réveil à quatre heures du matin, seize heures de vipassana par jour pendant deux semaines, il se souvenait du silence et de la ségrégation des sexes, des prostrations, des méditations en marchant et des prières du repas, le cosmos dans une tasse de thé, toutes les barrières éphémères, dissoutes, impermanentes. À Valle Verde, *sa pratique était lentement revenue, précédant de loin le souvenir des détails, le paysage linéaire, de sa vie. N'était-ce pas censé être ainsi ? La pratique n'était-elle pas la seule chose qui était réelle ?*

Il ne se rappelait pas avoir rencontré Ram Dass à la Maison du yoga, pourtant il repensait au fils Getty : sous le feu d'artifice des lunettes, Kit se voyait dans un ascenseur, s'élevant..., franchissant la porte vert-de-gris qui s'ouvrait en chuintant pour entrer dans la chambre de l'invalide, puis, comme dans la scène finale de 2001, debout au pied du lit où gisait le descendant ruiné – lui-même désormais sur le ventre, prince copte mort sur un sépulcre, mais pas fait de pierre : desséché et non-né, éternel et atemporel.

Simplement revêtu du grand Moi.

Les mois passaient, et il n'était plus si emprisonné.

Son corps était lourdement efficace et n'avait pas perdu beaucoup de tonicité. Il avait pris du poids parce que le cocktail de médicaments lui donnait un appétit de loup. Il pouvait enfin regarder dans le miroir et courtiser l'être qui le fixait en retour. Il le connaissait un peu plus chaque jour. Il le connaîtrait intimement et serait plein de compassion et de résolution. Tel était le pouvoir de sa volonté.

(La volonté qui, à son image de celluloïd, avait marié des milliards d'yeux hypnotisés.)

Les Gens calmes enseignaient patiemment. Ils réaffirmaient que le nom du Bouddha signifiait « Celui qui est éveillé », et encore et encore offraient les Trois Joyaux – le Bouddha, le Dharma, la Sangha. Ils disaient que le « bouddhisme » n'existait pas. Que Siddharta Gautama était simplement un homme qui avait vu les choses telles qu'elles étaient : que vivre, c'était souffrir, que la souffrance était causée par l'attachement, qu'il y avait un remède à la souffrance et que ce remède était le Sentier octuple. Ils disaient que les sensations corporelles provoquaient l'aversion et le désir et que l'on pouvait s'entraîner à ne pas réagir à ce qui se présentait inévitablement puis s'en allait. Encore et encore ils lui expliquaient que la différence entre les bouddhas et les êtres sensibles était qu'un bouddha comprenait que tous les phénomènes ne survenaient pas, ne duraient pas et ne cessaient pas, qu'ils n'avaient pas de réelle existence, alors que les êtres sensibles croyaient que tous les phénomènes étaient réels et concrets ; un bouddha comprenait que les choses et le monde étaient inexistants, alors que les êtres sensibles croyaient que les choses et le monde existaient. Rien de tout cela n'était nouveau pour lui, mais bien sûr tout était nouveau et contagieusement, primitivement urgent. Kit n'avait d'autre choix que d'embrasser passionnément la construction taillée comme un diamant, de se dissoudre à l'intérieur, et avec le temps il fut heureux que son propre temple se soit effondré car il avait, après tout, été imparfaitement construit, son entretien laissait à désirer, ses matériaux étaient médiocres, il était déjà sens dessus dessous quand il s'était écroulé, et il éprouvait une reconnaissance proche de l'extase en voyant que les fondations avaient résisté et s'étaient avérées robustes. Il était reconnaissant d'avoir trouvé refuge longtemps auparavant dans le Bouddha, le Dharma et la Sangha, et de constater que, malgré toutes ses rencontres tordues et effroyables, ses sordides histoires d'ego, les serments avaient tenu bon. À Valle Verde il avait à nouveau trouvé refuge, un jeune marié sacramentel sans autre choix que de se remarier avec l'infini et toutes les rigueurs et les cérémonies mystérieuses qui affûtaient la conscience, c'était soit ça, soit se livrer à la folie, car sa vie était enfin devenue ce qu'elle avait toujours été – un rêve.

... Esprit du Débutant. Encore et encore, inlassablement, ils parlaient de la paix irréfutable telle que prescrite par le Grand Savant, guidant Kit à travers les Quatre États sublimes et les Quatre Serments, les Trois Souffrances et les Trois Taches, les Trois Poisons, les Trois Sceaux du Dharma, les Trois Aspects et les Trois Douleurs moindres :

Ne pas obtenir ce qu'on désire.

Trouver ce qu'on ne souhaite pas trouver.

Être séparé des êtres aimés et rencontrer des ennemis.

Médiation

Un jour gris au département 11 de la Cour supérieure de Los Angeles, Californie, l'Honorable Lewis P. Leacock présidant :

On avait consciencieusement fait face au drapeau ; les principes qu'il symbolisait avaient été reconnus ; on avait prêté serment. Une phalange d'avocats était alignée devant le juge, qui, plongé dans sa paperasse, les ignorait. Un Burke Lightfoot mécontent était assis huit rangées derrière.

« Je vois qu'il y a eu une motion pour des sanctions et que cette motion a été rejetée, dit le juge.

– Votre Honneur, dit un avocat, pour ce qui est de l'intendance, la cour s'est éloignée des questions originales.

– Qu'est devenu le 101 ?

– Le 101, répondit un autre avocat, a été compromis par l'administrateur public.

– Vous dites que le 11 700 est futile ?

– Votre Honneur, la requête n'a jamais été acceptée.

– Alors n'est-il pas logique d'effectuer une médiation devant une seule personne ?

– La défense demande à la cour de repousser les affaires restantes à mars, dit un troisième avocat.

– Vous ne répondez pas à la question », répliqua le juge d'un ton irrité. Il regarda par-dessus ses lunettes.

« Je répète : n'est-il pas logique d'effectuer une médiation devant une seule personne ?

– Si, Votre Honneur, répondit l'un d'eux.

– Nous demandons simplement que 070441 soit consolidé en 070584, dit un autre.

– Est-ce que ça vous pose un problème ? demanda le juge à un quatrième.

– Non, Votre Honneur. »

Il reprit l'examen de ses papiers.

« Alors 070441 sera consolidé en 070584. On dirait que tout est prêt pour la médiation. Reprenons nos notes. Quelle date aimeriez-vous pour l'audience, tout en sachant que ce sera la dernière ?

– Nous aimerions quatre-vingt-dix jours, Votre Honneur, répondit le premier.

– Très bien. Que diriez-vous de la semaine du vingt-huit avril ?

– Votre Honneur, j'ai un procès de trois jours le trente, dit un autre.

– Et la deuxième semaine de mai – le dix-sept mai ? »

Un troisième dit : « Votre Honneur, j'ai un procès de cinq jours à cette date.

– Le quinze juin ?

Un quatrième dit : « Votre Honneur, j'ai un procès de trois jours le seize. »

Quelques spectateurs se mirent à rire, mais pas M. Lightfoot.

Ni le juge.

« Le procès qui arrive en premier a la priorité ! Il y a beaucoup d'argent en jeu dans cette affaire – je suppose que ça devrait vous motiver. Nous nous reverrons le quinze ! »

Plus tard, avocats, marshals, femmes enceintes et hommes tatoués encombraient le couloir.

L'équipe Lightfoot se raidit légèrement à l'approche de Burke.

« Je croyais que vous alliez demander le dégel des avoirs.

– Le tribunal ne le fera pas, Burke. Nous en avons déjà parlé.

– Ça n'a pas l'air de lui poser de problème de débourser des fonds pour les frais de justice, Lou, répliqua Burke, d'un ton sardonique. Pour vous autres. Et c'est quoi cette connerie de médiation ?

– On va tenter le coup, Burke. Franchement, je crois qu'on ferait mieux de trouver un arrangement plutôt que d'aller jusqu'au procès.

– Jerry a raison, dit un collègue. On aura bien plus de chances.

– Je ne sais pas combien de temps je peux encore tenir, les gars !

– Nous ne pouvons pas vous avancer plus d'argent, Burke.

– Qu'est-ce que vous racontez, les mecs ? dit Burke, livide. On est assis sur soixante millions de dollars, les enfants, dont dix plus ou moins en liquide. Et vous me dites que la cour va pas me refiler quelques royalties ? Lou, j'ai des frais. J'ai un foutu garde du corps à plein temps.

– Il est payé sur les avoirs, Burke.

– Pas la nourriture qu'il avale, messieurs ! Remédiez à cette lacune, d'accord ? Je devrais avoir des tas d'actions dans les putains de restos Koo Koo Roo.

– Rien ne vous oblige à lui acheter à manger, Burke.

– Ben voyons. Rien si ce n'est la correction. Ça vous dit quelque chose ? Quel concept ! Écoutez, Tula est la petite ligne bleue entre mon fils et un putain de monde très hostile. Des Tula, il m'en faudrait cinq, mais je peux pas me les payer. » Il mit la pédale douce. « Je

devrais dire la grosse ligne bleue, parce que manger,
ça, il sait faire ! Il bouffe plus que Dick Cheney.

– Gardez vos reçus, suggéra un avocat. Et demandez
à être remboursé.

– Conservez une trace de toutes vos dépenses.

– Est-ce que vous avez fait le nécessaire pour les
cours particuliers ? demanda un autre.

– J'organise ça.

– Ne traînez pas les pieds, dit le premier. Si on va
vraiment jusqu'au procès, il faut qu'on soit irrépro-
chables question prestation de soins.

– Si quelqu'un pense pouvoir faire un meilleur boulot que moi, qu'il essaie. Je peux pas croire qu'on ose
même soulever la question ! Je suis son *papa*. Y a pas à
tortiller ! Écoutez, les enfants : c'est une épreuve. » Il
voyait bien que sa personnalité leur tapait sur les nerfs,
mais qu'est-ce qu'il y pouvait ? Il lécherait leurs culs
de rapaces si ça les aidait à lâcher des fonds. « Et je
sais que vous le savez. Et les gars, vous faites un sacré
boulot. Alors allez pas croire que je suis pas reconnaissant. Je sais que ça va marcher au bout du compte. En
tous cas, j'espère bien. Parce que je peux vous dire que
je vais pas rester planté à regarder l'argent de mon fils
partir dans les caisses de l'État. Ou dans le porte-
monnaie de Mr. Popaul ou de je sais pas qui. Mais
vous devez savoir qu'une fois qu'on est sorti du péri-
mètre de cinq pâtés de maisons, on est une putain de
proie pour les médias. La police fait un sacré bon boulot et les voisins ont été super – Qui sait combien de
temps ça va durer ? –, mais je vous le dis, c'est comme
vivre dans un foutu aquarium ! Bon Dieu, je peux
même pas avoir de vie sentimentale ! Les gars ! Allez !
À quoi ça sert le Viagra si vous avez pas l'opportunité
de vous en servir ? Les paparazzi, au fait – au cas où
vous le sauriez pas – survolent en hélico mon cher
espace aérien ! Et c'est illégal. Alors mettez-vous dans

mes Nike et voyez combien de temps vous tiendriez. Kit est à peine sorti de la maison – en tant que son protecteur, je peux pas prendre le risque qu'une photo de lui avec une tête à coucher dehors paraisse dans un tabloïd. » Il marqua une pause, inspirant tel un martyr. « Je vais vous dire, les enfants, je suis vraiment au fond du trou. Est-ce que la cour est consciente de ça ?

– Faut faire front, Burke, dit un avocat tout en entamant une lente retraite le long du couloir. Au bout du tunnel, il y a la lumière.

– Au bout de mon cul, peut-être. »

Les avocats prirent la fuite, *en masse*[1].

« Mais pas au bout du vôtre, marmonna Burke. Rien à foutre. On va faire aller jusqu'à ce qu'on touche le jackpot. » Puis il lança à leur intention : « Mon fils est en grande forme – il a la santé et la pêche et il un papa qui l'aime. Dites-lui ça au putain de médiateur ! »

1. En français dans le texte. *(N.d.T.)*

Transfert

Il n'y avait aucun garde à la propriété de Benedict Canyon. Le portail était grand ouvert et un bataillon de jardiniers indifférents allait et venait, se battant avec des tuyaux et du feuillage. Lisanne entra à grandes enjambées, l'air affairé. Personne ne fit attention à elle.

Elle frissonna et éprouva la même sensation que dans la maison de Riverside – qu'elle était étrangement à sa place – sauf que cette fois-ci, elle ressentait la froideur de l'absence de Kit. L'endroit semblait figé dans le temps, comme une obscure fondation théosophique prospère ou un musée des atrocités commises dans les siècles passés voire futurs – ou un temple où un héros mythique, blessé au champ de bataille, était revenu pour mourir. Même maintenant, à proximité de la colonne d'obsidienne plate de la piscine panoramique et la chape de bois sombre du célèbre zendo dans son bosquet d'eucalyptus, il y avait du sang, il y avait du sang, des os et de la mort ; ça flottait dans l'air comme un gaz oppressant, incolore et inodore, et en lisant correctement les signes, on aurait pu imaginer toutes les choses terribles qui s'étaient passées : fausses couches et mutilation, et l'anarchie odorante, désordonnée de l'impermanence.

Elle regarda par les fenêtres, espérant voir le bouddha de chez Sothcby's, s'imaginant Kit à nouvcau chez lui, dans un beau peignoir de soie thaïlandaise, tandis qu'elle aurait renoncé à sa vie pour une telle impossibilité, concluant un marché avec Tara (née des larmes versées pour la souffrance des êtres sensibles) afin qu'il retrouve sa santé et sa sainteté – le contrat stipulant qu'il ne serait jamais au courant du sacrifice de Lisanne, qu'il n'aurait même jamais plus une pensée pour elle (elle supposa que de toute manière il n'avait pas pensé à elle, du moins pas à proprement parler, depuis le jour où ils s'étaient rencontrés dans la caravane) car elle avait noblement, généreusement plaidé pour que l'événement soit à jamais effacé de l'histoire et de la mémoire, et son vœu avait été exaucé, l'agression ne s'était jamais produite, tel était l'accord auquel Tara, fille d'Avalokiteshvara, avait consenti et qu'elle avait donc décrété. Tout ce que Lisanne demandait, c'était d'être autorisée à le voir une dernière fois dans son habitat, plein de vie et libéré de l'inquiétude, ayant retrouvé la grâce, avant que Tara – dont le visage rassemble cent pleines lunes d'automne, qui resplendit de la lumière étincelante de mille étoiles, qui réside parmi les guirlandes et ravit absolument son entourage – n'emmène Lisanne au Royaume des Fantômes affamés.

Soudain, elle sut ce qu'elle allait faire. Le présage était qu'elle n'avait pas aperçu le bouddha de chez Sotheby's – si ç'avait été à Lisanne de le donner, le destin aurait fait en sorte qu'il soit exposé bien en évidence pour qu'elle le voie. Non. Elle transmettrait à Burke Lightfoot ce qui était déjà à elle – le bouddha de la Roue de la Félicité Suprême que Philip lui avait donné. Elle sentit son impulsion instantanément sanctifiée par la Source. Le don du bouddha de la Roue de la Félicité suprême créerait un espace d'Amour véritable, et dans cet espace, la guérison de Kit pourrait enfin commencer. Tout comme la mort du fœtus de l'enfant de Viv avait créé un espace pour Siddhama, l'offrande du bouddha de la Roue de la Félicité créerait un espace pour la *metta*, la bonté-aimante qui guérirait toute chose. Et après la guérison, tout le monde – Kit, Lisanne, Siddhama – retournerait à la Source. Elle était déterminée à ne pas commettre la même erreur que le moine apprenti. Elle ne confondrait pas *Mu* avec « non ».

Tandis qu'elle franchissait à nouveau le portail, un jardinier croisa son regard et sourit d'un air magnifiquement entendu. Elle prit ça pour un autre signe que ses instincts étaient sanctifiés. Pourtant, elle allait devoir préparer le père ; simplement apporter le bouddha à l'improviste lors de son prochain service à Riverside serait présomptueux. Mieux valait être humble. Son pouls et son pas s'accélérèrent. Elle allait appeler M. Lightfoot et lui dire qu'elle avait un cadeau dont elle était certaine qu'il apporterait à la maison – et à son fils – une grande paix et une grande prospérité.

Turbulences

Tiff avait promis à Danielle Steel qu'il viendrait à San Francisco pour le Bal des étoiles, un gala de charité pour la Fondation Nick Traina, une organisation du nom de son défunt fils. Lorsque Philip en avait entendu parler, il avait suggéré qu'ils s'y rendent dans son jet privé. (Lisanne fut abasourdie d'apprendre que Philip possédait même un jet.) La crème de la crème avait suivi le mouvement : Clive Davis et Quincy Jones, Sharon Stone et un ami, Robin Williams, Steve Bing et les amies de Mattie, Rita Wilson et Tracey Ullman. Lorsque Mattie avait dû annuler à cause de quelque problème dentaire, Lisanne avait été convaincue que c'était le signe que l'avion allait s'écraser.

Jusqu'au décollage, elle ne s'était pas trop attardée sur sa peur. Mais au moment où ils entamaient leur abrupte ascension, elle se demanda : « Qu'est-ce que j'ai fait ? » Prise de panique, elle enfonça la tête contre l'épaule de Roslynn et serra le bras de la pauvre femme comme un étau. Lisanne pensa à l'accident de Quecreek[1] et jugea la situation des mineurs nettement préférable à celle des passagers du jet car, même si l'eau leur arrivait jusqu'au menton, ils avaient pu être secourus, alors

1. En juillet 2002, 9 mineurs coincés dans la mine inondée de Quecreek, en Pennsylvanie, à 75 mètres sous terre, durent attendre 77 heures avant d'être secourus. (*N.d.T.*)

que personne dans cette grotte-ci n'avait l'ombre d'une chance. Puis elle se rappela cette femme dont le parachute ne s'était pas ouvert et qui avait fait l'objet d'un article dans *People*. Elle s'était écrasée sur une colline pleine de fourmis rouges et avait réussi à survivre. (Au moins, elle était tombée *hors* de l'avion, détail qui maintenant semblait bien lui avoir sauvé la vie.) Sa chute avait probablement été ralentie par le parachute non ouvert, tandis que Lisanne était emprisonnée dans la crypte impitoyable du fuselage et n'en serait libérée que lorsqu'un restant infinitésimal de ses cellules carbonisées se mêlerait aux roches de la montagne ou à un Gulf Stream ou à Dieu sait sur quoi ils iraient s'écraser. Roslynn lui caressait doucement la tête et lui débitait les platitudes habituelles sur le fait que les petits jets étaient plus sûrs que les gros avions commerciaux, et ça ressemblait au plus triste, au plus fantastique mensonge que quiconque ait jamais raconté – pure chicanerie. Les confidences sur l'oreiller prononcées par des démons pendant que des enfants mourants y posaient la tête pour leur dernier sommeil.

Lisanne posa la main droite sur la gauche, paumes tournées vers le haut, et ferma les yeux. Elle avait appris beaucoup de choses durant ses cours et ses ateliers de bouddhisme, et dans ses lectures aussi, et elle se dit que le moment était peut-être venu de mettre une partie de ces enseignements en pratique. Elle essaya de se concentrer sur la respiration au niveau de ses narines mais ne parvint qu'à se fixer sur l'air glacial qui filait à toute vitesse de l'autre côté du missile ailé aussi fin que du papier à cigarettes – une danse sacrificielle capricieuse faite de bourrasques folles, de courants, de cisaillements de vent qui taquinaient les moteurs défectueux sur le point de lâcher. Le grondement bas des turbines lui rappelait les sons diaboliquement codifiés décrits dans *Le Livre des morts tibétain*.

Elle se crispa, s'efforçant, avec une sorte de violence, de se concentrer sur une méditation à travers laquelle un ami l'avait guidée lors d'une pause déjeuner au centre zen de Santa Monica : elle peina à se représenter un minuscule arc-en-ciel au centre de son cœur. Lisanne fit croître l'arc-en-ciel tout en se représentant la dissolution de toute peur dans son corps, de toute maladie, tout obstacle. Comme lors de l'atelier *metta* de Temescal Canyon, elle tenta de s'imaginer devenant abstraite, perdant forme humaine pour n'être plus qu'une lampe dont la lumière se propagerait sur tous les êtres, transmuant la nature dégoûtante, oublieuse, butée, en pure conscience, la Terre Pure. Pourquoi devrait-elle s'accrocher à cette vie ? Le Bouddha conseillait de se débarrasser de la souillure de la dépendance et de l'attachement, mais perdre Kit et Siddhama serait insurmontable, bien pire que perdre le Bouddha lui-même. Peut-être que tout – esprit, cœur, vide – allait devoir être assassiné. Les vrais sages disaient toujours : « Tuez le Bouddha ! » mais elle ne croyait pas qu'ils le pensaient littéralement. De plus, elle n'aimait pas une telle phrase ; elle était antithétique à sa vraie nature. Peut-être, songea Lisanne, qu'être libérée était antithétique à sa vraie nature. Si tel était le cas, alors rien n'avait d'importance de toute manière.

Une zone de turbulences lui fit perdre le fil. Elle haletait désormais, et Roslynn se libéra difficilement de son emprise. Lisanne se concentra sur les autres. Sharon et son ami passaient un moment paisible, comme s'ils s'étaient trouvés dans un restaurant romantique sur la plage. Il lui tenait la main et regardait par le hublot. Une hôtesse servait des boissons à la clique Clive-Tiff-Bing-Quincy. Q et Bing rigolaient à cause de quelque chose que Clive avait dit. Q et Bing semblaient beaucoup rigoler à propos de tout et n'importe quoi.

Philip, Rita et Tracey riaient à gorge déployée à cause des bouffonneries de Robin. Le comédien se payait la tête de son bon ami Lance Armstrong et de la relation d'amour-haine que les cyclistes entretiennent avec leur selle. Il était en train de raconter une blague sur les gonades pincées et le cancer du cul en adoptant une pose efféminée lorsque Tracey, sans raison apparente, se mit à chanter les paroles grivoises de l'opéra de Jerry Springer que son mari avait produit. Elle s'interrompit au milieu d'un air pour dire qu'elle s'était réveillée ce matin-là avec des cercles taillés dans ses poils pubiens. Elle raconta que la même chose était arrivée à Meg Ryan, puis fit une imitation étrange de Meg l'appelant au téléphone pour lui expliquer la « situation ». Q entendit la fin de l'imitation et se tordit de rire. Bing éclata à nouveau de rire, puis ce fut au tour de Rita, Sharon et Philip, qui se mit à produire cette espèce de hennissement qui rendait Lisanne dingue – malgré sa terreur, elle avait encore suffisamment d'énergie pour le détester de ne pas être venu prendre de ses nouvelles, de faire comme s'il n'avait pas remarqué que quelque chose n'allait pas. Émotionnellement, Philip appartenait à cette école qui disait : « Ignorez les êtres aimés en détresse. »

Il y eut une secousse et l'avion piqua du nez. Sharon produisit une sorte d'aboiement et Robin le bouffon fit « Hou-hou-hou ! » et Tracey mima un Edvard Munch tandis que Rita, Bing et Philip se tordaient de rire. Clive et Q se mirent à causer boulot, sirotant leurs boissons, cool comme pas possible. Lisanne était certaine que l'avion aurait pu faire un looping, et personne n'en aurait rien eu à faire. Ils étaient tous riches et célèbres et imperméables ; ils avaient tous parcouru Dieu sait combien de millions de kilomètres sur toutes sortes d'appareils bringuebalants sans l'ombre d'une angoisse ; ils étaient tous bénis et ils le savaient. Lisanne essaya une nouvelle fois son *vipassana* de l'arc-en-ciel, mais comme le jet glissait brutalement sur des courants irréguliers, elle sentit quelque chose s'affaisser en elle comme un échafaudage. L'obscurité du Livre tibétain roula vers elle comme un tapis d'asphalte fumant, et malgré ses efforts, elle n'arrivait pas à se souvenir de quoi que ce soit hormis le passage sur les Visions courroucées assoiffées de sang et celui sur les âmes égarées qui se rassemblaient autour des organes génitaux des couple durant leurs rapports telles des mouches sur un bout de viande...

« Comment va notre chère Lisanne ? » demanda Philip. Enfin.

« Elle va bien », répondit Roslynn, elle-même secouée par l'intensité de l'angoisse de Lisanne.

Philip la regarda de plus près.

« Ouah ! On aurait dû lui donner un Xanax.

– J'ai de l'Ambien, dit Roslynn. Mais d'ici à ce que ça fasse effet, on aura touché terre.

– Je pense que vous devriez lui en donner. » Philip caressa la tête de Lisanne. « Ça va aller.

– Oh mon Dieu ! » fit Roslynn.

Elle avait senti une odeur, et lorsqu'elle se leva pour attraper les cachets, elle vit que le siège de Lisanne était trempé d'urine. Il y avait aussi d'autres odeurs, et elle passa aussitôt en mode « infirmière », demandant à Philip d'aller chercher quelques couvertures. Un steward en apporta une pile, et lorsqu'il fut revenu avec des serviettes, Roslynn le congédia d'un geste sec de la tête. Philip souleva sa petite amie et Roslynn glissa une serviette puis une couverture sous elle pour absorber. Elle plaça une deuxième couverture par terre auprès des pieds déchaussés de Lisanne et la recouvrit d'une troisième. Sharon, Rita et Tracey approchèrent et, lorsqu'elles comprirent ce qui se passait, essayèrent de la réconforter. Sharon caressa la tête de Lisanne et Rita dit : « La pauvre, pauvre enfant », tandis que Tracey expliquait que sa fille Mabel détestait aussi prendre l'avion et que les turbulences qu'ils venaient de traverser n'étaient vraiment rien, rien du tout, et elles affirmèrent toutes avoir connu cent fois pire. Tiff s'écarta du groupe formé par Bing, Q et l'ami de Sharon pour rejoindre Philip et les femmes. Il se mit à raconter un vol agité qu'il avait fait à Aspen, mais Roslynn haussa les sourcils dans sa direction pour le faire taire. Philip donna un cachet à Lisanne, puis les secousses devinrent telles que le pilote demanda à tout le monde de s'attacher.

Emmaillotée dans des couvertures, assise sur un coussin de tissu éponge, Lisanne s'amusa à contrôler la vitesse à laquelle elle commandait à la merde de quitter son corps. Elle faisait faire de petits va-et-vient à la matière fécale avant de l'expulser avec une bravoure lente et déterminée, se représentant tout d'abord la putrescence comme de sombres nuages dans une zone de turbulence, puis comme une maladie et comme de la peur, la transformant finalement en lumière d'arc-en-ciel. Dans le silence relatif qui suivit (provoqué non par les secousses mais par l'inquiétude des passagers coincés pour Lisanne), elle se rappela la noble pratique qui consistait à nettoyer les toilettes de Kit et la paix qu'elle en avait tirée, et fit la promesse de formellement prononcer ses vœux si seulement la Source et l'Unité l'épargnaient maintenant, si seulement la Source et l'Unité la laissaient retourner à Riverside pour accomplir à nouveau ses corvées sacrées, si seulement la Source et l'Unité lui permettaient de vivre assez longtemps pour donner à son homme le cadeau de conciliation qu'était le bouddha de remplacement de la Roue de la Félicité suprême.

Besoins particuliers

Burke portait une toque et un tablier de chef. Tula se tenait au gril, en uniforme : antique costume trois-pièces gargantuesque de chez C & R Clothiers et sou-rire tout aussi disproportionné. Avec une concentra-tion féroce, Kit Lightfoot, pendule humain, se tenait pieds nus sur la balançoire en cuir et décrivait des arcs de cercle à faire se dresser les cheveux sur la tête. Il était le plus grand casse-cou des balançoires que Ulysses S. Grant ou n'importe quelle autre école ait jamais vu. Pas de fourmillements dans l'estomac ; pas de peur. Cela se rappelait qu'elle le regardait quand elle était petite fille, craignant qu'il ne s'envole dans l'espace et ne se fracasse sur le bitume. Son cœur mar-telait, et ce martèlement avait quelque chose de sexy, même si à l'époque, elle ne savait pas trop ce que ce genre de sensations signifiait.

Burke était bourré. Il s'énerva après Cela pour une connerie ou une autre tandis qu'elle faisait la vais-selle. Cela dit qu'elle ne savait même pas pourquoi elle faisait la vaisselle puisqu'ils utilisaient principalement des assiettes en plastique. Elle aussi était bourrée et criait. Tula se rendit à la voiture pour lire un Robert Ludlum, qui semblait être la seule chose qu'il lisait jamais, le même livre de poche épais, semaine après

354

semaine. (Quand il le finissait, il recommençait depuis le début.) Burke sortit dans le jardin, se déshabilla et s'assit nu dans la piscine avec une bouteille de Jack. Kit se recroquevilla sur le canapé cradingue et se regarda dans une bio de la chaîne E ![1]

Tula s'étirait les jambes et fumait. Il s'accroupit pour imbiber avec une éponge l'autocollant dont quelqu'un avait inexplicablement affublé son pare-chocs : MES GOSSES ME PRENNENT POUR UN DISTRIBUTEUR AUTOMATIQUE.

Il l'arracha avec un rasoir.

Kit était assis en pyjama au bout de son lit.

Il marcha jusqu'à la fenêtre et regarda la lune ; il entendit un gémissement.

Il longea à pas feutrés le couloir en direction de la chambre de son père. Se tint face à la porte ouverte. La lampe de chevet de Burke était allumée. Il baisait Cela. Elle était sur le ventre. Burke sentit la présence de Kit, fit pivoter son cou pour scruter son fils. Ils se regardèrent un moment puis Burke retourna à ses occupations. Kit sortit sa bite et commença à s'astiquer. Il s'astiqua jusqu'à jouir, puis courut au salon et alluma la télé, honteux. Il pleura en se balançant d'avant en arrière et mangea tout un paquet de chips avant de se retrouver absorbé par un vieil épisode des Experts.

---

1. E ! *(Entertainment Television)* : chaîne de télévision consacrée aux divertissements, aux célébrités, à la mode, aux rumeurs, etc. *(N.d.T.)*

Fête de fin de tournage au standard

Rusty et Becca attendaient dans le salon au plafond en voûte. Il y avait une fiesta en cours et Rusty se disait que les Dunsmore avaient oublié la fête de fin de tournage. Puis Grady passa la tête dans la pièce et annonça qu'une limousine arrivait et que Rusty et Becca feraient bien de fumer un pétard et de se détendre.

Il se passait toujours quelque chose dans la maison de Mulholland. Cassandra avait en général un ou deux stagiaires de QuestraWorld qui erraient, caméra DV à la main, filmant les horreurs qui se déroulaient pour le pilote en préparation de « À la Vie, À la Dunsmore ». Il fallait faire gaffe à ce qu'on faisait.

« J'espère qu'ils ne feront rien de trop bizarre, dit Becca lorsqu'ils furent à nouveau plus ou moins seuls. Surtout devant Spike.

– Comme quoi ?

– Comme, quelque chose d'embarrassant. Parfois Grady et Cass peuvent être… vraiment bizarres. Tu n'as pas remarqué ? »

Rusty rit et recracha la fumée du pétard en toussant.

Ils allèrent faire un tour dehors, où le docteur Thom Janowicz tenait sa cour près de la piscine. Il avait rencontré les Dunsmore grâce à l'avocat de Grady, Ludmilla Vesper-Weintraub. Ludmilla envoyait beaucoup de ses clients à Thom, y compris ceux à qui la ville avait versé un pactole à la suite d'arrestations arbitraires ou de procès pour discrimination raciale. Il estimait, comme Mme Vesper-Waintraub, que se retrouver croulant sous une tonne d'argent pouvait être en soi une épreuve ; les opprimés pleins de fric avaient besoin d'autant d'aide que possible. Thom était un vieil ami de fac et quelqu'un qu'elle estimait pour le don qu'il avait de se lier aux gens de toutes couleurs et de tout niveau de revenus. Hormis ses ateliers sur le SRS (Syndrome de la Richesse Soudaine), le docteur J était un auteur de scénarios débutant, et Ludmilla s'était dit que les Dunsmore et lui iraient bien ensemble. Elle avait eu raison. Avec son talent de conteur d'histoires et son caractère engageant, l'aimable raconteur aux lunettes à monture d'écaille et au costume en tweed était déjà un personnage régulier des divers épisodes de « À la Vie, À la Dunsmore » que Cassandra avait bricolé sur Final Cut Pro. Docteur J avait aussi été engagé pour écrire un film pour QuestraWorld, pour lequel, n'étant pas membre de la WGA[1], on l'avait généreusement payé le minimum syndical.

Rusty n'était pas ravi d'entendre qu'un amateur comme le docteur J touchait déjà de l'argent des Dunsmore. Il avait presque fini son propre scénario – ils le savaient – et personne ne lui avait proposé quoi que ce soit. Grady prétendait que c'était parce que le script de Rusty était antérieur à la création de la société QuestraWorld ; il avait admis travailler dessus, tout du moins dans sa tête, depuis des années. Grady expliqua qu'il pensait toujours que le manuscrit de Rusty était un projet de QuestraWorld, malgré tout. Eh bien, tant mieux, répondit Rusty, d'un air maussade. Continue de penser. Pense à n'en plus finir. Aie tout un tas de jolies

1. *Writers Guild of America* : syndicat des auteurs américains. *(N.d.T.)*

pensées. Car Rusty affirma qu'il se contenterait peut-être de porter son scénario ailleurs. Très bien, répondit Grady. Te gêne pas. Y a sans doute plein de gens qui adorent les scénarios pas finis. Merde, dit Grady, tu n'as même pas de titre. Mon cul que j'en ai pas, rétorqua Rusty. Alors j'aimerais l'entendre, dit Grady. Rusty regarda dans le vide avec affectation et dit : je vais l'appeler « Tirez pas sur la licorne ». Grady resta assis à hocher la tête, calme. Ça me plaît, dit-il. Ça me plaît. Merde, ça me plaît vraiment ! De nulle part, de quelque part dans la cuisine, Cassandra cria : quelqu'un a déjà utilisé ce titre. Elle expliqua qu'elle avait vu une émission sur Dorothy Stratten sur la chaîne E ! et que quelqu'un avait déjà utilisé ce titre pour un livre. À propos de Dorothy et de son assassinat. Grady rétorqua : qu'est-ce que ça peut me foutre, il me plaît. Bon sang, il est assez bien pour être réutilisé. Tu peux pas faire ça, objecta Cassandra. Conneries, dit Grady. Tu peux pas déposer un titre. Demande à notre avocat. Tout le monde le sait. Ah oui ? fit Cassandra. Alors si on écrivait un scénario toi et moi et qu'on l'appelait *La Guerre des étoiles*, dit-elle. C'est comme ça qu'on va appeler le scénario de Rusty, ajouta-t-elle en riant. Rusty déclara avec sagesse : ce livre sur Dorothy Stratten s'appelait *Le Meurtre de la licorne*. Le mien s'appelle, « Tirez pas sur la licorne ». Tu vois ? fit Grady. Madame je-sais-tout. Tu vois ? Lui, il sait de quoi il cause. Lui, il s'est renseigné. Lui, il connaît tous les titres. Et la connaissance c'est le pouvoir ! N'importe quoi, dit Cassandra. Mais je trouve toujours que ça ressemble à *Ne tirez pas sur l'oiseau moqueur*. Ouais, dit Grady sèchement, sauf que c'est « Tirez pas sur une putain de licorne », ce qui est différent d'un putain d'oiseau moqueur, à moins qu'un oiseau moqueur ait une putain de corne sur la tête, ce qu'est pas le cas, du moins pas la dernière fois que j'ai regardé. T'as jamais regardé un oiseau moqueur, rétorqua Cassandra. T'en as jamais vu un. Ouais, ben toi, tu vas en voir un dans une minute qui va faire cui-cui-cui avec mon putain de poing dans ta tronche comme une corne si tu fermes pas ta gueule. Foutue mégère. Il se tourna vers Rusty et dit : ça me plaît, mon pote, vraiment. C'est du tonnerre. Tu as le don, mon pote. Tu l'as. J'ai toujours su que tu l'avais. Puis Grady déclara que QuestraWorld devrait avoir la « première option », et Rusty riposta qu'il fallait normalement payer pour avoir la première option. Tout comme vous payez Dr. Phil. Houp, je veux dire Dr. J. Dr. J est notre homme, dit Grady. Il va gagner un oscar. Ils continuèrent ainsi, à se chamailler amicalement, à jouter à coups de corne de licorne.

Ça faisait des mois que Becca disait à Rusty qu'elle voulait lire le scénario, mais il répondait toujours qu'il n'était pas prêt. Elle ne l'avait jamais vraiment vu y travailler. Il disait sans cesse qu'elle pourrait le voir bientôt, et elle supposait qu'il projetait peut-être de le montrer à Spike. Chaque fois que Grady ou quelqu'un d'autre demandait de quoi parlait le scénario, Rusty répondait que c'était une histoire de meurtre qui se déroulait dans le milieu des entraîneurs de chevaux. Rusty avait beaucoup travaillé dans les écuries, c'est du moins ce qu'il affirmait. En cachette, Grady avait dit à Becca, « Faut pas croire la moitié des conneries qui sortent de la bouche de ce beau gosse. » Mais Grady aimait toutes ces histoires de champs de course. Depuis que Cassandra lui avait dit que le gamin de *Spider-Man* avait eu la vedette dans *Pur-sang*, Grady se disait que les histoires de chevaux et de jockeys, ou tout ce qui avait trait au hippisme, étaient un pari sûr. (Rusty affirma que son film n'allait pas être une « merde pleurnicharde craignos à la *Pur-sang*. ») Grady était de plus en plus convaincu que *Sosies* allait faire de Rusty Goodson une star et ne cessait d'inciter Cassandra à rédiger un contrat pour forcer leur pote à faire un film pour QuestraWorld pour une bouchée de pain. Grady avait lu dans *The Hollywood Reporter* que même les agents fortiches de Kirsten Dunst s'étaient retrouvés coincés à devoir honorer un contrat merdique qu'elle avait signé avec un studio il y avait une éternité de cela, avant que *Spider-Man* ne tisse sa toile à un milliard de dollars tout autour du monde – si Rusty avait le vent en poupe après *Sosies*, mieux valait que QuestraWorld l'ait déjà dans sa poche. Mais Cassandra ne mordait pas à l'hameçon. Elle était plus absorbée par le nouveau bébé que par le scénario de Rusty de toute manière. Absorbée par l'émission de télé-réalité et par la gestion de leur argent. Elle adorait se soûler et sucer Rusty quand ils partouzaient, mais hors de question d'allonger du blé pour quelque chose qui n'existait même pas. Elle foutait Grady en rogne, mais il aimait bien ça.

La fête de fin de tournage était organisée sur le toit de l'hôtel Standard. Il y avait tellement de stars que ça ressemblait plutôt à une première. Être dans le centre-ville et à une telle hauteur offrait une perspective tellement différente, une autre vision du ciel. Becca et Cassandra étaient défoncées et n'arrêtaient pas de s'imaginer qu'elles étaient à Toronto ou à Vancouver, endroits où elles n'avaient jamais mis les pieds. Quand sa mère viendrait, Becca voulait sans faute l'emmener boire des cocktails là-haut.

Les costumières et les maquilleuses et toutes les femmes extravagantes que Becca voyait transporter du matériel durant le tournage étaient sur leur trente et un, laissant voir beaucoup de peau. Les fêtes de fin de tournage étaient comme ça – il n'était question que de sexe et de se lâcher pour de bon. Il y avait des célébrités partout car Spike et Sofia connaissaient tout le monde et tout le monde voulait aussi les connaître.

Les sosies arrivèrent en force : son amie la Barbra, la Cameron et la Cher, le Billy Bob, le pape et un James Gandolfini, un Mike Myers, une Reese, le Benicio et le Cusack, et bien sûr Becca et Rusty. Chaque fois qu'un photographe officiel prenait une photo de lui, Rusty savait (même s'il était de loin le meilleur acteur « spécialisé » et qu'il avait le plus gros rôle) qu'on lui portait de l'attention à cause de son statut de sosie, et non à cause de son mérite propre. Elle vit qu'il avait honte. Il lui dit qu'être sosie, c'était comme être acteur porno. Vous ne pouviez jamais sortir de votre caste : Intouchable.

Becca n'était pas d'accord, mais elle s'abstint de lui dire. Ça ne la dérangeait pas du tout qu'on la prenne en photo. Après quelques verres, elle trouva le courage de dire bonjour à Spike et Sofia. Ils étaient toujours si flatteurs, surtout Sofia – de braves gens. Mme Coppola-Jonze déclara immédiatement, d'un ton doux et fourbe, « Oh ! Drew est en Turquie », comme si Becca et Drew étaient officiellement liées. Sofia lui demanda comment les choses se passaient avec sa patronne. Bien, répondit Becca, et Sofia demanda si Viv venait à la fête. Becca ressentit un frisson car elle n'avait pas songé à ça – Viv avait dû être invitée et elle viendrait probablement. (Soudain, ça lui sembla super probable.) Becca ne voulait pas tomber sur elle, par peur que tout un cycle de tracasseries mesquines ne se déclenche. Même si Viv était gentille, elle savait qu'elle lui en ferait baver la semaine suivante.

Sofia la présenta à Charlie Kaufman. (Ils s'étaient déjà rencontrés, une fois au Château et quelques autres fois sur le plateau.) L'auteur était accompagné d'une femme dont il expliqua qu'elle avait fait la novélisation des *Grandes Espérances*, le film avec Ethan Hawke et Gwyneth Paltrow. Charlie n'arrêtait pas de dire combien c'était formidable que son amie ait « novélisé

Dickens », mais Becca se sentait plutôt gênée car elle ne saisissait pas la blague. Sofia n'arrêtait pas de sourire de son sourire mystérieux ; vous ne pouviez jamais savoir ce qu'elle pensait, ni, d'ailleurs, ce que pensait Spike, et Becca se tenait toujours sur ses gardes car, pour ce qui la concernait, être en compagnie de l'un d'eux, c'était comme passer une audition pour l'un de leurs prochains films.

Elle tomba sur le second assistant-réalisateur, et ils s'envoyèrent en l'air dans l'une des chambres à la décoration hallucinante de l'hôtel (outre le toit, tout un étage avait été réquisitionné). Le second assistant expliqua que Drew était en vacances en Turquie avant de revenir travailler sur *La Conjuration des imbéciles*. Becca répondit que Sofia le lui avait déjà dit, puis elle regagna le toit à la recherche de Rusty. C'est alors qu'elle vit Cassandra en pleine conversation, gesticulant frénétiquement devant Viv Wembley et Alf Lanier. La gorge de Becca se noua aussitôt. Il y avait une autre chose à laquelle elle n'avait bêtement pas songé – que les Dunsmore, sachant qu'elle travaillait pour Viv, aborderaient naturellement la star et se comporteraient comme les barjos éhontés qu'ils étaient.

Je suis foutue, se dit-elle avec un haussement d'épaules insouciant.

Rentrée

Roslynn joua la baby-sitter au Fairmount pendant que les autres allèrent au Bal des Étoiles. Certains dans le groupe avaient insisté pour que Lisanne aille se faire observer à l'hôpital – son comportement après l'atterrissage continuait d'être préoccupant – mais elle sortait à chaque fois de son lourd silence pour résister avec adresse et persuasion, malgré le bien-fondé de leur jugement. Mattie et Phil étaient de San Mateo ; un docteur qu'ils connaissaient passa donc à l'hôtel pour administrer un calmant à Lisanne. Il expliqua à Philip et aux Loewenstein qu'il n'était pas sûr de ce qui se passait, mais qu'une espèce d'« abréaction » était sans doute à exclure. Pas vraiment son domaine.

Le lundi, ils la renvoyèrent chez elle dans une limousine. Elle demanda au chauffeur de prendre la route de la côte. Elle adorait Carmel et Big Sur. Ils s'arrêtèrent dans des cafés et mangèrent des club sandwiches et des frites.

Bien à l'abri sur la banquette arrière, Lisanne lisait les derniers journaux et magazines. Sur l'une des publicités figurait une superbe jeune fille noire musclée.

Shanté exerce toutes sortes de pressions sur les tortionnaires du monde. Et après, elle va à la salle de gym. Shanté est membre d'Amnesty International. Chaque mois, Shanté

363

envoie des e-mails aux dirigeants du monde, leur demandant d'arrêter de torturer et tuer les prisonniers.

Les tortionnaires à travers le monde voudraient n'avoir jamais entendu parler de Shanté Smalls.

Elle lut un article dans le *New York Times* sur les victimes de maladies nosocomiales, contractées pour la plupart à cause de membres du personnel soignant qui avaient négligé de se laver les mains. Les infections étaient telles qu'elles ne pouvaient plus être guéries par des antibiotiques. L'une des malades était une femme âgée dont le sternum avait été rongé par des bactéries, et maintenant, chaque fois qu'elle prenait sa voiture, elle devait porter un gilet pare-balles car si elle avait un accident son torse serait écrasé par l'airbag. Un autre article racontait l'histoire d'une petite fille juive qui avait été arrachée à son berceau et tuée par un ours brun dans les Catskills. Sur la page suivante se trouvait une pub pour une banque avec une tête de gros ours brun qui regardait fixement le lecteur. « Avez-vous vendu la peau de l'ours ? » disait le slogan.

Lisanne se rendit au cabinet de Bel-Air du Dr. Calliope Krohn-Markowitz, survivante de l'Holocauste et légendaire psy des stars. Roslynn Loewenstein, sa patiente depuis des années, avait arrangé le rendez-vous.

« Vous est-il déjà arrivé de perdre ainsi le contrôle ?

– Vous voulez dire, demanda Lisanne, embarrassée, dans un avion ?

– Oui. »

Elle fit signe que non.

« Est-ce que vous faisiez pipi au lit, Lisanne ? »

Encore un modeste non de la tête.

« Vous savez, toutes sortes de choses arrivent – à nos corps – quand nous craignons pour notre vie. Quand cette peur est sincère. En ce moment, il y a une décon-nection. Avez-vous entendu parler des "faux positifs" ? Quand un test vous revient positif mais qu'il est en fait négatif ? Eh bien, en ce moment, je pense que vous avez affaire à de nombreux "faux positifs". Vous devez remplacer les branchements défectueux, pour ainsi dire. Et je peux certainement vous aider à le faire.

– Comment ? »

Elle n'avait pas compris un mot de ce que venait de dire la femme.

« Il y a un certain nombre de façons, répondit Cal-liope d'un ton assuré.

– Médicaments ?

– La médication est une piste. À cet égard, j'aimerais que vous consultiez un de mes amis, un psychophar-macologue très talentueux.

– Vous ne pouvez pas me prescrire quelque chose ?

– Je ne prescris pas. » Elle marqua une pause. « Nous pouvons aussi essayer l'hypnose. J'ai obtenu des résul-tats phénoménaux. J'aime une approche multidirec-tionnelle. Nous pouvons essayer différentes pistes – pas de décollage ! Il existe un excellent cours – je crois qu'ils le proposent ici à l'aéroport de Los Angeles, nous vérifierons sur Internet – pour surmonter la pho-bie de l'avion. Je connais beaucoup, beaucoup de gens qui ont suivi ce cours et qui maintenant volent comme des elfes.

– Je connais une manière de surmonter ma peur.

– Laquelle ?

– Ne pas prendre l'avion, répondit Lisanne en sou-riant.

– C'est en effet une solution, dit Calliope, heureuse que sa patiente soit plus détendue. Je ne dirais même pas qu'elle n'est pas valable. Nous faisons tous des choix ; c'est notre prérogative. Nous faisons ce qui est le mieux pour nous. Pour survivre. Mais je crois,

Lisanne, que dans votre cas il y a quelques autres problèmes. Ce que nous appelons une constellation. Votre crise à bord de l'avion n'est peut-être qu'un indicateur signalant qu'il est temps que vous fassiez face à certains de ces problèmes, de front. Je veux que vous alliez voir mon ami – et que vous réfléchissiez à ce dont nous avons parlé aujourd'hui. Si vous choisissez de revenir, alors nous pourrons explorer un peu. »

Escapade en Cadillac

Tula sortit la Cadillac Escalade de l'allée. À première vue, il était seul.

« O.K., restez caché maintenant ! dit-il.

– C'est vachement trop bizarre ! » s'exclama Kit depuis l'arrière.

Ils étaient sous une couverture mexicaine ; il sentait les exhalaisons chaudes de Cela qui ricanait. Ça le ramena en arrière, à l'époque de leurs roulages de pelles préadolescents.

« Kit, c'était ton idée ! dit-elle.

– Oui, répondit-il, effronté. Tu as sacrément raison. C'est le moment d'aller au putain de centre commercial ! Ça fera un bon documental pour la télé !

– Tu es un vrai dingo, dit-elle, en lui pinçant légèrement la cage thoracique. Tu es vraiment un dingo loufoque. »

Il se tortilla et fut secoué de spasmes comme elle le chatouillait, puis il lui enfonça un pouce dans le flanc, la faisant se contorsionner. *Chut* ! lança gravement Tula comme ils approchaient du garde à la barricade. Tout cela était tellement sexy. Tandis que la voiture ralentissait, ils se tinrent parfaitement immobiles et sentirent leur souffle chaud, tels des enfants au moment critique d'un jeu.

L'agent de sécurité fit signe à Tula de passer. Ils roulèrent devant la foule de fans, de photographes, et devant les camions des médias.

Lorsque la voie fut libre, Kit se mit à chanter : « *Tommy can you hear me ?* ». Il remplaçait *Tommy* par *Tula*, et Cela le fit à nouveau taire.

Un paparazzi solitaire soupçonna quelque chose. Il passa sous l'indéboulonnable bannière : NOUS T'AIMONS, GUÉRIS VITE ! s'éloigna et se glissa discrètement dans une Toyota Corolla. Il accéléra et se rapprocha. Lorsque Kit leva la tête pour jeter un coup d'œil à l'extérieur, le franc-tireur le vit et se lança furieusement à leurs trousses. Tula marmonna des jurons en fidjien puis passa à la vitesse supérieure et entama les manœuvres à la *Bad Boys*. Le garde du corps, prudent à l'excès car ses passagers n'étaient pas attachés, était ravi de pouvoir enfin faire ce pour quoi il était payé.

Les pneus crissèrent ; des virages serrés furent négociés ; des klaxons actionnés ; des accidents évités de peu. Kit et Cela jubilaient comme des cinglés, encourageant Tula. Le chauffeur était compétent, concentré et bourré d'adrénaline, sa silhouette trapue, transpirante, effroyablement résolue, ajoutant à leur excitation. Puis tout s'acheva de façon aussi inattendue que cela avait commencé – la voiture du paparazzi se retrouva sur le dos.

« Oh mon Dieu ! fit Cela tout en regardant en arrière, atterrée. Vous croyez qu'il est blessé ? »

Tula ralentit et jeta un coup d'œil dans le rétro. La Corolla avait à nouveau basculé, au ralenti, retombant de façon absurde sur ses roues. Son chauffeur regardait droit devant lui, stupéfait.

« Non, jugea-t-il. Juste secoué.

– Bien joué ! s'exclama Kit. Bien joué, bien fait !

– Est-ce qu'on ne ferait pas bien de rentrer ? demanda Cela.

– Non ! répondit Tula. Pas rentrer ! Pas notre faute !

– Petite, lança Kit, d'un air faussement lugubre. Tu ne rentreras jamais chez toi.

– Lui juste secoué », répéta Tula, en jetant un dernier coup d'œil dans le rétro avant de reprendre de la vitesse.

Un piéton aida le poursuivant à sortir de sa voiture ; il parvenait déjà à marcher par ses propres moyens.

Kit fit une moue à la Elvis et entonna : *« All shook up*[1] *! Ooh hoo hoo. Ooh hoo. Ay yeah ! »*

Tout le monde – même Tula – éclata de rire.

Dans le centre commercial froid et lumineux de Riverside, yeux écarquillés.

Ils se tiennent la main – fuyards en délire.

Kit, déchaîné. Centre commercial, dépeuplé.

Le coup d'œil occasionnel des passants stupéfaits qui le reconnaissent et lui présentent leurs vœux.

« Hou hou hou ! » glapit Kit.

La liberté. Ces vieilles sensations de liberté.

La nouveauté spatiale. L'immédiateté. L'éblouissement.

« Oh mon Dieu, cette poursuite ! dit Cela. C'était tellement incroyable.

– Comme Steve McQueen ! s'exclame Kit. C'était quel film ? *Bullitt.*

– Burke va piquer une de ces crises, dit-elle, légèrement parano. Il va nous botter le cul !

– Bordel, c'est moi qui vais lui botter son putain de cul ! crie Kit.

– Est-ce que tu pourrais, genre baisser le volume ? demande Cela, embarrassée par ses fanfaronnades en public.

– Oh merde, les gars ! Putain ce que j'ai faim !

1. Chanson interprétée par Elvis Presley (1957). Littéralement : « complètement secoué ». *(N.d.T.)*

– O.K., Bullitt, qu'est-ce que tu veux manger ? »

Pause. Puis :

« Tout le monde ! »

Ils rient. Une écolière s'approche, bouche bée.

« Excusez-moi, mais êtes-vous Kit Lightfoot ?

– Steve McQueen ! », répond Kit.

Elle se tourne vers Cela tandis que ses amies hésitent à approcher.

« Est-ce que c'est Kit Lightfoot ? demande-t-elle, gênée.

– Oui, répond Kit alors que Cela acquiesce. Le seul et unique.

– Oh mon Dieu ! dit la jeune fille, en reculant de quelques pas. C'est bien lui, C'est bien lui… »

Les gamines, arborant l'uniforme plissé d'une école catholique, se précipitent, inclinant avec affectation la taille pour laisser voir un bout de hanche. Tula bombe le torse, façon garde du corps. Inutile mais attachant – toujours en mode « héros ».

« Est-ce qu'on peut avoir un autographe ?

– Vous avez un stylo ? » demande Cela.

Elles plongent la main dans leurs sacs à dos North Face décorés avec les personnages des *Super Nanas*.

« Il peut signer sur mon bras, dit la fille en produisant un marqueur.

– Et moi, sur ma jambe ! suggère une autre.

– Est-ce qu'il est attardé ? demande l'une d'elles à Cela.

– Les filles, prévient Cela. Soyez gentilles ! »

Kit signe un bras tout en disant : « Pas attardé. Juste un peu… déglingué.

– Il parle comme un attardé », observe une fille, pas franchement *sotto voce*.

Son amie examine l'autographe comme s'il s'agissait d'un urticaire et demande : « Oh mon Dieu, qu'est-ce que ça dit ? »

L'autre jette un coup d'œil et répond : « On dirait un gribouillage…

– J'ai dit, soyez gentilles, bordel ! intervient Cela. Vous êtes grossières. »

Les jeunes filles réprimandées lâchent quelques « merci », puis s'en vont précipitamment. Lorsqu'elles sont suffisamment éloignées, elles pouffent de rire.

« Petites connes, lance Cela.

– C'est bon », dit Kit d'un air pensif. Puis avec un grand sourire vicelard : « Elles me font bander. »

Dans la boutique Blockbuster maintenant.

Il fonce dans les allées, euphorique, enfant sauvage dans la forêt DVD. (Un garçon enchanté très étrange.) Touchant les boîtes dures, creuses, criardes, les yeux écarquillés, tactile, inhalant la mémoire collective du cinéma. La boutique est immense et vide si l'on excepte les employés occupés à réapprovisionner de façon désordonnée les étagères.

« J'étais une star du cinéma ! crie-t-il en se battant le torse tel Tarzan.

– Tu l'es toujours, dit Cela. Tu es toujours la plus grande star sur cette planète, O.K. ? »

Il réfléchit puis dit, d'un ton neutre : « O.K. » L'effet est involontairement comique. « On devrait acheter du pop-corn. » Ils passent devant le mur des nouvelles sorties. (Comme un étalage de boutique d'objets bon marché.) Il demande : « Dans quels films j'étais ? »

Avant qu'elle puisse répondre, un blaireau à la Norman Rockwell avec de l'acné au menton entre dans leur champ de vision.

« Excusez-moi… êtes-vous Kit Lightfoot ? »

(Cela s'arc-boute. Tula bombe le torse.)

« Oui, c'est moi !

– Je le savais ! J'ai mis *Monde*… » (soudain, *Monde sans fin* apparaît sur tous les écrans suspendus, la célèbre scène de l'hôpital pour enfants où Kit et Came-ron Diaz se mettent à danser, les gamins éclopés fai-sant de même, sur *Logical Song* de Supertramp) « … et je voulais juste vous dire combien je vous trouve super, combien je vous trouve formidable, en tant qu'acteur et que personne. »

(Cela soupire de soulagement.)

« Merci.

– Et que c'est vraiment un honneur de vous avoir dans notre magasin.

– Merci. » À nouveau une petite touche d'Elvis : « Mercibeaucoup. »

Ne manque plus que la gomina…

« Je veux juste que vous sachiez que tout le monde à Riverside, tout le monde sur la Terre entière est avec vous. »

(Cela, au bord des larmes. Elle a ses règles. Prompte à pleurer.)

« *Mercibeaucoup*.

– Est-ce que je peux vous montrer la section Kit Lightfoot ? » demande-t-il, comme s'il cherchait à amadouer une fille au milieu d'un quadrille. Puis, à l'intention des trois visiteurs : « Nous avons toute une section Kit Lightfoot… C'est moi qui l'ai organisée.

– J'aimerais du pop-corn.

– Vous pouvez avoir tout le pop-corn que vous vou-lez, monsieur ! »

Maintenant, quelques autres employés se sont appro-chés du petit groupe.

Le jeune homme se tourne vers Cela.

« Vous croyez que ça le dérangerait de signer quelques affiches ?

– Demandez-lui », répond Cela, fièrement. Elle a l'impression d'être sa femme.

Véritables confessions

Mère et fils passèrent à l'improviste à la suite de Sunset Boulevard.

Lisanne s'en voulait de ne jamais avoir remercié son ancien patron pour ses attentions au cours de ces premiers mois où elle et Siddhama avaient été seuls à la maison. (Il avait continué de lui payer son salaire.) D'ailleurs, elle ne l'avait jamais remercié pour rien – au fil des années, il avait été droit et généreux à l'excès. Certes, elle s'était rendue indispensable, mais c'était Reggie, avec sa confiance radieuse, contagieuse, qui, longtemps auparavant, avait si généreusement ouvert la porte, aidant Lisanne à surmonter son insécurité initiale. Il avait été surpris par la grossesse cachée, mais, en vrai gentleman, s'était abstenu de tout jugement. Elle aurait été perdue sans son soutien psychologique après la venue au monde de son bébé.

Ils ne s'étaient pas parlé depuis qu'elle avait emménagé à Rustic Canyon, et le fait que l'arrangement salvateur avec Philip ait eu lieu sous les auspices de Tiff, le client de Reggie, rendait les choses pires encore. Elle se sentait totalement ingrate, même si rien n'aurait pu être plus éloigné de la vérité – le moment était venu de lui faire face, de tout révéler. Si une personne devait être mise au courant de certains détails concernant la filiation de l'enfant, c'était bien Reggie Marck.

Il tenait le bébé dans ses bras.

« Je veux vous dire que c'est le fils de Kit Lightfoot, annonça-t-elle.

– O.K. », répondit-il, souriant. Attendant la chute.

« Et je voulais vous donner l'offrande suprabanale du Ça Secret. » Elle s'agenouilla par terre et dégrafa son chemisier. Il baissa les yeux vers elle tout en continuant de tenir l'enfant dans ses bras. « Voici ma graine de moutarde, ma pelletée d'orge et mon pain au beurre clarifié, voici mes mamelons aussi grands que les orteils violacés d'enfants sans abri. Moi, Vajrayogini, je génère le manoir céleste avec ce con large et effronté. Regardez ! Le feu cervical de mon collier de puanteur, passé à travers sept cents crânes frais comme la rosée. Ô ! je vous demande de déposer les armes. Car voici les armes d'instruction massive. Je suis la Dakini bleue, porte des membranes et du souvenir, la PHAT HAM verte. Agenouillons-nous sur le tapis de la cathédrale tels des pèlerins rendus humbles par le désastre – Ô Reggie, joignez-vous à moi maintenant ! Offrez et observez les matières qui vont être brûlées à bodhiwood ! – OM OM OM SARVA PHAT PHAT PHAT SWAHA – Reggie, je vous en prie – OM NAMO BHAGAWATI VAJRAVARAHI – Reggie ! – BAM HUM HUM – pourquoi ô pourquoi Reggie tout va-t-il de travers ? – PHAT OM NAMO ARYA AOA-RAJITE HUM HUM PHAT... »

Un coup de fil perturbant

Lorsque Becca arriva sur le plateau de *Six Feet Under*, on lui expliqua qu'il y avait eu une erreur. Ils n'auraient besoin de ses services que plus tard dans la semaine.

Elle avait déjà fourni à Viv l'alibi habituel – elle s'occupait de sa mère moribonde –, poussant même cette fois dans le registre dramatique car elle estimait nécessaire d'ôter de la bouche de son employeuse le goût d'une certaine rencontre récente sur le toit d'un immeuble. (Becca avait expliqué que les Dunsmore étaient fous et qu'elle ne les avait rencontrés qu'une fois ou peut-être deux et ne voulait rien avoir à faire avec eux. Par chance, Viv avait écarté l'incident d'une espèce de geste de la main désinvolte, dégoûté.) Au lieu de retourner à Venice, elle alla faire des courses dans la Troisième Rue. Elle appela Dixie sur son portable pour lui dire bonjour, tentant minablement d'atténuer son sentiment de culpabilité à cause de cette sordide histoire de cancer.

Elle donna rendez-vous à Annie. Elles déjeunèrent au Grove avec Larry Levine puis allèrent voir un film.

Ensuite, Larry mit les bouts et les filles fumèrent de l'herbe et préparèrent des cookies dans l'appartement de Genesee Avenue tout en médisant sur leurs ex. À l'heure du dîner, elles décidèrent d'aller à Forty Deuce, mais Becca était réticente car elle n'arrivait pas à joindre Rusty pour le prévenir.

« Qu'est-ce qu'il est, ta putain de baby-sitter ? » demanda Annie.

Le bulletin d'information qui passait à la télé attira l'attention de Becca. « Oh mon Dieu ! Monte le son ! »

[PRÉSENTATEUR EN STUDIO] Beaucoup d'excitation à Riverside aujourd'hui lorsqu'un paparazzi a « chaviré » pour Kit Lightfoot. Plus de détails avec Macey Dolenz.

[DEVANT LE CENTRE COMMERCIAL DE RIVERSIDE] C'est exact, Raquel. L'acteur, qui se remet toujours d'une agression survenue l'année dernière dans un magasin d'alcools de West Hollywood ayant occasionné d'importantes lésions neurologiques, a de toute évidence fait une sortie imprévue ce matin [PLAN SUR LA VOITURE APRÈS SON TONNEAU] et a été poursuivi par Jimmy Newcombe, un photographe freelance. Newcombe suivait de près la superstar recluse lorsqu'il a perdu le contrôle de sa voiture tandis que le chauffeur de Kit Lightfoot continuait de rouler. Le photographe a brièvement été hospitalisé avant d'être autorisé à sortir. Les photos de l'acteur en convalescence sont censées valoir au prix fort des centaines de milliers de dollars sur le marché de la presse tabloïd aussi bien nationale qu'internationale. [VIEILLE IMAGE D'ARCHIVES MONTRANT LA MAISON DE RIVERSIDE] Lightfoot, qui n'a pas accordé d'interview depuis le tragique incident, est resté cloîtré dans la maison de son enfance depuis Noël, à sa sortie du Centre de Rééducation de Valle Verde à Valencia, où il a passé six mois sous bonne garde. [RETOUR AU CENTRE COMMERCIAL ; ÉCOLIERS/ÉCOLIÈRES AU 2ᵉ PLAN SE BOUSCULANT POUR ÊTRE VUS] Mais aujourd'hui il semble qu'il soit parti en expédition au centre commercial Galleria de Riverside, où il

a signé avec enthousiasme des autographes à des fans qui lui ont apporté leur soutien.

[RETOUR AU STUDIO] Une excursion bien méritée et, espérons, bien appréciée qui plus est. Une histoire tragique, fascinante – et dont nous n'avons pas fini d'entendre parler.

[AUTRE PRÉSENTATEUR EN STUDIO] Une poursuite en voiture digne d'un vieux film, hein ?

– Keystone kops.

À Suivre : Mercredi fou pour les Patriots, lorsqu'ils se sont aperçus que leur attaque était « à saisir ».

Le téléphone portable de Becca s'illumina : NUMÉRO INCONNU. Elle ne pensait pas que c'était Rusty car, quand il appelait, le mot PRIVÉ s'affichait généralement.

« Allô ? Rusty ? Allô ? »

Il y avait trop de bruit dans le club pour qu'elle puisse entendre quoi que ce soit.

« Allô ? Allô ? continua-t-elle tout en fendant la foule jusqu'à l'extérieur. Allô, qui est à l'appareil ?

– Becca ? C'est vous ?

– Oui, c'est moi. Qui est à l'appareil ?

– C'est Elaine !

– Elaine ?

– Elaine *Jordache*. Est-ce que vous êtes au courant pour Kit Lightfoot ?

– La poursuite ?

– Ils ont attrapé la personne qui lui a fait ça.

– Ils ont quoi ?

– Celui qui lui a tapé sur la tête ! » Elle ajouta d'un ton irrité : « Il travaillait pour moi ! » Puis : « Avez-vous parlé à Rusty ?

– Non…

– Donc vous ne savez rien de tout ça ?

377

– Je ne sais pas *quoi*, Elaine ? demanda Becca, qui commençait à s'agacer.

– Il paraît que la police le recherche à cause de quelque chose que cette personne a dit…

– Cette personne…

– L'idiot qui a fendu le crâne à Kit Lightfoot ! Ils étaient amis, ils se connaissaient.

– Amis ? Qui… ?

– Il paraît qu'il y a eu un meurtre, en Virginie…

– Elaine, je n'y comprends rien ! Je ne comprends pas ce que vous dites.

– Si vous parlez à Rusty, ne lui dites pas que nous nous sommes parlées. D'accord ? Vous me le promettez, Becca ? Parce que nous pourrions être en danger, et j'ai une trouille bleue. J'ai peur pour ma vie ! »

Une proposition décente

Burke appela de Vegas pour annoncer à Cela que la personne soupçonnée de l'agression de son fils avait été arrêtée.

Il expliqua que la police étoufferait l'affaire pendant le week-end mais qu'il fallait s'attendre à un sursaut d'activité médiatique le lundi, quand l'annonce serait officiellement faite. Il ne voulait pas que Kit soit mis au courant et lui en parlait juste des fois que des fuites auraient lieu avant son retour. « Essaye de le tenir éloigné de la télévision. Juste au cas où. »

Cette nuit-là, Cela invita Kit chez elle pour dîner. Elle vivait hors de la zone d'exclusion des médias ; ç'avait donc un goût d'interdit, mais surtout parce que Burke était absent et qu'il n'aurait pas approuvé. C'était comme au bon vieux temps, lorsqu'ils faussaient compagnie à leurs parents une fois la nuit tombée.

Les steaks crépitaient sur le barbecue. Kit se pencha en avant pour inspecter les coupelles remplies d'eau qui constellaient le jardin et dans lesquelles flottaient des bougies votives.

« Alors qui est mort ? demanda-t-il en souriant.

– Très drôle », rétorqua Cela.

Sa claudication n'était plus prononcée. Il portait une chemise Gap blanche et un nouveau jean Levi's, et Cela lui avait coupé les cheveux trois jours plus tôt.

« Tu es bien comme ça », dit-elle.

Elle avait opté pour une robe noire courte, mais Kit ne fit pas de commentaire.

« Papa à Vegas, dit-il, d'un air affirmatif.

– C'est exact.

– Quand revient ?

– Quand revient-*il*.

– Quand revient-*il* ?

– Tu peux vraiment parler magnifiquement bien quand tu le veux.

– Quand revient-*il*, quand revient-*il*, répéta-t-il, gentiment moqueur.

– Ça dépend de la vitesse à laquelle il perd, répondit-elle. Il adore leur donner son argent.

– Leur donner *mon* argent. »

Cela rit. Son sens de l'humour était intact – tout était à peu près intact. Son esprit et son corps fonctionnaient juste un peu lentement, un peu moins élégamment qu'avant. Il omettait sporadiquement des mots et des consonnes et son inflexion était imprévisiblement emphatique ou bredouillante, mais Cela était convaincue que c'était dû au fait que personne ne le reprenait.

« Tu étais déjà allée avec lui ? demanda-t-il.

– À Vegas ? Deux ou trois fois.

– Vous logiez où ?

– Au Bellagio. Il connaît quelques personnes là-bas. Ou au Mirage.

– Tu couches avec depuis longtemps ? »

Elle se détourna du gril en plissant des yeux.

« Il n'y a rien entre ton père et moi.

– Je vous ai vus », dit-il. Elle se pencha à nouveau sur les steaks d'un air morose. Le sourire de Kit devint doux-amer. « Je ne pas… jugement. Pas énergie pour juger. J'ai… énergie pour manger et chier et… peut-être signer autographe. Des autographes, corrigea-t-il.

– Ton père, dit-elle maladroitement, a été gentil avec moi. Burke a ses défauts – c'est sûr. O.K. ? Et je le sais. J'en ai bien conscience. Mais au bout du compte il s'est occupé de moi quand je suis sortie de désintox. Plus d'une fois. Et je sais qu'il t'a fait de vraies saloperies, Kit – à toi et à ta mère. Et je respecte les sentiments que tu as à son égard à ce sujet. O.K. ? Ce ne sont pas vraiment mes affaires. Tout ce qui compte pour moi, c'est comment il…, ce qu'il a fait pour moi. Et que c'est un être humain. Il était là, Kit. Il était là pour moi. Pas mon père, et toi non plus – et ce n'est vraiment pas ta faute ! Je suis désolée. Tout ça c'est des conneries et je n'aurais même pas dû les dire. Je suis désolée. C'est juste que… ça n'a rien à voir avec toi. Je ne suis pas parfaite, Kit – je n'ai jamais prétendu l'être. O.K. ? Mais je t'aime et je n'ai plus vraiment envie de parler de tout ça à l'avenir. Ni maintenant, O.K. ? » Elle retint ses larmes et dit : « Je veux juste que nous ayons un bon dîner et que nous soyons gentils l'un avec l'autre…

– Je suis désolé, Cela.

– De quoi ?

– Désolé d'avoir eu une… *vie de star du cinéma*. »

Elle ne l'avait pas vu en colère depuis sa blessure – la colère était probablement une bonne chose. Cependant, ça faisait mal d'en être la cible.

« Ce n'est pas ce que je voulais dire…

– Mais c'est fini ! Alors ne t'en fais pas ! »

Le visage de Kit se tordit comme s'il était fou de rage, puis il éclata d'un rire tonitruant. Toujours à faire des blagues. Elle aurait voulu le prendre dans ses bras, mais il retourna à nouveau la situation.

« Tu te shootes », dit-il.

Cela fit une moue émouvante.

« De temps en temps. »

Elle reprit ses occupations au gril. (Accessoire de comédien pour une scène difficile.)

« Tu ne devrais pas faire ça.

– Et si on me faisait un test d'urine ? rétorqua-t-elle, piquée au vif. Mais on peut le faire après le dessert ? Écoute : J'ai pertinemment conscience de déconner, O.K. ? Est-ce que ça te fait te sentir mieux, Kit ? J'ai déjà décidé que j'allais recommencer à aller à des réunions. » Elle balança la viande dans les assiettes et soupira. « Merde ! »

Il resta silencieux. La table était magnifiquement dressée avec une nappe blanche, des fleurs blanches, des bougies blanches.

Ils mangèrent en silence, mais elle l'observait. Le monde avait été chamboulé mais certaines choses ne changeraient jamais. Elle se rappela le début de leur liaison, combien elle était nerveuse et cherchait tout le temps à lui plaire.

Après le dîner, ils s'assirent dehors sur une balancelle et regardèrent la lune.

« Ça fait probablement flipper Tula que tu sois ici, hein ?

– Je lui ai dit de… vivre sa vie. Je lui ai dit : "Va garder les poulets ce soir. Chez Koo Koo Roo."

– Maintenant que c'est un cascadeur célèbre, tu devrais faire attention. Un chasseur de têtes pourrait te le piquer. » Elle alluma une cigarette. « Alors, qu'est-ce qui se passe avec ces bouddhistes ? Ils sont plutôt hallucinants. Je veux dire, ils s'occupent de tout, hein. Ils cuisinent, ils nettoient, ils méditent…

– Ils déodorisent mes pets. »

Cela rit.

« Kit, dit-elle, d'un ton sérieux. Est-ce que tu te souviens de quelque chose ? Je veux dire, la nuit où ce type t'a frappé ?

– Non.

– Pas de souvenirs de l'hôpital ? » Il secoua la tête.
« Et quand tu es venu rendre visite à Burke quelques
semaines auparavant. Tu es venu et tu as regardé
certaines choses qui avaient appartenu à ta mère. » Il
secoua à nouveau la tête. « On est allé à Grant, sur ta
bécane.

– Je ne me souviens de rien de ce qui est passé. De ce
qui *s'est* passé. Depuis peut-être un an ou peut-être
trois mois… avant ma blessure.

– Est-ce que tu… est-ce que tu te souviens de Viv ?

– Oui ! répondit-il, énergiquement. Je me souviens
bien… de Viv Wembley. Mais je ne suis pas sûr… que
Viv Wembley se souvienne de moi ! »

Sans prévenir, il la pelota. Il lui fit un baiser humide
sur la bouche et lui pressa un sein. Elle lui rendit son
baiser, puis déclara : « Je ne crois pas que ce soit une si
bonne idée que ça.

– Papa s'en fichera, répliqua-t-il.

– Ça n'est pas la question », dit-elle.

Elle décida vite qu'il était absurde d'être offensée par
sa réflexion – tout était si ridicule et déchirant.

« Est-ce que tu pourrais au moins… y songer ? »
demanda-t-il.

Elle secoua la tête avec un sourire ironique et roula
un joint.

« Je crois, dit-elle, que je vais devenir bouddhiste. »

Une toile emmêlée

« Cet enfoiré a balancé mon pote ! Il abandonne M. Lightfoot en train de baver dans son jus, puis il fout en l'air une des principales propriétés de QuestraWorld ! Par jeu ! Par putain de jeu !

– Il est venu à la maison, non ? demanda Cassandra.

– Exact – cet amateur de sosies nageait dans notre putain de piscine ! Mince, combien de temps on peut rester un sosie amateur ? Sans vouloir te vexer, Becca. Parce que toi et Rusty, c'est du sérieux.

– Il était ici, dit Cassandra tout en tripotant un diamant de deux carats fabriqué à partir des cendres de leur petite fille chérie. À renifler autour de Rusty comme un petit chien. À baratiner qu'il était célèbre à Tokyo en tant que sosie de Kit Lightfoot. Je crois que même Elaine Jordache voudrait pas l'embaucher.

– Elle s'approcherait même pas de ce sosie de mes deux. Et faut vraiment ressembler à rien pour qu'Elaine veuille pas se faire du fric sur votre dos. Cette bonne femme sait y faire.

– C'est sûr qu'il ressemblait pas à Kit Lightfoot.

– Il ressemblait à Kit Lightfoot autant que moi.

– Pas à moins qu'il se coiffe d'une certaine manière.

– C'était un putain de peintre en bâtiment, Cass ! Merde ! Enculé ! » Il tourna en rond en tapant des pieds devant la fenêtre panoramique. « Et il a balancé mon pote ! On était sur le point de faire signer Rusty, pas vrai, Cass ? » Il se tourna vers Becca, qui se creusait la tête à essayer de se souvenir si le sosie de Kit Lightfoot était présent à la lecture au Château ou non. « On était sur le point de filer à ton mec un paquet de dollars et de marquer "Propriété de QuestraWorld" sur son cul poilu. Pas vrai, Cass ? »

Il imita le grésillement du fer rouge sur le bétail tandis que sa femme tirait sur un joint.

« Peut-être, dit-elle. Peut-être qu'on était sur le point.

– C'est exact, tu peux le croire. C'était mon idée. Parce que tu es peut-être P-DG et DAF mais c'est moi le président et le putain de secrétaire général. Alors fais pas chier avec tes "peut-être". » Il jeta un regard noir à Cassandra même s'ils savaient l'un comme l'autre lequel gagnerait en cas de bagarre. Grady sniffa une ligne, puis il tendit le billet roulé à Becca. Elle fit non de la tête mais il ne voulut rien entendre. Il l'observa tel un scientifique tandis qu'elle sniffait à son tour. « Bon Dieu, fit-il. Faut que tu écrives quelque chose sur ton assassin de petit ami. » Il eut une idée de génie. « Je sais ! On va demander à Dr. J de faire un scénario. Parce que tout le monde va vouloir s'arracher Rusty – *Access Hollywood*, *Dateline*, *Sixty Minutes* –, tout le monde va faire la queue. Le vieux Larry King aussi. Il va être plus demandé que le type qui a tué Versace.

– Andrew Carnegie, précisa Cass.

– Peu importe. » Il eut la mine de quelqu'un qui se serait pincé le derrière tout seul. « Oh merde ! Oh merde ! Que va faire Spike Jonze ? Merde, bon sang, c'est bon ! Ça se corse salement. Je vais vous dire ce que Spike va faire, il va adorer, voilà ce que…

– Y a rien de tel que de la mauvaise publicité.

– … d'autant que l'enfoiré qui a cogné Kit Lightfoot sur la tête est lui-même un sosie de Kit Lightfoot.

– C'est sordide, chéri, dit Cassandra. C'est vraiment sordide ! »

Grady se mit à pousser des cris stridents.

« Spike et sa bande vont être plus heureux que des putains de papes. Ils vont être sacrément remontés, parce que maintenant ils ont Russel *et* ils ont Rusty dans la boîte – je parle pas du pénitentiaire, non plus. Y a de quoi pavoiser ! Ils ont les deux sur la pellicule, bon sang… C'est dans la putain de boîte ! »

Il aspira, poussa un cri strident et battit les mains tout en effectuant une petite danse. Puis il tomba à genoux devant la table tel un chanteur de soul exténué et sniffa deux lignes épaisses comme des crayons.

Cassandra leva la bague devant les yeux de Becca.

« Elle est pas jolie ? C'est ma petite fille. Est-ce qu'ils en ont pas fait quelque chose de beau ?

– Ton pote va passer à la télé ! lança Grady avec jubilation. Il a tabassé un connard du milieu hippique, en Virginie. C'est pas de là que tu viens ? Il t'en a jamais parlé ?

– Pourquoi il aurait fait ça, Grady ? demanda Cassandra d'une voie endormie. Lui et une… poule… » Elle piqua du nez, puis reprit conscience. « Qui s'envoient en l'air dans un centre équestre chicos… Alors pourquoi est-ce qu'il voudrait…

– Un chicos quoi ? dit-il, en fronçant les sourcils. Un chicos asticos quoi ?

– … tuer le mari ? Ou je ne sais pas quoi ? Alors pourquoi il irait raconter ça à notre gentille petite Becca ? Pourquoi il voudrait qu'elle sache quoi que ce soit de tout ça ? Hein, Grady ?

– Merde ! fit-il en haussant les épaules. Qu'est-ce que tu veux que j'en sache ?

– Il a pu lui raconter ça sur l'oreiller. Toi et moi on se racontait tout un tas de conneries sur l'oreiller, avant,

386

pas vrai ? On sait jamais ce qui se passe derrière la porte. »

Cassandra ânonna d'une voix ivre : « Quand tu es derrière la porte, et que tu détaches tes cheveux…

– Qui sait ce que ces deux sosies ont partagé ? dit Grady l'obsédé. Je vais te dire qui – l'ombre !

– Et tu me fais me sentir comme un homme ! Personne ne sait ce qui se passe derrière la porte ! hurla Cassandra, éclatant d'un rire gras.

– Bon sang ! dit Grady en la regardant avec dédain. Tu ressembles à cette grosse cinglée des *Sopranos*. Tu ressembles à la sœur de Tony Soprano. » Jake se mit à pleurer dans son berceau. Grady posa un œil lubrique sur Becca. « Il se passe tout un tas de trucs derrière les portes fermées… si tu vois ce que je veux dire. »

Il lui toucha la cuisse et elle s'écarta. Elle était triste et défoncée et n'avait pas l'énergie de s'en aller. De l'autre côté de la fenêtre, un agent d'entretien spectral traînait une longue perche à travers l'eau de la piscine.

« Je vais te dire une chose, reprit Grady, s'illuminant. Je vais te dire une chose, pour sûr – va falloir qu'il se trouve un avocat. Va falloir que M. Russell Crowe Junior se dégote des fonds pour le procès.

– Et on va pas y donner un rond.

– Oh si on va le faire !

– Oh non on va pas le faire !

– Oh si ! Et je vais te dire pourquoi.

– O.K., mon chou ! Dis-moi pourquoi.

– Je vais te dire pourquoi et tu vas adorer.

– C'est ça – je vais adorer. Je vais adorer comme j'adore ton vieux trou de balle cradingue.

– Ça aussi tu vas adorer quand j'en aurai fini. Tu vas adorer quand j'aurai la merde au cul. Ça t'excitera. Et tu vas aussi vouloir augmenter mon salaire.

– Je vais le faire. Ça me plairait. Je vais le monter jusqu'à ce que ça te fasse mal.

– On va acheter ce scénario qu'il a écrit.

– On achète que dalle.

– J'ai six mots pour toi : *Tirez pas sur la licorne*.

– Ça fait cinq, abruti.

– Il a dit quoi Rusty quand je lui ai demandé de quoi causait ce scénario ? Il a dit quoi, Cass ? » Elle se mit à réfléchir tout en piquant du nez. « Il a dit quoi ? Ouais, exact – maintenant elle a perdu sa langue – maintenant elle veut plus rien dire – parce qu'elle sait ce qu'il a dit. Il a dit que c'était une histoire de meurtre. D'accord ? O.K. ? Et où il a dit que ça se passait ? Au champ de courses ! Ou dans je sais pas quelle ferme à canassons. Tu te souviens, Cass ?

– C'est exact », répondit la femme, les yeux scellés. Sa cigarette était sur le point de lui brûler les doigts. « C'est exact. » Il savait qu'elle savait où il voulait en venir. « Je te le concède.

– Ouais, bon, tu vas me concéder plus que ça, Mamasita. Je vais faire pleurnicher ma putain de guitare. Je ne serais pas surpris si Russell Crowe Junior avait raconté tout le putain de meurtre dans son scénario. O.K. ?

– O.K. », dit Cassandra. « Quand tu as raison, tu as raison. O.K., Columbo ?

– Je déconne pas, Sherlock. Et je veux dire *tout* ce qui s'est passé, d'accord ? O.K. ? Pigé ? QuestraWorld va *posséder* ce truc – *toute cette putain d'histoire*. D'accord ?

– Je vois ce que tu veux dire, répondit-elle.

– Je le savais. Mais y avait que moi pour y penser, pas vrai ?

– Tu vas peut-être avoir cette augmentation, mon petit chéri.

– Un peu que je vais l'avoir cette augmentation, maman ! dit-il, puis il poussa un cri de joie. Et tu vas le téter mon anus crado. Il aura goût de rose. Tu vas céder à toutes mes demandes de rançon ! Cinquante mille en espèces, pour une nuit chez Hustler's ! Dans le magnifique centre-ville de Gardena.

– On a pas encore conclu le contrat avec Rusty.

– *Quand on l'aura conclu.* C'est juste. C'est juste… Je suis un homme juste. Même si j'estime que tu devrais me donner dix pour cent d'avance, vu que c'est moi qui ai eu l'idée. C'est moi qui ai reconstitué le putain de puzzle. Mais je suis juste et j'ai une putain de mémoire d'éléphant, alors toi et les autres vous feriez bien de pas l'oublier ! C'est pour ça que j'ai eu tous mes millions. Le truc, c'est de lui soutirer le scénario avant que ça devienne une pièce à conviction.

– Avant que quelqu'un d'autre l'achète.

– Tout juste. Tout juste. Maintenant tu saisis. Je crois pas qu'il sera pressé d'en parler à la police. Mais quand HBO le découvrira, HBO le voudra.

– Nan », fit Cassandra en secouant la tête. Elle avait les paupières lourdes, telle une voyante groggy. « On veut quelqu'un d'autre. HBO c'est pour la télé. On veut pas utiliser ce créneau trop souvent. On veut le faire avec DreamWorks.

– C'est pour ça que tu es P-DG de QuestraWorld, dit Grady respectueusement.

– Soderbergh pourrait le faire, suggéra Cassandra.

– Peut-être. Bon Dieu, George Clooney adorerait mettre la main là-dessus !

– Trop vieux pour interpréter Rusty.

– Alors il pourrait réaliser, ou juste être producteur exécutif. Ils vont se bousculer au portillon pour ce machin ! Alors prépare ton chéquier, ma fille ! Lâche-toi ! » Il battit les mains puis les frotta l'une contre l'autre comme s'il cherchait à allumer un feu. « Hou, hou ! On a un important projet d'acquisition. » Il effectua une danse guerrière, puis se tourna vers Becca. « Tu vas nous aider, hein ? Nous aider à le persuader ?

Tu pourras être productrice exécutive. Ça te dirait ? On peut arranger ça, pas vrai, Mama Cass ? On peut pas s'arranger pour qu'elle soit productrice exécutive ?

– Associée, dit Cassandra.

– Elle va être un des éléments cruciaux du projet – elle était la petite amie, en plus c'est une bombe, en plus c'est un sosie ! Ces foutus sosies vont sacrément avoir le vent en poupe ! Et merde – elle bosse pour Viv Wembley ! J'y avais même pas pensé ! Tout se tient ! » Il toussa, expulsant une brume de fumée humide. « La petite bosse pour cette vieille sorcière d'ancienne fiancée ! La salope qui a largué Kit Lightfoot – pour le meilleur et pour le pire, mes couilles ! La salope qui a planté le pauvre débile devant l'autel !

– À attendre cette putain entouré d'une bande de vieux bouddhistes chauves avec la trique, dit Cassandra, luttant contre le sommeil.

– C'est une putain de tragédie shakespearienne, bon sang ! Ça me plaît ! Ça me plaît !

– Productrice associée, répéta Cassandra telle une mégère somnolente.

– C'est ce que j'ai dit.

– Tu as dis "exécutive".

– Ben je voulais dire "associée". »

Négociations

Lisanne appela pour dire qu'elle était de la sangha et qu'elle avait un cadeau pour la maison. Burke expliqua que, depuis l'arrestation, les choses avaient été plutôt dingues et qu'il ne recevrait personne jusqu'à la semaine suivante. Elle ne voulait pas s'imposer et suggéra qu'ils se rencontrent dans un endroit proche de la maison. Burke était à demi intrigué et voulait voir à quoi elle ressemblait. Peut-être qu'elle était baisable.

La voix au téléphone lui avait semblé familière mais il n'arrivait pas trop à la situer. Lorsqu'il la vit, il se mit à rire : la joufflue au visage d'ange qui adorait récurer les chiottes. Ça allait. Il les aimait bien un peu rembourrées.

Elle avait cette expression allumée, plus effrayante chez une obèse naissante – un peu rebutant mais et après ? Il en avait vu de plus cinglées. De toute façon, qu'est-ce qu'elle allait faire, l'étouffer entre ses nibards ? Elle était bouddhiste, et les bouddhistes ne passaient pas à l'acte. Il alla droit au but et lui demanda quel était le cadeau. Elle répondit qu'elle était une bonne amie du directeur de studio Tiff Loewenstein (Burke, bien entendu, savait qui il était, même s'il ne vit pas tout de suite la relation avec son fils ; peut-être que Loewenstein était un *sanghaniste*) et que Tiff lui avait confié la tâche d'apporter une statue de bouddha antique à la caravane de Kit durant son dernier tournage. En guise de cadeau. Par curiosité, elle demanda à Burke s'il avait eu la chance de voir ce bouddha et il répondit que non, tous les objets de valeur de la maison de Benedict Canyon avaient été inventoriés, emballés et mis à l'abri par les gens des assurances. C'est alors que Lisanne lui annonça qu'elle avait un « substitut énergétique ». Elle l'appela par son nom imprononçable et Burke ne put s'empêcher d'éclater de rire. Il commençait à se dire que c'était une frappadingue certifiée, mais qu'est-ce que ça pouvait foutre, c'était une pro du nettoyage de chiottes. Et il était d'humeur généreuse. Lisanne demeurait imperturbable. Elle expliqua qu'elle avait elle-même reçu le bouddha de la Roue de la Félicité suprême en cadeau – pas de la part de Tiff – et qu'elle souhaitait le transmettre en guise d'offrande sacrée au foyer Lightfoot. Lorsqu'elle expliqua qu'il valait extraordinairement cher, ça attira son attention. Cet objet, dit-elle, célébrait Paramasukha-Chakrasamvara, une divinité tantrique que Kit semblait destiné à posséder. Lisanne raconta comment elle avait vu son fils à UCLA le soir où les moines avaient hululé le nom de ce même dieu au milieu de leur rituel public solennel. « Tantrique » attira aussi son attention, et il demanda à Lisanne si elle connaissait quoi que ce soit au sexe tantrique. Burke expliqua qu'il avait lu quelque part que Sting le pratiquait et qu'il s'agissait juste de retenir l'orgasme. Lisanne répondit qu'elle ne savait pas grand-chose sur le sujet mais que, bien sûr, tout ce qui relevait du tantrisme ne pouvait être enseigné que par un gourou authentique. Burke déclara qu'il avait un gourou spécial quand il était question de sexe et lorsqu'elle demanda qui il répondit « Master Bates ». Il expliqua que ses amis l'appelaient « Norman la Tornade » et qu'il dirigeait le motel Master Bates. Elle sourit sans rien comprendre. Il se sentait remonté et elle l'excitait. Burke lui demanda si elle savait quoi que ce soit sur le *kundalini*. Lisanne répondit que c'était « l'énergie serpent » et se mit à parler de chakras d'après le peu qu'elle avait appris dans les livres. Burke se mit à appeler ça le *chatt*alini – bon Dieu ! soit elle quittait la table soit elle restait, c'était une grosse dingo et il avait envie de se la taper, il n'avait rien à foutre de sa réaction – et raconta que Master Bates lui avait dit qu'après le *chatt*alini, il était toujours important de fumer une clope et de manger des macaronis. Il n'arrivait pas à la mettre en colère, ce qui l'excitait encore plus. Il demanda quand elle voulait apporter le bouddha de la Roue de la Fellation Super-Tampon et Lisanne répondit sans ciller que le meilleur moment serait quand personne de la sangha ne serait présent car elle ne voulait pas que les autres croient qu'elle cherchait à gagner des faveurs. Il pensa : Bien bien bien. Peut-être que cette grosse chatt-talini est une cochonne. Peut-être que la ramollo est chaude comme un orang-outan. Lisanne affirma que la communauté bouddhiste était un peu incestueuse et que même les gens qui avaient connu l'Éveil pouvaient se répandre en cancans et en interprétations erronées. Incestueuse – tu l'as dit, bouboule. Papa va sérieusement t'éveiller avec sa sonde rectale. Il va te montrer le nirvana en long en large et en travers. Elle dit que le bouddha de la Roue de la Félicité suprême accomplirait des merveilles pour la maison et qu'il était partiellement responsable de l'arrestation de la personne qui avait fait à son fils – et à tous les êtres – un tort si terrible. Grimpe sur cette Roue pisseuse de la Fortune. Je vais féliciter ce popotin bouddhiste. Superaimer ce gros cul plein de graisse. Elle affirma que le bouddha aiderait Kit à soigner son chakra coronal. Burke répliqua que sa couronne à lui avait aussi besoin d'être soignée. Il dit qu'il avait une couronne pourpre percée d'un bon vieux trou qui avait besoin d'être soignée, sérieusement. Master Bates appelait ce trou à geyser le « Vieil Infidèle ».

Lisanne sourit d'un air ahuri, semblant ne pas l'entendre. Elle regardait à travers lui mais ne voyait que Kit, qui était son souffle et son bienfaiteur, son ami et sa personne neutre, son ennemi et l'être qu'elle ne connaissait même pas. Elle regardait à travers lui et voyait toutes les choses humaines et animales, visibles et invisibles, attendant de naître et attendant de mourir.

Ils se mirent d'accord sur le moment où elle devrait l'apporter.

Après la chute

Les détails de l'arrestation de l'agresseur de Kit Lightfoot, lui-même un Lightfoot *manqué*[1], firent, comme on pouvait s'y attendre, les gros titres du jour au lendemain et donnèrent naissance à une légion de mini-documentaires sordides, resucées de *Hollywood Babylon*[2], sur les crimes de célébrités en général – et le monde périphérique trouble des sosies en particulier. (Becca et Annie remarquèrent qu'ils utilisaient toujours des passages avec Kim Basinger tirés de *L.A. Confidential*.) L'ordure s'avérait être l'un de ces troisièmes couteaux ratés qu'employait Elaine Jordache ; quand il n'animait pas les interludes lors de conventions minables ou des soirées d'enterrement de vie de jeune fille à Mar Vista au profit de la Boîte à Sosies, il gagnait sa vie en tant que peintre en bâtiment et petit escroc. Lorsqu'ils l'avaient pincé, le Kit était devenu nerveux et s'était hâté de plaider coupable et de chercher à obtenir une remise de peine. Il avait immédiatement songé à balancer Herke Goodson.

Les deux sosies fauchés s'étaient rencontré environ un an plus tôt sur le circuit des stars à louer. Ils s'étaient bien entendus mais étaient en froid depuis un moment

1. En français dans le texte. *(N.d.T.)*
2. Livre publié en 1959 par le réalisateur américain Kenneth Anger sur le monde sulfureux des célébrités à Hollywood. *(N.d.T.)*

– le Kit n'ayant toujours pas digéré la raclée que lui avait flanquée Goodson devant une boîte de Playa del Rey. Des mois durant, « Rusty » avait fait son malin en lui montrant des pages d'un scénario qu'il avait écrit, une histoire de meurtre intitulée *L'Entraîneur*. À cause de certaines remarques vagues et d'une pléthore de menus détails de l'intrigue qui lui semblaient « trop » authentiques, le Kit avait toujours soupçonné que l'histoire était basée sur des faits réels. Après qu'il eut donné sa carte de sortie de prison potentielle à la police de Los Angeles, les enquêteurs de Virginie n'eurent aucun mal à identifier Herke Lamar Goodson comme le sujet des nombreux mandats en suspens concernant des cambriolages avec effraction et des violences avec voies de fait, et comme le suspect d'un homicide qui avait fait beaucoup de bruit localement.

Becca emménagea chez les Dunsmore le jour où elle fut interrogée par la police. Les enquêteurs passèrent au crible le moindre centimètre carré de leur nid d'amour de Venice. L'idée que des vieux inspecteurs pervers manipulaient ses dessous lui filait la chair de poule. L'arrestation de Rusty n'avait pas encore été annoncée, et Becca était soulagée – elle n'était pas d'humeur à se faire harceler par les tabloïds. Annie dit qu'elle apparaîtrait sans doute aussi dans la presse nationale. C'était la hantise de Becca. Le moment venu, elle allait devoir appeler sa mère pour prévenir toute crise de nerfs.

Les flics étaient comme des pitbulls cordiaux. Ils la convoquèrent chaque jour pendant une semaine. Ils parlèrent aux Dunsmore, et Grady commença à être parano. Il craignait que, bien qu'il n'ait jamais eu la moindre idée du statut de voyou de Rusty, ils ne l'arrêtent pour « fréquentation ». Cassandra lui rappela que l'une des conséquences du procès Rampart avait été que son casier avait été effacé – il n'était plus considéré comme étant en liberté conditionnelle. Grady rétorqua que ça n'avait pas d'importance. « La revanche est une saloperie. » Il balança leur drogue à la poubelle. Ils s'achetèrent une conduite pendant un moment.

Vivre avec les Dunsmore était pratique. Becca signa un contrat faisant d'elle la productrice co-associée avec participation aux bénéfices pour tout projet que QuestraWorld produirait sur la fascinante saga de Herke Lamar Goodson, alias « Rusty » Crowe. (Annie et Larry dirent à Becca qu'elle pourrait être « comme Rosanna Arquette dans *Le Chant du bourreau* ».) Le contrat stipulait aussi que Becca renonçait à ses droits en tant que personnage réel dudit ou desdits projet(s), qu'un ou des auteur(s) pouvai(en)t décider de rendre sa vie ou sa personne « plus intéressante » (les mots de Cassandra) sans crainte de représailles judiciaires, et que Becca se rendrait disponible pour les inévitables corvées de presse et de publicité, prêtant son nom et/ou son image pour la promotion dudit ou desdits produit(s) QuestraWorld, pour les dossiers de presse électronique, les affiches, etc. Le contrat était accompagné d'un chèque de cinq mille dollars et de la promesse de Cassandra qu'il y en aurait d'autres – ce qui tombait vraiment à point nommé car Viv l'avait virée et elle était complètement à sec.

Comme elle se rendait chez Elaine, Becca envisagea l'innocence de Rusty – la seule chose que personne ne semblait avoir considérée. Ses tentatives de lui rendre visite en prison avaient été refoulées. Signe de culpabilité ? Pas nécessairement. Becca connaissait son homme ; il avait sa fierté. Il ne voulait probablement pas qu'elle le voie ainsi, encagé tel un animal.

La porte de la Boîte à Sosies était entrouverte. Tout était dans des cartons. Seuls restaient quelques meubles cabossés.

« Ç'a été une journée infernale, déclara Elaine, comme si Becca et elle étaient au milieu d'une conversation. Le *L.A. Weekly* fait un article "d'investigation" – je ne veux même pas être dans ce putain de pays quand il paraîtra. J'ai entendu dire qu'ils allaient peut-être me mettre en couverture. Vous pouvez le croire ? Pourquoi ? Pourquoi ? Je les ai appelés pour dire non – mais ils n'ont pas besoin de ma putain de permission. Je ne suis pas Heidi Fleiss. Vous n'avez pas fini d'en lire ! Elaine Jordache, la Reine des sosies voyous.

– Mais est-ce que ce n'est pas bénéfique ? Je veux dire, pour les affaires ?

– Vous plaisantez. »

Elle retourna à ses paquets.

« Et ce type ? demanda Becca. Le sosie de Kit ?

– Et alors ?

– Eh bien, il vous est arrivé de l'embaucher. Est-ce que vous savez ce qui s'est passé ?

– Qu'est-ce qu'il y a à savoir ? Kit Lightfoot s'est payé sa tête devant sa petite amie alors il a pété un câble. Quand ils se sont séparés, elle l'a dénoncé pour la récompense – fin de l'histoire. » Elle parlait avec l'affect *noir*[1] d'une greffière relisant ses notes avec indifférence. « N'avez-vous pas parlé à la police ?

– Toute la semaine, répondit Becca.

– Ne vous ont-ils pas dit de quoi était accusé Rusty ?

– D'avoir tué le mari d'une femme riche.

– Dans le comté d'Albermarle, précisa-t-elle, avec une fois de plus une nonchalance de dure à cuire. Ne vous ont-ils pas dit qui il a tué ? Papa. Tout juste : son putain de père. Et devinez qui était la femme riche – ils ne l'ont pas dit, hein ? Eh bien, je vais vous donner un indice. Le petit Rusty est sorti de son minou. Vous donnez votre langue au chat ? »

---

1. En français dans le texte. *(N.d.T.)*

Contact

L'arrestation et l'extradition à venir de Herke Lamar Goodson alias « Rusty » Crowe occupèrent le devant de la scène médiatique, accentuant le vacarme fait autour du milieu des sosies. La frénésie s'intensifia, pour autant que ce fût possible, lorsqu'il fut révélé que l'accusé avait un « rôle important » dans la dernière offrande du célèbre réalisateur Spike Jonze. Les représentants de l'auteur minimisèrent habilement l'affaire. Un communiqué de presse affirma que M. Goodson avait en effet participé au film, « de même qu'une douzaine d'autres sosies », mais son temps à l'écran avait été considérablement réduit pour des raisons qui – à les en croire – n'avaient rien à voir avec les controverses du moment.

Tandis que Kit réagissait à la capture de son double par un demi-sourire cryptique, Burke Lightfoot, qui, du moins en public, avait joué son rôle de soutien désintéressé à la perfection, exigea avec véhémence des avocats qu'ils s'assurent que toutes les mesures seraient prises pour qu'une confrontation digne d'un cirque ne soit pas organisée au tribunal entre son fils et l'homme qui l'avait si grièvement blessé. Il alla même le répéter sur Fox News – après avoir astucieusement alerté Barbara Walters à l'avance pour ne pas ruiner les chances de voir père et fils faire une apparition commune dans l'une de ses émissions spéciales à venir.

Les bouddhistes furent autorisés à revenir. Burke n'avait plus eu de nouvelles de « machinchouette » et il se prit à repenser à son gros cul. Il faudrait coller une pancarte dessus : CONVOI EXCEPTIONNEL. Il sourit intérieurement – il les aimait décidément cinglées. Peut-être qu'il l'avait rebutée avec ses histoires de *chattalini*. Allez savoir ? Pourtant, la manière dont elle avait insisté pour que personne ne soit là quand elle apporterait la Roue du Nibard Super-Tampon… hmmm. Y avait de quoi se poser des questions. Il lui passerait peut-être un coup de fil cochon tard ce soir. Un coup de fil du Bouddha. On verra. Qu'est-ce que j'en ai à foutre.

Ram Dass voulait que Burke l'autorise à amener une personne exceptionnelle à la maison, un homme sacré que Kit avait rencontré peu de temps avant son agression. Il expliqua que S.A. Penor Rinpoche était un lama réincarné ; c'était de lui que le gourou-racine de Kit, Gil Weiskopf Roshi, avait reçu « les transmissions et les pouvoirs de protecteur scellés par le secret ». Burke ne pigeait rien à ce qu'il racontait. Il trouvait Ram Dass sympa tant que la conversation n'était pas trop barrée – hormis la barbe à la Moïse et les yeux exorbités hallucinés, c'était plutôt un brave type. Mais l'idée d'une visite quasi royale d'une grosse huile tibétaine excitait la curiosité de Burke.

Quelques jours plus tard, Ram Dass, un type nommé Robert Thurman et l'invité d'honneur en robe jaune arrivèrent avec un entourage de moines emmaillotés d'orange et de *khenpos* dont la vue impressionna même les voisins qui étaient désormais plus ou moins accoutumés à l'inhabituel, voire au franchement bizarre. Thurman était un homme convivial et bourru ; il avait à peu près le même âge que Burke et avait été le premier Occidental à être ordonné moine bouddhiste par nul autre que le dalaï-lama en personne. Il enseignait à l'université de Columbia et était un auteur prolifique qui avait traduit des dizaines de textes sacrés. Mais le plus important pour Burke était qu'il était le père d'Uma Thurman (beau-père d'Ethan Hawke), ce qui faisait d'eux des camarades du très select Club des Parents de Stars du Cinéma.

Tandis que son fils communiait avec l'homme sacré dans le jardin, Bob – les autres l'appelaient Tenzin – mit Burke à l'aise. Il expliqua qu'il pouvait comprendre ce qui était arrivé à Kit car il avait lui-même eu une blessure qui l'avait marqué à vie alors qu'il était encore étudiant. Bob avait perdu son œil gauche dans un accident ; forcé d'affronter sa mortalité « de front », il avait abandonné ses études et entamé un voyage qui l'avait inexorablement mené au Tibet.

« C'était il y a plus de quarante ans.

– C'est une bonne chose, dit Burke. Une chose héroïque. J'aimerais bien que quelque chose comme ça m'arrive... La douleur en moins, bien sûr », ajouta-t-il avec un clin d'œil. Il était sincèrement impressionné et trouvait que les médecins avaient fait un sacré bon boulot avec cet œil de verre. « Même s'il faudrait probablement qu'y s'chope un cancer de la bite pour que Burke Lightfoot s'achète une conduite et file droit spirituellement. »

Bob rit. Il avait un côté sans prétention – c'était un poids lourd qui n'allait pas faire de prosélytisme. Un type intègre, et Burke appréciait ça.

« Qui est exactement Sa Sainteté ? demanda-t-il.

– Un homme extraordinaire. Il a quitté le Tibet en 1956, avec un groupe énorme. Seule une trentaine ont survécu. Il a construit un monastère, pratiquement de ses propres mains – Namdroling, à Mysore. Je suis presque certain que votre fils y est allé, il y a peut-être dix, douze ans.

– Vous connaissiez Kit ?

– Nous nous sommes rencontrés mais n'avons malheureusement jamais eu la chance de passer beaucoup de temps ensemble. Je crois qu'on nous a présenté l'un à l'autre lors d'une soirée de charité à New York, à la Maison du Tibet. Il était très sobre, très concentré. Pas du tout intéressé par tout ce "côté star du cinéma".

– Je suppose qu'Uma et lui doivent se connaître.

– Vous savez, je lui ai parlé et je lui ai dit que j'allais venir vous voir. Ils n'ont jamais travaillé sur le même film, mais elle m'a dit qu'ils s'étaient un peu fréquentés en dehors.

– Est-ce qu'elle s'est beaucoup fait charrier ? À cause de son nom ?

– Oh, je crois, quand elle était plus jeune ! Mais plus vraiment maintenant.

– C'est un très beau prénom.

– Elle était consternée quand elle a appris ce qui s'était passé.

– Eh bien, la prochaine fois que tout le monde sera en ville, on s'organisera un petit dîner. Avec Ethan, aussi.

– Ce serait formidable. Elle adorerait ça.

– On ira à la Mission Inn – c'est juste à quelques kilomètres d'ici. La rumeur dit que Diane Keaton y passe de temps en temps pour se taper une côte de bœuf. Mais vous êtes probablement une espèce de végétalien. C'est bien comme ça qu'on dit ?

– On a parfois dit de moi que j'étais carnivore. »

Son esprit revint au *rinpoche*.

« Alors, notre ami… Est-ce que c'est un "lama" comme le dalaï-lama ?

– Eh bien, oui, mais pas de la même lignée. Il est aussi appelé *tulku*, ou « être réincarné ». De fait, Sa Sainteté est reconnue comme l'incarnation du Second

Padma Norbu, un grand saint bouddhiste et un maître de méditation.

– C'est un saint ? » demanda Burke, arquant un sourcil d'un air comiquement sceptique.

Bob rit et répondit :

« Dans le bouddhisme, un *saint* signifie un "être réalisé".

– Vous savez, je me suis moi-même un peu adonné à la méditation.

– Ah oui ? Formidable !

– M & M – méditation et *médication*. »

Bob rit à nouveau.

« Nous avons beaucoup de bouddhistes qui passent par ici – c'est comme la gare de Grand Central, ça vous déteint forcément un peu dessus. Ils ont l'air de plutôt bien réussir à calmer Kit, c'est sûr. Parce qu'il a toujours beaucoup de frustrations. Vous savez, avec tout ce qui s'est passé.

– Je ne peux pas suffisamment souligner combien il est important que Kit reprenne sa pratique. Qu'il la sente encore. Et c'est formidable que vous méditiez aussi – ça n'a pas dû être facile pour vous non plus, Burke. Vous avez fait un cadeau magnifique à votre fils en laissant la sangha entrer chez vous. Vous avez un grand, grand mérite. Et j'ai entendu dire que Kit allait phénoménalement bien – je n'ai d'ailleurs pas besoin de l'entendre dire, je le sens. Il s'épanouit.

– C'est un coriace, Tenzin. Aussi coriace que son paternel. »

Élévation de l'essence rouge

Lisanne apporta le bouddha de la Roue de la Félicité suprême à l'heure convenue. Elle remarqua une accalmie générale ; même le voisinage semblait plus désert que d'habitude. Elle sentit la Source tout autour d'elle.

M. Lightfoot expliqua que Kit était sous la douche. Il demanda si elle voulait boire quelque chose, et lorsqu'elle répondit par la négative, il s'assit sur le divan, les yeux rivés à la boîte. Le mandala à fleurs de cuivre était dans son coffret d'acajou doublé de velours. Il l'enjoignit avec enthousiasme de le sortir. Lisanne sourit et regarda en direction de la salle de bains. Elle entendait l'eau couler et essaya de faire comprendre qu'elle voulait que Kit soit présent pour le dévoilement, mais Burke dit qu'il était inutile d'attendre. Comme ça, ils seraient « en grand tralala » quant Kit arriverait.

Elle le sortit précautionneusement, et le père inspira d'un air satisfait. C'est vraiment quelque chose. Lorsqu'il lui demanda, un peu à la manière d'un petit garçon, s'il pouvait le toucher, elle répondit que le Bouddha était à lui, qu'il appartenait maintenant à la maison et qu'il pouvait en faire ce qu'il voulait. Il souleva l'antiquité dans les airs, comme s'il évaluait déjà sa valeur marchande.

Il lui demanda de venir s'asseoir à côté de lui. Il posa sa main sur sa nuque moite, la laissant là tandis qu'il la félicitait pour la sculpture. Il dit qu'une telle chose n'avait « probablement pas de prix » et qu'il voulait être certain qu'elle souhaitait vraiment la donner. Et est-ce que ça la gênerait de signer un document à cet effet ? Il se mit à lui masser la nuque pour voir si elle allait repousser ses attentions. Comme elle n'en faisait rien, il laissa sa main glisser vers la clavicule, puis vers l'épaule, lui disant que c'était vraiment généreux de sa part tout en traçant des demi-cercles serrés du bout du doigt. La peau grassouillette était douce et immaculée et l'excitait. Kit sortit de la salle de bains embuée vêtu de l'un des peignoirs en soie de Burke. Il sourit et elle lui retourna son sourire. Lorsque la main de Burke effleura délibérément un gros sein, Lisanne se leva et demanda si elle pouvait utiliser les « toilettes des dames ». Elle n'était pas sûre que Kit en eût fini avec la salle de bains, mais l'envie était trop forte. Elle s'excusa et pénétra dans l'espace où Kit s'était trouvé juste quelques instants plus tôt. Elle referma la porte. Elle saisit le vaporisateur de désinfectant et une brosse sous le lavabo et se mit à astiquer le bac de la douche. Le miroir était couvert de buée. L'air était humide et il n'y avait pas de ventilation. Elle était à genoux, suant comme elle s'acharnait sur la crasse. Ne la voyant pas revenir, Burke ouvrit effrontément la porte sans frapper. Il éclata d'un rire amical. « Vous aimez vraiment nettoyer, pas vrai ? » demanda-t-il. Lorsqu'elle s'attaqua aux toilettes avec ce sourire illuminé, il sut ce qu'il avait toujours su – elle était la Grande Frappadingue Impériale au Super Tampon. Il sortit sa bite, juste histoire de voir si elle le remarquerait. « Vous savez, dit-il, un homme sacré est venu ici l'autre jour. Et il a apparemment dit – c'est ce que Ram le Naze m'a raconté mais peut-être que j'ai compris de travers parce que Ram le Naze parle parfois avec son cul, *goo goo guh-joo*, mais Ram le Naze aurait soi-disant dit que cet homme sacré avait dit que mon Kit montrait des signes qu'il était *lui-même* une réincarnation d'une espèce d'homme sacré. S. A. Kit Lightfoot. Alors, vous en dites quoi ? » Il se tira sur la nouille et s'approcha, effleurant le visage de Lisanne avec sa bite tandis qu'elle astiquait. Il continuait de parler, comme s'il était en transe. « Vous aimez nettoyer les chiottes, hein ! Vous faites ça bien, hein ! Vous avez vous-même un trône assez imposant. J'aimerais bien m'asseoir sur votre putain de trône. Hé, qu'est-ce que vous avez quand vous croisez un roi avec des toilettes ? Un flush royal. Allez. Mon sceptre est poussiéreux. Il a besoin d'un petit nettoyage. » Il fléchit les genoux et plaça l'extrémité de son pénis mollasson dans la bouche de Lisanne. Il le fit entrer et sortir avec sa main. Elle était comme un cadavre à la mâchoire pendante, et il dit en plaisantant : « Vous êtes une sacrée fêtarde, pas vrai ? » Il la prit par le coude et l'aida à se relever. « Venez, Grosse Bertha. Le moment est venu de décharger. » Il la mena à la chambre et la fit s'asseoir sur le couvre-lit. Êtes-vous une femme sainte ? Êtes-vous une fille sainte ? Parce que je crois que vous avez une sacrée paire de seins. Exact. Des seins bien sains. » Il la fit s'étendre. Il la déshabilla tout en lui demandant si elle voulait coucher avec son fils. « Oh allez ! c'est une sorte de grand honneur. Et vous savez quoi ? Il est temps qu'il se paie un peu de bon temps ! Parce qu'il baise moins qu'un religieux musulman, et je veux pas qu'il s'envoie Cela. Il se l'est peut-être déjà envoyée – rien me surprendrait de la part de cette fille – mais je veux pas de ça, pas dans ma maison. Il a eu son tour. Maintenant c'est le mien. Cette chatte m'appartient. Bon Dieu ! ils m'appartiennent tous les deux. Et je pense que vous devriez être avec l'homme sacré. À Xanadu, je décrète :

vous êtes par le présent acte l'Élue. Ou peut-être que vous êtes assez grosse pour que je vous appelle l'Éluephante. » Il rit de sa propre plaisanterie et cria : « Fiston ! Amène-toi ! » Kit entra, souriant, ne sachant tout d'abord pas ce qui se passait – c'était si bizarre et inimaginable. Burke était en train de tirer le chemisier de Lisanne par-dessus sa tête. Ouah, ils sont gros ! Nom de Dieu, de vraies battes de base-ball ! Et ils puent. Faudrait les laver de temps en temps. C'est une spéciale Howard Hughes ![1] Pas vu un soutien-gorge comme ça depuis les années 1940. Putain de pièges à Zeppelins ! La tête de Lisanne resta coincée dans le chemisier, puis elle émergea et Kit la reconnut, non pas parce qu'il venait de la voir quelques minutes plus tôt, mais à cause de toutes les semaines où elle était venue nettoyer, si polie et prévenante. Lorsqu'il vit la bite raide de son père, il recula. Il lui demanda ce qu'il faisait et Burke répondit : « Je m'occupe de toi, soufflecampuslku. Votre Analetesse. Votre Saint Ahuri. » Puis, à la Bogart : Tiens je prends soin de toi, gamin. C'est mal, dit Kit. Mal n'a jamais été si bon – ni si étroit non plus, rétorqua Burke. Tu vas voir. Tu vas voir. Il ôta son jean à Lisanne, puis sa culotte et dit, *Ça*, c'est une sacrée touffe ! Bon Dieu ! Tu sais qui avait une touffe comme ça ? Ta mère. R.J. avait une touffe comme ça. Ferme-la, dit Kit, et Burke poursuivit, quand j'ai vu cette touffe sur ta mère, je me suis dit : Je vais épouser cette fille. Il le *fallait*. Tout juste. Pas d'autre solution. Ho, ho, qu'est-ce que c'est que ça ? C'était une ficelle de Tampax. Allô, la Terre ? Nous avons un problème. Il va nous falloir une serviette. Ici la Terre à vous major serviette. Il commença à se diriger vers l'armoire à linge avant de dire, Oh et puis merde ! Il enroula

1. Producteur de cinéma (1905-1976) célèbre pour son goût pour les fortes poitrines. *(N.d.T.)*

l'extrémité de la ficelle autour de son index et tira lentement. Hou, ça pue ! C'est moite. Comme un jour d'été dans le métro de New York. Lorsque le tampon sortit, Burke s'exclama, plop plop han han, oh quel soulagement ! Hou, hou, hou ! Dimanche sanglant. Burke en eut assez des réticences mièvres, chevaleresques, de son fils et lui ordonna d'ôter son pantalon. Kit eut immédiatement une érection, malgré lui. Oh la belle rouge ! Tout juste. Je lui ai fait une proposition qu'il pouvait pas refuser. Lisanne ouvrit les yeux suffisamment longtemps pour voir les tatouages : le VIV POUR TOUJOURS et celui en sanskrit qu'elle n'avait pas compris la première fois où elle l'avait aperçu dans la caravane mais dont elle avait depuis appris qu'il signifiait « Om ». Elle était sur le dos, échouée. Burke attira son fils, lui attrapa la quéquette et l'inséra dans Lisanne. Voilà. Ça te va comme un gant. Feu dans le trou ! Ferme-la, dit Kit, puis Lisanne lui posa les mains sur les fesses et le fit bouger. Ça excita Burke. Elle est pas encore morte, dit-il. Il est pas lourd, c'est mon lama. Burke se branla tout en regardant la bite ensanglantée. Dedans, dehors. Ça, c'est un hamburger. C'est beau. C'est *très* beau. Mais je vais devoir brûler ces draps quand vous en aurez fini, les tourtereaux. Et c'est des Ralph Lauren, ils sont pas donnés. Je vais devoir faire un sacré feu. Parce que bouboule nous fait une hémorragie. Il va falloir faire un garrot à ce clito. Regardez-moi ce machin. Va falloir l'attacher. Il se baissa et jeta un coup d'œil sous le ventre plat de son fils qui montait et descendait. Yee-ha ! On dirait des Malabars collés sur une éponge à récurer. Regardez-moi ce ventre. C'est un ballon dirigeable… Tandis que Kit la baisait, Lisanne pensa, Je suis dans l'entre-deux. Dans le bardo de leur acte sexuel elle vit l'essence blanche de Kit décliner comme la lune dans le ciel et sa propre essence rouge s'élever depuis la terre de son nombril tel un soleil à travers des vents karmiques. Père et mère fusionnés – elle ne sentait plus son propre corps mais les voyait en train de copuler comme si elle avait regardé depuis le plafond. Elle attendit les divinités courroucées, mais elles ne vinrent pas. Lisanne caressa le crâne de Kit, effleurant les doubles cicatrices chirurgicales d'où émanerait un jour la lumière de l'arc-en-ciel. Il ne prêtait aucune attention à ses caresses. Il la ramonait, la bouche sèche et en délire. Ses yeux étaient fermés, mais il les rouvrit lorsqu'il jouit, frémissant, et c'est alors qu'elle vit l'énergie sortir de ses cicatrices ; elle l'entraînait pour *phowa*, elle avait tout lu sur le sujet et écouté des cassettes audio sans toutefois jamais évoquer la manœuvre ésotérique auprès de son professeur ni de quiconque à la sangha, mais elle la pratiquait maintenant, comme si c'était naturel. Dirigeant, guidant, évoquant. Elle avait commandé les cassettes à Boulder et avait attentivement effectué la méditation, et au cours de la deuxième semaine, elle avait même saigné du nez – les cassettes affirmaient que ce n'était pas rare, que les signes extérieurs étaient des indicateurs du pouvoir de la pratique. (Vous étiez censé répéter les méditations *phowa* vingt et une fois par jour mais pas plus, parce que sinon, elles pouvaient avoir un effet délétère.) Les cassettes recommandaient d'imaginer la goutte mâle blanche tombant du chakra coronal et la goutte femelle rouge s'élevant des reins, les deux gouttes fusionnant pour former une perle dans le chakra du cœur. (Le dalaï-lama disait que quand un corps mourrait, le cœur était le dernier organe à perdre sa chaleur.) Après la fusion, vous prononciez une prière, demandant la purification et le pardon pour toutes les pensées et actions négatives que vous aviez eues au cours de cette vie, puis vous expulsiez la perle par la fontanelle, la zone molle au sommet du crâne, en produisant un « *Hic !* » ou un « *Pung !* »

audibles pour qu'elle pénètre directement le cœur d'un bouddha ou de la divinité que vous visualisiez flottant quelque part au-dessus de vous, même si ce n'était pas nécessairement un bouddha – ça pouvait être votre grand-mère ou votre meilleur ami ou vraiment n'importe quoi qui vous était cher. Pour Lisanne, bien sûr, c'était Kit – ami et bienfaiteur, amant et ennemi, humain et animal, visible et invisible, nouveau-né et nouveau mourant –, Kit, qui était dans son souffle et le souffle de son fils, qui habitait désormais le poumon de son propre utérus – la perle était arrivée à destination, la fusion était accomplie. Elle était certaine que des vagabonds invisibles ressentaient le caractère divin de Kit et grouillaient déjà comme des mouches sur de la viande : Imaginez les multitudes d'âmes perdues encerclant ce bardo ! Elle pensait à tout ça tout en éjectant leur conscience mutuelle dans le cœur du Bouddha-Kit éthéré qui flottait au-dessus de leurs têtes à travers les couloirs du *dharmakaya*. Les cassettes disaient qu'il fallait être certain que la personne dont la conscience était éjectée par procuration était morte, mais l'intention de Lisanne était d'effectuer une répétition tranquille, rien à voir avec le *phowa* classique qui a toujours lieu après le dernier souffle… une guérison temporaire, inhabituelle, honorée, à la place, une sorte de ponction sanguine de ventriloque (Kit ne ponctionnait-il pas son sang ? Elle le sentait ruisseler le long de ses jambes, tel un martyr dans quelque tableau religieux, mais elle se reprit, prenant soin de se libérer de tout état d'esprit théiste inutile ou perturbant et de retourner à la Source, l'Unité, la manifestation de l'Amour véritable) ou de trépanation médiévale. Elle avait mêlé leurs esprits, énergie, semence, et les avait catapultés dans l'infini ; ils grimpèrent sur les genoux de la Grande Mère tels des enfants turbulents, des mendiants sacrés, des lions de neige. *Entraînez-vous dès maintenant dans la lumi-*

410

nosité du sentier, disait le manuel, *pour qu'au moment de la mort vous puissiez dissoudre la confusion dans la luminosité de la terre…*

Soudain leurs corps furent retournés.

Une femme poussa un hurlement.

M. Lightfoot glapit, s'esclaffant.

La dame nommée Cela était dans la pièce.

Kit attrapa son peignoir et s'enfuit en courant. Cela se mit à frapper Lisanne en criant : « Qu'est-ce que vous faites ! Bordel, qu'est-ce que vous faites ! » Lisanne tremblotait, couvrant modestement son sexe d'une main barbouillée tandis que Burke, riant toujours, s'interposait entre elles et disait au bibendum de se rhabiller.

Cela le frappa. « Espèce d'enfoiré ! Elle a pissé le sang partout sur le lit ! Le lit sur lequel nous baisons. Comment as-tu pu faire ça ? Et comment as-tu pu lui faire ça, à lui. C'est ton fils, c'est ton putain de fils ! Tu es malade. Tu es malade malade malade malade malade. Espèce de taré, comment as-tu pu amener cette grosse putain ici comme ça ! Oh bon sang, regarde ce sang ! Elle saigne comme un porc ! Tu as fourré ta bite là-dedans – elle a peut-être le putain de sida ! Comment as-tu pu faire ça ? Comment as-tu pu me faire ça à moi ? Et à ton fils, ton fils, ton fils ! »

Il la vit debout dans l'allée, débraillée. Il la fit entrer dans la maison – son aile à lui, où elle avait passé si peu de temps. Elle était docile. Il lui demanda si elle avait faim, mais elle fit signe que non. Il lui donna de l'eau du robinet, la cuisine Bulthaup/Poggenpohl qu'elle appelait « vaisseau maternel » parce qu'elle était vaste et faite d'acier, et parce que la gouvernante s'assurait qu'il y avait toujours des coupes d'acier pleines de fruits et des fleurs odorantes. Puis il la mena à la chambre et la fit s'étendre, tout comme elle avait été menée à la chambre de Riverside et allongée quelques heures auparavant. Il vit qu'elle ne portait pas de culotte. Ses cuisses étaient barbouillées de sang brun. Elle avait baisé, se dit-il. Mais qui ? Quelqu'un dans la rue ? Peut-être quelqu'un sur la corniche ? Il y avait cette section qui allait de la jetée jusqu'à Wilshire Boulevard où il lui avait conseillé de ne jamais se promener car les miséreux y tenaient leur cour, attendant étendus sous des journaux et des édredons miteux, faisant semblant d'être assoupis et inoffensifs pour que les généreux continuent de fermer les yeux et d'accepter leur présence de vermine prédatrice. Elle était vulnérable. Elle était une proie. Son cœur était généreux et vaste et abîmé – il grossissait de jour en jour et injectait de moins en moins de sang dans son organisme, un besoin anévrismal d'exploser et de se fondre à nouveau dans le cœur généralisé de l'humanité nécessiteuse – et il savait que sans son parrainage elle finirait comme eux, dissoute dans cette scabreuse blessure commune. Il espérait que ce n'était pas le cas, qu'elle avait juste vagabondé, parce qu'il craignait qu'elle ait attrapé une maladie. Non pas qu'elle lui transmettrait quoi que ce soit ; leur relation n'était pas de cet ordre. Son inquiétude était désintéressée. Par ailleurs, il voyait la fin, et le fait qu'il la voyait était peut-être la seule chose égoïste. La fin ne le réjouissait pas, même si ça faisait bien longtemps qu'il la voyait venir et qu'il avait reconnu en Lisanne son instrument. Il imbiba un chiffon d'eau chaude et la frotta avec du savon. (Peut-être, espérait-il, qu'elle s'était masturbé brutalement, follement, et ne s'était pas fait violer.) Elle était hagarde et démunie et il comprenait ces choses avec un sentiment de solitude âpre et poignant, tel le traducteur d'un texte étonnamment émouvant qui ne pourrait transmettre ce qu'il sait. Pourtant, qui pouvait mieux connaître ces choses inconnaissables et

412

communier en silence avec elle que lui, son bienfaiteur ? Philip avait fait exactement la même chose avec sa mère à douze ans, après son errance. Mais ma mère, pensa-t-il, n'était pas une putain. Ma mère était partie vagabonder pour s'oublier, pour oublier sa richesse, pour oublier son mari – qui lui-même s'était enfui car il savait qu'une errance arrivait et qu'il ne pouvait pas le supporter –, pour oublier qu'elle avait été écrasée, que ses rêves avaient été anéantis. (Ni elle ni le père ni le fils ni sa sœur ne surent ni ne sauraient jamais quels avaient été ces rêves. Et c'est une tragédie d'oublier ce qui a été vaincu pour se retrouver avec seulement des détritus émotionnels, les larmes asséchées de la perte fantôme.) Mattie était avec son père à La Jolla et Philip avec sa mère quand elle était revenue avec ses égratignures et ses contusions causées par les ronces, divers petits cailloux et le frôlement d'écorces et de branches domestiquées – rien de plus, rien de moins –, blessures qu'elle avait pu se faire sans quitter la propriété, qui était vaste. Tandis qu'il nettoyait sa mère avec une serviette humide, il s'attardait sur les cicatrices de ses poignets blancs, plus épaisses d'un cheveu que la largeur d'un cheveu, chéloïdes fines dont on lui avait bien fait comprendre qu'il ne devait jamais demander d'où elles provenaient, tout comme dans certaines familles juives on ne discute jamais des motifs troubles qui poussent à se faire refaire le nez. Non, ce n'était pas sa mère devant lui, c'était plutôt comme s'il l'avait avalée, puis avait régurgité la forme douce et blanche de Lisanne et qu'il était maintenant responsable de l'entretien et du bien-être de cette forme et de toutes les formes qu'elle engendrerait. C'était un bonbon tendre qu'il avait devant lui, vivant et corpusculaire, un être sensible qu'il devait protéger, son cocon déchiré, emporté telle une robe meurtrie par les rafales sacrées et chaudes

des Santa Anas, et c'était à lui de l'engendrer – même s'il voyait que son énergie déclinait, et ça l'effrayait ; il voyait la régression toute proche de ses pouvoirs terrestres. Tout ce qui le maintenait ici et tout ce qui, en définitive, l'éloignerait, se trouvait dans l'érotisme animal de la communion de la mère et du fils. Tout ce qui le maintenait attaché au monde était le simple abandon inspiré à la lueur crue de cet acte par son témoin sacré, dépravé.

Histoire ancienne

Deux semaines plus tard, tandis que son père était à Vegas, Kit prit rendez-vous avec Alf.

(Quand Burke n'est pas là, les souris dansent !)

Il se tapit sur la banquette arrière de la Volvo de Cela tandis que Tula l'emmenait à la dérobée. Ils connaissaient la technique – toujours la même. Pas beaucoup d'action à la barricade, de toute manière.

Ils roulèrent devant les lieux d'autrefois.

(Il avait rassemblé les adresses et les avait données à Tula, qui avait passé la nuit précédente penché au-dessus de plans.)

Le Château et le Strip…

(Mais pas un coup d'œil ni une pensée pour la boutique d'alcools.)

Son ancienne maison, à Benedict…

(Il fut tenté d'y entrer mais il avait oublié de demander une clé aux avocats. Aurait bien vendu tout le bazar, mais légalement, rien ne pouvait être fait tant que les questions de tutelle n'étaient pas réglées. C'était du moins ce qu'affirmait Burke. Il resta assis à regarder fixement, tentant de s'imaginer comment ce serait d'y vivre à nouveau, comment ç'avait été d'y vivre.)

La maison de Viv.

(S'imaginant avec Viv à l'intérieur ; puis Alf le remplaçant.)

415

Dernier arrêt avant l'aire d'Alf – la tombe. Lieux d'autrefois…

> Rita Julienne Lightfoot
> 1950-1996
> « Mère Courage »

Ils franchirent le portail qui surplombait Sunset Plaza – logement minimaliste, branché, comme si Lenny Bruce était toujours en vie et qu'il ait confié les réfections à Richard Meier. Alf se tenait là, pieds nus, souriant depuis la terrasse. Les deux hommes nerveux, gênés. Kit portait le costume Prada gris que Cela avait choisi durant une rare expédition tardive. (Maxfields était resté ouvert tard pour qu'il puisse faire ses courses sans être importuné.)

Grosses étreintes. Maladresses. Alf proposa à Tula d'entrer, mais le garde du corps déclina. Nouvelles étreintes à l'intérieur. Eau et aliments apportés par un employé de maison quelconque qui se volatilisa ensuite pour de bon. Kit était laconique, soupesant et mesurant ses mots bien plus qu'il ne le faisait à Riverside. Ils s'installèrent dans des divans. Alf répondit à un bref coup de téléphone. S'excusa. Expliqua que c'était pour le boulot.

« Tu penses que tu vas vendre la maison ? » demanda Alf. (Histoire de dire quelque chose.)

« Peut-être, répondit Kit. Pas sûr.

– Allez, fais pas ça, dit Alf, avec un sourire implorant de star de country. Merde ! cette maison devrait figurer au patrimoine historique. On y a passé des moments dingues, hein !

– Vraiment dingues ! »

Alf rit en sentant la tension se relâcher, et Kit rit aussi dans une explosion de postillons ; il se cherchait encore.

Les choses devinrent un peu plus faciles – électricité statique de leurs sourires de stars.

« Si ces murs pouvaient parler ! À ce propos, qu'est devenu notre vieil ami Mr. Raffles ? Qu'est-ce qu'il fait maintenant, il travaille comme gigolo ? »

Alf dut rafraîchir la mémoire de Kit, qui ne se souvenait plus du Casanova canin, plus à cause de sa nervosité qu'autre chose.

« Il est mort, répondit Kit.

– Oh merde ! », fit Alf, sincèrement chagriné. Toute perte quelle qu'elle fût avait désormais des résonances. « Ça craint. » Puis, plaisantant à nouveau : « Je me disais qu'il avait peut-être rencontré une jolie mondaine de Beverly Hills et qu'il s'était rangé.

– Les danois ne vivent pas très longtemps.

– Tu es sûr que tu ne veux pas un Martini ?

– Je ne peux pas. Je prends des médicaments. Pour les crises.

– Oh, d'accord. D'accord ! » Gêné. « Tu sais, tu as réellement bonne mine. Et tu parles bien aussi – je veux dire, ton élocution. Bien meilleure que la dernière fois que je t'ai vu. »

Il regretta d'avoir dit ça. Ç'avait l'air condescendant. Et ça faisait trop longtemps qu'ils ne s'étaient vus – sa faute.

Tout était de sa faute…

« Oui, répondit Kit.

– J'ai travaillé, dit Alf, en guise d'explication et d'excuse.

– Moi aussi.

– Ah oui ? demanda Alf, intrigué.

– Rééducation ! dit Kit, souriant à sa blague.

– D'accord ! » Ils laissèrent passer la plaisanterie. « Ils me font bosser comme un chien, mon pote. Mais tu loupes pas grand-chose – y a que dalle. Les scripts sont tous merdiques. C'est le bordel dans le showbiz, mec. Je veux dire, il y a toujours une ou deux personnes qui ont les pieds sur terre. Mais hé ! Tu as vraiment réussi à rester planqué, vieux, je suis impressionné. Je suppose que ton père a fait du bon boulot. Après Oussama, tu es l'homme le plus recherché de la Terre ! »

Nouvelle gêne – ça arrivait par vagues.

« Mais ça se passe bien là-bas ? Je veux dire, avec Burke ?

– Pas mal. Pas mal. » Il s'agita sur le divan. Attrapa son verre d'eau, but, reposa le verre. Se racla la gorge. « Hé, Alf ! je veux te poser une question. » Se racla à nouveau la gorge. Tendit à nouveau la main mais la retira avant qu'elle ait atteint le verre. Changea de position. « O.K. ! Je veux voir Viv. Je sais qu'elle sent mal… se sent mal. Peut-être peur. Peut-être qu'elle a peur. Pas de moi ! Je veux lui dire c'est… que c'est O.K. Je veux lui dire ça, Alf. Que ça va. Que je… je suis cool.

– Ça, elle le sait ! s'exclama Alf, avec trop d'entrain. Elle le *sait*, Kit. Elle est intelligente, elle est très intelligente. Tu sais combien elle est intelligente. Mais, tu sais, elle est pas là. » Il alluma une clope (accessoire d'acteur nerveux). « Ouais, elle, heu… tournait un film, tu sais, le David Gordon Green, entre deux épisodes ? C'est pour ça qu'elle pouvait pas venir te voir. C'est la principale raison. Parce que tu sais elle le voulait…, mais elle était vraiment à plat et tout. Puis sa grand-mère est morte. Sa mère aussi est tombée très malade, je te jure. Elle a chopé la jaunisse, mais je crois que ça va maintenant. La mère va bien. Tirée d'affaire et tout. Mais c'était craignos. Ç'a été une année craignos pour elle. Sans vouloir comparer avec ton année craignos à toi. »

Légèreté, puis gravité amendée.

« Je me sens coupable pour elle ! » dit Kit, sérieusement. Il grimaça et s'agita un peu plus – douleur lancinante aux terminaisons nerveuses venue de nulle part, comme d'habitude. Pression dans les tempes. Il pouvait faire avec mais espérait que son œil n'allait pas se mettre à palpiter ; il détestait ça. Il ressentait le chagrin de Viv et voulait simplement la réconforter. « Je veux vraiment la voir !

– Voilà le problème, vieux ! » Profondes bouffées façon Actors Studio sur la cigarette. « Et écoute – je pensais pas que c'était le bon moment pour te le dire, mais je suppose que c'est ce vieux cliché. Y a pas de bon moment pour donner de mauvaises nouvelles. »

Kit paniqua, s'imaginant le pire. Ses lèvres blêmirent et il se mit à trembler. Alf le trouva quelque peu pathétique.

« Elle va bien ? Qu'est-ce qui lui arrive ? »

Alf passa en mode « feuilleton à l'eau de rose ».

« Elle va bien, dit-il pour l'apaiser. Elle est plutôt bien soutenue. Je suppose que... Eh bien, je suppose que c'est moi son soutien. En ce moment. Je suis celui vers qui elle se tourne quand elle a besoin de réconfort. Tu vois ce que je veux dire ? Je sais que ça ressemble à un mauvais film ou à... un feuilleton mexicain à la con ou je sais pas quoi, mais c'est..., c'est la vie, vieux ; c'est ce qui s'est passé. Et c'était pas tout de suite, ça s'est pas passé tout de suite, faut que tu le saches. Sans mentir. Ç'a été progressif, c'est arrivé à cause de son chagrin. Je veux dire, elle souffrait sérieusement, mon pote ! Genre elle était complètement à côté de ses pompes. À prendre des somnifères. À faire n'importe quoi – c'est pas ce que je veux dire. Mais on était tous les deux pareils. On passait beaucoup de temps ensemble. La plupart du temps il était question que de toi. Et puis c'est arrivé. Et on savait que ça craignait mais on pouvait rien y faire. Je suis désolé, Kit. Je suis désolé pour toute cette merde, vieux ! Je suis désolé qu'on soit allé dans cette boîte – je suis désolé que tu sois allé dans

419

cette boutique d'alcools – et tu sais quoi ? Je vais payer quelqu'un pour qu'il bute ce salopard de merde en prison – ce sera mon cadeau pour toi, frangin. Et je suis désolé pour Viv… et je…, j'en peux plus d'être désolé. Et tu sais quoi ? Je suis content de pouvoir enfin te dire tout ça – content que tu sois chez moi, et que tu sois heureux et en bonne santé et que t'aies l'air de péter le feu – parce que ça m'a rongé. Ç'a tué Viv, aussi.

– O.K. » Kit éclata de rire. Douleurs dans le corps. Il s'agita. Rapide gorgée d'eau – sourit et fit la grimace comme si c'était de l'alcool à 90. « Mauvais film… Mauvais film mexicain !

– Tu vas bien ?

– Oui ! C'est, genre, cool. Je suis super cool. Je suis super, genre, ouais. Ouais !

– Il semble qu'on va faire ce truc de Nicole Holofcener ensemble. La nana de *Lovely and Amazing*.

– *Lovely and…*

– On tourne un film. Dans le Maine. »

Kit murmura doucement : « Baiser baiser baiser baiser baiser. »

« Désolé, vieux. » Alf, penaud et geignard, débordant de mépris de soi. « J'en ai trop dit. Je suis con. Merde !

– Merde.

– C'est dingue », dit piètrement Alf.

Rire convulsif de Kit :

« Dingue craignos ! »

Alf esquissa un sourire torturé. Ses sourires commençaient à devenir lassants.

« Hé, tu sais quoi… mon poteau ? dit Kit en se tapant sur les cuisses tout en se levant. Je vais rentrer. Je… Je très fatigué. »

Alf acquiesça tel un diable à ressort tout en regardant fixement par terre.

« Merci de m'avoir reçu.

– Tu es de la famille, vieux. »

420

Une poignée de mains maladroite façon gangster, suivie d'une étreinte pudique, courtoise.

« Dis à Viv que je suis heureux qu'elle soit heureuse. Et je suis heureux pour vous. Parce que je vous aime tous les deux et je suis… heureux pour tout le monde ! »

Soulagement sincère. Le pire est passé. Il peut à nouveau sentir l'odeur de Viv. A maintenant terriblement envie d'elle – il foncera la rejoindre dès que Kit sera parti, au comble de l'excitation. Elle fait les cent pas à Beachwood tandis qu'ils discutent, femme attendant le retour de la bataille de son homme couvert de sel et de sang. Ce matin-là, après qu'ils eurent convenu qu'il dirait tout à Kit, elle avait promis de se raser la chatte. Pour son retour à la maison. Il se l'imagina soudain, puis bannit l'image de son esprit.

« Tu sais pas ce que ça signifie – pour moi. Et pour Viv. Je sais qu'elle veut te voir, Kit. Elle a juste besoin d'un peu plus de temps.

– Salut, Alf. »

Il sortit. L'air lui fit du bien. La maison était aussi oppressante qu'une cage. Tula bondit sur ses pieds, ouvrit la porte côté passager.

Comme Kit montait en voiture, Alf lança : « Hé, Cameron te passe le bonjour, mon pote ! » Ils démarrèrent. Alf cria : « Je lui ai parlé hier soir. Elle est en Afrique, elle tourne un truc avec Bertolucci. »

Excuses

Deux gays crièrent depuis leur voiture en quittant le parking de la boutique Fred Segal.

« Oh mon Dieu ! Une *Souterraine* ! »

Lorsque la même chose se produisit à nouveau tandis qu'elle sortait d'Elixir (une apostrophe moins flamboyante émise par une lesbienne qui passait), Becca crut qu'on la confondait avec une musicienne. Puis ça se produisit à nouveau, à côté de la boutique Agnès B. Mais cette fois, chose effrayante, la personne prononça son nom. Elle supposa avec mauvaise humeur que ç'avait quelque chose à voir avec sa récente notoriété. L'article du *Weekly* était paru (un portrait de Rusty en couverture, pas de portrait d'Elaine) avec une photo de Becca à l'intérieur accompagnée de la légende « Ennuis à gogo ». L'un des tabloïds – « Rusty pincé ! » – avait publié une photo des deux amants marchant main dans la main, exactement comme Penelope et Tom. À vrai dire c'était plutôt cool.

Lorsque Becca rentra chez elle, elle éclata en sanglots. Elle était sur le point d'appeler sa mère (qui avait été formidable durant toute l'affaire) lorsque Annie et Larry téléphonèrent. Larry, qui passait son temps à flâner sur Internet, avait découvert que Becca figurait sur un site Web non officiel consacré à *Six Feet Under* qui rendait hommage à la légion de figurants mortuaires de la série (les *Souterraines* et les *Souterrains*) au moyen d'une galerie de photos (« les Acteurs pas prêts pour la vie ») sur laquelle s'ouvraient des fenêtres de « bios de morgue » appelées « les Pas si vitaux ». Les Morts, classés dans la sous-catégorie des « Mourants d'envie de devenir intermittents », étaient triés par type de personnalité, d'après un vote des internautes. Il y avait les « Croque-morts » et il y avait les « Crache-Morts » ; un site Web concurrent consacré aux cadavres de la série *Les Experts* avait, depuis, vu le jour.

Larry, euphorique, était en ligne tandis qu'ils discutaient. Il assura Becca qu'elle était de loin la *Souterraine* la plus prisée. Ses « clichés de morgue » (« Morte ! De Los Angeles ! Voici Becca Mondrain ! ») avaient déjà enregistré plusieurs milliers de connexions – la théorie de M. Levine étant qu'il était fort possible que sa popularité soit due au fait que, sur une ou deux des photos téléchargeables (chacune prise directement à la télé pendant la diffusion de la série), un bout de sein était visible alors qu'elle était étendue sur la table. Becca se rappela avoir été prévenue par les gens du casting que le réalisateur de cet épisode voulait que sa poitrine soit exposée car ça cadrait avec le dialogue comique de la scène. Elle avait donné son accord parce qu'on ne voyait pas vraiment son visage. Elle l'aurait probablement donné, de toute manière.

Un autre gros plan inséré sur le site Web attirait tendrement l'attention du public sur une erreur de la production : la lanière du string de Becca était visible. Tout cela lui donnait l'impression d'être violée, mais Larry affirma qu'elle ferait aussi bien de s'en remettre. Il trouvait ça tordant – et avec toute l'attention négative qu'on lui avait récemment portée, elle devrait se réjouir et faire ce que tout le monde faisait dans cette ville, à savoir trouver un moyen d'exploiter n'importe quelle publicité. L'opinion de Larry avait toujours été que, au lieu de la fuir, elle ferait mieux de tirer profit de la *cause célèbre*[1] des sosies. Elle se sentait exactement comme Monica Lewinsky.

Becca était un peu gênée de loger chez les Dunsmore – elle n'aimait pas être redevable. (Annie l'avait invitée à rester chez elle un moment, mais Annie était du genre à devenir trop dépendante et à lui en vouloir le jour où Becca se trouverait enfin son propre appartement.) Elle aurait pu dépenser en priorité dans un logement l'argent que Cass lui avait donné, mais et après ? Au bout de quelques mois, elle aurait à nouveau tiré le diable par la queue. Au moins comme ça, elle pouvait voir ce que ça faisait d'avoir un petit pécule. De plus, si elle partait, les Dunsmore risquaient de lui en vouloir, et elle n'avait pas besoin de ça. Ils risquaient de chercher à la baiser. Depuis l'arrestation de Rusty et la crise de nerfs de Grady, ils s'étaient comportés plutôt correctement. Leurs tentatives de l'embarquer dans un ménage à Dieu sait combien étaient à moitié foireuses, et elle leur avait exprimé son opinion sur le sujet de façon particulièrement claire.

Elle songeait à rentrer chez elle. Elle n'arrivait même pas à croire que Rusty était originaire de Virginie et qu'il avait menti pendant tout ce temps. Il avait menti sur beaucoup de choses. (Même si ces jours-ci ses sentiments à l'égard de Rusty étaient ambivalents, Becca entretenait toujours l'espoir que ses sentiments à lui avaient été sincères.) Mais elle était plus ou moins obligée de rester quelque temps à L.A. car, avec l'extradition imminente de Rusty, si elle retournait à Waynesboro, ce serait presque comme s'ils rentraient en Virginie en couple. Et Becca ne voulait pas être reliée à lui, que ce

1. En français dans le texte. *(N.d.T)*

soit psychiquement ou « tabloïdement ». Elle était encore
à moitié sous le choc.

Une chose dont elle était sûre était qu'elle voulait sa
maman. Elle avait besoin d'elle – elle l'appela et lui dit
qu'elle ferait bien de venir à Hollywood, tout de suite.
Elle chanta au téléphone pendant que Dixie riait : « *Ici,
maintenant, c'est le seul endroit où je veux que tu sois.
Ici, maintenant, à regarder le monde se réveiller après
l'histoire.* » Elles partageraient le lit et se colleraient
l'une à l'autre comme quand elle était petite et tout irait
bien. Grady ferait bien de ne pas la harceler, mais
Dixie était assez grande pour se défendre – bon Dieu,
si elle avait supporté son père, elle pouvait à coup sûr
supporter Grady ! De plus, les Dunsmore faisaient
beaucoup de bruit mais n'étaient pas bien méchants.
Dixie s'amuserait comme une folle et serait totalement
impressionnée car la vie à Mulholland Drive était un
peu comme un voyage mystérieux et magique. Et la
pauvre Dixie n'avait jamais eu la chance d'aller nulle
part. Elle avait bien visité New York trois ans plus tôt
lors d'un voyage offert en guise de prime par son
employeur, et elle avait tellement adoré qu'elle projetait d'y retourner. Mais qui a besoin de cette ville
pourrie de New York ? Tout y est si cher que la seule
attraction abordable, c'est le tombeau en plein air du
World Trade Center. Oh, Becca, tu es horrible ! Allez,
maman, tu ne veux pas venir voir ton bébé ? Tu
n'aimes pas ton bébé ? Mais bien sûr que si, tu le sais
bien. Et bien sûr que je vais venir. Alors viens ! et elle
se remit à chanter *Right Here Right Now*. Elle dit que
les Dunsmore loueraient des limousines pour les
emmener dans les clubs et les restaurants chics, ceux
que Dixie voyait dans *Us Weekly* et *InStyle*.

Dixie expliqua que Sadge avait appelé, qu'il la cherchait. Il avait essayé de la joindre depuis l'arrestation
de Rusty. (Annie avait dit qu'il l'avait aussi appelée.)

Becca l'évitait car elle savait que, sous ses airs compatissants, tout ce que Sadge voulait vraiment, c'était jubiler. Il était toujours amoureux d'elle et c'était sa manière de se venger.

Viv Wembley était mortifiée à l'idée que la va-nu-pieds qu'elle avait laissée entrer chez elle et à qui elle avait accordé sa confiance ait été exposée en tant que maîtresse d'un meurtrier présumé et de son complice – ce dernier étant l'homme qui avait pratiquement tué son fiancé (et, beurk ! qui gagnait sinistrement sa vie en l'imitant). C'était comme l'un de ces vieux films avec Vincent Price que Kit aimait. Quand elle songeait à ce cheval de Troie, cette Charles Manson au féminin, déambulant sans surveillance dans sa maison de Beachwood Canyon, son sang se glaçait. (Elle se demandait si Becca était depuis le début de mèche avec Gingher, cette autre voleuse criminelle.) Lorsque durant leur dernière rencontre, une Becca hystérique en proie à une catharsis abjecte et inopportune avait en pleurnichant imploré Viv de croire qu'elle ne savait rien des « soi-disant » crimes de son petit ami ni de ceux de son copain cinglé, tout en avouant peu judicieusement une myriade de tromperies à propos du faux cancer de sa mère, Viv l'avait littéralement poussée hors de la maison, avant de courir vomir aux toilettes.

Rusty consentit finalement à une visite.

(Elle ne pouvait pas se résoudre à l'appeler Herke.)

Grady était déjà venu le voir et était apparemment parvenu à un accord pour *Tirez pas sur la licorne*, information confidentielle que les Dunsmore n'avaient partagée avec Becca qu'après s'être incroyablement défoncés avec un mélange infernal d'elle ne savait quoi. Même si la police de Los Angeles était consciente du rôle qu'avait joué le scénario dans l'arrestation de leur suspect, ils n'avaient toujours pas, comme se plaisait à dire Grady, d'« habeas scriptus ». À ce jour, la création du prisonnier était une rumeur (quoique l'endroit où elle se trouvait fût un thème récurrent des interrogatoires de Becca au poste). Grady avait cependant le sentiment que les inspecteurs étaient en passe de faire une croix sur la *Licorne* ; d'après ce qu'il avait entendu dire, le procureur de Virginie parvenait très bien à constituer un dossier sans. Après tout, ils avaient un corps. Rusty parlait du scénario invisible comme si c'était le Saint-Graal, et Grady comprenait pourquoi. Merde ! il avait fait le même genre de choses quand il était incarcéré – un homme en prison devait se raccrocher à quelque chose –, mais pour le « président et putain de secrétaire général » de QuestraWorld, *Tirez pas sur la licorne* n'était pas tant le Graal que son atout caché, le ticket qui générerait suffisamment d'excitation pour lui permettre de concourir dans le Derby de Hollywood. Rusty affirmait que le scénario était enterré quelque part dans le désert, à un endroit qu'il révèlerait à une date future. Mama Cass disait que son mari était un idiot de le croire, mais Grady lui avait versé sept mille cinq cents dollars d'avance sur son compte en prison sur sa simple bonne foi avant de déclarer le sujet *verboten* – le prisonnier amnistié étant par superstition persuadé que le simple fait de mentionner « la propriété » mettrait non seulement en danger sa propre liberté, mais ferait très probablement courir un péril aux avoirs les plus précieux des Dunsmore, menaçant par conséquent l'existence même de Questra-World. Il était certain que des micros étaient cachés dans la baraque de Mulholland.

Becca avait dit à Annie qu'elle ne comprenait pas comment quiconque pouvait survivre à ne serait-ce qu'une minute derrière les barreaux. Le plus drôle était que maintenant il ressemblait plus que jamais à Russell

Crowe, tout ébouriffé et superbe, boudeur et délicieusement diffamé. Même sa transpiration était suave. Il lui dit qu'il était désolé d'avoir « omis » certaines choses et qu'il n'avait jamais eu l'intention de lui faire du mal. Lorsqu'elle lui demanda s'il l'aimait, il baissa la tête comme le génie d'*Un homme d'exception*, marmonnant : « Beaucoup, oui. Je t'aimais beaucoup. Et encore maintenant. » Elle fut heureuse qu'il ajoute le « et encore maintenant ».

Elle l'interrogea sur ses crimes, mais il se contenta de secouer la tête. « Est-ce que ta mère est venue te voir ? » La question tendre avait surgi de manière inattendue du plus profond de Becca. Il secoua à nouveau la tête, avec une indifférence triste. Il ne la connaissait pas – sa mère – depuis si longtemps que ça, expliqua-t-il. Leur première rencontre avait eu lieu seulement trois ans plus tôt. Becca supposa que l'hypothèse de Cassandra était exacte et que Rusty avait été élevé comme un orphelin. (Peut-être la tragédie avait-elle été mise en branle lorsqu'il avait décidé de se renseigner sur son ascendance ?) Ce n'était pas le moment de poser des questions ; c'était une histoire dont elle ne connaîtrait sans doute jamais le fin mot. Il se demandait si elle connaissait la date de sortie du film de Spike Jonze. Becca répondit qu'elle avait entendu parler de l'automne. « Ah, fit-il, avec un clin d'œil polisson. C'est un petit assistant-réalisateur qui te l'a dit ? » Il expliqua que Grady lui avait parlé d'un article de presse qui affirmait que son rôle avait été réduit à la portion congrue. Becca avait entendu dire la même chose dans l'émission *Access Hollywood* mais elle fit semblant de n'être au courant de rien.

Lorsqu'elle le questionna enfin sur son nom, il expliqua qu'Herke était le diminutif d'Hercule. Ça ne lui était jamais venu à l'esprit, et elle trouva ça touchant car à ce moment il semblait réellement porter le poids du monde sur ses épaules. Il affirma qu'il était heureux qu'elle vive avec les Dunsmore. « Ne fais rien que je ne ferais pas », dit-il. Becca répondit : « Inutile de t'en faire. » Elle allait lui demander s'il avait couché avec Elaine Jordache pendant qu'ils sortaient ensemble et si c'était vrai qu'il avait tué un homme et s'il était réellement relié à cet homme par le sang comme elle l'avait entendu dire et pourquoi avait-il vu seulement vu sa mère pour la première fois trois ans plus tôt, et elle voulait aussi lui dire qu'elle l'aimait toujours et qu'ils allaient peut-être faire un film pour QuestraWorld sur sa vie et sa saga et qu'ils devaient s'écrire chaque jour jusqu'à sa sortie tant qu'il continuerait à l'aimer – mais au bout du compte, rien de tout ça ne semblait compter. Elle raconta la fin de leur entretien à sa mère, cherchant à paraître endurcie et nonchalante et mûre, mais lorsque Dixie répliqua : « Chérie, *tout* compte », Becca fondit en larmes.

Et ce fut la dernière fois qu'elle le vit, tout du moins en chair et en os.

Black-out

Mattie se faisait du souci pour Lisanne, tout comme Reggie Marck et les Loewenstein. Depuis l'épisode du jet, elle était sur la mauvaise pente.

Lorsqu'elle était passée à son bureau pour débiter son monologue dérangé, Reggie avait sérieusement pris peur. Elle était partie avant qu'il n'ait pu passer à l'action – non qu'il eût su en quoi aurait consisté cette action, mais il se maudissait de ne pas l'avoir « consignée ». Il craignait que Lisanne ne se fasse du mal ou n'en fasse au bébé. Il téléphona à Roslynn, et ils essayèrent de trouver une solution. Reggie l'interrogea sur le petit ami, mais Roslynn répondit qu'il était à côté de la plaque dès il s'agissait des problèmes de Lisanne ; Philip était devenu trop dépendant pour être objectif. La sœur, ajouta-t-elle, était celle qui avait la tête sur les épaules.

Reggie et Roslynn organisèrent une téléconférence avec Calliope Krohn-Markowitz pour discuter d'une éventuelle intervention. (Lisanne avait vu la psychiatre pendant quelques séances avant de disparaître de la circulation.) Les Muskingham étaient également en ligne. Calliope demanda s'il y avait eu une nouvelle évolution. Mattie expliqua que Lisanne avait passé beaucoup de temps dans sa « cabane de yoga » et qu'elle semblait repliée sur elle-même. Par ailleurs, il y avait une

« dégradation croissante de son hygiène personnelle ». Roslynn parla de ce qu'elle percevait comme une « réaction continue inappropriée » à l'épreuve traversée par l'acteur Kit Lightfoot. Fatigué d'entendre tout le monde tourner autour du pot, Reggie revint à la visite stupéfiante qu'elle lui avait rendue au bureau. « C'était une folle, dit-il. C'était une femme profondément perturbée qui soit a besoin de prendre des médicaments, soit devrait être enfermée. Probablement les deux. Point final. » Il y eut une pause. « Franchement, je suis très inquiet pour la santé de ce bébé. Je ne crois pas que nous puissions en bonne conscience rester assis là pendant qu'une tragédie est en train de se nouer. » Calliope demanda à Philip ce qu'il en pensait – il était, après tout, la personne la plus proche de Lisanne à bien des égards – mais il répondit qu'elle semblait aller bien. « Il se fout de nous », s'indigna tout bas Reggie. Calliope réitéra les inquiétudes de Reggie concernant le bien-être de Siddhama, et Philip répondit que les nourrices n'avaient rien remarqué d'étrange. « Cela dit, elles n'en auraient pas parlé si ç'avait été le cas », observa sardoniquement Mattie. « Et pourquoi ça ? » demanda le médecin. « Parce que, répondit Mattie, l'une des excentricités de Lisanne consiste à leur donner constamment de l'argent en douce. » Roslynn voulut savoir combien. Philip expliqua que sa carte bancaire avait un plafond quotidien. « De combien ? demanda Reggie. Trois cents ? Quatre cents ? C'est beaucoup pour une nourrice. » « Est-ce qu'elle achète leur silence ? se demanda Roslynn. Enfin quoi, que fait-elle ? De l'argent pour quoi ? » « Il s'agit juste de largesses déplacées », dit Mattie. « Elle a un grand cœur », confirma Philip. « Tout cela est bien joli, dit Reggie sur le mode "avocat intraitable". Mais je crois que nous devons vraiment analyser de façon réaliste la situation de cette femme. Nous parlons d'une femme abîmée. Écoutez, ça fait maintenant de nombreuses années que je la connais, et je vous dis qu'elle a besoin d'être hospitalisée. Et je crois que nous devrions prendre cette mesure. Parce que nous ne voulons pas nous retrouver avec une tragédie. Hé, peut-être que ce n'est qu'une question de jours – ou de semaines – ou je ne sais pas. Super. Peut-être que c'est purement une histoire de médicament. Je ne sais pas, docteur, est-ce qu'avoir un enfant a pu provoquer ça ? Je veux dire, la manière dont elle a dissimulé sa grossesse… Est-ce qu'il s'agit d'une de ces psychoses postpartum ? » « C'est possible, répondit prudemment Calliope. Bien entendu il faudrait que je m'en assure. Mais je ne peux pas le faire si je ne suis pas en mesure de rencontrer la patiente. » « Peut-être que Phil peut intervenir à cet effet », dit Roslynn, consciente que la sœur abonderait dans son sens. « Oui, approuva Mattie. Phil et moi pouvons tout à fait la convaincre d'aller à une nouvelle séance. Tu ne crois pas, Philip ? » « Hum, hum », répondit son frère. « Et dans le cas contraire, reprit Mattie, nous pouvons évoquer une solution plus définitive. Nous allons tous ensemble à un événement ce soir. » « Super », fit Roslynn. « Ça pourrait être un bon moment pour discuter, dit Calliope. Mais il me semble important que vous vous fiiez à votre propre jugement. Si vous croyez qu'il vaut mieux avoir cette conversation à la maison, alors attendez d'être rentrés. » Tout le monde convint que Lisanne ne devait pas être laissée seule avec Siddhama. Reggie demanda : « Est-ce que ça ne va pas être difficile ? » Philip expliqua que Lisanne était rarement seule avec le bébé de toute manière. Mattie ajouta qu'elle parlerait aux nounous, et Roslynn suggéra que Philip ferait bien de lui reprendre sa carte bancaire. Il y consentit. Calliope demanda à Mattie et Philip de la contacter dès qu'ils auraient parlé à Lisanne, même tard dans la soirée.

Lorsque tout le monde eut raccroché, Reggie rappela Roslynn et dit qu'il ne comprenait pas pourquoi la conférence ne s'était pas achevée sur un plan plus concret. Roslynn n'était pas d'accord. Elle avait bel et bien l'impression que les choses « allaient de l'avant » et qu'une hospitalisation était imminente. « J'ai loupé ça, dit Reggie d'un ton sceptique. Je devais être dans les vapes. »

Il pleuvait des cordes ce soir-là.

Des mois plus tôt, Philip avait obtenu des billets pour aller voir le dalaï-lama à UCLA. Il avait engagé un chauffeur, mais lorsqu'elle arriva à Rustic Canyon, Mattie déclara : « Je refuse d'aller voir le dalaï-lama en Mercedes avec chauffeur. »

Leurs sièges étaient aux premières loges. À leur arrivée, des moines tantriques gargouillaient des liturgies éternelles au pied de la scène. Des placeurs distribuaient des brochures racontant l'histoire d'un petit garçon qui avait été reconnu par Sa Sainteté comme le onzième Panchen Lama du Tibet. Il avait été kidnappé par le gouvernement chinois, qui l'avait ensuite remplacé par un prétendant Panchen.

Lisanne se mit à penser à Siddhama. Depuis qu'elle avait donné le bouddha de la Roue de la Félicité suprême, chaque fois qu'elle regardait dans les yeux de son bébé, elle avait l'impression qu'il n'était pas là. En tant que mère, elle ne reconnaissait plus son énergie ; le lien avait été vivement, élégamment coupé. Elle se maudissait d'avoir eu ses règles quand Kit avait joui en elle. Elle s'était trop précipitée – elle aurait dû attendre son ovulation. Maintenant son destin était scellé. Les mouches en quête d'œstrus de toutes ces âmes qui attendaient une renaissance humaine avaient été repoussées par son sang saumâtre, visqueux, goudronneux, qui avait rejeté l'«or liquide », la semence de S.S. le vénérable

Kit Clearlightfoot. À cet instant précis, elle avait refermé la porte sur le Bouddha, sur ses enseignements et sur la communauté sacrée, à jamais.

Philip pointa discrètement le doigt, alertant Lisanne et sa sœur que Viv Wembley se trouvait quelques rangées plus loin. Comme c'était parfait ! La succube était avec Alf Lanier. Tous deux s'étaient habillés simplement dans une tentative ridicule de paraître modestes, si miteusement décontractés que ça produisait presque l'effet inverse et trahissait le manque de respect de poseurs creux, mauvais, éclatants, venus lorgner Sa Sainteté comme les membres de la haute société allaient jadis lorgner l'Homme Éléphant. Il suffisait de deux yeux pour voir qu'Alf avait remplacé Kit dans la vie de Viv tout comme le prétendant Panchen avait supplanté le vrai lama, et Lisanne y vit un mobile plus sinistre encore à leur présence dans la salle. Comme Viv était actrice, Lisanne savait qu'elle avait par-dessus tout besoin d'être aimée, et qu'elle implorait donc l'absolution pour l'abandon de Kit (et pour ses flagrantes transgressions à venir). La fausse-couche et les divers témoignages de sympathie inconstants reçus en public ne suffisaient pas à sauver son ego disproportionné. Lisanne était certaine que la star de *Ensemble* se disait que le simple fait d'être vue en présence du dalaï-lama avec des pétales de cuivre humblement ouverts, prête à recevoir le nectar de la rédemption, lui vaudrait nécessairement un grand mérite, aussi sûrement que le riche pécheur obtenait jadis les indulgences en plaçant une somme expiatoire dans la main du pape. Néanmoins, elle admirait l'audace de Viv, son allant, sa nature de pirate, et, tout en éprouvant un tiraillement de la matrice, elle se fustigea : *Viv Wembley* ne serait jamais allée là-bas pendant qu'elle avait ses règles. *Viv Wembley* aurait attendu d'être en rut. Elle était tellement en colère parce qu'elle avait fait mieux que cette femme riche et célèbre – la perte du fœtus de Viv avait été le gain magique de Lisanne – mais l'assistante de direction avait perdu ses moyens au moment de vérité. Et maintenant son bébé, son Siddhama, lui avait été enlevé ; il lui était inconnu, aussi inconnu que l'enfant que Viv avait froidement envoyé à l'égout.

Une petite vague d'applaudissements se transforma en ovation torrentielle lorsque le chef d'État en exil fut conduit sur la scène, entouré de moines et de gardes du corps. Son anglais était difficile à comprendre. Lisanne continua de rêvasser à Viv et Alf jusqu'à ce que la séance de questions-réponses commence une demi-heure plus tard. Quelqu'un demanda : « Quel est le meilleur moyen de devenir spirituellement pur ? » Sa Sainteté répondit qu'il n'aimait pas le mot « meilleur » car il signifiait généralement « plus rapide, plus facile ». « C'est mal, dit-il d'un air sévère. Mal, mal, mal ! » La foule cultivée rit obséquieusement. Il poursuivit en affirmant que la réponse à la question de l'homme était « tout ce dont j'ai parlé ce soir ». Il avait prononcé ces paroles sur un ton irritable, impérieux, et Lisanne pensa : Bien joué. Ça doit être dur de s'adresser à des connards et des abrutis. Puis un crétin voulut savoir s'il lui arrivait de « simplement se détendre et prendre du plaisir ». Sa Sainteté sourit et répondit : « Je vais prendre plaisir à boire ce verre d'eau fraîche. » Sur ce, il souleva théâtralement le verre et but une longue et profonde gorgée tandis que les nains cinglés riaient, pleuraient et applaudissaient. « Et maintenant, poursuivit-il, je vais prendre plaisir à aller dormir ! »

Il quitta la scène sans tambour ni trompette. À peine une heure s'était écoulée.

Comme ils faisaient la queue pour sortir, Philip déclara : « Quel pro ! »

Mattie approuva : « Sensationnel ! »

Philip dit : « Court mais chouette. Quel homme ! »

Mattie ajouta : « Il faut absolument que nous allions à ce truc de Kalachakra. »

Philip demanda : « Ils font ça où, en Inde ? »

Mattie répondit : « Peu importe. Inscris-moi. J'y vais. »

Kit et Cela dansaient, buvaient et fumaient de l'herbe. Ils s'embrassaient et se pelotaient. Il lui raconta que Viv et Alf étaient ensemble. Elle lui témoigna sa sympathie. (Elle l'avait déjà lu dans *Entertainment Weekly*.) Il pleura littéralement sur son épaule. Elle savait qu'ils allaient coucher ensemble ce soir-là – toute cette scène avec la fille Hare Krishna Extra Large avait rendu ça inévitable.

L'autre enfoiré était encore à Vegas. Elle ne voulait même pas s'imaginer ce qu'il y faisait. Pourquoi continuer à se faire des illusions ? Elle s'en était suffisamment fait au fil des années. Le père avait été une aberration perverse – Kit était l'homme qu'il lui fallait. Et maintenant, comme dans un roman à l'eau de rose, il était revenu vers elle. Elle le prendrait, par n'importe quel moyen. Il n'était même pas si déglingué que ça. Bon Dieu, tout le monde était amoché. Et son état s'améliorait de jour en jour. De toute manière, Burke ne pensait qu'au fric. S'il avait suffi de signer un papier et renoncer à la fortune de Kit pour s'assurer que Burke et tout ce monde de merde leur fichent la paix, alors elle l'aurait fait. Sûr qu'elle l'aurait fait.

Il lui demanda de passer le « film à succès » *Monde sans fin*. Il voulut aller directement à la scène où il dansait avec Cameron Diaz. Tout en regardant, Kit reproduisait sensuellement ses mouvements à l'écran tandis que Cela imitait ceux de Cameron.

– *Acceptable, Respectable, Présentable, Un Légume !*
La nuit…
quand le monde est endormi…

les questions sont infinies…
pour un homme aussi simple…

Il monte le volume au maximum, avance en tour-
noyant vers la baie vitrée. Des rideaux de pluie qui
s'écrasent. Torse nu maintenant, noueux et musclé,
balançant en rythme, chacun faisant glisser ses mains
sur la forme humide de l'autre, ombres de tatouages
mutuels, serpentant sous l'averse à travers des flaques
d'herbe boueuse, pieds nus, tirant difficilement les
jeans par-dessus les chevilles, oubliant les torrents, ne
chantant plus à voix basse mais hurlant les paroles à
gorge déployée, yeux clos…

> *S'il-te-plaît*
> *dis-moi ce que nous avons appris*
> *je sais que ç'a l'air absurde*
> *s'il-te-plaît dis-moi qui je suis…*

Quelque chose se produit.
Il cesse de chanter.
Les yeux grands ouverts maintenant, comme s'il avait
enfin pleinement conscience – l'énormité de ce qui lui
est arrivé.
Lève la tête en direction des ciels d'étoiles mortes de
Riverside et hurle.
Cela, qui n'en a pas fini avec lui, qui ne peut pas, ne
veut pas le laisser, qui ne l'a jamais voulu et ne le
voudra jamais, Cela, qui n'en a pas encore fini avec
son amour épique, l'amour de sa vie, pas encore fini
dans cette vie ou dans sa vie d'enfant ou dans nulle
autre vie, sanglote et tombe à genoux, tenant, ballas-
tant, enracinant cet arbre qui s'arrache de son paillis,
qui pointe ses branches hurlantes de lutin déchiré vers
les ciels glacials (d'étoiles mortes) de Riverside : Cela
le maintient au sol, craignant qu'il ne se dégage et ne

s'élève, perdu à jamais, haletant d'horreur à l'idée qu'elle n'a peut-être pas ce qu'il faut pour le retenir, que son amour ne soit pas suffisant.

Elle tua sauvagement le dogue – le carlin de Philip, celui que Mattie lui avait offert pour son anniversaire, celui qu'elle exécrait au début mais avait appris à aimer en trois courtes semaines – en le jetant contre le mur, puis en l'éviscérant avec une paire de ciseaux anciens aux tranchants dorés qu'elle avait achetée dans la boutique Restoration.

Le chien était un obstacle entre élève et professeur, novice et gourou, entre la Vulnérable Lisanne McCadden et S.S. le Vénérable Kit Clearlightfoot. Le chien était venu sans y être invité dans l'intervalle, là où il ne devait y avoir qu'espaces vides. C'était une violation karmique – la place était comptée pour les bardos officiels. (Le manuel disait qu'il était supposé n'y en avoir que six, mais que le chien comptait pour un septième.) Ce genre de choses avait été étudié et décrété depuis des millénaires et n'était certainement pas redevable des caprices ou des décisions d'un dogue errant. Lisanne ne se souciait pas des implications de l'exécution de l'animal. Milarepa, poète-guerrier et élève de Marpa le maître suprême de *phowa*, n'avait-il pas commis des douzaines de meurtres avant son Éveil malheureux ? De toute manière, le problème de la nature de Bouddha des chiens était une question de *mu*, ou de point de vue. Si celui-ci l'avait eu, pensa-t-elle, il était certain qu'il ne l'avait plus.

Elle utilisa du ruban de masquage pour couvrir ses orifices, comme le suggérait le manuel. « Durant la pratique du *phowa*, lut-elle à haute voix, il faut commencer par bloquer tous les orifices d'une manière spéciale afin que seule l'ouverture au sommet de la tête reste ouverte. Lorsque l'esprit quitte le corps par le vertex, l'individu renaît en un lieu pur au-delà de l'existence samsarique où les conditions pour la pratique sont parfaites. » Elle voulait éviter la désintégration des cinq vents et la dissolution des pensées grossières et subtiles. Lorsque, par l'orifice du Brahma, ses vents vitaux cesseraient au dernier souffle et que se produirait la fusion du rouge et du blanc, de la terre et du ciel, elle voulait demeurer consciente et ne pas paniquer. Elle craignait sinon d'avoir à subir les trois jours et demi d'obscurité et le gang de démons courroucés – les 100 000 soleils et les 100 000 coups de tonnerre. Non : seul le quatrième *rigpa* ferait l'affaire. Selon le manuel : « Le premier signe du succès de *phowa* est une forte démangeaison au sommet de la tête. Plus tard, un trou minuscule apparaît dans lequel il est possible d'insérer un brin d'herbe. » Elle devait se concentrer sur un point unique afin d'éjecter sa conscience « comme un archer compétent décoche la flèche de son arc ». Elle scotcha une serviette hygiénique par-dessus ses orifices inférieurs avant de sceller nombril, oreilles et bouche. Comme elle se bouchait les narines, Lisanne s'imagina le sang et la lymphe fuyant par là, signe classique indiquant aux moines présents (elle aurait aimé qu'il y en ait alors auprès d'elle) que les récitations du *Livre des morts tibétain* devaient commencer. Enfin, elle se couvrit les yeux.

Certains textes affirmaient qu'il était préférable de mourir debout. D'autres disaient qu'il valait mieux mourir assis, dans la position du lotus. Si l'on ne pouvait accomplir ni l'un ni l'autre, le manuel suggérait de simplement s'étendre, dans la posture d'un lion dormant. C'était ainsi qu'était mort le Bouddha. Alors ça m'ira parfaitement. Comme elle était couchée sur le flanc droit, elle se frappa le crâne avec les ciseaux dorés dans la zone correspondant aux incisions chirurgicales de Kit. Elle frappait à la cadence de tons oraculaires mesurés et criait à haute voix : « Écoute, Lisanne ! Le moment est maintenant venu de chercher ton Sentier ! Lorsque la respiration s'arrêtera, la lumière vive de la première phase de la mort, telle que te l'a montrée S.S. le Vénérable Kitchener Clearlightfoot, se lèvera ! C'est l'esprit primordial, vide et rayonnant, sans horizon ni centre. Vois-le tel qu'il est ! S.S. le Vénérable Kitchener Clearlightfoot te le décrira et t'aidera ! »

Les invités hurlaient, la fête battait son plein.

Becca s'enferma à clé dans sa chambre. De temps en temps des ivrognes franchissaient la porte en titubant ou cherchaient à entrer.

Elle consultait la page « Sosies célèbres » de *Us Weekly*, avec ses paires de photos représentant des gens connus qui, soi-disant, se ressemblaient – comme Kate Spade et Kate Beckinsale, ou Tina Turner et Beyoncé Knowles. C'était une espèce de blague. Il y avait aussi une section « célèbre/non célèbre », et elle y figurait : une photo de Becca à côté d'une de Drew. Sans l'informer, Larry et Annie avaient envoyé un portrait de Becca – ainsi que le lien vers le site Web des « Six Pieds Souterraines ».

Si vous êtes comme le double de Drew, Becca Mondrain, actrice de vingt-deux ans, déesse de l'Internet, et « Six Pieds Souterraines » à Los Angeles, et que les gens vous répètent sans cesse : « Tu sais, tu ressembles à… », envoyez votre photo accompagnée de votre nom et d'un numéro de téléphone auquel vous pouvez être contactée durant la journée à : Letters, *Us*, 1290 Avenue of the Americas, New York, NY, 10104-0298, ou par e-mail à : letters@ usmagazine.com. Si nous publions la photo, vous gagnez un cadeau !

Un corps heurta mollement l'un des murs et elle sursauta. Elle se jeta sur le lit et pleura.

« Je ne quitterai pas cette ville comme un sosie raté ! » s'exclama-t-elle, puis elle pensa : Je parle comme une mauvaise actrice. (D'un film des années cinquante.) Elle gloussa, puis décrocha le téléphone pour appeler Annie. Elles parlèrent avec enthousiasme de la photo de *Us Weekly* et Becca dit qu'elle se demandait ce qu'elle avait gagné comme cadeau. Elle conseilla à Annie de radiner son cul d'excitée à Mulholland, ici et maintenant, puis elle raccrocha et alla sniffer un rail de coke dans la salle de bains tout en faisant pipi. Elle rinça les larmes de son visage, enfila un string et se regarda dans le miroir. Ventre plat, anneau au nombril, cul ferme. Elle essaya une jupe courte Barneys. Elle pensa à Rusty, puis l'écarta de son esprit.

Que la fête commence !

Luminosité fondamentale
HOLLYWOOD, UN AN PLUS TARD
L'Éternel Retour

Printemps froid de L.A.

Une sorte d'entrepôt luxueux, caché, tout près de Fountain Avenue.

Un public de douze personnes, chacune assise dans son coin.

Beau couple sur scène – jeune femme, jeune homme.

La harpie négligée dans une pèlerine de mohair occupe d'un air menaçant un siège près d'une allée. Elle se pince le nez entre le pouce et l'index lorsqu'elle se concentre. Vieille habitude célèbre. Des lunettes de lecture pendent au bout d'une longue chaîne tape-à-l'œil.

« Ne sens-tu pas comme ça sent bon ? » demande l'actrice à son partenaire.

(Pièce de chambre de Strindberg)

Elle ne « possède » pas la scène – elle n'en a pas percé le mystère. Elle est au bout du rouleau. L'acteur est à bout de nerfs…

« Ce sont les palmiers qui brûlent, dit-elle. Et la couronne de laurier de papa. Maintenant l'armoire à linge est en feu – ça sent la lavande – et maintenant les roses. Petit frère, n'aie pas peur ! Serre-moi fort ! »

Elle se précipite vers lui.

Sans bouger un muscle, Jorgia Wilding crie de son perchoir, en plein numéro de pinçage de narines.

« Tu accomplis des choix émotionnels sans engagement physique ! Gerda n'est pas juste agitée – observe ton corps, Toya. Chorégraphie le paysage intérieur, distille tes gestes ! Sinon, c'est Strindberg Light. C'est de la télé édulcorée. »

Un stagiaire approche, dévot devant un autel. Il se penche et murmure à l'oreille de Mme Wilding – la vieille femme tressaille en l'entendant – avant de reculer dans l'obscurité.

Elle se lève, commande ses troupes : « Bon – à partir de "Ne dis pas de mal de papa". »

Elle sort. Les acteurs reprennent lentement depuis le début de la scène.

Dans le hall, elle ne peut contenir son émotion en le voyant.

(Un Fidjien imposant se tient dans l'entrebâillement de la porte, bloquant la lumière du soleil.)

« Kitchener, mon Dieu ! Quelle merveilleuse surprise ! »

Ils s'étreignent. Elle le serre contre lui – il a l'air de se porter comme un charme.

« Comment allez-vous ? » demande-t-il.

Elle s'écarte pour le regarder.

Comme un charme !

« Bien, bien ! répond Jorgia, chamboulée. Mais la vraie question c'est "comment allez-*vous*" ?

– Je fais des progrès. C'est… une longue route sinueuse ! »

Elle note une infime difficulté de prononciation, un ton emphatique qu'elle impute avec perspicacité à sa nervosité. Le Henry Higgins en elle pense : facilement modulable.

Comme son voyage a dû être difficile !

« Je ne peux même pas l'imaginer, dit-elle avec une tendre grâce maternelle. Mais je suis au beau milieu… Voulez-vous assister au cours ? »

Il sait que l'enseignement sacré vient avant tout le reste.

« Non – pas maintenant. Merci. Mais j'ai une question à vous poser. »

Elle incline la tête, tout ouïe.

« Jorgia, j'aimerais savoir… si vous… auriez du temps… pour… m'aider. »

Tula le reconduit à son bungalow au Bel-Air.

Il descend de voiture en bondissant légèrement, mais sa démarche est dans l'ensemble fluide.

Les chasseurs des médias et la foule ont beaucoup battu le pavé depuis Thanksgiving, moment où Kit et Cela ont déménagé – depuis la laideur crépusculaire de la levée du camp de Riverside. Kit s'efforce de ne pas se déplacer avant la nuit (Jorgia était une exception) afin de prendre les *traqueurazzi* de court. Bien que toujours lucratives, les images volées ont subi une dévaluation, le problème étant que M. Lightfoot ressemble beaucoup à ce à quoi il a toujours ressemblé : un prince canaille. Personne n'a pu le capturer – et il est maintenant trop tard – bavant péniblement sur sa barbe naissante ; pas de cliché déchirant d'un *Rain Man* pataud ; pas de photo au téléobjectif effrayante façon éjaculation de Chris Reeve en rééducation. Glamour, digne et superbe, il est ni plus ni moins l'incarnation bien foutue de la guérison neurologique. Mais la petite amie peut valoir une mine d'or, s'il plaît à Dieu : enceinte de quatorze semaines. Une photo des deux ensemble – bien que le couple fasse en sorte de ne jamais sortir en même temps – rapporterait dans les 400 000 dollars, pour une diffusion dans le monde entier. Des rumeurs de *scandale*[1] répandues par les tabloïds (était-elle aussi la petite amie du papa ?) ont fait monter les prix.

---

1. En français dans le texte. *(N.d.T)*

Le ventre gonflé de Cela flotte vers lui tandis qu'il franchit la porte. Tout leur sourit maintenant. Il lui pose une main sur le ventre ; puis elle pose une main au-dessus de la sienne, réchauffant le fœtus. Ses rois d'hier et de demain.

Seule

Déjà mars, et le sapin est toujours debout. La femme de ménage époussette minutieusement les bibelots. Elle a dit à sa mère qu'elle le laisserait là, et son manager a adoré l'idée parce que c'était génial, un truc décalé pour les interviews, qui se sont enchaînées depuis la sortie du film de Spike Jonze.

Becca a passé Thanksgiving à Waynesboro, puis Dixie est venue avec deux de ses cousines préférées à Noël. Elle est revenue pour l'anniversaire de sa fille – les ides de mars – lorsque Becca s'est offert une fête chez Boardner's. Toute la belle équipe était là plus Annie et Larry, le nouveau prof de théâtre de Becca, des collègues acteurs de Metropolis et, enfin et surtout, Sharon Belzmerz, son ange gardien depuis le tout début qui non seulement l'avait présentée à Spike Jonze (plus ou moins) mais qui lui avait aussi décroché un rôle dans *Sans laisser de traces* et l'avait mise en relation avec un ancien associé, qui lui avait à son tour dégoté des pubs nationales pour Ford et Cingular. (Chaque fois qu'elles étaient en public et qu'elle avait eu quelques « Flirtinis », la directrice de casting aimait faire malicieusement allusion à la « période » *Six Pieds Souterraine* de Becca comme s'il s'était agi d'un secret quelque peu honteux.) Plus important, c'était grâce à Sharon que Becca avait pu figurer dans le pilote de la

446

chaîne A & E dont elle venait d'achever le tournage, *1200 North*, dans lequel elle interprétait Rhiannon, une noceuse à la Paris Hilton, fille d'une riche matriarche de Bay Area (pensez Danielle Steel). Après l'overdose d'un petit ami, Rhiannon décide d'entrer dans les ordres. Pour tester sa foi et sa détermination, Marlee Matlin (une amie de la famille et mère supérieure pleine de sagesse d'un monastère de carmélites de l'est de Los Angeles) enjoint Rhiannon de commencer par travailler bénévolement pendant un an au service de traumatologie voisin de l'hôpital USC County. Dana Delaney interprète la chirurgienne en chef. Se reconnaissant elle-même dans la jeune fille, Dana prend Rhiannon sous son aile.

Becca fut sidérée lorsque Dana arriva majestueusement sur la terrasse de Boardner's avec son ancien petit ami, David Gough, lui-même star de la télé. (Elle ne s'attendait pas à ce qu'elle vienne.) Dana était si élégante, amicale et naturelle, et une Mme Mondrain légèrement éméchée ne cessait de lui répéter sans détours qu'elle était l'une des « reines de la télévision ». Mais lorsque Marlee fit son entrée, la mère de Becca perdit la tête pour de bon – elle était une admiratrice absolue depuis *Les Enfants du silence* et avait même travaillé bénévolement avec des enfants sourds à Charlottesville. Larry Levine prit quelques portraits numériques de Dixie avec Marlee, Dana et David, (qu'elle téléchargea sur le site Internet familial dès qu'elle fut de retour chez Becca) puis il appela la Cameron, le Jim Carey et la Barbra pour une pose de groupe kitsch. Becca les avait invités à la dernière minute car elle avait été prise de panique à l'idée qu'aucun de ses invités ne vienne ; la plupart des sosies étaient tellement dans le besoin qu'ils étaient prêts à aller partout où on le leur demandait. Ils étaient gentils et inoffensifs, et maintenant elle était triste pour eux – à des années-lumière.

Les Dunsmore n'étaient pas au courant pour *1200 North*, et Becca voulait qu'il en soit ainsi aussi longtemps que possible. Elle s'était échappée de la maison de Mulholland l'année précédente (le jour de l'anniversaire du 11-Septembre, ce qui paraissait approprié), le jour même où Grady s'était fait arrêter pour avoir agressé un agent de l'*United Talent Agency* durant l'une de leurs exubérantes soirées à thème. L'été précédent, Cassandra s'était dégotée une maîtresse, une femme squelettique atteinte d'hépatite C qu'elle avait rencontrée grâce au groupe de soutien aux personnes souffrant du syndrome de la richesse soudaine du docteur Janowicz. (Elle avait récemment touché une indemnisation à huit chiffres au nom de son mari obèse, qui avait trouvé la mort sur la montagne russe Magnum XL-200 à Cedar Point.) Il semble que, tout de suite après avoir fait sa connaissance, Cassandra avait insisté pour que sa nouvelle amie entre dans le capital de QuestraWorld, partageant les fonctions de P-DG, DAF et DG. Cela devint une pomme de discorde avec Grady, dont la prise d'OxyContin connaissait une rapide escalade, à mesure que leurs parties à trois se transformaient en fornications entre lesbiennes pratiquées à l'abri des regards indiscrets, le poussant à des sorties calamiteuses au Hard Rock Casino. Cassandra, après avoir consulté leurs avocats d'Encino, prit une série de mesures pour limiter ses retraits mensuels, de peur qu'il ne « dilapide l'héritage ». Bien que Mama Cass eût abandonné son idée de salmigondis de téléréalité familiale (pour ce que ça valait), d'après ce que savait Becca, l'« entité » – ou tout du moins Grady – poursuivait activement le matraquage autour de *Tirez pas sur la licorne*, dont les pages enveloppées dans du film alimentaire avaient été finalement déterrées à cent mètres d'une boutique Land's End à Primm, dans le

Nevada. (Après les avoir récupérées, il avait continué tout droit, jusqu'au Hard Rock.) Mais même avec le léger intérêt de la presse pour le jugement à venir de Herke Lamar Goodson, la *Licorne* n'allait nulle part. Les Dunsmore tentèrent durant des mois d'appeler Viv Wembley pour voir si elle serait intéressée par un premier rôle, ou peut-être juste pour produire (en tant que partenaire principale de QuestraWorld), et Becca trouvait que ça montrait bien combien ces deux-là étaient cinglés puisqu'ils savaient déjà que Viv avait menacé Becca d'une ordonnance restrictive et qu'elle était, au mieux, terrifiée par elle. Quelques mois auparavant, la jeune actrice avait fait l'erreur de confier à Cassandra que les business managers de Viv avaient merdé et qu'elle n'avait pas signé de clause de confidentialité, contrairement à Gingher et les autres. Cassandra avait affirmé que si Viv refusait de l'aider avec la *Licorne*, Becca pouvait la menacer de vendre un livre de révélations « au plus offrant ». Becca avait répondu que c'était du chantage et qu'elle allait faire comme si elle n'avait rien entendu. Dans leur folie, les Dunsmore continuaient d'ignorer le fait que *Tirez pas sur la licorne* avait été écrit et conçu par un meurtrier qui était aussi ami avec l'homme qui avait agressé l'ancien fiancé de Viv… Bon-*jour* ! Apparemment, ils ne voyaient pas ça comme un obstacle. Annie affirmait qu'il fallait vraiment les faire interner.

En attendant, Grady adressa la *Licorne* à Eric Roberts, accompagnée de 300 000 dollars, bien que Cassandra et la femme squelettique, en tant que P-DG, DAF et DG, n'eussent pas approuvé la proposition. Heureusement ou non, Eric déclina. (Grady soupçonnait qu'on lui avait menti lorsqu'on lui avait dit que le script avait été donné à M. Roberts pour qu'il le lise – sinon, pourquoi l'acteur aurait-il laissé passer sa chance ? Becca supposa que l'agent qui s'était fait tabasser à la fête avait quelque chose à voir avec ça.) La femme squelettique pensait qu'ils feraient bien de contacter Adrien Brody, au plus vite. Cassandra n'en revint pas lorsque Grady émergea de son brouillard narcotique suffisamment longtemps pour les informer que le script était maintenant « chez » Mickey Rourke. La femme squelettique expliqua que Mickey Rourke s'était fait bousiller le visage lors d'un combat de boxe en Floride et qu'il ressemblait à « une goule dans un Lara Croft ». « Mickey pourrait très bien accepter, rétorqua Grady d'un ton irritant. Mickey aime l'argent. Il prépare son retour. Mickey veut être une star. »

Becca ne souhaitait qu'une chose, se débarrasser de ces gens et de leur mauvais karma. Elle savait qu'ils ne la lâcheraient plus dès l'instant où ils auraient vent de son succès – si *1200 North* était retenu pour septembre, elle aurait Grady et Cass constamment sur le dos. Elle espérait qu'elle aurait alors les moyens d'embaucher un garde du corps, ou même de voir sa protection assurée par une grosse agence comme ICM ou CAA. Si elle avait le potentiel de gagner des millions, ils seraient extrêmement motivés. Mais en attendant ce jour, les Dunsmore devaient être considérés comme des francs-tireurs. Elle conserverait ses distances tout en continuant à les caresser dans le sens du poil.

Grâce à l'argent des pubs Cingular, Becca loua un logement à Silverlake. Elle accrocha des lanternes chinoises autour de la terrasse qui surplombait la maison construite à même la pente depuis le point le plus élevé de la colline. C'est là qu'elle déplaça finalement l'arbre de Noël, comme une sorte d'installation artistique. Mais la fausse neige était grise, et plus rien n'avait l'odeur de Noël.

Sous l'arbre à médication

Après l'hospitalisation de Lisanne, Reggie Marck parla à une femme du nord de l'État de New York qui fut consternée d'apprendre que sa nièce avait eut un enfant. Lisanne avait librement évoqué son ancien flirt (le père présumé du garçon), et bien qu'elle eût gardé les détails pour elle, l'avocat n'avait pas le sentiment de trahir un secret en révélant à la tante cette liaison. Elle le mit immédiatement en relation avec Robbie Sarsgaard.

Si Reggie savait que Lisanne était là où elle devait être, du moins à court terme, il n'en allait pas de même pour le petit Siddhama. Il éprouvait une aversion épidermique envers Philip Muskingham et, malgré tout son argent, doutait de ses compétences de père. En outre, il ne trouvait pas pratique, ni même approprié, de s'appuyer sur la sœur ou sur les Loewenstein pour assumer ce rôle. En tant qu'avocat et ami de longue date de Lisanne, il était mandaté pour assurer à tout prix le bien-être de Siddhama et, même si c'était improbable, pour contrer toute éventuelle tentative des services sociaux de leur retirer la garde de l'enfant. (Philip n'avait manifesté aucun désir de demander la tutelle, ne serait-ce que temporaire.) C'est pourquoi il avait décidé de foncer tête baissée et, par l'intermédiaire de la tante, de contacter le père biologique à l'égard de qui, lors d'une rare conversation à son sujet, Lisanne avait manifesté une affection ancienne et plus que passagère. Il avait initialement songé à le faire venir à Los Angeles – s'il y était disposé – pour y passer quelque temps aux frais de Reggie. M. Sarsgaard l'écouta et accepta immédiatement, tout en insistant pour subvenir lui-même à ses frais.

Son épouse, plus âgée, l'accompagna. Reggie et les Muskingham emmenèrent le couple dîner au Grill, suite à quoi Philip les fit déménager des Embassy Suites pour les installer dans un duplex spacieux du district de Fairfax où ils pourraient vivre avec le bébé (un arrangement volontiers encouragé par les Sarsgaard et qui allait être, par la force des choses, automatiquement réexaminé lors de ce qui s'avérerait être la première des nombreuses sorties et réadmissions de Lisanne). Robbie affirma que ni sa femme ni lui n'avaient rien qui les retenait à Albany et qu'ils étaient libres de rester « pendant toute la durée ». Les nourrices de Rustic Canyon furent conservées. Philip se sentait libéré d'un fardeau et il était heureux de faire ce qu'il fallait pour Siddhama et toutes les personnes concernées. De plus, sa bonne action atténuait sa récente crainte morbide que, dans sa folie, Lisanne ne confesse ses secrets sexuels – ou, plus exactement, scs perversions – au personnel de l'hôpital. (Même s'il se rassurait sournoisement en supposant que ses allégations ne seraient très probablement pas prises au sérieux.) En tout cas, il était généralement admis que tout était bien qui finissait bien, notamment parce que tout le monde était soulagé que Lisanne s'en soit prise au dogue et non au précieux bébé. Le fait que Lisanne se soit arrêtée avant de commettre un acte si inconcevablement atroce autorisait un certaine dose d'optimisme quant à son avenir et le futur en général.

Elle passa beaucoup de temps à l'hôpital, d'abord à Cedars, puis dans un établissement privé que Roslynn et Mattie avaient trouvé grâce à des recherches et au bouche à oreille.

S.S. la Vulnérable Lisanne McCadden – c'est ainsi qu'elle signait toujours lors de ses admissions.

Entre ses hospitalisations, elle retournait à Rustic Canyon, puis, après une brève période à la maison, était à nouveau internée. Durant des mois et des mois elle disparaissait aux yeux du monde et aux siens. Elle se sentait comme le fantôme d'une péniche carbonisée flottant sur une rivière large et sombre.

Sur du papier de couleur vive, elle confectionna un bardo-diorama de la démence, un mandala du Royaume matérialisé du Paradis du Bouddha Médecin. Car qui était le Bouddha sinon le Grand Médecin, le Grand Guérisseur, le Seigneur et Scientifique qui tenait le vase sans vase d'ambroisie entre ses mains ? Il la débarrasserait de ses toxines et la libèrerait. Regardez ce qu'il conservait dans son bol de mendiant : les Trois Nectars qui soignaient les maladies, inversaient le vieillissement et propageaient la Conscience ultime. Le miel qui brisait les chaînes reliant tous les êtres sensibles à la Roue de l'Existence trompeuse…

OM AH HAM

Elle savait qu'elle devait le répéter encore et encore tout en faisant tourner le Kalachakra – la grande Roue du Temps. Tout était Grand. Le grand OM,

son-semence pour le sixième chakra à deux pétales, était fixé au front, la zone des blessures de Kit, sa vibration se faisant entendre chaque fois que des énergies mâles et femelles fusionnaient. HAM

453

émanait du chakra de la gorge tout en préparant le canal de l'œsophage à recevoir avec dévotion le nectar.

Pourtant seulement

OM AH HAM

pouvait rassembler les Trois Ambroisies pour vaincre les Trois Poisons – agression, cupidité, ignorance –, ces mêmes feux qui alimentaient la conflagration nommée samsara.

Serpent ! Coq ! Porc !

Lisanne avait depuis longtemps mémorisé la Roue du Devenir – l'affiche plastifiée qu'elle avait achetée chez Bodhi le jour où elle était tombée sur Phil, pas encore Philip, pervers et – non, ce n'était pas juste – bienfaiteur et parrain charitable pour *son fils et non* de *son fils, et elle faisait tourner ses douze barreaux radieux dans son esprit à chaque instant de chaque heure de ses journées chez les dingues jusqu'à ce qu'ils deviennent une prompte seconde nature. Car, comme l'affirmait le guide des guides, qu'était un mandala sinon un mantra visuel ? Son mantra durant la rotation était « Kitlightfoot/Clearlightfoot/ Kitlightfoot/Clearlightfoot », et, tels les rayons d'une roue de charrette devenant flous, ils ne firent bientôt qu'un. Tout en fredonnant, elle commença (comme il convenait) par la peinture miniature qui représentait l'Ignorance – représentation d'un aveugle avec une canne. « C'est moi, dit Lisanne. Car je ne suis qu'une infirme entourée de champs de bijoux brillants, une infirme qui a choisi de ne pas voir. » Elle voulait l'aider, mais il continuait à avancer à tâtons, seul. Qui était-elle pour croire qu'elle pouvait aider ? Elle pouvait sentir son haleine obstinée, stagnante et cétonique, tout comme la sienne. Juste à côté de l'homme tordu, en allant dans le sens des aiguilles d'une montre, venaient les Actions, lanceur barbu de pots d'argile, créant activement le karma. (La Roue affirmait que même les*

pensées et les intentions portaient le fardeau de la consé-
quence. Chaque mauvaise pensée revenait à mettre un
nouveau pot dans le four, pot qu'il allait falloir briser si
l'on voulait être libre.) Le golem poilu au visage rouge
était né de la boue, et maintenant elle était là dans ce
bardo des épaves parce qu'elle avait vénéré des dieux
aux pieds d'argile. Comment l'atelier humble d'un bon
vieux lanceur de pots pouvait-il être un tel lieu de
misère ? Donc : il n'y avait pas de consolation, pas
même au contact de la terre humide. Puis venait le singe
agité de la Conscience, se balançant compulsivement de
branche en branche, annonciateur du grand singe par-
lant ; il avait fallu tout ça, pensa Lisanne en souriant,
enfermée dans son asile, pour enfin comprendre ce que
la sangha *voulait dire par « esprit singe ». Le quatrième*
rayon, une scène représentant des passagers dans un
bateau, rappelait à Lisanne la fois où ses parents
l'avaient emmenée à Disneyland et où elle avait fait un
tour dans un canoë (comme le fuselage d'un avion dont
les ailes se seraient détachées) méthodiquement mu par
un rail et une chaîne à travers des eaux calmes qui se
transformaient en torrent... Cette partie de la Roue
s'appelait Nom et Forme, et elle la regarda tandis que
son corps pâle et lourd dérivait telle une embarcation le
long de la grande rivière polluée de samsara. *Kitclear-*
lightfoot Clearlightfoot Kitclearlightfoot Clearlightfoot
Kitclear..., les autres dans la pirogue étant simplement
des Formes et des Aspects, fantômes luminescents de sa
propre personnalité et de son moi non-physique. Lais-
sant la rivière derrière elle, Lisanne s'ébroua pour se
sécher puis s'approcha d'une maison vide dotée de six
fenêtres qui lui rappelaient sans cesse la couverture
d'une enquête de Nancy Drew[1]. *Les Bodhisattvas*

1. Héroïne d'une populaire série policière des années 1930.
(N.d.T.)

affirmaient que les fenêtres étaient les Six Sens par lesquels nous percevions le monde.

Elle continua sa progression dans le sens des aiguilles d'une montre.

Là : un couple, enlacé dans une étreinte érotique.

Chaque fois qu'elle les voyait, ils rallumaient des émotions de cette journée historique à Riverside. Si seulement elle avait alors su cette chose si simple qu'elle savait maintenant – qu'en copulant, la paire maudite n'avait pas fusionné mais avait à la place créé une dualité, un espace entre eux, comme le prescient Joshu Sasaki Roshi l'avait annoncé dans son histoire du Moine, du Novice et du Chien. Sans le vouloir, le moine et l'élève avaient creusé un abîme dans lequel quelque chose pouvait s'élever puis se volatiliser, qu'il s'agisse d'une pensée, d'une humeur, ou d'un être sensible. (Lisanne se disait qu'elle aurait dû le savoir d'instinct. Car le dogue, bien que pur, était un obstacle à leur fusion.)

Elle arriva à un homme avec une flèche dans l'œil. C'était pour Lisanne la plus obsédante de ses rencontres, car il offrait à la fois le châtiment éternel et l'espoir éternel. Ni sadique ni morbide, le message était si clair – elle était chagrinée que le monde entier ne puisse pas le comprendre instantanément – TOUTE SENSATION DANS LE SAMSARA EST SOUFFRANCE CAR TOUTE SENSATION RENFORCE LES ILLUSIONS DU MOI. Si seulement nous pouvions nous réveiller, nous verrions : même la souffrance du cancer pouvait être transformée en béatitude !

Elle redoutait la forme-image adjacente : une femme buvant du vin. C'était le Besoin. Pleine de remords, Lisanne s'attarda dessus. Elle savait qu'elle avait trop désiré – l'amour de Kit et son enfant, son approbation et son énergie, son monde incroyable, gigantesque. Debout à côté de l'alcoolo se trouvait une putain qui

456

tendait la main vers un arbre chargé de fruits – elle était celle qu'ils appelaient Avide –, puis venait une troisième harpie aux pieds plats et aux cheveux comme de la fumée, lourde de l'enfant qu'elle attendait. (Les Bodhisattvas lui avaient donné le nom d'Existence.) Le trio raillait, et Lisanne sentait son ventre se tordre pour le garçon Panchen qu'elle ne connaissait plus.

Refaisant surface dans la salle de détente de l'hôpital, les quelques derniers thangkas arrivèrent, dans une sorte de brouillard. Épuisée par son introspection centrifuge, elle masqua en pleurant le visage de Siddhama, se bouchant les oreilles à ses cris, le nez à ses odeurs, et se laissa bringuebaler par le flot agité de la Naissance, du Vieillissement et de la Mort. Dans la dernière scène, un homme portait un cadavre sur son dos : le cadavre était celui de Lisanne. Le porteur était aussi Lisanne, traînant des pieds vers un cimetière dans le ciel, où son fardeau blanc enveloppé de coton serait dénudé par des moines itinérants et où sa cargaison de chair et d'os servirait de festin aux vautours aura. Par la force des choses, Lisanne passerait à autre chose – n'était-ce pas l'héritage de tous les êtres sensibles ? Comme une infirmière de l'unité appelait son nom, elle sentit que sa vision s'assombrissait ; la pointe de la canne de l'aveugle se durcit dans sa main. Ressuscitée sur la Roue, elle avança faiblement, aveugle, infirme. Bientôt elle arriverait à l'atelier de poterie du barbu lanceur de karma…

Je dois échapper à la Roue sinon je vais être écrasée. À l'hôpital, la seule chose qu'elle pouvait faire était s'entraîner de façon intensive à phowa, pas 21 fois, mais 21 000 fois par jour, car Lisanne savait que c'était le seul moyen de dépasser le karma hérité de vies antérieures. Elle priait pour distancer la Roue que Yama tenait entre ses grandes dents blanches. Yama, Seigneur de la Mort.

« *Car je n'ai pas le choix et je ne peux plus supporter la douleur.* »

Il allait la voir. Mattie ne le faisait jamais. Reggie et Tiff vinrent, durant le premier mois de son hospitalisation à Thalians. Roslynn aussi. Mme Loewenstein lui rendait d'ordinaire visite une ou deux fois à chaque admission, tant que l'hôpital était en Californie. Philip, quant à lui, venait trois fois durant la semaine et chaque dimanche ; peu importait l'endroit où elle se trouvait.

Ils n'avaient appris les circonstances de la naissance de leur mère qu'après son suicide. (La mort de leur père, d'une maladie cardiaque, était survenue un an plus tard.) La mère de leur mère avait été enlevée par une fille blanche obèse de la classe moyenne qui ne pouvait donner d'enfant à son petit ami noir. Plus tard, au tribunal, elle avait expliqué qu'elle craignait que le petit ami ne la quitte. La fille blanche avait suivi une formation d'infirmière. C'était à Chicago. Elle avait été particulièrement fascinée par le cours décrivant la technique de la césarienne. Elle avait simulé une grossesse (avec le même enthousiasme que Lisanne avait caché la sienne), disparaissant au cours de son soi-disant cinquième mois pour la venue au monde prématurée de son soi-disant bébé. Elle avait guetté la grand-mère de Philip, l'avait assommée puis balancée dans le coffre ouvert de sa voiture garée dans un parking obscur de banlieue. (Elle la suivait depuis une semaine.) Elle avait roulé jusqu'à chez ses parents, qui étaient à Milwaukee et avec qui elle habitait depuis que les choses allaient mal avec son petit ami, qu'ils avaient d'ailleurs rencontré et qu'ils l'avaient poussée à ne plus voir. Dans la cave – son père était charpentier –, elle avait arraché le bébé du ventre de la grand-mère au moyen d'une clé de voiture et de l'herminette

458

de son père. Il était presque à terme. Par miracle – le seigneur sourit aux ivrognes, aux chiens et aux fœtus arrachés – la mère de Phil et Mattie avait survécu. Le légiste avait affirmé (ç'avait été révélé au procès) que leur grand-mère était plus que probablement vivante durant l'opération et qu'elle avait peut-être même vu la jeune femme tenant le bébé entre ses bras, tentant de lui donner le sein.

Philip restait auprès de la silhouette pâle et troublée de Lisanne. Ils s'asseyaient dehors, à des tables de pique-nique partiellement abritées par un toit, dans diverses salles de détente. Elle ne disait pas grand-chose. Parfois ils se tenaient la main. Sa mère, après de nombreuses errances dont elle rentrait recouverte d'égratignures, s'était suicidée avec des barbituriques et un sac en plastique, exactement comme le recommandait le livre Dernière sortie. Les vieux articles de journaux que le père de Philip conservait avec son testament dans un coffre à la banque racontaient que la jeune femme blanche obèse s'était pendue avec un drap durant le procès et qu'elle avait mis dix jours à mourir. Maintenant il était là avec Lisanne, et parfois c'était comme être avec la fille de Chicago, la baleine blanche malade échouée qui avait fait naître sa mère, assis près de son poids mort mélancolique dans une unité de soins intensifs, et une pitié insurmontable s'emparait de lui, pour tous les enfants lacérés de Dieu. Il était là avec Lisanne, dont il estimait qu'elle avait été (comparativement) traitée avec une grande miséricorde, et dont il espérait tendrement qu'elle s'en rendrait compte un jour et reviendrait au monde, non pour lui mais pour elle et pour leur beau Siddhama.

Un acteur se prépare

Il voyait Jorgia trois fois par semaine, des heures durant. Elle lui faisait travailler la diction, le rythme et la présence, le forçant à faire porter sa voix jusqu'à ce que sa gorge et ses poumons n'en puissent plus. Tous les sons dénués de sens, gutturaux, enjoués et ridicules, les langues ornithologiques à la Sid Caesar, le ramenaient à Viola Spolin et Del Close[1] et à l'euphorie de ses grandes heures d'improvisation. Elle forçait les caractères, les accents hachés, la concentration ininterrompue. Ils chantaient en faux soprano, éructaient et tambourinaient, hoquetaient et sifflaient, toussaient, éternuaient comme dans un vaudeville puis hurlaient à tout rompre – Jorgia était rusée comme un coyote. Ils caquetaient, soufflaient, pétaient et mastiquaient, se roulaient par terre en beuglant comme des cinglés, expulsant des respirations chaudes, le cul en l'air, à quatre pattes sur leurs rotules endolories, chiant des voyelles dans l'espace. Bien décidés à effacer le moi. Il plongeait et s'élevait, s'appuyant sur l'air chaud et raréfié – il gémissait, huait et acclamait, s'aspergeait d'eau et creusait – dans tous les royaumes des sens : le sens commun, le bon sens, la mémoire des sens.

Ils méditaient aussi ensemble. (Jorgia, la vieille yogini.)

1. Viola Spolin (1906-1994) et Del Close (1934-1999), célèbres acteurs d'improvisation. *(N.d.T.)*

Au bout de quelques mois, il eut l'idée de monter une pièce de Sam Shepard. Il fallait choisir le bon moment. Tant de choses étaient allées de travers ; il allait changer tout ça.

Ils emménagèrent dans une maison de Stone Canyon Road.

Les agents de sécurité privée s'en réjouissaient – les hôtels étaient plus difficiles à sécuriser que les maisons, et le Bel-Air était une vraie vacherie.

Une ordonnance restrictive avait été prononcée contre le père, mais jusqu'à présent, pas de problème. La situation ne s'était pas envenimée, comme ça se produisait parfois.

« Je ne veux pas que vous conduisiez ma voiture, dit Kit.

– Quoi ?

– Mon 4 × 4 Mercedes. Je… ne veux pas que quiconque le conduise.

– C'est une blague ?

– Ce n'est pas une blague ! »

Cela, conciliante : « Alors nous ne la conduirons pas, Kit. »

Burke, ridiculisé, exaspéré : « Alors nous ne la conduirons pas, Kit. » *Il lui lança un regard mauvais.* « Quelqu'un est mort pour que tu donnes des ordres ? » *À Kit :* « Je sais de quoi il s'agit. Il s'agit de ton petit rendez-vous avec les avocats la semaine dernière, pas vrai ? »

Kit secoua la tête avec véhémence.

« Je savais que tu avais ce rendez-vous. Tu croyais que je le savais pas ? Dernières nouvelles ! *Ce rendez-vous n'aurait* pas *eu lieu si je ne l'avais pas* approuvé. *Parce que c'est moi qui* approuve tes trucs.

– Je ne veux pas quiconque conduire ma voiture, insista Kit, nerveux, tenant bon, puis se corrigeant lui-même : Que quiconque conduise ma voiture.

– Oh, c'est vrai ? dit Burke d'un air suffisant. Vraiment ? » Faisant rouler sa langue dans sa bouche tel un gros lion mort d'ennui. « Et si c'était ces avocats de Century City qui voulaient la conduire ? Est-ce que tu ferais une exception, Kitchener ? Pour ton précieux 4 × 4 ? Enfin quoi, c'est toi le maître du parc automobile – tu peux faire une exception. C'est toi le chef. Je peux te dire que moi, j'en ferais une – parce que c'est des gens tellement bien ! Oh, les avocats (il ricanait chaque fois qu'il prononçait le mot "avocat") ont vraiment à cœur de défendre tes intérêts ! Les avocats se réveillent chaque matin en disant : "Bon, comment je vais bien pouvoir aider Kit Lightfoot aujourd'hui !" Alors tu dirais quoi d'une petite exception, Kitchener, pour laisser tes putains d'avocats altruistes et compatissants qui t'aiment tant conduire ta foutue bagnole…

– Burke, arrête, intervint Cela.

– Toi ! Ferme ta gueule ! » Il pivota de nouveau vers Kit. « D'ailleurs, les avocats peuvent venir habiter ici ! Les avocats peuvent changer les draps de ton putain de lit le matin après que tu les as trempés avec ta pisse de superstar, comme je le fais moi. Oh, ça leur plairait tellement ! Les merveilleux avocats peuvent te regarder en train de te secouer le chakra dans la cuisine dès que Pam Anderson ou Viv Wembley ou je sais pas qui apparaît à la télé…

– Je ne fais pas ça ! cria Kit.

– Mon cul que tu le fais pas. Tu es un obsédé, tout comme ton paternel. » Le sourire narquois apparut à nouveau. « Ça t'a plu de te taper la Bouddha-chatte, pas vrai ? Elle pissait le sang, hein. Tu aimes ça quand ça pisse le sang.

– Burke, arrête ! Fiche-lui la paix ! »

Il la frappa brutalement du revers de la main. Elle s'affala sur le divan. Kit saisit son père.

« Ne – la – touche – pas ! »

Burke se mit à chanter en se pavanant : « Macho macho ! Je veux être un ma-cho ! » Il repoussa son fils, bam bam bam. « *Tu crois pas que j'en ai ma claque de tes conneries ? Et maintenant tu viens me dire de pas conduire ton 4 × 4 de pédé ? Va te faire foutre ! Tu crois que tu serais où sans moi, Docteur Demento ? Tu crois que tous ces gens qui prennent tes intérêts tant à cœur s'occuperaient de toi ?* » Il fit mine de cogner à une porte. « *"Hé ! Ouvrez ! Laissez-nous entrer, on veut s'occuper de Kit ! Pour rien ! C'est nous les avocats compatissants, ouvrez !" Ils en ont rien à foutre de toi, pigé O.K. ? Si quelqu'un en avait vraiment quelque chose à foutre – à part bibi – tu habiterais avec ta putain d'agente. Ou ta putain de fiancée, qui, comme on le sait tous, t'aime tellement…*

– Espèce de salaud ! lança Cela.

– … qui t'aime tellement qu'elle peut pas vivre sans toi ! Qui t'aime tellement qu'elle est jamais venue te voir, pas une fois. Qui t'aime tellement qu'elle gobe la bite de ton pote comme si c'était une saucisse pur porc… »

Cela bondit sur le dos de Burke tandis que celui-ci plaquait son fils sur la moquette sale. Il le maintint sous lui tout en se tournant violemment vers Cela.

« *C'est ça, va là où est le fric, chérie, tu es douée pour ça. C'est là que va Cela – là où est le fric. Écartez-lui bien les pattes ! Fourrez le pognon dans sa chatte de camée…* » *Il se retourna vers son fils tandis que Cela, en larmes, le griffait en vain.* « *Bon, laisse-moi te dire un truc. Je suis ton* père. *Et je devrais recevoir une* putain de compensation. *Qu'est-ce que tu vas faire avec tes cinquante millions, te payer un nouveau cerveau ? "Quand un* homme *est une bouilloire vide, il devrait donner le meilleur de lui-même en compagnie*

ou…"[1] *C'est moi qui me tape le sale boulot ! Moi,*
O.K. ? Pas ta maman, *paix à son âme – pas tes chers*
avocats adorés *–, personne d'autre !* Capiche ? »

Kit se dégagea et s'enfuit en courant dans le jardin.

Burke le prit en chasse.

Cela leur courut après en hurlant.

Burke le plaqua. Le maintint au sol. Kit se tortilla,
cherchant à respirer.

« On est dans la même galère, ou je te fous à la rue !
Je t'ai appris à aller au pot quand tu étais un bébé ! Et
quand tu étais à Valle Verde, je t'ai appris à nou-
veau – c'est le genre de sacrifice que j'ai fait ! Parce
que c'est le genre de père que je suis ! »

Kit écuma et cracha.

« Va te faire foutre ! Va te faire foutre ! Va te faire
foutre !

– Ah ouais ? »

Burke se mit à chanter d'un ton sinistre :

> *Oh je pourrais te dire pourquoi*
> *L'océan est près du rivage*
> *Je pourrais penser à des choses*
> *Auxquelles je n'ai jamais pensé auparavant*[2]

Puis il se mit à cogner furieusement, brisant deux
côtes et la mâchoire de Cela avant que Tula ne se pré-
cipite pour le contenir.

C'était avant. Retour au présent.

1. « When a man's an empty kettle, he should be on his mettle
in compagny or… » (extrait de la chanson *If I Only Had a
Heart*, tirée du film *Le Magicien d'Oz*) (N.d.T.)
2. « Oh I could tell you why the ocean's near the shore, I
could tink-uh tings I never tunk before » (extrait de la chanson *If
I Only Had a Brain* tirée du film *Le Magicien d'Oz.*) (N.d.T.)

Tribunal et tribulations

Le procès de Rusty avait débuté sur la chaîne Court TV, déclenchant une nouvelle vague d'articles sur le monde de charognards des sosies. Quelqu'un avait tout déballé au *Post* sur la liaison de Becca avec Herke Lamar Goodson et son ancien boulot de bonne à tout faire de Viv Wembley. Elle soupçonnait Gingher, mais ça pouvait aussi être Larry Levine, car ils – Becca et Larry – avaient cessé de se parler après une soirée où, alors qu'il était ivre, il avait fait quelques sous-entendus qui ne lui avaient pas plu sur la nature de sa relation, déjà révolue à l'époque, avec les Dunsmore. Annie disait que Larry avait été vraiment vexé en découvrant qu'elle le croyait responsable. Annie était certaine que la coupable était Gingher.

Elle était terrifiée à l'idée de devoir témoigner. Elle avait déjà donné aux enquêteurs toutes les informations qu'elle possédait, dont aucune ne semblait particulièrement intéressante. Plusieurs mois auparavant, un des avocats des Dunsmore l'avait assurée qu'une assignation était peu probable, mais Becca se sentait désormais plus vulnérable que jamais. Sa carrière commençait juste à décoller, et elle était convaincue que ce genre de « publicité » y mettrait un terme. Elle dormait mal. La seule chose qui l'apaisait était quand Dixie lui brossait les cheveux, ce qu'elle faisait à toute heure du jour et de la nuit, du moins quand elle était en ville. Sa mère était un roc.

Comme c'était étrange de regarder Rusty à la télévision ! Il portait une cravate et était rasé de près, plus *Révélations* que *Gladiator*. Elle restait collée au poste et parfois (surtout après avoir fumé de l'herbe) cherchait à croiser son regard. C'était totalement surréaliste. Dès qu'au tribunal l'audience était suspendue ou s'embourbait dans des apartés, ils passaient le « film » de Rusty, une anthologie de pubs oubliables, qu'Elaine Jordache s'était procurée, principalement pour des télés étrangères – et, bien entendu, la micro-scène rescapée du *Sosies* de Spike Jonze, avec l'aimable autorisation de la 20th Century Fox. (La compagnie n'était pas parvenue à mettre la main sur des chutes.) Le commentaire fourni par les ringardes glamour de Court TV était truffé de fulgurances répétitives indiquant que l'affaire « possédait tous les éléments d'un thriller hollywoodien », le plus beau dans cette tragédie grecque (ou shakespearienne, en fonction de l'expert) étant que la victime du parricide, Rader Lee Goodson, était un petit arnaqueur repenti qui était devenu un des rois de l'usurpation d'identité : *Usurpation d'identité* : le fils sosie héritant des péchés de son père, puis le poignardant dans un accès de rage œdipienne ! C'était presque trop « écrit », trop beau pour être vrai.

Pourtant, après un examen attentif de la proposition de QuestraWorld, les studios avaient jugé *Tirez pas sur la licorne* formidablement inepte, affecté et hors propos – ce qui, dans des circonstances normales, aurait suffi à le mettre en production en moins de deux. (Le projet demeura un objet de curiosité dont le seul attrait provenait des insinuations lourdes et curieuses des producteurs loufoques selon qui l'auteur n'était nul autre que le meurtrier du scénario en personne.) Une paire d'anciens cadres de la Fox proches de Tiff Loewenstein finirent par prendre une option sur un article paru dans *Vanity Fair*. Après quoi CBS et Showtime entrèrent à leur tour dans la partie, mais il était dit que l'histoire bizarre du sosie meurtrier et de son séjour dans un Hollywood aux allures de Babylone ne verrait jamais le jour.

« Merci beaucoup de m'avoir auditionnée. J'ai tellement adoré le scénario.

– Pas de quoi, c'était un plaisir.

– Je n'aurais jamais cru passer une audition avec vous.

– Je suis connu pour assister aux castings, dit-il d'un ton sardonique. Vous avez été superbe. Sharon ne tarissait pas d'éloges à votre sujet.

– Elle est vraiment formidable – c'est elle qui m'a obtenu, pour ainsi dire, tous les rôles que j'ai jamais eus. Et je sais que vous en avez assez d'entendre ça, mais j'ai tellement adoré *Quand Harry rencontre Sally* !

– Je ne me lasse jamais d'entendre des choses agréables. »

Elle était tombée sur lui dans le couloir, après l'audition, alors que Becca quittait la salle de maquillage. Il avait l'air de vouloir s'en aller. Mais peut-être pas.

« Encore merci, M. Reiner ! » répéta-t-elle, mettant le paquet.

Comme il s'éloignait, il ajouta :

« Et au fait, vous étiez très drôle dans le film de Spike. »

Elle pensa : un « très drôle » de Rob Reiner est un putain de sacré compliment. Il avait perdu environ vingt-cinq kilos et avait expliqué à Jay Leno que c'était parce qu'il voulait voir grandir ses enfants. Becca trouvait ça tellement mignon. Le public avait même applaudi.

Il la scruta de loin, avec une sorte de charme interrogateur.

« Vous savez, vous ressemblez tellement plus à Drew dans le film que dans la vraie vie. Pour autant qu'on puisse appeler ça la vraie vie. »

Elle rit.

« La ressemblance avec Drew tient surtout à la façon dont je me coiffe, dit-elle en retroussant le nez à la façon d'une enfant gâtée à l'ancienne (belle du Sud). Et c'est en partie une question d'attitude. Je veux dire, je dois être dans cette « humeur Drew » – vous voyez ce que je veux dire ? »

Elle se sentait fougueuse et insouciante, talentueuse et désirée.

Elle se sentait comme Ashley Judd.

« Merci d'être venue, dit-il. On vous appellera. »

Elle n'avait presque jamais passé d'audition avec un réalisateur – la personne chargée du casting la filmait et ça s'arrêtait là. D'ordinaire, il fallait être rappelé au moins trois fois avant qu'une telle chose ne se produise. Elle raconta à Annie que quand elle était entrée dans la pièce et avait vu Rob Reiner assis là, elle avait failli perdre ses moyens. Il était si simple et lui avait fait interpréter la scène de différentes manières. Ce n'était pas un rôle énorme, mais il y avait deux scènes avec Ed Norton et une avec Dustin Hoffman, qui jouait le père d'Ed. Dixie allait mourir quand elle le lui dirait ! Dustin Hoffman était le meilleur acteur de tous les temps pour sa mère, et Becca trouvait ça drôle car Dixie semblait toujours avoir un faible pour les Juifs. Du moins au cinéma.

Fête du travail

Lisanne et Philip étaient à Rustic Canyon et regardaient la fin du Téléthon de Jerry Lewis.

Philip respirait bruyamment. Il expliqua que, vers quatre heures du matin, il avait appelé le numéro affiché à l'écran durant un appel aux promesses de don de cinq minutes destiné à rassembler des fonds pour envoyer des gamins atteints de dystrophie musculaire dans un camp spécialisé. Ça coûtait 540 dollars par gamin, dit-il. Lisanne crut qu'il s'était laissé attendrir, mais il avoua alors qu'il avait été mis en relation avec une jeune volontaire à qui il avait dit vouloir acheter vingt promesses de don. Ça représentait dans les dix mille dollars et la fille était folle de joie. Il lui avait alors dit qu'il allait lui donner son numéro de carte de crédit. Mais tout en énumérant au compte-gouttes les chiffres, il avait expliqué qu'il était en train de se faire une petite gâterie et elle avait répondu qu'elle ne voyait pas de quoi il parlait (ce qui était vrai) et il avait alors répliqué qu'il pensait qu'elle savait de quoi il parlait et il l'avait prévenue de ne pas raccrocher parce que si elle le faisait vingt gamins handicapés n'iraient pas au camp. La fille s'était mise à pleurnicher mais elle était restée en ligne – elle était si jeune qu'elle ne savait pas quoi faire d'autre. Ce qui l'avait le plus excité, c'était qu'il pouvait voir la fille pleurer au téléphone au fond

469

de l'écran tout en notant son numéro bidon. Il conclut en disant que les autres téléspectateurs n'avaient rien dû y voir d'anormal puisque la moitié des gens au Téléthon passaient de toute manière leur temps à pleurer.

« C'est le truc qui m'a toujours gêné chez Jerry », dit Robbie.

(Lisanne avait quitté Rustic Canyon dès que Philip avait achevé sa petite histoire ; les Sarsgaard regardaient eux aussi le Téléthon.)

« Il est mesquin, poursuivit-il. Je veux dire, je l'adore et tout – et c'est le plus grand sentimental du monde. Mais M. Lewis peut être salement mesquin ! Pas vrai, Max ?

– C'est exact », dit la femme âgée depuis son fauteuil inclinable.

Lisanne se rappela la première fois qu'elle l'avait vue, à Albany, debout dans la cuisine obscure. Au motel, Robbie avait menti en prétendant qu'il partageait sa maison avec sa grand-mère paternelle. Elle se souvenait avoir pensé : il y a quelque chose de louche là-dedans. Maxine Rebak approchait des soixante-dix ans, et Lisanne, qui avait d'abord jugé cette alliance comique, avait fini par la trouver émouvante – tout le monde trouve chaussure à son pied. En y repensant, elle se demandait pourquoi il l'avait emmenée en premier lieu voir Max. Peut-être s'agissait-il d'un ultime acte de défi ambivalent à l'intention de sa future femme. Mais cette ambivalence qu'il avait pu éprouver avait maintenant disparu. Ils avaient les rapports doux et confortables de n'importe quel couple de vieux mariés.

Robbie avait rencontré Maxine sur un site Internet pour célibataires. Cette chrétienne scientiste s'était inscrite en prétendant être dix ans plus jeune qu'elle ne l'était vraiment. Lui-même s'était décrit comme un ambulancier en retraite qui avait été estropié lors du chantier de nettoyage du site du World Trade Center, la vérité étant que, s'il s'était bien mis en route pour Manhattan le 13 septembre, il était resté au bord de la route lorsqu'un des pistons de sa voiture avait sauté. Ce genre de fanfaronnade était Robbie tout craché. Il était plus rêveur que menteur, et Lisanne l'aimait parce qu'il n'y avait pas une once de malveillance chez lui. (« Il n'a rien dans le bide », aurait ironisé son père.) C'était un homme passif et doux. Maxine était veuve et avait un peu d'argent. Peu après leur premier rendez-vous dans un café de Syracuse, elle avait vendu sa maison et emménagé avec lui. Elle était tombée malade au cours des derniers mois ; la route jusqu'à L.A. l'avait épuisée. Ils s'étaient mariés à Vegas le jour où ils avaient visité le barrage Hoover, « une chose d'une profonde beauté » qui avait toujours fait rêver Maxine et qu'elle avait toujours souhaité voir avant sa mort. Mais Siddhama avait supplanté toutes ses pensées morbides – elle adorait l'idée que son mari se retrouvait soudain père, et le fait de le voir avec l'enfant lui avait redonné un second souffle.

Lisanne n'était hospitalisée que depuis quelques jours lorsque Reggie avait localisé Robbie. Reggie et les Muskingham avaient emmené Robbie et Maxine à dîner, et c'est alors que Philip avait proposé de leur louer un duplex dans le quartier de Fairfax. Les nourrices avaient leurs quartiers au premier étage (comme ça, Max n'avait pas à emprunter les escaliers), et elles effectuaient des services en rotation pour que les Sarsgaard aient toujours quelqu'un pour les aider. Entre ses hospitalisations, Lisanne rendait visite à Siddhama quand elle le souhaitait, et bien que personne n'abordât le sujet du retour du bébé à Rustic Canyon, elle savait qu'elle n'était pas prête. Mais elle n'avait plus

471

peur de l'enfant. Les fantasmes aberrants de son enlèvement similaire à celui du Panchen s'éloignaient, tels
des débris charriés par des eaux de crue, et elle se
réjouissait de leur communion, le regardant au fond
des yeux avec une affection dénuée de toute névrose.
C'est ainsi qu'elle accordait une existence à Siddhama,
qu'elle l'assemblait avec son amour, le rendant plus
réel à chaque moment qui passait. Elle ne pouvait pas
concevoir que cette créature somptueuse, magique, ne
fasse pas partie de sa vie.

Dans l'immédiat, Lisanne faisait tout ce qu'elle pouvait pour retrouver la santé et le moral. Elle se rendait
à un institut contre l'obésité à UCLA et buvait chaque
jour des sachets de poudre protéinée. Elle gobait des
pilules de potassium avec du Metamucil sans sucre,
matin et soir. Elle perdit quinze kilos le premier mois.
Elle faisait du yoga, du Pilates et de la gyrotonique, et
avait repris ses promenades de huit kilomètres le long
de la corniche. Elle soulevait des haltères et soumit ses
méridiens aux aiguilles énergétiques du Dr Yue-jin Feng.
(La seule chose qu'elle ne faisait pas était méditer.)
Elle suivait cinq heures par semaine de thérapie par la
parole avec Calliope Krohn-Markowitz, en conjonction
avec un traitement palliatif de pointe administré par le
docteur Chaunce Hespers, le psychopharmacologue
réputé de Camden Drive. Les choses allaient relativement bien.

Elle savait pertinemment qui était ce bébé – un magnifique petit garçon né de l'union de Lisanne Emily
McCadden et Robert Linden Sarsgaard.

« Vous avez entendu ce que Jerry a dit juste avant
que Julius La Rosa arrive ? demanda Robbie, planté
devant le feu de camp de la télé. Lisanne, tu n'as pas
entendu ? Maxine ! Max, amène-toi, faut que vous
voyiez ça ! Ed McMahon était en train d'annoncer
Julius La Rosa – Maxine, tu connais Julius La Rosa ? »

Elle acquiesça depuis sa chaise et dit : « C'est un de ces types dont on ne sait jamais ce qu'ils sont devenus. » « Ce qu'ils appellent un "chanteur de chanteur", reprit Robbie. Tony Bennett le vénère. Et si Bennett est considéré comme un chanteur de chanteur, alors ça veut dire que La Rosa est un "chanteur de chanteur de chanteur". Pfiou ! Pas facile à dire ! Sinatra l'adorait aussi – Lisanne, tu es trop jeune. Mais il s'avère que je connais mes chanteurs de saloon, et La Rosa aurait pu être aussi célèbre que Frank. Pas vrai, Max ? Haut la main. Mais il était irascible. Il se collait tout le monde à dos... Arthur Godfrey, Ed Sullivan, les types de la mafia. Tout le monde. Alors McMahon le présente – c'était il y a tout juste vingt minutes ! – et Jerry lance : "Il est encore vivant ?" Et tu sais que ça a dû lui faire mal. Jerry, avec sa tronche de citrouille pleine de cortisone, comme s'il avait quelque chose à dire ! L'autre arrive et il chante – magnifiquement – il a chanté quoi, Max ? *Cat's in the Cradle* ? Magnifique. Et je n'ai jamais été dingue de cette chanson – elle est de Harry Chapin, un gars de Brooklyn – mais c'était comme si on l'entendait pour la première fois, hein, Max ? La Rosa était en smoking, c'est leur truc à tous ces chanteurs de saloon, mais superbe, comme s'il était né dedans... » « Superbe », confirma Maxine. « ... et il est probablement plus vieux que Jerry, si c'est possible ! Donc, après la chanson, Jerry regarde la caméra avec ses larmes de crocodile et il dit : "On fait pas mieux que ça, mes amis" – et il raconte que s'il y avait un panthéon, le trio gagnant serait Frank et Tony et Julius (il ajoute Jack Jones seulement parce que Jack doit passer après), et il a l'air plutôt sincère, mais c'est trop tard ! O.K. ? Il a déjà fait la gaffe de demander s'il était encore vivant, et c'est précisément ça qui me gêne chez Jerry... » « Alors pourquoi tu regardes ? lance Maxine sans attendre de réponse, avant d'ajouter à l'attention

de Lisanne : Impossible de l'arracher de l'écran. »
« ... Un salopard mesquin, excusez mon langage. Et
c'est pour ça que si moi, j'étais célèbre, je ne ferais
jamais cette émission. » « Par chance, tu n'auras
jamais ce problème », ironise Maxine. « Je m'en fous
du nombre de gamins malades qu'ils guérissent soi-
disant. D'ailleurs, je ne crois pas qu'ils en aient encore
guéri un seul. Mais ils y arriveront, et je ne lui retire
pas ce mérite. Mais si vous allez à cette émission,
même si vous êtes le pape, oncle Jerry vous chiera dessus tôt ou tard. Il vous lâchera une merde gigantesque
sur la tête – excusez ma grossièreté, ça vient de *Full
Metal Jacket*, super film –, oncle Jerry vous chiera sur
la tête et quand vous vous en apercevrez ce sera trop
tard. »

L'Ouest, le vrai

Douze représentations de la pièce étaient prévues dans un théâtre de quatre-vingt-dix-neuf places. *Access Hollywood* rapporta que sur eBay des tickets se revendaient dix-neuf mille dollars.

Lorsque le rideau retomba le soir de la première, un tonnerre d'applaudissements retentit, accompagné de cris et de pleurs. Personne n'avait jamais vu, ni ne reverrait jamais, rien de tel. Sur l'insistance de la star, une Jorgia Wilding en larmes – ce qui ne lui ressemblait pas – émergea des coulisses pour venir faire de grandes révérences avec les acteurs. Ce mélange doux-amer des premiers et derniers hourras.

Bien que l'accès eût été interdit aux critiques, de nombreux spectateurs (amoureux éclairés de culture) postèrent leur opinion sur Internet – le sentiment général sur la Toile étant que, si elle était parfois hésitante, la performance transcendante de Kit Lightfoot était avant tout obsédante. Vers la fin, des représentants de publications nationales parvinrent à se mêler furtivement au public, mais lorsque leurs critiques parurent (à bout de souffle) – le *New York Observer* titra « Long voyage dans la nuit de Lightfoot » –, elles semblaient datées et élogieusement apocryphes car les représentations s'étaient déjà triomphalement achevées, entrant sur-le-champ dans les annales immortelles de la légende du théâtre mythique.

Viv Wembley envoya des fleurs.

L'émission de Leno

À son arrivée, l'orchestre joue le morceau de Supertramp de la bande originale d'un *Monde sans fin*. Plus
longue ovation de l'histoire de l'émission.

Durant les cinq minutes qui suivent, clameurs, sifflets, quintes de toux et ainsi de suite tandis que la
foule se déchaîne, puis se rassoit comme un seul
homme.

« Ouah ! lance Jay. Je ne peux pas vous dire combien
je suis – combien le monde est – heureux que vous
soyez de retour. »

Tsunami, raz-de-marée d'applaudissements. Kit sourit humblement et commence à répondre – forcé
d'abandonner car le barrage du public se rompt. Nouveau torrent d'acclamations.

Deuxième plus longue ovation de l'histoire de l'émission.

Kit a la mâchoire serrée, les yeux humides. Son corps
glisse sur la vague rugissante.

Jay, lui aussi, essuie une larme.

« Je deviens très émotif », dit-il en agitant doucement
son menton ridiculement gros.

Légèrement embarrassé, ou faisant mine de l'être. De
temps à autre, un homme a le droit de pleurer.

Kit sourit sans rien dire. Il hésite, délicieusement
coincé. Public également charmé – totalement, totale-

ment de son côté. Pourtant, il n'a toujours pas prononcé un mot, ce qui rend la foule plutôt nerveuse…

Comment parle-t-il ? Comme un attardé ?

Il tarde à prononcer cette première phrase – la phrase qui sera reprise le lendemain, le trait d'esprit qui fera le tour du monde.

(Ce moment du grand bond pour l'humanité.)

Enfin, après un grand soupir, elle arrive :

« Ç'a été un long voyage étrange. »

Rires, larmes, ovation ! Une phrase à la fois drôle et vraie ! En plus, il parle normalement !

Ils le savaient !

… Mieux que ce que quiconque aurait pu rêver ou espérer.

Kiki avait demandé à six auteurs de se creuser la tête pendant quinze jours. Puis Cela avait entendu la chanson du Grateful Dead à la radio[1] –, sa suggestion. Kiki avait été d'accord. Les propositions des auteurs se voulaient trop amusantes. Là, c'était réel.

Les spectateurs se repassent promptement ses paroles dans leur tête, y cherchant un bafouillage, un défaut d'élocution, des répliques du séisme qui l'a ébranlé mentalement.

Rien !

(L'Œil collectif a déjà cherché des cratères sur son crâne, sous la coupe en brosse chic de ses cheveux à peine repoussés – aucun de visible.)

« J'ai juste une question à poser », dit Kit.

Ils sont suspendus à ses lèvres. On entendrait voler une mouche.

« Parce que les gens s'inquiètent de mes facultés mentales. »

---

1. La phrase *What a long, strange trip it's been* (« Ç'a été un long voyage étrange ») est tirée de la chanson *Truckin'* du Grateful Dead. *(N.d.T.)*

Tous retiennent leur souffle avec anxiété. Il va dire quelque chose de… sérieux.

« Vous êtes David Letterman, n'est-ce pas ? »

Hilarité ! Ovations et battements de pieds ! Il est des nôtres !

Jay et Kit s'adonnent désormais au numéro habituel, *Comment c'était ?/Qu'est-ce que ça fait d'être de retour ?*

De quoi rompre la glace et permettre au présentateur et à l'invité (au public aussi) de se remettre dans le bain.

« Bon, commence Jay, une chose que les spectateurs ignorent peut-être, c'est que l'événement avait quelque chose d'ironique.

– L'événement ? Vous voulez dire, quand on m'a cogné sur la tête ? »

Rires. Un homme du peuple, un chic type. Méritant, courageux.

« Oui ! répond Jay. Ça vous gêne qu'on en parle ?

– Je suis ici pour ça. Mais c'est vous qui parlez – je vous écoute. » Rires. « Parce que, mon vieux, je suis fatigué. »

Applaudissements. Cris triomphaux.

« O.K. ! dit Jay. C'est équitable. Marché conclu.

– J'arrive juste de ma rééducation, dit Kit, en verve. Et, bon sang, ce que je suis fatigué ! »

Vague de rires. Tsunami d'applaudissements.

« C'est Carrie Fisher qui m'a écrit ça. »

Jay s'esclaffe.

Kit ajoute, « et [bip] ce que je suis nerveux ! »

En entendant cette grossièreté inattendue Leno se tord joyeusement de rire. La vérité imparable du moment. Ravissement de la foule, puis…

Une voix (de femme) jaillit du public : « On vous aime, Kit ! »

Jay, sérieux : « Escortez cette femme hors du studio… et amenez-la directement à la chambre d'hôtel de M. Lightfoot. »

Rires. Sifflets, huées. Applaudissements.

Une voix (d'homme) jaillit du public : « Je t'aime, Kit ! »

Jay et son menton sont à nouveau incontrôlables.

Euphorie, contagion. Public ivre d'amour. Admiration pour le retour du héros conquérant.

Jay réprimande gentiment les spectateurs, ces vieux amis. « D'accord, on se calme maintenant. » Il se tourne à nouveau vers son invité. « Et je veux vous parler de la pièce, *L'Ouest, le vrai*. Quel triomphe ! » Quelques applaudissements s'élèvent ; Jay esquive habilement une nouvelle salve prolongée en poursuivant : « Mais… et c'est ce qui me fascine. Vous vous prépariez à tourner un film quand vous avez [gênant] reçu un coup sur la tête…

– Darren Aronofsky, confirme Kit d'un ton neutre. Réalisateur merveilleux.

– … et l'ironie, c'est que vous étiez sur le point de jouer – d'interpréter – un personnage qui vous ressemblait beaucoup. Un acteur de cinéma célèbre qui était normal – du moins, relativement ! – jusqu'à un accident de voiture qui le rendait [au tour de Jay d'être gêné], non pas "diminué", mais je suppose ce qu'on pourrait en quelque sorte appeler "neuro"…

– Handicapé mental », coupa Kit, laconique.

Le public rit, quoique légèrement décontenancé.

« Houp ! lâche Kit. Désolé, d'être politique incorrect. » (En une nanoseconde, tels des requins assoiffés de sang, les spectateurs notent l'omission du *ment* de *politiquement*.) « Politiquement incorrect », se reprend Kit sans en rajouter – et à nouveau tout va bien. Juste une question de nervosité.

« Allez ! s'exclame Kit, tonitruant, lançant un défi à la foule. Vous pouvez le dire – *handicapé mental* ! »

Il lève les bras tel un chef d'orchestre tandis que Jay secoue timidement la tête devant ses facéties.

Pas une fois, ni deux, mais trois fois.

Applaudissements. Ovation.

Il les tient.

À nouveau *Ensemble*

« Ça fait combien de temps que tu vis ici ?

– Environ un an. Elle appartenait à Woody – Woody Harrelson.

– Très cool. »

La maison de style New Age construite en bord de plage occupait deux parcelles de terrain, au nord du Colony.

Elle l'avait invité à passer après l'avoir vu à l'émission de Leno. Pourquoi pas ? Elle s'excusa de ne pas être venue voir la pièce. Elle expliqua, en riant, qu'elle craignait qu'il ne se mette à flipper s'il la voyait dans le public.

« Alf vit avec toi ?

– Non. »

Un silence contrariant tandis que les vagues déferlaient.

« Est-ce que tu savais que le père de Woody est en prison pour avoir descendu un juge fédéral ? C'est un tueur à gages professionnel ! Certains pensent même qu'il aurait pu tuer Kennedy. » Kit acquiesça d'un air indifférent. « Tu as… une mine super. Tu étais tellement drôle chez Leno !

– Tu m'as manqué », dit-il.

Au passé. Elle en eut le souffle coupé.

« Tu m'as manqué aussi ! C'est juste… Je… je… Kit, c'était tellement dur pour moi. Vraiment dur !

Et… je sais que ça paraît égoïste et c'est vrai. J'ai tellement merdé… et ç'a été tellement bizarre de simplement essayer de rester présente, pour voir que…, pour voir que c'est le genre de personne que je suis, ou que je suis devenue, parce que je ne crois même pas que je sois… Parfois j'ai l'impression de regarder en arrière en me demandant : "Qui était cette fille ?". »

Il sourit d'un air sardonique. Puis, avec un infime soupçon de bégaiement : « C'est… c'est le moment où la petite amie ne l'a pas vu depuis longtemps. » Elle se demanda s'il cherchait à être cruel. « C'est la scène où ils sont mal à l'aise l'un avec l'autre.

– Kit, dit Viv en se mettant à pleurer. Je suis tellement désolée pour ce qui est arrivé. Je suis tellement désolée de… de ne pas avoir su gérer la situation.

– Pas ta faute », dit-il, loyal, déterminé à ne pas se laisser attendrir. À ne pas lui donner ça.

« Toute cette histoire avec Alf…

– Pas ta faute, Viv.

– … C'est quasiment fini depuis plus de trois mois. » Elle avait l'impression d'être à la barre des témoins à son propre procès en cour martiale. « Non pas que ça veuille dire quoi que ce soit. Ou que ça devrait. Mais il… Alf était mon lien avec toi. Et je sais que ça paraît bizarre et que j'ai l'air de me défiler…

– C'est bon. »

Il ne voulait pas la regarder.

« Non, ce n'est pas bon. Et je veux juste que tu… Je me traîne sur cette putain de planète et je me sens si malheureuse ! Kit, je t'aime toujours tellement ! Et quand… Et quand tu as été blessé… Je sais que ça ressemble à un cliché stupide – je parlais à Steve Soderbergh (pas de ça), et il a répondu : "Les clichés sont vrais, c'est pour ça que ce sont des clichés." – mais je crois que je t'aimais simplement trop pour aller à l'hôpital et te voir comme ça… »

Il regarda l'océan.

« Je crois que j'ai vu un phoque là-bas.

– Probablement juste un paparazzi, répondit-elle, vaguement soulagée de passer à autre chose. Leurs déguisements aquatiques sont vraiment ingénieux. »

Elle changea de sujet et parla du boulot. Qui couchait avec qui, qui s'était fait virer, qui était en cure de désintoxication. Elle raconta qu'elle avait signé avec Gerry Harrington et qu'Angela voulait organiser un dîner pour Kit – Angela travaillait maintenant pour Dolce. Ils marchèrent sur le sable et fumèrent de l'herbe. La conversation devint plus détendue. Viv lui demanda s'il aimait toujours baiser. Il répondit que oui et qu'il s'en tirait plutôt bien. Elle se lança et suggéra qu'ils feraient peut-être bien de le faire, « comme un acte curatif ». Kit rit, puis elle déclara d'un ton mélodramatique que personne ne l'avait jamais baisée comme lui.

« J'ai une petite amie », dit-il.

Pas d'embrouilles.

« Oh. Qui ?

– Tu ne la connais pas.

– Est-ce que c'est une actrice ? » Il fit signe que non. « Est-ce que c'est une bouddhiste ? »

Il sourit.

« Rien de tout ça. Petite amie du lycée.

– Oh je vois… Une flamme de jeunesse. Je crois avoir lu ça dans le *Post*. Comment elle s'appelle ?

– Cela.

– Alors si c'est la flamme de jeunesse, qu'est-ce que je suis ? »

Un battement, puis : « Une bougie dans le vent. »

Mauvaise passe

Le plus affreux était que Rob Reiner voulait qu'elle revienne passer une audition avec Ed Norton mais qu'elle avait dû refuser parce qu'elle était prise par *1200 North*. « Quand ça va mal, ça va mal », dit Becca. « Tu veux dire, c'est soit l'abondance soit la famine », répliqua Dixie.

La chaîne A & E en avait commandé douze, mais comme Becca n'apparaissait pas dans tous les épisodes, son contrat garantissait qu'elle serait au moins payée pour six. Pour le moment, seul le pilote était écrit, mais d'après la « bible » de l'émission, le rôle de Rhiannon exigeait au moins cinq épisodes de plus. L'agent affirmait que si les étoiles (et les auteurs) étaient de son côté, Becca pouvait au bout du compte en tourner huit, voire dix.

C'était une formidable nouvelle. Pourtant, elle était furax de ne pas avoir un film de Rob Reiner sur son CV, et presque encore plus de ne pas pouvoir passer l'audition avec Ed Norton. (Elle avait fini par se convaincre qu'elle aurait fait un tabac.) Elle adressa ses regrets manuscrits à M. Reiner, comme l'avait suggéré avec classe Sharon Belzmerz. Sharon avait été adorable et lui avait expliqué que Rob Reiner était de toute manière un vieux ringard sans succès, avant d'ajouter qu'elle lui avait d'ores et déjà obtenu une

« rencontre » avec Brett Ratner et qu'elle travaillait maintenant sur les frères Coen. Ce rôle manqué de peu constituait néanmoins une belle histoire – l'un de ces récits palpitants qu'elle pourrait partager avec tout le monde à Waynesboro au prochain Thanksgiving, un exemple remarquable de ce que son agent aimait appeler un « problème de haute volée ». C'était aussi le genre d'anecdote imparable qu'elle pourrait peut-être un jour évoquer durant une préparation d'interview avec Conan ou Letterman, tant que ça ne la faisait pas paraître trop bêcheuse.

Hollywood Palace

Philip se pendit le soir d'Halloween alors que Lisanne travaillait à l'hospice.

Au cours des derniers mois, elle avait donné un coup de main à la Lavendar House, un bâtiment de style victorien à proximité de l'hôpital pour anciens combattants. Un ami de la *sangha* lui avait dit que ça lui ferait du bien. Bien que Lisanne eût abandonné toute pratique bouddhiste formelle ou informelle, l'ami avait dit vrai – travailler à l'hospice la faisait sortir d'elle-même et la mettait en contact avec la réalité. Le drame banalement majestueux de la vie et de la mort.

Elle veillait une femme dans le coma lorsque son téléphone portable vibra dans son sac à main. C'était Mattie, qui appelait pour lui annoncer la nouvelle. Elle rentra à Rustic Canyon et entama une nouvelle veillée. Il y avait des cadavres tout autour d'elle. Elle se sentait comme ce gamin dans le *Sixième sens*.

Les jours suivants furent remplis de serpents.

Lisanne entendit un secouriste à la radio parler des aventures terrifiantes inhérentes à son métier. Il raconta l'histoire d'un homme coréen qui écaillait des serpents et les mangeait crus pour des raisons de santé ; il avalait aussi les têtes, mais cette fois-là, un crochet s'était enfoncé dans sa langue. L'homme était arrivé à la caserne des pompiers en expliquant qu'il avait « un problème ». Ils avaient pu le sauver.

La nuit, elle voyait le serpent à sonnette *metta* de Temescal Canyon, celui dont elle n'avait jamais parlé à Philip. Dans son rêve, ils se tenaient au-dessus du serpent, l'un à côté de l'autre. Le serpent leur parlait, mais lorsqu'elle se réveillait, Lisanne ne se rappelait jamais ce qu'il avait dit.

Le matin de l'enterrement de Philip, elle lut un article dans le *Times* sur Amber, une petite fille de huit ans qui avait été tuée par le python molure de la famille.

```
Robert Mountain a témoigné qu'il avait
été réveillé la nuit précédant le drame
par le python qui cherchait à s'échapper
de sa cage de fortune.
   Il a affirmé avoir appliqué quatre
couches de ruban adhésif pour fixer un
écran au-dessus du couvercle et s'être
assuré que tout était toujours en place le
lendemain matin avant d'aller au travail.
   Lui et sa femme ont confirmé qu'ils
savaient que Moe était devenu trop grand
pour sa cage, un coffre en aggloméré
acheté dans une boutique de tissus et
muni d'un couvercle en plastique trans-
parent installé par Robert Mountain.
```

Ils avaient retrouvé Amber par terre dans la cuisine, le serpent enroulé autour du cou et du torse. Lisanne se demandait à quoi ça pouvait ressembler de mourir ainsi. Et ce que ça avait fait aux secouristes de la libérer du serpent, de voir ce qu'ils avaient dû voir.

Philip fut enterré dans un mausolée onéreux à Westwood, près de Louis Aherne Trotter, le roi de la gestion des déchets de Bel-Air, en diagonale de la case que

Hugh Hefner s'était réservé au-dessus de Marilyn Monroe. Mattie, hâve et chancelante, était flanquée des deux stoïques Loewenstein et serrait un mouchoir contre son visage trempé comme si le tissu était sa seule source d'oxygène. Même le Dr Calliope était présent.

Lisanne était contente de voir Robbie et Maxine. Robbie avait amené leur fils, à la demande de Mattie. Lisanne tenait Siddhama dans ses bras lorsqu'elle approcha. Ôtant enfin le mouchoir de son visage, tante Mattie déclara : « Mon frère aimait tant ce bébé. »

Au bout du compte, Lisanne savait que c'était vrai.

Ce soir-là, Lisanne resta avec Mattie dans la maison au bord de la plage. Elles regardèrent *Le Roman de Mildred Pierce*, l'océan sombre et démonté constituant une toile de fond appropriée, et mangèrent de la tarte à la citrouille recouverte de glace tout en feuilletant de vieux albums de famille. Mattie affirma que son frère était une « âme perdue ». Il avait tenté de se suicider à la fac, puis à nouveau juste après le décès de leur père. Lisanne n'en revenait pas que Philip ne lui en ait jamais parlé.

Elle avait laissé ses psychoses derrière elle. Comme elle se laissait gagner par le sommeil, bercée par le rythme amniotique de la houle froide qui s'élevait et retombait tel un mantra sans fin, se brisant si près de la baie vitrée derrière l'écran sur lequel s'agitait Joan Crawford, son corps se relaxant près de la forme sans nom, presque informe, de Mattie, Lisanne se rappela comment le professeur de l'atelier de bonté-aimante avait défini la méditation : ce n'est rien d'autre que le calme continu qu'un homme apprend à conserver alors qu'il traverse l'une après l'autre les pièces d'un immense palais tout en portant un récipient rempli d'huile bouillante sur la tête.

Veille de Noël

À trois heures de l'après-midi, sur la terrasse, sous les cieux glacials d'un bleu cristal resplendissant, Cela annonça à son homme qu'elle allait acheter un sachet de dragées à Rexall Square. C'était son alibi.

Elle passa un vieux CD de Bowie à fond, prit Beverly Glen Boulevard vers le sud jusqu'à Pico Avenue, tourna à droite vers Overland Avenue, qu'elle longea jusqu'à la Route 10 Est.

Elle avait fait toutes les grosses courses – elle adorait Noël – et avait quasiment fini cet espèce de collage dingue (papier découpé en guise d'hommage cucul à leur histoire d'amour), se trouvant si futée jusqu'au moment où elle s'était rendue compte qu'elle était une véritable idiote puisqu'elle avait complètement oublié un trésor de vieilleries – une mine d'or de souvenirs remontant à l'époque du lycée, des photos de Kit avec R.J. et Dieu savait quoi d'autre – qui prenaient la poussière dans un garde-meubles. En s'imaginant le butin qui l'attendait, Cela se mit à envisager de fabriquer un énorme triptyque. Ça ne la dérangeait pas. Kit adorerait. Elle resterait éveillée tard, comme elle le faisait quand elle était petite, coupant et collant, gloussant à part elle-même tandis qu'il se détendrait devant l'écran plat à 20 000 dollars. Elle devrait le chasser s'il s'approchait en douce pour voir ce qu'elle faisait.

La Route 10 jusqu'à Azusa, puis nord jusqu'à Badillo en direction des box de stockage de Covina – tout près de chez l'oncle Jimmy, qui l'avait aidée à récupérer toutes ses affaires à Riverside. Elle n'avait pas vu ces objets depuis qu'ils étaient dans des cartons, ni l'oncle Jimmy d'ailleurs, mais de temps à autre ils se parlaient au téléphone. Cela voulait qu'il vienne visiter la nouvelle maison, mais ils n'étaient pas installés depuis si longtemps que ça et elle préférait attendre un peu. (Ils se débarrassaient peu à peu des types chargés de leur sécurité, et c'était agréable d'avoir la maison rien que pour eux.) L'oncle Jimmy n'était pas susceptible – tout ce qu'il voulait, c'était savoir quand elle l'inviterait à une grande première. Il avait un faible pour Nicole Kidman et n'arrêtait pas de demander d'un air malicieux : « C'est quand que tu me branches avec Nicole ? Il serait temps qu'elle ait un homme, un vrai. » L'oncle Jimmy avait un cœur d'or. Il était diabétique et avait eu quelques chaudes alertes. Elle lui avait donné de l'argent pour qu'il puisse passer les vacances de Noël à Russian River.

Elle passa devant chez lui, sachant qu'il n'était pas là. Ne serait-ce pas marrant s'il y était ? Puis elle comprit ce qui l'avait vraiment poussée à venir, et elle fit un détour, les battements de son cœur s'accélérant.

Malgré les nouveaux locataires, son ancienne maison avait l'air à l'abandon. Cela songea à passer devant chez Burke mais se ravisa ; trop radioactif. Elle éprouva une légère nausée. Le quartier ensoleillé ne semblait régi par aucune norme sociale. Des gamins lorgnaient sa voiture. Elle enfonça l'accélérateur.

Elle fouilla parmi les piles en riant : elle était le Rat des Paquets, l'avait toujours été. (C'était la blague de Burke, chaque fois qu'ils allaient à Vegas. Il y avait Frank Sinatra et le Rat Pack, et Cela Byrd le Rat des

Paquets.) Quel tas de merde déprimant ! Lampes brisées, chaises déglinguées, boîtes de classement poussiéreuses marquées : TRIBUNAL, DÉSINTOX/ JOURNAUX, MAMAN, LÉGAL, IMPÔTS, DIVERS, TROC...

Celle qu'elle cherchait était là : PHOTOS/ ANNUAIRES DE LYCÉE.

Elle tira le carton de sous la pile et ôta le couvercle : Ouah ! De quoi faire deux triptyques. Voire trois. La première chose sur laquelle ses yeux se posèrent fut un Polaroïd à moitié foutu les représentant fumant un pétard devant un feu de camp, à treize ans. Elle ne s'en souvenait pas. Flou, taché, marqué par le temps – ça pourrait être marrant de faire un agrandissement et de tapisser le salon avec. Ou de l'accrocher au mur de la piscine intérieure, trois mètres sur trois, avec un revête-ment spécial extérieur.

Elle avait prévu de tout balancer dans la voiture mais se laissa captiver. En conséquence de quoi elle ne vit pas la Range Rover gris métallisé, celle que Kit avait autorisé son père à garder – l'« os » qu'il lui avait jeté pour se débarrasser de lui, comme disait Burke –, s'arrêter silencieusement quelques portes plus loin. Le pare-brise était légèrement fêlé ; des bosselures avaient été réparées à coups de marteau sur la portière côté passager.

Cela tressaillit lorsqu'il apparut d'un pas nonchalant sous le rideau métallique, sa silhouette se détachant sur le ciel sans nuages de Covina.

« Salut, chérie.

– Qu'est-ce que tu fais ici ? »

Elle resta agenouillée, faisant mine de trier ses affaires, tentant de paraître calme.

« J'ai loué un box, répondit-il, souriant. Pour y four-rer mon truc. » Toujours les sous-entendus salaces. « Ça pose un problème, Dr. Phil ?

491

– Est-ce que tu m'as suivie ?

– Je t'ai vue dans le quartier tout à l'heure, dit-il. Tu deviens nostalgique ? » Elle soupira et retourna à ses occupations. « Les femmes en cloque sont *mucho excitado*. Je me disais que tu voulais peut-être ta petite "gâterie de l'après-midi".

– Tu es dégoûtant, répondit-elle, froidement.

– Que tu voulais peut-être filer mon ADN au gamin, tu sais, ajouta-t-il en reluquant lascivement le ventre de Cela. Ça pourrait être le mien. C'est inscrit dans mon code *pinal*.

– Laisse-moi tranquille. » Elle décida d'attendre environ trente secondes avant de mettre les bouts. « On a déjà dansé cette danse, Burke.

– Dansé cette danse ? répéta-t-il d'un ton acerbe. Tu parles d'une expression à la con. Tirée tout droit d'un film de Kit Lightfoot. »

Elle se leva.

« Je crois que tu ferais mieux de regagner ta voiture », dit-elle.

Il recula, comme s'il était en proie à une terreur effroyable.

« Maman ! Maman, tu me fais peur ! » Puis, sur un ton flatteusement admirateur : « Oh, bon sang, tu es devenue coriace ! Ouah ! Tu es une macha sacrément coriace. J'aimerais pas avoir des embrouilles avec toi, *chola*, hum hum. Ça non !

– Burke, je n'ai pas envie de ça.

– Tu n'as pas toi aussi une ordonnance restrictive contre moi, si, Cela ? Parce que, pour autant que je sache, c'est mon ingrat de fils de merde qui a déposé la requête. Même si je crois bien qu'on finira par savoir que c'était une idée de son avocat.

– Je me demande pourquoi quelqu'un aurait l'audace de demander une ordonnance restrictive. » Maintenant qu'elle était debout, elle se sentait plus hardie. « N'est-ce pas scandaleux ? Est-ce que ça pourrait par hasard avoir un rapport avec le fait que tu as foutu une raclée à ton propre fils et que tu m'as cassé ma putain de mâchoire ?

– Tu sais, dit Burke, les experts te diront que les ordonnances restrictives ne sont pas toujours une bonne chose. »

Elle sentit l'adrénaline monter en elle. Son esprit lui disait de courir, mais elle passa résolument devant Burke en marchant. Il la fit pivoter sur elle-même et la força à reculer.

« Ôte tes sales pattes !

– Hé, hé, hé !

– Je vais appeler la police…

– Tiens, mon téléphone, dit-il, et il lui colla brutalement son téléphone contre la joue. Appelle Chief Bratton[1] et dis-lui que tu es en train de te faire niquer par un tatou. Personne en a rien à *branlito* ! Écoute ! chuchota-t-il. Tu as suivi l'argent et je peux pas t'en vouloir. Bordel, je t'admire ! Tu as baisé le type avec l'argent alors que mon foutre te coulait encore le long de la jambe. Super bien joué ! Tu as témoigné contre moi au procès. Tu as traîné mon nom dans la boue et tu m'as laissé avec peau de balle. J'ai claqué un paquet de pognon pour cette location de merde dans laquelle tu habitais, Cela. J'ai claqué beaucoup de fric pour toi. Hé ! tout le plaisir était pour moi. Mais tu habites où maintenant ? Dans une baraque à quinze millions de dollars ? Est-ce que Catherine Zeta-Jones vient frapper à ta porte pour t'emprunter du sucre, comme une gentille voisine ? Bravo, chérie. Tu lui suçais la bite juste sous mon nez.

– Je n'ai rien fait du tout sous ton nez.

1. William Joseph « Bill » Bratton, chef du Département de Police de Los Angeles. *(N.d.T.)*

493

– Sauf me laisser te bouffer la chatte. Ça, c'était sous ton nez. » Il rit. « Non…, c'était sous *mon* nez. Et tu l'as laissé regarder, tu te souviens ? Parce que c'est ton truc. Ton truc de vicieuse. C'est ça qui t'excite.

– Arrête !

– Connasse. »

Il sortit un pistolet. Elle se mit à trembler, devint blême.

« Baisse ton pantalon.

– S'il te plaît, ne… »

Il lui donna un coup de poing au visage, réitéra son ordre. Elle se voûta, étourdie et en sang, luttant pour rester debout. Elle ôta son pantalon. Tout en la maintenant en joue, il actionna l'interrupteur du rideau métallique qui se mit à descendre dans un grincement sinistre, inexorable. Il la poussa face contre terre, baissa sa braguette et se lubrifia la queue avec un crachat.

> *Elle s'inquiète seulement pour le bébé. Elle est déterminée à ne pas implorer sa pitié car elle sait qu'il n'en aura rien à faire. Ça ne le rendra peut-être que plus furieux. Elle est au-delà de la douleur, de la protestation et des larmes. Elle est au-delà.*

« Tu aurais pu rester avec moi, dit-il, haletant tandis qu'il la pénétrait de force. Il aurait pu nous faire un chèque. On était bien tous les deux. Pourquoi il a fallu que tu deviennes avide ? »

De façon absurde, il se mit à ressasser le bon vieux temps : les barbecues, le Bellagio, les petits vols le dimanche au troc du Rose Bowl. Quelle équipe ! Il ressassa ceci et cela, puis lui en tira une dans le ventre. Houp ! lâcha-t-il avec un grand sourire. Elle le regarda, surprise. Elle se tordit de douleur sous lui tandis qu'il la pénétrait plus profondément. Elle poussa un cri, suffoqua ; elle saignait. « Pas si mal comme façon de s'en aller, hein ? » Elle produisait maintenant d'autres sons.

494

Sinistres. Stridents. « Mais tu vas peut-être avoir du mal à jouir. Je sais que moi j'en aurai pas. » Il tira deux coups de feu supplémentaires alors qu'il atteignait l'orgasme. Qui a besoin de Viagra ? Elle écarquilla les yeux, respira bruyamment et émit de nouveaux sons. *Rock and roll !* lança-t-il. Il s'écarta rapidement d'elle en faisant claquer sa langue avec irritation, eut un mouvement de recul face au carnage. Garde à vous *!* Il s'essuya au Levi's de Cela avant de remonter sa braguette, puis il utilisa le jean pour faire barrage afin que le sang ne s'écoule pas tout de suite jusqu'à la rue. Il remonta le rideau dans un cliquetis de ferraille. Il passa dessous en se baissant vivement comme un macho, puis se dirigea d'un pas tranquille vers la Range Rover, renifla et cracha sa morve tout en regardant d'abord à gauche puis à droite tel un *bandito* sans foi ni loi de série B – scrutant les croisements vides d'allées bitumées désertes dans une parodie involontaire de l'assassin prudent.

Il s'immobilisa, retint son souffle dans l'air frais. Puis il se ravisa, rebroussa chemin, actionna le portail et passa à nouveau dessous en se baissant. Le rideau métallique descendit, emprisonnant le cadavre de Cela dans l'obscurité.

Claire lumière

Comme la mort d'un enfant dans un rêve,
À tenir pour vraie l'apparence illusoire
Des diverses souffrances
On se fatigue tant.
Ainsi, lorsqu'ils affrontent des circonstances défavorables,
les Bodhisattvas les considèrent-ils comme illusoires.

TIRÉ DES *TRENTE-SEPT PRATIQUES*,
PAR LE BODHISATTVA TOK-MAY-SANG-BO

La guérison

Il supportait la perte de sa bien-aimée, mais ne supportait pas d'être seul.

Comme toujours, la *sangha* miséricordieuse le prit sous son aile. Des moines lisaient à voix haute à l'intention de l'âme errante de Cela des textes en sanskrit peints sur de longues tablettes en bois. Des amis qui avaient eu peur de lui rendre visite durant sa propre épreuve venaient maintenant le voir, le cœur débordant de générosité. Même Viv venait lui faire la cuisine.

Tout autour du nouveau zendo (construit dans un style délibérément plus humble que son prédécesseur de Benedict Canyon), pur et par nature imperméable à la myriade de cochonneries publiées par les tabloïds, des pratiquants apaisants étaient en contemplation. Rangée après rangée, ils étaient couchés dans la *shavasana* – la position du cadavre.

Ils respiraient dans la mort.

Au bout de seulement une semaine, il fut prêt à se rendre à la prison.

Le prisonnier fut amené, sans chaînes – à la requête de Kit. Il était convenu qu'il ne présentait aucune menace. De plus, il y avait assez de gardiens dans la pièce.

Le sosie qui l'avait attaqué (qui avait consenti à la rencontre) sembla soudain intimidé par la situation.

Kit respirait de façon mesurée, se concentrait.

« Merci de me voir. J'ai… J'ai pensé à vous chaque jour. » Sa diction était forcée. La nervosité faisait réapparaître son balbutiement. Il respira, poursuivit : « Je ne pouvais pas vivre avec votre haine – ou… de la haine en moi. Ça tuait moi. Me tuait… toujours veux… J'ai toujours voulu vous voir. Pour pardonner. Vous pardonner et vous remercier. Je ne sais pas pourquoi ! C'est la chose divine. C'est le karma. Mon karma et le vôtre. Nous sommes pareils. Vous me ressemblez. Ils vous paient pour être moi ! Comment ne pas pardonner ? Donc : je vous pardonne comme vous me pardonnez ! Nous faisons le même. Nous faisons la même chose. O.K. ? » Le sosie sembla acquiescer discrètement, inclinant la tête. « Mon père est maintenant en prison, reprit Kit. Je veux lui pardonner. J'aimerais pardonner et le remercier aussi ! Si vous voyez mon père, s'il vous plaît dites-lui que je suis…, que je lui pardonne. Mais ne lui dites pas merci – ne dites pas que j'ai dit "merci"… Je ferai ça moi-même. Un jour. J'espère que je l'aimerais assez pour le remercier. Et pardonner. » À travers ses yeux embués de larmes, Kit esquissa son sourire imparable de superstar, malgré lui. « Mais pas aujourd'hui. »

Vanity Fair

L'espace d'une minute, il avait semblé que David Gough et Dana Delany étaient en train de rompre.

Becca avait été sidérée lorsque l'acteur avait téléphoné sans prévenir, laissant entendre qu'ils pourraient assister ensemble au gala de *Vanity Fair* chez Morton's. Il n'avait jamais vraiment proposé de l'accompagner – il semblait juste vouloir un peu de consolation à cause de la mauvaise passe qu'il traversait avec Dana, suggérant nerveusement qu'il y avait une chance pour qu'il soit « solo » le soir des Oscars. C'était le genre de coup de fil troublant qu'une fille pouvait recevoir de la part du petit ami craquant de sa grande sœur un soir où aurait trop bu. Une très mauvaise idée de toute manière – Annie lui avait dit que la dernière chose qu'elle voulait, c'était engendrer de mauvaises vibrations sur le plateau de *1200 North*. Fixe-toi des limites, ma fille. David avait prétendu qu'il la rappellerait pour lui dire ce qu'il en était mais ne l'avait jamais fait. Toute cette histoire ressemblait à un coup monté, et elle se maudissait de ne pas avoir eu le cran soit d'exprimer son indignation, soit tout du moins de lui dire qu'il était un crétin de ne pas se rabibocher avec Dana parce qu'elle était formidable et qu'il ne trouverait jamais une autre fille comme elle. Aussi puéril que ça puisse paraître, Becca s'aperçut qu'elle s'était mise en tête de sortir avec David le soir des Oscars.

À la dernière minute, au lieu de s'incruster à une soi-rée organisée pour les Oscars au Mondrian, elle décida d'emmener Annie chez les Dunsmore. Elle ne craignait plus qu'ils sabotent sa carrière et avait même un peu la nostalgie du bon vieux temps. Quoi qu'il en soit, elle avait entendu dire que le « Cass et Grady Show » avait été « découvert ». Tout ceux qui aimaient auparavant aller chez Robert Evans – Wes Anderson, Nick Nolte, Aaron Sorkin, Robert Downey Jr., Gina Gershon – ne juraient plus que par les célèbres fiestas bihebdoma-daires de Mulholland Drive.

Cassandra les accueillit comme ses propres filles. Après les félicitations de rigueur quant à sa célébrité récemment acquise grâce à *1200 North*, elle répri-manda Becca d'être devenue « une telle étrangère ». Cass rabâcha qu'ils l'avaient soutenue et découverte quand « tu n'étais encore que Drew », puis Grady arriva d'un pas chancelant et se mit à distribuer étreintes et baisers baveux. Il se comportait comme si Becca n'avait jamais quitté la maison. Lorsqu'il lui demanda si elle avait parlé à « M.Herke le Détraqué », elle répondit, perplexe, « Pourquoi le ferais-je ? » Grady feignit la stupéfaction avant de rétorquer : « Eh bien, heu, tu baisais avec lui, non ? Je veux dire, corrige-moi si je me trompe. Tu étais amoureuse de lui, pas vrai ? » Il s'esclaffa, pouffant bruyamment tel un diable bon marché. « *1200 North* t'a rendue pimbêche ! » Il annonça qu'il devait aller voir « Mademoiselle Marie-Jeanne » et s'excusa.

Becca voulait que tout se passe en douceur. Elle demanda où se trouvait le bar, mais Cass dit qu'elle devait tout d'abord les présenter au Dr. J. Becca rap-pela à leur hôtesse qu'elle l'avait déjà rencontré.

« Il écrit des scénarios pour nous. Nous venons de vendre un pilote à la chaîne USA.

– UPN, corrigea sa maîtresse émaciée (et co-action-
naire principale de Questraworld).

– Peu importe. Il aime Dr. J, mais moi, je l'appelle
Dr. *Docteur*. Quoi qu'il en soit, c'est Dr. *Docteur* qui a
eu l'idée géniale de filmer nos fiestas du mardi et du
vendredi. Alors, pourquoi est-ce que vous n'y venez
jamais ? »

Thom Janowicz se tourna vers elles tandis qu'elles
approchaient lentement.

« Tiens, si ce n'est pas notre Dr. *Docteur* qui voit
tout et qui sait tout ! s'exclama Cassandra.

– Hé, je sais qui vous êtes ! » lança le Dr. J.

Il était défoncé à la coke et il attrapa Becca par le
bras. Annie leur emboîta le pas tandis qu'il entraînait
Becca vers la fenêtre qui surplombait la piscine. Cassandra et compagnie restèrent en arrière, retenues par
Alan Cumming et Dana Giacchetto.

« Bon, je sais que vous aviez un petit ami qui a eu
des ennuis. J'en ai parlé à Cass et Grady. C'est une
sacrée histoire et vous êtes une sacrée jeune femme de
vous être embarquée là-dedans. Et j'aimerais que vous
partagiez votre expérience un de ces jours, mais pas ce
soir. Je pense que nous pourrions à coup sûr en tirer un
magnifique, magnifique scénario et je veux en discuter
avec vous mais ce soir n'est bien sûr pas le moment.
J'attache de l'importance au moment et au lieu. Vous
êtes tombée sur un œuf pourri et il sera bientôt temps
de faire une omelette. Les œufs pourris existent, comme
vous le savez. Comme cette grande perche là-bas – vous
le voyez, près de la lampe à lave ? Je travaille à un scénario sur lui. Depuis cinq semaines. Il a menti à une
femme, une veuve avec laquelle il a correspondu pendant deux ans en prétendant être le frère de John Lithgow.
Il y a une petite ressemblance, mais surtout, il est
grand. Elle a été bluffée et il lui a volé son argent. Fin
de l'histoire. Elle a fini par donner à ce goujat environ

501

96 000 dollars. Il est en attente de jugement. Pas un mauvais bougre. Un malin. Il sait qu'il a fait quelque chose de mal. Il s'est tourné vers Jésus et c'est son droit. Qui suis-je pour juger ? C'est le début des ennuis quand vous vous mettez à juger. À coup sûr. Mais vous le savez. Et il y a une femme près de la piscine. Vous la voyez en train de parler à…, qui est-ce, David Spade ? » Il fit un geste en direction de la fenêtre. « Hé, qui est-ce là-bas ? Andy Dick ? Bon bref, vous voyez cette femme ? Eh bien, cette femme était une amie chère de feu la grande Dorothy McGuire. Vous êtes trop jeune pour connaître Dorothy McGuire. Allez sur le site IMDb et vous aurez toute sa filmographie. Allez sur Google ou sur le site Web d'AMC. Bref, Dorothy McGuire est morte il y a quelques années et ils ont oublié de mentionner son décès dans le montage racoleur des Oscars. Et maintenant cette chère femme – celle près de la piscine – a lancé une pétition pour réparer cette erreur parce que les Oscars ne lui ont pas rendu hommage. Est-ce que vous pouvez lui en vouloir ? Il y a tout un groupe de gens présents ce soir qui ont des griefs similaires : il y a les supporteurs de Peggy Lee et aussi ceux de Troy Donahue. Les Oscars n'ont rendu hommage ni à l'une ni l'autre ! Et c'est une parodie. Il y a quelques années, Peggy Lee est passée à la trappe au profit d'une gamine nommée Aaliyah. Je n'avais jamais entendu parler de cette Aaliyah. Elle était noire et elle est morte dans un accident d'avion et c'était peut-être pour ça qu'ils ont parlé d'elle. Vous savez, une histoire tragique, une vie trop courte. Et elle était top – une « hottentop » ! Mais quid d'une vie longue et riche ? Je n'avais jamais entendu parler d'Aaliyah, mais je peux vous dire que Peggy Lee, j'en avais sacrément entendu parler ! Elle avait procuré bien du plaisir à bien des gens. Bon sang, même les gamins l'adulent de nos jours ! Et les Duns-

more donnent gratuitement du temps et des conseils parce qu'ils sont du côté du plus faible – les Dunsmore estiment que ce tort doit être réparé et ils sont, je crois, en ce moment, en train de mettre en place un site Web – ils financent la création d'un site Internet consacré à toutes les personnes mémorables dont le décès n'a pas été mentionné depuis les si nombreuses années que les Oscars diffusent des hommages. Cass et Grady font pression pour obtenir une émission spéciale dédiée à tous ceux auxquels on n'a jamais rendu hommage. Ce ne sont pas de mauvais bougres – les Amis de Dorothy McGuire, les Amis de Troy Donahue, les Amis de Peggy Lee (dans ma famille, on l'appelait toujours Miss Peggy Lee) – et je ne crois pas que les gens des Oscars soient de mauvais bougres non plus. Je leur ai parlé. Oh oui ! J'ai agi en tant que médiateur auprès de toutes les parties. C'est parfois mon rôle. Mon rôle et ma *raison d'être*[1]. J'ai parlé à cette femme – l'amie ou la parente ou la je-ne-sais-quoi de McGuire. Je lui ai parlé à de nombreuses reprises. Je me suis entretenu avec elle comme je l'aurais fait avec n'importe qui. Et c'est une personne blessée, mais pas une mauvaise personne – bon sang, nous sommes tous blessés. Jésus-Christ notre sauveur était blessé ! Nous ne serions pas des êtres humains si nous n'étions pas blessés. N'est-ce pas ? N'est-ce pas ? Comment vous appelez-vous ? » Les filles lui dirent leur nom. « Où est-ce que je veux en venir, Becca et Annie ? Je veux en venir au fait que nous sommes tous des personnes et que les Dunsmore vont direct au cœur des choses ; ils n'ont peur de rien, ils acceptent tout le monde, ils sont du côté du plus faible, ils ne portent pas de jugement, ils n'ont pas de grandes idées, ils ne... »

---

1. En français dans le texte. *(N.d.T.)*

Trans monde

Elle était à la Lavendar House, auprès du perspicace George, qui agonisait. De fait, c'était George qui avait voulu regarder l'interview que Barbara Walters avait faite de Kit Lightfoot après la cérémonie des Oscars. Lisanne se disait que le monde était vraiment marrant car elle n'était même pas au courant. Elle ne prêtait plus attention à toutes ces histoires d'Hollywood.

Elle alluma la télé – il apparut devant elle, si beau ! Toujours plein d'allant et ébouriffé, avec cette lueur de garnement dans les yeux. Mais le Kit Lightfoot qui avait gouverné sa vie et ses énergies n'existait plus pour la Lisanne qui travaillait désormais dans un hospice. Le Kit à l'écran était une star de cinéma et rien de plus, une idole déchue qui avait ressuscité dans l'imagination populaire. C'était un être humain qui avait traversé une grande épreuve, tout comme elle, mais les points communs s'arrêtaient là. Il n'était ni son amant ni le père de son enfant. Il n'était pas le Bouddha ; la lumière et le nectar ne s'écoulaient pas de son vertex. C'était un homme, purement et simplement.

Barbara commença par montrer des extraits de ses films suivis d'un montage de flashes spéciaux, à la fois nationaux et internationaux, relatant l'agression. Ils déambulaient dans la nouvelle maison de Kit et dans son jardin (comme le zendo était joli, se dit Lisanne) et discutaient de ce qu'il avait été capable de reconstruire mentalement – avec une inélégance douce, mais néanmoins quelque peu obscène, Barbara l'interrogea sur le pénible processus de rééducation et sur ce que ça lui avait fait de retourner à Riverside, et surtout de loger dans la chambre de son enfance. (« Vous n'aviez donc pas atteint le point de non-retour », dit-elle, arrachant un éclat de rire étrangement distingué à son interlocuteur.) Elle voulut savoir ce que ça lui avait fait de vivre avec un homme avec qui il était brouillé depuis le décès de sa mère adorée, un homme au caractère et aux mobiles douteux qui avait été violent avec lui depuis son enfance. Elle ne fit pas allusion à l'incarcération du père ni à son crime ; Lisanne se demandait si ça viendrait plus tard ou si ce serait simplement pousser le bouchon trop loin.

« Kit, dit Barbara, à la fois bienveillante et implacable. Pouvez-vous parler de Viv – Viv Wembley ? Pouvez-vous partager avec nous les raisons de votre séparation ? »

Il sourit et Lisanne le vit prendre de profondes inspirations yogiques – elle savait qu'il pratiquait la technique de l'*ujjayi*, mais le fait de le savoir ne déclenchait plus chez elle aucune obsession. Elle se sentait saine d'esprit et à l'aise. Elle éprouva soudain une formidable compassion pour lui.

« Barbara… je ne souhaite ça à personne – pas juste ce qui m'est arrivé mais… je ne souhaite à personne d'être le compagnon de quelqu'un de malade ou d'amoindri. C'est un terrible, terrible fardeau.

– Et c'est un vrai test, n'est-ce pas ? » demanda-t-elle, semant les graines du doute et de la trahison avec cette grimace caractéristique de compassion obscène. (Viv Wembley avait échoué.) Kit fit un sourire ambigu. « Et pourtant, poursuivit-elle, des couples parviennent à

505

survivre à des événements aussi catastrophiques. On pense par exemple à Christopher et Dana Reeve.

– Je pense que chaque situation est différente, répondit-il généreusement. Chacun aborde – ou traverse – ce qui lui arrive à sa façon. Tout le monde a un sentier, Barbara.

– Vous en avez assurément un. Et ce sentier s'appelle le bouddhisme. Et j'aimerais beaucoup en parler dans un moment. Mais vous êtes-vous parlé ? Avez-vous parlé à Viv ?

– Oh oui…

– Ah bon ?

– Nous sommes bons amis.

– Vraiment ? » demanda-t-elle. Scepticisme mielleux caractéristique.

« Oui, vraiment ! » Il rit. « Je suis allé chez elle. Vous savez, Barbara, nous avons traversé beaucoup de choses ensemble et nous avons du respect pour ça. C'est pour nous un honneur. Il le faut ! Mais Viv a continué de vivre sa vie – tout comme j'ai continué de vivre la mienne. Nous savons tous les deux que nous serons toujours là l'un pour l'autre en cas de besoin. »

Le moment du coup de grâce était venu. Barbara enchaîna avec une célérité de tueuse sur Cela. Lisanne n'était pas certaine de vouloir voir cet épisode. Elle se tourna vers George, qui dormait. Elle éteignit la télé. Kit s'en sortirait. Elle n'avait plus besoin de le protéger. Elle ne l'avait jamais fait, n'avait jamais pu. Tout ce qu'elle voulait, c'était lui souhaiter bonne chance.

C'était un adorable vieillard à qui il ne restait plus longtemps à vivre. Tout le monde devinait en le regardant qu'il avait dû être bel homme. Il avait perdu sa femme en 1970. Leur fils unique était mort cinq ans plus tôt dans un accident d'avion. George ne s'était jamais remarié.

Elle avait passé à peu près tout le dernier mois à le veiller. Il était souvent d'humeur bavarde, mais avait récemment perdu des forces. Lisanne était restée auprès de lui durant tous les passages à vide, les sueurs nocturnes et les myriades de terreurs. Certains après-midis, elle le nettoyait avec une éponge, et il endurait la toilette stoïquement, trop poli pour lui dire que le simple fait d'être touché lui faisait souffrir le martyre. À l'approche de la fin, elle ferma les yeux et se laissa dériver avec lui jusqu'au moment fatidique, jusqu'à l'inconscience et au-delà. Parfois elle appliquait du lait pour bébés sur les tatouages corrodés de sa peau jaunâtre ou humectait ses lèvres incolores avec de l'eau. Il puait, mais ce n'était pas difficile de transformer les odeurs de la mort en baume. Elle pensait beaucoup à son père et au fait que ses craintes narcissiques l'avaient empêchée d'être présente au moment de sa mort. Elle comprenait désormais que veiller George était un don de Dieu, n'importe quel Dieu, choisissez votre Dieu. Elle était venue sereinement, ne s'était pas précipitée jusqu'à cette chambre de la Lavendar House comme elle s'était précipitée jusqu'au lit de mort de son père depuis ce quai de train, comme une idiote. Elle était déjà ici – serrant l'une des mains de George entre les siennes. Déjà ici, pour le réconforter jusqu'à la fin. Elle était présente, et elle comptait.

Tout en le veillant, elle songea à la bibliothèque de son père. Elle se souvenait s'être réveillée au milieu de la nuit et avoir nerveusement communié avec la forêt de volumes, dont certains étaient à l'envers, comme pour la snober à cause de son arrivée tardive. *Les Cent Mille Chants* de Milarepa. Que faisait là ce livre ? Elle avait eu le temps depuis de se poser la question. Son père était un homme érudit, mais comment s'était-il procuré ce livre ? Éprouvait-il de la sympathie pour le bouddhisme ou était-il indifférent ? Était-il un spécialiste ?

Et que savait-il au bout du compte du grand saint Milarepa ? Peut-être rien de rien. Peut-être le livre avait-il été hérité plutôt qu'acheté, peut-être avait-il appartenu à une maîtresse hippie, l'une de ses élèves, par exemple, à l'époque – une fille dont il se serait entiché pendant que sa mère était enfermée dans la chambre d'amis avec ses migraines. Il y avait tant de choses qu'elle ignorait sur son père – ou sur Milarepa ou sur sa mère ou sur Philip, et sur George aussi. Mais ça ne la dérangeait pas.

Comme elle vidait le bassin hygiénique, elle songea à l'époque où elle nettoyait les toilettes de Riverside et à la folie qui s'était emparée d'elle. C'était difficile à croire – elle aurait pu en rire si ça n'avait pas été si effroyable. Lisanne pensa aussi à la salle de bains étouffante du train, puis elle frissonna en pensant à l'humiliation et à l'outrage causés par cet homme horrible, qui était désormais derrière des barreaux, récoltant la tempête karmique. Burke Lightfoot avait orchestré et supervisé le viol, pas juste le sien, mais aussi celui de son propre fils, et Lisanne se demanda si Kit essaierait un jour de la contacter pour faire amende honorable. Elle espérait que non, mais s'il le faisait, elle lui dirait que ce n'était vraiment la faute de personne, qu'elle avait laissé faire, qu'elle avait effectué un affreux voyage mais qu'elle allait désormais bien. Les pilules qu'avait prescrites le collègue du Dr. Calliope l'avaient stabilisée, mais des forces mystérieuses étaient à l'œuvre, des forces qui cherchaient à la faire guérir, un mélange occulte de grâce et de non-résistance, d'amour pur. Sa vie était désormais pleine de la lumière de Siddhama et de prières non confessionnelles, un équilibre humble entre Lisanne et sa foi. Chaque jour, elle et Dieu créaient un espace simple dans lequel l'espoir et le regret, la splendeur et le chagrin – et l'amour – pouvaient naître.

En revenant des toilettes, Lisanne alluma une bougie parfumée. Elle fut attirée par une photo accrochée à un mur qui représentait George, sa femme et leur fils. Il arborait un sourire étincelant et une casquette de capitaine ; suspendu dans le temps, comme l'un de ces astronautes déchus. Il avait été pilote pour la TWA dans les années cinquante et soixante. Elle prit la photo entre ses mains.

Il était temps qu'elle se débarrasse de son ultime peur et prenne l'avion.

Avec Rob Reiner
sur une terrasse de restaurant

« Comment mémorisez-vous ?

– Jorgia m'a appris quelques trucs.

– Jorgia Wilding.

– Oui. Et je fais des… exercices neurolinguistiques. Avec des thérapeutes. Je suis juste une bête de cirque.

– Eh bien, il me semble que vous êtes un peu modeste. Je voulais vraiment vous dire que votre interprétation dans *L'Ouest, le vrai* était sacrément… impeccable.

– Merci. J'essaie de me laisser porter par… les sensations. Derrière les mots.

– Il y avait tant de niveaux de lectures dans cette pièce. Allez-vous continuer à faire du théâtre ?

– Je veux jouer Beckett.

– C'est drôle.

– J'espère bien », répliqua-t-il en souriant.

Le réalisateur éclata de rire.

« Beckett peut être très drôle, en effet. Mais c'est aussi drôle car j'ai proposé au théâtre Geffen de monter *La Dernière Bande*.

– Ouah ! Ce serait le pied. J'adore cette pièce. »

Un homme plutôt jeune, vêtu d'un costume, approcha de la table.

« Messieurs, commença-t-il respectueusement, pardonnez-moi de vous interrompre. » Il se tourna vers Kit. « Monsieur, je voulais juste vous dire que le simple fait de me trouver dans le même restaurant que vous est un honneur.

– Merci, dit Kit.

– Non, merci à vous, répliqua l'homme, puis il s'en alla.

– Lou Petroff. Vous le connaissez ?

– Non.

– Un homme adorable, dit le réalisateur. Et un bon agent.

– M. Reiner, mes managers m'ont dit que vous aviez un scénario. »

Le réalisateur se pencha en avant, recouvrant de la main un petit pain comme si ç'avait été une pierre médicinale. Un geste particulier mais étrangement intime.

« C'est vraiment très bizarre. Vous savez, à l'origine – et je suis sûr qu'ils vous l'ont dit – c'est Ed qui allait le faire. Ed Norton.

– Ed est génial.

– Mais il y avait un conflit.

– Ah, dit Kit. J'adore le conflit ! Les divergences créatives.

– Exactement. Nous en avons eu un paquet. Et ce qui s'est passé – vos agents vous l'ont probablement déjà dit –, ce qui s'est passé, c'est que je me suis réveillé en sursaut au milieu de la nuit – comme j'avais vu votre pièce quelques semaines plus tôt, je vous avais déjà inconsciemment en tête – et je n'oublierai jamais. Je me suis soudain redressé dans mon lit et j'ai pensé, BAM ! *Kit Lightfoot*.

– Eurêka ! J'ai trouvé !

– Mon eurêka à moi. Et j'ai appelé Ellen – Ellen Chenoweth…

– Je connais Ellen. Vous l'avez appelée en pleine nuit ?

511

– J'ai eu le bon sens d'attendre le matin. Et je lui ai dit : "Ellie, est-ce qu'il veut faire des films ? Est-ce que tout le monde le demande ? Ou est-ce que personne ne le demande ?"

– C'est plus proche de la réalité !

– Et j'ai demandé ça avec un respect total. Parce qu'en ce moment vous êtes comme la jolie fille avec qui tout le monde a peur de sortir – c'est du moins ce que j'espérais. Tout ça pour vous dire que ce projet, c'est quelque chose que je veux faire depuis environ cinq ans. » Il fit pivoter le petit pain, le faisant tourner dans un sens puis dans l'autre. « Il s'agit d'un homme qui a eu une blessure pas très différente de la vôtre. Il étudiait le droit quand l'accident est arrivé…

– Histoire vraie ?

– Oui. Une histoire vraie. D'ailleurs, j'ai déjeuné avec lui il y a quinze jours, à Boston.

– Comment s'appelle-t-il ?

– Stan Jiminy.

– Jiminy Cricket !

– Jiminy Cricket était son surnom, entonna le réalisateur, comme si tout – particulièrement la participation de Kit – avait été prédestiné. Un type brillant. Ses blessures l'ont plongé dans un état proche de celui du personnage d'*Un homme d'exception*, si vous voulez. Et après des années, de nombreuses années d'une discipline incroyable et d'un travail difficile – chose qui vous est certainement familière –, Stan est devenu avocat. Bon, bien entendu, je n'entre pas dans les détails, ce qui sera d'ailleurs la difficulté du film.

– Il est devenu avocat…

– Exact. Et en cours de route, cette femme incroyable était son mentor et une sorte d'ange gardien ; elle l'a aidé en lui offrant de l'assister bénévolement. C'était une avocate en droit pénal. Rhoda – c'était son nom, Rhoda Horowitz – avait une sœur que la famille avait plus ou moins expédiée dans une maison de santé. Elle était attardée et Rhoda s'était toujours dit que c'était un peu le squelette dans le placard. Ce qui était vrai.

– Comme Michelle dans *Sam, je suis Sam*.

– Je ne dirais pas que Rhoda Horowitz était faite dans le même moule que Michelle Pfeiffer, répliqua-t-il d'un ton empreint d'ironie.

– Qui joue le mentor ?

– Susan Sarandon va s'en charger. Et Dusty est le père – le père de Stan.

– Ah…

– Vous connaissez Susan et Tim ?

– Oui ! Je les aime beaucoup !

– Et, naturellement, vous avez travaillé avec Dusty.

– Est-ce qu'elle est vraiment un ange ? »

(Il avait eu un moment d'absence. Les nerfs.)

« Non, non. Pas un vrai ange – un ange gardien. Non pas que je reculerais devant l'idée d'utiliser un ange, en cas de besoin ! » À nouveau le sourire ironique. « Bref, un jour, au beau milieu d'un procès important, elle meurt.

– Susan ? »

Le réalisateur acquiesça.

« De quoi ?

– Embolie.

– C'est vrai ?

– Tout est vrai.

– Vous connaissiez Susan ?

– Vous voulez dire Rhoda ?

– Rhoda ! Oui.

– Je n'ai pas eu ce plaisir. »

Kit but une gorgée d'eau.

« Mr. Reiner, vous n'avez pas l'impression… Je ne veux pas critiquer votre projet ! Mais…

– Non, s'il vous plaît…

– Avec moi dans le rôle, vous n'avez pas l'impression que, peut-être, c'est un peu gros ? Vous savez…, casting de stars ?

– Non. Non, je ne crois pas, Kit, pas si on fait ça bien. Je comprends complètement votre question – et c'est une bonne question – mais je ne crois pas. Au fait, j'ai lu le scénario d'Aronofsky. Très intriguant – comme toujours avec Darren. Et je le considère comme un vrai génie, un visionnaire. Mais c'était un peu "postmoderne" à mon goût. Je suppose que c'est juste une question de sensibilité mais j'ai eu du mal à entrer dans la peau des personnages, émotionnellement. Et il y avait autre chose. J'ai vraiment le sentiment que pour ce genre de films – pour autant qu'on puisse prétendre faire un "genre" de film sans perdre aussitôt son intégrité ! – il faut vraiment être dans la salle d'audience.

– J'ai adoré *Des hommes d'honneur*.

– Merci. Et c'est ça qui manquait au scénario d'Aronofsky. Parce que ce film que vous alliez faire était essentiellement un drame de salle d'audience – mais sans salle d'audience. Et c'est une chose que le public demande, le genre de catharsis qu'offre une salle d'audience. Sinon, c'est *Gladiator* sans le Colysée. Bien sûr, il y a aussi une histoire d'amour, mais nous n'avons pas encore choisi votre "dame". »

Un succès inattendu

Becca reçut le coup de fil tandis qu'elle faisait ses courses chez Whole Foods.

Le film de Rob Reiner était à nouveau sur les rails – avec Kit Lightfoot à la place d'Ed Norton. Son agent affirmait que le fait d'avoir retenu l'acteur convalescent était un coup de génie qui allait mettre tout le monde K.-O. (sans vouloir faire de jeu de mots). Il expliqua à Becca que le réalisateur était impatient de la voir passer une audition avec son nouvel acteur principal. Rob avait tellement aimé la première qu'il avait appelé en personne.

Elle était folle de joie. Mais à l'instant où elle raccrocha, elle sut qu'elle était maudite. Son agent ne s'en était même pas rendu compte. Elle examina sous tous les angles l'impasse dans laquelle elle se trouvait – le problème étant que c'était juste une question de temps avant qu'une personne impliquée dans le film ne s'aperçoive que Becca Mondrain avait couché avec le tueur parricide dont le pote avait cogné Kit Lightfoot sur la tête. C'était une situation complètement dingue, un échec et mat tragiquement ridicule, et plus elle y réfléchissait, plus elle était étonnée que les collaborateurs de Reiner n'aient pas été au courant. Que devait-elle faire ? L'agent inconscient dirait probablement juste qu'elle était parano, mais elle savait que ce n'était pas le cas. Même Annie était d'accord.

Elle était sur le point d'appeler Sharon Belzmerz pour lui demander conseil quand elle eut une idée : elle irait passer l'audition pour le simple plaisir de vivre cette expérience incroyable – elle le méritait bien – et si le destin voulait qu'il la retienne, elle serrerait les dents, et elle viderait son sac. *Écoutez, M. Reiner, je crois qu'il y a quelque chose que vous ne savez pas et que vous devriez probablement savoir parce que c'est plutôt important. Et peut-être que vous êtes déjà au courant mais je ne crois pas. Vous voyez, j'ai eu une liaison assez sérieuse avec Herke Lamar Goodson, le type qui a été jugé en Virginie l'année dernière ? On est sortis ensemble quelques mois avant qu'il se fasse arrêter pour…, pour meurtre. C'est le type qui a tué son père. Tout le monde – moi y comprise ! – a été totalement* abasourdi *quand c'est arrivé. Je ne savais* absolument pas *qu'il avait fait une telle chose ni même qu'il en était capable. Bref, il s'est avéré – comme vous le savez peut-être – qu'il était aussi ami avec le fou qui a fait cette chose affreuse à Kit. Le type qui lui a tapé sur la tête avec la bouteille. Quand j'ai découvert tout ça, ç'a vraiment été l'une des pires périodes de ma vie. Parce que je viens de Waynesboro, en Virginie, et là-bas on ne vit pas à 100 à l'heure comme on dit. M. Reiner, je pleurais toutes les larmes de mon corps au téléphone avec ma maman tous les soirs. Et je sais que j'aurais probablement dû demander à mon agent de tout dévoiler avant de venir à l'audition – je ne lui ai rien caché, mais pour être honnête je ne crois même pas qu'il – mon agent – ait bien réfléchi et puis j'étais si incroyablement honorée qu'on m'appelle ou que vous puissiez songer à moi pour votre film et le fait que vous vous souveniez de moi et que vous ayez la bonté de me demander de revenir c'était presque trop beau ! C'est presque comme si je n'avais pas voulu vous faire faux bond ou vous décevoir. Hormis « Rusty » – c'est ainsi que se faisait appeler Herke Goodson – il a menti à moi et à tout le monde sur tant de choses, même son nom – hormis cette folle coïncidence qui fait que je passe une audition avec Kit et que mon ex petit ami connaissait l'homme qui l'a frappé sur la tête, je voulais juste que vous sachiez, je voulais juste être sûre que vous compreniez que je ne savais absolument pas à l'époque que Rusty, ou Herke, menait cette horrible double vie ! C'est de loin la pire chose qui me soit jamais arrivée, pire que quand ma meilleure amie s'est fait renverser par une voiture le soir du bal du lycée ! Et je suis vraiment désolée si je vous cause des soucis ou si j'ai fait perdre votre temps mais vous avez été si gentil avec moi et je voulais vous dire tout ça parce que je me disais que, si les choses devaient aller plus loin, ce serait potentiellement embarrassant pour toutes les parties impliquées, sans parler du studio. Du point de vue des relations publiques. Et je ne voudrais jamais vous embarrasser, ni vous ni Kit. Je sais que vous le savez. Et je voulais juste vous remercier de m'avoir offert cette opportunité – c'est une chose que je n'oublierai jamais. Et j'adorerais travailler avec vous un jour à quelque titre que ce soit et je me dis juste que ma meilleure chance d'y parvenir c'est de m'ouvrir à vous comme je l'ai fait aujourd'hui. Donc, merci, M. Reiner, merci, merci, merci de votre patience et de m'avoir écoutée jusqu'au bout !*

Ils étaient assis face-à-face.

Une caméra filmait tandis qu'ils lisaient.

Kit semblait nerveux, mais peut-être faisait-elle juste une projection. Elle avait du mal à être dans le moment présent. Elle savait que M. Reiner recherchait avant tout une alchimie ; ses chances étaient minces mais Becca s'en fichait car, en ce qui la concernait, elle avait déjà gagné. *Si je dois faire ma valise et rentrer demain,* pensa-t-elle, par la grâce de Dieu ce ne serait pas un problème. Elle était là, si loin de Waynesboro, en Virginie, où elle avait trimé dans une boutique exactement comme Jennifer Aniston dans *The Good Girl*. Elle pensa combien ç'avait été difficile pour les autres avant elle – surtout pour Drew, qui, à treize ans, avait passé un an internée. Sa propre mère l'avait placée là, et pourtant elle avait toujours le prénom JAID tatoué sur le dos, avec des anges. Chaque soir, à l'hôpital, Drew levait les yeux vers la lune et pleurait toutes les larmes de son corps en pensant à son grand-père John.

Elle était là, après tant, tant d'épreuves. À force de ruse elle était apparue dans une série de haute volée pour le câble et était même devenue une sorte de personnage culte de l'Internet, et maintenant elle était dans cette pièce avec Rob Reiner et Kit Lightfoot, acolytes et camarades artistes-voyageurs…

Pas de regrets !

Devant Coffee Bean, deux adolescentes passèrent en coup de vent. L'une d'elle eut l'air brièvement stupéfaite, puis se tourna avec enthousiasme vers son amie. Par un réflexe familier, l'actrice supposa qu'on l'avait encore prise pour Drew.

Mais la jeune fille murmura : « C'est Becca Mondrain ! »

Diplôme

Lisanne s'inscrivit au programme « Voyageurs sans peur » de l'aéroport de Los Angeles. La femme expliqua que le groupe comporterait environ vingt-cinq personnes. Les inscriptions aux cours pour « aviophobiques » avaient connu une baisse au cours des mois qui avaient suivi le 11-Septembre mais avaient au fil du temps retrouvé les niveaux antérieurs. En fait, poursuivit la femme d'un air radieux, grâce à la guerre en Irak, les gens affrontaient leurs peurs avec une confiance retrouvée.

Le cours, qui s'étalait sur trois week-ends, commença par une présentation informelle. Le conseiller, un pilote en retraite, expliqua que la chose la plus importante que les membres du groupe apprendraient était que leur phobie ne venait pas de la peur de mourir mais de la peur de perdre le contrôle. Ils ne saisirent pas vraiment la distinction, mais l'homme les tranquillisa en affirmant qu'ils avaient frappé à la bonne porte. Tout le monde sembla souffler en même temps lorsqu'il cita une étude du MIT qui affirmait que, statistiquement, si vous preniez un vol commercial chaque jour pendant les 29 000 prochaines années, vous n'auriez qu'un seul accident.

Les participants formèrent un cercle et se présentèrent. Chacun donna son nom et son métier avant d'expliquer comme chez les Alcooliques anonymes ce qui l'avait poussé à s'inscrire au programme « Voyageurs sans peur ». Une femme pédiatre expliqua que des années plus tôt, un soir d'orage dans le Minnesota, elle était montée à bord d'un avion avec une piqûre de Demerol qu'elle s'était injectée dans le derrière, pour se réveiller des heures plus tard et s'apercevoir qu'ils étaient toujours sur la piste. (Lisanne se dit qu'elle aurait sans doute dû être aux Alcooliques anonymes.) Chacun avait son créneau particulier, comme les paniqués génériques, pour qui la peur de voler était une branche de taille moyenne d'une société bien plus vaste ou les claustrophobes aguerris, pour qui entrer dans un avion équivalait à être enfermé dans un cercueil. Les préférés de Lisanne étaient les excentriques : ceux qui se disaient que l'avion allait tomber en panne d'essence ou que Dieu allait soudain attraper le premier avion qui viendrait à passer devant Lui à quelque moment choisi arbitrairement. (Dieu était super-prémenstruel.) Certaines personnes du cercle craignaient que les pilotes aient des crises psychotiques ou que les passagers aient des crises psychotiques ou que les contrôleurs aériens aient des crises psychotiques ou que des passagers terroristes soient simplement eux-mêmes. Une ou deux divas autoproclamées avouèrent avoir été escortées hors d'avions à cause de leurs « arias » pré-décollage – grognements, gémissements et hurlements haut perchés qui jaillissaient d'abysses visiblement sans fond à mesure que l'appareil se dirigeait vers la piste. Un homme d'une soixantaine d'années était hanté par le cisaillement de vent et « les tonneaux soudains », expression qu'il invoquait et marmonnait, à la fois prière et imprécation, avec une insistance quasi comique. (Le dénominateur commun de l'horreur étant, de loin, les turbulences.) Une bibliothécaire sardonique expliqua que chaque fois qu'elle réservait un billet d'avion, elle ne pouvait s'empêcher de s'imaginer une photo d'Associated Press représentant le champ d'un fermier du Midwest, jonché de débris métalliques et de morceaux de corps humains, passé au crible par les enquêteurs de la direction de l'aviation civile. Des torses dans les branches et ainsi de suite. Tout le monde partit à rire lorsque la même femme – Lisanne se disait qu'elle était assez drôle pour faire de la comédie – expliqua qu'elle avait même assisté à plusieurs représentations d'une pièce de théâtre à UCLA au cours de laquelle des acteurs recréaient les dialogues enregistrés sur les boîtes noires au cours de crashs mortels. Lisanne comprenait, même si ça faisait un bout de temps qu'elle ne s'était pas endormie avec son livre de poche corné. D'ailleurs, elle ne partagea pas cette expérience avec le groupe. Cependant, lorsque son tour arriva, Lisanne se retrouva à exprimer à voix haute ce qu'elle n'avait jamais raconté à personne, encore moins à des inconnus – à savoir qu'à cause de sa phobie elle avait pris le train pour se rendre auprès de son père mourant, et qu'elle était arrivée après son décès. Son histoire délia les langues ; étonnamment, elle n'était pas la seule. Les camarades de classe s'enhardissaient. Ensemble, ils regardaient leur lâcheté dans le blanc des yeux et n'aimaient pas ce qu'ils voyaient.

On les encouragea à raconter par écrit les pires scénarios de vol qu'ils puissent imaginer, puis on leur montra comment « accumuler une imagerie positive » en remplaçant lentement les idées et les images noires par d'autres plus agréables. Les conseillers guidèrent la classe lors de méditations respiratoires – Lisanne était heureuse de retrouver une chose aussi familière. Elle avait beaucoup médité à l'hospice, mais ça faisait bien plus d'un an qu'elle ne l'avait pas fait seule, comme elle en avait l'habitude.

Lors du dernier week-end, ils se rendirent en groupe dans un hangar et montèrent à bord d'un 727. Ils parlèrent au pilote et aux stewards, aux mécaniciens, aux contrôleurs aériens, aux ingénieurs. Ils passèrent le cockpit en revue lors de démonstrations détaillées et de séances de questions-réponses. Ils s'assirent dans des sièges (ceinture attachée) tandis que les conseillers diffusaient une cassette reproduisant les sons qu'on pouvait entendre au cours d'un vol normal. La cassette était constamment arrêtée puis remise en route, chaque son discuté et surexpliqué.

Le vol vers San Francisco qui clôturait le cours était optionnel, mais presque tout le monde s'inscrivit. La compagnie aérienne leur proposait un tarif spécial.

Sur la suggestion de l'un des conseillers, certains Voyageurs sans peur portaient un élastique autour du poignet pour le faire claquer et éloigner les pensées et les sensations négatives. La bibliothécaire offrit à Lisanne des herbes et des huiles essentielles qu'elle avait achetées dans une boutique d'alimentation diététique. La boîte bleue « Peur de voler » qu'on leur avait fournie portait la mention, « Cette boîte contient suffisamment de remèdes pour un vol ».

Ils étaient tous assis ensemble. Lisanne prit place près du hublot – presque personne ne voulait de siège près du hublot et, de plus, elle n'avait pas besoin d'être dérangée par les allées et venues de passagers en pleine crise de panique – et adopta rapidement une posture méditative. Elle se concentra sur ses narines, suivant sa respiration à mesure que ses poumons s'emplissaient. Les sons de la cabine – le bruissement des sacs rangés par des passagers sans névroses qui ne faisaient pas partie de leur groupe, les petites aspirations du système d'aération, les ceintures qu'on bouclait et débouclait, les quintes de toux, les éternuements et les gorges raclées, les grognements sporadiques de compagnons diplômés qui lançaient des blagues macabres ainsi que les commentaires rassurants incessants des conseillers – pénétraient de temps à autre sa conscience. (Elle se demandait si quelqu'un avait triché et pris un tranquillisant.) Chaque fois qu'une idée noire lui traversait l'esprit, disons, le vol 261 d'Alaska Airlines plongeant dans le Pacifique à cause d'une vis de vérin défectueuse – ils survoleraient bientôt le lieu exact où il s'était écrasé – ou le documentaire qu'elle avait regardé quelques mois plus tôt sur la chaîne Découvertes sur le célèbre golfeur et ses copains qui avaient péri dans un jet – le contact avait été coupé et l'avion avait inexplicablement dévié de sa course, des pilotes de chasse avaient décollé en urgence et s'étaient approchés pour voir que les hublots étaient couverts de givre, ce qui signifiait que la cabine avait perdu sa pressurisation – ou la fois où elle avait bu un verre avec une intérimaire que Reggie avait embauchée et la fille avait raconté qu'elle était censée être à bord du vol de la Pacific Southwest à destination de San Francisco qui s'était écrasé parce qu'un employé revanchard avait perdu la boule. L'intérimaire avait expliqué qu'à cette période elle faisait souvent l'aller-retour et prenait toujours précisément ce vol du matin mais que cette fois-là elle était en retard : elle se souvenait avoir imploré pour qu'on la laisse embarquer, mais on lui avait répondu que les portes étaient déjà fermées. Ce qui rappela à Lisanne un étrange film anglais qu'elle avait vu quand elle était petite. Une femme à l'hôpital ne cessait de rêver chaque nuit qu'elle se réveillait pour prendre l'ascenseur qui descendait à la morgue, et un homme qui se tenait là disait : « Encore de la place pour une personne. » Après avoir quitté l'hôpital, elle s'apprêtait à monter à bord d'un avion lorsque l'employé à la porte avait dit la même chose – « Encore de la place pour une personne. » – et à cause de sa prémonition, la femme n'avait pas embarqué et, bien sûr, l'avion s'était écrasé. Chaque fois que Lisanne était agitée par des pensées morbides, elle utilisait l'une des techniques de relaxation que les conseillers leur avaient montrées. Elle parvenait à renouer avec le cœur de sa pratique *zazen* et estimait que cette renaissance lui faisait le plus grand bien.

Le moment désagréable de l'accélération arriva et les choses devinrent sérieuses car il n'y avait désormais plus moyen de revenir en arrière ; les réacteurs se mirent à rugir et l'avion, propulsé par toute la puissance de ses entrailles, entama un sprint vers le vide. Lisanne avait les yeux fermés, mais elle remarqua que personne autour d'elle ne disait rien – ce silence de la peur animale, avant l'abattage. Les pauvres ! Tout va bien se passer. Elle allait bien et se sentait soudain maternelle. Elle méditerait pour eux, pour les aider à traverser ce moment. D'ailleurs, cette partie du vol ne la dérangeait pas trop car on sentait vraiment la puissance de la machine, l'avion bandant ses muscles, frimant, une vigueur si définitive qu'elle en était réconfortante – une idée du genre de force majestueuse dont l'avion pouvait faire preuve en cas de besoin. (D'ailleurs, chacun savait que la plupart des crashes se produisaient à l'atterrissage.) Un avion comme celui-ci pouvait encaisser un paquet de turbulences. Ce qui rappela à Lisanne un autre documentaire qu'elle avait vu sur un avion de recherches qui volait dans l'œil des ouragans. (Il avait même des hélices.) Elle se souvenait avoir été sidérée de le voir percer le « mur » d'un système orageux, stupéfaite qu'une telle chose fût, d'un point de vue aérodynamique, possible.

Les diplômés lancèrent des hourras lorsque l'avion se stabilisa après la montée. Bientôt, le vrombissement ne serait plus qu'une vibration tel un « OM » recouvrant tout, emplissant les oreilles et les sens, le bourdonnement serein et collectif de l'air à l'intérieur et de l'air à l'extérieur. Ils survolaient maintenant le Pacifique. Elle écarta Alaska Airlines de son esprit et tenta d'envisager l'eau comme une chose positive, même si chacun savait que s'écraser dans l'eau était pire que s'écraser sur terre, les experts affirmaient que l'impact était plus dévastateur – sans compter les risques de se noyer au cas où, par quelque miracle fou, l'on parvenait à survivre au choc. (C'était une chose que Tom Hanks survive à un crash dans l'océan dans *Seul au monde*, c'en serait une tout autre pour Lisanne McCadden.) Pourtant, ce n'était pas un vol long, ils ne montaient même pas si haut que ça, rien à voir avec l'altitude qu'atteignait un avion à destination de New York. Ou peut-être que si. Si quelque chose allait de travers, ils pourraient probablement planer et atterrir sur la Route 5 ou sur la 101. Quoi qu'il en soit, elle ne voulait pas interrompre sa méditation, ou pseudo-méditation, pour se renseigner auprès de l'un des conseillers sur l'altitude car elle se disait que ça risquait de déclencher un problème, quelque petite défaillance du moteur – lorsqu'elle se surprit à avoir cette superstition absurde, elle rit – et respira – et se sentit soudain à nouveau normale, puis elle se rappela une chose à laquelle elle n'avait pas pensé depuis longtemps. Quand elle avait dix-neuf ans, un ami lui avait demandé de voler avec un autre couple à bord d'un Beechcraft jusqu'à Catalina. Bien que le trajet eût été relativement paisible, elle s'était sentie si soudainement terrifiée qu'elle n'avait plus pris l'avion jusqu'à la petite virée et l'incident fécal avec Philip et compagnie. Des années plus tard, l'ami qui l'avait invitée à Catalina s'était écrasé dans le même avion ; il avait survécu mais avait eu la mâchoire agrafée pendant six mois et, partout où il se rendait, il emportait des cisailles au cas où il étoufferait ou se sentirait mal ou vomirait. L'idée qu'elle avait volé dans une machine qui s'était ensuite écrasée et avait subi des dégâts irréparables lui donnait le frisson. *Encore de la place pour une personne…* La statistique rassurante du MIT sur les 29 000 ans lui revint à l'esprit, le bourdonnement « OM » arriva, la lumière « Attachez vos ceintures » s'éteignit et les diplômés jubilèrent de plus belle. Elle pensa à Philip, le pauvre Philip, et à sa mort inconvenante, mort par pendaison, quel effet ça ferait, et quel étrange personnage il avait été dans sa vie, quelle merveille ç'avait été qu'il vienne la protéger, la recueillir, elle et le garçon, et ses perversions n'avaient pas d'importance car il n'avait jamais touché à Sidd ni fait quoi que ce soit devant lui, et Lisanne fut heureuse de ne l'avoir jamais jugé, Philip souffrait suffisamment comme ça, et ses jugements auraient précipité son décès. Imaginez votre mère arrachée du ventre de sa propre mère comme l'avait été la sienne ! Elle savait que les enfants des survivants de l'Holocauste étaient abîmés par l'état d'esprit de leurs parents de la même manière que les poumons des gens étaient abîmés par le tabagisme passif. Il est tellement fréquent qu'un enfant de suicidé commette le même acte ; elle s'imaginait le suicide d'un parent comme un aimant ou un défi, une incitation à prendre part à la sinistre rigolade. Il avait laissé à Lisanne une note qui l'avait troublée. Il expliquait qu'elle lui avait donné un livre sur la renaissance qui parlait du royaume bouddhiste des dieux. Puisqu'ils avaient péri, les dieux étaient en fait mortels, mais à cause de leur incompréhensible longévité et à cause du luxe inimaginable dans lequel ils avaient vécu, la prise de conscience que la fin approchait avait été particulièrement atroce pour eux. Il divaguait dans sa lettre et racontait qu'il avait vécu comme un dieu et que l'Amérique avait vécu de la même manière et que maintenant la fin était arrivée, pour lui comme pour l'Amérique, et que c'était un choc fantastique pour lui et pour la République mais que c'était le devoir de Lisanne et de Siddhama de continuer – il disait qu'il ferait en sorte de penser à eux à la fin car le Bouddha expliquait que les dernières pensées étaient importantes, que si on avait vécu enragé alors on enragerait à la fin ou que si l'on avait vécu en convoitant alors on convoiterait à la fin, et Philip disait qu'il aimerait se comporter comme Gandhi s'était comporté au seuil de la mort et invoquer Krishna ou dieu sait quel équivalent mais qu'il craignait de crier des paroles pleines de peur ou profanes, même s'il ferait son possible pour penser à elle et au garçon, et même s'il n'était pas sûr de pouvoir le faire, il disait en plaisantant qu'il mourrait en essayant. Elle n'avait jamais montré ces derniers mots à quiconque, pas même à Mattie – il n'avait pas toute sa tête et personne n'avait rien à y gagner. Philip lui avait légué la maison de Rustic Canyon et ce qu'il appelait de façon émouvante une « dot » pour qu'elle n'ait plus besoin de travailler de sa vie. C'était un euphémisme. Elle avait demandé à Robbie et Maxine de s'installer avec elle et ils avaient accepté, mais ils conservaient le duplex de Fairfax, et parfois elle et Robbie dormaient même dans le même lit, sans avoir de rapports sexuels. C'était rassurant d'avoir un corps contre lequel se blottir. Et c'était un homme bien. Elle ne comprenait pas sa relation avec Maxine, mais qu'y avait-il à comprendre ? Est-ce que ça la regardait, elle ou un autre ? Elle croyait fermement que tout était bon pour vous aider à tenir le coup. Personne ne comprenait rien de toute manière. Tout ce qu'elle savait, c'était que Robbie était bon avec Max et aimant avec Siddhama. Que pouvait-on vouloir de plus que la bonté-aimante ?

Une secousse agita l'avion et elle ouvrit les yeux. Un conseiller sourit d'un air ahuri en tapotant le bras

d'un Voyageur sans peur, puis ça se produisit à nouveau et l'avion piqua du nez, plongeant vers le sol. Des
masques à oxygène jaillirent, s'emmêlant inutilement,
et les personnes dans les allées se percutèrent, commo-
tionnées par les débris qui volaient. L'avion se redressa
sans plus d'avertissement, et elle remarqua que pas un
cri n'avait retenti car tout le monde avait été stupéfait.
Ç'avait été comme un rêve. La bibliothécaire s'agrip-
pait à Lisanne, qui observait la scène, aussi immobile
qu'un enfant devant une boule à neige qu'il aurait
retournée et posée à l'envers. Un steward hébété et
en sang se faufilait dans l'allée. Un signal d'alarme
sonore retentit accompagné d'une voix d'homme robo-
tique, mais Lisanne ne comprit pas ce qu'elle disait.
Des lumières clignotaient aussi, et un passager se mit à
pousser des hurlements rythmiques à figer le sang, en
contrepoint des lumières et des alarmes. Puis ce fut un
bébé qui s'étouffait et qui braillait, ou peut-être y avait-
il plusieurs bébés, et des geignements s'élevèrent de
quelque part – du flot de l'esprit, de la terre de l'esprit
ou du champ de Bouddha, elle n'aurait su le dire – et
lorsqu'il sembla que tout n'était pas perdu, ou du moins
lorsque arriva ce petit moment sans mort où les choses
semblèrent rentrer dans l'ordre, relativement – car rien
n'était rentré dans l'ordre ni ne pouvait vraiment rentrer dans l'ordre –, juste à cet instant, l'avion fit un
écart et se mit à rugir et le métal lui-même hurla et un
chœur primal de « Oh ! » retentit – nouveaux hurlements – cette fois de la part de ceux qui savaient que
l'impossible semblant d'un soupçon de chance auquel
ils s'étaient absurdement raccrochés s'était désormais
irrévocablement envolé, et Lisanne vit un conseiller
hurler lui aussi tandis que l'avion tombait en piqué.
Elle observait tout cela avec une étrange immobilité, se
demandant pourquoi les choses se déroulaient ainsi et
pourquoi elle était imperturbable alors qu'elle savait

que les avions se redressaient rarement après un tel plongeon. Des corps et des objets de toutes sortes pleuvaient autour d'elle, et c'était une véritable averse car il y avait du café et de l'eau et même du sang, et la bibliothécaire eut la tête presque tranchée par un Powerbook et tout ralentit : les anatomies ballottant ou s'effondrant ou se frayant bizarrement un chemin sous l'influence des lois de la vitesse et de la force gravitationnelle à travers des allées indistinctes, ravagées, et Lisanne devint sourde mais ses yeux et son cœur s'ouvrirent et elle se demanda étrangement, Aurais-je dû le savoir ? Le savais-je ? Était-ce écrit ? Tout si immobile. Elle eut même le temps de penser au manuel qui affirmait que si, le premier jour du mois, les points lumineux et colorés qui apparaissent normalement lorsqu'on ferme les yeux, si le premier jour du mois ces points n'apparaissent plus, alors la mort est imminente. Que lorsqu'on n'entend plus ce léger sifflement dans les oreilles, cette légère présence sonore constamment présente que nous connaissons tous, même les enfants, alors la mort est imminente. Elle ferma les yeux et ne vit que l'obscurité, et ses oreilles n'entendaient que l'obscurité. Le manuel affirmait que si l'on se voit de façon récurrente en rêve portant une robe noire et tombant, ou si l'on rêve du soleil et de la lune tombant dans le ciel, alors la mort est imminente. Elle y pensa au milieu du chaos mais ne parvint pas à se rappeler ses rêves les plus récents. Elle ne se souvenait pas avoir jamais eu de rêve récurrent, hormis celui du serpent après la mort de Philip. La bibliothécaire était morte, mais sa main était toujours dans celle de Lisanne. Maintenant tout s'accéléra à nouveau pour aller plus vite que le temps réel, pour autant qu'une telle chose fût possible, à cause de la vitesse brutale et du mouvement onirique, et Lisanne essaya de tendre la main vers la bibliothécaire dont le visage défiguré était constamment frappé déchiré, pilonné, fendu par les débris, cherchant à lui saisir la tête de sa main libre pour la mettre à l'abri, et tandis qu'elle tentait de façon épique de protéger la bibliothécaire, elle ne pensait, de façon appropriée, qu'à des livres, notamment au livre sur les boîtes noires dont elles avaient un jour partagé en riant la concordance quasi biblique et que Lisanne avait emporté avec elle dans le train pour Albany : un chapitre lui revint mystérieusement à l'esprit, mais qu'il était cependant agréable de se rappeler, concernait un avion qui s'était écrasé parce que l'équipe de maintenance avait oublié, après avoir nettoyé le fuselage, d'enlever un bout de ruban de masquage bouchant un certain trou qui devait toujours être laissé découvert en vol, afin que toutes sortes d'indicateurs vitaux fonctionnent et puissent être interprétés. Elle se souvenait s'être interrogée encore et encore sur ce récit, ne comprenant jamais comment un indicateur essentiel pouvait n'être qu'un simple trou et non un instrument fixé à l'appareil, ou pourquoi un tel trou ne serait-elle pas au moins entouré d'une espèce de grille de protection comme les compteurs et les tuyaux, et si le trou n'était pas protégé, comme ça semblait être le cas, pourquoi ce genre de tragédie ne s'était-elle jamais produite avant, ou si elle s'était produite pourquoi Lisanne n'en avait jamais entendu parler depuis le temps qu'elle lisait des comptes rendus d'accidents d'avion. Et cela paraissait étrange. Dans le cas du trou recouvert, les pilotes héroïques avaient manœuvré l'avion à l'aveugle, dans l'obscurité de la nuit, sans la moindre idée de leur direction ni de leur altitude, pendant bien plus d'une heure avant que l'avion ne s'écrase. Elle se souvenait s'être dit que c'était vraiment cruel car les transcriptions révélaient des hommes nobles et méticuleux dans de telles circonstances, un pilote et des copilotes entretenant constamment tour à tour une lueur d'espoir, pleins d'adresse, se reposant sur leur expertise collective, naturellement doués pour résoudre des problèmes, et qui pourtant n'avaient jamais su ce qui n'allait pas ni combien leur situation était désespérée, tout ça à cause d'un trou masqué. Et Lisanne pensa avec une grande empathie aux pilotes de son propre avion en ce moment précis, s'imagina ce qu'ils devaient traverser, le chagrin terrible du capitaine imperturbable d'un navire en perdition ; les transcriptions révélaient parfois qu'aux tous derniers instants les pilotes criaient le nom de leur femme ou de leur petite amie ou qu'ils disaient simplement « Mère » ou « Maman ». Elle se rappela que le pilote d'Alaska Airlines avait dit : « C'est parti. » Elle était en partie reconnaissante que tout le monde soit sur le point de mourir ; c'était moins cruel que de voler encore et encore en se berçant d'illusions, l'avion se redressant puis piquant du nez puis se redressant et ainsi de suite, repoussant l'inévitable. Elle se rappela avoir recouvert ses propres trous ce jour terrible où elle avait poignardé le carlin de Philip. Elle s'était arrangée pour recouvrir chaque orifice comme l'avait fait l'équipe de maintenance insouciante, mais dans le cas de Lisanne ç'avait été un acte volontaire, pas de la négligence, car le manuel affirmait qu'il fallait procéder ainsi pendant *phowa*, recouvrir les ouvertures des morts, toutes sauf la fontanelle, afin de forcer l'éjection de la conscience par le sommet de la tête maintenant

une

voix

lui dit qu'il ne restait pas beaucoup de temps. Un lama avait écrit quelque part que même les cavaliers pouvaient peut-être avoir un moment de repos durant une course mais pas l'humanité qui depuis la naissance galope à chaque souffle vers les bras du Seigneur de la Mort.

La force gravitationnelle obligea Lisanne à se tordre et s'appuyer sur son côté droit. Une chose véritablement étrange lui traversa soudain l'esprit. Elle avait un jour vu une émission à la télé sur une femme qui apprenait à parler aux orangs-outans. L'université avait perdu ses financements et l'orang-outan avec lequel elle discutait était maintenant en cage, dans l'attente de son transfert dans un zoo. Il ne l'avait pas vue depuis longtemps et commença à s'exciter lorsqu'elle descendit de voiture et s'approcha. Il se mit à « parler par signes », et la femme traduisit pour l'équipe de tournage. Agrippé aux barreaux de sa cage, l'orang-outang disait : « Où est la clé ? » Puis : « Où est la voiture ? » et

Je veux rentrer à la maison

Une grande force lui coupa le souffle et Lisanne ne savait pas si elle avait vu ou simplement imaginé la lune plonger et le soleil s'élever, réel et imaginaire ne faisaient qu'un, rêvé et non rêvé, expansion et contraction, invité et hôte, et elle essaya de faire fusionner les graines de moutarde blanches et rouges dans son cœur tandis que l'obscurité arrivait et que le tonnerre résonnait à nouveau dans ses oreilles, avec une détermination absolue elle pria pour que les vents de prana fassent monter la gouttelette nacrée le long du canal central puis la propulsent par le sommet de la tête de la bibliothécaire même si les cassettes audio affirmaient que seuls les maîtres aguerris devaient tenter une telle chose sans parler de l'effectuer. Mais quelle importance tout cela pouvait-il avoir puisque le cœur de Lisanne était si pur ? – aussi pur que son Intention. Et elle projeta la conscience de la bibliothécaire à travers le lotus à mille pétales de la morte jusqu'au cœur de l'espace puis fit la même chose pour elle-même, exactement comme elle s'y était entraînée, fit tout son possible pour envoyer sa propre conscience comme une flèche dans le cœur de l'espace, le cœur de l'amour. Elle ne se représenta pas de Bouddha là-haut, les cassettes conseillaient d'imaginer quelque chose d'aimé suspendu dans l'espace mais elle ne se représenta pas de divinité, pas de Kit, pas de Philip ni de père mort avec un Milarepa emprunté, pas même son petit garçon, l'enfant illégitime qu'elle s'était récemment mise à appeler Rob Jr. au lieu de Siddhama, s'il te plaît pardonne, pardonne-moi cette banale rétrogradation, rien là-haut que cette flèche ne puisse percer hormis de la lumière, la lumière pure qui était tout, la lumière vive et le cœur bienheureux de l'espace, c'est là qu'elle envoya ce qu'elle avait, nectar, nectar éternel, pour elle-même et pour la bibliothécaire, pour tous les êtres vivants, morts, et à naître, et que son ultime pens...

Épilogue

Esprit ordinaire

S.A. Penor Rinpoche reconnut formellement Kit Light-foot comme un *tulku*, ou réincarnation d'un maître Bouddha du XIIe siècle. Ram Dass et Robert Thurman étaient tous deux présents lorsque Kit apprit la nouvelle. L'acteur fut profondément ému. Plus tard, Tenzin lui conseilla judicieusement de ne pas rendre l'annonce publique ; c'était le genre de choses, affirma-t-il, qui pouvait facilement être mal interprétée. Kit, bien sûr, fut d'accord. Son amour-propre n'avait aucune exigence en la matière.

Sa Sainteté avait remarqué des signes prometteurs à l'occasion de leur première rencontre chez Tara Guber, plus de trois ans plus tôt. D'autres indices dénotant son statut d'homme ayant atteint l'Éveil étaient devenus manifestes lorsque Penor Rinpoche avait rendu visite à Kit Lightfoot à Riverside, et durant des rencontres ultérieures à la propriété de Stone Canyon. Outre un fatras abscons de caractéristiques reliant Kit à son prédécesseur de plusieurs siècles, Sa Sainteté avait peut-être été principalement impressionnée par l'équanimité de la star et son désir constant d'aider les autres – la compassion dont il avait fait preuve lorsqu'il avait rencontré son agresseur en prison en était l'illustration parfaite – malgré l'énorme traumatisme provoqué non seulement par sa blessure mais aussi par l'assassinat de sa petite amie des mains de son père. Après que S.A. Rinpoche eut consulté les pairs de sa lignée, Kit fut reconnu, mais pas intronisé. Le statut de *tulku* était une chose qui se gagnait, pas une chose qui se conférait.

Malheureusement, la presse eut vent de la révélation, et le scepticisme, quoique brièvement, l'emporta. On sous-entendait largement (même parmi les personnes prétendant être spirituellement évoluées) que le statut de *tulku* de Kit Lightfoot lui avait été accordé en vertu de ses nombreuses donations, à la fois anciennes et relativement récentes, à certains hôpitaux et monastères de Mysore, de Birmanie, des Pays-Bas et d'ailleurs. Personne ne semblait se soucier ni faire publiquement état du fait que son gourou-racine, Gil Weiskopf Roshi, avait de forts liens avec S.A. Penor Rinpoche et la lignée Nyingma qui remontaient à bien des années auparavant, ni du fait que Kit avait visité le monastère de Namdroling avec son professeur.

Sa Sainteté estima néanmoins qu'une réponse mesurée à la controverse s'imposait et publia une sorte de démenti élégant, par le biais d'Internet, mettant l'accent sur le fait qu'aucune personne ni aucune entité n'avaient reçu la moindre donation conséquente de la part de M. Lightfoot. De plus, l'annonce de son état de *tulku*, loin d'être un événement frivole et mal pensé, avait été mesuré et sobre. Une telle reconnaissance, disait-il, devait être source de fête, non de reproches. L'affirmation de sa renaissance était un simple fait et n'était pas censée impliquer que M. Lightfoot était un être réalisé, simplement qu'il possédait des dons spéciaux et le potentiel d'aider les autres. Il devait encore beaucoup s'entraîner. Il n'y avait aucune garantie quant au « succès » de chaque *tulku*. Suivant les préceptes du haut lama, le Rinpoche achevait sa déclaration en répétant que la découverte d'un joyau devrait provoquer la joie,

538

non des dissensions cyniques. Il espérait qu'un jour il en serait ainsi.

« Est-ce que vous saviez que nous avions arrangé le coup avec Charlize ? demanda Rob.

– Cool, répondit Kit. Quand sera-t-elle ici ?

– Elle est en Afrique du Sud pour le moment. À la fin de la semaine prochaine.

– Ça, c'est un long voyage, remarqua Kit.

– Ne m'en parlez pas ! dit Rob. Je l'ai fait – plus d'une fois. Vous vous connaissez tous les deux, n'est-ce pas ? »

Rob appela son assistante par la porte ouverte.

« On s'est peut-être rencontrés à un gala de charité. À Toronto ? Peut-être, oui. Je crois que c'était au festival du film. »

Megan passa la tête par la porte.

« Est-ce qu'on sait quand rentre Charlize ? demanda Rob.

– Samedi, répondit l'assistante.

– Samedi ? répéta Rob avec une mini-grimace.

– Elle avait une réunion de famille et devait rester jusqu'au week-end.

– O.K., fit Rob, résigné.

– Excusez-moi, Kit, demanda Megan respectueusement. L'équipe caméra est prête.

– Super ! lança Kit en se levant.

– Qu'est-ce qui se passe ? demanda Rob, déconcerté.

– Kit est récompensé dimanche prochain par un groupe de Washington.

– FBN, précisa Kit. La Fondation pour les blessures neurologiques.

– Formidable, fit Rob.

– Désolée, dit Megan au réalisateur avec déférence. Je pensais que vous étiez au courant.

– Non, répondit Rob. Mais c'est pas grave.

– C'est sans doute ma faute, poursuivit-elle. Quoi qu'il en soit, Kit ne pourra pas être présent au gala à cause de notre programme de répétitions.

– Les galas sont une bonne chose, dit Rob.

– C'est pour ça qu'ils vont le filmer. Ça ne devrait pas prendre très longtemps.

– Si j'avais su, dit Rob, on aurait pu modifier notre programme de répétitions.

– J'en ai parlé à Kit…

– C'est bon, c'est bon… Je ne voulais pas aller à Washington, dit Kit. Je n'avais pas envie de jouer au jeune premier ce week-end.

– Vous pouvez utiliser mon bureau pour tourner si vous voulez, proposa Rob.

– Tout est prêt dans la cour, répondit Megan.

– Allons-y », lança Kit.

(Sourire de star.)

Kit était assis dans un fauteuil safari dans la cour. La maquilleuse effaçait un point noir tandis que le chef-op ajustait ses lumières et ses niveaux. Le réalisateur lança :

« O.K., les gars, on peut y aller ?

– Prêt répondit son assistant.

– M. Lightfoot, demanda le réalisateur, êtes-vous prêt à y aller ?

– En piste, répondit Kit.

– En pisteadicam, lança le chef-op de façon absurde.

– Est-ce qu'on a une Steadicam ? demanda Kit.

– Non, mais j'aimerais bien, répondit le chef-op.

– Comme tous les directeurs de la photographie, railla le réalisateur. Ils veulent une Steadicam pour un plan fixe.

– On pourrait filmer ça à la manière de *L'Arche russe*, suggéra le chef-op.

– Tu peux toujours rêver, répliqua le réalisateur. Prêt ?

– Toujours prêt, répondit Kit.

– On y va.

– Ça tourne.

– Kit, commença le réalisateur, qui se tenait juste derrière le chef-op. Pouvez-vous nous dire pourquoi ce nouveau rôle est si important pour vous ?

– Vous voulez dire, mon rôle de porte-parole ?

– Désolé… Non. Votre rôle dans le film de Rob Reiner.

– Bien sûr, avec plaisir. Je… Je suppose que j'ai toujours aimé les défis. Et… c'est – ç'a été le plus difficile de tous.

– Une seconde, interrompit le chef-op.

– Je suis désolé, Kit, s'excusa le réalisateur.

– Pas de problème, dit Kit.

– O.K., fit le chef-op. On peut reprendre.

– Ça tourne ?

– Ça tourne.

– Kit, pouvez-vous nous dire pourquoi votre rôle dans votre nouveau film a été si important pour vous ? Pourquoi c'était important pour vous de l'accepter ? »

Il n'avait rien préparé, mais ce n'était pas plus mal. Il se mit à parler, avec son cœur.

« J'ai toujours aimé les défis. Et c'en était un sacré ! Il y a… tant de gens autour de moi – des amis et des collègues –, tant de fans. Les fans m'ont aidé à m'en sortir. Et il y a ma mère, qui était si courageuse. Elle est décédée. J'ai beaucoup appris d'elle ! J'ai toujours à l'esprit cette image du courage de ma mère, et c'est une chose à laquelle je me suis raccroché aux moments les plus noirs. Et ma tendre amie Cela, que je connaissais depuis mon enfance. Une autre femme courageuse, une femme importante dans ma vie. Je suis un artiste, et ce n'est pas parce que j'ai été blessé… Je pense toujours comme un artiste – du moins j'espère ! Je dois faire ce que font les artistes. Donc ce que je fais je le fais pour tous les artistes et tous amis – et tous les amis et les gens qui sont vivants et qui ont souffert de… lésions neurologiques et de traumatismes, et même pour ceux qui sont morts mais dont le courage et le combat ne devraient pas être oubliés… » Ses yeux s'emplirent de larmes. « Je… Mon seul vœu, c'est… de faire de mon mieux – en étant vrai – pour faire comprendre aux gens, au fond de leur cœur, que ce combat peut être merveilleux… » Il baissa les yeux puis les releva, souriant doucement. « Pour montrer au monde. Que l'on peut tout *être* et tout *rêver*… »

Il laissa sa phrase en suspens, submergé par l'émotion.

Long silence de l'équipe, ponctué des reniflements de la maquilleuse.

Le réalisateur s'entretint à voix basse avec le chef-op, puis dit :

« Kit, nous avons eu quelques difficultés techniques, et j'en suis vraiment désolé. » L'acteur remua sur son fauteuil et fit une légère moue. « On me dit que le problème est réglé et que ça ne se reproduira pas, poursuivit-il en se tournant vers le chef-op repentant qui, tout en évitant de croiser son regard, acquiesça militairement. « Mais c'était fantastique, et ça m'ennuie vraiment de vous demander de recommencer…

– C'est bon, dit Kit d'un ton affable. Ça arrive.

– O.K., alors c'est reparti ! C'était sensationnel, Kit… Si vous pouviez faire à peu près la même chose alors je crois que ce serait plié.

– Pas de problème, répondit Kit. *No estoy problema. No estoy problemita, Señorita Pepita.*

– Ça tourne ! lança le cameraman.

– D'accord ! Kit…, quand vous voulez. »

Donne-moi, ô Dieu ! ce qu'il te reste.
Donne-moi ce que personne ne te demande.
Je ne te demande pas la richesse
Ni le succès,
Pas même la santé.
Les gens te demandent si souvent ces choses
Qu'il ne doit plus t'en rester.
Donne-moi, ô Dieu, ce qu'il te reste.
Donne-moi ce que les gens
Refusent d'accepter de toi.
Je veux l'insécurité et l'inquiétude.
Je veux l'épreuve
Et le combat sans fin.
Et si tu devais me les donner, ô Dieu,
Donne-les-moi une fois pour toutes,
Car je ne trouverai pas toujours le courage,
De te demander ce qu'il te reste.

ANONYME

COMPOSITION : NORD-COMPO À VILLENEUVE-D'ASCQ
IMPRESSION : CPI BRODARD ET TAUPIN À LA FLÈCHE
DÉPÔT LÉGAL : MAI 2009. N° 98518 (52202)
IMPRIMÉ EN FRANCE